一代战神

韩信

华　炜◎著

中国文史出版社
CHINA CULTURAL AND HISTORICAL PRESS

图书在版编目（CIP）数据

一代战神韩信 / 华炜著. —北京：中国文史出版社，
2024.2

ISBN 978-7-5205-4362-0

Ⅰ.①—… Ⅱ.①华… Ⅲ.①长篇历史小说—中国—
当代 Ⅳ.①I247.5

中国国家版本馆 CIP 数据核字（2023）第 190367 号

责任编辑：刘华夏

出版发行：中国文史出版社

社　　址：北京市海淀区西八里庄路 69 号　　邮编：100142

电　　话：010 – 81136606/6602/6603/6642（发行部）

传　　真：010 – 81136655

印　　装：廊坊市海涛印刷有限公司

经　　销：全国新华书店

开　　本：787mm×1092mm　1/16

印　　张：25

字　　数：371 千字

版　　次：2024 年 3 月北京第 1 版

印　　次：2024 年 3 月第 1 次印刷

定　　价：78.00 元

目录

亡秦岁月，一份屈辱的记忆令韩信难以释怀。

被漂母称为"王孙"的韩信，为了维持生计，在城下淮水岸边钓鱼谋生。

当韩信来到淮阴市口时，屠大拦住去路，轻蔑地告诉韩信，淮阴自古是藏龙卧虎的地方，要么拿剑刺死屠大，要么从屠大胯下钻过！韩信面对挑衅，手执长剑，熟思良久，理智地选择了胯下之辱。

函谷关下，两支反秦盟军一场血战即将在眼前展开！鸿门宴上，项庄趋前，寻机刺杀刘邦，项伯以剑相击，甚至有时用身体拦阻，使项庄无法完成击杀任务。

张良送罢刘邦回去了，韩信却离开楚营追了上去。他在项羽的声望达到顶点时，决定重新出发，准备下一次天下大乱时，一展自己的抱负。

蜀道难，难于上青天，亚父范增想将刘邦困死巴蜀。

在南郑，十四人犯已斩了十三个，只见，韩信仰天长呼："当初，汉王西向进军咸阳，广延天下志士，一战而使秦降。如今欲要夺取天下，却要斩壮士，这是为什么?!"

萧何认定韩信就是他要寻找的统帅人才！他月下追韩信，成就了一个慧眼识人的千古佳话。

汉五年十月，刘邦撕毁停战协议，突然对撤退中的楚军发起攻击，目的是围歼楚军于撤退途中。

韩信从齐地挥师南下，六十万汉军对十万楚军，他因势利导，成功地将楚军诱入口袋，并部署了一个前八阵、后五军的战阵，层层包围，步步为营，这大概就是后人称道的"十面埋伏"，同项羽展开最后绝杀。

垓下，虞姬抬起满含泪水的脸，望着眼前这位顶天立地的英雄，和歌一曲。

刘邦接帝位前夜，突然收回了韩信的帅印，并给韩信的工作做了重新分配。

洛阳南宫，几杯酒落肚，刘邦高兴地对大臣们说："连百万之众，战必克，攻必取，我不如韩信。"韩信听了后，感动了好些日子。

来了！来了！一条宽阔的大河展现在人们眼前，淮水两岸一派湖光水色，韩信真的回故乡来了。市口桥，正是当年胯下受辱的地方，韩信不相信自己的眼睛，桥下跪着五花大绑的屠大！

削藩行动开始了，刘邦要利用韩信和钟离昧之间这点关系，痛下杀手。用伪游云梦之计抓捕韩信于陈地。

"'狡兔死，走狗烹；高鸟尽，良弓藏；敌国破，谋臣亡。'我们只是皇帝手中的一张弓，天上的鸟儿死了，我们的价值也就不存在了。哎！我韩信虽知兵而不知人，工于谋天下而拙于谋自身。"

太可怕了！怎么连最为敬重的萧何也给自己下套，钟室前，韩信叹道："人生就是一个抉择，成败天定。救韩信的是漂母，举荐韩信的是萧何，追杀韩信的是吕雉，而如今，萧何却成了吕雉的帮凶？！"

所谓三不杀，就是说，大白天有太阳照着的地方不能杀韩信，刘邦在场不能杀韩信，刀剑等一切金属器都不能用来杀韩信。这样一来，韩信如"金钟罩"护身，不能杀，也杀不死？

高帝刘邦支撑着病躯，与群臣指天而誓："非刘氏而王者，若无功上所不置而侯者，天下共诛之。"

淮阴侯庙记

〔宋〕苏　轼[①]

　　龙之所以为神者，以其善变化而能屈伸也。夏则天飞，动其灵也。冬则泥蟠，避其害也。当嬴氏刑惨网密，毒流海内，销锋镝，诛豪俊，将军乃辱身污节，避世用晦。志在鹊起豹变，食全楚之租，故受馈于漂母。抱王霸之大略，蓄英雄之壮图，志吞六合，气盖万夫，故忍耻胯下。洎乎山鬼反璧，天亡秦族。遇知己之英主，陈不世之奇策。崛起蜀汉，席卷关辅。战必胜，攻必克，扫强楚，灭暴秦。平齐七十城，破赵二十万。乞食、受辱，恶足累大丈夫之功名哉！然使水行未殒，火流犹燔。将军则与草木同朽、麋鹿俱死。安能持太阿之柄，云飞龙骧，起徒步而取侯王？噫，自古英伟之士，不遇机会，委身草泽，名湮灭而无称者，可胜道哉！乃碑而铭之曰：

　　书轨新邦，英雄旧里。晦露朝翻，山烟暮起。宅临旧楚，庙枕清淮。枯松折柏，废井荒台。我停单车，思人望古。淮阴少年，有目共睹。不知将军，用之如虎。

---

　　① 苏轼（1037—1101），字子瞻，号东坡居士，眉州眉山（今四川眉山）人。在宦海沉浮奔波中，他十余次经过淮上。这篇著名碑记是他在拜谒淮阴侯庙后，应当地官绅之请而写作。文豪如椽之笔，文采斐然，写尽了韩信一生。

楔　子

二世元年（前209）七月，九百名到渔阳守边的戍卒，不堪忍受秦王朝的暴虐，在陈胜、吴广两位豪杰的带领下，在蕲县大泽乡揭竿举义，起兵抗秦。

陈胜他们这一把火，如同投在干柴堆里，大火从四面八方熊熊燃烧起来。一些久蓄大志者纷纷起来，拥兵自立。武臣起兵于赵，彭越起兵于昌邑，英布和吴芮起兵于番阳（即鄱阳），朱鸡石等起兵于淮上，刘邦率沛中子弟攻下了沛县城。在江东，逃亡于会稽郡的项梁与侄子项羽也已起兵，声势浩大，成为东南方反秦义军中一支重要的力量。

项梁，战国末名将项燕的儿子。项燕曾担任楚国灭亡前的楚军统帅，为人忠直，热爱士卒，善于用兵，曾多次挫败秦军，最后被秦将王翦杀死，楚国也随之灭亡。楚国民众随之喊出了"楚虽三户，亡秦必楚！"的口号。而今，项梁与项羽在会稽杀得郡守，树起了反秦复楚的大旗，训练吴中子弟，积极寻找战机投身反秦战场。

这时，陈胜部将召平来到会稽，假传陈王将令，封项梁为楚国上柱国，要项梁赶快率兵渡江北上同秦军展开决战。项梁的家乡下相就在淮水北岸，于是项梁答应召平请求，带领八千吴中子弟，北渡长江，开始了打天下的日子。

项梁义军从镇江过长江，北行大泽，西进淮阴县来了。淮水是中国南北地理分界河流。秦国都城在西部咸阳，从淮泗口北上，将进入淮北的泗水、沂水和潍水地区。秦楚战争的初期，主要在这个地区的泗水郡和东海郡展开。望着滔滔东去的淮水，有格局的项梁并未急于渡淮，而是在淮阴停驻一个月，收编了陈婴两万多东阳军。他的想法是，汇集淮泗和山东地区的反秦力量，联合西进灭秦。

项梁、项羽渡过淮水，迎来了四方响应。英布、柴武以兵归属。居巢人范增、伊庐（今属江苏连云港）人钟离眛、沛公刘邦等人，也纷纷前来投奔。在击杀了自立为楚王的景驹和秦嘉，攻取了襄城后，这支以江东八千子弟为根本，合并整编后的项梁大军已达六七万人。

不久，项梁得到正式消息，陈胜、吴广等几位大泽乡起义领袖已相继死亡，这对反秦义军来说，如晴天霹雳！他审时度势，接受谋士范增的建议，恢复了故楚国，立楚王的后人为王，大公无私替六国报仇，凝聚天下人心。随即，命令部下四处寻访，终于找回了流落在民间，已沦为牧羊人的楚怀王孙子熊心，为迎合百姓，仍称他为楚怀王，奉为天下共主，正式建立起楚国。项梁自号武信君，任命陈婴为上柱国，负责怀王和都城盱眙的护卫。还以范增为军师，摆出正面防守、侧面进攻的态势，同秦军展开决战！

项梁首先带兵冒雨攻克了戚县，进攻亢父，和齐国田荣、龙且二人合兵救东阿，大破秦将章邯，迫使章邯收拾败兵，退守濮阳。

在项梁的麾下，最充满活力、最受人拥护的就数侄子项羽和沛公刘邦两支队伍。按照他的要求，他们放弃了濮阳，转而率军攻定陶，急行军二百里，突然袭击雍丘，大破秦军。他则引兵自东阿向西进攻，又在定陶把秦军打得大败。

然而，一连串的胜利，让众将士对项梁崇敬万分，却也使得一直谨慎的他滋生了骄傲情绪。项梁自以为章邯秦军没有多大的战斗力，踏破秦关已为时不远。他对自己军队的松散状况丝毫不加节制，任由士兵们懒散，喝酒划拳取乐，胡作非为。而章邯连日增兵，伺机报复，于十月底，夜间偷袭，大破楚军于定陶，项梁不幸被斩杀！主帅一死，楚军大乱，大多数士卒在混乱中被杀，幸存者仓皇逃去！

面对叔父项梁的阵亡，率性的项羽禁不住怒吼哀号，发誓要打败秦军替叔父报仇！怀王熊心和诸将也悲从中来，纷纷流下了热泪。

为了阻止秦军前来进攻，怀王熊心开始收拾楚国政局。他从盱眙迁都彭城，并将项羽、吕臣两军并作一处，由自己直接统率，让吕臣军退到彭城以东驻防，项羽军退到彭城以西驻防，刘邦军退守砀郡，三军成掎角之势。同时，任命吕臣为司徒，吕臣的父亲吕青为令尹，沛公刘邦为砀郡长、武安侯。

　　就在这时，赵国的信使匆匆使楚，打破了楚营悲伤和恐惧的气氛。信使向熊心报告，秦将章邯击破武信君项梁之后，以为楚军不足为患，他们不再向南，而是带着秦军主力突然北渡黄河，转攻赵国，大破赵军，赵国军民已经退守钜鹿城内，赵国危在旦夕！赵王歇请求楚国发兵相救！

　　秦军突如其来的北上，完全出乎意料，楚国该如何应对？

　　熊心原是项梁扶植起来的傀儡，一直没有讲话机会，项梁一死，他终于有了出头之日，别看他年纪不大，却是一个极有主见的人。

　　有危机，才有转机。应该看到，项梁将军已打开了一个崭新的局面，齐、楚、赵、魏、燕、韩等原六国均已恢复，整个函谷关以东，狼烟四起，烽火连天。现如今，唯有章邯率领二十万秦军，在太行山以东左冲右突，拼命辗转各地反秦力量，独力支撑着秦廷的江山。秦军主力既在赵地，空虚的关中则暴露了出来。若诸侯合力救赵，可把秦军主力牵制，甚至消灭在黄河以北，我军则可抓住战机，再出奇兵，乘虚入关，兵锋直指秦都咸阳！这是一个大胆、冒险而又出奇制胜的方略！熊心话锋一转，其实，救不救赵关乎楚国能否继续成为诸侯盟主，而出兵西进灭秦，才是我们真正的目标。伐无道，诛强秦，西去关中，不知有没有人敢担此重任？

　　项羽站出来表示愿意去！刘邦也站出来表示愿意去！

　　没有想到项羽、刘邦二人都愿意，熊心反倒为难了。他们二人是继项梁之后，楚军中最为重要的实力派将领，堪称"双雄"。一个棱角分明，强悍有力，一个头脑聪明，处事圆滑，让谁去不让谁去还真不好说。但为了激励斗志，楚怀王仍当着众人面与他们郑重约定："二位将军兵分两路，先入关者，即为关中王！"

　　散朝后，宋义等几位老将背后对熊心讲，项羽太年轻，性情勇猛刚烈，桀骜不驯，一路上经常略地屠城，滥杀无辜。西去关中灭秦，不能以暴易暴，如有义师前去，告谕三秦的父老，不采用暴力，就一定能得到他们的拥护。而刘邦曾做过秦的沛县泗水亭长，了解民众疾苦，有相当丰富的经验，为人宽厚，豁达大度，成熟老练，不滥杀伐，颇受部下拥戴。从沛县起兵，他已与秦军大战十多次，小战数十次，并有了一批文武人才，而且对怀王地位不构成威胁。所以，应派刘邦去而千万不能派项羽去。

熊心陷入两难的思考之中。北向救赵，面对着秦军的主力，是一场生死恶战，相比之下，西向攻秦危险要小一些，应该是一件不错的美差，但更需要智慧和怀柔。熊心觉得宋义他们说得有道理，可已经答应了项羽、刘邦一块儿去啊！

他又想到了宋义。宋义是原楚国的老臣，非常知兵。宋义曾作为观军特使被派去项梁大营督战，宋义认为秦将章邯在济水地区步步退却，就是不战，是一个巨大的阴谋。他劝说项梁加以提防，项梁没有听取他的意见，他借口联络齐国脱身离去。回来后，熊心一直把他留在自己身边做高参。现在，如果让宋义领兵北上救赵，岂不更为合适？这样的安排，也可借此摆脱项氏的影响，剥夺项羽的兵权，确立王权的尊严。

在赵国接连的出兵请求下，怀王破格提拔宋义为上将军，并加尊号卿子冠军，意即第一等上将。为安抚项羽，拜项羽为次将、加封鲁公，拜范增为末将。让他们率十万人马迅速救援赵国。

其时项羽并不愿北上救赵，更想与沛公刘邦一起西行踏破秦关。怀王最终没有答应他的要求，只是派遣刘邦独率一军西行击秦。

……

第一章　失国王孙

亡秦岁月，一份屈辱的记忆令韩信难以释怀。

被漂母称为"王孙"的韩信，为了维持生计，在城下淮水岸边钓鱼谋生。

当韩信来到淮阴市口时，屠大拦住去路，轻蔑地告诉韩信，淮阴自古是藏龙卧虎的地方，要么拿剑刺死屠大，要么从屠大胯下钻过！韩信面对挑衅，手执长剑，熟思良久，理智地选择了胯下之辱。

一

楚国上将军宋义的帅旗在寒冷、阴沉的天空飘动。

救赵大军向北逶迤而去，当进抵离钜鹿城（位于今河北邢台中部）二百里的安阳时，宋义突然下令安营扎寨，并在连天的秋雨中，一停就是四十多天。而准备与秦军决战的次将项羽实在等不及了，他多次与宋义发生激烈的争吵，军营上下一片哗然。

大营外执勤的五六个执戟侍卫，蜷缩在大帐角落议论着，他们当班领头的为淮阴（在今江苏淮安）人韩信。

韩信二十来岁，身长八尺，面孔略嫌瘦削，一双大眼睛却炯炯有神，嘴唇边两道深深的弧形线条，使其坚强的性格特色十分突出。数月前，他因敬仰项氏，当项梁从江南会稽（今江苏苏州）率军来到淮阴渡过淮水时，仗着长剑投奔到项梁麾下。

十分巧合的是，韩信与楚军中一些重要人物——项梁、项羽、刘邦等人的家乡都相距不远，同在长江以北的淮楚地区。项梁对这位"小同乡"颇有好感，初来乍到，虽非作为人才对待，也算恩遇，将他直接留在自己的警卫军中担任站班的执戟郎。如今，韩信虽经历了定陶惨败的挫折，死里逃生，依然随项梁部分将士，转投项羽麾下。他认为，项羽是项梁的侄子，项梁虽死，项羽犹在，在强大的秦军面前，也只有项羽堪当灭秦重任。但痛定思痛，觉得项梁楚军不应有此惨败，而行为诡异的宋义，也不该被立为上将军！

其实，这时候楚军内部正经历着一场关乎生死的夺权斗争，按古礼法继承制度，项梁死后，侄子项羽应成为唯一的继承人。现在，项羽既未能继承项梁的位置，连上将军的职位也归了宋义，这恐怕是他一生中最为失意的时候。

"什么人?!"远处过来一行人，一名侍卫以肘碰碰身边沉思中的韩信。原来是次将项羽和末将范增一同经过这里。

不能无动于衷，不能沉默下去，韩信赶紧上前，提出心中的疑虑和问题："项将军！钜鹿城还在吗?

"在!"

"我们还去救钜鹿城吗?"

"救!"

"钜鹿城中恐怕已矢尽粮绝，危在旦夕，我冒昧地问一句，我们什么时候去救?"

"休要问我，你可直接问宋义去!"项羽心情不好，说完径自走开了。

"不要紧，不要紧。"白发老者、末将范增停下脚步，打量着眼前的年轻人，"项将军和大家一样，心里都窝着一肚子火。"

"可能我问法不妥。"韩信对范增说，"老将军！现在天寒久雨，士卒因饥寒而颓靡不振，今年水灾频繁发生，年成不好，百姓穷困，军中已无多少存粮，怀王既令我军北上救赵，实当尽快率军渡河，与赵军里应外合，夹击章邯，大破秦军，而上将军宋义以救赵为名，现在为何迟迟按兵不动?"

"你说这是为何?"

"不好讲。"韩信沉默了一下，却说，"我一直不大明白，为什么让宋义做了上将军，项羽反倒做了次将，对怀王把楚军的指挥权交给了韬略平常的宋义，我感到困惑，特别是定陶之战，对宋义谏而不拦，逃之夭夭的行径，相当反感。"

"谏而不拦，逃之夭夭？"

"对！"韩信谈及自己曾说宋义劝谏项梁的事情，而范增不知事情的来龙去脉，外面传言颇多，他饶有兴趣。于是，将韩信叫到军营大帐询问起情况……

定陶惨败前，一天韩信找到怀王派来督战的观军特使宋义。自荐一番后，韩信急切地对宋义说："楚军战局一片大好，但却隐藏着重大危险。打了胜仗后，将骄兵惰，此为兵家大忌，要赶快跟武信君讲一讲啊！"

宋义曾当过故楚国令尹，秦末农民起义爆发后，投奔到项梁麾下，是个见过大世面的人。他让韩信说一说怎么回事。韩信答道："为将者须考虑全局，若逞一时意气，正中敌计。武信君渡江以来，屡打胜仗，但如今到了可忧的时候了，而章邯是秦廷最后一位名将，勇猛而且足智多谋。据我看，章邯分兵退守，非败也，乃是诱敌之计。兵法云：'佯北勿从。'如若认为章邯不敢出战，而不做防备，将骄兵惰，那是一定要吃败仗的！"

宋义乜斜着双眼，觉得韩信年纪不大，但思路清晰，他想的事，也正是自己思考的。觉得问题严重，他决定亲自来大营面见项梁。见到项梁后，宋义谈了他们的看法，项梁不以为然地摇了摇头。危言耸听！章邯碰到我，屡战屡败，只有逃跑的份儿，怎敢玩什么花招？项梁满不在乎，十分轻蔑地对宋义说："上次我让齐国出兵，一起攻打秦军，偏偏田荣不顾大义，迟迟不到。如今，章邯不断增兵，我想再派使者到齐地去，叫田荣来这里会师，这一次他如再不来，我就出兵讨伐他。你看派谁人使齐？"

宋义连忙说让他去吧！返回营地后，韩信不禁问宋义："情况十分危急，您怎么不劝了，反倒要到齐国去当使者？一旦秦军前来偷袭，楚军怎么办？"

"我也管不了那么多。"宋义冷笑道，"你不懂，这里水很深。"

对宋义的说法，韩信不知所云，但觉得宋义胆量甚小，又十分阴险狡诈。

不久，宋义收拾好行装，立即启程赴齐，行至半路，碰到了来见项梁的齐国使者高陵君。宋义告诉他，项梁多次战胜秦军，已被胜利冲昏头脑，全不把章邯放在眼里，岂有不败之理！让他不要急于往那里去。高陵君听了，半信半疑。果然，还未到达项梁大营，秦将章邯已于夜间偷袭，大破楚军于定陶，项梁不幸被秦兵斩杀。这就是事情的经过，也由此，宋义料事如神的美名传遍了诸侯军。

哦！真相原来如此！韩信这番话语，使范增心头震动不已。宋义沽名钓誉，欺世盗名，原先是帮韩信劝说项梁的，却假借使齐之机，迅速逃跑避难去了。转而，范增问起了韩信对楚怀王熊心和时局的看法，没有想到，韩信话语直率而又大胆："去年，当义军遭到巨大挫折时，是项梁、项羽将军接过陈王首义的大旗，为重建楚国不懈奋斗，有大功于天下，项羽理应立为上将军，统率全军！如今，项羽被楚怀王授予一个有名无实的次将之职，处处受到排挤，处处受到打压，大家多有不平之气。我觉得，楚怀王是一个心胸狭窄之人，他原为武信君所立，要是项羽当上关中王，项家势力再度膨胀，楚王之位是否仍属于他就不好说了。而刘邦当上关中王，应该对他不会有太大的威胁。现在看来，他任命宋义为上将军、北征主帅，纯粹是有意压制项羽将军呀！"

范增默默点了点头。

韩信继续道："更为严重的是，上将军宋义毫无斗志，将士们不得不困在连天的阴雨中，挨饿受冻，进不得，退不得，军营上下怨声四起，他却不闻不问。既然他不顾及国家，不体恤士卒，老将军您和项将军要审时度势啊！"

年轻人说得对，只有审时度势，抓住时机，才能立于不败之地！范增不由叹道："没想到，一个执戟郎，却有这番见识。你叫什么名字？"

"韩信！"

"韩信？"

"对！韩国的韩，言而有信的信。"

"好一个有才识的韩信！"范增看着韩信，自语，"一个士卒，却密切注视着这场风暴的发展，关注着楚军的前途和命运，非常难能可贵。"

韩信淡然一笑："韩信寒窗十年，经纶满腹又有何用，一个小卒岂能扭转乾坤。"

"项将军一向爱才若渴，你一定会有用武之地！"范增神情凝重，认真地说，"项将军是一个正直的人，能与将士们同甘苦，共命运。他是良将传家，楚之栋梁。老朽以为，以他的个性决不会甘心屈于他人之下，无所作为，相信他的为人，相信他的决心吧！"

"谢谢您！老将军。"不觉个把时辰过去了，韩信起身告辞，范增破例将年轻的韩信送出大帐。

第二天清晨，项羽全副甲胄，按剑疾步穿过中军大帐来见宋义。

宋义昨日晚宴迟迟方散，又在美姜的伴宿下一夜风流，好不痛快。闻报项羽来见，一阵悸动，推开赤身裸体的美姜，穿好衣服，咳了几声，趔趄着从内帐走出。

项羽只觉得一阵恶心，救兵如救火，钜鹿城等不及了！现在，三军迟迟得不到出征将令，已在安阳滞留四十六天，若还不开拔，恐怕会贻误军机！为了复仇，他愤愤地再次要求宋义尽快出兵。

"不要说了！"

宋义无名的怒火一下子蹿了上来，怀王有意贬低项羽，他却三番五次责难于我，今天非要教训教训他。宋义指着项羽："冲锋陷阵，我不如你，运筹帷幄，这你恐怕不如我！俗话说'打死牛身上的虻，不能同时杀死虮和虱'，如今秦赵交兵，必有一胜，秦兵攻赵，如秦军胜利了，也会将伤兵疲，那时候，我们正好趁机攻打，无坚不摧，如秦军失败了，我们再去攻打，可以擂鼓长驱西向，一举灭掉强秦。为今之计，先让秦赵相斗，以便坐收渔人之利！这个你懂不懂？"

"不懂！好一个见利忘义的渔人之利！"项羽仍克制着。

"为将帅者，令出如山，秦赵鏖战，两败俱伤，势在必然，我军以逸待劳，要以谋略取胜。"宋义则变本加厉，咄咄逼人，清了清嗓子后，意有所指地大声宣布，"号令三军，凶猛如虎，违逆如羊，贪婪如狼，强不可使者，皆斩首！"

随着"斩首！"之声，火暴脾气的项羽被激怒，一不做二不休，他手起剑落，将宋义的头颅砍了下来！

像斩杀宋义这样的事，项羽已不是头一次。去年项梁举兵时，项羽关键时刻出得狠手，以同样方式，斩杀了秦会稽郡守殷通，促成举事成功，那也是一件影响楚国命运的重大事件。

那一天，殷通找来项梁，告诉说大江以西都造反了，他打算起兵反秦，想让已是当地大佬的项梁和桓楚统领军队。当时桓楚正逃亡在草泽之中。项梁说桓楚正在外逃亡，别人都不知道他的去处，唯有项羽知道，殷通答应了。于是项梁把项羽叫了进来，让他去召桓楚来。一进门，项梁给项羽使个眼色，项羽突然拔剑冲了上去，以迅雷不及掩耳之势，砍下殷通的头颅！项梁提着头颅，挂上郡守的官印。郡守的部下大为惊慌，一片混乱。项羽又接连杀了上百人，整个郡府上下吓得纷纷拜服于地，没有一个人敢抬起头来。在项羽的协助下，项梁连忙召集地方豪强官吏，说明反秦抗暴的道理，大家十分赞成。于是，他们树起灭秦大旗，率众八千，渡过长江，北上寻找秦人复仇来了……

"咚！咚咚！"战鼓擂起来，集合令已下达。

此时项羽一手执剑，一手提着宋义那颗血淋淋的头颅，愤怒地向全体将士做了"除宋"事件的通报："诸位，楚军定陶败绩，楚怀王寝食不安，派我们北上抗秦救赵，宋义见敌丧胆，将怀王之命束之高阁，拒不进兵，楚军已到了生死存亡的关头！他还私下为儿子宋襄谋求齐相的职位，置酒高会，联络关系，大宴宾客，又亲自送宋襄到无盐去，拿我万千将士的性命，换取他父子前程。他口口声声要以谋取利，他所取之利，原来是一己私利。现已查明，他勾结齐国田氏，密谋反楚，叛国乱军！项籍已奉怀王密令，将宋义处斩！"

将士们吓得面如土色，一阵轰动。

项羽斩杀宋义，就是要夺回本来属于自己的进军主导权。范增走了上来，声音嘶哑地对大家说："诸位！怀王熊心在山中牧羊时，为项梁将军领头所立。几经浴血奋战，大楚国才重新振兴起来，这全赖项家父子。今日，项羽将军又为国除害，斩杀乱臣贼子，功高如山。军中不能一日无帅，如今理当由项羽将军代替楚国上将军，统率全军！大家说好不好？"

"好！"顷刻间，韩信与将士们猛然爆发出一阵阵热烈的欢呼，"我们愿听从项将军调遣！""我们愿听从项将军指挥！"

项羽随即代理了上将军。他一边派人向楚怀王报告，一边拔营列阵，挥师向赵国的钜鹿城开去。可以想到，楚怀王熊心得到报告后会是一种什么样的愤怒心情。

项羽诛杀了卿子冠军宋义，威震楚国，名扬诸侯。

到了漳河北岸，项羽立刻派遣当阳君英布、柴武率领两万精兵渡过黄河，援救钜鹿城中近于绝望的赵国军民。

战斗只取得一些小的胜利，赵国大将陈馀又来请求项羽大军增援。这时，援赵的燕、韩等十几支军队，十数万人马，谁也不敢以卵击石，与秦国正面交战，对楚军的来到，他们视而不见，不相信楚军能战胜章邯，纷纷筑起壁垒，作壁上观。过河后的项羽既激动，又镇静，他对英布和蒲将军说："一群狗娘养的东西！不要理会他们。"

一旁执戟的韩信鼓起勇气对项羽说："上将军！章邯虽然厉害，屡战屡胜，但他长于战术，短于战略，打仗还缺乏一些狠劲。在定陶取得胜利后，本应继续追击我军，他却为了巩固'后方'，主动放弃决战的机会，转而北上击赵，犯了一个致命的错误。因此，他并不是无懈可击，我们可以……"

"可以什么？"

"可以先试探性进攻，围而小打，然后断其甬道。"

"这是什么打法？"项羽不以为然地拍拍自己的长剑，"你也会打仗？"

"上将军？"

项羽立马崖头，望着东去的黄河之水，意识到决战时刻将要到来。这是楚人与秦人之间命运的大决战，为了家国情仇，唯有用热血和生命来赌一把楚国的明天。他告诫将士们，楚国存亡，在此一战，只有勠力同心，拼死杀敌，才能取胜！并传令军中，砸碎釜甑，凿穿战船，一律把它们沉入水中，把房屋都烧掉，只保留三日的粮食，如不能战胜，就唯有一死，没有任何退路可言，置之死地之军无敌，打败章邯，方可解钜鹿之围！

项羽的激扬，极大地振奋了军心，决战的渴望十分强烈，将士们一遍又一遍高唱起楚军战歌：

战马长嘶兮旌旗扬，同仇敌忾兮向北方。

还我山河兮气豪壮，干戈挥舞兮日无光！

　　黄河漳水岸边，人喊马叫，战鼓震天。

　　楚军先是断绝了秦军粮道，引起秦军极大的震动。

　　随着一声令下，已经疯狂的楚军迅速包围了秦将王离。在战斗期间，楚军将士无不以一当十，奋勇争先，呼喊叱咤，声震天地。诸侯们开始还能看到烟尘中两军的厮杀，片刻之间，在漫天的黄色烟尘中，泛起一股股红，在腥风血雨、死伤枕藉之中，诸侯军惊骇万分。经过三天九次激战，楚军杀死秦将苏角，生俘王离，涉间走投无路自焚而死。失去大将的秦兵，纷纷向四方逃散，楚军大获全胜，二十万秦军主力被击溃了！危亡之中的赵国得救了！这就是历史上著名的"钜鹿大战"。

　　项羽打败秦军以后，立即召见诸侯将领，当他们进入军门时，一个个跪着用膝盖向前，没有谁敢抬头仰视。由此，二十五岁的项羽成了中心人物，所有诸侯军队都无条件归属其麾下，成为诸侯军统帅。

　　秦军钜鹿大败后，消息迅速传来，秦廷上下十分震惊！暴怒的秦二世，立即派遣使者严责章邯的失误。

　　二世的诏书到了棘原，责问章邯为什么带领几十万大军，却打不过这些关东盗贼。章邯害怕了，自己在外面已有三年，士卒伤亡损失以十万计，而各地诸侯一时并起，越来越多，近期挽回败局、打败楚军已是不可能的了。战也是死，不战也是死。章邯眼睛湿润了，陷入了无法解脱的境地。于是，他暗中派人去楚营谈判，可项羽怎么能答应他的求和呢？一想起章邯杀了自己的叔父，便恨不得把章邯抓来，亲手将他千刀万剐。

　　不久，项羽断然渡河，挥军再击漳水的重要渡口三户，大败秦军污水之上。章邯又派人来求见项羽，项羽考虑楚军粮草严重不足，终于在洹水南的殷墟，接受章邯率全部秦军投降。

二

冬天来临了，河北平原枯枝满布。

诸侯上将军项羽，率领着楚、赵、魏、燕、韩等国联军四十万人，列阵不停地向西扑向关中。阵阵北风吹来，像尖刀，透过征衣刺向将士们的身体，但严寒挡不住一颗颗火热的心，挡不住这股从四面八方汇集来的灭秦洪流。

关中是指陕西中部秦岭以北，子午岭、黄龙山以南，陇山以东，潼关以西的区域，也就是老秦人的故地。为安抚秦降将，项羽立章邯为雍王，与董翳留在楚军大营，任命司马欣为上将军，统领原秦二十万人马，跟随联军进发。是时，韩信已被项羽任命为郎中。秦汉时郎官中有中郎、侍郎、郎中等，负责执戟守卫殿门，故称执戟郎，即为项羽的一名近侍卫武官。从无名的执戟郎，到有身份的执戟郎中，对一个尚没有取得什么军功战绩的人来说，已经是很不错的待遇了，而且执戟郎中是个尊崇的职务，参与谋议，执兵宿卫，并经常伴随在项羽、范增等楚军最高层的左右。

傍晚，大军在安阳山谷边驻扎了下来。

中军帐中，项羽和他的心爱美人虞姬，与军中几位主要人物陈婴、季布、桓楚、武涉等，围着火堆，饮着酒，兴奋地谈论着进军情况。

形成对比的是，末将范增一言不发，凝神若有所思。

范增虽年过七十，银须飘然，但精神矍铄，双目有神。他的前半生，以亡国之民、孤臣赤子之心，隐居在故乡居巢（在今安徽安庆北）。为了抗秦，他先投项梁，后转依项羽，在许多重大战略行动上表现出卓越的才识，被项羽尊称为"亚父"。今天，面对亢奋之中的项羽，范增感觉到了危机的存在。项羽年轻气盛，独具世族大家的豪迈，是一位不世出的军事天才，但过于沉迷于征伐，忽视人心，政治上还很稚嫩。而沛公刘邦则是继项梁之后，楚军中另一位重要的人物。刘邦原是秦沛县泗水亭长，四十六岁这年，趁秦末天下大乱之机，聚集数十个愿意跟随着自己的壮士，后来得到友人萧何、曹参、樊哙等人的帮助，占据了沛县城。他虽是一个北方大爷式的人物，常弄些小酒，好一些女色，耍些不大不小的流氓，但他了解民众疾苦，为人宽厚，懂得用兵之道在于人心，注意整顿军纪，约束部下，不残害百姓，是一位倾听建议、集睿智与大度于一身的人物。现如今，项羽在血战中原之际，刘邦会不会捷足先登，抢先占据关中为王，这就很难说得清楚了。

"亚父！怎么不饮酒，您在想什么？"捧着酒瓮倒酒的韩信上前轻声地问。

半晌，范增回答说："我只是在想，我们奉怀王之令，北征救赵，所遇之敌，乃是秦国主力，鏖战半年之多，而沛公刘邦西向攻秦，遇到的却是秦国地方守军，且又走的捷径，前些天得到消息，他们用避实击虚的办法，已取得中原重镇陈留，照这样下去，只怕他们会占到大便宜……"

"嘿！"身旁的项羽一口饮完了酒樽中的酒，转过身来道，"亚父！我军士气旺盛，无坚不摧，我料定将如攻克钜鹿一样，长驱关中。沛公虽有二三万人马，主要是沿途收编陈胜、吴广散失的队伍，这群乌合之众，侥幸取得了陈留，还能侥幸取得咸阳吗？"

项羽的气势以及他的自信，使范增无法谈论下去。在项羽眼里，他只是把刘邦当作自己的部下，不相信刘邦会是与自己争霸天下的对手。他又道："我已与沛公约为兄弟，并肩抗秦。当初沛公起事，迭遭失败，连部属雍齿都背叛了他，还是我叔父给了五千人马，才助他力挽狂澜。他不会与我争的。"

"不一定！"站在一旁的韩信插话说，"上将军，如果我军在钜鹿战后，休战不进，刘邦也就无法西进了。"

项羽、范增同时转过脸来。

范增问："这是为何？"

韩信道："钜鹿之战前，为鼓励作战，楚怀王曾与诸将约定，谁先攻入都城咸阳者，就封谁为关中王。刘邦必定雄心勃勃，志在必得。而令人担忧的是，我们面对着秦军的主力，是一场生死恶战，秦军主力矛头所指乃上将军，若在钜鹿大战后，我军及时撤出战斗，章邯闻听刘邦西进，势必回师援救咸阳，刘邦西进也就困难了。"

范增赞许地点了点头。

韩信又道："但上将军没有休战，尤其是在秦将王离投降之后，预设任务已完成，又在漳水边和章邯鏖战六个多月，甚至连一支几千人的精干队伍，也没有抢先向咸阳方向派去，而是逼迫秦军主力投降，这就使得刘邦有机可乘。"

"怎么？这里也是一个执戟小卒说话的场所？"项羽目光落到了韩信脸上，韩信便住口不再言语了。

其时，韩信对项羽的了解和认识，也是从转投项羽后开始的。而人生过早地迈向辉煌，并不是什么好事，面对如今的项羽，韩信也有一种说不出的感觉……

项羽名籍，字羽，鼻直口方，身材魁伟，气魄非凡。他生于楚幽王熊悍六年（前232），出生地在楚国东部的下相（在今江苏宿迁市区），自幼跟随叔父项梁长大成人。

年少时，项梁曾有意识教他读书，可项羽学了没多久便厌倦了，又教他学剑，没多久又不学了。项梁大怒，他却说："读书识字，足以记名姓而已，学剑，也只能敌一人，不足学，男子汉大丈夫，当学敌万人的本领。"项梁非常吃惊侄儿的志向，于是便教他学兵法。但学了一段时间后，他又不愿意学了，项梁只好任由他去。后来项梁因杀人罪案受牵连，为了躲避仇人，带着他一起逃亡到江东会稽避祸。秦始皇游览渡浙江，项梁和项羽一块儿去观看，他却说："那个人不过如此，我可以取代他！"项梁急忙捂住他的嘴巴。

项羽虽年少轻狂，但力能扛鼎，武艺高强，古人对其有"羽之神勇，千古无二"的评价。陈胜、吴广等在大泽乡起义后，项梁积极响应，在会稽成功地发动政变，项梁自立为郡守，项羽做将军。这一年，他才二十五岁。从此他带领八千子弟，过长江、进淮阴、屠襄城、战定陶、破钜鹿，征战连连，杀伐果断，叱咤风云，天下罕有敌手。

让人不可思议的是，这个强悍的汉子，最初给人们的印象却是十分柔和的。他为人恭谨，言语温和而亲切。定陶惨败后，韩信在投靠主人的问题上面临新的选择，没有选择宋义，他与溃逃的数十名战友，几经周折来到彭城投奔项羽。项羽挨个儿地来到每人面前，嘘寒问暖，还将他的饭食拿给伤号吃，归来的士卒看到这个场面，无不感动落泪，连一些负伤累累躺倒在地的士卒，都支撑着身体爬起来向他敬礼，并发誓要同秦军战斗到底……

"吁吁……"突然间，一阵急促的吆喝声，打断了韩信的思路，三位满身尘土的将军跳下马来，匆匆进帐。他们是楚军将领英布、龙且和钟离眛。

"上将军！"

"讲。"

"刚刚得到消息，秦军降卒不服将令，内心不满，怨声四起，我们特意从前队赶回来禀报！"

项羽大吃一惊，将握在手中的酒樽扔掉，急问详情。

黥面披发的英布回答道："上将军，秦军中有人密报，章邯、司马欣、董翳虽已归降，但他们部下不甚诚服。兵卒们私下窃语：章邯诱骗我们投降，楚军如能攻入函谷关，西破秦国，当然很好，而函谷关险，易守难攻，倘若战而不胜，上将军一定会将我们俘虏到楚地，我们父母妻儿也将为自己的叛秦投楚而被二世皇帝杀掉。与其获罪朝廷，不如现在逃跑，或者索性反楚。"

"这还了得！"项羽瞪大了一双目有重瞳的眼睛，再也无法坐视。以秦卒二十万之众，一旦造反，气势和力量都是惊人的。他咬了咬牙，定下了决心，要绝后患。他站起了身，目光凶狠，踱了几个大步，蓦地停下："只留下秦军主将章邯、司马欣和董翳三人，但不让他们和部下接触，至于兵卒，全部坑杀！"

"坑杀？"

范增站了起来，向项羽拱拱手，忧心忡忡地劝阻道："这样做不妥，自古以来，不杀降卒，况且，要坑杀二十万之众！"

"亚父，如今我们都快到关中了，秦卒若要暴乱，这后果实在不堪设想。"项羽坐了下来，行事坚决，手一挥，"英布、龙且、钟离眛听令，此事就交给你们处理了，待我军进入山谷地带内，划定降卒露营死地，坑！"

三位将军齐声道："是！上将军。"

见此状，韩信悚然不安，又一次壮着胆子走上前去对项羽说："上将军不能这样做，对秦人谁没有家仇国恨，但要想一想，成千上万被缴了械的秦军将士，一概被坑杀于山谷之中，那是一种什么样的惨状。当年秦始皇用这种酷刑，坑杀四百六十余儒生于咸阳，引起天怒人怨。如今一报还一报，我们再坑杀二十万降卒，后果恐怕更为可怕。秦卒如果战死，不会有人记恨，如今归降，无故为我们杀害，他们父母、妻儿莫不悲恸欲绝。二十万人头落地，要树多少仇敌？这将大大地有损上将军的品德和声威，失去天下人心……"

"妇人之仁！"项羽不堪忍受韩信的奚落，一个小小站班的，竟敢妄论郡国大事？这岂不辱没了自己的威名，"你忘记了自己的身份，谁允许你老在我面前指手画脚的！"

韩信一直无法走进项羽的心里。虽怀满腔热血，屡呈良策，但并未受到项羽重视，仍作为站岗放哨的执戟郎中，跟随着项羽下钜鹿，进关中。他越来越不安，许多想法无法很好地表达。此刻，韩信实在耐不住性子，长叹："忠言逆耳，那时定陶大战，项梁将军拒谏，误中章邯诱敌之计，被乱军所杀……"

"什么？"项羽见韩信越发没上没下，又提起自己叔父项梁，更是怒火满腔。叔父待己，恩重如山，可以说没有项梁，便没有今天的楚国，也就没有今天的项羽。他不禁问："听说你是淮阴人？"

"淮阴人！"

"哈哈！你就是军营中纷传的那个钻裤裆的小子吧？难怪你说不出有志气的话。我倒要问你，你和宋义有何两样？劝谏？劝什么谏！人都劝死了。特别是那个宋义，溜之大吉去定陶，还安安稳稳地回来，到处宣传项梁必败，自己是未卜先知的大英雄，这不是在戏弄人？"项羽全无了平日的庄重和威严，眼中透出了一股杀气，"我已将宋义处斩！你这位英雄，又是怎么劝谏的呢？我也想好好听听。"

众人面面相觑，噤若寒蝉。

韩信稳定了一下情绪，从容不迫地答道："在定陶之战前，章邯虽在会战中遭受挫败，而且秦廷正经历着一场殊死搏斗。秦二世胡亥更加昏乱骄奢，专宠郎中令赵高，丞相李斯对此不满，赵高便用计除掉李斯。赵高在宫廷中，独揽朝政，秦王朝内部危机四伏。这期间，尽管秦廷动乱，但秦廷对章邯军的支持补充并未贻误，从全国抽调了大批人力物力支援。章邯得到补充后，便引济水环濮阳城以固守，并加紧休养整训，士气复振。但项梁将军以为上将军、沛公刘邦屡败秦军，秦军已不足为虑，他轻易地做出了令上将军、沛公西进击秦的决定。而章邯兵分三路，其目的是避实击虚，故意让司马欣、董翳引开上将军、沛公，章邯令固守定陶，自率一军往援，以达到各个击破的目的。项梁将军求胜心切，冒雨攻城不止。当时我认为，用兵作战，贵在将不轻敌，兵不畏死，如若让敌人看出我们只顾攻击，不问防守，将骄兵惰，而秦军增援却一天天加强，这是危险的事啊！章邯又大胆放弃黄河济水地区，让我军恣意进出，就是不战，目的是将我们诱入他设下的口袋。我把事情的严重性向观军特使宋义提出来了，宋义曾极力劝谏，万万没有想到，项梁将军不以为然。宋义知项梁将军必败，便借口联络齐国，赶紧逃跑。三天以后，章邯大军蜂拥定陶，项梁将军陷入重围，唯一有力量解救的队伍却远在陈留。"

"这么深的问题，你能想到？"项羽责问。

"能！"

"绝对不能！你强词夺理，那你又是如何得以逃脱？"

"我，我和甲而卧，故此比较警觉。"

"嘿！一介书生，我看你是钻章邯的裤裆去了，你既没有大丈夫的气质，又没有武士的胆略，夸夸其谈。"项羽冷哼一声，大叫道："来人！"

帐外的几个彪形大汉，闻声飞扑入帐。

"给我拉出去重杖击打！"

"慢！慢着！"重杖之下，非死即伤，这会要了韩信的性命！只见刚才与英布一同进帐，那个粗犷彪悍、身材魁梧的钟离眜将军，一个箭步上前，"上将军息怒。韩信与宋义不同，应另当别论，韩信的举动，虽有偏颇，却是为了大楚振兴，其情可悯呀！"

项羽一凛。

这时范增也站出来："上将军！韩信虽为执戟人，见识却与众不同，言辞虽激烈，却都是肺腑之言，不无道理！"

"亚父，他才二十挂零就自矜其能，未免过于张狂了。我绝不能容忍，容忍一个小卒老在我面前说三道四。"

"韩信其言不可轻视。"

"亚父！一个人品低劣的胯下小子，哪有什么真学问？"

"这说明你还不了解他，他是一个极有能耐的人。"其实范增对韩信的态度有所保留，过于能干的人，到底能不能予以重用，他还没有想清楚。现在他不想把问题扯得过远，只是劝说道："在解决宋义问题时，韩信向我提出了很好的建议，对我有很大触动。由于战事紧迫，老夫一直未能及时地将他推荐于你。上将军，人才难得，今日倘若如此待他，天下哪还有人敢入楚抗秦？这些，你要好好地想一想。"

"亚父！"项羽感觉到虞姬在推他的手臂，他止住了发怒，但语气十分坚决，"这些我可暂且不论，辱我先叔父者，我绝不轻饶！"

项羽话音刚落，钟离眛却跪倒在地："上将军！韩信是我师弟，若要杖打韩信，那请上将军先杖打末将吧！"

钟离眛是项羽器重和深爱的战将，当项氏叔侄打过长江渡河时，钟离眛变卖家产，得二千众，从家乡伊庐（在今江苏灌云）前来投效，被项梁立为先锋，与项羽、英布一同与秦军鏖战在前线，屡立大功，但钟离眛怎么会与韩信是师兄弟？这倒是闻所未闻。项羽瞪大了眼睛，疑惑不解："站起来说，这是怎么回事？"

随着项羽的喝问，大家的目光聚集在钟离眛脸上，钟离眛悲愤与迷茫相交织，站起身来走到韩信面前，说道："那是个难以忘怀的日子，为了复仇，我与韩信曾在淮阴射陂一起学习过。"

钟离眛眼前一片模糊，不觉得两行泪水，沿着腮边流了下来……

淮水带着远古气息，从安徽入境江苏，经洪泽凹陷区，抵达淮阴西境。秦始皇统一天下后，秦朝统治力量并未能深入江淮平原腹地。因此，像韩信家乡射陂这样水流纵横、沼泽遍布的地方，便成为亡国贵族、心怀异志者沿淮水而东进的理想避难场所。射陂深处，有几间简朴的茅屋草舍，那时，韩信与钟离眜曾共读于此。他们的师父是原秦国尉缭子。离别的那天，缭子曾特意嘱托钟离眜和韩信，你们在患难中相逢，覆秦志向一致，以后，要负起相互照应的责任……钟离眜叙述后，抹去一把泪水，叹道："与师父分别后，韩信回到了淮阴城，我也回到了伊庐。从那以后，我们就一直没有联系上。当韩信渡过淮水来大营投军时，我又与上将军去了泗水阵前，一直未能见面，今日却是意外重逢，且在这样的场合……"

他再次向项羽求情："上将军！韩信苦大仇深，他分析战况，思索着战局走向，积极寻找良机，建言献策，力图为灭秦大业施展自己的才华，为来为去，还不是为了反秦抗暴，推翻秦国，末将恳请上将军法外开恩，放了韩信吧！"

"对！放了韩信吧！"这时，一旁的陈婴、英布、龙且、季布、桓楚、武涉等人，颇为动情，也纷纷为韩信求情。

虞姬抓住项羽的手臂，又是轻轻地推了推。

项羽想法终于有了转变，自己不能感情用事，因讨厌宋义而讨厌天下所有的文士，那就太过分了。他仍扶戟端坐，但语气缓和了下来："也罢，放人！"

三

回到了下榻的帐篷中，钟离眜与韩信喝了一些酒，为兄弟的重逢而庆祝，更为韩信劫后而压惊。今天如果不是钟离眜及时来到，拼命相救，恐怕性命已经难保。

韩信是幸运的，在进军路上终于躲过一劫。

这是一个不眠的夜晚，他们一一谈起别后情况，当钟离眜问起韩信楚军营中纷传着他在淮阴乞食漂母、受辱胯下的故事时，韩信百感交集。他们别离时间虽仅一两年，在人生长河中只是个瞬间，可是对韩信来说，却是一个世道艰难、刻骨铭心的日子……

淮阴踞于长江以北，苏北平原中部，淮水从其城北流过。

早在春秋末年，吴王夫差为北上争霸中原，利于运送军队和粮草，开凿了邗沟，从邗城引长江水，经高邮湖、射阳湖、白马湖，至淮阴末口注入淮水，再经淮泗口沿泗水北进中原。末口的开凿，是中国水利史上一次革命，从那时起，东西走向的长江与同样东西走向的淮水，在这古老的原野上挽起手臂，襟吴楚，带淮泗，成为沟通南北方的重要通道。

秦始皇统一六国后，苦于秦法严苛，北方韩、赵、魏、燕、齐等地的亡国之民，不断跨过这道门槛，逃难到秦统治力量相对薄弱的江淮地区。秦帝国为了便于南北运兵输粮，集散管制，在淮泗口南十里，开始在淮阴置县。到二世初年，仅数年时间，新修建的淮阴城已初具规模，市井虽不算太大，但颇为热闹繁华。

紧依淮阴城下，是一临淮水的大浅湾，为垒城取土所形成，水面辽阔。这天傍晚时分，岸边有个身披蓑衣，挂着一柄长剑，头发有些散乱的年轻人，手提着鱼竿，一动不动地立于湾头垂钓，他就是刚从外面回来的韩信。

一中年汉子急切地走过来，对韩信说："小子？你怎么还在这里钓鱼?!"

"找我？"

"对！"

"有什么事？"

"跟我回去你就知道了。"

"不！手气不佳，两个时辰尚未钓上一条大鱼。"

"哈哈！你还有这个闲情，莫不是在学姜太公钓鱼?"来人冷笑一声，不由分说拉上他，"找你，大家都快急死了！"

自从与师父、师兄分手后，韩信昨日回到了多日未归的家。得知韩母被一帮秦卒打伤，伤情严重，悲愤之情难以言表。他今天特意来到河边，想钓上几条活鱼，为伤重的母亲熬上一些鱼汤。此刻，隐约感到母亲有了什么事，不敢多想，也不再多问，收起鱼竿同来人一道回去了。

暮色中，淮阴市口的青楼、酒肆，仍像往常一样，呼喊声、淫荡声、叫骂声吵闹一片。二人穿过市口，来到淮阴城东边的下乡南昌亭。这里的居住者，多系韩国逃难的流民。韩信的家就是道口旁的那一间破草屋。来到门前，那人轻轻向屋内喊了一声，随即走出三四个人。

当头那个胡须花白的老者，瞪大眼睛，压低声音，劈头盖脸责问韩信："小子！还知道回来？这么大了也不成个家，成年累月在外面鬼混，当你母亲被秦人痛打时，你哪里去了？你母亲盼你流干了眼泪，你回来却去钓鱼，你是一个孝顺儿子？"

韩母被打一事，虽是韩家个案，却带有那个时代反秦黑秦的固有色彩，人们复国的观念尚未调整过来，秦的严苛法度，无尽的徭役，残暴的统治，旧六国的人们忍无可忍，摩拳擦掌。

韩信也不答话，惊惑地睁圆了眼睛，惴惴不安地扑进小屋。

透过昏暗的光线，韩信发现母亲病情加重，脸色蜡黄，面部血肿可怕，气息奄奄地躺倒在草铺上。韩信急忙上前抓住母亲的手，本能地跪在地上："母亲，母亲……怎么样？"

这时，韩母蜷曲的身体竟然有了一些颤动，眼睛缓缓睁开，欲说无声，点滴泪水溢出了眼窝。

"小子！韩国从来没有孬种，血债血偿，要为你母亲报仇！为韩国雪恨！"老者狠狠地说。

韩信悲愤地咬着牙，止不住的泪水顺着面颊滴了下来……

韩信约生于公元前230年，这一年，以秦国的纪年来计算，是秦王政十七年。与楚汉时期一些重要人物相比较，他是年龄较小的一位。姑且认定刘邦生于公元前256年，项羽生于公元前232年，张良生于公元前251年，萧何生于公元前248年，韩信约比刘邦小二十六岁，比项羽小二岁，比张良小二十一岁，比萧何小十八岁。

韩信出生时，淮阴属楚国东部的淮楚地区。秦始皇统一天下后，这里便成为秦的泗水郡淮阴县。因此，就韩信的出生地来说，韩信是当时战国七雄之一的楚国人。不过从姓氏看，在那个六国崩塌的年代，其姓氏还保留着血缘和身份的记录，为官者以官为姓氏，士大夫以封地为姓氏，诸侯王族以国为姓氏。韩信姓韩，应该和战国时韩国王室有一定的关联。

史书记载，韩信为平民时，家境贫寒，生活困顿，遍尝了世态炎凉，他没有钱，在社会上表现也不好，地方招募吏员时不被录用。他不屑于经商，又没有其他生活来源，经常吃了上顿没下顿，但却非常另类，常常挂着一柄宝剑招摇过市。可是，那个时代冶金技术并不高，铸一把剑很不容易，也只有王族或者贵族才有能力和资格拥有。

史书还有记载，韩信后来投奔汉军是在一个无足轻重的职位上被推为汉大将的。登坛受命时，这个从未指挥过三军的年轻人，见识高远，与汉王刘邦一番宏论，石破天惊，他的"汉中对"意义，远远超过了诸葛亮的"隆中对"。他在战略大局上，有独到的见解，在战术运用上也创立了许多新东西。在击破赵国后，他告诉将士们，背水列阵就是《孙子兵法》"置之死地而后生"的灵活运用，大谈春秋时名人百里奚佐秦称霸的"为虞计拙""为秦计巧"的用人道理。楚汉战争结束后，他还著书立说，在兵法的研究方面有很多独创性，被称为"谋战派"的代表人物。

试想，战国时大混战数百年，十室九空，白骨露于野，在一个历史上文盲率极高的洪荒年代，当时字是刻在竹简上的，普通人连识字的资格都没有，谁能饱读兵法史书，拥有这么高的文化层次？谁能挂剑上街，处处尽显贵族遗风余韵？

其时，人们对韩信的身世也不太了解，他的父母是谁，似乎没有人知道。巧妇难为无米之炊，著名史学家司马迁在记述中，也只能以寥寥数语一笔带过。这主要是因为年代久远，人们记忆中的一些史实已经模糊不清。其实，韩信身世早在唐代就有了比较明确的说法。《大周韩德墓志铭》《唐故昌黎韩府君韩绶墓志铭》《唐故昌黎郡处士韩审墓志铭》均记载韩信为韩国贵胄。

传统蒙学读物、明代大学士李廷机所著《五字鉴·秦纪》中也称："韩信乃韩国之后。"同样，近几十年来国内还陆续发现明朝天启年《淮安府志》《凤山县志》《东兰县土司族谱》，以及韦姓、何姓和韩姓一些家谱，均指认，韩信为落魄并胸有大志者，他的父亲或为韩襄王仓庶出二公子韩虮虱之孙。

当时，韩国发生政变，留在楚国做质子的韩虮虱没有当成韩王，被迫留在楚国，等待恢复韩国贵族身份。可是不久，韩国就被秦国攻破，几年之后，秦将王翦包围了楚都寿春。身为韩国王族的韩信父亲，和许多人一样，为躲避秦军的追捕，向江淮迁逃，辗转途中散落在偏远的古淮阴，其妻生下韩信。由于韩信特别懂事，又聪明过人，韩父从小教他熟读《孙子兵法》，并被寄予反秦复国的厚望。可是，在韩信十二三岁时，韩父被秦兵拉去修筑长城，多年过去，一直杳无音信，生死不明。事实上，万里长城之下，白骨成堆，服劳役的还有几个人能够生还？父亲离开后，韩信与母亲相依为命。韩母为了将韩信拉扯长大，已变卖了所有首饰和家当，靠的是帮人打零工、在酒肆店堂中干杂活，挣钱养家糊口，孤儿寡母也实在不易……

就在数月前，韩母在酒肆遭到醉醺醺的秦卒毒打，一病不起。邻里们三番五次寻找韩信，却不见踪影。外面传韩信随一帮人远去了故韩地，也有人传他就在淮阴南的射陂草荡中。现在，韩信突然回到家中，在得知韩母病重后，他并没有像大家想象的那样，表示什么强烈复仇愿望，大家十分不解，既着急又气愤，认为韩信是一个没有志气、没有血性的孩子。

"小子，你说话呀！复仇之心，难道真的泯灭了?!"老者又说。

韩信抬起头，神情凝重。他内心一直在滴血！何尝不想告诉大家，他家两代人在淮阴蛰居已有二十余年，渐习淮地习俗，但他们的理想依然是复国，做亡国奴很悲惨，要兵革，要抗暴，为韩国报仇，这是他与生俱来的全部动机！一年来，他确实和一帮人聚集在草荡……这些能说吗？说了又有什么意义？他嘴角稍稍动了动："谢谢大家这些日子对我母亲的照料，韩信没齿不忘！"

夕照下的老屋，仍围着一些人。

韩母再次从死神那里逃离时，已经明显感到生命力的衰微。这时，她似有话说。韩信、漂母等人生怕听不到韩母微弱的声音，急忙俯下身去。

"你回家了，你母亲也就安心了。"漂母叹息着，"你已是一个弱冠青年，你母亲嘱咐你，人生短促，岁月无穷，要好自为之。"

韩信流着泪，点着头，漂母也呜咽着转过身去。

"我……"韩母蓦然睁开了眼睛，嘴唇颤动，嘴角有血水流出，随即垂下了眼皮……就这样撒手离开了人世间……

"母亲！母亲！"韩信趴在母亲遗体上，号啕大哭，撕心裂肺！相依为命的母亲突然过世，他措手不及，没有太多的心理准备，不知道如何是好，觉得太阳陨落了，大地塌陷了，天不会亮了！

入夜，韩信将讨来的两碗稀饭，供奉在韩母的遗体前，自己哀切地坐在那里……黎明来了，屋内的小油灯依旧一闪一闪地跳动着……

天亮了，韩信仍低着头坐在那里，一夜淌干了眼泪……

昨晚那位老者转来，不满于韩信的表现："小子！你只知道呆坐。"

韩信看了老者一眼，目光再转到母亲遗体上，嘴角流血，心中暗暗地道：天下不会长久的安定，自己毕竟不是一介草民，而母亲为了把我拉扯大，吃尽了苦头，现在被秦人打死，自己却无所表示，眼睁睁看着母亲过世，仇未报，恨难消，连一点孝心都未能尽到，难怪人们白眼相斥，实在是对不起母亲！也对不起故韩国的列祖列宗！不肖子韩信，当鼓翼奋飞，去干一番轰轰烈烈的灭秦大事，将来若能成功，第一件事就是回乡重新厚葬母亲，告慰母亲在天之灵！

老者催问安葬事宜，韩信轻声："我要将母亲埋葬到八里荒去。"

"城东北的八里荒？"

"是！"

"那是大荒，连狗都不去，那里合适吗？"

"要的就是这一块地方。"

"哈哈！"老者喝道，"你小子有毛病，不是在说糊涂话？"

"大爹，韩信虽没有什么大本事，也不要怪罪他了，快些下葬入土为安啊！"漂母大娘阻止了老人的发火，转而温和地对韩信说，"再想一想吧，找个其他地方不行？"

"人走了，魂还在！"韩信咬着牙，思而不言，言而无尽，生愣愣地说，"'小人行径终必险，君子固穷未必穷。'八里荒虽是大荒，可那是淮水南岸一块高敞的风水之地，气息神秘，大小土墩排列，地势起伏不定。放眼望去，空旷的八里荒，将来可置上万户人家为我母亲守墓，岂不壮哉，总有一天！"秦汉时，人们很相信风水，选好阴宅阳宅以利个人及家族的兴旺发达。

此言一出，屋子里人十分震惊。这不是说梦话，一个如此糊涂的小子还能名扬天下？

次日清晨，寒风凄惨，枯树上挂着白纱，停在枯树上的几只老鸦"呱！呱！"乱叫。在大家惊愕的目光中，韩信抹去泪水，走出小屋，找来芦席裹上母亲的遗体，放在一辆破旧的牛车上，举起招魂草幡，在老者、漂母等几位邻人的陪同下，踏着荒野，牛车"吱吱"将灵车拉向八里荒……

韩信葬母一事在淮阴引起不小的轰动。

时隔七十多年后，年轻的司马迁从长安出发，过长江，造访淮阴县，观风问俗，访求韩信年轻时的故事，为写作《淮阴侯列传》做准备。

故老们每每提及此事，依然感慨不已，但态度已经发生了根本变化。回首往事，面对着韩母墓，人们对司马迁说，一个为汉家夺得政权，立下头功的老实人，却因功劳太大，死得很惨。家乡人既同情韩信的人生遭遇，更尊敬韩信当年葬母所为，说他即使为一介平民时，志气也是和平常人不一样。自小不凡，人穷志大。那一刻，司马迁泪水不禁从眼角滴了下来。这是后话。

韩信葬母的举动，人们议论纷纷。

在议论声中，唯有南昌亭长还能体认。秦朝地方行政建制为乡、亭、里，亭长则是乡村十里治理民事的公务人员，负责治安、捕盗、理民和管理停留旅客等事务。相当于现在一派出所所长。

南昌亭长年近五十，黄面鼠须，却是韩信的一个忘年朋友。他觉得韩信小小年纪，竟有这番举动，与众不同，又见韩信庄重自然的神态，文雅适度的谈吐，心里很是佩服，他劝韩信去他家寄食。

寄食养士是春秋、战国时的遗风，食客经常寄居权贵门下吃闲饭，往往伴有一定目的。韩母去世后，韩信在淮阴已是孤身一人，考虑到为母亲守孝，不该远游，在淮阴生活也无着落，于是一拍即合，决计先来南昌亭长家填饱肚皮。不过，亭长妻子开始还能沉住气，但半年下来她愤怒了，每天准时准点来蹭食，家中就是一座山也会被吃空。要不要将韩信继续留下来？一次晚饭之后，她和南昌亭长争吵起来。

那日，南昌亭长送走几位朋友回家后，妻子横在门框旁，怒目相对：

"当家的，半大小子，吃死老子，韩信穷得叮当响，却挂着一柄剑，趾高气扬，来了这么长时间，什么事也不做，白吃白喝，太不要脸了。你非要把我父亲留下的一点家产花光不成？"

还算大度的亭长知道妻子生气，小心赔笑："夫人，若现在撵走他，未免面子上过不去，外人问起来话还不太好说。俗话说，'能去一斗，不添一口'，夫人看开些，如今他虽小小年纪，却勤于苦读，志向远大，在我们家寄食的，大多是劳碌庸作，只想混口饭吃。相师说他文墨滔滔，面有异相，不同寻常，将来必能发迹。"

"屁话又来了！相师，什么相师，你不要老跟我说这些。"她手指着南昌亭长的脸，"撒泡尿照照影子，他和流浪汉有什么两样，贫而无行，能有什么出息？我看呀，他成天使刀弄棒，读什么兵书，到时捅了娄子，你亭长撸了是小事，不要让人说你包庇犯上作乱、图谋不轨之人，这可是杀头灭族的事！"

"留着韩信虽有风险，可看看天下形势，民不畏威，则大威至矣。若百姓不怕死想去造反，天下非出大乱子不可。我们结交一帮有用之人，留条后路才是明智之举。"南昌亭长想岔开话题，说着，便挨到妻子身边，抚摸着她光滑的后背，捻着稀疏的黄须，伸过脖子，欲吻她的嘴巴，"徐娘半老，越看越漂亮……"

"不要和老娘套近乎！"她伸手就是一个巴掌，"是秦的天下也罢，不是秦的天下也罢，我看他都翻不了天，就是翻了天，做个万户侯，我也不稀奇。"

"夫人……"

"撵不撵？"她不依不饶，又将手举了起来。

"撵，撵他走还不行？"亭长摸着脸，生怕再挨一个巴掌，急忙从门旁闪入内室。

"回来！"南昌亭长随着妻子的一声喝，不由得停住了脚。妻子语气缓和下来："说说看，你怎么个撵法？"

"从明天起，不叫他在这里寄食了。"他无可奈何地说。

"你呀！真不会做人。"她笑着用食指朝亭长额上一戳，"犯嫌，我教你一个法子。"说着，挎起男人的膀子一同进了内室。

几天后的一个上午，韩信到城里办事，当他途经市口一狗肉铺子时，一节烂狗肠子从里面摔了过来……

"没长眼！"韩信抬头一看，是宰狗的屠大丢的。屠大满脸胡须，好使刀棒，在淮阴城里素有一霸之称，为人憨直性躁，今天拉大嗓门儿叫喝招徕买主，可是有人瞧，无人买，他正在发火："不买，死远些！别在这里挡了老子生意。"

原来几个孩子在围观，屠大拿起烂狗肠子，朝孩子扔去，孩子们一闪身，正好打在过路的韩信身上。

"回来！难怪老子今日狗肉卖不出去，原来是碰到你这个丧门星！"屠大见是韩信，气不打一处来。一个穷得吃不上饭的，还要穿长衫挂长剑，实在是讨打！

"你不要出口伤人！"韩信扭过头来，呛他一句。

屠大将刀一拍："你再嘴硬，老子宰了你这个文不文、武不武的鸟人！"说着，他拿起明晃晃的肉刀冲了过去。

"老弟！老弟！不能这样，不能这样。"忽然有人从旁边喊道。

"少管闲事！"屠大回头一看，原来是南昌亭长赶过来了，便站住了脚。

"屠大老弟，韩信得罪了你，我来赔礼。"

这时，路边围观的人纷纷上前劝解，屠大觉得脸上有了光彩，便借着这个梯子下了台阶，但嘴里仍哼唧不止："杂种！这次饶了你，下次再触犯老子，叫你白刀子进，红刀子出！"

韩信气愤道："怎么遇到这么不讲理的人！"

南昌亭长拉起韩信就走。他劝韩信算了，现在外面很乱，不要与这种人一般见识。走了一段路，他笑嘻嘻地拉韩信坐在大树下，告诉韩信正有事商量："啊，这回你可有出头之日了，我从县衙刚回来，已替你向县令大人求过情，县令答应叫你做一名捕盗，不知你意下如何？"

韩信一愣。

"只不过……"南昌亭长低下了头，"只不过有个要求，县令看中了你那柄宝剑和手中兵书。"

韩信大吃一惊，没想到会提这么个条件。心想，身上的长剑系祖传之宝，精神寄托，兵书乃师父所授，无比珍贵，岂能轻易送人？他面露难色。

"韩信呀，你真呆，满肚子文章充不了饥，把那兵书、宝剑送给县令大人，既可谋个一官半职，免受饥冻之苦，又可避开'作乱'之嫌，有何不好？"

"作乱之嫌？"

"是呀，东南有王气，始皇帝最为放心不下，他屡次南巡，就是为了镇此。据说今年初冬日，荧惑星乱了常轨，一颗大流星坠落在咸阳以东的东郡，大陨石被人刻上一行箴语'始皇帝死而地分'，他大为震怒，下令炸毁陨石，追查作案者，无辜受到牵涉，被诛杀的读书人数以万计。现在，继位的二世皇帝要求东南郡县，严加防范作乱，进一步扩大搜捕读书人的范围，发现图谋不轨，心怀异志者，格杀勿论。在这当头，可要小心注意才是呀！"南昌亭长已和县令讲好，满以为韩信不会不同意。

听明白了，他怕韩信给他惹麻烦，将兵书和剑献给县令，岂不一举两得。可剑与兵书是命根子，对自己来说，没有比这两样东西更为宝贵。韩信狠了狠心回绝了："多谢亭长的关心！我实在当不了捕盗，祖传的长剑与师父授给的兵书我不敢送人。"

南昌亭长见韩信态度坚决，没有商量余地，叹了口气，摇头，只好走开了。

翌日清晨，当韩信匆匆来到他家就餐，走到饭厅时，见桌子上碗筷横七竖八，狼藉一片，只剩一点残羹。平时吃饭较晚，怎么今天如此之早，通常不是这个样子呀！韩信觉得蹊跷，他走进厨房，见亭长妻子正在收拾残羹剩饭、刷锅洗碗，便问："大嫂！没有剩饭吃了？"

"来晚了，早饭我们在床上吃过了。"亭长妻子面无表情，看都不看韩信一眼，心里却在骂，"杂种，找路给你走，你不走，可不要怪老娘不仁不义！"

"在床上吃过了？"韩信一下子明白过来，她家玩的是小人伎俩，在赶自己走！狗眼看人低，太小瞧人了。韩信满腔愤怒，眉头频蹙，想骂却什么都没有骂出口。史书在描写时，用了四个字："怒，竟绝去！"随即，他走出了南昌亭长家的大门，从此不再和亭长家有任何来往。

夏日炎炎，柳枝低垂。

现实的无情，日子的窘困是多么难以想象的事情。

俗话说，"民以食为天"，吃饭第一。失去了生活来源，又不会料理自己，吃饭就成了韩信一个大问题。淮阴多河流湖泊，是淮水中下游地区的水乡泽国。自从离开南昌亭长家后，为了维持生计，韩信常常在淮阴城下河丘蜿蜒的淮水边以钓鱼谋生。

这日已近晌午，午饭钱还没钓到，面容憔悴的韩信必须在湖边继续钓下去，希望能钓到一条大些的鱼。他强忍着饥饿，眼前却金星直冒，忽然鱼浮子动了，连忙提竿，只是一场空欢喜，原来是一尾小鱼在捣乱。他重新放上诱饵，换了个位置把鱼钩投入水中。

"漂母你看！那个钓鱼的，几天下来就没有看他钓起几条鱼来。钓鱼还要看书，能看见鱼浮子动？"只见几位漂洗丝絮的妇女两腿浸在清泠泠的水中，一边用力捶打纱絮，一边议论着钓鱼的韩信。

"这孩子太可惜……"

"你认识他？"

"岂止认识，我是看着他长大的。"

"这年头，能保住性命就是福分，书能当饭吃？"大嫂故意捉弄，喊道，"喂，钓鱼的，鱼儿咬钩了！"

韩信闻声急忙提起鱼竿，一看无鱼，忽然听见传来的笑声，循声望去，大嫂笑得前仰后合。韩信情知上当，无可奈何地摇了摇头。

不一会儿，韩信提起鱼竿，想再换个地方下钩。刚走十来步，竟感到天旋地转起来，接着眼前一片漆黑，一头栽倒在河堤旁，什么也不知道了。

漂母、大嫂见韩信倒地，连忙放下手中的纱絮跑来，漂母心疼地将韩信扶起，关切地问道："韩信，你醒醒，你怎么啦？"

少顷，韩信轻轻地发出呻吟声。见韩信脸色煞白，满头冒汗，嘴角淌出黄黄的黏黏的口水时，她才恍然大悟："哎呀！他是饿昏了。快将我罐子里的稀粥拿来，快呀！"

"知道啦！"大嫂从柳筐中的陶罐里倒了半碗粥汤递过来。

当闻到粥汤香味时，韩信嘴角微微动了动。他觉得自己似乎从半空中飘来。一阵恍惚过后，他听到有人在呼唤自己。仿佛那声音由远而近，漂母面庞逐渐清晰起来。韩信揉了揉眼睛，见漂母捧着陶罐蹲在身边，便挣扎欲起。

"真吓人，这下好了！"

韩信面色也好了许多，感激地说："大娘！多谢相救。"

"别这样说，快吃吧！"

韩信太饿了，他举起陶罐，一口气将剩下的稀粥喝光了。

漂母笑了。

漂母十多年前，从北方逃难而来。后来据淮阴南昌亭人回忆，她丈夫和孩子先后死了，官兵强占了她的屋子，她没法活下去，又逃到这城边，给城里大户人家做漂洗工，得几文辛苦钱糊口。她姓什么，叫什么，没有人知道。她年复一年，风里来雨里去，腰背已累得很驼，人们出于对她的同情、尊敬，都亲切地称她为漂母。不知对孩子怜悯，还是出于邻里之情，韩信葬母之后，她便有心帮助这个孩子。这几天，她见韩信终日垂钓，也不上亭长家去吃饭，心中正为此纳闷。此刻，她忍不住问起了韩信在南昌亭长家寄食的情况，韩信一一吐露真言。

漂母听后，泪水不断涌出。

秦汉时王子王孙多失国，像韩信这样沦落到社会底层，最容易勾起良家妇女的怜悯之心。漂母安慰说："南昌亭长妻子不是个东西，好在我手脚尚便，每日漂纱洗絮还能度日，只要你不嫌，每天中午来这里，粗茶淡饭吃些，等日子有了转机你再离去！"

漂母的日子也很难过，韩信两眼噙着泪花，翕动着嘴唇，在几近绝望中能得到漂母的帮助，他感动得一时说不出话来。从此，韩信每天中午按时到漂母这里蹭饭。漂母白天为人漂洗纱絮，夜间还要帮人纺纱织布，还捎带着为韩信缝补浆洗，关照他安心学习。一老一少，亲如母子，这对韩信来说是一件幸运的事。每当他看见漂母背着自己捶腰、咳嗽的时候，心里便像针扎一样，但他从漂母的神情中，读出了慈母一样的关爱。

一晃，又是三个月过去了。一日饭后，漂母对韩信说明天我就不来了，以后吃饭问题你要自己想办法解决。韩信忍不住对她说："谢谢大娘，韩信如有出头之日，一定会用千金来报答您！"

"嘻！何出此言。"漂母面现怒容，韩信骨气清高，只是迫于生存才低下自己的头。然而，漂母头脑很实际，像韩信这样没有谋生的本领，也不肯放下身子，不从小事干起，真为韩信着急。她生气地说："男子汉不能自食其力，还说什么千金报答？给你一口饭，救你一条命，是哀怜你这个王孙罢了，哪里指望你将来的报答！"

漂母的话如同一记耳光，打在韩信脸上，强烈震撼着他的心灵，让他羞愧难当，但他明白漂母气愤的真正含义，人不能只生活在理想之中，现实的每一步都很重要，回想起自己辛苦一世的母亲，对比着薄情寡义的亭长妻子，这是人世间真情的流露，是一个无私的母亲在为自己儿子点燃生活的信念！他暗下决心，一定要重新规划人生，奋发进取，干出一番事业来，以报答漂母的一饭之恩。此刻，韩信走近漂母，向漂母拜了几拜，立起身来向远方走去。

"王孙"，用来尊称亡国贵族后裔，后泛指贵族子孙，古时候也用于对人的尊称。漂母称韩信为"王孙"，可能是从另一个侧面讲出了韩信的身世。

这一天，又是个社祭的日子，市上非常热闹。

卖唱的，舞刀弄棒的，算命打卦的，七十二行当，应有尽有。云集淮阴城的四方来客，在喝酒划拳，观赏市景，在春楼玩耍，叫好声，调笑声，此起彼伏。

离开了漂母，韩信踯躅于街头。却在此时，南昌亭长妻子穿过熙攘的人群，来到了市口，无意中见到了彷徨中的韩信。她停住脚步，心想："这小子，在我家寄食数月，一句感激的话都没有，太傲慢了。县令都和我家那口子说好，要他那剑和兵书，他却不答应，以后和县令关系如何相处？既如此，非要教训教训他不可！"

她暗暗地冷笑一声，来到屠大狗肉铺，上前笑嘻嘻地打招呼："老弟，生意兴隆吧?！"

屠大抬头，见是亭长妻子："混混日子罢了。"

"老弟，我今日忙里偷闲，特地找你到酒肆喝上两樽，如何？陪陪老嫂子。"

"那多谢了。"

淮阴市口店肆林立，市桥跨及河岸。他们在市口桥边一个小酒肆坐了下来，要了觞酒、一些狗肉和几个下酒菜，刚刚喝上几樽，临窗一望，恰巧屠大看到了韩信。

"韩信这小子，在街上转呢。"

"不提他，我们只管喝酒。"

"你们怕他，我不怕！"

"过去，淮阴人都说你是一条汉子，现如今，却都在夸他。"

"噢，夸他什么？"

亭长妻子也不搭话："来，来，我再敬老弟一樽，干！"

"干！"两人一饮而尽。

"不过……"亭长妻子说。

"不过什么？"

"强中有强呀！城里要数他脑子最灵，点子最多，且剑术精深，本领过人，但他太自大，太骄傲。你可知道，他母亲死后埋葬在八里荒，这是为何？他说等日后发迹，让墓旁安置万户人家为他母亲守墓。对施舍他的漂母，大言不惭地说要千金相报。瞧瞧，这是什么气魄！"

"王者气魄！老子早就看他不顺眼，今日非要教训教训这个不知好歹的家伙。"说着，屠大便站起身来。

亭长妻子也假意站了起来拦阻："不能不能！我们只管喝酒，千万不要动手。"

屠大涨红了脸，推开她的手，挽起袖口："唉！你站一边看着，这不干你事。"说完，大步走出了酒肆，来到桥头，不问青红皂白，用肩头向韩信撞去。

"为何撞我？"韩信定睛看去，见屠大酒气醺醺，面红耳赤，双手抱胸横站在自己面前，一定是找麻烦来了，"噢，是醉汉。"

"不，是好汉！"屠大挺着胸，歪着头，"你这家伙，穷困得不能自养，混得形如乞丐，还偏偏装成一副斯文的样子，穿着长衫，拖着宝剑，像个公子王孙招摇过市。哈哈！这样做，你不觉得羞耻吗？今日我俩比试比试！"

"比试？"韩信脸上并没有什么表情。

"对！你不是男人？"屠大见围观的人渐多，越发傲横，"我屠大可是一条硬汉！眼中掺不得沙子，今日不是你死就是我死！哈哈，来吧！来吧！"

韩信看着屠大，一动不动。

屠大喊道："这样吧，我不动手，你拿剑来刺我，我要是害怕，就是狗娘养的！"

"不！杀人要偿命。"韩信看了看剑鞘，刺死屠大，易如反掌，可这算什么英雄。

"不要你偿命，我当着众人立下字据，死活与你无关，你敢吗？"

看热闹的一群人都起哄起来："韩信，你是个男人就杀了他！"

"哈……"见韩信隐忍地低下头，屠大又是一阵狂笑，"此人不过是一个没有用的破落王孙，还装什么装，人说你是淮阴大英雄，闹了半天，也不过是鼠胆鸡肠的懦夫！"

韩信正欲走开，屠大干脆双腿叉开，立于狭窄的桥头中间，大声叫道："别走！要走也行，那就从我胯下钻过去！"

韩信心如刀割，满眼冒火。从小到大遭受不少人世间的嘲弄和蔑视，但在大庭广众之下受到这般奇耻大辱，还是头一回。他的右手向左移去，紧紧握住剑柄。

屠大看着韩信的手："有本事就把剑拔出来，拔剑呀！拔剑呀！"

这是一个艰难的选择！韩信的手渐渐沁出了汗，眼光中透出一丝杀机，射向屠大。

屠大为之一颤。

这时，满街的人在喊："韩信！杀了屠大！""韩信！你太懦弱了，要有血性的话，就杀了这家伙！"

这一喊，反而使韩信冷静下来了：

比武，他是饱汉我是饿汉，未必赢他，即使赢了，也将伏法受诛，难免一死。不知今日情况的人，还以为我智虑穷尽，怒杀屠夫，只为一时痛快。古人所谓豪杰之士，"必有过人之节，人情有所不能忍者，匹夫见辱，拔剑而起，挺身而斗，此不足为勇也。天下有大勇者，卒然临之而不惊，无故加之而不怒，此其所挟持者甚大，而其志甚远也"。匹夫见辱拔剑而起，这就是普通人，受到一点侮辱后，第一反应就是拔刀子动拳头。真正大智大勇的人，突然遇有一事，神色不变，即使别人无缘无故把一个罪名加在你身上也不动怒。忍是强者具有的品质，在忍辱中参悟兵法未尝不是一种境界。而死还不是一件容易的事，活着不在小事上沉沦，才是最要紧的。我当用一生的努力，创出一个反击故事！将来总有一天会让屠大知道自己错了，要让屠大看到我的成功，要让淮阴人知道到底谁是懦夫！

韩信见耻于乡间，并不是无所作为。不能不说，在秦末农民起义大风暴即将来临之际，项羽、张良等一大批有识之士，从反秦的政治目的出发，志在未来，也都刀剑随身，走上了励志学兵之路。这是思想活跃年轻人的一个选择。

他想着想着，目光渐渐平和下来，理智战胜冲动，右手也离开了剑柄。

"哈哈！害怕了吗？"屠大见状，轻蔑地说，"韩信，你害怕就从老子裤裆下钻过去！淮阴自古是藏龙卧虎的地方，哪容你小子装腔作势？快钻吧！"

"屠大！你会后悔的。"

"老子整日杀猪宰狗，从不知道什么叫后悔！老子腿都叉酸了！"

"唉！"韩信猛然拔出剑，举过头顶……却将剑插在地上，冷哼一声，"算你有本事，韩信不跟你斗！"

剑鞘仍在颤动！韩信拽起长衫，狠盯屠大一眼后，俯下高大的身子，四肢并用，从其胯下爬过，起身后掸了掸身上的泥土，拿剑自去。

"孬种！孬种！怎能像狗一样爬过去，丢人现眼，淮阴还从来没有见过这样的人。""奇耻大辱！胯夫！""胯夫！胯夫！""滚！滚！"街市上围观的人群原以为韩信会拼命的，却看他钻屠大的裤裆，那些同情他的，耍弄他的，看热闹的，有人摇头，有人哄然大笑，有人喝着倒彩……

黄昏，归巢的白鹭，成群结队地落入草泽深处。

水边的小披棚，韩信头发散乱，半躺在草铺上吹着埙：

"淮口烟光隔岸横，蒹葭蒲菰未清分。楚天水急如瀚海，沙禽刷羽夜深飞……"

在荒野中读书习武、捞鱼摸虾忙碌一天的韩信，已回到为母亲守墓的披棚中，这已经是快三个月的事了。没有了家，没有了亲人，八里荒葬母风波，亭长妻下逐客令，特别是受屠大的胯下之辱，虽忍了，但悲愤还是时时袭上心头。屈辱的现实，连续的打击，颓废的情绪使人绝望。他不安于现状，不知道怎么办，又觉得世道不应是这样，复仇？哪天才能复仇？他焦急地盼着，盼着复仇这一天早日到来。

"韩信！韩信！"就在韩信意志有所消沉的时候，一天一位神秘的人找来了。

"谁？"韩信从小披棚中惊诧跃起。

来人取下头上的伪装，原来是一位十八九岁的女孩，在夕阳下显得十分的美丽脱俗。

"凝雪？啊！"凝雪是缭子师父的女儿，韩信惊讶不已，"你……你怎么找来的？你从伊庐来？"

"嗯！"

"一个女孩，太不容易了！"韩信连忙帮她卸下肩头的包袱，扶她进了小披棚。

她面色疲惫，气喘吁吁，吃力地坐了下来，问道："韩信，外面刀兵汹汹，陈胜、吴广在蕲县大泽乡揭竿而起，引起了四方响应！这么大的事你知道不知道？"没等韩信回答，凝雪又对韩信说，"老爹告诉你，等待的机会终于来到了，要你赶快投军去！"

韩信睁大眼睛："投军?!"

"对！"凝雪讲述着……

去年秋七月，秦始皇出巡突然死于沙丘后，宦官赵高利用利诱手段，迫使丞相李斯就范，伪造诏书，逼死秦始皇的长公子扶苏，杀害了战功卓著的大臣蒙恬和蒙毅，立胡亥为二世皇帝。赵高唆使胡亥大肆屠杀朝臣及诸公子，继续修建阿房宫，赋敛愈重，戍役无尽，老百姓叫苦连天。数月前，九百名到渔阳守边的戍卒，被押到大泽乡时，因连天的大雨，阻滞了行程，无论如何也难以如期到达。秦的法律是不能如期到达，都要被杀。屯长陈胜便与副手吴广商量："误期是死罪，逃亡也是死罪，倒不如铤而走险，揭竿举义，就是死也死得轰轰烈烈。"于是，他们寻衅杀掉卫尉，把自己的决心和理由向戍卒们解说。大家一致拥护，推陈胜、吴广两位豪杰做他们的领袖，起兵抗秦。起义队伍声势很大，不久建立了"张楚"政权。

陈胜他们这一把火，如同投在干柴堆里，大火从四面八方熊熊燃烧起来。两三个月内，许多被秦灭掉的六国旧贵族趁机而起，先后建立了齐国、赵国和魏国。还有一些久蓄大志的人也纷纷起来，拥兵自立。武臣起兵于赵，彭越起兵于昌邑，英布和吴芮起兵于番阳，朱鸡石等起兵于淮上，刘邦率沛中子弟攻下了沛县城。在江东，逃亡于会稽郡的项梁与侄子项羽也已起兵，声势浩大，成为东南方反秦义军中一支重要的力量……

凝雪带来的消息使人惊疑，使人振奋。她又说："韩信，天下风云际会，秦朝的根基已动摇了！老爹说，你是一个天才，将帅情结很重，能够担当大任。如今群雄并起，莫不以诛暴秦为快事，以解生民的苦难。特别是项梁将军，率精兵已过长江，沿邗沟北走高邮，西进淮阴县来了，这情形不正是你所期待的吗? 你前去投效，倘蒙重用，可以报家国之仇！"

"报家国之仇?"

"对！"

"我能行吗?"

"怎么不行！从前你不是这样的。"

接着，凝雪告诉韩信，师兄钟离眜已投项梁将军去了。钟离眜曾派家人卢乡来淮阴找你，可是没能找到。她那双大眼睛正注视着韩信，长长地透了一口气："外面的战争如火如荼，怎么淮阴一点风声都未闻？我猜着了，这是你遇到了挫折，逃避现实，找个借口，躲藏起来了，这就是你的性格？你再躲下去，与世隔绝，天下事就会跟你不沾边。韩信，机会可遇不可求，如今机会来了，但稍纵即逝，一旦错过，你将永远登不上属于自己的舞台！"

韩信羞愧，从心底感到震惊。淮水之滨，寒风吹动着他的长发。望着滚滚东去的淮水，韩信盼望的狂风暴雨终于来了！胯下之辱虽然忍了，但一报还一报，又有什么意思？不能再这样下去，现在真该是离开淮阴的时候了……

第二章　弃楚归汉

函谷关下，两支反秦盟军一场血战即将在眼前展开！鸿门宴上，项庄趋前，寻机刺杀刘邦，项伯以剑相击，甚至有时用身体拦阻，使项庄无法完成击杀任务。

张良送罢刘邦回去了，韩信却离开楚营追了上去。他在项羽的声望达到顶点时，决定重新出发，准备下一次天下大乱时，一展自己的抱负。

一

函谷关，插满了沛公军的赤帜。

项羽挟着击破秦章邯军的余威，到了汉元年（前206）十一月，经过整整十个月的苦战，他们突破秦军最后的防线，来到函谷关下。

黄昏，项羽抬头远望，惊惑不已。怎么？刘邦已抢先一步进入咸阳？

这时关上传令下来，不论谁，一律不准进入。项羽气愤至极，横槊下令："有谁敢挡者，杀无赦！"顷刻，三军应声而出，云梯在箭雨中搭上城墙，关门在重木冲击下被撞开，楚军如潮水般涌入函谷关，守军望风溃逃。项羽挥军一路冲杀，次日申时便来到戏下鸿门（今陕西临潼东北）。

此时形势非常紧张。项羽有兵四十万，号称一百万，驻扎在鸿门。刘邦有兵十万，号称二十万，驻扎在灞上。两支反秦盟军一场血战，将在眼前展开！

更让项羽愤怒的是，傍晚刘邦左司马曹无伤的密使求见，说沛公到咸阳后，打算自立为王，让投降的秦王子婴为相，秦宫府库中的珍宝，都将据为己有。

项羽大为震怒，刘邦现在公开与我为敌，纯属忘恩负义，并忽略了关中王人选最终并不取决于楚怀王的决定！局势已经十分明朗，刘邦就是自己称王称霸路上的大敌。在谋士范增的建议下，项羽传令众将："明日拂晓饱飨三军，击刘邦军于灞上！"

应项羽的要求，曹无伤还就刘邦西进灭秦的情况做了介绍……

去年五月，中原大地惊雷四起。

奉命西击关中的刘邦认为朝野上下人心动摇，正是千载难逢的好机会，务必要赶在项羽之前攻陷秦都咸阳，那样，就可以顺理成章地做关中王。正如韩信等人预料的一样，项羽在黄河以北的血战，吸引了秦军主力，刘邦乘虚而入，坐收渔人之利。

刘邦先在砀郡召回一些旧部，又收拢陈胜、项梁散兵游勇约一万人，由砀郡出发，经成武、栗邑，向北袭击昌邑（今山东金乡西），战不利。这时候，昌邑人彭越带着一千多人，帮助刘邦攻打昌邑城，可是久攻不下，十分棘手。彭越建议改从进攻陈留（今河南开封东南）的高阳入手。刘邦采纳了他的意见，兵临陈留，驻扎在陈留郊外。

这日，一位身穿儒服、六十余岁、五柳长髯的老者，踏进了刘邦营帐。此人名叫郦食其，是当地的一位老儒。青年时代是在战乱中度过的，当时风靡一时的纵横游学，使其仰慕不已。他苦读书，有辩才，为人狂傲，且常混迹于酒肆之中，嗜酒成性，自称"高阳酒徒"。自陈胜、吴广举义以来，过高阳的各路将领很多，他认为唯有刘邦不瘟不火，有长者气度，能成就一番大事业。

刘邦坐在床边，两个美貌女子跪在地上正为他洗脚。可以说，玩女人和泡脚是刘邦一生中的两个最大爱好。郦食其实在看不下去，入见既不行礼，也不下跪，神态高傲得只是作了一揖："陈留人郦食其求见！"

刘邦一向看不起儒生，他见郦食其如此不敬，当面爆了粗口："他妈的，这里是打仗的军营，你这个老书呆子跑来干什么？"

郦食其哈哈一笑说："要是你真打算联合诸侯去消灭暴秦，就不该这么傲慢地接见长者！"

这人不简单！刘邦虽玩世不恭，但他从善如流，立即起身，脚都来不及擦一擦，忙整整衣服，恭敬地请郦食其上座，上酒上菜，马上热聊起来。

没有想到，很快两人便打得火热，成了朋友。郦食其建议说："阁下的兵马不足万人，就要西去进攻强秦，这不是往老虎嘴里送肉吗？依我看，不如先占陈留。陈留是个战略要地，四通八达，城内又囤积了大量粮食，拿下它可作为进攻秦军的根据地。"

当晚，郦食其乘县令酒醉之际将县令杀了，偷偷将城门打开。刘邦率人马从城外一拥而入，夺了陈留城。刘邦让人打开了府库，缴获了大量兵器和粮食，心里乐开了花，进军关中的信心更足，想法、看法和眼界也随之有了很大变化。因攻占陈留有大功，刘邦封郦食其为广野君。

郦食其有个兄弟叫郦商，此人智勇双全，他也招募了四千人来归附刘邦。刘邦立他为将军，叫他带领着这些人和陈留的兵马，跟随自己一同去进攻开封。

开封城池坚固，未能攻下。刘邦急于向西推进，沿路遇到不易攻打的城池，就不去跟守城的秦军死拼。

这年三月，转向西南攻秦颍川郡。此前，浪迹江湖多年、以复国为使命的张良，已取下韩国十余城。他乡重逢，刘邦见到了张良，喜出望外，于是二人合兵一处。在张良的协助下，刘邦迅速拿下了韩国全部地盘。

刘邦过宛城（今河南南阳），见秦军早有防范，就从城外绕道迤逦而去。看到刘邦轻易放弃宛城，后患无穷，张良骑马追上刘邦，劝谏说："沛公虽急于入关，但秦兵还很多，又据守险要。如果不先攻下宛城，而进兵西向，宛城兵如从背后追击，强秦在前，我军势必陷入腹背受敌的境地。与其如此，不如乘宛城守军没有防备，突然而至，杀他个回马枪，拿下宛城，以解后顾之忧！"

刘邦恍然大悟。他偃旗息鼓，连夜率军从小路绕回。

黎明时分，突然又将宛城围了三匝。郡守陈恢见此情形，急得要自杀。一位郡守的舍人跑来见刘邦："沛公，宛城是个大都会，城数十，士民众多，积蓄丰富。我听说，怀王和诸侯有约，先入咸阳者为王。沛公西进，当地官吏以为投降必死，所以都登城防卫，拼命坚守。如今，沛公如果下令强攻城，死伤一定不计其数；如若放弃宛城，引兵离开，宛城之兵必定从后面追击沛公；如若留在宛城，前进不得，沛公乃失咸阳之约，而身边又有强大的宛城之患。为沛公设想，不如约宛城投降，封郡守的官，使郡守留在此地，为沛公守住宛城。沛公可领宛城之兵，一并西进咸阳。这样，许多没有攻克的城邑，听到这个消息，一定会争着打开城门以待沛公。沛公便可通行无阻，直取关中了！"

"好！"听了这番话后，刘邦大腿一拍，"就这么办！"

于是郡守打开城门投降。刘邦引兵西进，沿途城邑，见了刘邦队伍不抢掠、不烧杀，纷纷归降。这样，他大大加快了进军速度。大军所到之处，没有拿不下的城池，形势对他越来越有利。接着，刘邦军占领武关，咸阳一片恐慌。

此时正值秦国发生内乱，赵高私下派使者求见刘邦，想订立和约。刘邦用张良之计，派郦食其和陆贾去游说秦将，用利诱惑，他乘秦将懈怠，成功突袭武关。赵高没有什么军事才能，只是一个阴谋家，见秦朝大势已去，就派自己的女婿阎乐拿着兵器，带着队伍冲进了望夷宫，逼二世自杀了。赵高作为一个过渡，便推出公子婴。子婴又利用在庙堂上举行即位仪式的机会，杀了赵高，灭了他的三族。子婴主动去掉帝号，改称秦王，企图瓦解义军的攻势。

蓝田是拱卫咸阳的最后一道关隘。刘邦又与秦军战于蓝田南，乘胜大破秦军，兵叩咸阳……

二

月夜，楚左尹项伯坐卧不安。

项伯是项羽小叔父，楚左尹相当于别国的副宰相。他早年曾因杀人，藏匿在下邳张良那里，两人成了生死之交。而张良现在为刘邦主要的谋士，明日楚军进击灞上，刘邦哪里是对手，到时大军所过玉石俱焚，张良怎么办？

灞上，在今陕西西安东，因在灞水西高原上而得名，为古代咸阳、长安附近军事要地。鸿门与灞上两地相隔仅二十里路，项伯讲义气，忠于私交，于是他来到马厩，牵出一匹快马，翻身上马，直奔刘邦大营去救张良。

张良字子房，韩国城父人，在当时是一位闻名遐迩的反秦义士。

他面皮白净，貌若女子，虽是文弱之士，但他秉性刚毅沉稳，志向不移。他的祖父和父亲曾担任韩国的丞相。而年轻的张良，还没来得及在政坛崭露头角，韩国已被秦灭，成为秦的颍川郡。韩国灭亡后，年轻气盛的他和项羽、韩信等人一样，都是咬牙切齿的复仇者，家里当时还有童仆三百，资产万金，他兄弟死了不厚葬，将所有的钱财都用于寻求刺客上。后来终于找到一名大力士，铸造了一把一百二十斤重的铁锤，他们乘秦始皇东巡，埋伏在阳武西南博浪沙阻击，可只误中副车，秦始皇没有送掉性命。谋刺未遂，秦始皇在全国大肆搜捕，却没有抓住张良。他只身逃到下邳潜藏了起来。从此，他精研十年奇书，努力学习兵法，百炼钢成绕指柔，成为有汉一代大政治谋略家。不过，他与项羽、韩信学兵特点各有不同。项羽极注重个人的武功和战术，比较轻视军事理论的学习和谋略的研究。韩信既练习武艺，学习带兵作战的指挥方法，又苦读兵书，讲求谋略。而张良善于运筹帷幄，自身则不会统兵作战……

项伯到了汉营，拉上张良要走。

张良知道事态严重，刘邦有难，不能背地里逃走。他竟让刘邦出面拜见项伯，策略就是："沉住气，先稳住！"

刘邦是个很现实的人，一下子清醒过来。虽有"关中王"的约定，但两军力量悬殊，无力同项羽抗衡，现在除了屈服项羽之外，别无选择！长袖善舞是刘邦拿手的绝技，他极力拉拢项伯。

"久仰左尹，今日得见，三生有幸！"

刘邦突然出现，项伯感到非常意外。不由分说，刘邦已准备了酒席，挽项伯入席，项伯无法推辞。

侍卫们络绎不绝地进酒食，很是热闹。刘邦首先向项伯举杯，向他敬酒，祝福他身体健康，并解释说这是一场误会："左尹，我军入秦后，不敢擅动一草一木，约法三章，全军上下秋毫无犯，严守宫禁，遣将守关，为的是防盗安民。刘邦日夜翘望上将军前来，请左尹向上将军说明……"

一番恳切的言辞，项伯深信不疑，他让刘邦明日一早来鸿门当面向项羽赔礼道歉，并强调说："项羽是我侄子，有些话还好说，我一定把沛公的盛意转告他。时候不早了，我得赶快回去了。"

两地相隔不远，不用着急，刘邦拉住项伯，一面尊项伯为兄长，一面欲将自己十三岁的女儿，说给项伯十四岁的儿子，两家结成儿女亲家。

"当今之世，再也没有比项、刘两家更为合适的了！"张良闻听此言，忙站了起来，举起酒樽，"我要做这个月老！如伯兄同意就干了此酒！"

"干！"短短一刻，刘邦就将项伯活生生拉拢过来，目的是通过项伯给项羽传递一个说法。

次日，东方刚刚露出鱼肚白，刘邦和张良、樊哙、夏侯婴、靳强、纪信一行百余骑，已东行来到鸿门外的楚营。

军营中立着一根高达数丈的木杆，杆头飘扬着一面红底蓝字镶边的帅旗，上书"诸侯上将军项"。营帐外，旗帜鲜明，一队队弓箭手，一队队枪手，一队队侍卫、校尉，手持枪、刀、剑、戟守卫两旁，显得杀气腾腾。

"传沛公刘邦进帐！"大帐中传出了一声响亮而肃杀的声音，刘邦战战兢兢与张良步行通过夹道卫队，樊哙、纪信等百余名将士被挡在外边。

怎么一夜过来却变了卦？韩信和许多楚军护卫一样，茫然地持戟站在大帐外执勤，见此情景感到十分诧异，昨晚项羽不是还讲饱饷三军进击灞上？

在阅读经典史书尤其是《史记》时，前后联系起来，会读出一场大戏的感觉。项羽的剧本是，只要刘邦让出关中王位，并不想置刘邦于死地。他的头号谋士范增的剧本则是，刘邦一定会是争夺天下道路上的最大劲敌，必欲先除之以绝后患。历史不能假设，但可以存疑。当时人们也不认为项、刘之间的矛盾不可调和，项羽连杀害叔父的秦将章邯都能与之握手言和，与同为义军兄弟的刘邦为什么不能呢？此时项羽内心隐形的主要敌人是楚怀王熊心。兵不血刃地进入关中，对项羽最为有利，项伯去见张良，会不会是他有意让项伯去透露风声的呢？

韩信是一个中下级武官，无法了解到整个事件的情况。他虽处于群雄争战舞台的边缘，得到了很好的磨砺，成长迅速，在许多事情上独具眼光和敏锐的洞察力。但他常常苦闷于无人赏识，苦闷于项羽的打击。而他思考的一些问题，提出的一些问题，和范增老先生的关于刘邦西进的判断，确实为形势发展所证明。而那次安阳建言，韩信非但没有被项羽杖击，意外的是，在人们推荐之下，不久前项羽还将韩信官升一级，让他直接负责军营大帐护卫工作，见证了楚军历史上许多重大事件，也算是不幸中的大幸。

正在纳闷之际，范增匆匆地从大帐走出，将项庄和韩信等人叫到跟前："昨夜项伯去汉营走漏了风声，今日刘邦亲自来鸿门谢罪，你们速领二十名刀斧手埋伏，等酒过三巡，我举玉玦为号，你们迅速除掉刘邦，明白吗？"

"明白！"

在一片鼓角声中，双方主角项羽、刘邦，配角范增、张良、项伯及项庄、樊哙，一一登场，杀机四伏的"鸿门宴"，终于拉开了帷幕。

刘邦随张良进入了大帐，只见他快步走到项羽座前，低头垂目，谦恭地向项羽跪拜道："刘邦不知上将军入关，有失远迎，今日特来登门谢罪，望上将军海涵！"

项羽欠了欠身体，语气骄矜，冷笑地问："沛公也晓得有罪吗？"

"请上将军容我表明心迹。"刘邦微微一怔，很快地平静下来，"当初我与上将军同约攻秦，患难与共，情同手足，上将军战河北，我战河南，虽是兵分两路，然而上将军在钜鹿大破章邯，名震天下，我仰仗上将军神威，西进途中，才侥幸先行进入关中。入咸阳后，我考虑秦法残酷，民不聊生，不得不破除苛法，与民约法三章，此外毫无更改，目的是稳住人心，真心诚意地等待上将军前来登位。上将军未来之前，我只好派兵守关，防备盗贼。不想上将军来得如此迅速，未能及时打开关门，刘邦之罪也！我与上将军的交情也不是一两天，我想，今日有幸见到上将军，坦陈真情，一定是有小人从中挑拨，离间我与上将军的关系，才使上将军对我产生误会。望上将军能原谅。"刘邦一边说着，一边落下泪来。

项羽听到刘邦这番声泪俱下的申辩，与项伯所说大致相同，怒释怨无，也认为错怪了刘邦。他当即起身下座，挽住刘邦，和言直告："这是沛公左司马曹无伤说你欲称王关中，让子婴为相，不然我何以如此？"他又让都尉陈平出面，摆酒上菜，为刘邦洗尘。

不一刻，项羽与刘邦谈笑风生，推杯换盏，气氛也热烈起来。

以刘邦的能力，忽悠一个小青年项羽不在话下，范增却不是好对付的。

范增十分清楚刘邦的行为。以前在沛县时，刘邦嗜酒好色，贪馋张狂。现在，他乘虚入关灭秦进了咸阳，却变得道貌岸然起来。听说，他财物丝毫不取，秦宫室的美女一概不要，与秦民约法三章，封存府库，还军灞上，严格军纪，恢复关中的生产和生活秩序，并派兵封锁了函谷关。可见关中王位，并不是他的非分之想，他要攫取的是整个天下。这种举动，是要做帝王的征兆啊！只是项羽不警觉，没有意识到后果的严重性，反而被刘邦甜言所惑，举棋不定。

宴席间，范增数举所佩玉玦，暗示项羽速下决断，杀死刘邦，项羽全然不予理睬，不愿用此手段解决问题。

这可急坏了范增！他不在乎项羽真实的想法是什么，他竭尽全力辅佐项羽，只是为了故人项梁的那份情谊。他不得不使出最狠，也是最无奈的一招，派人进入大帐，趁机杀掉刘邦。范增走出帐外，将项庄、韩信二人拉到僻静处，气愤地说："上将军外刚内柔，禁不住刘邦的甜言蜜语，只能经得住三斗酒，真不知道平时那个虎劲哪里去了，看来他对刘邦下不去手……"

韩信叹道："是啊！刘邦是个演戏高手，今日如果放了沛公，十年苦战也未必能够弥补！"

范增表示，鸿门宴目标明确，今天无论如何都要杀掉刘邦！

项庄拔剑在手："亚父，让我进帐去吧！"

范增眼睛一亮，点点头："好！帐中饮酒，既无乐手又无歌姬，太乏味了。项庄你是上将军的堂弟，刘邦不会介意，你可为客舞剑助兴，借机击杀！"

"是！"项庄又问，"何时进帐？"

"现在就随我来。"

可是不一刻，项庄却手提着长剑，满脸愠怒地从大帐中走了出来。

韩信急忙上前："怎么样？项庄将军！"

"别提了，我刚要举剑结束刘邦小命，叔父项伯……哎！挡住我的剑，拼命护着刘邦，使我下不了手呀！"

刚才刘邦见项庄舞剑，眼前剑影翻飞，剑锋直指自己，知道项庄是冲着他来的。张良也看出了其中道道，他能文却不能武，只好用眼神求助项伯。项伯会意，便离席拔剑出鞘，并舞起来。项庄趋前，寻求刺杀刘邦，项伯以剑相击，甚至有时用身体拦阻，使项庄无法完成击杀任务。真没有想到，一场范增策划的暗杀行动，就这样被刘邦"亲家"项伯搅黄了。这也就是"项庄舞剑，意在沛公"成语故事的由来。

　　"亚父在做什么呢？"韩信不禁问。

　　"他又有何法。他老人家白胡须气得直翘，当着刘邦的面，将刘邦送给的一双玉斗置于地上，拔剑用力击破，语带悲怆地骂道，'武信君在哪儿？今吾与小儿共谋，不足成就大事！将来夺天下者，必为刘季，我等都会成为俘虏啊！'"

　　"上将军难道没有反应？"

　　"他，他装糊涂，樊哙闯帐，他不加训斥，反而赐酒赐食，现在正和樊哙斗酒呢。"说完，项庄无可奈何地走开了。

　　"粗人！"韩信知道这一切后，心情很是复杂。目睹了刘邦、项羽及范增斗智斗勇的过程，他们各怀鬼胎，各有图谋，强悍的一方竟没有达到目的，弱势的一方反而获胜，根本的原因是刘邦利用项羽政治上的不开窍，一番说辞，骗取了项羽的信任，躲过了范增击杀。

　　此刻，韩信对项羽、刘邦二人也有了一个新的认识。

　　项羽虽有敢作敢为的大气量，不在乎世俗评价，刚毅豪迈，英勇无敌，对任何事只要下定决心，必抱极强的信念，克服困难，敢战必胜。但他过于偏激，目光短视，缺乏谋略和视野，缺少忍耐之心。在章邯率部归降后，他不是对秦卒善加督导，反而怕其暴动，坑杀二十万之众。刘邦西进咸阳的胜利，在项羽眼中不过是投机者的胜利。现在，鸿门有四十万大军力压刘邦二十万之众的关键时刻，他见刘邦卑屈称臣，却天真浪漫，不杀刘邦，这和当年宋襄公大讲仁义又有什么区别？真是妇人之仁，愚蠢之至！现在，他虽然不可一世，但他没有政治眼光，不能识人用人，一味刚愎自用，这样下去终究要被人战胜的啊！让人吃惊的是刘邦，有胆识，有谋略，刚柔相济，能屈能伸。特别是遇事冷静，不避虎穴，有过人的包容力和忍耐力，化危机为转机，杯盏交错之际，全身而退。其原因，主要在于他的性格因素，而项羽也在于此。

不久，趁人酣酒醉之际，刘邦借口如厕，把夏侯婴等人叫上，偷偷地溜出了楚军大营。随后，张良为了拖延时间，也借故从大帐中走出来溜达溜达。

韩信背对着博浪英雄张良，长啸一声，弹戟而歌："饥熊下山兮谒不见蛟，吞之入喉兮一咳而出。纵虎归山兮蛟龙入海，从此天下兮不得太平。"

张良大吃一惊，转过身来："听你的话音，鸿门宴上上将军姑息了沛公？"

"上将军沽名钓誉，沛公包藏祸心！"

张良仔细打量韩信，缓缓问道："请问壮士尊姓大名？"

"韩信。"

"韩信？莫不是劝说项梁将军，提防章邯偷袭的淮阴人韩信？"

"正是。"

"久闻大名，今日得见，幸甚！"张良听人介绍过韩信，对韩王室旧公子敬佩之情也油然而生。

他将韩信拉向一旁，用低沉而又激越的声音说："今日这里刀光剑影，容不得我多说什么。不过请你留意，上将军虽平了强秦，未必是天下人的福分。因为他和我们一样，受经历限制，只是一个复仇复国者。而沛公不同，在秦时虽一无所有，秦灭六国他也无所失。他与秦，并不像我们有那种刻骨铭心的仇恨，只是出于大义。所以，他在反秦过程中，能平和相待，从容行事，宽容待人，显示一种能屈能伸较雍容的气度。我走南闯北，纵观天下，能安民者，必为沛公。你可愿意随我去投他？"

韩信若有所思。

张良爱慕地看了韩信一眼，解下自己的玉佩，递给他说："良禽择木而栖，良臣择主而事。你是一块不可多得的璞玉，如雕琢得法，在反秦复国中，前途一定会无可限量。你若他日投沛公，我一定鼎力荐举。这是沛公赠我信物，可作为凭证。"

……

三

多赖张良的帮助，刘邦在鸿门宴上向项羽赔罪之后，求得了暂时和解。为了表示他的"诚意"，将咸阳的守军主动撤回灞上。

咸阳就在眼前，项羽立即号令三军启程，向咸阳城进发。

项羽的家族史就是一部血淋淋的抗秦史，战死者不下数十人，他推翻秦王朝的目的，就是要报仇雪恨，重新恢复大楚国的地位。而家仇国恨，注定了他是历史和文化建设的破坏者。

来到了阿房宫前，项羽望着那楼台殿宇巨大的建筑群，萌生出一股复仇决心。他决不能容忍这些标志继续存在，也不愿看到秦国的象征继续在他眼前耀武扬威。于是手一挥，发出了第一号军令："烧！"

刹那间，大火轰然而起，火舌无情地吞噬着几百万民夫历经百余年建造而成的渭水两岸连绵百里的华美宫殿。望着这片残垣断壁，瓦砾灰烬，楚军将士欢呼雀跃，他们憎恨秦王朝的暴虐，这长久不息的大火，把他们胸中的恶气一下子发泄了出来。

秦王子婴和臣子们押来了，匍匐在项羽面前等待发落。

项羽不看则可，一看复仇的怒火便从心头燃烧起来。子婴虽然只做了四十六天的秦王，也没有多大罪恶，但他毕竟是秦罪恶的象征。项羽发出了第二号军令："杀！"

子婴、皇室和大小官员，一律被斩首示众。

项羽仍不解恨，出于同样强烈的复仇心理，一边令人组织挖掘秦始皇的陵墓——骊山陵，一边指使驻扎在城中的先头部队把府库撞开，将金银珠宝装入战车，准备运回楚国。

项羽和楚军的所作所为，激起了咸阳百姓极大的不满，冲突时有发生。啊？这还了得！他们竟敢造反？！项羽命令以毒攻毒，教训教训他们！将士们得令，欣喜若狂，如猛兽一样，闯宅入室，挨户地搜索。急于逃命的人们刚冲出家门，便遭箭射刀砍。未能逃走的男人们，便遭杀戮。一时间，呼号连天，尸横遍地。那些惊魂未定的妇女，被一个个从屋里拖出，用绳索捆住左臂，一串串地押往楚营。一些不甘受辱的妇女，有的撞墙，有的投井……满街是鲜血淋漓、头发散乱的女人们，以及逃散的人群……咸阳笼罩在一片恐怖之中……

看到项羽西屠咸阳，火烧阿房宫的情形，一位青衣老者拦住项羽开往咸阳宫的战车："来人是项王吗？"

项羽平生第一次听人家称他为"项王"，略有几分惊奇，便喝令停车，叫一侍卫前去查问。侍卫来到老者跟前，问道："你是什么人？"

"我是韩国人，名叫韩辄，有话要跟项王说。"

侍卫将他带到项羽跟前。项羽一听他不是秦国人，口气立刻变得温和起来："说吧。"

青衣老者扶着车辕说："大王！不知您是否注意到关中地形？它既有秀美的渭水，又有耸峻的华山，东有函谷，西有散关，南有武关，北有萧关，谓之四塞之地，金城千里。这里土地肥沃，物产丰富，正是建都称霸的好地方。您难道不想学学秦王，在此建立国都吗？"

"多谢！我还得回楚国去。"咸阳城的断壁残垣，面目全非，项羽已失去了兴趣，一种东归的冲动涌上心头，他对老者说，"关中有什么好？这里的人是秦王鹰犬，地是穷山恶水，风沙扑面，干燥无比，哪及江淮鱼米乡。俗话说'富贵不归故乡，如同衣锦夜行'，谁能看得见？我要让故乡父老和以前那些藐视我的人看看，今日的项籍是何等的荣耀。"

"不！"那老者不识时务，"都关中，霸天下，愚以为欲霸天下，一定要称王关中。"

项羽对韩辄的执拗感到极大不快："本上将军自起兵以来，战无不胜，攻无不取，何曾被山水之险难倒过？你说的这傲视群雄的关中宝地，如今不也一样在我的脚下踩着吗？不用这崤函之险，项籍照样称霸天下。"

"唉！"老者见项羽不肯采纳他的意见，不由自主地拿起酸腔来，"无怪人们都说，楚人就像穿衣戴帽的猕猴。"

项羽暴跳如雷："畜生！杀！"

随着一声巨喝，一旁随扈的韩信无比震惊。一根筋的家伙，等着吧，上天一定会惩罚你！不知是为了发泄对老者的不满，还是为了表示对项羽的绝望，他恶狠狠地骂了一句："找死！"

只听一声凄厉的惨叫，又一条冤魂从躯壳中飞出。

血红的太阳不是升起，而是在渐渐地沉落。

侍从项羽、虞姬登郦山观血色沧海，深通兵机的韩信无限感慨，就全国地缘优势来看，关中土地肥沃，又有峻山险水为屏障，易守难攻，建都关中以制天下，是唯一的选择。而彭城没有天然屏障，四面受敌，无法进行有效防守，进退失据，这说明项羽缺乏战略远见，不是成就大业的人！在鸿门，只是失去一人一次机会。在咸阳，他虽然不可一世，但没有政治眼光，一味地冲冲杀杀，残暴无知，不但失去了自我，更加失去了民心。天生我材必有用，要想有所作为，干一番大事业，必须离开楚营。钟离眜虽曾数次向项羽推荐过，奈何，项羽对自己成见过深，决不予以接纳。离开出走也是一个没有办法的办法，相信钟离眜会理解、原谅自己的苦衷。

韩信不再做任何努力，不再为项羽提任何建议，心已插上翅膀，做好了寻觅另一片天空的准备。

在秦宫废墟烟火未熄时，项羽便开始善后，最为棘手的是，如何处理好刘邦和楚怀王熊心的安置问题。

刘邦先进咸阳，楚怀王熊心已有前约，项羽按范增的建议，派人去劝说熊心撕毁当初的誓约，不要封刘邦为关中王，没想到，熊心竟然不同意。他大为震怒，熊心在盱眙山中牧羊时，为叔父项梁领头所立，不过是一个傀儡而已，可熊心却在处理前上将军宋义等许多重大问题上，有意为难自己。他决定甩掉熊心，自行做主，名义上尊熊心为"义帝"，奉为天下共主，实际则将他废置在江南郴县（今湖南郴州）。

分封方案很快拿出来了，项羽于是发布了第三号军令。

他根据每个人在反秦战争中的表现及与自己的亲疏，将原秦国和六国的疆域分封给十八个诸侯王。项羽自封为"西楚霸王"。据九郡，都彭城。

范增鸿门宴上未能说服项羽，加深了他遏制刘邦的决心。根据他的建议，为了提防刘邦，不封刘邦为关中王，改立汉中王，据交通闭塞的巴蜀、汉中之地，定都南郑（在今陕西汉中）。

章邯为雍王，定都废丘；董翳为翟王，定都高奴；司马欣为塞王，定都栎阳；英布为九江王，定都六县；吴芮为衡山王，定都邾县；共敖为临江王，定都江陵；田都为齐王，定都临淄；田安为济北王，定都博阳；田市为胶东王，定都即墨；赵歇为代王，定都代；张耳为常山王，定都襄国；韩成为韩王，定都阳翟；申阳为河南王，定都洛阳；魏豹为西魏王，定都平阳；司马卬为殷王，定都朝歌；臧荼为燕王，定都蓟；韩广为辽东王，定都无终。

田荣屡次弃项羽，不肯合作，又不肯领兵从楚攻秦地，未予封赏。成安君陈馀，钜鹿大战与张耳有争执，抛相印离去，也不跟随楚军入关，因其平素贤名远播，又有功于赵国，封南皮三县。

这其中，十八个王都是反秦战争的参加者，除了刘邦和英布出身低微外，其他都是原六国贵族后裔，以及秦三降将。

诏书下发各诸侯的同时，项羽下达命令，要求各诸侯从速启程去封地。

刘邦被项羽封去巴蜀、汉中，满怀愤懑，但当时，他并没有当着项羽的面表露出来。

项羽名义上按照怀王之约，将关中属地巴蜀给了刘邦，却将"正宗"的关中一分为三，分别封给章邯、董翳、司马欣三个秦朝降将。三秦王的受封，意图十分清楚，刘邦要从巴蜀复出，首先要过他们这一屏障，让他三人封杀住刘邦，把刘邦困死在巴蜀！

巴蜀，主要在今四川境内。东部为巴，西部为蜀，毗邻相连。当时四川盆地在地形上为"四塞之国"，荒蛮僻地。"巴"字古体有如蚯蚓，"蜀"字也包含有"虫"在其中，古代交通极为困难，唐代李白曾发出"蜀道之难，难于上青天"的感叹。

汉中，北屏秦岭，南亘巴山。它和关中的直线距离虽不很远，最大的障碍是北方的高山——秦岭，所以距关中虽近而很少往还。在秦代，那些犯有重罪，判处流刑的人，就被流配到这些地方。

当消息传到刘邦军中时，将士们震惊万分！

刘邦连襟樊哙首先大喊道："楚怀王有约在先，谁先进关，谁为关中王。霸王后进关，反把我们发往巴蜀、汉中去受罪，他自己倒心安理得拿了梁楚中原九郡去享福，这无疑是在我们头上屙屎，欺人太甚！弟兄们，不如乘现在还没有走，跟他西楚霸王去拼啦！"

"对！跟他拼啦！"众将士齐声呼喊。

"不可！不可！"刘邦的副手、文吏出身的萧何连忙劝解道，"樊将军，你难道要大王去送死吗？"

谁都明白，现在楚军远强于汉军，硬拼无异于以卵击石。萧何又道："原先霸王只封给大王巴蜀之地，还是子房先生把大王所赏黄金百镒，珍珠二斗，全部转赠给项伯，请项伯在霸王面前为大王求取汉中之地，霸王居然应允了，这样，才为大王争取到汉中。据我了解，巴蜀、汉中虽偏僻，但并不像我们想象的那样荒凉，而是养精蓄锐的好地方。唯愿大王尽快前往汉中南郑，登上王位，爱护百姓，招觅豪杰，坐观天下之变，然后东向以争天下。"

正说着，张良来到了汉军灞上军营。此时，张良已被封为韩国司徒，他本应随韩王成去阳翟就任，但是他与刘邦交情太深，不忍分手，所以特地前来相送一程。

张良当年谋刺秦始皇不成，逃亡到下邳隐匿十年。陈胜、吴广农民起义爆发，张良便去投效，途中得到陈胜兵败被杀的消息，他不得已转投景驹。可在沛县东南相距不远的留县，遇到了刘邦。具有游侠性格不拘小节的他，在听取了张良的意见后，就将自己心中蕴藏了很久而无法解决的许多问题，率直地提出来就教于眼前文弱书生，张良毫无保留地逐一分析。听到张良高论，他大为惊诧。眼前这个不起眼的青年，胸罗之博、见识之广，是自己前所未见的。两人愈谈愈投契。后张良以复国为志，在失败后又重归于他，以三寸舌为王者师，倾力帮助刘邦西进，终于得以进入咸阳。他能有今天，与张良绝对分不开。

"大王！得封巴蜀、汉中可喜可庆呀！"张良一见刘邦，拱手道贺。

"喜从何来？"

"范增让项羽把你封到巴蜀、汉中，实属左迁。别人也都这么看，而我以为这是范增失策。"

"此话怎讲?"

"智者千虑,必有一失。你想啊,汉中前有汉江,后有孤云山、两角山,且民安物阜,土厚风轻,虽内有重山之固,外有峻岭之险,然进可用兵并天下,退可拒险守江山,汉中正是兴汉的基地、养武的场所,楚虽有百万之众,又怎能奈何得了?将这样一块地方封给大王,这难道不是范增的失策吗?"

张良一席话,刘邦顿悟:"这么说巴蜀、汉中还是个不错的去处?"

"大王!早点离开这里上南郑去,不然,节外生枝就危险了,赶快走吧,千万不要有别的打算。"

次日上午,刘邦率部仓促拔营启程,除了项羽允许他带去的三万人外,咸阳百姓自愿跟着去的还有一万人。但刘邦及将士们的妻小,都还在崤山、华山以东,那就顾不上接来了。

张良决定亲自将刘邦送往南郑,他恳请韩王成允许,韩王成碍于面子,不好拒绝,只嘱咐他一到汉中地界马上返回。

队伍开动了,可没行十里,却走不动了。

"大王,不好啦!"只见樊哙急匆匆地从前面过来向刘邦报告。

"啊!怎么回事?"

"关中父老,扶老携幼,塞满了道路,不少人还哭倒在地,不让我们走,没有办法劝说他们。"

"原来如此。"刘邦如释重负地叹了口气,忙催促道,"赶到前边去看看,安抚安抚他们,别的什么也不用说,我们快走!"

当刘邦率部走出关中,可前面的道路却是异常难走。要进入汉中,需要跨越三千米以上的秦岭,道路经过险峻的山峰,悬崖峭壁,必须用一根根木桩打到悬崖上,再在木桩上铺上木板构筑起来,秦人将它称为"栈道",这却是通往汉中,进入巴蜀的必经之路。

汉军中的车辆,都留在关中。士兵们背负着干粮,马匹驮着营帐,小心翼翼地盘旋在栈道上,一不小心,就会连人带马坠入深谷,摔得粉身碎骨。

翻越秦岭,穿越子午道,来到了蜀地的褒中。历史上的美人褒姒就出生在这山沟里。入褒谷口不远，便是险峻陡峭的七盘山，褒河流到这里水势更加湍急，"一水排山勇，双崖束浪高"，穿过一片灌木丛，这里便是出南郑的古栈道咽喉，从这里再往前走就到南郑了。临别前，张良对刘邦说："汉王，在下送你已有一月余，送君千里，终有一别，张良就此拜别吧。"

刘邦紧紧握住张良的手，禁不住落下眼泪："这一别，不知哪年哪月才能再见面？"

"我想多则三年，少则一二载，等我办完了事就回来。"

"如先生之言，刘邦虽受苦万千，亦不敢埋怨。"

"汉王！"张良突然想起什么，"在下考虑很久，子午道只能容纳个把人行走，平常无事走走也无妨，若真正有个军事行动，这条道是不顶用的。除此之外，在子午道西面还有一条褒斜道，因取道褒水、斜水两河谷而得名，我回去，就从褒斜栈道走，请大王允许我走一段烧一段。另外，大王再派人把我们刚刚走过的子午道也烧了吧。"

"啊？这不是断了自己的归路？"刘邦吃惊地问。

"正是这个意思。霸王将你封于巴蜀、汉中之地，显然是别有用心。你不妨将计就计，烧了子午、褒斜两道，可以向霸王表明自己无东归之意，而你可以一心在汉中训练兵马，一旦形势有变，出其不意杀出来，让霸王猝不及防，这样打击就更突然，更狠！"张良成竹在胸地说，"依我看，如今群雄并立，天下一定不会长久安宁，让霸王先与诸侯好好地厮杀，你等着收拾残局吧。"

"是吗？"

"放心吧！善御世者，在德不在险，将来会有智者为你用兵，不过，当务之急，要赶快在南郑充实力量，免得到时措手不及呀！"张良提醒道。

刘邦对张良的话是言听计从。下峣关，入咸阳，正是张良的运筹；鸿门宴上，使刘邦安然脱险，也是张良巧于周旋；火烧栈道，尽管刘邦不太想得通，但他还是无情地下达了烧绝的命令。

张良送罢刘邦回去了，韩信却离开楚营追了上去。

这也是意料之中的事。项羽不是安天下的主儿，人们单纯的复国观念正在改变，搞分封是春秋战国时合纵连横的旧思维，他只想做个诸侯长。追求的仍是秦统一前的分封，不是一统天下，而是称霸天下，号令诸侯。

目睹了项羽分封的过程，又人为地造成许多新矛盾，韩信预判到，如今像战国时局面，诸侯之间互为攻伐又将出现，天下必将陷入长久的混乱之中，战争的一个重要爆发点就是刘邦。而这些年，韩信跟随过项梁、范增，见过英布、魏豹，也见过秦将章邯。这些人哪个不是风云人物？可在他看来，刘邦的文韬武略不在他们之下。如今转投明主的时机到了！

离开楚营，韩信虽有不忍之情，但也无可奈何。

项羽大约比韩信年长两岁，与老到的项梁相比，或许年轻人之间会有更多的共同语言。乐于用事的韩信力求抓住进军机会，很想在路途中为项羽出谋划策，保卫同样年轻的项羽。然而，他多次尝试用自己的谋划影响项羽，却得不到项羽赏识。

其原因也很简单，项羽为故楚国大贵族，自己出身贫寒，彼此难以接近。再者从个性和为人来看，自己也不是单纯的勇武者，难有搴旗斩将之功，好事多磨，还需要时间。在两年多的灭秦战争中，被后人誉为"兵仙""战神"的他，可谓毫无建树。不过韩信明白，自己不是那种呼风唤雨的领袖人物，只是靠天赋才智，为明主创大业的人，故投奔汉王刘邦也是一个选择。

这是一个追逐梦想的年代，就在项羽的声望到达顶点时，他毅然决定，弃楚归汉，重新出发，准备下一次天下大乱时，一展自己的抱负。此时他瞒着钟离昧，带着钟离昧家丁、年岁尚小的卢乡，一起投奔南郑来了。

第三章　国士无双

蜀道难，难于上青天，亚父范增想将刘邦困死巴蜀。

在南郑，十四人犯已斩了十三个，只见，韩信仰天长呼："当初，汉王西向进军咸阳，广延天下志士，一战而使秦降。如今欲要夺取天下，却要斩壮士，这是为什么?!"

萧何认定韩信就是他要寻找的统帅人才！他月下追韩信，成就了一个慧眼识人的千古佳话。

一

经十多日的潜逃，韩信与卢乡终于躲过了楚军的追杀，安然无恙地抵达杜南。

杜南是由秦入蜀的子午道东口。这时，子午道已被刚刚返回的张良烧毁！到了这里，韩信与卢乡本来松弛下来的心又揪紧了。但韩信感到刘邦不是胸无大志的糊涂之人，特别是张良送刘邦到汉中，火烧栈道可能是张良的主意，是故意烧给项羽看的，以绝了项羽防范之心。不管怎么说，既来之，则安之，设法向西再寻找其他的道路吧。

可是，当他俩来到秦入蜀另一条褒斜道时，这里也刚刚被焚毁！烧焦的栈道横木还稀稀疏疏残留在半山腰中，有些还冒着缕缕青烟，惊惑的鸟儿仍在山岭上盘旋飞绕。这下子再没有去南郑的道路了！

韩信一颗火热的心像掉进了冰窟。他们跟随项梁、项羽叔侄历经了楚军的主要大战，并在项羽占咸阳、霸天下最辉煌、最得意之时，抛却富贵、违逆钟离昧，冒着被追杀的危险来投遭贬谪的汉王，现在"道儿"没了，被汉王烧了。他感叹命运多舛，前途难料。

有关韩信潜逃到汉中的说法，民间有多种。

据相关资料记载，当地賨人首领范目率众数千，帮助汉王刘邦和韩信成功平定三秦。还有一位名叫赵衍的人，当时引路有功，指出了一条小道，汉军得以最终进入关中。汉朝建立后，刘邦剖符行封，赵衍还被封侯。可以想见，处于深山老林中早已荒弃的古道，如果不是当地猎户、采药人之类，一定不会知道。是不是后来韩信在连敖任上，有了接触到当地首领的机会，打听到一些从间道通往关中的具体情况？

正当韩信无比惆怅、进退维谷时，从褒斜道口东边过来一队山民打扮的人，赶着载着物品的马匹，也来到了这里。见栈道被焚，他们并不感到意外，好像有没有这条道对他们并没有多大关系。韩信对于商旅之人绝了去路并不在意感到不可思议！

韩信和卢乡碰上这队人马，心中升腾起一线希望。

他俩上前热情招呼，与山民从秦朝土崩瓦解聊到汉王刘邦的仁厚、霸王项羽的凶残，简直是无话不谈，大谈特谈。

一山民见韩信不俗的见地，都刮目相看，逐渐地向韩信披露真情：他本人叫赵衍，他们是巴地人，住在南郑南边的阆中附近，从秦入蜀也得经过子午、褒斜道。但历年来，秦对他们歧视压迫，采取"防蛮困蛮"政策，不准许他们从子午、褒斜这两条官道运输山区紧缺的部分物产。他们只得翻越秦岭，穿越林海，历经数代的探寻，终于踏出一条走陈仓的小道，用巴地的食盐和药材换取关中的货物。

天无绝人之路，除子午、褒斜两道之外，竟还有小道可通南郑！韩信得知情况后，欣喜万分。当即向赵衍讲明，只要能将他俩带到南郑去，保证让汉王善待他们族人，并给他们带来好处。几位山民做不了主，以前他们从未带过人，也从未听说过谁带过人，因为泄露"天机"的事，非同小可，要请示寰人头领，巧的是他们的头领这趟也到关中来运货，顺便看看天下形势。

隔天傍晚，赵衍过来告诉韩信，他们头领范目，说要见韩信，还说要韩信亲自去他那里谈谈，才能帮忙。

黄昏时分，一行人出褒斜道口，朝苍茫的山野走去。开始，韩信和卢乡还能辨方向，后来就糊涂了。这天是阴天，又是在荒野，他俩稀里糊涂地跟着走，心里越走越不踏实，手不由得握紧了剑柄。不久，眼睛稍稍适应，前边不远处出现了一片树林。

进了树林之后，山民递给韩信、卢乡每人一根木棍，帮着他们朝山坳里走。不知又走了多长的路，他们站住了。面前是一座粗石砌成的破庙，三面环山，只有一条小路可通，周围草深林密，不知藏有多少人。他们刚走到庙前，从黑洞洞的门里出来了两个汉子，这山民悄悄同他们嘀咕了一阵，才招呼韩信上去。

进了庙门，庙内横梁上挂着油灯，忽明忽暗。

"底下站着的可是汉人韩信？"坐在中间的范目发话了。

"嗯。"

"你到我们这里来，有何贵干？"范目说话时语气冷硬硬的。

"我已和这位弟兄说了，他没有说吗？"

"哦？"范目被韩信问个愣，随即仰面笑起来，"说倒是说过，看来你是想让我们把你送到南郑去。"

"未必，如果除了子午、褒斜栈道外没有其他小道可走，我看，你们也未必能送我们到南郑。"

"哈哈，既然如此，那你还找我们干吗？给我把他轰出去。"几个站在身边的青衣人挥刀向韩信奔来。

"告诉你，我来也是为了帮助你们，你却如此无礼。"韩信说完站起来大踏步地朝外就走。

"你好大胆！"范目一声巨喝，"把他砍了。"

韩信继续朝外走，待几个青衣人追到身边时，他突然转身，"嗖"地拔出宝剑，一个箭步冲到范目面前："别忘了，我是西楚霸王手下的卫军头头，是有武功的！"

范目没有想到这个突变，原以为韩信一定往外跑，没想到他飞身上前，猝不及防，反被他抢了个先手。他"哈哈"大笑起来，对属下把手一挥："退下去。"

范目本意是考验韩信，先给个下马威，然后再谈正事。因为许多年除子午、褒斜道外，外人还不知道有其他小道可以通行。这小道，在官府封锁的情况下，是转运物资至巴东一方的"生命线"。如果轻易泄露，这条道就将失去作用，范目当然要认真对待。但没想到韩信如此强硬，不吃这一套。不打不成交，范目见韩信也是个言必信、行必果的汉子，能托付大事，于是走下椅子躬身施礼："韩信，山民不懂礼貌，还望海涵。我不过是想试试你的智勇诚信。实话实说了吧，我们有四十多个弟兄，被秦人缉拿，现在秦灭亡了，请你告知汉王，盼望汉王能早日解救他们。此外，请汉王消除物资之禁，对我们不得歧视。"

韩信心中颇有踌躇，自己是个离楚投汉之人，能不能见到刘邦都难说。不过，既然到了这步田地，还有什么话可说，于是一口应承下来。

"汉王几日前匆匆而过，我们有眼不识泰山，无缘同汉王联络，今日就拜托你了，只要能办了这两件事，我们一定会为你效劳。但有个条件，你需把你的这位弟兄留下。"

"为何？"

"你若认为不合适，也可以不答应。不过，恐怕于你不利呀！"

卢乡走到韩信身边："还有何犹豫？快快答应吧，他们是不会轻易伤害我的。你抓紧时间去南郑见汉王呀！"

到了这种地步，别无选择，只是要委屈卢乡了。

南郑，汉王宫。

多日不见一丝风，不下一滴雨，无情溽暑，似蒸笼里散不走的热气。初夏，却似酷暑，这种炎热的气候也太超前了些。

项羽名义上按照楚怀王之约，将关中属地巴蜀、汉中给了刘邦，却将"正宗"的关中一分为三，分别封给章邯、董翳、司马欣三个秦朝降将。三秦王的受封，意图十分清楚，刘邦要从巴蜀和汉中复出，让他三人困住刘邦，封住刘邦。

初来乍到的刘邦，心里比这天气更加烦躁憋闷。来，是不得已，无可奈何；而走，才是来的真正目的。可是，栈道烧了，哪一天才能走成？就是日后兵强马壮，三年五载修好栈道，那章邯、司马欣和董翳三秦王还卡在秦地，这是现实！

这时候，汉军中三万多人的老部队，主要是从崤山、华山以东地区过来的，以他的家乡附近泗水郡和砀郡的居多，有"砀泗楚人集团"之称。此外，还有少数是西进途中，陆续加入的关东诸侯国的士兵。让人头痛的是军心不稳，将士逃亡之风已在军中悄悄蔓延。对此，他忧心如焚。唉！十年巴蜀，伏翅难飞，髀里生肉，老之将至，偏偏我刘某有风云之志！不过，他在提醒自己，项羽的三秦王摆在关中，蛮干不行……

刘邦生于当时楚国沛县丰邑中阳里，与项羽、韩信的家乡也都属淮楚地区。他父亲执嘉，是个老实忠厚的农民，人称太公，母亲王氏，人称刘媪。他上有哥哥刘伯、刘仲，他是老三，那时"季"就是三的意思，取名刘季，后来到社会上混时，觉得名字不雅，才改名刘邦。

有一天刘媪在田间工作疲累后，躺在堤堰树荫下瞌睡。她在如梦如幻中，感觉到似乎是有"神"临幸她。刘媪到田野间去了很久，天色又突然转晦，雷电闪耀，声势怕人。刘太公终于忍不住去找妻子。在惊雷骤雨，天色朦胧中，他看到妻子躺在堤堰上的树荫下，像是有一条蛟龙压在她身上。不久，刘媪发觉自己怀孕了，十月临盆，生下了刘邦。说来也怪，刘邦长大后，眉骨很高，隆鼻挺直而又多肉，看起来让人产生一种威严感。他的胡须黑得发亮，密而柔软，足以衬托出他的挺拔俊朗。

刘邦长相出名，但懒的形象更出名。连父母兄嫂都嫌他玩世不恭，好吃懒做，游手好闲，不务正业。他在结婚之前，常年与一个曹姓女子鬼混，生了一个儿子，取名肥。

虽如此，但他处事圆滑，喜欢施舍，小事糊涂，志向远大，在困难之际能引导他人，以爽朗和迷糊的意识改变人。在三教九流之中，他的朋友最多，三十岁那年，朋友帮忙推荐，当了个泗水亭长。与沛县衙里的功曹萧何、狱掾曹参、夏侯婴极为要好，又结交了以屠狗为生的樊哙一帮"社会闲杂"人员。他们常在一起喝酒，戏谑公所中吏员，追逐女人。他还常向风韵犹存的王温、武负二人开的酒馆赊酒，到年底算账时，不知道何故，两人经常撕了账单，不再向他索要。

刘邦与韩信蹭饭还有着不同之处，韩信是一个人，刘邦却是一帮子人，吵天嚷地，还吃出了名堂。一年春天，不知从哪里得到消息，沛县县令家来了一位姓吕名文人称吕公的贵客。这吕公与县令早有深交，因与人结下了冤仇，被迫带着夫人吕媼和两个女儿来沛县避难。县令手下的官吏与县内的富门大户，为了讨好县令，纷纷前来祝贺。刘邦虽然职位卑小，却带上几个人，唱着小曲，挤到贺喜队伍的前列，大模大样地吆喝："贺钱万！"吕公大惊，亲自起身将他迎到堂上就座。萧何提醒吕公，刘季好吹牛，身无分文，不要相信他！吕公似乎并不在意，而对他的长相仪表很赏识，宴席散后，将大女儿吕雉许配于他。而立之年得了一位年芳十八、苗条俊俏的媳妇，他好不高兴，拈花惹草的恶习便有所收敛，与吕雉恩爱相处，生下了一男一女，男的叫盈，女的叫鲁元。

后来他担任领队，押解民夫五百人，前去咸阳服徭役的路途中，由于役夫纷纷逃跑，他出于对秦暴政的义愤，索性将他们全部释放，但仍有十多个人愿跟随着他。不久，陈胜、吴广起义，沛县令想投降陈胜，找来萧何、曹参等人商量。萧何出得一计，要县令找刘邦回来办举义之事。县令答应下来，萧何便派樊哙去芒砀山叫回刘邦。但县令中途变卦，萧何与曹参采取紧急措施，杀了县令，推举刘邦为沛公，并制作了赤色军旗起义。刘邦将父亲和吕雉，还有一双儿女留在家中，托本乡的朋友审食其照看，留下部分士卒守丰邑，自己则率领人马一路冲杀，从此，踏上了反秦征程，成为雄踞一方的义军领袖。

巫山高，高以大；淮水深，难以逝。

我欲东归，害梁不为？

我集无高曳，水何梁汤汤回回。

临水远望，泣下沾衣。

远道之人心思归，谓之何……

这时，汉王宫外传来了低沉浑厚、悲悲戚戚的歌声，打断了刘邦的思绪，刘邦随着如泣歌声，更加惆怅不安起来。

唉！半年后的今天，从人生的最高峰，却跌入了人生最低谷，一身虎气的自己被项羽闲置在南郑，成了一介草民，快五十岁的人了，人生如朝露，自己怫郁的心绪怎么能不被触动。他努力使自己不想这些，使劲咳了一声，为的是扫清脑中的混沌。不一会儿，正要进晚餐，忽然被南边一处军帐里的吵嚷声吸引住，他不耐烦地询问："何人不顾军中夜禁之令，在那儿吵闹？"由领头的侍女吩咐下去，把从将周緤唤来。

那周緤铁塔般魁梧身材，面黑多须，他和刘邦是同乡，交情也不错。刘邦令他迅速去查看情况……

且说，当刘邦率军来到南郑时，韩信带着对刘邦的仰慕，也已进入汉营，被编入汉军之中。

汉军自刘邦起兵后，一直是楚军一部分，采用楚国的职官制，对于主动投奔的他国将士按对等的原则，进行对等安排。谁知南郑军营见韩信一人一剑，无背景可言，给了他个连敖。

连敖为楚国官名，连敖有两种说法，一是管理粮仓的低级官吏，另一种说法是接待宾客的官吏。实际上是一个可有可无的职务，无论哪一种都没有得到刘邦的重用，远不如在楚军的郎中，那时总算有个接近项羽的机会，现在几乎没有一点可能进入刘邦视野。人们不知道有个韩信，更不知道有个想当统帅的韩信。一厢情愿罢了，这与他想象的并不一样，原以为寒冬已过，春暖花开，汉王定会重用，命运再次捉弄，怀才不遇，失望感与日俱增，他又一次跌入人生的低谷。

这日，刚刚获职不久的韩信，与十三个士卒喝起了闷酒，吵闹起来，声称干脆逃跑，竟触犯了军法。

"大家归心似箭，难道汉王不想回关东？"

"汉王大概是不想回去，要不然，他为何一路烧毁栈道呢？"

"外面纷传他是赤帝子，唉，原来也是哄人的鬼话。我们跟着他，哪有出头之日，我们算是完蛋了。"

一人摔打酒碗，怒道："什么龙啊、蛇啊，还不是编出来的骗人鬼话。那时，我们到了褒中，眼睁睁看着他下令把栈道烧毁，我们也就成了出家无家之人，而他汉王快快活活，不但有锦衣美食，还有人给他找女人伴宿。我们呢？"

"汉王确实邪门，别人贪恋女色，只能糟毁身体，可他越宿女人，越是红光满面，精力旺盛。听人说，他在咸阳秦宫那会儿，连战十个宫女，还能硬挺着不倒，后来还是让他的连襟樊哙给硬拉出来，不然，还得干上几个呢！"

帐内一阵哄笑。

"听说道家的祖师庄周曾有采战之术，不但不破坏身体，还可借阴气养身。不过，许多人秘不外传，无人知晓罢了。"

"神乎，真神乎！"韩信自言自语道。

"怎么连敖不相信？"

"我说的不是这事。"

"那说的是何事？"

"不谈这些，喝酒！"韩信一饮而尽。

"连敖，唉，别人看不出，我看得出你是一个有本事的人。"另一人对韩信说。

"我？"

"对！瞒天过海，声东击西，你看过兵书。"

"哈哈！你才看过。"

"你别笑，你这么有本事，怎么来这里当个小连敖呢？"

"混口饭吃。喝！"韩信咕噜咕噜地又喝上一碗酒，"唉，霸王不能重用，谁知投奔了汉王，我韩信也只能烂醉如泥，哈哈……"

另一位舌头打短："韩信，你，你干……干脆带着弟兄们反……反了吧！"

"对！反了吧。"其他几个也跟着起哄。

"要造反？那还了得！"这时周緤奉命已率卫队前来，于是掀帐闯入，挥剑怒喝，"你们胆敢造反！统统抓起来！"不由分说，十四个醉汉稀里糊涂地被捆绑起来押走。

周緤回来复命，没敢实话实说，只是转弯抹角把情况说了一遍。

刘邦听后只觉得有这么个事，也并不是什么坏事。来南郑两个多月，逃走了三四千人，这样下去，不出三个月，汉军将士还不跑光！话说回来，在没有来南郑之前，无论条件多么艰苦，战争如何残酷，这些将士又何曾动过一丝消沉的念头，恰恰是今天，我封王关中，他们再也不愿意待下来。这些将士衣锦却不能还乡，反而随我被贬谪到千里之外、荒芜不毛的南郑，也难怪他们，心里疙瘩解不开要回家！但干大事者不拘小节，犯上作乱，这是不能容忍的底线，无毒不丈夫，需要杀鸡给猴子看，以儆效尤。

他想到这里，仰头发出一阵冷笑："这十四人肆意大闹军中，实属十恶不赦，该杀则杀，不可玩忽军纪！"

南郑，处于关中西南部，汉江上游，邻接巴蜀。

南郑的南面是两山夹峙的平坦地带。刘邦进入南郑后，将这里新辟作练兵校场。这一天，校场上不见将士们操练的身影，但见刀光闪闪，校场临时改作杀人的刑场。这临时刑场四周布满了持戟的士卒，气氛肃杀。

刑场的中间垒起了土台，颇有威势的太仆夏侯婴，以监斩官的身份正坐台中。台下，一溜边定着十四根木桩。几个袒胸露臂，手持鬼头大刀的刽子手，凶神恶煞地等待罪徒的来临。

不一刻，罪徒押来。四周人头攒动，不自觉地向场子中间挪动步子。

这十四人被五花大绑捆到桩上。他们觉得不对劲呀，这杀气腾腾的架势，是要砍他们的头！顿时，一个个散了魂，拉了架子，有的已屁滚尿流瘫软下来。只有韩信，他没有流泪，没有求饶，内心只有对人世间无限愤慨。离楚归汉，目的就是名垂青史，实现王侯将相英雄梦，可万没想到自己却不明不白、稀里糊涂地要被杀头。死，并没有什么可怕，要说到死，不知道已死过几回。可惜的是漂母大娘、钟离昧还没有报答，缭子的嘱托也将付之东流！而今天的这一切是真的吗？人生追求难道就是今天这样一个结局？一生的抱负马上就要灰飞烟灭了？

"哐！哐哐！"午时三刻将到，催魂的铜锣敲响了。

夏侯婴端起一壶酒，洒在地上，对绑在桩子上的十四人说："都记着吧，明年的今天，就是你们的忌日。"然后，他来到刑台上大声、威严又含糊其词地宣布："他们聚众酗酒，散布不满言辞，恶毒攻击大王，惑乱军心，并企图谋反！现在时刻已到，开刀问斩！"

行刑很快开始了，刽子手抡起雪亮大刀，手起刀落，一颗接一颗人头滚落在地。场外的那些将士都是久经征战，少则十余战，多则数十战，生与死看得太多，但像今天这个场面还是头一遭，举座俱惊，心脏狂跳，目不忍睹。

"死鬼！把头低下去。"刑场上刽子手的喊声吸引了人们的目光。

他们放眼望去，只见最后那个死囚昂首挺立，毫无惧色，迥然不同于那十三个先吓得半死过去的。这人正是韩信！一刽子手用力按他的发髻，另一刽子手举刀站在一旁等待着。突然，韩信故意朝前一倾，按他的那个刽子手一个狗吃屎，重重栽倒在地上。

韩信要做最后一拼！他目眦俱裂，要喊要叫，却被另一刽子手上前一脚踢倒，挥刀来砍！

"慢着！慢着！"夏侯婴急忙喊道。他见过颇多杀人场面，但在刑场上却从未见过这样刚强之人，怜惜之心油然而生，破例对刽子手摆了摆手，转而问韩信："你有什么话要说？"

韩信紧盯着夏侯婴，有万语千言要说，可他紧咬牙关，尖利的牙齿咬破嘴唇，血流了出来。他突然喊道："海不辞滴水，故能成其大；山不辞土石，故能成其高；明主不厌人，故能成其众。当初，汉王西向进军咸阳，广延天下志士，一战而使秦降。"

接着，韩信仰天长呼："如今欲要夺取天下，却要斩壮士！这是为什么！为什么？"

一声"为什么！"犹如惊雷劈打在刑场上，震撼着夏侯婴的心灵，也震撼着在场每一个人的心灵。

这个人格局不小！他们本来也没有什么大罪，只是酒后说了些胡话，其情可悯啊！夏侯婴忙走近韩信，立刻在十三具尸体旁和他聊了起来。

简短的攀谈，夏侯婴意识到，眼前这个差点被一刀砍头的人，是一个跟刘邦一样拥有过人才华，但却一直被埋没的能人奇士。

夏侯婴性格直率，敢作敢为，虽是一个车夫，却与刘邦的关系非同一般。他原本是沛县官府养马驾车的驭手，与刘邦过从甚密。每当他驾车办完公事返回时，就会找刘邦聊天，一聊就聊到太阳落山，然后独自赶车回县衙交差。能在刘邦发迹前发现刘邦过人才华的，也不多见，就连刘邦的父亲，都始终认为，刘邦终不成大器。据现存的史料，在刘邦发迹前发现刘邦的，应当只有萧何、夏侯婴、吕公和张良等屈指可数的几个人。有一次刘邦开玩笑伤及夏侯婴，按秦律要受到处罚，他帮刘邦掩饰过去。后来有人告发，夏侯婴挨了几百板子，关押了一年多，才了结这桩官司。刘邦起兵后，他与萧何等人首先加入义军队伍。由于冲锋在前，作战勇猛，常常在危急关头，不惜以命保护刘邦。项羽灭秦后，封刘邦为汉王，刘邦赐他为昭平侯。楚汉战争，随刘邦征战楚地，仍负责刘邦的驾车和保卫工作。巧的是，在鸿门宴上，他与樊哙、靳强、纪信等四将跟随刘邦，在那里好像也见过执戟的韩信……

剑子手再一次将鬼头大刀高高举起！夏侯婴赶紧喊："快放下！快放下！"

看出要放人，剑子手不安地提醒夏侯婴："太仆大人，刑场上不能随便放人，大王追问下来我等担待不起呀！"

"放肆！"夏侯婴瞪了剑子手一眼，从容宣布，"停止刑戮，立即释放韩信！"

"萧丞相驾到！"随着喊声，人群立即闪开一条道，萧何急匆匆策马而来。

萧何来南郑后已被任命为汉丞相，首任"赤色王国"的大管家，威望很高，汉军中他是除了刘邦之外的数一数二的人物。他已年届五十，须鬓涂着迟暮的晚霜，一双眼睛炯炯有神，清癯的面颊显出一种沉稳、刚毅之气，但同时又使人觉得温和而平易。他下得马来，迫不及待问迎面而来的夏侯婴："夏侯！都……都给砍了？"

他一看到那些滚落在地的人头，没等夏侯婴回话，便顿起了足："来迟了！来迟了！"

夏侯婴颇感意外，指着身旁的韩信："丞相，我已擅自刀下留人，你找的可是他？"

"哦？"萧何两目闪光，竟不相信这是事实，上前拉住韩信的手，仔细打量着。

这时一个青年人蹿过来，一把将韩信抱住，边哭边道："韩信！险些见不到你了!"

啊!是卢乡。

韩信将卢乡拉住:"你怎么来啦?"

卢乡简短叙说了来南郑经过。卢乡作为人质被带到了阆中,山民并没有亏待他,虽然韩信来南郑多日音信不见,善良的山民并没有因此怀疑他们有假,还主动让卢乡来南郑寻找韩信。昨日,当他来到南郑后,却听到韩信犯了死罪,今晨又听说午时三刻将要被斩首,在此万分危急的情况下,他顾不了许多,救人要紧,他直闯丞相府来找萧何。他向萧何介绍了韩信熟读兵书,精通谋略,投效霸王的情况及如何结识范目,答应为山民请命的经过,恳请萧何救人。萧何听了介绍后,认定韩信是个难得的人才,他来不及向汉王禀明,直奔法场解救韩信来了。

韩信以感激而又陌生的眼光打量着萧何。

"壮士,我是萧何,对不起你呀!"萧何连忙自我介绍了一番。

萧何与夏侯婴一样,跟刘邦也是未发迹时的好朋友。与夏侯婴不一样,夏侯婴是当兵的,萧何则是当官的。

在秦朝时,他为沛县主吏掾,相当于现在县里主管组织工作的一领导。廉政勤政,每年秦地方官考核政绩,都名列第一。刘邦为亭长,他又时时给予帮助。刘邦举义后,他拥立刘邦为沛公,招子弟三千,组织义军,专门督促办理军中各项事务,是刘邦最得力的助手。刘邦进咸阳,诸将都欲抢夺金帛财物,他却将秦丞相、御史府中的律令图书全部收藏起来,使刘邦得知天下关塞,驻兵强弱,郡县户口,民众疾苦。他还以天下苍生为己任,始终不渝地忠于刘邦的事业,至于出谋定计,指挥作战,杀伐攻取,则不是他的强项。他曾反复思考,大家跟随刘邦来南郑,只是为了暂时找个栖身之处,然后终究要打回去。最让他着急的是,刘邦帐下曹参、樊哙、周勃等数十将,虽起兵三年,历经大小数十战,也使汉军规模成为仅次于楚军最大的部队,但他们都不是出类拔萃的统帅人物,难以独当一面。莫说西楚霸王项羽,就是秦降将章邯也打败不了。当听了卢乡谈及的韩信情况后,他突然想起,张良鸿门归来时,曾说过项羽那边有个执戟郎中奇人奇才的事,莫非就是这个要被砍头的韩信?!

萧何转过身对夏侯婴说："韩信的事如何处置？"

"我马上去见大王，禀明情况，请求大王宽释。"

"还是我去吧。"

"今日行刑乃我所为，与丞相无干！"

"我俩还谁推谁。这样吧，韩信先随我到丞相府去，午后，我们一同去大王那里禀明情况。"

"那也好。"

萧何为慎重起见，将韩信直接从刑场上带回了丞相府。

到了丞相府大门口，韩信这位从刑场上走下来的刚强汉子，忽然有些木讷，不小心将马鞭子掉在马镫上，他弯腰去拾，一伸手，却又触到身边亲兵的戟干。萧何身后的亲兵迅速跑了过来，弄得有些尴尬。萧何却爽朗地笑了，拍拍亲兵的肩膀："哎呀！紧张什么，没事！韩信是人不是鬼，不是来取我头的。"

大家开心地笑了。

到了府内客厅坐定后，萧何让人端来茶水，大家一边喝水，一边交谈着。突然，萧何一改和善面目，语言冷峻地问韩信："听说，九州人士大都已归心霸王，你为何反而千里迢迢，独闯迷途来投效汉王？"

锣鼓听音，说话听声，韩信嘴角不经意地露出了微笑："天下沸腾，群雄并起，不知道谁是真正英雄。百姓的痛苦，犹如倒悬，九州人士只盼望能铲除秦的苛政，施行仁政，并非轻视霸王而趋附汉王。"

萧何心中一喜。韩信说话老成，颇有见地，这话不像从他这样年龄的人口中讲出来的。萧何不自觉地点点头，又问："你离楚归汉，见识独到，令人钦佩，只是栈道已经烧毁，归路已断，岂不是空负了英雄之志？"萧何的脸上露出了一丝狡黠的笑意，两撇胡须往上翘了翘，神秘地看着韩信。

"烧掉栈道，能够瞒住霸王，瞒住各路诸侯，却瞒不住韩信。"

"此言何意？"

"栈道一烧，霸王便无西顾之忧了，可以专心一意对付东方诸侯，同时也就绝了诸侯觊觎。而汉王在这里养足了锐气，可以出其不意，攻其不备地打回关东去!"

萧何深为折服。韩信虽言语不多,却思考缜密,张良火烧栈道之谋,只有刘邦和他二人知道,韩信岂不是料事如神吗?他一反持重姿态,喜形于色,敬慕地上前拉住韩信的手:"你此来,想是必有所作为?"

韩信毫不迟疑地答道:"中原正进入百年少见的大争之世,登高瞩目,高才捷足者先得之。遍观天下,除我韩信,没有人能帮助汉王登上庙堂。如能让我当个大将,统率全军,韩信必将施展平生所学,一定会对汉王有所报称。"

在萧何看来,这种大气势虽不甚谦恭,但暗自称奇。他已从卢乡口中知道了韩信为霸王多呈良策,不为所用,交结范目,打探汉军回师道路的情况,数日来,压在心头的一块石头倏然落地。他又问:"依你之见,我军时下当以何为急务?"

韩信回答说:"结蛮夷,施仁政,探敌情,征向导。"

萧何是非常有眼力的人,军中泥腿子、草莽汉居多,能有一二饱学之士,也是难能可贵!他暗自赞叹韩信胆识过人,正是汉军所要寻找的统帅人才,真是"踏破铁鞋无觅处,得来全不费工夫"!

他大喜过望,连忙摆席,延请韩信上座,两人促膝长谈起来。韩信一番陈述,不!应该叫游说,听后,十分稳重的他竟拍着胸口说:"连敖请自保重,萧某定于汉王面前全力保举,以遂凤愿,你就等着好消息吧!"

二

人生最大的运气,是能遇到自己的贵人。

救下韩信后,负责监斩的夏侯婴和萧何决定再做点什么。于是亲自找到汉王刘邦,向刘邦推荐韩信。其实啊,他们的推荐,刘邦并不认为韩信有什么特殊的才能,也没有过于把韩信当一回事,只是想给他们面子,便任命韩信为经济部门的官吏——治粟都尉,自然比起不伦不类的连敖要高出了许多。

治粟都尉,又称搜粟都尉,相当于汉军的后勤部长,官职官衔不低。

人们以为韩信得了治粟都尉，一定会感激涕零。事实上，他除了对夏侯婴感谢救命之恩外，并没有什么特别的感觉。打仗是他的擅长，对粮草官并不感兴趣。不久，他因工作与坐镇后方的丞相萧何有了更多的接触，萧何从他的口中了解了他更多的情况，以及从汉中打还关中的作战构想，这些都是有远见卓识的。不承想，他这一生的荣辱成败，从此都会与萧何有着莫大的关系。

这是一个迷离的夏夜，月亮像银钩嵌在墨蓝色的夜空，阵阵清风吹拂着南郑的山水。韩信在馆舍内无心欣赏这番晚景，白天见汉王刘邦的情景又浮现在眼前……

他随萧何来汉王宫进谒刘邦，当他俩来到后殿时全愣住了。一个女子掌扇，两个女子捧着铜盆跪在地上为刘邦洗脚。刘邦见他们进来，仍旁若无人，嘴中还哼着小调，半晌道："哈！痛快，给我加劲搓一搓。丞相，你也来吧！"

萧何目瞪口呆。

韩信面色阴沉。

萧何尴尬地旁顾韩信一眼，转过头来："大王……"

刘邦抬起头看了看韩信，见韩信紧绷着脸盯着自己，故意问："你是谁呀？"

韩信不紧不慢，作了个揖，缓缓答道："淮阴韩信。"

"韩信？"

"对！"

"莫不是那个，那个淮阴胯下……哈哈！萧丞相竭力保举你，想必你一定有高招教寡人？"刘邦颇为倨傲，无赖式老毛病又犯了。

"不错。不知大王是否安于在汉中称王？"

"胡说！我哪一天不想回关东。"

"我看不是这样。"

"为什么？你倒说说看。"

"周公理事，一饭三吐哺。想成就大业的圣明之主，没有一个不是礼贤下士，可大王对于前来投奔的壮士却视同奴仆，这怎能广罗人才，辅成大业呢？"

刘邦听这话好生耳熟。是的，当初西向灭秦，引兵经过高阳时郦食其也说过这样的话。我见郦食其是个长者，光着一双湿脚跑过去赔罪，说不定韩信这小子在哪里听到风声，也想捡个便宜。于是，他一边慢慢地双脚互搓，一边故意挖苦韩信："罢了！罢了！难道我要给你推车揽辔，才能一统天下吗？"

"不敢，不过……"韩信正欲对刘邦阐述自己的观点，忽然从刘邦的眼神中看到愚弄人的嘲笑。他的脸腾得一下红了起来，话锋一转："大王泡脚水凉了，还是快去加些热的好好地泡一泡吧，韩信告辞了！"说毕，转身向门外走去。

"他妈的，竟敢嘲弄我！"刘邦大怒，一脚踢翻了铜盆，水洒一地，吼道："滚！有多远滚多远！"

萧何走上前来："这怨不得韩信，你看你挖苦人说的那叫什么话！"

"生瓜蛋子能耐不小，我逗他玩呢。"

刘邦上述匪夷所思的举动，韩信一下子凉透了心！

自己跋山涉水，风餐露宿，躲追杀，结范目，所追寻的却是一个浑身充满无赖之气的流氓大王。看来，萧何、张良所谓刘邦"淳朴敦厚，待人以诚，识才用才，胸怀博大，有政治眼光，能安天下"等，统统都是屁话！而此时，他失望至极，事情并没有朝着预期方向发展，他清楚地知道，如果连萧何的推荐也不起作用的话，那自己就一定不会被重用。晦运当头，叹自己人生虚度，一事无成，不觉心灰意冷。不过，他对刘邦的处境也完全清楚，汉军中并没有大将之才可用。他陷入迷思之中，又一次面临人生抉择，忽然伤感袭上心来："能用则用，不能用干脆走人！"

韩信逃走的主意拿定了。转身看看已经入睡的卢乡，颇不忍心惊醒。不一会儿，他整理衣物声还是惊动了卢乡。

卢乡揉着眼，说："时候不早了，怎么还不睡觉，有事明日再做吧。"卢乡突然感觉韩信举动反常，便坐了起来，"怎么？真的想走，就是今晚？"

"嗯，不，今晚不走！"韩信想，卢乡为了自己，已经冒死从霸王那里逃奔出来，吃尽了苦头，现在又要走了，不能告诉他，让他再担风险。

"那，何时走呢？"

"不，不走，要走肯定会告诉你的。"

"有这话我就放心了。反正要来一块儿来，要走一块儿走，不能丢下我不管！"

朴实的卢乡躺下又睡着了。

韩信轻手轻脚地将冠带、袍服、乌靴脱下，放在朱红盘内，放在桌子上，依依不舍，深情地看了一眼卢乡，心里在说："一窝里鸟，也难得在路上一起飞。兄弟！后会有期。"于是他吹熄了灯，踏步出门。

不对！从项羽那里逃走是迫不得已，今日出走虽也是，但情况不同，应该光明正大地把话说清楚。于是，他又返回屋里，点上灯，找来笔墨，索性在招贤馆的墙上泼墨挥毫：

秦王苛政山崩地裂，汉统九州战危兵凶。

群雀焉知鸿鹄之志，却将赤金视作废铜。

韩信写好后，掷笔于地，重新吹灭了灯，清高孤傲的性格，使他决定逃离汉中，另谋出路。于是他封存好印绶，一人一剑一骑，踏上了路途。

汉中这个地方，在刘邦那个时代并没有被开发，又为险阻所隔，外面有人想进去不容易，同样地，里面的人想出来也不容易，栈道烧毁后，进出就更加困难了。查阅资料得知，此时走出的道路主要有三条：

一条是最早见于史籍的"东归道"，也称"南江说"。由四川的巴中，经米仓道，或要跨长江，过三峡，进鄂西。唐宋年间有几块石刻记载是为佐证。

另一条是清代道光时的"西走道"，也叫"宁强说"。北入甘南，南进川北，或要进入少数民族聚居地。

还有一条是清初出现的北行道，即"马道说"。经南郑，过马道，越秦岭，重新进入关中。今天陕西留坝县马道镇路旁留有三块石碑，中间一块刻着"寒溪夜涨"四个大字。"不是寒溪一夜涨，焉得汉室四百年"典故就出于此。右边一块刻着"汉相国萧何追韩信至此"，左边一块字多模糊，细看知是清咸丰时记载着萧何追韩信的详细情形。韩信的出走，应该没有一个明确目标，走出方向是出汉中进中原，因此北行道还是可信的。

不久，卢乡醒来，摸摸床上不见了韩信，卢乡连忙爬起来，点上灯，看到了墙上的怒诗，知道韩信确实走了。韩信是个宁可闯过虎口干大事，不愿默默无闻过一生的人，他满怀热情来南郑投刘邦，就是想利用汉军这个平台，施展自己的才华，做个顶天立地的汉大将！但在别人眼中，却是一个天大的笑话，如同痴人说梦。即便在萧何、夏侯婴的力荐下，还是屡遭挫折，他是不得已负气而走。怎么办？这事要不要告诉萧何？对！要告诉。刑场上，正是萧何与夏侯婴救了韩信，且萧何还在说服汉王嘛，韩信走了，如果我再不讲一声，就太不仗义了。

卢乡连忙穿上衣服，赶赴丞相府。

半夜三更，卢乡紧急求见萧何，遇到了亲兵阻拦，吵嚷声惊动了因公务刚刚入睡的萧何。

"有何事？"萧何爬起床问。

"没，没事，只……只是有人来报韩信拿着丞相的令牌，已策马逃走了。"

"何人来报？"

"卢……卢乡。"

"啊？真给韩信走了。"萧何大为震惊，岂能让这位统帅之才流失在眼前。他连忙吩咐："快！备马，追！"

夏天的夜，孩儿的面，一天三变。亲兵牵来了白马，萧何抬头仰望天空，满天的星星已经隐去，山风呼啸，布满了乌云，昏暗至极。

一亲兵劝萧何："丞相，天要下雨，您还追他做什么，随他去吧！"

萧何一反常态，翻身上马，怒斥道："你懂什么！快上马追人。"他狠抽一鞭，白马疼得将头一仰，马童冷不防被拽了个跟头。

萧何把缰绳一抖，白马向前奔去。

众亲兵大吃一惊，纷纷上马追赶，不大工夫，便追上萧何。另一亲兵又劝道："丞相，慢走！夜晚山路难行，现在天又要下雨，马有失蹄滑倒的危险，若把您摔了，我们担待不起，您不怪罪我们，汉王知道了也要怪罪我们。这样吧，让我们几个去追，一定把韩信追回来，不然，硬捆也得把他捆回来！"

"混账话！你们知道追的谁？"一向儒雅的萧何突然暴躁起来，又是狠抽白马一鞭，马蹄撒开狂奔。

"不是那个差点被砍头的韩信吗？"亲兵们加鞭跟上疑惑地问。

"告诉你们，只有他才是兴汉的希望！所以，我们追的不是那个人，而是希望所在，今夜必须将他追上！"萧何深知韩信一旦做出出走的决定，恐怕不易改变主意，自己若不亲自去追，亲兵们即使追上，韩信也不会回来。

一会儿工夫，萧何一行已到了北城门，守城士卒见是萧何，不敢多问，打开城门放行，萧何一行急匆匆穿城而过。

却说，韩信出了北门，向北迤逦而去。三更时分，乌云骤起，大雨瓢泼而至。韩信急忙躲避到岩下，叹道："唉，人倒了霉，老天也要跟你作对。"

夏天的雨，来得快，去得也快。

暴雨过后，韩信又继续上路。一路之上，韩信思绪万千。一会儿觉得能遇到萧何、夏侯婴这样的有识之士是幸运的，一会儿又为受到刘邦的愚弄感到气愤。想着走着，走着想着，不觉已到了南江。

南江在巴蜀东北部，渠江支流。平时这条江水很浅，涉马可过。刚才暴雨使江水陡涨，阻住了去路。这时已是四更时分，天上乌云渐开，露出一派月光。

"韩都尉！韩都尉！你等一等。"

韩信大吃一惊，本能地紧勒马头，从腰间抽出宝剑，心想："坏了！一定是汉王派人追杀来了。"

"啊，一夜让老夫追得好苦呀，苍天不负苦心人，终于追到了你……"一阵急促的马蹄声后，一行人滚下马鞍。

啊！是萧何，韩信胸中涌起一股热流。

萧何大汗淋漓。他抹去一把汗，气喘吁吁地对韩信说："韩信！你也太绝情了，要走，也跟我打声招呼，怎能不辞而别呢？要是外人知道这事，不骂我萧何有眼无珠怠慢人吗？"

"对不起，您对我的知遇之恩，容来日再报吧！"韩信激动地走向前，将萧何扶坐在渡口一块大扁石上，苦笑着说，"汉王待人简慢无礼，我实在不想留下来了，切望丞相能体谅在下不辞而别的苦衷，务允所请，让我走吧！"

"汉王得罪都尉，萧何给你赔罪！"萧何撩起长襦要给韩信跪下。

"萧丞相！别折煞我了。"韩信连忙扶住萧何。

"韩都尉，请跟我回去吧！"

韩信叹了一口气，道："丞相，天下大着呢。此处不留人，自有留人处，十八路诸侯，哪路都可以去，他们一样急切需要能用之人。况且，我从淮阴出来投军，和千千万万人一样，只是为了推翻暴秦统治，恢复故韩国，以报家仇国恨。现如今，秦国已灭，天下已定，复仇的心愿已实现，我等可以安然归还故乡淮阴了……"

"恕我直言，这不像是你心里话。"善于察言观色的萧何，敏感度高，知道韩信并不一定真心要走，他道，"作为一个忘年的朋友，能否听我说几句话？"

"请讲。"

"都尉！你应该明白，对于一个没有任何功劳的人，一下子被任用为都尉一类的高官，不是一件容易的事，就是到了其他诸侯国去，也未必能一蹴而就，立即当上指挥三军的统帅。而汉王对待读书人，常常不屑一顾，也是有原因的。小的时候，他学习《诗》《书》，结果是学会了那么多道理，别说治国安邦了，就是自己的当下都过不去。从那时起，他认为儒学欺骗了自己的童年，对读书人全无好感，常动辄骂人'竖儒'，还曾做出过拿读书人的帽子撒尿的事情……"接着，萧何耐心地劝说道："汉王虽对人傲慢无礼，态度蛮横，但，这只是表面现象，瑕不掩瑜，他仍不失为集仁、智、勇于一身的明主。何况，再明亮的眼睛，也会一时被灰尘迷住，只要把灰尘吹出来不就好了？我不隐瞒自己的看法，当年你在淮阴乞食漂母，受辱胯下，为了什么？还不是有朝一日施展抱负。如今，机会就在眼前，你却孤芳自赏，遇难而退。你才智过人，可也要拥有像汉王这样的明主，才能珠联璧合，相辅相成，相得益彰，建万世之功，创不朽大业，切不可因一时草率从事，失却时机，误了前程，遗恨千古呀！"

萧何又道："不知情者不怪嘛。汉王还不了解你，这完全在我推荐不力！"萧何诚恳的话语，重重撞击着韩信的心房。

这时，又传来一阵急促的马蹄声，刹那间，数十匹战马一阵风地卷来。

韩信惊惑地扫视萧何一眼，萧何也不知道发生了什么事。

只听得："那不是萧丞相的白马吗？啊！找到了！"

萧何以为是追韩信的，便向韩信靠拢过来："你放心好了，有我在这里，谁也不敢怎样你！"

转眼间，众人已到渡口，远远地散开。为首一将，乃骑将灌婴，他滚下马鞍："丞相！我们奉大王之命接你回去！"

"啊！除我之外，大王还要你们接谁？"

"没有啊？"灌婴有些摸不着头脑。

萧何见是来追他的，又好气又好笑，但心里一块石头悠然落地。

转而，萧何对韩信说："都尉呀，一起回去帮汉王干吧！我会尽我最大努力，你等着消息吧。说句心里话，如若汉王一意孤行，不纳忠言，我可断定，他必将一事无成，老死烂死在南郑。到那时，任凭你远走高飞，哪怕奔到天涯海角。请相信老夫的话吧！"

"我韩信何德何能，承蒙萧丞相如此关怀和厚爱，看在丞相面上，我这次就依了。"面对萧何，韩信的眼里噙着泪花感动不已。随即，韩信与萧何、灌婴一道返回南郑。而从此，"萧何追韩信"的故事，也被定格在历史时空之中。

三

清晨，"萧何逃跑"的消息像长了翅膀一样，很快在军营传开。

刘邦得到这个消息时，震惊不已。万万没想到，这么多年的朋友，竟在我最困难的时刻背叛逃去！

萧何是自己的主要谋臣，倚为左膀右臂。从沛县起兵，谋划用兵，调集粮饷，安顿治安秩序，哪样少得了萧何？现在，还正是他极力劝我接受汉王封号，来南郑等待时机的呢！刘邦大发雷霆后，颓然坐在一张蜀锦绣垫上，臂倚着通明锃亮的漆几，手托腮帮，痴呆呆地望着明窗，怅然若失！

萧何曾几次向我推荐韩信。上一次，看着他和夏侯婴的面子，封韩信为治粟都尉。治粟都尉为管理粮食部门的长官，负责生产军粮的供给及市场购销等任务。这个职位官阶很高，在秦代相当于治粟内史。既不要直接上战场，手中还握有经济大权，是个大肥缺。但韩信志不在此，胃口很大，对经济部门的官员还瞧不上，可这已经是破格提拔了。这一次，萧何直接把韩信领来，我觉得韩信年纪太轻，看看再说，没想到韩信这小子傲气太盛，我骂了几句，你怎么就受不住了？咱们兄弟又不是相处几天，你还不知道我这臭脾气？这叫我怎么办？难道要我跟韩信下跪叩头不成？子房不在，你萧何再走，让我依靠谁？即便我刘季心比天高，力能搏击苍龙，但没有你们的帮助，哪能上天入地？哪年哪月才能打回关中去？都说我天命在身不是瞎说？进关中下咸阳不是白干？这对我的打击实在太大啊！

刘邦拍起桌子，吼道："有人就有队伍，有人就有一切。萧何你滚，你滚吧！我刘季大不了一切重新开始！"此时，他突然想起了他去年进军咸阳的壮观、激越情景，那才叫顶天立地！他让侍女拿上酒来，努力抛开失意，独自一人大口喝起来……

去年十月，战马嘶鸣，尘烟滚滚。

秦朝大臣们已是惊弓之鸟，逃的逃，跑的跑，秦都咸阳一片混乱。刘邦在张良和萧何、樊哙等人的簇拥下，已来到了灞上。

灞上是咸阳附近的一个小镇，距离咸阳很近。刘邦既然到了灞上，就等于一只脚已踏进了咸阳。秦王子婴才继位四十六天，自知无力抵抗，于是素车、白马、以天子绶系颈，手捧皇帝玉玺、兵符、节杖，与文武官员、宫娥侍女跪在枳道，等候刘邦的发落。

刘邦率众快马奔驰过来，在秦王子婴身边停住。公子婴跪倒于地，将秦国玉玺献上，向刘邦正式投降。真让人不敢相信，只有十五年时间，盛极一时的大秦帝国至此灭亡！

剽悍的樊哙拔出腰刀，过来对刘邦说："沛公！秦二世凶残无道，欺压百姓，大家强烈要求杀了这个秦王龟孙儿！"

"怎么？非要杀他？"刘邦笑了笑，解释说，"怀王派我入秦，是因我宽容大度，不滥杀伐。况且人家已投降，杀了也不吉利。子房先生你说呢？"

"沛公英明！我军刚入秦关，秦民惶恐不安，如果诛杀了子婴，定会给沛公加上不仁不义的罪名，这样原本很简单的局面，会变得复杂起来，还是高抬贵手吧！"

刘邦下马，亲自搀起匍匐在脚下颤抖的子婴。

"谢沛公不杀之恩！"

"应该谢他！"刘邦用手指了指樊哙，然后转身厉声下令，"把他好好看管起来！"

"是！沛公。"

这一刻刘邦意气冲天，他第一个拿下咸阳，他就是胜者，他亲手埋葬大秦王朝，他就是汉中王。一定要先于诸侯踏步秦宫，去体验一下皇帝才能享用的辉煌与快乐。

"走！进宫瞧瞧去！"

于是，刘邦把大军驻扎在灞上，命周勃和夏侯婴暂时统领，他自己则跃上马，带着一帮亲随兴奋地大呼而去。

秦宫，雄伟壮丽，刘邦和亲随在巍峨的大殿内，惊愕不已。

接着，刘邦等人转入内宫。自西进以来，他一直被战事缠身，根本没有闲暇寻花问柳，这后宫佳丽，对于风流成性的他来说充满诱惑力。

刘邦等人走进一座华丽的寝宫，可爱的后宫佳丽，穿着绫罗绣衣，酥胸半露，香风袭人，见到刘邦，立即匍匐于地，娇声祝福，娇滴滴地跪着迎接她们的新主人……刘邦看得发呆，心旌摇荡，他再也抵不住这样的诱惑，完全忘记了外面的一切，忘记了怀王的使命，美女们将他拥入宫室，顺势将他按倒在榻上……刘邦嬉笑着乱摸乱滚……阁门紧闭，在阁外只能听到笑哈哈的淫荡声……

"沛公在哪儿？"张良赶过来问。

"在里边！"樊哙手一指。

"干什么？"

"你懂的！"樊哙十分气愤地说。

张良向樊哙使个眼色。

樊哙闯进宫室，他告诉刘邦，秦地尚未安定，秦人不安，现在绝不是高枕无忧、尽情享乐的时候，弄不好，恐怕用不了多久，辛辛苦苦换来的胜利就会得而复失。见刘邦仍没有动静，他粗声恶气地大声道："秦王子婴昨夜就睡在这个床上，正是秦的暴虐无道，才使我们能够到达这里。可我们一来就与他们一样享乐，这不是助纣为虐、自取灭亡吗？"

张良不失时机地进来说："沛公！项羽大军连战皆捷，在河北坑杀了二十万秦军降卒后，正日夜兼程，带着军队就要赶来了！"

"什么？！"刘邦一下子推开美人，脸上虽没有表现什么，不过他后悔了，幸亏事情还没有到不可挽回的地步。他猛地爬起来走开了。

疑云笼罩着咸阳，零星的动乱时有发生。

为防止酿成大患，刘邦来到了灞上，亲自召见各县的父老豪杰，以图稳定人心。他对大家说："各位父老，受惊吓了，刘邦这厢有礼了！"说着，他拱手抱拳，向迎候的人群深深施上一礼，"我奉楚怀王之命，诛暴秦，伐无道，拯救百姓。知道你们在苛酷的秦法之下生活，痛苦很久了。秦法如有人民诽谤朝廷的，就灭族，人民有相聚谈话的，就犯弃市死罪。我和诸侯有约，先入关中者，就为关中王。如今我代理关中王，首先要做的就是废除秦的苛法！"

在场的每个人心情都很沉重，有的人甚至抽泣起来。

"沛公！有新法吗？"突然有人大声问道。

"有啊！"

刘邦果断地宣布："我的新法简单明确，只有三章：第一，杀人偿命！第二，伤人抵罪！第三，偷盗抵罪！此外一切秦法，从现在起完全废除。

大家能记得住吗?"

"记得住!"众人齐声欢呼。

这就是应变能力极强的刘邦!他还告诉在场的人说:"我所以领兵入关,一切所要做的,都是为父老们除害而来。我们将秦宫中的珍贵宝物、财物府库,都加了封条。我刘邦之所以要还军灞上,就是等待诸侯们来到共同约束,以求安定。此外,各地方官吏不管过去做了什么,既往不咎,一概留用。今日回去后,请大家要严格按三章办事,与各位父老豪杰一起,把我的话通知给所有的关中百姓。"

成千上万的秦国父老非常吃惊,认为刘邦是一位难得的宽厚长者,便放开胆量,欢呼着围住刘邦。事实上,正是秦朝的残暴反衬出刘邦的仁慈与宽厚。

他又使人和秦吏巡回各县乡邑,将约法三章告谕民众。咸阳留下少数人马维护治安,其他所有的人马都撤回灞上。秦人大喜,咸阳很快恢复了平静,大家争先持牛羊酒食,献给刘邦的军队。刘邦很是谦让,不肯接受所献食物。这时,民众已唯恐刘邦不做关中王了。

……

且说,次日傍晚,派去追赶萧何的灌婴一行回到南郑后,灌婴前来汉王宫禀报刘邦,萧何已经带回来了。

"灌婴,快快告诉我,抓于何处?"刘邦急切地问。

"南江渡口。"

"啊?都已跑到一百多里外的南江了。"

"他不像逃跑……"

"噢?"刘邦松了一口气,积聚在心中的怒气散去了许多。他捋着胡须,让灌婴将萧何带进来。

萧何一进门,刘邦既喜又怒,嘴中骂骂咧咧:"你这该死的家伙!你跑了,把我一个人留下当个光头杆子,你到底是何用心?要走一块儿走,告诉我一声,我也好跟你一起走呀!"

萧何知道刘邦误解了,哈哈大笑:"哪里敢逃走?我的为人大王你还不了解？我是急着替你去追赶逃走的人，来不及禀告呀！"

"谁又逃了？"

"就是夏侯婴法场相救的，后来大王封他为治粟都尉的韩信。"

"嘿嘿！诸将逃走的已有几十人，你不去追，却去追赶这小子，你不要再哄我！"

萧何平静地说："我确实去追韩信了，我不仅把他追回来了，而且还要大王拜他为大将！"

刘邦几乎喊起来："什么？什么！拜他为大将，你真是吃了灯草放的轻巧屁！我上次不杀他，委以治粟都尉，他不领情，竟敢背叛我逃走，杀了他也不为过，你怎么还要推荐他？"他接着又说："你是知道的，让一个没有战功的人做治粟都尉已经到顶了。大闹鸿门宴的樊哙，他进入关中时，也就是个郎中，和韩信在楚军中的职位是一样的，直到随我平定关中后，樊哙才从郎中升迁为郎中将。一些跟随我的老朋友职位也是如此。灌婴和樊哙一样为郎中，曹参、周勃、卢绾、郦商为将军，夏侯婴为太仆，傅宽为右骑将，靳歙为骑都尉……"

"大王，怎么能和他们相比较？你说这些，说明你还不了解韩信。"萧何打断刘邦的话，趋前激动地说，"在一片哀唱声中，却迎来了此人。他绝对是你生命中最重要的贵人，上知天文，下知地理，兵书战策，无所不通，是个旷世天才。如他领兵，定能统率三军，帮你垂成大业。这一点我敢保证！"

刘邦一脸不屑地说道："别瞎说！他曾乞食漂母，寄食亭长，钻屠夫的裤裆，是个人人都骂的大废物。霸王尚且不用，你却老叫我封他，难道军中就没有一人有他本领大？曹参、周勃、郦商等人斩关夺隘，大小数十战，还未得其封，如今却要拜一个手无寸功的小子为大将，这叫他们怎么看？诸侯怎么看？霸王怎么看？还有，他才二十五岁，这样的年龄能压得住阵脚吗？我的大丞相，这可不是闹儿戏！"

"韩信虽未证明过自己能统率三军，但他具备统率三军的潜质。"萧何正色对刘邦说，"大王！我举荐他，是为了大王的宏业，也是为臣的职分，怎敢拿国家大事开玩笑？当初，战国时的冯谖投到孟尝君门下，三次弹铗而歌，争享受，要待遇，后来自请为孟尝君到薛地收债，矫命把欠条全部当着债务人烧掉，说是为孟尝君买义，孟尝君不得已而接受这个事实，直到孟尝君废相回到封邑薛地，百姓扶老携幼迎于道上，方才懂得冯谖的用意，真正明白他是位了不起的人。而韩信当初在淮阴穷困抑郁，披难受辱，宁肯以男儿八尺之躯而乞食漂母，甚至不惜胯下受辱也不肯去死，因为他有太大的抱负。他在楚营多呈干策，项羽无知不用，现在你封他为连敖，他不干，又封他为治粟都尉，他还要逃离。这不奇怪，他才高志大，熟演兵法，且经历了楚军灭秦所有大战，对天下大势了如指掌，奇谋妙略，无人能出其右。所以，有这个本事才会这么高傲、这么狂。我听说，做帝王的没有谁比周文王伟大，做霸王的没有谁比齐桓公伟大，他们都是依靠有道德有才能的人出名。大王，贤明的人，不一定只是古代才有，今人忧虑的是仅听一些谣言，就轻易武断地下结论，把贤人、有本事的人一棍子打死。千军易求，一将难得，韩信文武双全、刚柔并济，是不可多得的人才、将才、帅才，国士无双。当今天下，为将之人无一能与他相比！"

"国士"就是一国中最优秀的人物。"国士无双"这个评价非常高，在整个汉代的历史上，再无第二人获此殊荣。

战看将，治看相。刘邦对萧何是信赖的，萧何一生唯谨，从不敢马虎以致误事。自入汉以来，他公忠体国，求贤若渴，特别是今日这个态度，让刘邦非常诧异，难道韩信真有这么厉害，不然萧何何以至此？

萧何见刘邦不吭声，以为刘邦还是没有态度，非常生气地说："如果用韩信还有希望，如果不用韩信，只能坐以待毙，一辈子在汉中称王，你自己看着办吧！"

这话点到了痛处，刘邦叹道："谁愿意郁郁不得志长期待在这里！好吧，先叫他做个将军。"

看到刘邦态度的转变，萧何虽欣喜不已，但仍不依不饶："大王啊！韩信作为项羽亲近武官，一直无法走近项羽心，才义无反顾地弃楚投汉，这真是你三生有幸，这是苍天送给你的礼物，不可不取。说实在的，大王好比是一只巨舸在大海中已漂泊、等待了许久，要想渡过大海，韩信是独一无二能帮你挂起风帆到达彼岸的人。只要大王升起风帆，就一定能乘风破浪，夺得天下！如若只用韩信做个将军，不能指挥三军，他仍无法施展才华，终究还会逃走。苍天把此人赐予你，你怎能不重用呢？"

萧何恳切的话语，深深打动了刘邦。他稍显迟疑地说："好吧，只要韩信如你所说，我就用他为大将，如果不是，那就趁早滚开！"

秦汉之际只有"将""上将军""大将军"，而韩信的"大将"一职，应该是当时独一无二的特别设置。汉之前最高武官称为上将军，如秦之白起，秦末之宋义、项羽，均为指挥重大战役的临时统帅。陈胜、吴广起义时，赵王武臣任命陈馀为大将军。史书上说："大将军内秉国政，外则仗钺专征，其权远出丞相之右。"如今韩信"大将"一职，实际上就是汉对外战争的三军最高军事统帅，职位在丞相之下。

此时，刘邦对韩信是否称职，心中无数，而出于对萧何的信任，终于做出了同意的决定。这种"用人"的态度，在历代开国君主中也是十分少见的。与刚愎自用、不纳忠言的项羽，也形成了鲜明对比。

萧何生怕刘邦有什么变化，迫不及待地追问："那就一言为定？"

"放心吧！"刘邦笑了笑，"萧何月下追韩信，慧眼独具，平凡中识大才，或许将是千古佳话，我刘邦却是一个无知的粗人！算了，这个美名让给你吧！"

"但愿如此，此人归汉，一定是天意。"萧何不无认真地说，"不是寒溪夜涨，阻挡住了韩信，纵然是快马加鞭，我萧何也追不上，哪来的美名？哈哈！"

刘邦呆呆地看着满脸笑容的萧何。

第四章　登坛拜将

"汉中对"是历史的转折点，使刘邦在困境中找到了进兵夺天下的方略。他以最隆重的方式，构筑高坛，斋戒三日，亲率众人登坛拜韩信为大将。

修栈道，出陇西，暗度陈仓道，战章邯，指挥若定，成功还定三秦。不到一个月，韩信就基本上平定了关中，实现了"可传檄而定"的预言。从此，刘邦集团由被动防守转为主动进攻。

一

一步登天式的升迁，不乏其人。

春秋、战国时期，管仲原是一位门客，后被齐桓公一举提拔为齐国宰相，张仪、苏秦等人还同时身挂数国相印。而这些升迁的人几乎有个共同特点，都是担任宰相之类的文职官员，未曾见过一介平民，直接被提拔为带兵打仗的将军。其主要原因，打仗是掉头流血的大事，不能有一丝一毫的疏漏，胜与负，往往直接关系国家的存亡。战国时期的赵括，自认为很会打仗，死搬兵书，到长平后完全改变了老将廉颇的作战方案，结果四十多万赵军尽被歼灭，他自己也被秦军箭射身亡。就在眼前，北征救赵的楚国上将军宋义，长于论兵，短于实战，在赵国滞留四十六天，延误战机，为项羽怒而所杀。纸上谈兵的人物并不少见。

耳听为虚，眼见为实。刘邦是个精明人，不会仅听一两人之言，轻易地定下军中主帅，他懂得军队是命根子，主帅则是军队的灵魂，但他为萧何诚恳、执拗的态度所打动，决定面见韩信，亲自听取韩信的意见，有礼而又慎重地做一次全面考察。

接到传令，韩信立刻动身前来汉王宫。到了王宫大殿，见萧何、夏侯婴也在这里。韩信知道刘邦改变主意，亲自召见，无疑是萧何极力推荐的结果。

刘邦坐在上首，萧何、夏侯婴一右一左坐在刘邦两侧，韩信则坐在刘邦对面，这样的座次显然是经过刻意安排的。韩信突出地感到，面对的是主考官、监考官，他是应召前来考试的考生。这恐怕是人生中最大一次考试。不过，不像上次突然应对夏侯婴和萧何，这次自己早已有了准备。

　　韩信身材魁伟，圆背虎步，器宇轩昂，高高的额头，一双大眼睛显得深沉机敏。刘邦一边喝着茶水，聊家常，一边暗中端详，审视着韩信。

　　刘邦操着沛地口音，温和地说："萧何丞相，还有夏侯太仆，屡次推荐韩都尉，寡人倦于事，惯于忧，沉湎军国事务，开罪于你，还望多多见谅。"

　　"岂敢！岂敢！"

　　刘邦又道："初来汉中，人生地不熟，天下大事一筹莫展，不知你究竟用何良谋妙策开导寡人呀？"

　　韩信凝视了萧何一眼。萧何投来期望的目光，并鼓励说："都尉有何言语，但讲无妨！"

　　韩信点点头，然后直截了当问刘邦："敢问大王，东向夺天下，主要对手不是项王吗？"

　　"正是。"

　　韩信神色微露："我曾禀明丞相，项王绝非不可战胜。如今，以大王和项王试作比较，大王自料勇、悍、仁、强，哪方面能与项王匹敌？"

　　问题很尖锐，刘邦沉吟良久："都不能。"

　　"大王明智。"韩信看到刘邦能够正视缺点，并不避讳在人前提及，倏然之间，眼神一亮，"您不隐恶，能够纳言从谏，确实如此，臣也认为这几方面大王不如项王。其一，项王英勇善战，一往无前，大王却常贪图享乐，有玩世不恭之态；其二，项王性情豪爽，仁爱部下，大王却待人慢而少礼，用人生疑。"

　　以往还没有人敢在刘邦面前这么大胆直言。这一席话，深深触动了他的心灵，像倒了五味瓶，不知是什么滋味，满脸涨得通红。但瞥见萧何、夏侯婴时，见他俩微微点头。于是刘邦急忙正襟危坐，双手一拱："谨受教诲。"

韩信正色道："我曾在项王麾下效过力，了解他的为人，他的缺点却是无法克服的。勇悍，是交战取胜的有利因素，但仅凭勇悍，未必能胜。因为要获得胜利，主要在于人心向背，靠高度的智慧和战略战术的灵活运用。何况强悍是将军之事，而不是统帅所须具备的。项王确是一位叱咤风云英勇无敌的人物，一声怒吼，千人为之失色，但他只知道凭个人的勇敢去战斗，不懂得怎样任贤用能，取悦人心，以智谋经略天下，也不能使部下将卒都能归心，乐为所用。所以，我以为项王的英勇善战，不过是匹夫之勇罢了！"

刘邦紧张的心情松弛了，如释重负。在未遇韩信之前，大家被项羽的强大所慑服，从没有人认为能真正地战胜他，只不过希望项羽能践约，还自己为关中王而已。韩信的话，使人不再对项羽畏惧，不再沮丧。刘邦不禁自语："匹夫之勇，不足以言万人敌！"

韩信又道："不过项王的性格是多方面的。有时他也会有'仁'的表露。项王的柔和一面，能使人如沐春风，感激不已。他为人恭谨、平易，言语温和而亲切，部下生病，他有时竟能难过得落泪。"

"爱怜部下，我不如他。"刘邦认为韩信说得不错。

"虽然如此，在我看，项王的表现只不过是妇人之仁而已。"

"妇人之仁？"刘邦故意问，"怎么个妇人之仁？"

韩信说："施小惠，吝大体。他对有功之臣吝啬得很，拿着刻好的大印反复磨弄把玩，印角都磨破了，始终舍不得交出，这不是婆婆妈妈的妇人之仁吗？他这么做，又怎能得到天下英雄豪杰真心的拥戴？我料定，如今他虽号令诸侯，称霸天下，但天下攻守之势迟早会发生转变。"

刘邦惊问："怎么个转变？"

韩信说："他放弃关中，建都彭城，失却地利；他违背义帝旧约，分封诸侯不公，把富庶美好的地方都封给了自己的亲故，诸侯们纷纷不平，很为不满；他赶走义帝，把义帝废置于江南，自己占据彭城称王称霸。故而，一些诸侯回到封国纷纷效仿，驱逐故王，抢夺地盘；他一向残暴凶狠，在新安坑杀二十万降卒，火烧咸阳三个月大火不灭，又杀秦王子婴，百姓早已恨之入骨。由此可见，项王缺乏战略远见，发展下去，将是韧与智得胜，以暴、以猛勃然兴起的他，虽强易弱，是容易被打败的。"

刘邦面露喜色："敬听高论，开我胸怀。"

韩信继续说："大王若能痛改前弊，反其道而行之，任天下武勇之士，何所不诛，以天下城邑封功臣，何人不服？用日夜想东归的将士，何所不胜？"

"可是秦国毁亡，项羽称霸，大局已定。"

"并非如此，目前诸侯分立，谁都不能算已经安定，项王以为本身才智超过了天下所有的人，仅凭一己之力可以胜天下，这是失败的起点！"

"可惜啊！三秦王断了我东去的归路。"

"三秦王并不可怕，怕的是大王犹豫不定，失去战机。"

"此话怎讲？"

"雍王章邯、塞王司马欣、翟王董翳，他们都是原秦朝降将，曾率关中子弟出关作战，数年之间死亡者不可胜数。他们又欺骗士卒投降项王，到了新安，一夜之间被坑杀二十多万，唯独他三人得以保全性命，封王关中，秦地父兄早已恨之入骨。而大王从武关入咸阳，秋毫无犯，与民约法三章，除秦苛政，使民安居，关中百姓无不企盼大王按楚怀王之约，在关中称王。可见，若攻三秦，民心可用。如果大王举兵东向，夺取关中则易如反掌，传檄而定。得了关中，可恃关中之险，地方之富，民众之多，何愁东进争夺天下不成！"韩信以往跟萧何谈得简单些，这次，他要将心中思考已久的完整想法一一道出。

"高见！高见！"刘邦非常震惊，自己的军中还有这样天马行空的人。这一席话语，把天下形势分析得透透的，为汉军描绘了一幅争夺天下的战略蓝图，这对长期看不清形势、找不到出路的刘邦来说，如同拨开乌云见了太阳，驱散了困扰心中多日的愁云，在苦闷中找到了前行大道。他没有说什么，只是感叹道："怎么一叶遮眼不见高山，险些误了大事？"

萧何与夏侯婴相视而笑。

刘邦迫不及待地问："韩都尉，何时还定三秦呢？"

"当然越早越好。大王你想，汉军将士多为崤山以东之人，归心似箭，任何高山大泽都是阻挡不住他们归乡之情的，若心境冷落，天下安定，百姓安居乐业，将士们就不愿苦战死战，这比什么都可怕呀！依臣之见，不如此时决策，东向出兵，利用大家急于还乡的心情，争权以取天下！"

刘邦觉得太有道理了，但重要的是当前怎么办。他摇了摇头："通往三秦的子午、褒斜栈道都已烧毁，先前是无腿无脚，现在是有腿有脚却无路。要是等褒斜道修好，还不知要等到猴年马月，真是急煞人也。"

"嘿！嘿！"不轻易启齿的韩信笑了起来。

"笑什么？"

"栈道烧了正好！"

"是何意思？"刘邦惊问。

"大王，你有所不知，要战胜强楚，斗智胜于斗兵，利用楚军的强悍特点，声东击西，速战速决，使楚军措手不及，否则难以取胜……"韩信答道。

"韩都尉不要绕弯子了吧！"刘邦迫不及待地说。

"可修栈道。"

"栈道可修？"

"战略上可修。"

"战略？"

"对！贯通秦岭主要道路已被烧毁，修复五百里褒斜道，不但难以办到，且引人注目。所以，栈道烧了正好，可采用声东击西，改道走陈仓。"

"改道？"刘邦霍的一下站了起来，抑制不住内心的冲动，脱口道，"陈仓道只有口碑，我入蜀汉以来，曾三番五次派人马前去探测查寻，但因地域广大，高山连绵，深谷河道交错，森林茂密，都一一被挡了回来，难道还有其他小道可走？！"

韩信走到刘邦面前，将一份自己早已画好的帛图，摊在桌几上。萧何、夏侯婴也都围拢了过来。他指向图中一条小径："此道可行。"

"此为何道？"

"陈仓古道。"

"请详细道来！"

此时，他指着汉中位置说："大王可先派一军，大张旗鼓，修复褒斜道，然后，整兵出击，从汉中翻越山岭……"

"明修栈道，吸引章邯的注意力，暗度陈仓，打章邯一个措手不及！"刘邦思索着神奇计划，猛然仰天大笑。

"不！事情没有这么简单。"韩信再次向刘邦做了详细说明……

韩信早已对楚、汉大势了如指掌，他的谋略实在令人叹服。像韩信这样的人，不仅会打仗，还能把整个天下局势都装在脑海里，汉军就需要这样的人来指挥，寡人从此可以高枕无忧了！突然间，刘邦有些害怕了，不是项羽、范增不能识人用人，拱手将韩信相送，自己还能有什么机会战胜项羽？进而，又想到了萧何，不是他月下追得韩信，恐怕韩信早跑了，真要感谢萧何的锲而不舍，高瞻远瞩！刘邦拍拍萧何的肩膀，没有再说什么。转而，他异常兴奋地拉着韩信的手："你怎么不早些和我讲呢？唉！这不怪你，我这个人，看来真有点高高在上，麻木不仁！如今好了，高人就在身边，心中藏有十万雄兵，这是天助我也。哈哈！"

"哈哈！"萧何、夏侯婴一齐拊掌大笑起来。

韩信从刘邦手中抽出了手，拉开内衣，从里面拿出一个小包递给刘邦。

刘邦打开一看，见是自己送给张良的玉佩。他恍然醒悟，左手往脑门上一拍，那劲头表示极大的后悔，真是相见恨晚啊！他抬起头，直愣愣地看着韩信："哦！你为何不早些拿出来？"

刘邦随手将玉佩递给萧何、夏侯婴。他们看后，怎么也想不到张良也在举荐韩信。

"真是锋藏不露。"

"让自己推荐自己，这比什么都好！"

不觉过了半日，已是华灯初上。刘邦兴致勃勃吩咐侍女摆上宴席，亲自招待韩信，一定要一醉方休。

摆席之际，刘邦外出小解，萧何连忙跟了过去。

"大王，此人如何？"

"了不起！是个抱王霸大略的人。"

"那，到底如何任用？"

"还用问吗？就按你说的让他做大将啦！明日当着众人的面，我再关照一声。"刘邦边走边说。

萧何不禁哈哈大笑:"拜大将,怎能像对待孩童那样儿戏,吊儿郎当,轻慢无礼。"

刘邦不解地问:"那该怎么办?"

"古时,君子拜将,必先择定良辰吉日,斋戒,设坛场,具礼志诚,然后登坛拜将。怎能召之即来呢?"

萧何的态度使刘邦惊叹不已,同意以隆重古礼对待拜将:"好好!这事就由你去办。办得庄重、热烈些。"

这一天,是刘邦最快乐的日子。鸿门涉险以来,他不断受到重挫。先是被逼拱手让出关中,再是丢失张良,特别是进入汉中以来,将士连连出逃,军心不稳,可以说跌到人生一个新的低谷。而韩信与刘邦进行了广泛的交谈,分析了局势,预言了未来,核心思想就是,尽快打回去,军心民心可用。这次谈话的内容很重要,史称《汉中对》,或《汉中策》。后人把这番宏论,比作三国时期诸葛亮对刘备分析天下大势的《隆中对》,为刘邦在黑暗中送来了一抹曙光,他之后的争天下种种攻略皆基于此。

汉元年(前206)七月一天,刘邦突然宣布一个爆炸性消息:翌日将斋戒三日,以古礼筑坛拜大将。

军营沸腾了!汉中沸腾了!

将士们多么盼望能有这一天——拜了大将,意味着东征指日可待,可以早日打回老家去,同自己的亲人团聚。

南郑的百姓则感到好奇。有些上了年岁的人,依稀记着还是从老辈人那里听说过的周文王拜将故事。这可是一段不寻常的佳话。殷商末年,飞熊应兆,上天垂象,至仁至德的周文王在渭水边,聘得年过八旬的姜子牙,筑坛拜为军师,子牙果不负其望,为文王之子武王姬发赢得了天下,建立了西周,子牙被尊称为尚父。而如今,难道汉王也寻到了治国平天下的大贤?这位大贤又是谁?

应该说,拜将是一场政治秀,与其说是萧何向刘邦提出的,不如说是韩信私下要求的。此时,刘邦已经认定韩信就是他所要寻找的统帅,但是韩信没有军功,一下子担当这么重要的军职,那些跟刘邦出生入死的将军肯定不服。这得把戏做好了,才能让人相信。于是,就有了名扬天下的登坛拜将仪式。

拜将这一天,人们带着不同的心情,争先恐后,竞相来到南郑大校场,一睹大将风采,一睹拜将场面。

拜将土坛已在南郊筑起。土坛由南、北两座组成,台高各丈余,南台上立起一石碑,上书"汉大将拜将坛"几个大字。北台上有亭翼然。两台方圆各有百余步之广。四周已插上数十面赤帜,几百名卫队士兵分列台前。刀矛闪辉,甲仗生威。特别是六面红色的大纛,上面分别绣着"汉""刘"字,插在土坛中央,随风缓缓飘动,格外醒目。随刘邦进汉中的文臣武将此时差不多都已到齐,他们按爵位站在土坛左右两侧。

土坛下方的将士们及围观的老百姓,兴高采烈地猜测、议论着。

他们的目光大多交错在灌婴、郦商、曹参和樊哙等四人身上。这几位将军个个挺着胸膛,正襟"危站",内心却是忐忑不安。这么隆重的礼仪,与刘邦平常马马虎虎的作风不相吻合,大将是谁?怎么一点风声都不透?凭着他们的战功,都有希望成为大将。然而,大将只有一个,到底是谁呢?

睢阳人灌婴,二十七八岁,身高不过七尺,却给人处事干练、英气勃勃的感觉。他原是一个做买卖的二道贩子,在刘邦起兵初,从河南前来投奔,并以中涓身份随刘邦转战各地,破东郡尉于成武,从攻秦军开封,南破南阳守,西入武关,激战蓝田,一直打到灞上,被赐予执珪爵位,号昌文君。进汉中后拜为中谒者。后来刘邦在军中挑选骑将,灌婴年龄并不大,但在多次战斗中都能勇猛拼杀,有"骠骑"之称,故任命他为中大夫,全权负责骑兵团的组建和指挥。

高阳人郦商,身材高大,浓眉大眼,堪称美男子。他有勇有谋,在陈胜举义时,聚众四千多人反秦,当刘邦进军秦地来到陈留时,郦商将所属部众交给刘邦。他陷阵却敌,攻长社,破秦军洛阳东,西进宛穰,一举定汉中,战功卓著。项羽灭秦立沛公为汉王,赐爵信成君,后拜将军。他哥哥就是那位被赐广野君、自称"高阳酒徒"的郦食其。哥儿俩一文一武,闻名于汉军内外。

沛县人曹参，字敬伯，中等身材，体格结实粗壮，额头宽阔，脸膛黝黑，为人厚重扎实，有勇有谋，忠诚可靠。曹参初仕秦朝，为沛县监狱管理员。当上小吏时，在县里名声很好，刘邦则不同，在父老眼中相当于一个地痞。刘邦举义反秦，他以亲信之臣追随左右，经历了许多大的战役，攻城略地，身遭数十创。在救援雍丘时，他击杀曾阻止吴广大军西进的秦将李由，战王离，破杨熊，两败赵贲；平定南阳后，随刘邦西进，参与攻打武关、峣关、蓝田，直至进军咸阳，秦王子婴出降。入汉中后，迁为将军。汉军中素有"文萧何武曹参""汉军军神"之誉，可见曹参大名鼎鼎，他人难与匹敌。

樊哙也是沛县人，曾是狗肉贩子，生得双目溜圆，满面虬须，臂阔腰圆，功绩也是无与伦比。论私交，他年少时就与刘邦交好，又是刘邦的连襟。当年吕公相中刘邦后，刘邦牵线搭桥，又向岳父举荐樊哙，将他介绍给二姨子吕媭，他们两人情谊自然非同一般。论战功，他随刘邦起事，冲锋陷阵，身先士卒，善打恶仗，有"汉军黑旋风"之称。攻胡陵，定丰沛，克濮阳，破李由，下开封，被赐封贤成君。他虽然粗鲁莽撞，性情急躁，好杀成性，但治军有方，行止有矩，忠心耿耿，颇有智谋，是不可多得的良将和统帅。鸿门宴上，他更是勇救刘邦……

这时，樊哙有些迫不及待了，以为汉大将他已唾手可得！

卯时刚到，顿时，鼓乐齐鸣。

只见刘邦在众人簇拥下，登上了拜将台。

台下数万名将士和百姓，人声躁动，欢腾一片。刘邦频频挥手致意。待他在台中特设的方几上坐下后，萧何捧着印符斧钺，将封物放在他的面前。这时，刘邦向担任礼赞官的周緤点点头，示意仪式可以开始。

周緤于是站在台前，大声宣布："全体肃静！拜将仪式开始！"

他请刘邦拜将，刘邦从方几上站了起来，走到几案前，虔诚地烧了三炷香。跪下去，以示对帅旗、帅印的尊崇。然后从周緤手中接过黄绢包裹的大将印绶，面向台下，洪亮、威严地宣布道：

"今拜治粟都尉韩信为汉大将！"

话音刚落，全场哗然。谁也没有想到，拜一个小小的治粟都尉为汉大将，诸将愤愤不平，韩信有什么资格当大将！以他们对韩信的了解，他是个胯夫，而且是个没有勇气的无能之辈。他又是从楚营过来的，难保他不是奸细。他犯过罪，还当过逃兵，本来就应当被杀头。这样的人，怎么可能当大将。可以说，汉军上下除了刘邦、萧何和夏侯婴，没有一个心服口服。

"这个刀下死鬼，因祸得福，真是竹园子拉屎走顶运！"此刻，樊哙满脸涨得通红，依仗着自己的功劳和特殊地位，大声嚷起来，"天大的笑话，我们谁不比他小子强？！"

不待樊哙说完，不少人也跟着附和："对！我们谁不比他强，由他带着我们打西楚霸王，开什么玩笑！"

萧何深知拜将仪式的庄重，见这乱哄哄的场面，忙命军士筛锣，场上才安静下来。周緤侧过身来，看看刘邦，刘邦手用力一挥，示意继续下去。

"请韩信登坛受封！"

韩信面对喧嚷丝毫不介意，抬着头，迈着大步，登上拜将台。

这时鼓乐又奏了起来，他在鼓乐声中从刘邦的手中接过印符。

"大将！请受寡人一拜。"刘邦整了整衣冠，郑重其事地跪下以大礼参拜。

刘邦这一拜，使得大家更是惊讶、不服。

樊哙按捺不住自己，径直走到刘邦面前："大王！你一向神武英明，连鬼神也敬三分，今日怎么如此糊涂，向一个胯夫顶礼膜拜，堂堂大汉王的脸面往哪儿搁？！全军将士的脸面往哪儿搁！"说着，转过身来，怒目圆睁，对韩信吼道："韩信，你既为大将，我同你战三回合，你若能赢得我手中之剑，那我就服了你，若赢不了我，你该知趣些……"

"汉大将可比胯下大将要难当得多！"不知谁喊了一声，声音不算太大，在这种场合却显得被放大了许多倍，土坛下一片哄笑。

众将不服这是意料之中的事，可万万没想到樊哙竟会如此无礼，敢在拜将仪式上跳出来泼骂。刘邦眉头一皱：是脓疮就该把它放出来，也让天下看看我刘某人用人不疑、礼贤下士的劲头。

他站了起来，用力向几案上一拍："樊哙！你太放肆了。这是何时何地何事，还有点规矩没有?！大将是我选定的，你不服气，你要战斗，我刘邦陪你可行？来，今日不见死活，不算输赢！"他从腰间抽出宝剑来扯樊哙。

樊哙见惹火了刘邦，一时不知所措。他一边躲闪，一边结结巴巴地道："咳！大哥，大哥，我也是为咱汉军、为你好呀。"

萧何见刘邦想用"武力"解决问题，连忙阻拦："大王！不必动怒，樊将军一时鲁莽，举止不当，今天是喜庆之日，还请多多包涵。"

众将也纷纷登坛，跪在刘邦面前求情："大王！樊将军是个性急之人，眼里容不下沙子，念他忠心一片，其情可悯，饶恕了他吧！"

"哼！"刘邦气喘吁吁，仍不肯轻饶，"他将我的军，今日，不见死活，不算输赢。"说罢，还要扯樊哙。

"这又何必！这又何必！"樊哙一边躲闪一边道。

韩信见刘邦不肯罢休的样子，内心十分过意不去，走到刘邦身边："大王！还望您赦免了樊哙将军。我入汉以后，尚未建过寸功，难免众将不服。我敬佩樊将军的人格，不平则鸣，既然樊将军要比试比试，本人也可领教一下！"

"嗯?"

刘邦是集大智大勇于一身，善于驾驭各种场面的高手。他知道樊哙这帮跟随自己多年出生入死的弟兄，撵不走，轰不跑，忠心不贰，矢志不渝，教训教训就行了。真要杀樊哙，何必要自己动手，让武士绑下去砍了就是。不过，若真的砍了，日后夫人吕雉面前可交代不了。现在韩信却要与樊哙应战，这又是何意？火候已到，不要出乱子。他眉毛一扬，沉沉地说："我看，可以比试比试，但今日不行。放在何时，再等通知。到那时，我想樊哙一定不敢站出来。不信？咱走着瞧。至于为何定在那个时候，今日不必解释，到时大家自会明白。所以，樊哙的头颅权且挂在账上，暂时饶了！"

刘邦转过身来，见一帮将士还跪在地上，抬抬手："都起来，起来吧！你们下跪能救人，还要我们队伍做什么？"

等众将及樊哙退下土坛后，刘邦开始大声对台下训话：

"还有谁，有话就说出来，有屁就放出来，不要闷在肚子里烂坏了肠子。还有谁要较量，我刘邦一定奉陪！"刘邦讲到这里停顿一下，大声喊道，"有没有？"

这声音像惊雷打在场子上空，震慑着在场的每个人。

刘邦继续道：

"我刘邦胸怀坦荡，堂堂正正，今日谁有话就站出来说，我不追究，但错过了今日，哪个再敢说大将的是是非非，可别怪我不客气。我的心一半是肉做的，蚂蚁我都怕踩死，有人说我是文王心肠，当年怀王就认为项羽太凶残，军队所过之处烧杀抢掠，不能派他入关，却认为我宽大谨慎，是个长者。可我今日告诉大家，我的心还有一半是铁铸的，说一不二，该杀则杀，毫不留情，我不怕日后有人说我是夏桀。话说回来，选大将的事，没有同大伙好好商量，是我的不对。但大将韩信是我选定的，国士无双，寡人坚信不疑的事，你们也该相信！"

讲到这里，刘邦解下自己佩带的刻有"巨阙"二字的宝剑，亲手赐给韩信："这把剑，是我从芒砀大泽中得到的，也是我斩蛇起事之剑。它随我南征北战，斩关夺隘，我未尝轻易授人，今日赐予你，望你握着它，替我指挥三军，如有违命者，可先斩后奏，哪怕我的亲姨娘舅，你也可格杀勿论！"

韩信双手恭敬地接过宝剑。

高规格的拜将，让他死心塌地感动着。汉王绝非霸王之辈可比，就是文王对待子牙也不过如此。他泪水溢出了眼窝，心中默念："老天开眼，乌云终于驱散，如今轮到我韩信出场了，不管前面是万丈深渊，还是刀山火海，我韩信都将义无反顾，为汉王轰轰烈烈地大干一番！"随着现场气氛抬高，二十五岁的韩信攥紧了手中的剑把，神思飘忽。在夏侯婴、萧何的鼎力举荐之下，一个从淮阴南昌亭走出来的胯下小子，几经磨难，终于在今天登上了历史舞台，在即将拉开的楚汉战争帷幕中，一定会迎来真正属于自己打天下的时代。他双腿下跪激动地说："一定竭尽全力倾报汉王知遇之恩，肝脑涂地，万死不辞！"

"好，好好地跟着我干吧！"刘邦扶起了韩信，让他站在自己的身旁，转而面对众将士高声道，"听着！秦二世残暴天下，万里江山万里悲，你们舍家弃业，抛头洒血，伐无道，诛暴秦，功高万世，而今，却随寡人千里迢迢来到南郑，吃尽了万般苦头，我向你们致歉！我向你们致意！"说着，刘邦深深地向在场的将士们拱了拱手。

随后，刘邦向大家做了慷慨激昂的演说。演说的主要内容就是《汉中对》的部分，非常切中要害。他最后强调说：

"但这些都是霸王一手造成的，这笔账要记在霸王的头上。如今是非常时期，干戈未息。据说中原大地又陷入战火之中，诸侯争战不已，这是在造霸王的反，这反造得有理，造得好，打破了霸王任人唯亲，一手胡乱安排天下的格局，动摇了他的霸主地位。本来嘛，天下是天下人的天下，不是霸王的天下，他也主宰不了。咸阳是我们将士流血牺牲打下来的，他却劫夺了胜利果实，耀武扬威，衣锦还乡，反把我们弄到这荒远不毛之地，离乡背井，沦落天涯，这是何道理？兄弟们！我们要把命运掌握在自己的手中，勇敢地站起来，跟天斗，跟他霸王斗。俗话说，'只要一条心，黄土变成金'。只要精诚团结，同舟共济，不讲价钱，没有怨言，我们就能无敌于天下，就一定能够打败西楚霸王！打回老家去！"

将士们为这戏剧性的场面瞠目结舌，更为刘邦这气势恢宏的讲话深深地打动。这虽是拜将，实质上是进入汉中以来第一次誓师，极大地振奋了低落的军心，将士们仿佛看到了冲出三秦，杀回老家，马到成功的情景！他们亢奋，他们激昂，无数将士情不自禁地流下了热泪。

此时口号声、欢呼声响起："打回老家去！万岁！""汉王万岁！万岁！"

其实刘邦任命韩信为大将，也是一场赌博。他是天生的赌徒，不赌，只能一辈子困在汉中，与死无异。赌输了，顶多损失些兵马，还有汉中可依。赌赢了，就能依靠韩信赢得天下。尽管如此，刘邦还是留有一手。他并没有把兵权立即交给韩信，因为从起兵那天起，他始终站在战争的前头，统兵作战能力极强。而拜韩信，主要是以高官厚禄留住顶级人才，完全没有必要因为找到一个更能打仗的将军，或者有才华尚未经战场证明的将军，就把军队全部交出去。当然，未来的某一天，如果需要分兵，他自然会把一部分军队交给韩信，他后来也是这么做的。

二

如人们预料中的一样，自从项羽分封诸侯后，天下未曾得到一日安宁，而刘邦争夺关中的心思一刻也没有停止过。

五月，他已令曹参取了下辨（今甘肃成县）和故道（今甘肃两当、陕西凤县），为进军关中搭好了跳板。七月，拜韩信为大将后，立即部署诸将日夜操练，并基于秦的兵制，对汉军进行全面整顿，重申军法。

韩信重申军法意义极大。汉初基本承袭了秦的军事立法，军队构成亦逐渐变为以秦人为主，这个重大决策，是战胜项羽的制度保证。

接着，在荒蛮闷热的汉中，憋屈了四个多月后，他终于正式决定反攻三秦。

反攻三秦能否成功，这是汉军生死存亡的关键之战。

汉军诸将接通知后，对于反攻并不感到意外，但立即行动却感到操之过急，不可思议。他们认为，汉王先前并不像现在这样武断，慌里慌张，昨天拜将，今天宣战，一口就想吃个大胖子，明天还不知道要做出什么荒唐举动。而以往破武关、下咸阳一些重大行动，总把大伙召集起来，一同商量商量，集思广益，拿个好方案，向大家交个底。这难道是受了韩信"蒙蔽"？

说实在的，刘邦急于这样做，确实是受了韩信"蒙蔽"。他把胜利的希望全部放在韩信身上，军事上，韩信叫怎么干，就怎么干。不同众人商议，是因为涉及一个重大战机，如果感悟不到这一点，他这个汉王就必将老死在汉中！

汉王升帐，众将见到刘邦与韩信威严地端坐在台上，表情严肃，气氛肃杀，再无人敢吱吱呀呀，交头接耳。

不一刻，刘邦用毋庸置疑的口吻对大家说："寡人来此多日，今决定北击关中，与霸王一决雌雄。"

人群中出现了一阵轻微骚动，大多数人的脸上出现了迷惘表情。不容分说，刘邦把桌子猛地一拍，厉声道："这个决定是我经过慎重考虑的，军令如山，王法无情，哪个敢有异想，当立诛不饶！"

刘邦扫视台下，未见什么动静，口气稍有和缓，请韩信做部署。

韩信站了起来，神情庄重地说："各位！为了发动还定三秦之役，其部署准备是，萧何丞相留守汉中之南郑，收取巴蜀赋税，负责各路人马的军粮供应，征兵支前，大王及我本人负责率领曹参、周勃、郦商、灌婴、夏侯婴、靳歙、陈贺、孔聚等八将，操练兵马，随时准备出征……"

主要将领都点到了，唯独没有点到"黑旋风"樊哙。

樊哙站出班列，歪着头，也不看韩信，气鼓鼓地大声说："臣自随大王出征以来，每次均为先锋将，冲杀在前，从不辱使命，今日你为何把我搁在一边？"

"慌什么！你听着，本大将仍授你先锋之职，现在大王欲要亲驾东征，只是褒斜道已被张子房烧掉，你可率五千人马，重修残缺，再整险隘。裨将纪信、枞公一同监修，限三个月修完，如有违期，将以军法处置！"

樊哙头皮发麻，发根倒竖，这不是有意报复吗？自己跟随刘邦风风火火打天下，现在，却要到工地做包工头，既无施工方案，施工准备又严重不足，而且要在三个月内修完五百里栈道，开什么玩笑！他强忍着怒火："要杀樊哙，请就地处死，否则我决不领此军令！"

韩信冷笑一声："遇到问题就想回避，这还有什么忠义可言，将军素怀大义，正当建此奇功，难道想撒手不干？"

樊哙一想，去修也好，我三个月修不好，叫你韩信再用三个月去修，你要是修不好，到时看你怎么说。他主意打定，嘴里哼了声："领命。"昂着头走回班列。

翌日清晨，樊哙率领五千军队和民夫来修褒斜栈道。

他同副将纪信、枞公来到褒谷口，只见残损的栈道像一根羊肠缠绕在高山之中。有诗云：

星辰近可接，云栈渺难分。

飞鸟沉青霭，行人带白云。

他们观察一番后，三人不约而同地叹气摇头。想过没有，这是秦人用了数百年的时间，像愚公移山一样，一代接着一代，在高山峡谷中开凿的从汉中通往关中的通道。欲想修复也没有那么简单，要用一根根枕木，重新钉在半山腰中，连成十里百里，这须动用多少人力物力，丢多少条生命，岂能说动手就动手？

这日中午，樊哙和一都尉巡察监工，见进度缓慢，修筑栈道的兵卒看似十分散漫，他抑制不住内心的气愤："五百里褒斜栈道，每日只能修上一小段，大部分人手在绝壁上使用不上，这是危险的慢细活，真是急煞人啊！"

一都尉犯难地回答："三个月修通栈道，除非是活神仙。"

"啊！啊！"正说之间，一声惨叫传来，樊哙惊讶地望着一兵卒跌下悬崖绝壁。

士卒和民夫们一个个浑身颤抖，吓得半死。他们将斧凿、麻绳、竹杠抛在地上，双腿发软，一屁股瘫坐下来。

一都尉举起皮鞭，喝道："干活！干活！"

"你们行行好，在这绝壁上干活，稍不留神，就会摔下去！"一士卒气愤地说。

樊哙过来怒问："你不干他不干，谁来干？"

"让当官的干！"这士卒竟大声顶撞起来。

"你敢顶嘴！"樊哙似要把心头多日的闷火全部发到这士卒身上，飞起一脚。

"啊！"那士卒跌倒地上。

正在这时，一个响亮的声音传来："你为何如此对待他们？"

大家一怔，顺着声音望去，韩信大步走了过来。

"他们消极怠工，扰乱军心！"樊哙瞪了韩信一眼，怒气冲冲地道。

韩信朝栈道扫视了一眼，面露愠色："工程进展缓慢，指挥该负什么责任？"

樊哙心想，你这话说得正好，他猛地将鞭子丢在地上，道："我有责任，你没有责任？你是大将，你来干吧！"

韩信大声喝道："大胆！"

众人大惊。

韩信对随同前来不知名的二位将领说："把樊哙押回军营中去！"

两将来绑樊哙，樊哙大声地说："无须动手！我自己走。"说着怒气冲冲地离去。

关中，向来被称为秦。雍王章邯的封地为秦朝咸阳以西的全部土地。

他奉项羽之命，以废丘（在今陕西兴平南）为雍都，作为第一重门户，扼刘邦于汉中不得出，但他认为子午、褒斜道已烧毁，刘邦就是插翅也难以飞过。因而，平时他并未秣马厉兵，只是经常派人巡察一下，提防着刘邦出来就是了。

这时候，进出汉中最大的难题是交通，秦岭山脉东西长四百公里，平均海拔在二千米以上。从关中到汉中，必须通过贯通秦岭的几条山间古道。

子午道，北起今西安市终南山子午峪，南至汉中市西乡子午镇，全长三百三十公里。古代称北为子，南为午，南北方向的道路即称子午道。

滟骆道，北口位于周至县西骆峪，南口位于汉中洋县滟水河口。全长二百四十公里。是各古道中，最为险峻的一条。

褒斜道，北起眉县斜谷口，南至汉中大钟寺附近的褒谷口，沿途穿过褒、斜二谷，为秦地通往巴蜀的主干道路，全长二百五十公里。在历史上，褒斜道开凿最早、规模最大、沿用时间最长。

陈仓道，即故道、嘉陵道。从陈仓向西南出散关，沿嘉陵江上游谷道到凤县，折向西南，经两当、徽县至今略阳接沮水抵汉中。

祁山道，从甘肃天水经礼县，翻越祁山，沿西汉水过西和、成县，到达徽县，或从白水江顺流而下，向南翻越青泥岭，沿略阳东行至汉中。

就在四个月前，刘邦由关中去汉中，走的是秦入蜀的子午道（一说褒斜道）。

当时张良送刘邦入汉中，火烧子午、褒斜道，表明刘邦无东归之意。在秦灭六国时，除褒斜、子午道外，滟骆、陈仓诸小道都已废弃。汉军如果想从这些小道出来的话不仅路况险峻，还可能遭遇设伏在谷口的敌军阻击。那么，刘邦最先要做的，就是修复褒斜道上的木栈道。

这一天，章邯的弟弟散关守将章平匆匆赶进宫来："大哥！"

章邯正在寝室同宫女调笑。

"大哥！有消息来报，刘邦派汉将樊哙率五千士兵和民夫日夜抢修褒斜道，准备择日东征！"

章邯一怔，半晌发出了轻蔑的笑声："褒斜道五百里长，烧毁容易，修复却是万难，区区五千人，怎能济事？刘邦既想东来，何必当初要烧了栈道，不是脱裤子放屁做蠢事吗?!"

"哧！哧！"退让不及的宫女捂着小嘴，忍俊不禁地笑出声来。

"大哥，刘邦近日还新拜了大将。"章平又报告说。

"哦？此人是谁？"

"叫，韩……韩信。听说，他原来也在霸王手下，后来逃归汉王刘邦的。"

"我在霸王那里也非一日，怎么没有听说过此人？"章邯寻思道。

"他只是名不见经传的执戟郎，你自然不会晓得。"

"噢？是不是那个淮阴钻裤裆的小子？"

"正是。"

"原来如此，刘邦帐下无人，我没有什么可忧的了。"章邯吩咐道，"继续探寻，有情况立即来报。"

"是！"章平抬脚朝宫门外走去。

"回来。"章邯又叫住了他，疑惑地问，"当今天下唯有刘邦能与霸王对垒，栈道之险刘邦不是不知道，现在为何如此嚣张，莫非另有企图？"

"大哥，依我看，栈道一年半载未必能修好，汉兵又从何处出来，难道真能插翅高飞？"

"唉！可不能大意哟，刘邦也算是个用兵老手。"章邯用手按住脑门，沉思片刻，蓦然醒悟，"不对！刘邦真的要打过来了。"

"打过来？这可能吗？"章平见状也紧张起来。

"嘿嘿！"章邯冷笑两声，"他们在我面前耍聪明，还显得嫩了点。修褒斜栈道只是虚晃一枪。你想想，褒斜道没有二三年时间不可能修好，但他却要大张旗鼓拜大将、修栈道，这是明摆着想要造成本王的错觉，吸引视线，以达成偷袭的目的。"

"他们将从何处出来？"

"我料定，他们将从南郑向西，越过白水，长途跋涉，攻击我西县、上邽和陇西！这也是唯一的路途，我们必须提前堵截汉军，以防万一。"

"唉！还真诡计多端。"

章邯不无自负地说："本王历经大战，什么样的豺狼虎豹未见过，难道还怕刘三这条老狗！"他虽这样说，但凭借多年作战经验，特别是钜鹿大战的惨痛教训，心中仍有余悸。心想："要谨慎些，承蒙霸王不杀之恩，又委以看守秦川重任，近来亚父范增屡有檄文传来，恐怕汉军入侵，着我严加防备，决不可掉以轻心。"

"平将军！"

"大哥！"

"你就不要守散关了，换其他人吧。抽调五万人马，由你亲自带领，立即赶赴陇西救援。我在废丘坐守，有情况随时报告。"

"是！"

章平走后，章邯一屁股坐在榻上，他感觉到在此安度晚年是不可能了。章邯是唯一能称得上项羽对手的大将军。他曾是主持骊山陵营造的少府，读过许多简策。在陈胜、吴广发难，诸侯并起时，承担起大秦帝国的最后命运！他凭借手中一路人马，先败周文数十万大军，又破齐楚联军，再杀楚军统帅项梁于定陶，击败了函谷关以东的各路叛军。在钜鹿之战中打得六国人马都不敢救援赵国，但后被击败，随项羽入关，封雍王。他本是个文人，现在却干起了武人的勾当，其结果如何，就不得而知了。现在，他强烈感觉到在此安度晚年是不可能了。

想到这里，章邯不禁感慨，人生苦短，何不及时行乐。他侧过身来，眼睛盯向身旁极为惹人的宫女。那宫女坐在榻前，低首抚弄着精致的胸襟，样子越发楚楚动人。章邯不禁眼中射出一种异样的光芒。

"大王，您怎么啦？"宫女乜斜媚眼，娇滴滴地问道。

"我——嘿！嘿嘿！"

且说，韩信将樊哙从褒谷口押回南郑，径直来到汉王宫议事厅。一到宫门口，刘邦立即迎了上来，二话没说亲自为樊哙松绑。

天不怕地不怕的樊哙，大惑不解地愣着站在那里。

"哈！樊哙，你也算是个精明之人，怎么也让大将三弄两弄给弄糊涂了。曹参、郦商几位将军都在屋内等你呢。"说着，刘邦将樊哙推进门里。

进得大厅，几位将军又是一阵大笑。

"樊将军，本将多有得罪，向你致歉。"韩信看了刘邦一眼，转而向樊哙拱了拱手，"为了借重你的威名，扩大还定三秦之役的声势，故意派你大张旗鼓地去修褒斜栈道，如今任务完成得十分出色！"

樊哙这才明白，原来韩信是故意让他修栈道，自己是榆木脑袋不开窍，还耿耿于怀，处处设难闹别扭。这位从不知道什么是不好意思的人，脸唰得一下红到耳朵根，他快人快语地对韩信道："樊某粗人，错怪了大将，大人不计小人过，请多多谅解。"说着欲行大礼，韩信连忙将他扶住。

刘邦高兴地说："哈！古人云'和为贵'，现在是大敌当前，我看帅将之和尤为可贵。只要你们齐心协力，同心同德，没有攻不破的道理。至于樊哙的不是，等还定三秦成功之后，当用你屠狗烧肉的拿手绝技，烧煮鼋汁狗肉，给大将赔不是。别忘了，多做些，到时我们也跟着去沾光！"

在座的几位将军都喊好。

樊哙也连忙说："一定！一定！"

不久，当得知章邯下达命令，雍军向西县、上邽一线集结时，韩信大喜过望。韩信迅速做出还定三秦的部署。他跟大家强调说："章邯不是一个凡人，不过，早在楚营时我已对他和他的大兵团作战战法研究过，如何利用山区地形，选择好进军路线是一个重大问题。你们想想，我军现在只有十几万人马，又需长途作战，而章邯是以守为攻，以逸待劳，如果按常规的兵对兵，刀对刀，按部就班的打法是不可能取胜的。此战关键是要造成攻击的突然性，避开章邯的正面防御，调虎离山，声东击西，打他个措手不及。现在章邯这只老狐狸已中计，定会把大部分兵力调往咸阳西，敌后方兵力空虚，使得我军得以乘虚而入。为此，须先多路越过白水，向三秦西南进军，吸引章邯分兵西援。到时，我和大王率主力，出其不意经陈仓道再转从古道，攻入散关，轻取陈仓县。"

陈仓（在今陕西宝鸡东）是一大军事重镇，也是关中盆地的门户。

南郑离今天的陕西省汉中市不远，而咸阳则是在今天的陕西省西安市以西。陈仓和咸阳连线呈东西走向，和秦岭山脉平行，南郑却在秦岭的这一边。陈仓、南郑、咸阳三地的连线几乎是一个等腰直角三角形，陈仓就在直角顶点上。如果汉军先入陈仓，就等于绕到三秦王军队的后面去作战。

韩信先行部署四路人马出击，开始点将："曹参。"

"到！"曹参站了起来。

"曹将军，你率领一万人马，先从汉中渡过白水，攻陇西的下辨，得手之后，由两当赶赴故道，增援大王，然后转攻雍地。"

"是！"

"樊哙。"韩信唤道。

"到！"

"樊将军，你也率一万人马，从汉中渡过白水，攻西县。你与曹将军得手后，一并从陈仓道转从故道，增援陈仓。到时，我会派人来接应你们。"

"是！"两人领命退出。

韩信唤过靳歙："靳将军率领一万人马，也从白水过河，再从下辨以西渡过渭水，直接插入陇西。你可打着汉王旗号，虚张声势，待雍军率师东移之后，须尽全力平定陇西六县，切断章邯的西去之路！"

"是！"

韩信又唤郦商："郦将军，你率两万人马，与靳将军一起大造声势于陇西，并乘势攻取北地、上郡，引诱章邯北援，然后再打回陇西，明白没有？"

"明白了！"

韩信拉着郦商的手，一一交代行动方略后，又说："你的任务，比曹参、樊哙、靳歙三人更为艰巨。你是孤军深入，无后援可倚，望你发扬去年突入蜀汉的先锋精神，打硬战，打恶战，拼死拼活打到西北去，为大王再立新功!"

"是!保证完成任务。"

韩信布置曹参、樊哙、靳歙、郦商等多路出击后,就与汉王刘邦率领夏侯婴、灌婴、傅宽、陈贺、孔聚、纪信等八将,及主力四万人马,出汉中向北暗暗开去。

古代的汉中盆地,是通往秦、陇、蜀、楚的重镇要隘。春秋以前,就已有了褒斜、子午、滏骆等古道,贯通秦岭南北,成为三秦连接汉中的纽带,可谓"栈道千里,无所不通"。现在,沿着断断续续的残痕行走,偶尔可以看见悬崖陡壁上的石窟窿,或者,在深山里拨开疯长的杂草,依稀可见古道上静躺着的石块。幸得范目率賨民从阆中特意赶来做向导,使队伍在大山峡谷中辗转前进。

从褒中向西二十里到达勉县。

勉县在历史上是汉中盆地的西北门户,无论军事还是行旅经商,都是要塞。宋代抗金将领张浚曾称勉县的形胜为"前控六路之师,后据西蜀之粟,左通荆襄之财,右出秦陇之马"。

从勉县出去后,经沔县的铁炉川、凤县的陈仓沟,到故道河,继而麾动三军,逢山开道,遇水搭桥,牵藤攀葛,登高越险,翻越秦岭,有如天降神兵,倒攻散关,守关雍兵不战自乱,汉军趁机杀入关内,取下了陈仓城,打开了通向关中的门户。至此,韩信"捉迷藏"似的"暗度陈仓"战略目标得以初步实现,汉军已在关中地区获得了立足之地。

韩信横空出世,第一次带兵作战,就创造出具有深远意义的军事杰作。这次战役《史记》《汉书》记得很明确,特别是此役汉军主要将领功臣行动线路表明,这是一个复杂的、大的战略欺骗。实际上,韩信一面派兵多路明出陇西,吸引章邯注意力,造成他判断错误,使得雍军主力向西移去;一面暗中与范目率军走陈仓古道,从而,以迅雷不及掩耳之势一举成功偷袭陈仓,攻入关中。至于"明修栈道,暗度陈仓"一说,只是元代以后才在小说戏曲中出现,在此之前任何史书中都没有提到过,这应该是后人的穿凿附会。

三

再说，章平率五万兵马到达陇西不久，果然接到探报，汉军已取下辨、西县、上邽，渡过渭水后兵分两路，一路是汉王刘邦旗号，正往我陇西开来；一路是汉将郦商旗号，朝北地方向开去。

章平忙问："有多少兵马?"

探子回答说："从旗鼓看来，汉王一路有七八万人，郦商一路不过二三万人。"

章平一面部署各县严加防守，一面派人飞马驰往废丘，报告章邯。

"果然不出我的所料!"章邯闻讯后庆幸不已，他命儿子章安留守废丘，自己亲率十万大军开赴北地。

三天之后，当章邯兵至焉氏时，探马来报："郦商已于今晨袭取了焉氏城。"

"这小子来得真快!"但章邯并不感到吃惊，他料定刘邦一定会派人到自己后方捣乱，以配合主力打开陇西门户，"我叫平将军坚守陇西道口，你便有二三十万兵马，又能奈我何? 待我收拾了郦商，再去教训你。"

他指挥三军将焉氏团团围住，发起猛攻。一连数次，都被郦商用滚木礌石击退，头一日就伤亡几百人。

第二天，章邯在城四周结寨，不知何故，河水都已干涸。

"谢天谢地!"郦商深深佩服韩信的先见之明，韩信要他渡渭水后，三日之内取焉氏，得手之后，立即将所有能储水的容器灌满，坚守五日之后再去攻打枸邑，并乘势夺取北地、上郡。

章邯见强攻伤亡太大，于是停止攻城。他一面部署围城，一面派人前往焉氏城西上流泾河。

"不出三日，我叫你不战自乱!"然而，令章邯担心的却是章平。一连几天，他得到的消息都是汉军虽然声势浩大，但打不得硬仗。

"开头几天，还像个攻城的样子，结果被我军杀伤百余人后，其余的就吓破了狗胆。尽管黄罗伞下汉王暴跳如雷，挥鞭抽打士卒，驱赶他们攻到城前，但我们只是一阵鼓响，还没等放箭，他们就一个个抱头鼠窜。如今章平将军想出击汉军，请大王示下。"

章邯听来使禀报之后，微微一笑，对来使说："告诉平将军，不可出击，谨防刘邦诱敌之计。再过几天，我便亲率大军去剥刘邦的'牛'皮。"他诡笑刘邦、韩信竟用骄兵之计来蒙自己，真是班门弄斧。

围城两天之后，章邯见城头守军依然精神饱满，不禁疑惑起来："难道没切断水源？"章邯一拍脑门，明白过来，"你怕我切断水源，预先贮了水，真是够鬼的。"

他连忙叫三军环城架起干柴，用火箭射向柴垛，不料，城上一阵水泼下，把刚引着的火都浇灭了。

"好！看是你的水多，还是我的火大！"章邯发了狠心，一待柴火稍干，就叫兵士射火箭。如此反复，直到第二天下午，城中存水已罄，城下浓烟四起，仿佛乌云一般，笼罩着这座小城。倏然之间，火舌便蹿上城楼，浓烟已变成熊熊烈火。

"大王！刘邦已夺取了陈仓，请大王速速回师！"

"什么?!"

"大王！刘邦……已夺取了陈仓！"来使惊恐地望着章邯布满血丝、怒火喷发的眼睛。

"到底是怎么回事！难道汉军从天上飞过来不成？除褒斜道外，莫非还有其他小径可出陈仓？"

"听说……"

"听说什么？"

"听说，汉军……走了鲜为人知的陈仓古道。"

"陈仓古道？"章邯仍疑惑不解，"我是秦地人，又曾任秦朝少府，掌管着秦地的河流、山川、道路各类图籍，可是图籍上从没标注过，更没听说有人走过。只是传闻，陈仓道曾是历史上一条北通秦陇的小道，古年十八代已经废掉了，险恶难行的古道，汉军是怎么知道的？又是怎么走过的？"

"正因为山险水恶，汉军在山民向导下，才得以偷渡成功。"

"嘿!"章邯明白过来,原来攻打陇西是虚张声势的佯攻,并不是刘邦本人。刘邦则在山民的引导下,真正的目的是来偷度陈仓,可是许多雍军已经调出,无法回防,他对自己轻敌和误判后悔不已。他双手捂着脑门:"老夫中计了!"说着双腿一软,瘫坐在榻上。

"雍王!雍王!"在座的将领们连忙围拢过来。

"我没事。"章邯毕竟曾是统率过百万人马的秦大将,此刻,他并未被陈仓失守这一意外的消息完全击倒。他缓缓地从榻上站了起来,轻轻咳了两声:"陈仓失守意味着秦地被拦腰切断,咸阳、好畤、废丘危在旦夕,怎么办?我看,其一,尽快将陇西一线的人马向东收缩,保障侧后安全,屏障废丘;其二,火速向塞王、翟王和霸王求援。章安将军来人呢?"

"在!"章安来使听到召唤,立刻上前。

"留下十万人马给你们,死守废丘,并告诉章安,没有我的命令谁也不准接战!"

"是!"

章邯又对诸将说:"陈仓失守,我粮草辎重落入敌手,且废丘有兵临城下之危,如今我尚有十余万人马在此,各将可同我开赴陈仓,袭击汉军,夺回陈仓!"

第三天,章邯急急忙忙率领雍军赶赴陈仓。此时,已攻下西县的樊哙率汉军也来到陈仓附近,配合主力作战。

汉、雍两军相遇,汉兵是积愤已久,锐不可当,好似猛虎下山,雍军哪里是对手,一经遭遇便被杀退。这时,又传来消息,攻击陇西的靳歙、郦商等诸路也大功告成,章平带去增援的人马,欲进无力,欲退无能,被死死拖在那里。章邯综合分析情况后,自度势劣,迫不得已退回废丘。至此,韩信成功完成了"还定三秦"的第一个目标,从汉中突围,在关中地区获取立足之地。

废丘是雍王城,位于秦地中部的陈仓和咸阳之间。为防止刘邦势力的扩张,项羽把关中分割为三。除了章邯分封雍王外,司马欣封塞王,王于咸阳以东到黄河一带,建都栎阳。董翳封翟王,王于陕西北部,建都高奴。而咸阳则成了三秦的分界点,战略中心。

初战告捷，汉军欢欣鼓舞，斗志更盛，诸将纷纷向韩信请缨，争当先锋，进击废丘。

樊哙更是急不可待，生怕头功被别人抢去："大将！樊某甘立军令状，让我率人马去攻废丘，保证活捉章邯老儿！"

韩信见状笑了笑，连忙摆手："三秦王主力尚在，章邯必然还要组织反扑，大战还在后头，至于如何安排，本将自有办法。"

简短的两句话，樊哙及诸将也就不再争嚷了。这同一个月前大闹拜将台的情形正好相反，诸将已是佩服得五体投地。韩信初出茅庐，出手不凡，暗出陈仓，运用之妙，存乎一心，举手投足解决问题，非常人能为之。

韩信传令："樊哙、曹参听令！"

"末将在！"二人齐声道。

"两将军各率领本部人马拿下好畤、壤乡后，沿渭水推进，率军向东直指废丘。"

"遵命！"

接着，韩信确立第二个目标，东下咸阳攻打三秦联军。

他命曹参、樊哙和周勃为前锋，绕过废丘，深入敌后，包围章平固守的好畤城，配合主力部队在废丘作战。自己则和刘邦亲率大军沿渭水河谷推进，兵锋直指废丘，诱使章邯和三秦联军的反攻。

果不其然，不久，章邯得到了塞王司马欣、翟王董翳的增援，声势大振。章邯亲统三秦联军十万人，西出壤乡之东的高栎，来同汉军战斗，企图一决取胜，消灭汉军的主力。就当时态势而言，双方几乎势均力敌，在兵力对比上联军占有一定的优势，汉军将士则在大将韩信和汉王刘邦带领下，唱着乡曲，斗志昂扬地迎了上去。

正当鼓角争鸣，杀声震天，双方杀得难解难分的时候，突然，三秦联军阵脚大乱，士卒们纷纷窜向两旁。原来樊哙取了好畤后，已领兵赶到，曹参也按计划从壤乡杀来，切断了章邯的退路。章邯三面受敌，十万人马死伤逃散过半，不得已自引败卒逃回废丘，等待项羽发兵前来救援。从此，章邯再没能跨出废丘城一步。

汉军紧随而来，迅速包围废丘，不待雍军喘息，发起了猛烈攻击。奈何废丘城池坚固，章邯又率兵竭力抵抗，汉兵虽然强盛，攻了两天，未能攻入，伤亡较重，只得鸣锣收兵，停止攻城。

这天傍晚，刘邦、韩信召集主要将领商量对策。

刘邦简要回顾了前段情况，他提醒诸将："我们虽歼灭了三秦联军主力，取得决战胜利，打回了关中，但形势不容乐观，章邯决不会甘心失败，仍妄图等待援军做最后挣扎。如今我主力屯于坚城之下，如何解决战斗还是个问题，若这样拖下去，我们仍有被合击的危险。"

大家纷纷请战。

灌婴急忙道："章邯匹夫，不愧为旧秦大将，他阻击不胜，就来个死看活守，他还指望司马欣、董翳和霸王再来援救他！"

樊哙也抢着说："不能和章邯磨磨蹭蹭，霸王子弟兵凶狠如狼，一旦开来，我们就十分被动。他妈的！废丘我来督战，难道废丘城真是铜浇铁铸的，我就不信攻打不下来！大王，这个任务交给我吧！"

刘邦听了黯然良久，转而恭敬地请教韩信："寡人一时没有更好的办法，还是请大将拿个破敌之策！"

韩信站起来，胸有成竹地走向准备好的帛图，指着废丘说："废丘城池坚固，章邯拼死防守，一时难以攻克。我想，有三套方案可用。其一，强行攻取，这要花相当大的代价，能否尽快取胜尚难预料；其二，可引渭水，注入废丘，这样可以迅速取胜，但城中黎民百姓要一起遭殃；其三，不受章邯牵制，搁下废丘，围而不打，扩大作战范围，来个四面开花。一路北上，增援郦商，以凌厉攻势迫降塞王司马欣、翟王董翳；一路东进，进占咸阳；一路西去，增援靳歙；一路出武关，会王陵，以迎太公。三秦王在关中地区不得人心，诸路大军进攻，关中各地便会迅速平定。但留章邯不除，终是心腹之患。"

韩信话音刚落，大家议开了，好不热闹。樊哙、灌婴认为，可按第二套方案用水倒灌废丘，曹参则坚持第三套方案，四面出击。

"都不要争了。"刘邦摆了摆手，"要与项羽争锋天下，民心很重要。樊将军、灌将军要灌废丘，我看现在不行，一灌，我刘邦跟三秦王、跟霸王还有什么两样？强攻代价太大，要死多少人？也不可取。而中心开花，四面出击倒是可以考虑的好办法，既避免了大军屯于废丘城下，又能迅速平定三秦。至于废丘什么时候攻取，那要视情况而定，怎么个攻法，自然水灌也是一个办法，但必须是到万不得已。大将你看呢？"

韩信点头赞成。军事是手段，政治是关键，他强调："'兵无常势，水无常形'，换个思路，就会海阔天空。三秦王在关中地区毫无政治基础，一旦军事力量被摧，其政治统治便会顷刻瓦解。而汉军目标不是一城一地的得与失，汉王仁厚形象，在关中深得人心，放开废丘，很可能造成破竹之势，有利于迅速占领关中。"

于是韩信确定第三个目标，放开废丘城，立即向关中各地进军。

他留下少量兵力围困章邯，自与刘邦率主力长驱东进，迅速拿下了咸阳。然后马不停蹄地分兵东进北上，以凌厉攻势，迫降了塞王司马欣、翟王董翳。接着，又令灌婴率军攻下了栎阳，郦商攻下了关陇北地，靳歙平定了陇西六县。

这个奇迹，是韩信创造的，充分展现了他的军事天才。这也是他平生所指挥的第一个战役，初出茅庐，一鸣惊人，开创了中国历史上从汉中出兵攻占关中的唯一成功战例。诸葛亮耗费一生到死也没有成功，李自成数万兵马都被打残。取得胜利的原因主要有三条：一是成功地隐蔽用兵方向，从根本上打乱了敌军部署，明出陇西，暗走陈仓，以奇迹创造奇迹；二是灵活用兵，以主力正面诱敌，以前锋迂回奇袭，分兵合击，始终掌握战场主动权；三是不屯兵坚城，大胆神速进军，确保了"三秦之地可传檄而定"预言的实现！虽然废丘未下，但其已是孤城，难成气候。这样，总共不到一个月时间，韩信就基本上平定了关中各地。

第五章　独当一面

　　汉军已取下秦地，项羽却仍在齐地作战，刘邦趁机发兵攻打楚都彭城，项羽急忙抽调三万铁骑回击，竟一举打垮了刘邦五十六万联军，被斩杀及落水者近十万。

　　汉军惨败，非大智大勇者不能独当一面，赶来援救的韩信多次打退楚军进攻，艰难地稳住战局，使楚军无法越过荥阳防线，楚汉战争进入相持阶段。

一

　　八月，汉军重入秦旧都咸阳。

　　这一天，刘邦率诸将来到了阿房宫废墟前，神采飞扬，入川时的窘态一扫而光，仿佛困在潭水中的蛟龙，又重新游回了大海。

　　能够得到关中，意味着获得了雄视天下的资本。刘邦拥有了巴蜀、汉中和关中之地，军事实力迅速增强，已具备东争天下的条件，足以取代项羽成为新一代天下霸主。望着这片断垣残壁，他感慨地说："霸王一把火烧了阿房宫，然后给三万人马把我打发到汉中，当时唯有一忍。常言道：'三十年河东，三十年河西。'哈！可才四个多月，我刘季就带着队伍又打回来了！嘿，秦岭的大风依旧在呼啸，关中却换成了汉家天下！"

　　夏侯婴面对刘邦，拉着韩信的手，大笑："得韩信，得天下。大将功不可没！"

　　韩信微显自信的神色，但仍不失谦逊："臣有何功？要不是臣有幸结得范目、赵衍，哪能出得陈仓古道？乃天助大王。"

　　刘邦悦色颔首："大将不必谦虚！进入巴蜀之后是我人生的一个低谷，但也是一个机遇，这个机遇便是大将创造的。哈哈！今日我先办个家宴，为你庆贺一番！"

"什么家宴？"夏侯婴打趣地说，"大将盖世奇才，幸亏当初我刀下留人，不然要遗恨千古！大王要赏酒，这头樽酒该赏我！"

大家一听，哈哈大笑起来。

忽然，刘邦叹道："说起这话，我记起了争强好胜的樊哙，他在围废丘不在这里，不然，有他好戏看。拜将时，曾与他约定三个月后擂台比武，这事樊哙再也没敢提，我看就罢了。但请大将和诸位品尝我家乡丰沛狗肉宴的事，还是要办的嘛！告诉诸位，在丰沛，武负酿的陈酒最香甜，樊哙祖传家法做的鼋汁狗肉最好吃。"说起鼋汁狗肉，还有一段鲜为人知的故事。相传刘邦年少时，常食樊哙狗肉不付分文。为躲避刘邦，樊哙迁至湖东，刘邦闻讯赶去，遇水受阻，忽然一巨鼋游来，驮刘邦渡过湖来。樊哙怒杀巨鼋与狗肉同煮，不意香味更浓，由此而得名。

几位将军咂着嘴："真可惜，大王老相好的酒是喝不到了，樊哙将军不在这里，鼋汁狗肉今日能吃成吗？"

刘邦摆摆手："能！要来现的，不来骗的，光说不能按时兑现，那还有什么意思。论公论私，樊哙是我的部将，又是我的连襟，这个狗肉宴今日就由我来兑现，怎么样？"

"好！太好啦！"诸将都高兴地叫起来。

"提醒大家，我烧煮的，可也是正宗樊记狗肉呀。"刘邦不无幽默地又补上一句。

"当然！大王有小姨子做帮手嘛！"又是一阵哄笑。

"好！打道回宫。"说着，刘邦骑上高头枣红大马，双腿一夹马肚，一溜烟离开了阿房宫废址，诸将连忙上马，紧抽一鞭，迅速跟了上去……

来到咸阳宫，刘邦便传令摆上狗肉宴。

正当大家兴高采烈地准备大块吃肉、大碗喝酒的时候，有人来报刘邦同乡王陵将军派人传信，不日将前来投效汉王。

"啊！王陵要投我？真是好事连连，这对我来说很重要。"刘邦笑得合不拢嘴，"小时候，我们在一起玩耍时，都听他的，他可算是江湖老大呀！"

"恭喜大王又得一将军！"大家齐声说。

在汉初，王陵也是一个响当当的人物。现在刘邦是大王，可早年在沛地市面上混的时候，刘邦一直像侍奉大哥那样侍奉王陵。王陵缺乏素养，爱意气用事，喜欢直言。到了他进军关中抵达咸阳时，王陵自己也聚集党羽几千人，驻扎在南阳。乱世之中，得地百里，强而有力，让人十分看好。像王陵这样的人物，都能自觉不自觉地站在自己的赤旗之下，特别是那韩信、萧何和张良都乐为所用，自己玩政治，韩信搞军事，张良出计谋，萧何管后勤，从此，我刘季还惧怕西楚霸王什么呢？

不一会儿，已摆上了烧狗肉、煮狗肉、焖狗肉、熏狗肉四大碗。其实啊，这狗肉宴刘邦早就精心准备好了。

狗肉香味扑鼻，不待说开始，大家就动手抓起狗腿猛啃，拿着大碗喝酒，那个狼吞虎咽的样子就甭提了。这在吃糠咽菜人相食的年代，真可谓是皇家盛宴！

不到半个时辰，醉意已爬上了头。大家谈王陵、谈还定三秦，更多的则是在谈韩信。他们诚心诚意夸赞韩信，极口赞扬韩信的奇迹和他过人的统驭才能。此刻，他们又问起了还定三秦的秘诀。

善用兵者，应全面分析敌我态势。韩信仍不失谦虚地告诉说："项羽东归彭城之后，完全陶醉于灭秦的胜利和沉湎于从秦宫抢走的珍宝美人之中。章邯死守废丘，日夜盼望项羽来救，可他置若罔闻，一动不动。在他眼中，自己就是一个无敌英雄，无论形势有何变化，到时只要自己亲自出马，没有解决不了的问题。正是这种盲目自信，给了远在千里我军的一个发展时间和空间。这就是最大秘诀！"但出乎刘邦意料之外，韩信说出这番话时，神情有些落寞。

"对！"众人齐声嚷道。

"安静！安静！"刘邦摆了摆手，察觉到了什么，连忙问，"大将，自你领军奇袭陈仓以来，攻取有方，指挥若定，成功地还定三秦。你帅才独高，举世无双，无人能及，是我们连做梦也想不到的事。你该有满足感，有自豪感，可是你似乎心有憾事！"

"大王，我没有什么憾事，只是有些……"有些什么，韩信没有说出来。成功的喜悦，取代不了他对凝雪的思念。

凝雪是个多娇俏、多可爱的女人啊！她，虽是缭子女儿，可她的柔婉，令天下最美丽的女人为之失色，她的果敢，令天下最刚强的男人为之动容。如果不是她的期许和坚持，自己或许不会走出淮阴县，更不会取得今天如此的成功。这些日子，她还好？她还在伊庐？自己还定三秦成了大功，也该与她团聚，同享人间至情了。

与凝雪在淮阴离别时的情景，又呈现眼前……

那时候，韩信在淮阴城连遭挫折，躲藏在荒泽之中，情绪低落，伤感而迷茫。而凝雪的到来，特别是那一番项梁情况介绍和投军催促，使他激动起来："你这么个女孩，对天下事是如此了如指掌，你的见识使我震动，如果不是你的到来，也许我将永远留在这荒泽之中。"

凝雪可能还没有吃饭，他要亲手弄些食物来。

"不用了，我已在淮阴城吃过了。"凝雪在城里还听了不少闲言碎语，说韩信寡言少语，与人沟通少，在淮阴瞧不上几个人，受到市井无赖欺负时，没有一个朋友相助。她心情很沉重，她以为，苦难是对一个人最大的磨炼，但过早地经历苦难，也会给人带来一些不良影响。生活上极贫乏，精神上极高贵，让他比常人更加坚强，也更加追求个人功利思想和朴素的报恩情感。不过，她没有说这些。她牵着韩信的袖子："我在淮阴城里逗留，打听你，听说你钻屠夫的裤裆，有这事？"

"嗯，"韩信望着凝雪疑惑的神色，低下了头，"我有苦衷，所以我忍了。"

"忍了？人高马大的汉子，光天化日之下，怎能忍了？"

韩信叹了口气："若由着自己性子去杀那屠夫，心里虽痛快一时，避免了胯下之辱，但一报还一报，又有何意思？况且，那屠夫虽性情暴烈，平日也未曾无故辱人，为何那日行为反常？恐怕其中另有原因。"

"哦，"凝雪深思，"也对，胯下之辱虽使人难堪，惹得一市耻笑，可这点耻辱与家仇国恨比较起来，也算不了什么！事危则志锐，情苦而虑深，想开些，别往心里去，恶有恶报，总有一天会惩罚那家伙。"

夜渐深，她安然入睡。

可是，韩信怎么也睡不着。他拾起几根枯柴架起了火堆，那微黄的脸上，泛起一些光彩。他看着凝雪，心中在说："我真感激你，一个女孩子，过河涉水，远行百里，不只是来告诉我消息，更是来鼓舞我、鞭策我，实在不易。可以说，在生命的途中，漂母大娘饥腹而一饭让于我，在困顿消沉中，是缭子和她将我从深渊中拉了起来，帮我重新燃起希望之火，我将永远不会忘记。"

不久，她醒来，韩信突兀地问道："我要投军去，冒昧地问一句，你，你能等……"

"能等什么？"

"等我吗？"

她一下闪出泪花，点头，又摇头："我知道，不能为了一个女孩，耽误了你的前程。"

"快不要这样说了。韩信何德何能，承蒙你们如此厚爱？我要去冒死投军，在艰难中建功业，来报答故国，报答所有关怀我的人，这是我的理想，这是我生命的全部。如能成功，我一定会找你，会抛却荣华富贵与你相聚。"

凝雪打断了韩信的话："快别这样说了，我会虔诚地祈祷上天，默默地保佑你，保佑你平安，保佑你成功！"

她的眼睛深情地看着韩信。那目光中充满了期待和温情，他恍惚了。在恍惚中，韩信扑上来与她紧紧拥抱……她让他想怎么做就怎么做……她不怪他……

韩信直到今日，一个二十三岁的男子，除了凝雪外，还从未对一个女人动过真情，现在却如此冲动，不能自持。这是心灵撞击，在荒泽里，在这一特殊情境之下的爆发。

启明星已经升起，是该走的时候了。她脸色沉沉，不由得催促韩信起来投军去，像个将军下命令，要韩信立刻就走！韩信不免于这突如其来的爱情，不免于这一夜之情，在向母亲的坟墓肃立致意后，与她再次拥抱……

他依依不舍告别了凝雪，背上包袱，负着长剑走出了大荒，渡过淮水，走出了淮阴县，投奔项梁，投身到推翻暴秦的洪流中去了。

……

"有些什么？"刘邦睁圆眼睛，看着发愣的韩信问，"依我看，作战，你都是谋定而后动。你还有什么疑虑的？是我信任不专、支持不够？"

"不是！不是！"韩信有些不好意思了。

夏侯婴站起来，向仍在喝酒的刘邦说："大王，我有一事早就想说，不知合不合适。"

"我从不捂人嘴，有话就讲嘛。"刘邦撕下一块狗肉放在嘴里。

"男大当婚，女大当嫁。大将至今孤身一人，也该找个人服侍了。"夏侯婴乐呵呵地转过身，对韩信说，"夏侯从咸阳宫寻得一绝色美人，有意送与大将为妻……"

在座的将军们都嚷了起来："哦！这是一桩美事！"

韩信一时不知所措，变得笨嘴拙舌起来："不妥！不妥！"

"嘿，咸阳宫有的是美人，我是有贼心，没有贼胆。去年底进咸阳，我是到嘴的肥肉都没能啃上一口，那真叫可惜。"刘邦笑嘻嘻地说，"大将，我是有妻室的人，你怕什么？夏侯太仆怜爱你寡闷，想为你择偶相伴，何必推托呢？"

韩信连连摇头。

夏侯婴又简单地讲述了此女情况。她名叫罗敷，芳龄十八，家住北地郡，为章邯选王妃所纳，长得是天生丽质，一双能勾人魂魄的眼睛，往往让男人不能自抑，说话如百灵鸟一般甜润悦耳，轻盈的步履走起路来婀娜多姿。罗敷的神情引起了章邯的垂涎，他准备在王宫择日迎娶罗敷。万万没想到汉军来势太猛，章邯尚未来得及将此女带走，已被汉军俘获。

刘邦见夏侯婴极认真的态度，他借着三分醉意，挡住夏侯婴话头："夏侯，我跟你直说了吧，这个大媒你做迟了，在南郑时，萧何已经站出来保媒了。"

"哦？"夏侯婴感到十分意外。

"不信？你可问问大将嘛！"

"有这事……"韩信还想说什么，可没有说出口。

拜将后，萧何有意给韩信物色一位姑娘成婚，以此拴住韩信的心，这符合刘邦的政治利益。萧何于是出来保媒，但遭韩信委婉拒绝，并告诉萧何他已有凝雪姑娘。他们情深意笃，已订下终身之事，只是天下反秦，风起云涌，韩信投军项梁，此后音信中断，天各一方。

"不过，"刘邦知道韩信要说什么，抹了一把沾上酒的胡髯，"多大的事！这是什么年代，匹夫还有个三妻四妾。大将，该想开些，你那心爱的姑娘，如今生死未知。我讲得不好听，如若她死了，难道你要为她打一辈子光棍？若未死，女人水性杨花，不知当了谁的婆娘，兴许早有了孩子，忘了旧人娶新人算了。"

"大将，不能太死心眼儿，该含糊的地方就含糊些。"灌婴劝道。

"大将，鱼找鱼，虾找虾，讨个夫人，也让我们早些讨樽喜酒喝！"曹参也说。

韩信笑了笑，摇了摇头。

"大将，万事听人劝，这个大媒就卖个人情给夏侯，怎么样？就说定了。"夏侯婴又道。

"唉！这什么理？"刘邦摆摆手，"我劝大将娶亲，但并不等于说，这个大媒就该让你当呀。"

"那该谁当？是萧何丞相？"

"不！"

"那到底是谁？"

"这还用问吗？我！"

"大王?！"

"对！"刘邦见夏侯婴及众人疑惑不解的样子，他大笑起来，"夏侯，大媒你就别争了，成人之美的事这回就让给我吧。"

"大王想做媒人？"

"这次例外，我介绍的是正经人家的姑娘。不过，我和大家一样只想早点讨樽喜酒喝。"

"这位姑娘是谁家的？"诸将猎奇。

"打开窗户说亮话，这位姑娘是我本家一个侄女。人品是千里挑一、万里挑一。"刘邦家乡有个名叫青娥的女子，年芳一十有六，知书达理，才貌双全，尚未得聘。

自从韩信被拜为大将后，特别是还定三秦，刘邦知道这对他的意义。之前刘邦的种种举动，似乎看不出有多大的雄心。但进入汉中以后，韩信的"汉中对策"，则坚定了他与项羽争夺天下的决心。此时，刘邦心中盘算开了，以他观之，韩信是个了不起的天才，将略兵机天下无人能够匹敌。韩信虽年轻，可个性很强，不是久居人下之人，用得好，能助我夺得天下，用得不好，会适得其反。为了使韩信始终不渝地辅佐，刘邦想了个"美人计"，打算将青娥许配给韩信。他曾派萧何做试探，知韩信已有了意中人，故而没有拉郎配。现在刘邦酒兴浓，兴致高，见夏侯婴出来保媒，他真有点按捺不住。

"哦！"众人发出惊异的叹声。

"大王保媒，这是打着灯笼都难找的美事呀！"

"大王既然赐大将美人，一定还会赐大量的绸缎和黄金！"

"噢！"韩信忍着，当面是不能拒绝刘邦美意的。

十六岁的少女，身上是二层"护驾"。萧何丞相出面撮合，汉王亲自赐予，匆促之间，这不是要我韩信成了汉王的"亲戚"，一个"女婿"？那么，有过一夜浓情的凝雪怎么办？他忽然意识到是被刘邦抛出的丝带绕起来，拴住了，究竟是福还是祸，这就不得而知了。不过，刘邦并未强求："话说回来，萝卜青菜，各有所爱。至于怎么办，还由大将自己决定。不过，大将不要急着回答，可以先考虑考虑再说。"

韩信听了这话，长长地吐了一口气，尴尬的脸色自然松弛下来，感激地看了看刘邦。刘邦话锋一转，把鼋汁狗肉朝大家面前一推："今日机会难得，鼋汁狗肉剩下太可惜，只要你们不将盘子吃掉，随你们怎么来吧！"

大家齐声喊："好！"

二

新年盛宴刚刚结束，刘邦兴冲冲地返回寝宫，走到半路，侍从报告张良先生回来了！刘邦闻讯大喜，三步并作两步，赶回宫中来见张良。

鸿门宴上，张良帮助刘邦欺骗了项羽，但张良是项伯的朋友，不便直接加害，于是迁怒于韩王成。项羽来到新都彭城后，首先做了一件傻事，就是杀了韩王成。杀了一个韩王成也没有什么了不得，偏偏作为韩相国的子孙张良把他视为命根子，发誓要报仇。从此，张良再无牵挂，一心一意地投效刘邦，成为一代画策之臣。

褒中一别，相思连连。刘邦手扶着张良的肩膀使劲地拍了拍："子房先生回来，天助我也，真是美梦成真呀！"

"恭喜大王还定三秦！"张良微微一笑，话锋一转，"不知大王是常王关中，还是欲得天下？"

刘邦被这突如其来的问题，弄得一怔。韩信帮助自己占了雍地、塞地、翟地，还定了三秦，章邯在废丘死守多月，苦苦等待楚军来援，就是不见任何动静，项羽这么长时间在做什么？他难道不要关中了吗？此时，关于东方的情势自己并不完全清楚。怎么？刘邦忽然眼睛一亮，我已实现了义帝称王关中的约定，本想把太公、吕雉和诸将的眷属接到关中来安享富贵。不过，张良先生定有良策教我！

于是刘邦屏退左右，与张良促膝长谈起来……

对项羽裂土分封、形成的政治格局提出挑战的，正是项羽自己。他把秦朝灭亡的原因，归咎于秦朝的集权残暴，有心要做一个旧时代的英雄，他任意封王授爵，人为地造成许多新的矛盾，招致秦亡后天下大乱的局面。

起先，项羽为了定都彭城，把义帝赶到长沙郴县。他觉得有"天下共主"义帝存在，对自己是个威胁。经过一番秘密策划后，他让九江王英布、衡山王吴芮以及临江王共敖，击杀义帝于郴江之中。殊不知，风声走漏，这样做陷自己于不仁不义的骂名之中。

接着，臧荼为了抢夺封地，和他的老主子韩广发生矛盾。韩广原是燕王，不肯离开燕地到辽东去，臧荼干脆把他杀了，连辽东的地盘也吞并过来。

最令项羽头疼的还是齐国旧王室田氏。秦末乱起，田氏中的几位豪杰相继起兵，而以田儋的影响最大。他起兵之后，很快控制了原齐国大部地区，自立为齐王。当时，秦军章邯，利用田儋远来增援被包围的魏豹兄弟之机，在临沂城下发起夜间袭击，田儋被杀。田儋的从弟田荣，整编了田儋的余部，成为田儋事业的继承人。

另一位齐王室的后裔田假，也趁机自立为齐王。田荣立即率兵攻打田假，田假战败逃亡，田荣于是拥立田儋之子田市为齐王，自居齐相。田荣是个个性极强的人，在他被秦军包围时，项梁派项羽、刘邦等人为他苦战解围，事后，他却为全力争夺齐地的控制权，而拒不与项梁协同作战。项梁被章邯打败后，项羽对田荣心怀不满。项羽分封天下时，因记恨定陶失援之仇，不肯功封田荣。田荣竟击杀项羽所封齐王田都、胶东王田市和济北王田安，自立为三齐王。赵相国陈馀联络田荣，驱走常山王张耳，恢复了故赵王歇的赵王封号，赵王歇为了报答陈馀，又封陈馀为代王。田荣还派人拉拢彭越，令其兴兵梁地，明目张胆地与项羽作对。

项羽对这样的背叛活动，势难容忍。就在这时，刘邦已接受韩信建议，声东击西，暗度陈仓道，打败了三秦王。项羽听到三秦地被夺的消息，准备让郑昌对付刘邦。而在彭城的张良唯恐于刘邦不利，就给项羽写了一封密信："汉王名不副实，所以他想得到关中，只要按当初的约定得到巴蜀、汉中、关中，他绝不敢再向东发展了。"

张良又把田荣、陈馀联合反抗的事件渲染一番，试图转移项羽对刘邦的注意力。项羽思之再三，觉得张良说得有一定道理。刘邦得了巴蜀、汉中及关中也算理所当然，且离楚地较远，对自己尚不构成直接威胁。而齐地在楚国都城彭城之旁，岂容田荣作乱，于是他决定先对齐地用兵，将齐国作为首个打击对象。

深秋，项羽挥军北上，直趋齐地城阳，田荣哪是天下无敌的西楚霸王的对手，齐军很快溃散下来，他在原平被当地人杀死。项羽重新册立了田假为齐王。到此，本可以结束战争，但项羽沿途又大肆烧杀抢掠，以满足对田荣的报复心理。一次坑杀数千人，连老弱妇孺也不能幸免，由此引起齐地的激烈反抗。田荣之弟田横也趁机而起，在城阳一带收集田荣的散兵数万，拥立了田荣之子田广为齐王，打败了田假，整个齐国到处处于战乱之中，楚军陷入泥潭，不能自拔……

刘邦一向待机而动，雄心勃勃，听了张良的这一席话后，他极为兴奋。

天下大乱在意料之中，但没有想到，乱得如此迅速，规模如此之大。关中沃野千里，阻山带河，居高临下，凭这样的战略地位、军事和经济实力，足以同项羽相抗衡。如今，项羽陷在齐地，正是打败楚军千载难逢的绝好机会："哈哈！子房归来，我有了主心骨，打吧！这是天助我刘某争天下的好机会。"刘邦又神秘地说："新近弃楚投汉的陈平，想法和你不谋而合，也劝我抓住项羽陷于齐地无法脱身的机会，抄他的老窝，堵截他的后路，发兵攻打彭城，楚军必定着慌，军心一乱，霸王就容易打败了。"

"陈平？"张良十分吃惊，"莫不是鸿门宴上，对我们多有助益的陈平都尉？"

"正是他。"

"此人满腹韬略又不拘小节，是天下少有的'鬼才'，大王又多了一个帮手。"张良转而认真地说，"我看，可以让韩信统军，由萧何总理后勤支援，抓紧时间，整军东出函谷关。"

刘邦看了张良一眼，若有所思。

他尊敬张良，可以说超过了对萧何和其他人，两人关系也非常特殊。西进路上，是张良的运筹，才得以顺利占领咸阳。鸿门宴上，是张良的斡旋，才闯过险关。霸王分封，是张良向项伯说情，替自己争得了汉中之地。还因为张良讲义气，轻生死，又小心谨慎，深谋远虑，高人一筹。况且，张良只是个高参，能文不能武，手中没有刀把子，而韩信不同，他虽是二十多岁的毛头小子，但文武双全，还有一种慑人的气魄。我刘邦五十来岁，阅人无数，每当见到韩信，心中却有一种莫名的不安。大鱼能吃小鱼，小鱼也能吃大鱼。乱世出英雄，会不会有一天压不住他还会被他吃掉？

"大王，为何不吭声？"张良问。

刘邦面呈难色，沉吟良久："子房，由用人问题，我忽然想起一桩大事，犯难未能定夺。"

"大王请讲，子房不才，愿闻大王疑难。"

刘邦脸色沉沉地道："有句俗语：'兴则勃矣，败则速焉。'由此，我联想到陈王在大泽乡揭竿而起，天下群起响应，前后不到一个月，就攻占了陈地，建立了'张楚'。不到三个月，这股狂飙就席卷大河上下、长江南北，数十万人马突入中原，威逼秦都咸阳，这可谓'勃矣'。可是又过了三个月，陈王就像一朵鲜花，遭到了风霜，一下子凋谢了。这里面到底是何道理？我一直在琢磨。"

这位泗水亭长出身的大王，并不是胸无点墨的粗野汉子，对陈胜举义的情况了解甚深，并有自己的独特见解，确是非同凡响。

张良微微颔首："陈王速败，是策略上分兵多头出击，被章邯一一所破，内部又出了叛徒，而陈王入城腐败，导致众人叛离。"

刘邦不以为然地说："腐败虽是一个原因，不过吃得好些，玩几个女人，不至如此。我想呀，他的关键，是自己成天待在宫里，高高在上，把指挥作战的征伐大权轻易地授予他人，自己却成了聋子的耳朵——摆设！而且派出去的秦嘉、武臣、张耳、陈馀等一众将领，离开后都陆续背叛陈王。我要活动活动腿脚，跳出这个圈子！"

张良一怔。刘邦要"跳出圈子"，是不是认为，目前韩信资历尚浅，不一定能调动三军，还是深恐韩信功劳过大，权威过高，有损于他的声誉和形象，或者还定三秦后局面已打开，不用韩信也能取胜，所以他才要亲自带兵出关东进？

在东征准备紧锣密鼓声中，一个新政权的完整架构呼之欲出。

刘邦首先采取的措施是，将都城由闭塞的南郑迁至关中栎阳。

栎阳（今陕西西安阎良区）在咸阳之东，北依荆山，南眺渭水，原为秦国迁往咸阳之前的旧都。这样的地理位置，更有利于直接指向广大的关东地区。

此时，他还颁布政令：深化军事改革，激励将士奋勇杀敌。诸将如果率领一万人能够招降一个郡的，封万户侯；整治关中河道，开辟被项羽大火烧毁的秦朝皇家园圃，还民耕作，争取民众的支持；大赦罪人，建立一个稳固的后方。他的一系列政令、措施，和之前的约法三章一样，获得秦人高度拥护。得民心者得天下，民心是多么重要。

由谁挂帅东征，也是要解决的大问题。

不久，刘邦召来了韩信。他们有说不完的话，道不完的情。张良更是称赞韩信修栈道、出陇西、袭陈仓、还定三秦的壮举。紧接着，刘邦告诉韩信欲突入中原的打算，韩信惊诧不已。

张良带来的消息确实不坏，项羽被拖在齐地，中原诸侯纷纷反叛，而汉军还定了三秦，士气高涨，实力大增。但项羽不是章邯，天下有几人可以与他匹敌？关键是，项羽的力量在多大程度上受到了削弱，必须有个清醒的估计。韩信谈了自己的想法："大王！项羽军心未涣散，号召力依然强大，虽一些诸侯叛离，但他仍是天下共主。尽管时势对我方有利，但现如今并不是全面出击的时机。强敌一夜之间是打不垮的呀！"

"大将！可你想过没有，过了这个庄，没了这个店，机不可失。不趁项羽困在齐地，我们哪一天能打到彭城去？"

"项羽虽不会处理国与国的问题，事事用战争和武力解决，可是他很会用兵。"韩信接下去又道，"他能以三万之众破釜沉舟，击溃章邯数十万大军，以少胜多，足见他的过人之处。那年，项羽放火烧掉秦宫，杀子婴，率军东归，我也觉得他残暴无知，目光短浅。经过这些天，我的想法有了一些转变，他是不得不为之。其一，因为他以楚国的名义发兵，诛暴秦，伐无道，替天行事，怎能占着秦地不走？这样会失却道义，名不正，言不顺；其二，楚国的兵源主要来自江淮和山东，他们妻儿老小都在那里，西破咸阳后，将士们归乡之心无可阻挡。'富贵不归故乡，如衣锦夜行'，那是口号，否则，他统率的数十万之众溃散，楚国天下由谁来顶着？可见，项羽对天下大势还是了然于胸，不好对付！"

噢？刘邦听了韩信的阐述，也感觉到项羽的分量，但他正处在兴头上，加上张良、陈平倾向发兵的意见，助长了他的激昂。他挥了挥手说："大将！千难万难，已成功夺回了关中之地，我再也没什么顾忌！在西进关中的路途中，也就是二三万人，在子房先生的帮助下，一路势如破竹，取得攻破秦关的伟大胜利。哈哈！事在人为嘛，没有攻不破的道理！我刘某最大特点，就是想做的事就一定要成功，打回中原去，同龟儿子项羽一决高下！"

刘邦此举是在赌博。他以为，这一把如果赢了，项羽就被动了。韩信知道刘邦决心已定，沉思了一下，觉得一定要出兵中原，还是自己对付项羽的把握大些，便道："大王若要逐鹿中原，臣愿率一军先行。"

刘邦扬了扬手，冷冷地说道："寡人要自任统帅，亲自出征。大将，章邯是当今天下少见的一员猛将，陈胜、项梁都栽在他的手中，不可轻视他的战斗力。关中之事未了，压力不小，让萧何丞相在关中协助你。我这里有张良、陈平二先生做军师，曹参、灌婴、周勃、郦商、夏侯婴、王陵、靳歙、卢绾等大小诸将，悉数随我东征，这你就放心吧！"

韩信见刘邦抬出张良也就不再争了，而他的进兵主导权在不声不响中也被取消。

汉二年（前205）三月，刘邦正式宣布出关东进。

汉军从偏僻的汉中，经由栈道，越秦岭而下，席卷关中全境，为时还不到三个月便进入了中原，与处于混乱中、自顾不暇的项羽竞逐天下。

汉军先由武关，向南阳迂回，再由临晋（今山西境内）北渡黄河。然而，刘邦自出关后，每战必胜，不到一个月时间，已抵达洛阳。

到了洛阳，他接受百姓代表董公建议：项羽"弑君"，这是多么恶劣的行径，为义帝报仇，又是多么正当的理由。师出必有名，不能为了打仗而打仗。于是刘邦发动了一场大规模的政治外交战，他亲自到洛阳给义帝熊心发丧，袒而大哭，全军哀临三日，追悼被项羽杀害的义帝。然后遣使遍告天下诸侯，称义帝为项羽所害，为义帝报仇，号召诸侯同他一起打击项羽。

军事上刘邦不是项羽的对手，而政治上项羽绝对不是刘邦的对手。这一招很灵，军事威胁与政治攻心相结合，刘邦一下搞臭了项羽，赢得了人心。这时候，秦末反王魏王豹举众归降，受到优待。河南王申阳和战国时韩襄王子孙韩信也向刘邦投顺。旧赵大将司马卬，被项羽封为殷王。汉军大举攻殷，殷军上下离心，旋踵之间，司马卬为汉军所俘。其中韩王郑昌被废掉，改立韩信（汉初两个韩信常常容易引起混淆，为区别两个韩信，史学家将此韩信称为韩王信）。

在此之前，独立活动的常山王张耳已经归附。可是赵相陈馀提出条件，只有汉王杀了和自己有仇恨的张耳，他才能让赵国出兵。刘邦就挑一个与张耳面貌相像的罪徒，杀了将脑袋割下送来，陈馀不辨真假，中了"计中计"，也派出部分人马。英布等人虽没有公开表态，消极观战，则让项羽更加孤立。

刘邦将降将、降卒编入汉军中，一时间，各地诸侯、豪杰纷纷归附，达四十多万人，加上刘邦本身十多万人，兵力骤然增至五十六万！

四月，声势浩大的联军，已涌向楚都彭城，守城楚军仓促应战，大败而逃！然而，刘邦的军事才能，根本指挥不了"五国联军"。就在刘邦得意忘形，置酒高会，沉浸在美人贿赂中时，恼怒的项羽并没有惶然失措，料定刘邦的诸侯五十六万大军，不过是东拼西凑起来的庞然大物。他以超人的气魄，独自率三万铁骑，昼夜兼程地向萧县疾进，一定要杀刘邦一个措手不及！

三

刘邦用兵不像韩信那样，以歼灭敌人的有生力量为主，而是置项羽主力在齐地于不顾，兵分三路，将攻击目标直接选定在千里之外的彭城。

汉将曹参、灌婴、周勃率军从围津渡过黄河，战定陶，兵进胡陵，从西北袭击彭城；汉将薛欧、王吸、王陵率军由宛城，经叶县，出阳夏，从南面攻楚；刘邦则率夏侯婴、卢绾及各路诸侯军经曲遇，占外黄，由西向东再攻下砀县、萧县。由于楚军主力陷于齐地，后方空虚，他轻易地攻取了彭城。

当项羽得知彭城丢失后，恼怒无比，他命令诸将继续作战，自己亲率三万精锐骑兵，立即挥师南下。经过昼夜行军，突然杀到汉军后侧的萧县，切断了汉军归路。

那日黎明，天色灰蒙蒙的，透过云层的几缕阳光，懒懒地照着萧县东南的诸侯大营。突然，远处烟尘滚滚，战马嘶鸣，楚军三万铁骑席卷而来，杀了诸侯军一个措手不及。而尚未脱尽睡意的诸侯军猝不及防，营中顿时大乱。

萧县是彭城西边的门户，项羽取了萧县，兵锋直指彭城汉军。

彭城汉军，也曾是一支令人尊敬的部队，跟随韩信度陈仓，战陇西，定三秦。可未曾想到，韩信不在军中，汉军就像丢了魂，他们的军纪、布防和指挥完全不在状态。然而，刘邦已经超负荷运转……

"报汉王，霸王率楚军已杀到城外。"

"啊?!"刘邦惊讶万分，近来在彭城，他日夜沉湎于酒色之中尚未清醒，早将防备楚军之事放在了脑后，他不愿接受这么残酷的事实，"这可能吗? 楚军难道从天而降?"但事已至此，迎战不容懈怠，他只得调集兵马，开城出战。

来到阵前，刘邦脸色不由一沉。只见楚军战旗飘扬，士气旺盛，气势汹汹，而自己的士卒，仓促上阵，面带惧色。

"活捉刘三——冲啊!"随着项羽一声大吼，楚军将士潮水般扑入敌阵，誓要夺回家室。项羽更是骑着乌骓马，挥舞着长槊，汉军如麦穗纷纷倒地，不大工夫，已冲杀到刘邦跟前。数名汉将死死护住刘邦，怎奈项羽手中的长槊犹如雪花纷飞，无人能挡。刘邦见大势已去，便拨转马头，落荒而逃。

汉军失去了主帅，便成了没头的苍蝇，顷刻之间土崩瓦解，死伤不计其数。

不久，汉将孔聚等人追上刘邦："汉王，现在怎么办?"

"快! 快去关中令韩信赶来，否则，我们大军……快去吧。"刘邦已醒悟过来，他知道项羽的可怕和厉害，要是不能阻止他的进攻，后果不堪设想，而现在唯一能够拯救危难的只有远在关中的韩信："韩信黯淡预言，却是准确的，汉军果有此败。倘若阻挡不住楚军，一切就完了，唯让大将赶快出关，挽救危局!"

刘邦便派孔聚快马加鞭飞驰关中召唤韩信。

楚军乘势滥杀，有如黄河泛滥，一发不可收拾。

当汉军逃至睢水，为活命，争抢过河，自相践踏者数以万计。还有二三十万人不及过河蹿入南面山中。最不忍心看的，要算灵璧和睢水河面上。数十万大军仓促逃窜，一时找不到许多船只，拥挤之间，被楚骑驱赶落水者竟达十多万！顿时，漂流的尸体阻断了河水。睢水之败是楚汉战争中空前的惨况！

到了灵璧时，刘邦就地建立营垒，将两翼的队伍渐渐收拢，得十余万将士。就兵员数目来说，这仍不是一个小数字。但亚父范增，指挥后续楚军切入了灵璧西南地区，使荥阳那边的汉军，无法及时援救刘邦。几位楚将又分别袭击了东北地区的汉军，将汉军分割开来，大有一气吞食之势。

不过刘邦劫数未尽。他在众将士掩护之下，逃了一程竟被楚军追上。这时，身边已无一员大将，眼看将要被活捉。刘邦不禁仰天长叹："只恨我一时轻敌，这回真的要完蛋了！"

恰在此时，突然一股狂风吹来，漫天飞沙障目，大树被连根拔起，白天成了黑夜，咫尺之间不能辨清你我。趁楚兵无法前进之际，刘邦拼命紧夹马肚，催马奔跑，终于又逃脱了包围。真是天意！天意！

刘邦独自一人一骑走了几十里路，已是红日西沉时分。一天没有吃喝了，现在追兵渐远，他立刻感到饥肠难捱。策马前行穿过树丛间，来到了远离市镇的一个小村庄。刚刚在村头停下，又听到马声、人声嘈杂一片，追兵又追上来了！怎么办？刘邦猛然瞥见一户人家的园地，有一位老翁和他的小女儿正在辛勤劳作。刘邦连忙上前，说自己被楚军追赶，希望老翁和女子出手相救。女子急中生智，用手指了指园中的一个枯井，老翁会意，领刘邦躲藏在里面。战马呢？还是那位女子，用一根木棒狠狠地打了战马几下，战马向村外一溜烟地跑去。

追兵走远了，刘邦得救了。刘邦感激不已。一问得知，老翁姓戚，避乱来到这里。当晚戚翁盛情款待，并以女儿相配。两人以茅屋为洞房，同宿一夜。正是这一夜，戚姬后来生了个男孩，取名如意，使刘邦在立太子问题上大费脑筋。也正是这桩婚姻，给戚姬带来了富贵，也带来了杀身之祸！这是后话。

翌日，刘邦与戚女告别后，大约一个时辰，就来到了汴水东岸，心想过了河就没多大问题了。正想着，前方尘土飞扬，刘邦赶忙闪入树丛观察动静。只见赤旗闪灼，旗上书着"破楚大将韩信"。

刘邦走近仔细一看，原来是张良、樊哙、周勃和陆贾一行人，他们虚张声势，打着韩信的旗号，意图召集散兵。前面那个赶车的是夏侯婴，车上还坐着自己的一双儿女！惊魂稍定后，刘邦喜不自禁，忙询问兵败情况。

张良说："塞王司马欣与翟王董翳又重新降楚，韩、赵等河南各路残兵，都已跑散。"

"唉，真是兵败如山倒啊！"刘邦又问起夏侯婴怎么见到他的一双儿女的。

夏侯婴说："我和大王走失后，到沛县丰邑接大王家小。一打听，大王父亲刘太公、吕王后带领家眷，避楚奔难，且有舍人审食其相从。他们扮作难民，从小道潜行，偏偏追来的楚军中，有人认出了太公和王后，竟将他们当作人质掳走了。我不得已，离开沛县向西寻找大王，半路上碰到了公子和公主，走了一天一夜，才得与大王相遇。不过，能够救得公子、公主，还算是不幸中的大幸，只是太公和王后生死不明。"

父子相见，不禁动容。抚着孩子，刘邦百感交集，痛定思痛，后悔没有听取韩信的意见。

在还定三秦后，被眼前的胜利弄得飘飘然，没有细心考虑，轻敌麻痹，仓促发动彭城之役，善于钻空子的人，把自己的弱点暴露给了项羽。五十六万人马的五国诸侯联军，有组织无纪律，精神涣散，凝聚力极差，使汉军蒙受了巨大的损失，几乎赔上了以前的老本。同时手下的张良、陈平等谋士，皆无预判。都以为项羽陷入齐地，不会从萧县方向反击，对项羽作战能力估计不足，不知项羽是个不折不扣的战神。如果听从韩信的意见，或将韩信放在身边，就一定不会有如此惨败！但值得欣慰的是，在这一役中，张良、陈平、曹参、灌婴等主要谋臣宿将均无重大伤亡，骨干力量得以保存。当然，这些话他没有说出口。

刘邦虽读书不多，并不是一个什么全才，在许多问题上都有失误，但他最大长处是头脑灵活且不肯服输。此刻，他已从意乱情迷中清醒，项羽虽在平齐叛乱中消耗了一定力量，但其战斗力不容低估，战争将是长期的、复杂的，仅凭一己之力，难以最终打败项羽。只有从分化诸侯和项羽同盟入手，争取时局向有利于己方转化。他暗暗发誓，无论付出多大代价也要报仇雪耻，与项羽战斗到底。他对张良说："经此一败，我已无法控制关东了，我愿以关东之地，分授天下豪杰，哪些人可以助我？"

张良知道刘邦心思，对于刘邦不肯任用韩信做东征统帅一清二楚。

汉军中的人才不少，但都不是大将之才。萧何统理政务，自己能文不能武，唯有韩信用兵神出鬼没，天下无人匹敌。于是，他婉转地将韩信推荐了出来："九江王英布，是有名的战将，彭越曾与田荣结盟反楚，也是一位难得的将领，英布、彭越两人都可为我所用。而大王将领中唯有韩信可以托付大事，独当一面。如大王决意把关东之地交给英布、彭越和韩信三人，以此换来支持，他们分得关东，定会感激涕零，死力图报，灭楚绝无多大问题。"

刘邦点点头，不得不重新审视韩信的价值和作用。韩信确是大将之才，唯有他能在关键时刻召之即来，来之能战，撑得起大局。张良的建议被全部采纳。

应大家的要求，张良还将英布、彭越二人情况做了一番介绍。

英布，又叫黥布，六县人，是秦汉之际一位大名鼎鼎的人物。小时候有人给他看相说"受刑而称王"。到了成年，犯了法被求处黥刑。定罪后被押送到骊山服劳役。骊山刑徒有几十万人，英布专和罪犯头目、英雄豪杰结交。终于有一天，他带着这伙人逃到鄱阳湖边做了强盗。

陈胜举义时，英布去求见番县令吴芮，并跟他的部下一起反秦起事。番县令还把女儿嫁给了他。章邯消灭了陈胜之后，英布听说项梁平定了江东，于是带领几千人归顺了项梁。在攻打景驹、秦嘉等人的战斗中，英布骁勇善战。项梁到达薛地，拥立了楚怀王，项梁号称武信君，封英布为当阳君。项梁定陶战败，秦军加紧攻赵，等到项羽杀死宋义派英布做前锋，他率先渡过黄河攻击秦军，以少胜多，使秦人震服。到达新安，项羽又派英布等人领兵活埋了章邯部下二十万人。到达函谷关，英布从隐蔽的小道突击，打败了守关的秦军。项羽分封将领时，封英布为九江王，建都六县……

彭越呢？张良接着介绍了彭越。

彭越，昌邑人，也是秦汉之际大名鼎鼎的人物。早年在巨野泽以打鱼为生，受大泽乡起事的鼓舞，许多年轻人跃跃欲试，强烈请求他做首领，彭越答应了。他与大家约定次日太阳出来时聚众集合，迟到者一律杀头。隔天日出时，有十多人未能赶到，最后一个人直到中午才来。彭越乃向大家致歉说："我年岁大，诸位一定要我做头领，今日约定了时间而许多人迟到，不可能将他们都杀掉，只好杀掉最后一个来人。"大伙都笑着说："何至如此？以后不敢就是了。"彭越设立祭坛，拉出最后那个人，将其斩首，并向众人宣布军令。部属们都非常惊恐，畏惧得不敢抬头。

秦二世二年（前208），彭越配合刘邦北攻昌邑，未能攻克。刘邦率军西行，彭越数年间一直留在那里活动。项羽入关后，裂地分王，他因未曾投靠项羽，所以未得其封。齐国田荣不服项羽的分封，意欲反叛楚国，作为一种策略，他铸就将军印信，派人送给彭越，让他们进军济阴，打击楚军，骚扰楚国的北方边境。现在彭越已占据魏国东部十余城，队伍发展到三万余人……

刘邦思考片刻，心动神移："韩信、彭越好说，而英布为灭秦猛将，与项羽关系特殊，怎样才能使他背楚从汉呢？"

张良说："齐王田荣背叛楚国，项羽前往攻打齐国，向九江征调军队，英布托词病重不能前往。彭城大战期间，英布袖手旁观，仍不肯发兵助楚。项羽故怨恨英布，多次派使者前去责备并召他前往。这一切都说明英布已与项羽貌合神离。如能劝归，这必将是我们外交之战的重大胜利。"

随即，刘邦按张良的策划，派谋士随何去九江策反英布，从南翼牵制楚军；又派郦食其联络彭越，在梁地骚袭楚军后方；还要发挥韩信更大作用，他一定会是项羽的克星！

这就是汉史上著名的"下邑之谋"，又称"下邑画策"。

下邑，秦县名，在今安徽砀山县。"下邑之谋"是刘邦彭城大战后，在逃难中首先提出以关东的土地分封他人，让他人与自己一起攻打项羽的战策。张良眼光独到，最终击溃楚国的，主要是他所推荐的韩信、英布、彭越的力量。这个策略还显示出了刘邦与张良的战略眼光，是他们继鸿门宴后的又一次配合。其中，对韩信的"独当一面"的评价流传千古。可以说，张良是继萧何之后，慧眼识韩信的又一人。

将郦食其、随何二人打发走后，刘邦一行便去下邑城，投奔同样参加彭城大战失败到此的妻兄吕泽。

可是，刚行一段路程，楚将季布又率一路人马冲杀过来。快走吧！刘邦慌忙催促加快赶车。车子向前飞奔，后面的楚兵紧紧追赶。眼见追兵逼近，刘邦心中万分着急，只有把一双儿女推下车，才能减轻重量，他毫不犹豫，一把推下两个孩子。

"大王！这是干什么？"夏侯婴赶紧下车，把两个孩子抱了上来。

刘邦再次把孩子推下，夏侯婴再次把孩子拉上车。

"我等自己的命都保不了，还管孩子干什么！你想害死我！"刘邦大声怒喝。

"这叫什么话？孩子是大王的亲骨肉，不要这样！"

"干大事的人不能婆婆妈妈，心肠要硬，你赶快推下孩子，否则，我会杀了你！"刘邦两眼通红，一脚又将孩子踢下车去。

夏侯婴又跳下车去，将两个孩子一边一个夹在胳肢窝，并从士卒手中夺过一匹战马，飞身跃上，紧紧地跟在刘邦车后。确实，丢下两个孩子和夏侯婴，车子跑得快了，季布等人渐渐追赶不上，只得勒住马头返回营地。孩子得救了，刘邦的父亲、妻子却没有那么幸运，在逃亡途中，已被楚军俘获押送楚军大营……

五月，韩信接到了命令，立即率军出关。

当他赶到时，汉军已退到荥阳，如果再往前撤退，就到关中了。

韩信非常纳闷，汉军的失败，也在意料之中，在楚军主力未受损的情况下，刘邦聪明却缺乏理性，冒险而为，能有多大取胜把握？但也没有想到会败得如此迅速，如此惨不忍睹。

彭城之战的惨败，非大智大勇者不能独当一面。刘邦经营几个月的战略优势，转眼化为乌有，被迫转入战略防御，能否建立稳固的防线，对汉军来说生死攸关！

韩信率部迅速地冲破楚军封锁，与刘邦会师，但会师未能扭转战场形势。楚军出击迅速，这是韩信没有料到的事，他的队伍死伤极为严重，军队初出即被冲乱。他随即调整部署，集中力量以攻势掩护刘邦退却，确保大批汉军往荥阳方向撤退。这样有组织攻防，楚军追击被迫停滞，并逐渐形成多块战斗的局面，分散了楚军兵力。

"大将……"刘邦几度辗转，见到了韩信，不禁英雄气短，竟第一次在战场上落下泪来。

分化诸侯是长久战略方针，但当务之急是同强楚抗衡，在如此严峻的形势面前，他欲先收兵入关，扩充整顿，待恢复元气后，卷土再来。

韩信觉得这样做不妥，他恳切地说："大王，关中和天下都已知道大王打了败仗，魏、赵、燕、齐等诸侯定会倒戈，重新归顺霸王，一旦我们匆匆退守秦关，人们一定会以为楚军西进势头难以阻遏，大王必败。若是这样的话，那我大汉注定会失败。如能坚守荥阳，稳住军心，不断向关中征发兵卒，用关中的财富、人力支持我们在这里同霸王一搏，必能重拾信心，重新奋起！"

这一席话，使刘邦重新看到了希望，但自己身心疲惫，无力再战，楚军追上来，会将自己彻底打败。而韩信有神鬼莫测之智，有抗衡楚军的计划和能力，否则他不会持这样的观点。在目前，必须起用韩信收拾残局。刘邦留下人马，命韩信在荥阳全权指挥抗敌，自己回栎阳安顿关中去了。

其实，韩信是否参与彭城大战还是一个谜，说法不一，彭城大战时韩信在哪里？《史记》记载不甚清楚，《汉书》也比较混乱。一种说法是韩信在关中废丘围攻章邯。另一种说法是韩信参加了彭城大战。这里我们不做进一步探讨。

荥阳，秦汉时期的军事重镇。

荥阳在今河南荥阳东北，秦时为三川郡治，黄河从北面流过并与济水交汇，关中与东方六国来往必经此地。东北靠近黄河的地方修建了秦汉时期国家粮仓——敖仓，可解决军队的粮食补给问题。以西七十里是成皋（今河南荥阳东北）。成皋，便是后世人常说的险关"虎牢关"。楚汉相争的正面战场，就在这一带展开。在此前后，还经历了秦与陈胜吴广起义军、秦与刘邦项羽起义军、汉高祖平定异姓诸侯、汉文帝平定济北王、汉景帝七国之乱、新莽同绿林起义军等大战。

韩信在沿途布置了收容站，流失的数万士卒陆续归来，增强了实力。他又利用荥阳以南山区有利地形，坚固防守，以汉军步兵之长，制楚军前锋骑兵之短，阻击楚军前锋的进攻。

楚军得知情况后，为免形成日久难下的拉锯战，遂由全面出击改成重点进攻，力图迅速地解决问题。

"大将！楚军精骑又抵京邑。"士卒不久来荥阳报韩信。

"围攻京邑的楚将是谁？"

"钟离昧。"

"噢？"韩信与钟离昧咸阳一别，已有二年，如今却要战场上相见，他心中感慨万千：兄长情况如何？他还忌恨自己和卢乡吗？愿能有见面机会，当面向他诉说不辞而别的苦衷。但两国交战各为其主，难道真的要在战场上相见吗？

沉默片刻，韩信又问："有多少人马？"

"约有一万骑。周勃将军要我禀报大将，京邑离荥阳很近，可京邑连老弱病残在内，只有五千人马，若不及时援救，恐旦夕难保，请大将赶快发兵吧！"

"你先回去，告诉周将军，一切放心，本将自有安排！"

将来者打发走后，韩信来到帛图旁，细致察看荥阳附近的地形，对楚军的战略做了几种估计。然后，他召集众将前来商议。

不大一会儿工夫，诸将到齐了。韩信先谈了楚汉双方态势，他告诫说："有人担心楚军强攻荥阳，我看现在还不会。一是霸王只有另派一支人马包围索邑，攻下京、索后，才能切断我们双臂，然后才可正面突袭荥阳。二是楚军远行，又不明我军虚实，一定等待另一支人马来到才会发起进攻，使我首尾难顾。三是养精蓄锐，以保其全锋，这是楚军惯用的战术。霸王欲造成这一态势，谋略合于兵法。但他失算了，这给了我调兵遣将的时间，可以从容设防。"

韩信话音刚落，又有探子来报："大将！楚军又向索邑开来。"

众将无不惊讶，佩服韩信的算度。

韩信召陈贺、靳歙二将："眼前的形势虽然险恶，却也是良机。你们各率一万人马，火速增援京、索二邑。若楚军来围，只可坚守，不可出战。只在城中架起云台，以旗为号，若楚军放箭，不必理睬。若楚军强攻，还以礌石箭雨，定要死看活守，确保京、索两邑万无一失。否则，唇亡齿寒，荥阳难保！"

韩信又唤骑将灌婴，让他率关中轻骑五千，从成皋北绕过京邑向东南，直插郑京，远距离袭击楚军粮草辎重，切断楚军的后方供给线。布置停当后，次日韩信自率一军，出城东前去迎接楚军主力。

楚将桓楚、虞子期西进顺利，未遇大规模汉军阻挡。他们派人禀告随后而来的亚父范增和司马龙且。

他们的作战布置是，此刻，先锋钟离昧、季布已率所部埋伏京邑、索邑，只待火光一起，便开始攻城。桓楚，可率部直插荥阳。于英，率部即向黄河上游进发，待城头火起立即渡河，一来防止汉军前来救援，二来为进击荥阳做策应。项庄，可率部随二队后，在城中不得逗留，务必穿城而过，占据荥阳城西山峰，然后见机向西搜索前进。其余在原地待命，以为后备。龙且与亚父率骁骑随桓楚将军压阵。

家有千口，主事一人。楚军随霸王、龙且作战，从来是他们说了算，一干将领连出气都是谨慎的，当然更不敢提出任何问题。

范增、龙且立刻召见参战的楚军将领。龙且说："各位！这为汉军按兵不动之计，还是那句老话，望众将齐心勠力，力拔荥阳，霸王定当不吝封侯之赏。如果畏葸不前，军令如山，不论将士，立斩不赦。"

龙且倏地跳上战马，随即令下："即刻行动！点起堆火向京、索二邑报信——再重申一遍：畏葸不前者立斩，奋勇向前者升爵受赏！"

随即，龙且发布了攻击的命令，诸将催动人马攻抢出阵。城边，汉军战车四面围拢，如铜墙一般，很难攻打，战车后汉军羽矢如雨点。过了半个时辰，几经冲击，汉军战车终于被撞开。

"咚！咚！……"鼓槌猛地落下，楚军数十面战鼓轰鸣起来，顿时，喊杀之声震天。急忙退入城中的汉军，拉起吊桥，并将城门用土袋堵死。

两队楚军敢死队，在范增督战下迅速靠近荥阳城下，他们踏着云梯冲过河。不大一会儿工夫，不少攀城云梯已林立城墙。以盾牌护头的楚军，在强弓大弩的掩护之下，一边用刀、剑拨打着敌楼上射下的箭雨，一边攀城。有人倒下，后边人马又跟了过去。

汉军虽被压制，士气并没有受到多大影响。大家知道成败在此，个个凝神聚气，在掩护的弩箭停顿的那一刻，攀着云梯的士卒已经爬上半空，捷足者甚至已到了垛口，汉军似乎没有反应，但同时，只见云台上红旗一挥，城垛后的汉军一批批排弩呼叫着飞向楚军，加上戟刺、刀砍、石块砸下，楚军猝不及防，随着惨叫声，纷纷坠落，甚至连云梯一同被推倒。偶尔有几个登上城的，不是做了刀下之鬼，就是束手被擒……

龙且不得不下令延后进攻。

第一次攻城的硝烟还未散尽，楚军第二次攻城又接踵而来。然而，飞向城头的弩箭，就像流星一样划破了长空，十之八九射入城上，但一时没有什么动静。反是城上的还击更加厉害，居高临下，箭支如雨，那些躲在雉堞后面的汉军，不论鼓声怎样敲击不息，他们安闲地躲在女墙后休息，紧紧地盯住城上的云台。待到云台上红旗一摆，便指挥士卒应战，真是一箭一个，一戟一个，无数的石块砸向冲在最上面的……不一刻，城门前尸体枕藉，血流成渠，护城河水面再也映照不出光彩……

太阳西斜，楚军主帅旗下，周围尸横遍野，第二次浪潮也退了下去。

隔日午后，攻打京邑、索邑的相继来报，攻城遇到强大抵抗，伤亡损失很大，弩箭已经用尽，士卒精疲力竭。龙且有些弄不清楚，怎么久经大战，所向披靡、战无不胜的楚军越发显不出威猛了？龙且要亲自上阵！

"龙将军！龙将军！汉军烧了我军粮草。"郑京大本营急促来报。

龙且又是大吃一惊："到底是谁指挥的汉军，竟然如此神出鬼没？"

"韩信！"

龙且眼前一下子显出了那个多嘴多舌、不识尊卑的执戟郎中。转而考虑，汉军已被全面击退，刘邦遭到致命打击，但此地不宜久战，楚军兵员及粮草亦已难以为继，进攻之势已成强弩之末，队伍急需休整和补充，回撤最为有利，他把脚一跺："胯下小子，来日吾誓杀汝！"

第六章　下魏破赵

　　彭城大战后，天下格局大变，魏王豹拒汉联楚，韩信受命东击魏豹。在黄河岸边，韩信像奇袭陈仓一样，找到了魏军的一个死穴。

　　开辟东线战场，是韩信继"汉中对"后提出的又一重大战略计划。刘邦守荥阳，韩信则向赵、燕、齐等地进攻，楚、汉双方的命运全由韩信行动来决定。

　　背水阵前，赵军如潮水般地溃退，陈馀惊得差点从马上摔下来。经此打击，十万赵军风声鹤唳、草木皆兵……

一

　　秋风渐起，又是一年（汉二年）八月。

　　韩信力挽狂澜，阻止了楚军的西进后，重新编队，并将丞相萧何在关中征召的二十三岁到五十六岁兵员，悉数充实军队。

　　又夜以继日，加固以荥阳为中心的成皋、巩县、洛阳一线的防线，构筑了北连黄河的甬道，搬运敖仓粮食，以供军队长期作战。还在敖仓三皇山上筑起东、西广武二城，加强荥阳守备。接着，组织局部反攻，派出曹参、灌婴、靳歙等将分别出击，先后夺回了雍丘、外黄、燕县、焉氏、武强、菑南、昆阳、叶县等地。仅用了三个多月时间，就构筑了一个较为强大的防守体系，扭转乾坤，结束了自彭城惨败以来汉军大逃亡的局面，将战线稳定在荥阳一线，为刘邦又立下一大战功。由此，楚汉两大军事集团直接形成了对峙局面。

　　刘邦得到捷报，欣喜异常，便决定不惜一切代价，令樊哙引水灌废丘城，除掉章邯，布置关中防卫。城破，对有着复杂经历的章邯来说，自杀身亡，也是一个不错的结局。关中地区全部平定后，刘邦立儿子刘盈为太子，使萧何辅佐，制定法律，建立祭庙、社稷、宫室，以安定人心。

　　不过，此时局势仍很紧张，楚军不断向西推进，企图歼灭在黄河一线的汉军。而原先归附的"五国"联军之一的魏王豹,以母亲病重为借口,回家省亲,一到魏国平阳,便调兵遣将,在雷首山至临晋渡一线,布设重兵,截断了河口,公然与汉军为敌!

魏国是中原战略要地,从魏国都城安邑出发,向北可进攻赵国,向东可进攻齐国,向南还可以断绝项羽的粮道。魏豹叛离将使关中与前沿荥阳被拦腰切断,首尾不能相顾,荥阳战场也将无法坚守。刚刚从彭城大败阴影中走出的刘邦,意识到问题的严重,于是重返荥阳前线,与韩信会合,并做出两项部署,让不久前归顺的英布开辟南方战场,打击楚军左翼,让彭越开辟敌后战场,破坏敌人后方。

"我待魏豹不薄,他为何叛我?"刘邦十分清楚魏国的战略地位,且占据河东五十二县,实力不容小觑。不过,他还对魏豹存有幻想。

郦食其是个有名的说客,常以三寸不烂之舌游说诸侯列国,现在汉军新败,刘邦决定先派郦食其去游说魏豹,晓以大义,讲明利害,希望他回心转意,两家免动刀兵。

可是魏豹拒绝了,理由是汉王傲慢无理,辱骂诸侯如同对待奴仆一般,我是不想再见到他了。其时,诸侯已形成共识,刘邦永远不是项羽的对手,由古及今,无人能与西楚霸王匹敌,他们纷纷与楚国重新结成联盟。这对汉军来说,形势极为严峻!

"狗娘养的东西,这给诸侯树立了一个坏榜样。"郦食其气愤地对刘邦说,"一定要教训教训魏豹!"

气愤归气愤,刘邦为慎重起见,他要先听听韩信的意见。

没想到,韩信意见和他们高度一致。战争避免不了,那就不如先动手。魏豹在为楚军张目,但不能置之不理。一旦天下有变,楚军一定会从这个方向进攻,汉军就彻底被动了。所以主动出击,防患于未然,战争就成为外交努力之后不二的选择。随即,刘邦任命韩信为左丞相、统军大将,独领一军破魏。

左丞相,也是韩信继被拜为大将后又一重要官职。丞相为古代百官之长,辅佐皇帝处理全国政务。所谓右丞相,就是在皇帝右手站立的丞相,也称主相,所谓左丞相,就是在皇帝左手站立的丞相,也称副相,一般来说右丞相的官职大于左丞相。要知道，用人不疑，这是刘邦的高明之处。左丞相一职虽为行政职务，其地位仅次于丞相萧何，但从政治角度看，有利于韩信对魏国的用兵。

刘邦还从关中、上郡、北地、陇西等地，抽调三万兵马，并将追随自己多年的曹参、灌婴、陈贺、孔熙、高邑等将领一并交给韩信。他自与张良、陈平、王陵等人守卫荥阳中线。

临晋关（今陕西大荔东）对面是魏国的蒲坂津，历代倚为秦晋间重险。

半年前，刘邦就曾从这里出发，率诸侯联军去袭击楚都彭城。而这时候，项羽的正面进攻尚未开始，魏豹处于守势地位。楚将项佗已经率部分楚军进入魏国，帮助他阻挡韩军团自临晋关渡过黄河。

这日，韩信率兵马来到临晋关，并召见了部分将领。

遥望对岸蒲坂津，魏军营寨相连，旌旗飘摇，又见黄河滚滚东流，韩信心情极不平静。魏军像一枚铁钉，牢牢钉住关隘，以险防守，以逸待劳，这肯定又是一场大战。他忙问："魏豹起用的大将是何人？有没有用周叔？"

"没有，用的是柏直。"

"柏直是个少不更事的小子！他为大将，我不必担心了。"韩信在来此之前，已将魏军的情况做了了解。他又道："有谁将魏军那边的情况介绍一下？"

先期从关中到达的将军高邑报告说："在楚将项佗帮助下，为准备配合楚军，魏豹已从侧翼袭击汉军。在我们未到达前，河东、河西的汉军已遭到了围歼，除拼死沙场和被俘的外，其余都已逃散。他们还从那里掳掠了大量人口、粮食和船只，并且攻占了河东蒲坂渡口。蒲坂渡至安邑一线为开阔地带，是东去中原的主要通道。如今，他们在该地集中了约八万人马，号称十万。每当夜晚，临晋渡东岸的灯火密密麻麻。据探报，魏豹只等楚军取了荥阳，就要向我们发起进攻。"

众将听了，无不感到震惊。

韩信听得极细致。这时，他轻咳了一声，大家顿时鸦雀无声，目光全部集中在韩信身上。他神情严肃地说："魏豹背信弃义，在临晋的黄河对岸设置了重兵，抢占渡口，占据有利地形，企图对抗汉军，对我腹背构成了极大威胁。魏豹如此猖獗，应狠杀他的傲气，给以迎头痛击。"

这一番话，鼓舞了诸将的斗志，他们交头接耳，摩拳擦掌。

韩信打了一下手势，大家安静下来后，继续说："由于形势危急，项羽一定会调整布置，将矛头指向汉王，必须赶在他发动大规模进攻之前，先解除北顾之忧。大王在荥阳，已将攻击魏豹的任务交给了我们，我已立下了军令状，只能取胜，不能战败！各位有没有信心?!"

"有！我们保证打好这一仗！"众将齐声说。

稍后，韩信询问了部队安营扎寨情况。许久，他又说："我们在临晋只有三万余人马，敌众我寡，且我军远离荥阳，远离关中，前不巴庄，后不着店，得不到及时支援。如何战胜魏豹，我想先听听诸位的意见。"

上郡守何襄庄重地说："出其不意地战胜敌人的例子很多，大将明出陇西，暗度陈仓，打得章邯一个措手不及，出师第一仗，就打出了汉军威风，此战可以效法。"

"何太守说得对。"将军孔聚点点头，"对已有充分准备的敌人，不可强攻，须寻找对方的弱点，出其不意、攻其不备方能取胜。"

曹参接口说："依据经验，要进行细致的实地考察，选择好地形，不囿俗套。""军神"曹参是汉军中数一数二的将军，久经战阵，能打大仗，能打恶仗，战功卓著。这次派曹参做副将，可以看出刘邦用心之处，既有支持的成分，也有监督的成分。但曹参为人稳重厚道，他对于小自己二十来岁的韩信，非常佩服，修栈道，度陈仓，刘邦做不到，项羽做不到，天下没有人能做到。自己能协助韩信，觉得是一件十分荣耀的事情。

"说得对！"曹参的话正对心路，韩信点点头，若有所思。片刻，他挥挥手宣布："时候不早了，今日就议到这里。"

魏国主要部分在大梁（今河南开封）一带，魏豹的封地本应在大梁附近，但项羽为了西线安全，却把魏豹撵到平阳（今山西临汾）。

魏豹是原魏国王族的公子，也是早期义军中有影响的人物。当项羽北上后，魏豹积极响应，连克魏地二十余城，并随项羽进兵关中，被项羽封为西魏王。汉王重夺关中，为了报复项羽，魏豹立即加入汉军联盟，魏地成为通往楚地的重要通道。但刘邦东征途中，十分轻视魏豹，许多事情根本不征求魏豹意见。为了笼络反楚的彭越，竟任命彭越为魏相国，并让彭越独领一军，在攻克彭城后，回头西进，平定了原魏国大梁一带。对此，魏豹十分气愤。彭城大战失败后，魏豹自感刘邦不是霸王的对手，加之项羽利诱，返国后，立刻隔绝与汉地的交通，重新归楚反汉。这时，一个江湖术士给魏豹妻子薄氏看相，说薄氏生的儿子将来贵为天子，魏豹信以为真，儿子是天子，老子就是太上皇。于是他雄心勃勃，准备潇洒地大干一场……

清晨，天色朦胧，韩信、曹参带着卢乡和另外两名亲兵，一身庄户商贩打扮，驾着一辆马拉的车，匆匆来到临晋关外渡口。

临晋渡在大荔城东的黄河西岸，岸头峭壁如斧劈一般，险峻异常。不同的是雷首山至潼关是洛水、渭水与黄河交汇之处，又是黄河由北折向东去的转弯口，水大浪高。

韩信一行在临晋渡口仔细察看一番后，又沿蒲坂津北上。不久，他们在距蒲坂津北面的夏阳停住。环顾四周，两旁岩石形成山谷，而黄河之水像一条巨龙从黄土高原，经龙门跌跌撞撞地奔泻而下，又由于对岸汾水汇入黄河，这里河床特别宽阔，如同葫芦肚见宽见平，水势缓和，也仿佛是经过长途摔打已精疲力竭。

韩信脑子在飞快转动。魏豹在临晋早有准备，扬言不会放过一只飞鸟，若强行泅渡，船只目标太大。而临晋与黄河上游的夏阳之间，只有百余里路程，汉军可否在临晋渡附近安排大量船只，佯装要从这里进攻，以此迷惑魏豹，暗中却将主力派到夏阳，再从夏阳渡过黄河，出其不意地抢占魏国的安邑城？一个破魏方案的雏形已经形成。韩信自语："又找到了一个制胜之道。"

"啊？又找到了一个'陈仓道'，这一仗我们必胜无疑！"机敏的卢乡拍手高兴地说。

韩信朝他扬扬手，卢乡和两名亲兵相视而笑。

夜色深沉，他不顾连日的疲劳，在帐篷里点起油灯，摊开帛图，又思索了起来。如果拖下去，楚军援军一到，我们将危如累卵，怎么办？而目前除了渡河工具外，战场条件却非常有利。无能的魏将柏直，没有在夏阳重兵布防，从夏阳渡过黄河后，又有利于快速突袭魏国重地安邑城。但要渡过黄河，数百条船只到哪里去寻找？且渡船目标太大，形成不了突袭。渡河的关键是既要隐蔽，又要能迅速解决战斗！

翌日，韩信找来当地几位艄公，了解黄河夏阳段的水情。

黄河浅滩较多，水流湍急，在丰水期可驶船只，平时只能用羊皮筏载一至两人。要渡万余人，上万只羊皮筏子到哪里去找？要扎木筏，可是地处黄土高原气候寒冷，雨水稀少，天气干燥，植被稀疏，成材的树木并不多。一时间，数万棵树木到什么地方去砍伐？又要弄成多大动静？

但艄公们的介绍，倒启发了韩信，他想起了家乡那一年遇大洪涝的事：一个漆黑的夏夜，暴雨频降，漫天的洪水呼啸而来，居住在淮水南岸河网地带的民户尚未反应过来，洪水已经漫过了土堤，无数人畜葬身鱼腹。淮阴遭受了一场空前劫难。天亮后，只见一片白茫茫的大水，与天相接。没有被淹死的，会浮水的，不会浮水的，有的爬到树上，有的抱住木板随水漂流。更使韩信感受极深的是，一些大人小孩抱着罂瓮漂浮在水面上，竟也能幸免于难……

"智者乐水，仁者乐山。"韩信生于水乡淮阴，一生用兵最善于依托河流水势，他很快有了破敌之策！为何不能用罂瓮加木棍，扎成木罂，用它去渡河，既简单省事，又具有隐蔽突然性。也正如兵法所说，声东击西，扰乱敌方，使其判断失误，然后出其不意，攻其不备，神不知鬼不觉地解决战斗。

不经意间，韩信为自己的奇思妙想得意。但脑海里却出现了淮水边漂母大娘的身影，她曾救助过饥饿的韩信。

"给你一口饭，救你一条命，是哀怜你这个王孙，岂是为了什么千金报答？"大娘的那句话，一直飘荡在韩信耳边。一饭之恩时时横亘在心头，让人一生一世难以忘怀。大娘身体还好吗？还在帮人漂絮洗衣吗？成功者要用成功慰藉年少时受到的伤害，韩信一定要用自己的行动，不断进取，来报答她老人家的真情和厚爱……

方案拿出来了，韩信先召陈贺入帐，让他带着部分士兵进夏阳大青山就地砍伐木料，不论大小都可，只要求越快越好。

陈贺不知什么用意，又不便多问，便奉命进山去了。

接着，韩信又召见了孔聚，让他筛选六组强干的兵士，每组三人，分别从夏阳、临晋、雷首山潜渡魏地，进一步摸清魏军兵力布置，特别是蒲坂、夏阳、安邑和魏都平阳布防情况，越详细越好。他还特意叮嘱，再派一支小队，穿过魏地去赵国，打探赵国对汉魏交战可能采取的行动。

不久，孔聚报告说："赵与魏并不和睦，赵王歇将严守中立，不过，赵国已派数万兵力，增援与魏接壤的阏与。"

"嗯？"韩信拿出帛图，找到了阏与。

阏与（今山西和顺）在魏晋阳的南面，距晋阳四百余里，距赵地井陉隘口只有一百多里，是屏障赵国的门户。赵增兵阏与，看来不只是加强井陉的防卫，他会不会有抢占晋阳一带的企图？！韩信意识到这是一个大问题，预感破魏可能牵动以后的整个战局。

打仗没有绝对把握，一定会冒些风险。赵歇不出兵，严守中立当然很好，但他会不会先来个隔山观虎斗，等双方精疲力竭时再来偷袭？这是一个严肃的问题，一定要提前做好防备。看来，当初设想，仅考虑如何破魏是不够的，应将魏、赵，甚至燕、齐一并考虑。

不久一切准备妥当，韩信在军中迅速地下达了攻击令："各位！临晋关对岸的蒲坂是魏地重要关口，魏军在那里集结了五万兵马，因而，我军不能强攻蒲坂。这仗怎么打？这次仍采用还定三秦之术——声东击西，明里佯攻蒲坂，暗里则从临晋上游的夏阳偷渡黄河，这同'明出陇西，暗度陈仓'一样，可以出其不意地打敌人一个措手不及！"

韩信唤过灌婴："灌将军，你率领两万人马守卫临晋。从今日起，沿临晋关口至黄河沿岸，虚插千面大旗，制造假象，声势越大越好，吸引魏军的视线。明日午后可多派战船，擂起战鼓，佯攻蒲坂，当魏军出击时，则迅速返回西岸。五日后，守卫蒲坂的魏军将因曹参去夺安邑出现阵脚混乱，这时，你可率本部人马一万五千，全力以赴，直冲对岸蒲坂，配合曹参部向魏国腹地挺进，明白没有？"

"明白！"

韩信目光在巡视，又道："曹参！高邑！"

"到！"曹参、高邑大步站到韩信面前。

韩信招招手，叫他们靠近些，然后指着帛图说："这次攻魏，你们率领一万人马打主攻。今晚吃过晚饭后，人去甲，马卸铃，乘夜色率部向夏阳进发，可先将队伍隐蔽在夏阳后山，明日午夜时分，渡河出击。待大军上岸后，立刻燃起三堆篝火，向河西报信。并迅速绕道汾阴，分两路直插魏国重镇安邑，一举切断咽喉。至于渡河工具，可找陈贺领取木罂。"

"木罂是什么？"

韩信一笑，告诉他们木罂的构造："这木罂的造法，系用木棍夹住罂瓮，四周缚成方格，用绳绑住，一格一罂，两格两罂，数罂合为一排，数千罂分作数百排。"

韩信还告诉说："在你们开往夏阳时，陈贺他们已在山中把木罂造好，等待你们赶到。现在，你们可铆足劲儿，几个人上一排，只管去渡黄河好了。但要注意安全，提前做好检查，不能发生碰撞和损坏，否则后果严重。"

曹参等人恍然大悟，原来寻找的瓦瓮是做渡河临时工具，真是想得出来的绝主意！从来没有听说有人发明这样的东西，简单实用，聪明绝顶，真让人从心底产生一种敬畏。

值得关注的是高邑这个人，高邑或作"高色"，西汉开国功臣。一史书称："祝阿孝侯高色，以客从起啮桑。以上队将入汉。以将军击魏太原、井陉，属淮阴侯，罂度军。"这里的"罂度军"，指木罂计由高邑所献。这是题外之话。

布置妥当，韩信又叮嘱："胜负大计在此一举，若白天渡河，敌人就能窥察虚实，不便于战斗。明日正好初十，夜半，出其不意登上东岸，你们当奋力突击！"

"大将放心，我们一定会全力以赴！"曹参、高邑坚定地说。

次日午夜，晋北高原西风飒飒，明月半空。在曹参的率领下，成千上万排木罂投入河中，场面蔚为大观，人心震撼。尽管浑浊的黄河水一浪高过一浪，但木罂浮力很大，恰似一只只羊皮筏子，在风浪中随波逐流。汉军将士情绪高昂，一个个奋力划动木桨，木罂直逼黄河东岸。有诗云：

> 木罂飞渡笑艨艟，相拒蒲津让首功。
> 坛上英雄随水去，涛声犹似战河中。

如果不出意外，韩信定能偷渡成功，他将会在进军的道路上，继定三秦、战京索之后，再获下魏战役的重大胜利！

安邑在蒲坂东北，处于魏国的中心位置。可以说汉军控制了安邑，才能控制整个魏国。汉军既然从夏阳方向过来，必然抢占安邑，切断蒲坂与平阳间的通道。

当汉军突然出现在安邑城下时，魏军以为汉军从天而降，极为震惊！守将孙遫仓促应战，被曹参卖个破绽，轻身一闪，顺手牵羊，生擒下马。魏军见主将被捉，如惊弓之鸟，一下哄散。曹参乘势直入，没费多大气力，夺得了安邑城。

守蒲坂的魏军主将柏直，这天见对岸鼓声震天，汉军在忙忙碌碌地调遣船只，以为汉军来攻，连忙率部迎战。当快马飞报安邑丢失时，他急忙分兵，回援安邑。不知是计，前脚刚走，韩信、灌婴便率军从河西掩杀过来。蒲坂的魏军惊慌失措，毫无斗志，一触即溃。

同样，当魏王豹接到安邑失守的消息时，惊得目瞪口呆，完全打乱了他的作战部署。当他得知汉军用木罂偷渡后，恍然大悟，连呼上当，终于明白为什么骁勇善战的章邯，在韩信手下一败涂地，为什么英勇无敌的楚军，在京、索地区，再也无法向前推进一步。

水来土掩，兵来将挡，必须夺回安邑！惊愕之余的魏豹，定下决心，亲自率大军向安邑开去。

汉、魏两军在安邑与平阳之间的曲阳相遇后，过了黄河的汉军，自知已深入敌后，有进无退，个个奋不顾身，锐不可当，只是几番冲杀，魏军便溃不成军，向东逃窜。到了东垣，汉军又将魏豹团团围困。魏军将士自知已陷绝境，抵抗无益，纷纷丢下武器。此时，魏豹考虑再三，投降尚可保全性命，无奈之下，他只好下马伏地，举手投降。

就这样，在前后不到一个月的时间里，韩信用"声东击西"战术，消灭了黄河以北一个强大的敌对势力。这是韩信在北方战场独立指挥的第一个战役，旗开得胜，一举灭掉魏国，拔掉了横插在汉军脊背上的一根芒刺。伐魏的胜利，也是刘邦彭城大败后取得的一次重大胜利，为汉军进一步东进奠定了坚实的基础。

二

占领了夏阳后，韩信并未立即乘势去夺北边的城池，曹参、灌婴均感纳闷，他们来到平阳面见韩信。

"来得正好，我正有要事找你们商量。"韩信连忙将二人迎进大帐，对他们说，"魏豹现已投降，我们率三万人马，仅用了两个月时间，就成功地打了一个大胜仗，对士气鼓舞极大。可是，战争远未结束，晋阳、邬城还未夺得，与西魏接壤的赵国，也已加入以西楚为首的反汉联盟，正在增兵边地。"

曹参感到错愕，正欲开口，灌婴已先接口："赵王歇是不是怕我们顺手牵羊，图谋他赵地？"

韩信摇了摇头："赵歇增兵阏与，其志不小，看来，他们试图抢占魏地的晋阳、邬城，然后关上国门，割据、自保，与我汉军对抗。"

"大将，你就下令吧！让我等迅速率军北上，打他个人仰马翻，绝了赵军的觊觎。"曹参、灌婴心中大惊，迫不及待地向韩信请缨。

"我找你们正是为了这件事。后算不如先算，鉴于目前情况，有必要重新调整战略。至于邬城、晋阳可暂时搁一搁，不然战线过长，那是要吃亏的。"韩信微笑着，意味深长地说，"其实啊，赵军敢抢晋阳，我正求之不得！"

"大将，此话怎讲？"

韩信郑重地说:"你们想,项羽处于霸主地位,号令诸侯。而诸侯们守境自保,服从霸王,战略形势对汉军十分不利。荥阳、成皋已几次失守,汉王承受着极大压力。如今,摆在我们面前的只有两条道路,一是就此罢兵,固守魏地。这也是汉王所要求的。一是横下一条心,继续向东进军,开辟第二战场。我思考良久,认为还是第二条可行。为此,我提出'北举赵、燕,东击齐,南绝楚之粮道,西与大王会于荥阳!'的二十一字新对策。"

他稍加阐述:"当前项羽忙于对付汉王等人,又派大将龙且去剿灭英布,无力顾及赵、燕这些反复无常的诸侯势力。我们若能以破魏为突破口,再行北伐东讨,消灭代、赵、燕、齐等国,扩大疆土,进而断绝楚军粮道,迫使楚军陷入两线作战、腹背受敌的境地。即我和大王对应作战,大王坚守荥阳西线,不停地与楚军周旋,而我则向东进攻,不断开辟广袤战场,一守一攻,分进合击,使楚军疲于奔命,首尾难顾,最终才能彻底打败西楚霸王!"

"真是惊人的计划!"曹参、灌婴与刘邦都是生死与共的患难之交,既是上下级,又是同乡、朋友,对刘邦是忠贞不贰,听了韩信这番讲话,他们为之惊叹。

曹参兴奋地说:"只要打大胜仗,就能扭转局势。自从掳了魏王豹,将士们情绪十分高涨,我们原有三万余人,如今又收服不少魏军,若要击赵,还可以征发魏地兵员。"

灌婴也赶快道:"对!要改变被动局面,就必须进攻。破赵,伐燕,再击齐,最后直捣霸王的巢穴彭城。我灌婴保证一马当先,单刀去会霸王!"灌婴和樊哙的性格一样,是个耿直、豪爽之人。

"嘿嘿!心急吃不了热粥。"韩信情绪被他们感染,加上擒获魏王豹心境非常的好,难得说上一句幽默话,"没想到你'汉骠骑'灌婴还是只饿虎,吃一望二眼观三。到时候,霸王那一颗头颅就让你来啃吧!"

见韩信说笑话,一向乐呵呵的灌婴猛地一怔。

韩信平时面色冷峻,寡言少语,不说则已,说则出口成章。现在,就连跟随刘邦多年的樊哙、曹参、周勃等一帮"老沛县",对他也是七分敬重三分畏惧。忽然，灌婴想到如此重大的决策，还得赶快报告刘邦定夺，便说："大将，向大王报告的事，让我灌婴去吧！"

"好！你押解魏豹即日可行，面谕大王后，速速返回。"

"是！大将。"

隔日，灌婴押着五花大绑的魏王豹和他的爱妃薄姬，前往荥阳行宫，并带去韩信一份新的战略计划。

到了荥阳，灌婴首先向刘邦报告了进军西魏及魏王豹投降的经过。接着，就将魏豹押进宫来。一见魏豹，刘邦沉下脸对灌婴说："还留着他干什么？难道要我为他养老送终不成？传我的令，将魏豹及其全家斩首示众，并将魏豹的头颅悬挂在荥阳城上示众三日，让诸侯们看看，让天下看看，我刘三也不是好惹的！"

刘邦拍案大骂，慌得魏豹匍匐座前，乞求免死。

"你胆量哪里去了，早知今日，何必当初？我派郦食其苦口婆心上门去劝你，你不但不给面子，还辱骂于我，你太缺德行了，这叫玩火自焚，咎由自取！"刘邦皱皱眉头，用手扇了扇鼻子，真是造化弄人，万万没想到，魏豹与韩信对垒前后不到一个月时间，就被彻底打败，儿子做皇帝的美梦就这样破灭了。

"汉王，饶命啊！饶命啊！"魏豹面无血色，捣蒜般地叩头。

"慢着！"蓦地，刘邦意识到杀鸡只能给猴看，不能给诸侯看，诸侯激成异变，谁肯与自己联合。要想对付项羽，人心最重要。杀掉一个魏豹，却坏了统一战线大计，决不能做这样赔本的买卖。他朝张良看了一眼，张良额首。于是刘邦拉起早已瘫软在地的魏豹，又好言安慰："好了，宁可让你负我，我绝不负你。念在你我义军兄弟分儿上，留你一条性命，只要你能够忠于汉室，好好做人，寡人定会与你共享富贵！"

"谢汉王！谢汉王不杀之恩！"魏豹趴在地上，连声谢恩。

"你的性命留下，但要将你的家属全部没入织室，这算是给你一个处分，让你长长记性。"刘邦说罢，将魏豹撵出。

留下性命就算不错了，魏豹也顾及不了薄姬。其实刘邦将魏豹眷属扣下，是因他听说魏王豹的宠姬薄姬是魏国第一大美人，便将她留下送往后宫，被刘邦一番雨露，一年后生了一个男孩，取名为恒，这就是后来的汉文帝。

处置魏豹后，刘邦听取了灌婴的汇报。

灌婴说："大王！赵王歇蠢蠢欲动，欲抢占魏北，汉赵交战已迫在眉睫。据此，大将益请增兵三万，一不做二不休，北举赵、燕，东击齐，南绝楚之粮道，然后挥师与大王会于荥阳！"灌婴忙向刘邦呈上韩信的请战计划。

"哦？"刘邦展开书简，从头到尾细致地看了一遍。心想，增兵三万不是问题，只是韩信的主意实在太多，而自己下魏以后，对时局如何运筹，尚未来得及好好考虑。

灌婴又说："大王，我们都觉得这是一个好办法，可以牵着项羽的鼻子，叫他跑来跑去，直到把他累倒打死。大将在等回话，您快下诏吧！"

"知道了。你先下去休息吧。"灌婴退下后，刘邦私下盘算开了。

楚、汉及赵国都处于中原地区，各占一大块。但陈馀和楚、汉两方都有矛盾，项羽分封诸侯没封陈馀，只给了南皮三县，自己也不用说，曾假杀张耳蒙骗过他。故陈馀既不属楚，也不属汉。就天下大势来看，这种现状，却大大有利于楚军。而韩信能够不断扩张势力，开辟第二战场，对项羽构成牵制，做战略消耗，自己荥阳一线所受压力就会大大减轻。但韩信能用兵，会打仗，从拜为大将以来，在十分险恶的境地下，度陈仓，定三秦，砥柱京、索，每战必胜，越打越精彩。如今又攻取了西魏，他的声势日益强大，会不会拥兵自重？若如此，依眼前的形势，我是绝对制止不了。当初把军队交给韩信击魏，是迫于无奈，破了魏，解除了威胁，目的也就达到了。两难的情形，成了自己内心难以解开的疙瘩，对韩信既欣赏，又钦佩，也害怕。

这是一份战略计划，事关重大，刘邦连忙召来核心成员开会，商讨请战计划内容。

刘邦顾虑重重地问张良："韩信北伐，英布、彭越搁在什么位置上？"

张良首先发表了看法："我想，彭越、英布，他们虽是天下枭雄，但用兵作战与韩信不能同日而语。好有一比，韩信是大刀，彭越、英布只是小刀，所起的作用完全不同。现在，大王占据荥阳地区，韩信已将魏国收入囊中，若再拿下赵国，中原地区基本就算搞定。这样，我军与楚军对抗就会占有优势。"张良知道韩信将才独高，刘邦内心有所顾忌，他平静地做着解释，"韩信北伐是极佳选择。破魏后，中原西北门户即被叩开，为北伐提供了可能。这个计划主要意思有三层：其一，大王坚守荥阳，利用荥阳、成皋一带有利的山地，持久同楚军周旋，战略上取守势；其二，由韩信在北方战场继续东进，完成对楚战略合围，战略上取攻势；其三，最后韩信由齐地挥师南下，占领楚国后方，转而西向，会大王围歼项羽于荥阳。"

在场的所有人，都在静静地听着张良的分析。

张良又道："这是一个前无古人的战法创新，高瞻远瞩，深谋远虑，并不拘于后发制人的老一套。此计划如能顺利实施，定会扭转目前战局，为最终战胜项羽创造条件。"他的结论：现在战略态势很对，让韩信打下去就是。

张良的阐述，刘邦没有任何反对理由。不过，这支军队不能只交给韩信一个人，以免尾大不掉，难以驾驭。

"大王，何不派张耳到韩信军中去做'监军'？"心眼儿极多的郦食其也有同样的顾虑。既要限制韩信的兵力，又要找一位"监军"，与韩信并驾齐驱，分享权力，他认为张耳去既能牵制韩信，又对韩信方案的实施十分有利。

"一箭双雕！"此言正中刘邦下怀。

张耳为魏国人，早在陈胜举兵初，就是赵国的头面人物，在那里有着广泛的人脉，影响力很大。张良心中暗骂郦食其，这老酒鬼可够损的，不过，叫张耳去倒更有利于韩信用兵。想到这里，他点点头："不错，这样一来，汉军就名正言顺了。"

刘邦笑了："说得对！在破赵问题上，要以正视听，我只是一个王，又怎么能去征伐其他诸侯呢？世人都知道，赵地原是常山王张耳的封地，让张耳打上收复失地的旗号，向赵王歇发难，况且，他熟悉赵地的民情、地形，可协助韩信。至于发兵的一些细节，请子房先生拿出一个意见。"

随后刘邦下令，将西魏封地一分为三，分别设为河东、上党、太原三郡。同时，刘邦还让灌婴到平阳传旨，正式任命张耳为监军，带两万新募之卒前往交割，并由灌婴从韩信军中挑选两万精兵，调往荥阳，以加强荥阳防卫。

灌婴回来后，韩信得知刘邦同意了自己的计划，非常高兴。他看到灌婴满脸懊悔，知道他舍不得离开自己，便嘱咐说："灌将军，你的担子不轻啊！万一大王有个好歹，我们东进作战还有何意义？你们一定要保护好大王的安全，我们才能放开手脚大干。"

说罢，他亲自挑选了两万精锐和大量物资交给灌婴一并带去。

不久前受刘邦的委托，夏侯婴送来了刘青娥为韩信妻。

夏侯婴告诉韩信，本来是让萧何丞相来的，但关中征兵输粮任务压力空前，所以汉王特意转派夏侯婴前来。

韩信震动了："夏侯将军，大战在即，不都说好了吗？那是喝酒时一个玩笑。"

"大将，"夏侯婴诚挚地说，"汉王对你的起居生活极为关心，以前，曾在咸阳宫允诺将青娥许配于你，虽然戎马倥偬，大王并未遗忘。"

"这……"韩信内心生气，可又无可奈何地表示，"我感谢大王，也感谢夏侯将军，可我不能这样做，这，萧何丞相是了解我心意的！"

"是啊，可你并不知道，大王已尽心，他专门派人千里迢迢去伊庐、淮阴一带寻找凝雪姑娘。那里是楚地，寻找没有什么结果。有人说她已另有新人，远走他乡，有人说她已被楚军掳走，死于乱军之中，莫衷一是。可这一切并未直接告诉你。"

"哦？"这倒是韩信没有料到的事。

"这次派人去淮阴，虽没有找到凝雪姑娘，但也有不小的收获。"夏侯婴面露笑容，"过去淮阴人对你有误解，可现在他们都在夸你呢。"

"夸我？"

"对！他们说你是从淮阴走出来的英雄，是个了不起的人物，家乡人为你感到光荣和骄傲，淮阴街面上还到处流传着关于你的神奇故事。"韩信的事迹，影响之大，在历史人物中是极其少见的，而韩信的"昌亭之客""晨炊蓐食""一竿之微""乞食漂母""胯下受辱"等故事传说，大多已升为文化经典，在当地民间故事更是口耳相传，流传甚广……

"哦？能否讲来听听。"韩信高兴地说。

"好呀！那我就讲两则给你听听。"夏侯婴笑呵呵地先讲了个韩信与石人的故事……

传说韩信小时候到湖边钓鱼，那地方有个石头人。一天，韩信又来钓鱼，石头人忽然开口说话了，他说："我告诉你，西边湖心有一只蛤蟆，它有两千年的根本，你得到它口中的宝珠，你就发达了。"

韩信问："怎么才能把珠子弄到手？"

石人说："等到今年五月初五端午节，蛤蟆要吐珠子晒正午时，你可乘这个机会把珠子抢过来。"

五月初五到了，韩信悄悄摸到湖心滩上，看看日头正午了，滩上果然爬上来一只蛤蟆，嘴一张，吐出了一颗红宝珠。韩信冲上去，把宝珠抢了过来。

蛤蟆眼泪汪汪地说："韩信，你真狠心，你抢走了我的珠子，害得我丢了一千多年的根本。你把珠子还我，我保证你升官又发达。"

韩信说："只要你不骗我，我就把珠子还给你。"

蛤蟆说："你知道吗？早先，天下不太平，经常打仗，是上天大神派石人下凡把天下所有兵书都收起来，藏在肚中。只要得到石人肚中的天书，你就是天下第一的大将了！"

韩信问："怎样才能得到石人肚中的天书呢？"

蛤蟆说："你向东一百里，那里有个湖荡。荡中间有个滩，滩上长着三棵菖蒲，你拿最长的一根，向石人一挥，石人的头就会掉下来，那时你就取天书吧！"

韩信将宝珠还给了蛤蟆。到荡中滩上取回最长的一根菖蒲，来到湖边，对石人一挥，轰的一声，石人的头真的落地了，只见石人肚中冒出一道红光，接着又冒出一道绿光，韩信急忙把石人颈项捂住，果然得到一本兵书。

原来第一道红光跑了一本天文，第二道绿光又跑了一本地理，第三道被捂住的是一本兵书。所以，韩信成了盖世无双的天才军事家……

故事讲到这里，韩信不禁大笑起来："还有吗？"

"还有！"夏侯婴又讲了一个"霸王追韩信"的故事。

有一天，韩信从霸王那里逃走，范增急忙对项羽说："我当初就跟你说过，韩信要用就重用，不用，最好是把他杀了。你看，如今他跑了，赶快把他追回来吧。"

霸王赶紧上马追韩信去了，眼看就要被追上，韩信却三下两下将裤子脱了，顶风撒尿，结果弄得自己满脸皆是尿。项羽看得清楚，心想，这个韩信呀，不痴也有点儿傻。

项羽回去后，范增问明情况，连忙说："韩信哪儿痴，这是他施的诡计。"

项羽一听，范增说的话似乎有道理，就又纵马追去。不一会儿，眼看霸王又要追上韩信了。

这时的韩信见前面有座大坟，忙跑了过去，脚跷在坟头上，脑袋朝下，并且装着满口吐唾沫。

项羽走上前一看，心想："老亚父也太小题大做了。我要是把这么个不成器的东西杀了，岂不是让世人耻笑？"

只听项羽将剑朝剑鞘里一送，对韩信说："留你条活命。记住，是我西楚霸王救了你的命。"说完带兵走了……

"哈哈！"韩信听后开怀大笑，"没想到我的故事还不少，淮阴人真逗！真逗！"

"有本领的人，才有故事。说明淮阴人态度的转变，也说明天下人对你的敬仰。"夏侯婴连忙止住了笑声，转而郑重地对韩信说，"大将，你可以喜欢大白菜，也可以喜欢小青菜，娶不娶刘青娥是你的私事，可你是汉大将，汉左丞相，若你坚持退婚，与汉王的关系，恐怕不太好处呀！"

这是一桩政治婚姻，这是一个艰难的选择，于情感考虑，韩信无法接受，于事业考虑，又让韩信无法坚拒。

"夏侯将军，能否再等一等，等我们取了赵地再说？"韩信说。

"人我已带来了，难道再让我带回去？"

"人都带来了？"

"是呀！在城外候着呢，还犹豫什么？"夏侯婴哈哈大笑，"大将，今晚该请我这个月下老人喝上两樽，夏侯大伯要祝福你们白头偕老，早生贵子！"

在心结尚未打开的情形下，无可奈何的韩信还是出城将青娥迎了回来……

此时，韩信不禁想到了淮阴射陂荒泽，想到了缭子先生那无人可及的军事谋略和政治智慧，特别是关于"政治与权谋"的教诲。

如今，汉王对我韩信军事上极度信任，生活上极度厚待，反让人无所适从。汉王是一个志存高远、玩弄权谋的高手，如何与他相处，我韩信也是战战兢兢，如履薄冰。而在现实生活中，自己与项梁、宋义、项羽等人的关系都处理得不是很好，其中有许多原因，但最重要的一点，就是缺乏权谋和政治手腕，显得单纯而幼稚。在此时，韩信特别想念凝雪。淮水之滨，大片雪白摇曳的芦花，风吹着她的衣衫，她像一簇弱不禁风的芦花，让人爱怜不已，随着时间的逝去，她的身影却穿越时空，依然十分清晰。

一天短暂的荒野生活，一夜缠绵悱恻的爱情，她这么一个弱女子，却帮助一个落寞青年奏出生命中的醇美乐章，是她带领自己走进了现实世界，从此懂得了生命的意义和人生的价值，这一切，怎能不使韩信旦夕萦回，朝思暮想。如今，韩信收获了极大成功，声势如日中天，是星空中那一颗最亮的星，而她却芳踪杳然，无从寻找，这难道是老天和我韩信开玩笑，在故意折磨我、考验我？

韩信内心在呼唤：归来吧，我心中的凝雪！

几年前，刘邦为拉拢项伯，将自己的女儿鲁元公主说给了项伯儿子。不久为拉拢诸侯，他又将之许配给了张耳的儿子张敖，两家成了儿女亲家。派张耳来监督韩信也因为政治联姻这层关系。不过，除此之外，两人早年还有一段鲜为人知的情谊。

当时秦国还在兴旺的时候，张耳就在赵、魏等地从事反秦活动。他在那一带声望很高，极受那里父老乡亲的崇敬。信陵君是战国时四大公子之一，窃符救赵的故事世人皆知。张耳曾经做过信陵君魏无忌的门客，贤名远扬。当时，就连在楚地落拓的刘邦，在未发迹之时，也曾崇拜张耳，像狂热的追星族一样，从沛地一直跑到数百里外的河南外黄张宅，追寻张耳，在那里一住就是几个月时间。张耳并没有轻看刘邦，且视之为一个了不起的人物。两人生死相交，感情极深。项羽占领关中，张耳被封为常山王。常山只是个小小边邑，代王陈馀攻取了赵国，夺走了常山，张耳非常痛恨，以常山王的身份，只身逃难来投刘邦，欲借刘邦的力量抵抗陈馀。

张耳两手空空到来，刘邦并没有另眼相看，而是礼遇加倍。如今，刘邦将征伐赵国的任务交给张耳和韩信，张耳非常高兴，复仇的机会终于来到，恨不能立即过去杀了陈馀！

在未和韩信见面以前，张耳很担心，自己率数万未经战阵的新兵前来，是否引起威势正盛的韩信疑心？他知道，自己是代表刘邦到魏地来监视韩信的，如何相处，不免有些尴尬。想不到见到韩信，发现他并不这样认为。

"老前辈，你来到安邑，我就放心了。"

张耳没有出声，他不想猜测韩信所指"放心"是指什么。他只想从韩信的表情上了解他对自己的态度。

韩信并没有注意张耳在观察自己，直率地说："你来了，我可集中精力投入作战。"他抬眼望张耳，接着又说："指挥作战是我的专长，但打仗离不开政治，如何搞好政治，如何处理好政治与打仗的关系，如何稳定民心，我并不在行。收魏以后，一遇到处理地方政务，我就头痛。当地百姓都称赞你是个君子，幸亏你来了，可以好好地做工作，劝抚他们安心地归顺我军。"

"大将太客气，张耳不敢！"

当晚韩信设宴为张耳洗尘，并引各将与张耳一一见面。

宴后，众将散去，韩信劝张耳及早休息以解旅途劳顿，张耳哪里肯听，执意再聊聊军情。于是，韩信将张耳引到自己私室，张耳迫不及待地问起汉、赵两军的态势。韩信告诉张耳说："魏地五十二城除重镇晋阳、邬城以外，都已被占领，我军各部秣马厉兵，只等令下，便向赵地进攻。"

"时间定在何时？"

"其实，战争的序幕已拉开！"

"已拉开？"

"情况是这样，"韩信做了一番介绍，"我们破了平阳后，高邑将军向魏地最后一个据点晋阳开进，当来到离晋阳只有一百余里的黑松林时，得知赵军已抢占拱卫晋阳的邬城，高邑急忙止军……"原来就在韩信准备伐魏之际，陈馀果然谋划如何袭取魏地。当汉军攻取魏都时，陈馀便命代相夏说夺了邬城，他自己则直接率兵向晋阳袭击。事成后，他留下部分人马守城，其余人马仍撤回井陉、阏与，观察汉军动静。

"无耻的家伙！下山抢果子，这是他惯用的伎俩，真是不要脸透了！他的地盘只有南皮三城，可他如今胃口大增，却来夺取晋阳，野心勃勃，梦想做个名副其实的代王。"张耳说到陈馀，气不打一处出，白净的方形脸，涨得通红，一向乜斜着的双眼，猛然瞪得溜圆，他那高大的身躯微微颤抖，手捻着花白胡须，咬牙跺脚，"陈馀小儿，我与你势不两立！"

韩信尽管第一次见张耳，但对于张耳和陈馀之间的恩怨早有耳闻。他觉得任何人都有私欲，但不能利欲熏心。张耳、陈馀却是个极端例子。

张耳长陈馀十多岁，早年陈馀曾像对待父亲一样对待张耳。

秦灭魏，秦始皇听说他们二人为魏国的大名士，悬赏一千金捉拿张耳、五百金捉拿陈馀。张耳、陈馀改名换姓，一起逃到陈地当差打工。不久，陈胜、吴广举义，张耳、陈馀前往，得到陈胜的重用。他们请兵略河北，攻赵地，陈胜派亲信武臣为将军，张耳、陈馀任左右校尉，领三千人马。这支队伍从白马津渡过黄河，一路上得到当地豪杰的支持。可不久，他们就脱离了陈胜，武臣自立为赵王，陈馀任大将军，张耳任丞相。后来武臣遭到将领李良袭击被杀，张耳、陈馀又奉旧赵王室赵歇为赵王，居于信都。秦将章邯击杀楚军后，渡河攻赵，将赵歇、张耳包围在钜鹿城内。陈馀在外不敢援救，张耳对此深为怨恨。

钜鹿之战取胜后，张耳责问陈馀，陈馀沉不住气，一怒之下将大将军印绶推予张耳，张耳毫不客气收取了兵权。陈馀只好率亲信数万人脱离张耳，从此两人反目成仇。后来张耳跟随项羽入关，项羽立诸侯王，将原赵国分为常山、代两国，封张耳为常山王，改封赵王歇为代王，对陈馀仅封南皮附近三县为侯。陈馀大为愤怒。不久，田荣在齐地起兵反楚，陈馀就派亲信夏说游说田荣，并向田荣借兵，田荣也希望壮大反楚声势，便派遣一支人马给陈馀，陈馀又调集南皮全部武装，去袭击张耳。彭城大战后，陈馀得知刘邦杀了一个与张耳面貌类似的人来欺骗他，义愤填膺，认为刘邦不讲信义。回到赵地后，他就准备凭借太行山险隘来阻击汉军，并布下两道防线，一道晋阳防线，一道井陉防线。

韩信问："陈馀是一个什么样性格的人？"

"还看不出来吗？好斗、倔强。"在这个世上，只有张耳对陈馀最了解。

"好，他越好斗，越倔强，对我们越有利。"韩信又问陈馀和赵王歇之间到底是什么关系。

张耳回答说："相互利用，狼狈为奸。代原本是陈馀地盘，陈馀以赵王歇的名义下赵，仍立赵歇为赵王，自立为代王，任命亲信夏说为代相守代，而他则无耻地以师父的名义留在赵国，辅佐赵歇，行控制之实。"

接下去，韩信谈了破赵的想法。他坦率地说："代国在太行山以西，力量微弱，可将赵、代做一个大战役准备，我已酝酿一些时间，方案还请你定夺。"

"不敢，张耳不过督军而已，指挥部署该由大将自专，如蒙眷顾，我愿洗耳恭听。"

"不客气。"韩信又谈了具体计划，"我想可先傲纵陈馀，劝陈馀井水不犯河水，汉、赵不必交战，并让夏说归还汉魏交战时他们抢去的晋阳、邬城。到嘴的肥肉，他必不肯吐出，以为汉军正面临着同楚军决战，魏地尚未巩固，远离后方作战，人困马乏，不可能再与赵国交锋，但这也就为我们后发制人准备了条件。接着，我们可以调虎离山，派一军围住邬城，引诱夏说前来救援，我军则设下埋伏，先吃掉这一块。阏与是通往井陉口的战略要道，在代军被歼后，阏与的守敌必然惊慌失措，向赵国求援，这时可故技重演，攻其屏障赵国的门户阏与，引蛇出洞。代地是陈馀的命根子，到那时我们可在阏与跟井陉之间的太行山西坡伏下重兵，一举歼灭赵军。"

"好办法！"忽然，张耳叹了口气，"唉，可惜我带来的全是未经征战之卒……"

"不要紧，把新来的掺进，以老带新，让他们在战斗中锻炼吧。"

韩信一席话，说得张耳心悦诚服。

三

赵、代一体，取赵必先取代。

代原是个很狭小的地区，力量微弱。春秋时，是晋国的附庸，战国时，臣属于赵国。但代国在太行山以西，赵国却在太行山以东，中间被太行山隔开。这个地区，在地理形势上，不太有利于防守，赵代联军难以做到真正的配合。

自韩信灭魏之后，身为代王兼任赵相的陈馀，就预感到同汉军作战迫在眉睫。他先令代相夏说率代国的主力驻守鄡县（今河北井陉东南）之东，并由代将戚公率兵屯守鄡城，阻止汉军的北上。同时陈馀和赵王歇动员了全国兵力，开赴井陉，准备应援代军。

韩信对于代国与赵国，在做一个大战役准备，下代方案是，先歼灭代军的有生力量，后夺取鄡城。此时他率领汉军，自平阳沿汾水河谷北上，秘密行进至鄡县之东，突然发起攻击，戚公自知抵抗不住，便急命一副将率人马突围，请求夏说援救。

韩信指挥军士虚张声势在后面追赶一阵，那副将如惊弓之鸟，急急催马而去。

夏说同汉军的郦食其一样，是个游说之士，对于军事是个外行。得到戚公的紧急求援信后，他想，刚刚到手的鄡城，岂可轻易丢失，如果丢失了，以后在陈馀面前又如何交代。他留下副将张全守城，如此交代了一番后，即亲率两万人马，急忙赶往鄡城。

此时，汉将曹参已经奉命率领三万人马，设伏于林海中的葫芦谷，伏击从阏与出来的代军。夏说率军到了林海进路两侧时，即遭到伏击，慌乱回撤，率军企图拼死越过太行山向赵军靠拢。韩信哪里肯轻易放过，他置邬城的代军于不顾，挥军奋力追杀，半途将夏说擒获，并乘势包围了阏与。然后令曹参迅速回师，从容不迫收拾邬城守军。邬城守将戚公、夜元见大势已去，慌忙弃城而逃。戚公为曹参追杀，夜元投降。韩信又派高邑、杜得臣、冷耳，率军一万余人，悄悄绕过邬城，挺进魏地的晋阳。知照守将宣虎，晓以大义，劝其归汉。宣虎考虑再三，魏王豹已经投降，坚持毫无意义，归赵不如归汉，便捧出印绶出城投降。这样，汉军兵不血刃，取得魏地最后一个城邑。

紧接着，汉军又展开了对阏与的围歼行动。曹参从邬城，高邑从晋阳，孔聚、陈贺从平阳，分别率军迂回插到阏与和井陉西坡，悄悄撒下一张大网，欲伏击援代的赵军。

可是一连数日，全无赵军救援的动静。正当疑惑之际，韩信得到一个可靠的消息，赵军决定放弃太行山以西的代地，调集十五万大军，号称二十万，在井陉口以东，筑起了坚固的营垒，拒敌自守。

韩信大为吃惊："调虎离山这一招被赵军识破，赵军凭险坚守，我们必将劳师无获。难道赵军有高人指点不成？"

这话提醒了张耳，他一拍脑门："哎呀！我怎么给忘了，赵歇是个无能之辈，他原来就是陈馀所拥立的花瓶，事实上的权力在陈馀。陈馀是个固执、不切实际的家伙，军事上并没有什么了不起的才能。但赵地有两个奇才，一个是蒯彻，一个是李左车，他们说不定正在帮助赵王歇呢！"

韩信请张耳介绍一下二人情况。

张耳先介绍了蒯彻。蒯彻为范阳固镇人，客居赵地，以辩说见长。因史家避汉武帝讳，被改称蒯通，后世认为《战国策》为其所著。此人眼光老到，能言善辩，多成大事。韩信记住了"蒯彻"这个名字。

接着，张耳主要介绍了李左车。

李左车为土生土长的本地人，以谋略见长，他的祖父为赵国名将李牧。将门虎子，很有胆识。当年秦国伐赵，王翦用反间计离散赵国君臣，李牧被赐死。李左车在李牧旧部将领的协助下，将祖父尸骨巧妙地盗取后运回故乡。在反秦复国中，李左车更是一马当先，奔走呼号，屡建奇功，因而赐封广武君，现为赵国主要谋士。

张耳补充说："赵歇攻城略地，其功劳名义上是陈馀，实际全赖李左车。家学深厚的李左车，涉猎百家，尤擅兵学，小则安邦，大则定国，然寻常之人不能用之。"

韩信点点头，知道遇到了真正的对手。他怕夜长梦多，再拖下去毫无意义，于是命令强攻阏与。阏与守将张全没有得到援兵，眼看城防将被攻破，于是刎颈自尽。至此，代国的武装力量基本覆灭。韩信入城后，厚葬张全。

这次作战既未屯兵于坚城，也未被阻于险隘，而是以迅雷不及掩耳之势一举歼敌。尽管这场战役看上去没什么难度，但仍然体现了韩信用兵的一贯特点，先消灭敌人的军队，而后再解决攻城问题，即使作战的对象兵力弱小，也要突然袭击，以出奇而制胜。

不久，就在韩信准备击赵时，却发生了一件意想不到的事情。刘邦给韩信下发了一道命令，抽曹参及其所部，到荥阳以备拒敌之用。

韩信非常吃惊。曹参部队绝对是韩信的主力，曹参率部离去，这对韩信用兵会产生很大影响，伐赵能否继续进行下去，不得不重新考虑。

破代之后，韩信目标就是尽快打败赵国。

要想完成这个任务困难很大，这主要和这里山川地形有关系。而赵军改变战略，没有出救阏与，不久汉军得到消息，证实确是李左车的主意。

李左车对汉军包围阏与，曾冷静劝阻陈馀："代王！急救阏与多有不利。阏与同赵地相隔很远，需翻越太行山，由于山势险要，地形复杂，容易遭到汉军伏击。况且，阏与无险可守，要保住阏与代价实在太大。现在，汉军放着阏与不打，显然，他们企图调虎离山，围点打援，一旦中计，后果将不堪设想。"

在李左车劝说下，陈馀一时拿不定救与不救阏与的主意，于是他将救援之事耽搁下来。如今阏与丢失，夏说被擒，张全自杀，夜元投降，陈馀又后悔自己听了李左车的话，使他惨淡经营一年的地盘，一仗不打，就拱手送人。由此，他恨李左车，但更恨张耳、韩信的心狠手辣，发誓不惜任何代价一定要报仇雪恨!

这一天,陈馀得到消息,楚军已在荥阳一带,接连发起冬季攻势,刘邦频频告急,且楚军大司马龙且已破了不久前反叛项羽的九江王英布,回军荥阳后,楚军声威大振。陈馀拍手称快:"魏王豹没有等到这一天,可被我陈馀等到了,这下要你韩信好看!"

这之后,陈馀又得到消息,汉王刘邦已从韩信那里抽走了曹参及其所部,既是为了加强荥阳的防守力量,恐怕也是有意抑制韩信的发展,韩信受到了极大削弱,所率兵力已经有限。有人说,不下十万,又有人说,十万似嫌夸大,不过五万。最后打听清楚,韩信军团不过三万多人。陈馀更加放心,以区区三万军队攻赵,无异于痴人说梦,绝对无法成功。

太行山脉位于黄土高原东部,北起幽燕,南抵黄河,是中国东部地区的重要山脉和地理分界线。过了太行山,向东就是一望无际的华北平原。三国时曹操曾写过一首《苦寒行》:"北上太行山,艰哉何巍巍!羊肠坂诘屈,车轮为之摧。树木何萧瑟,北风声正悲!熊罴对我蹲,虎豹夹路啼。"

太行山由一道一道峰棱组成,形成细长峡谷,而狭窄的谷底,便是通道经过处。由于山峦夹峙,道路十分狭隘,当地人把这种自然山脊称为"陉"。"太行八陉"从南往北分别是:轵关陉、太行陉、白陉、滏口陉、井陉、飞狐陉、蒲阴陉、军都陉,即古代晋、冀、豫三省太行山八条咽喉通道,只要太行山以东的敌人守住这八个陉口,以西的敌人就休想通过八百余里的太行山。八陉中,又以"井陉口"最为著名。之所以叫井陉口,古人说这里的山势四面皆平,中间如井口,所以称为井陉口。

而赵国位于华北平原的中部,这里只有井陉可供汉军通过。韩信要率军翻越太行山进攻赵国,也只能走井陉。如在井陉两端设兵驻守,其进兵之难绝不亚于蜀中栈道。

殊不知,陈馀没有控制陉口,而是在陉口之东较远的地方安营待战。他认为,控制陉口汉军将不得前来,只有网开一面,待他们过了陉口之后,再以绝对优势兵力发起攻击,一举将汉军扑杀。

李左车见陈馀如此布置,大惊不已。放弃有利地形于不顾,却要打开国门引狼入室,这是万万使不得的事。他又面见陈馀,诚恳地劝说:"代王，此次汉将韩信、张耳出征锋芒锐不可当，我军强攻不利，应以智取方为上策。"

陈馀不以为然地问："依你之见呢？"

李左车说："韩信远渡黄河，俘虏了魏王豹，血战阏与，擒了夏说，又在张耳的帮助之下，前来攻我赵国。汉军乘胜而来，士气旺盛。兵法云：'无辎重则亡，无粮食则亡。'井陉道狭路窄，车不能并驱行驶，骑不得排成队列，在这样的道上行军数百里，粮食势必落在后面。代王若能给我三万步卒，让我断他们的辎重粮饷，您在固关深沟高垒坚壁不出，这样，韩信进不得战，退不得还。我再以奇兵从背后袭击。汉军定会首尾不能兼顾，汉军无粮，军心必乱，不出十日，韩信、张耳两人头颅就可献至麾下。否则，虽有险阻，不足深赖，兵多将广，难以匹敌，那时……"

陈馀一听急了，靠阴谋取胜，赢了能光彩吗？他好像被什么东西呛住了喉咙，连咳数声，半晌才止住咳嗽，沉沉地说："何必费这么多心机，绕这么多弯子？你的意思是派兵守住井陉道口，不让韩信进来，把他拖垮，然后施以计谋，再消灭他。我以为这不是好办法。自起兵以来，本王就是以信义为本，助武臣收赵地，抗拒不义暴秦，助赵王歇赶走张耳，向霸王讨回公道，取胜之道，乃为义兵不用诈谋！如今，刘邦居心险恶，欺人太甚，前时他蒙骗于我出兵彭城，现在又让贪得无厌的张耳与韩信抢我赵、代，对这样不仁不义之师，可明刀明枪地解决问题。"

说到这里，陈馀狡黠地冷笑一声："他不犯我，我不犯他。不怕张耳、韩信来，倒怕他们不来！"

他不了解韩信，不知道韩信的厉害，耍小聪明，还自以为得计。李左车焦虑不安地说："代王！韩信非寻常之人可比，他的兵机将略，没有人能够摸得透，一着失当，后悔晚矣。如今汉军气势正盛，犯不上碰在他的锋头上。最稳妥、最有效的办法，就是先冷他一冷，冷得他沉不住气，轻举妄动，自投罗网，那时施以雷霆一击，方能取胜。"

陈馀不以为然地说："唉！你怎么变得这么婆婆妈妈的呢？赵国是个泱泱大国，拥有太行山以东、黄河以北千里之地，仅井陉一地就有十五万大军。而韩信、张耳兵马有限，且千里来袭，疲惫不堪。若不敢同他们交战，恐怕要被天下人耻笑。哼！若怕他们，以后就没有好日子过了。"

陈馀不仅没有接受李左车的建议，反而认为李左车一再夸大韩信的将才，是对自己轻蔑不敬。他又说："如韩信、张耳敢冒逆天理，侵我赵地，我就是堂堂正正保家卫国，这是正义之师，正义之师人心所向。我要将他们放进来，乘其长途跋涉，人困马乏之际，掩杀过去。兵法有云：'十则围之，倍则战'，我就不相信十五万人马，斗不过他三万乌兵！但，我们若据守井陉口，他韩信、张耳就进不来，这仗就甭打了！"

"恕左车不敢苟同，汉军远来，利在速战，我方凭险而守，以逸待劳，等他师老无功，有的是歼敌之法。"

陈馀大声斥责："这是何道理，等他们阵脚稳住，休息好了，兵员补充来了，还叫什么'以逸待劳'？"

李左车不禁一愣，陈馀死读兵法却根本不懂兵法，不可理喻。

陈馀见李左车不吭声，耸耸肩："我说得不对？"

"是这样……"

陈馀挥挥手，以无可置疑的语气制止道："我不同你说了，至于军事行动，任何人无权干涉，就是赵王歇，也得听我的。哼，这一仗不打则已，打，就要打出我陈馀的威风！打，就要活捉张耳和韩信！天时、地利、人和都在我这边。"说完，他竟置李左车于不顾，扬长而去。

望着陈馀的背影，李左车仰天长叹一声："意气用事的陈馀，并非成就大事的长者，他这样做，无疑是将赵国推上了绝路！"

李左车确是高人，良策难施，使汉军有了可乘之机！

史书说他极具战略眼光，以奇谋建功立业，还著有兵书《广武君》，论述用兵谋略，影响深远，兵家将其和韩信归于"权谋"一类，擅长用奇计打胜仗。李左车在民间也很有声望，被尊为雹神。在《聊斋志异·雹神》中，记述了他降冰雹于章丘，落满沟渠而不伤庄稼的传奇故事。据了解，在北方地区李左车墓有好几座，分布在河北衡水深州市、河南开封通许县等地。这是后话。

面对强敌，韩信在行动上不敢有半点马虎。

借张耳的关系，他派人潜入赵地，把陈馀的军事部署打探得一清二楚。他最担心的就是采用李左车的计谋，如果那样，他们进不得退不得，全军就会陷入覆灭的境地。李左车的计谋被否决，韩信大喜过望。陈馀谨慎有余，胆略不足，而李左车才是有胆有识的高人。倘若在我军通过井陉关时，只用三千人，设伏在井陉关道路两侧，势必危也！现如今，他良策难施，使我军有可乘之机，真是天助我也！

正在这时，陈馀派人前来向韩信下战书。

陈馀的举动实在出乎意料！韩信突然意识到，如今的情况有如当年项羽的钜鹿大战，破釜沉舟既是万不得已，也是困境中求突破，险绝处求生路。他微笑着决定，接受陈馀的挑战，去井陉口决一雌雄！

来使走后，汉军大帐却议论开了。

孔聚疑云满腹地说："大将！这是陈馀的阴谋，他分明是欺我人少，放开袋口，引诱我军朝里钻，岂能上他的当！"

"对！大将，赵国兵聚井陉，若深入赵军重围，无异于自投罗网，请三思。"陈贺也不无担心地说，"我军大多是临时从各地抽调来的，其中主要部分，则是刚刚从魏地征来的乌合之众，且军中无大将！灌婴一去不归，曹参及所部又被大王调走。说实在的，我和孔将军等人还都缺乏独当一面的经验。兵少将寡，这个仗怎么打呀？"

陈贺不是危言耸听，楚军的进攻已给荥阳造成了危机，特别是曹参的万余将士及曹参本人被抽走，严重削弱了韩信的破赵部署。

孔聚不满地说："萧何、郦商那里有的是人马，却偏偏非在我们破赵的节骨眼儿上，将曹参、灌婴抽走，大王他是不是不放心？"

原本是议论赵国下战书的，现在却不知不觉转了题，跑了调。韩信愣了一下，看议论已没有必要，即行宣布退帐。

众将走后，韩信摊开帛图，欲研究破赵的方案，可众将的议论，老在耳边回响。孔聚等人的说法，难道没有一点道理，汉王是不是对东进战略产生了动摇，欲抽调韩信去荥阳参加会战？汉王是不是对自己不再信任了？登坛拜将后，尽管刘邦对自己的谋略深为赏识，但在统军这个问题上，韩信身为汉军之帅，却不能独当一面。或者说只有建议权，没有决定权。从还定三秦和进军彭城这两大战役上，可清楚地看出这一点。攻打魏豹，固然是张良推荐，但主要还是项羽强兵压境，一筹莫展的缘故！

事实上，就韩信心情来说，巴不得去荥阳痛痛快快地决战，以报项羽当年对自己的蔑视和羞辱之仇。但现在还不是时候，楚军最大的特点，就是擅长打正面突破的兵团野战，而汉军恰恰相反，打不得攻坚，若即刻将韩信调往荥阳决战，未必能够取得胜利，最终一盘活棋将变成死局，对汉军十分不利。现如今，摆在韩信面前的只有两条路：一条，干脆返回荥阳，参加荥阳的防守会战。一条，按既定方针，不论代价如何，拿下赵国。按目前的境况，攻赵确实难度太大，只是陈馀主动放弃井陉山口，这是个千载难逢的战机，可遇而不可求！在此关键时刻，作为一名将领，头脑要冷静，时刻从灭楚大局出发，不计个人得失，敢于承担政治风险和政治责任！

韩信咬了咬牙，站了起来，像是下定了决心，将桌子一拍："这个险得冒！"

汉三年（前204）十月，经过两个月的准备，整个战役设想已经成熟，韩信便决定前去攻打赵国。

东去井陉的路上，奇峰插云，壁立千仞，气象森然，地形异常复杂。回首仰望险峻的高山，此地活像个井口，唯一的一条弯弯曲曲的羊肠小道，横插在崇山峻岭之中，车不得方轨，骑不得并行。真是"鸟可以过，人不得还"。韩信不禁想到了李左车为陈馀所谋划的计策，以险相阻，以守为攻，真是一条奇谋妙计。幸亏陈馀没有采纳，否则，汉军将死无葬身之地。

汉军疾速推进，安然进抵井陉口前方三十里的山谷中，扎下营寨。

不顾行军疲劳，韩信即刻升帐，布兵点将。

韩信面色冷峻，环视各将，清了下嗓子道："各位！我决定午夜布阵，明晨决战。故此，将各位将军唤来部署。"

卢乡忙摊上预先备好的井陉帛图。韩信站了起来，指着帛图说："我们已顺利翻越了太行山，进入井陉山口。出了山口左侧是萆山，赵军主力便驻扎在萆山前的壁垒，靠山临水。往东，冶河拦住东进的去路。往南就是绵蔓水。绵蔓水从东边的冶河分流而来，西与滹沱河相接。从上面可以看出，井陉口附近是重峦叠嶂，河水纵横，地形险要。故此，我军可先在草山之后，埋伏两千轻骑，然后着一万人沿绵蔓水布阵，引陈馀、赵王歇出战。我料定，他们欲置我军于死地，必会倾巢出动。那时，埋伏在草山后的人马乘虚进入赵壁，拔去赵帜，插上我军的赤帜。赵军见壁垒被占，必然惊慌失措，我主力趁机拼杀，定能一鼓而胜！"

"一鼓而胜？"众将心中无不惊愕，三万人马三分两分还有多少，能顶住十五万赵军的冲击？

"军情紧急，今夜三更起身，四更出发。不得生火做饭，多预备干粮，待明日破赵后，本将会好好地犒赏三军！"韩信看出大家有所疑惑，笑了，他嘱托众将，"破赵成功与否在此一役！希望全体将士树立必胜的信念，同心同德，敢打恶仗，我们一定能够取得最后胜利！"

接着，他唤来高邑、夜元："你二人率两千骑兵，每人手持一面赤帜，从小径潜入赵壁后的草山，依山隐蔽，窥伺赵军的动静，待其倾巢出动、追逐我大军时，你们立即乘虚驰入赵壁，拔去赵旗，全部换上我军赤帜，动作越快越好！"

"是！"

"你们路远，现在就可出发。"

韩信又唤来孔聚、陈贺二将："赵军占有井陉山口的有利地形，并修筑了坚固营垒，目的是等我大军都出了井陉口再行决战。你们随我带一万人马去赵垒前的绵蔓水布长蛇阵，引诱他们出击。只要你们不打出大将旗号，我料定他们不会出来，是怕我大军遇险而退。"他叮嘱道："破赵的胜负关键，就在于你们能否将赵军挡住，若挡不住的话，那就意味着汉军将被汹涌的绵蔓水淹没。"

孔聚愣了一下，鼓起勇气问："大将，兵法云：'背水列阵为绝地。'万一赵军突入阵中，后有绵蔓水……"谁都能听出他的潜台词：是让我们跳入背后的绵蔓水溺死，大将岂不是在开天大的玩笑？

韩信不得不略加解释："这，你们毋庸置疑，本帅这样安排自有道理，只要记住'死战能生'的道理就能取胜。此外，你们可以打着火把进井陉口。"

"打着火把？"两人又是一惊。

"对！上万人的行动已没有什么秘密可保。"韩信像是摸准了赵军的心理，"你们心情上要放松，一定要放松！"

"是！"

信心最重要，这些听韩信的话，跟随韩信从汉中走出来的将士，他们认为韩信就是一个战神，一切不用怀疑，从汉中到关中，再到魏地，有如秋风扫落叶，再强大的敌人也会被彻底消灭。

韩信又令杜得臣、冷耳、张苍三将，率一万八千兵隐蔽在井陉口，见袭击赵壁汉军得手后，迅速出关，乘势夹击赵军。

苍穹如漆、冷风瑟瑟。

将士们打着数千支火把，穿行在崎岖的山路上，有如一条火龙，飘飘忽忽洒落夜空，蔚为大观。

韩信、张耳随孔聚、陈贺这支先发的劲旅去绵蔓水布阵。

露水下了，越下越大，就像蒙蒙细雨，不一会儿将士们全身上下都打湿了。"深秋的水，冷如冰"，一点不假，他们个个牙齿打战，全身冻得瑟瑟发抖。崎岖的山路，无数大大小小的鹅卵石高低不平，露水将石块洗得湿漉漉的，一不小心人就会摔倒。

拂晓时分，他们穿过井陉口来到了绵蔓水东岸，天空已经放亮。你看我，我看你，个个都成了泥猴，忍俊不禁。但他们顾不上揩一把，乘着没有完全退去的夜色，靠着绵蔓水东岸边，排开一字长蛇阵。排毕，韩信又亲自巡视一遍，很是满意，他这才吁上一口气，清瘦的脸庞露出了自信的微笑。

尽管曹参、灌婴不在，而身边这些将领尚未经历大战的考验，但是，他们却个个是能征善战的虎将。高邑在攻击晋阳时一马当先，斩关夺隘。夜元自阕与投诚后，忠心可嘉，入赵以来，提供了赵军内部不少有价值的情报，出了不少好主意。孔聚、陈贺则从还定三秦以来，战术素养不断提高，均能应付瞬息多变的战场形势，似有大将气质，且在以后的战争岁月里，他俩与韩信一直形影不离，似乎成了"哼哈"二将。

红彤彤的太阳从山岗上升起，光芒四射，忙碌一夜的汉军并没有什么疲倦之色，一个个严阵以待。反观，当万余名汉军沿绵蔓水布阵时，无论是赵军将帅还是士卒，都在哈哈耻笑："人人都称赞韩信是个天才，但今日看他点兵布阵，连兵法中的要义都不知道，还打什么仗，真不愧为胯下之将！"

　　"代王，事情不对，背水列阵乃兵家之大忌，韩信怎会不知道呢？他这样做难道其中有诈不成？"赵王歇不放心地对陈馀说。

　　放汉军进来，陈馀嘴上不说，可心里还是十分紧张的。陈馀仔细眺望汉军旗鼓，他随即发出一阵轻蔑的笑声："哈哈！我可不像魏王豹那么嫩，轻易受他的欺骗。韩信是势穷力竭，定在刘邦面前夸下了海口，打肿脸充胖子，硬行来攻，所以才不得已背水列阵。究其原因，显然是兵力不足，无兵可用。我还是那句话，十五万大军难道斗不过他三万乌兵?!"

　　"自然是，那就请丞相发兵吧！"赵王歇连忙说。

　　"唉！不急。君子打仗不做不仁不义之事，我乘他阵脚未稳去进攻，打胜了也不光彩。等他布好阵，大将旗号出来了，我们再行出击不迟，不怕破不了这钻裤裆的家伙，且叫他输得心服口服。"

　　正在说话之间，韩信的大将旗号打出，鼓声震天，韩信亲率一队汉军，大摇大摆地来到赵垒前搦战。在战史中，使用诱敌之计的前例不少，但像韩信这样，以大军统帅身份亲作诱饵，来钓敌方大鱼的，倒是前所未见。

　　看清楚了，张耳也出来了！

　　陈馀气不打一处出，张耳是自己的死敌，岂能轻易地放过他！陈馀立即传令赵军，大开寨门，抢夺井陉，切断汉军退路，与汉军决一死战。他亲率六万大军漫山遍野，有如潮水般地蜂拥而来。

　　战鼓声如雷鸣，喊杀声震天动地，汉、赵两军就在赵垒前偌大的地盘上展开大战。只是赵军的来势太凶猛，兵力太强大，不久汉军渐渐力不能支，纷纷丢弃旗鼓器械，争先恐后地随韩信、张耳向背水阵方向退却。

　　绵蔓水呜咽地流动着，它能阻挡得了退路吗？

　　陈馀见汉军退却，激动得不能自持，只要再加一把劲，汉军失败似乎就成定局。他将令旗一挥，命守护赵垒和攻打井陉口的将士全部出动，追击汉军。

古时的绵蔓水比今天要宽得多。当汉军退却到绵蔓水背水阵时，个个惊傻了眼，绵蔓水汹涌奔腾，浩浩荡荡，若被赵军赶入河中，将死无葬身之地！回头再望铺天盖地、杀气腾腾的赵军，意识到已经身陷绝境！

韩信与张耳相视一笑，一切都是按事先计划在进行，如今真正决战的时刻到了！他将马鞭朝赵军方向左右一挥，孔聚、陈贺分别率军从蛇头、蛇尾卷向赵军。汉军与赵军又是一番混战。

"莫管队形，卒不找伍，伍不找队，兵不找将，各自为战！"韩信用意十分清楚，就是用决死的战斗意志，激励将士做一拼杀。他拨转马头，取下兜鍪，举着长剑，登高而呼："兄弟们！拼死才能求生，成败在此一举，冲呀！杀呀！"说罢，亲率一队人马朝陈馀中军冲来。

此时，红了眼的汉军，求生的本能点燃了决死的信念！拼杀成仁成了共同的吼声。汉军将士没有孬种，个个是汉子，以一当十，喊杀声撕心裂肺，惊天动地，响彻整个井陉口上空！

汉军与强大的赵军绞杀成一团，尘土飞扬，遮天蔽日，死伤遍地，血流如注。不久，赵军却透出了慌张……

万余汉军竟奇迹般地顶住了十五万赵军的冲杀，个个着了魔似的不怕死！赵军整齐有序的队形，却开始混乱起来。

正在这时，从井陉口冲出一支汉军，直扑绵蔓水。得到生力军的援助，原先拼死搏杀的汉军将士更加精神抖擞。而赵军不愿为代国陈馀卖命，军心不稳，斗志全无，有些士卒甚至被汉军赶下河去。

真是不可思议！人数占优，原先一边倒的战斗，怎么会变成这个样子？战力强大的赵军，怎么像霜打的茄子？陈馀大骂韩信狡猾。罢了！罢了！不如先收兵回赵垒，休整一宿，明天再行决战不迟。陈馀怕拖下去于赵军不利，只得鸣金收兵，往赵壁撤回。

汉军见状，哪里肯放，紧紧尾随而来。

不一刻，赵军后队已来到壁垒前，抬头观望，竟傻了眼！赵军旗帜不见了，数以万计的汉军赤帜，在阳光下，随风招展，汇成一片红色的海洋。

这怎么是汉军大营？

"汉军已经偷袭了赵壁?!"陈馀如梦方醒，后悔莫及，"韩信的算度是多么精明！他竟敢以自身为诱饵，将数万新兵一分为三，与我十五万大军相抗衡，还偷袭了我的壁垒，我太小看这胯下小子了。"他急令攻赵壁，一阵箭雨和滚木礌石落下，攻城赵军纷纷毙命，使他更加手足无措。

这时候，韩信、张耳率绵蔓水汉军已经杀奔过来，城上城下齐声呼喊："赵军完蛋了！活捉陈馀、赵王歇啊！"

陈馀眼前一黑，差点从马上摔下来，幸亏众将扶住。经此冲击，赵军心理彻底崩溃，个个像中了邪似的，风声鹤唳，草木皆兵，潮水般地溃散，任由汉军两头猎杀。陈馀砍杀数将，无济于事。到这时候才真正明白，除了胜利什么都是浮云，他不禁仰天悲呼："我陈馀是个不中用的家伙，韩信用兵如神，赵国亡矣！"说着拔剑自刎……

"以正合，以奇胜"的背水之战，被后世誉为以少胜多的"千古绝唱"，也是韩信一生中经典战役之一，为历代兵家所重视。为纪念韩信兴汉功业，从唐代始，在"背水战"古战场遗址，就建有"韩信庙"等，历史上文人多有赞颂。据考证，韩信祠、庙在全国共有六处，其中江苏淮安韩信的家乡两处，山西的霍州、平定各一处，剩下的就是河北石家庄鹿泉区西土门村和威远门外瓮城内的两处祠庙了。

陈馀庙又名"成安君祠"，在河北邯郸古成安城西北，数千年来香火不断，祭供常有，历代又多次修葺扩建。

第七章　略取齐地

汉王投降的消息，在楚军传开，围城的将士额手相庆。刘邦与夏侯婴却趁着黑夜和混乱，从成皋北门逃出。逃亡中，他二人潜入黄河对岸的修武军营，一举夺走了正在睡梦中的韩信帅印。

外交特使郦食其大言不惭，落拓狂放。齐卒递过酒坛，他"咕噜，咕噜"痛饮起来，"再见吧！汉王。"说着挥开衣服，光着身子，赤条条地向油锅跑去。

潍水一战，横扫齐楚联军四十万，韩信再获全胜！

一

夕阳衔山，晚霞满天。

刚刚脱去铠甲、抹干血迹的汉军将士们，兴高采烈地准备在襄国（故城在今河北邢台西南）城中的赵王宫，举行祝捷会餐。

难以想象白天曾在这里发生过一场惨烈、殊死的汉赵两军大厮杀。韩信巧布背水阵，力破赵国，一举完成了进军任务，在北方战场上又取得了一个空前的胜利。尽管汉军付出了不小的伤亡代价，但他们以一当十，决死拼杀，竟击溃击败了十多万赵军。

井陉之战与钜鹿之战，均为秦汉之际经典的战例。钜鹿之战，使项羽名闻天下，现如今井陉之战，同样也使韩信成为众人崇仰的英雄。可曾想到，在拜将时，除了萧何、夏侯婴之外，几乎没有一个人看好韩信，樊哙还曾大闹拜将台。现在，情势大变，韩信以三秦之战、京索之战、破魏之战、下代之战和击赵之战，以五战全胜的纪录向汉王刘邦交上了一份满分答卷。

当韩信来到宴会大厅时，将士们竟向可敬的大将欢呼万岁！韩信此时却叫着："汉王万岁！"

有将校来报告打扫战场的情况："大将！陈馀已自刎而死，赵王歇也死于泜水乱军之中。只是李左车下落不明。"

赵王歇、陈馀伏法令韩信兴奋，遗憾的是李左车不知去向，这是一个令人感兴趣的人物。韩信向众人下令："能活捉李左车，重赏黄金千两！"

重赏之下，必有"勇"夫，不一刻李左车就被人捉到。

"人在何处，你们没有伤害他吧？"

"大将有令在先，我们怎敢伤害？现已将他押到城外，听候您的处置。"

李左车是何人？韩信竟要千金活捉，大家都在猜想李左车肯定难逃一死。谁知，这时韩信竟要出城亲自迎接被俘的李左车。

"大将，李左车原为我的部属，我也随你去见他。"张耳要陪韩信一同前往。要不是张耳随项羽入关，李左车还不一定留下来投靠赵王歇。

"常山王跟我同去那更好。"韩信又交代卢乡，"这样吧，会餐推迟稍许进行。令郎将以上人员，马上都随我们到城外去接李左车。"

韩信与张耳率众来到襄国城外，只见李左车右臂打着绑带，蜷曲在一辆大车之中，面色铁青，双目斜视。张耳走上前去，歉疚地说："广武君，委屈你了！一别两年，我们又见面了。"

李左车三十余岁，保养得还不错，面皮白皙，高高的前额，大大的眼睛，给人以大勇大智的感觉。此刻，李左车睁大双眼，见是张耳，他微红着脸，挪了挪身子，算是还礼。

张耳接着介绍说："这是汉左丞相、汉大将韩信，他率我们接你来了！"

李左车是个有骨气的人，决不会轻易投降。当他惊惧的目光和韩信温和的目光交织在一起时，李左车把头转向一边："谢谢，没有什么话好说，要杀要砍随便！"

怎么会杀李左车呢？未来东征的岁月，一定会荆棘丛生，困难重重。韩信身边，正缺少一位像张良那样智囊式的人物，忠义而有胆识。他挪步向前，躬身亲自为李左车松开绑绳："久闻广武君大名，今日能够相见，也算是缘分。不过恕我直言，忠于主人，报效国家，这是做人的道理。但不知先生忠的是赵国的赵王歇，还是代国的陈馀？"

李左车一怔。

韩信认真地说："广武君，主宰赵国命运的是谁，这你应该比我清楚。

赵王歇有名无实，赵国和代国政柄实际掌握在陈馀手中，一切军国大事全凭他来决断。他以赵王歇的名义夺了常山王封地后，本应还政于赵歇，回到他那南皮三县去，可他却以师父的名义辅佐赵歇，行控制之实。赵国到底是姓赵，还是姓陈，这就不言而喻了。"

韩信说的确是事实，李左车惊愕地看着韩信。

"再说，先生满腹韬略，陈馀到底能采纳多少？就是赵王歇的话，陈馀又能听多少？"韩信见李左车有所触动，又道，"秦失其鹿，天下共逐之，高材捷足者先得焉。汉王仁慈大度，广罗天下俊才，定能结束楚汉纷争。你若归汉，既是汉王的福分，也是你自己的福分，岂不两全其美？我相信，到那时你一定能发挥自己的才干，实现自己的抱负。我真诚希望你能够过来，我已期待你很久了！"

没想到，用兵如神的韩信，待人却谦恭而真诚。

张耳上前，拍了拍李左车肩膀："广武君，'皮之已去，毛将焉附？'今赵国已亡，君何叛之有？就拿大将来说，本是投效霸王的，奈何霸王不知好歹，不分良莠，言不听，计不从。归汉后，汉王筑坛拜为大将，他明出陇西，暗度陈仓，破章邯，定三秦，如今又破魏、下代、克赵，天下传为美谈。广武君，大丈夫身处动乱之世，当择主而事，岂可以一死愚忠而为世人所笑，切莫辜负大将一片深情。"

李左车踌躇不安。张耳不由分说，将李左车搀扶进了准备好的四轮马车，往襄国城中开去。

此刻，王宫中酒筵已摆好。韩信执意请李左车东向主座，自己西向作陪，俨然以待师长之礼对待他，十分谦逊恭敬。

酒过数巡，胜利的喜悦增添了激情，将士们话匣子打开了。

说真的，破魏下代的那种打法，诸将觉得易于理解。对于守卫井陉的十五万赵军，韩信不按兵法行事，结果却以三万之兵，赢得了空前的胜利，创造了军事史上一个惊人的奇迹！他们知道韩信不是那种只知鲁莽轻战，不知胜负利害的赳赳武夫。相反，他既善战而又慎战，每战之前，都能做到对敌情己情、天时地利了如指掌，并进行周密的部署。他指挥的战斗，总是未战即已稳操胜券，既战则有章有法，必获全胜。那么，破赵之战到底怎么取胜的？秘诀在哪里？

孔聚拜服于地，请教道："大将，兵法云：'右倍山陵，前左水泽。'昨日您命我和陈贺将军等人背水布阵，并说破赵后会餐，我们虽不相信，但军令如山，不敢多提异议，更不敢违抗军令，没想到，大将这样做竟真的取得了最后胜利。这韬略高深莫测，骗了敌人，怎么连自己的人也骗了？实在让人不能理解，又让人不能不相信是事实！"

"对！这仗打得太神，请大将将秘诀讲出来，让大伙儿听听吧。"许多将领跟着说。

"这，没有什么秘诀。背水列阵为绝地，今弄险而为，实在是不得已。"韩信微笑着说，"诸君都是带兵打仗之人，常读《孙子兵法》，我的计谋就在上面写着，只是你们没有在意罢了。兵法云：'陷之死地而后生，投之亡地而后存。'其一，背水列阵，我军左右两翼是河流，两面皆是天然屏障，一时难以逾越，后翼是绵蔓水和太行山，赵军不得击；其二，摆背水阵，示愚示弱，麻痹赵军，引诱其出壁而战；其三，常言道：'宁带千军，不带一夫。'最为关键的是，我军战士大都为新征调之人，未曾与我亲历战阵，同生共死，对他们来说，我没有什么恩德可言，在此关键时刻，必不能为我所用。这有如率领素不相识的市井之人去作战，若有退路，敌方势大，将不战自溃，唯有置之死地，人人才会死里求生，拼死杀敌。所以，赵军虽众，奈何我军以一当十，岂有不胜之理呀！"

背水列阵，没有人敢这样做，天下只有艺高胆大的韩信一人敢为！看着韩信，众将崇拜之情油然而生，一齐再拜。

"大将！你战无不胜，可曾有名师指教？"有人好奇地问。

韩信笑了："告诉大家，我既有名师，也无名师，真正名师是战争，而成功总是给有准备的人。孙子苦读深思，以古推今，白起秉烛夜明，百战百胜，而我们的左车先生手不释卷，学而不懈，古来名将必然如此。"韩信话锋一转，直截了当地问起李左车："广武君，我欲乘势北攻燕，东伐齐，时至今日无计可施，愿不吝赐教。"

李左车感叹地说："古人云：'败军之将，不可以言勇；亡国之大夫，不可以图存。'今我为大将阶下之囚，哪有资格讨论郡国大计？请大将另择高明之士相助！"

韩信知道李左车心存疑虑，恳切地说："先生之言差矣。春秋时，百里奚在虞国做官，但虞国却被晋国灭亡了。后来他又被秦穆公请到秦国，结果帮助秦穆公实现了霸业。这并非为虞计拙，为秦计巧，而是因为虞国的国君不肯采纳百里奚的建议，而秦穆公却对百里奚言听计从。同样，如果书呆子陈馀，肯听你的计谋，现在被俘的恐怕会是我韩信。正因为陈馀不用你的计谋，我才侥幸打了胜仗。韩信诚心求教，务请先生不要推辞！"

李左车为韩信诚意所感动。韩信确非陈馀、赵王歇之辈能比，他是当今难得的天纵之才。唉，士为知己者死，韩信礼贤下士，他把我当人，敬重我，我就心甘情愿地做牛马；陈馀把我当牛马，蔑视我，我却要昂头挺胸做人。于是李左车转变了态度："智者千虑，必有一失；愚者千虑，必有一得。狂夫之言，圣人择焉。左车之策未必适用，愿效愚诚。"

宴罢，韩信独留李左车，促膝请教。

李左车道："大将统兵东征以来，涉黄河擒魏王豹，调虎离山擒夏说，东下井陉，一日破赵军十多万，闻名海内，威震天下。但迭经战阵，师劳卒疲，其实难能再战。如果强行攻燕，兵屯于坚城之下，欲攻不克，日久粮尽，情必势危。而齐国也会趁机备战，坚决与大将为敌。若不能迅速解决燕、齐两国的问题，那么，楚汉战争就难见分晓，形势变化就难以预料。这就是大将目前的短处和不利所在。"

"依先生所言，将如何行事为好？"

"当今之计，可按兵息甲，先安抚赵民百姓，丰饷将士，鼓励军心，然后，暗中派遣一辩士下书，大张声势，陈说利害，劝降燕王，燕王畏惧大将声威，岂敢不从？燕一旦降服，齐必定闻风而从！"

韩信十分赞同李左车的计策，击燕不如降燕，不战而屈人之兵，这是目前汉军能用的代价最小的办法。他击掌说："先生说得对！这是'先声而后实'的道理，谨遵教诲！"

不久，依李左车计行事，韩信派人到燕国去游说。燕王臧荼是个明白人，在这生死关头，慑于韩信的声威及魏、代、赵等国败亡的教训，果然举国归降。这也为韩信击齐解除了后顾之忧。

北宋大政治家王安石读史至此，对韩信用兵艺术心生感慨，能用他人之智者为上智，获李左车而不杀，筵为上宾，卒用其谋而下燕，正是韩信聪明过人之处，没动一兵一卒，却屈人之兵，一举收复了燕国，创造了战争史上一个范例。他认为做人做事应当放下架子，不耻下问，才能取得成功，并作七言绝句一首："贫贱侵凌富贵骄，功名无复在刍荛；将军北面师降虏，此事人间久寂寥。"

这之后，韩信差人将燕王降书送往荥阳，同时奏请刘邦恢复张耳赵王封号。很快便接到回信，同意韩信建议，封张耳为赵王。还称赞韩信破赵胁燕，灵活用兵，干得有声有色，瓦解了楚军的进攻，巩固了赵地防线，这对汉军又做出了一个重大贡献。

其实刘邦内心的真正感触，韩信一定不会想到。他对张耳的忠诚毫不怀疑，而对韩信为张耳请封一事，认为是给自己出难题，封也不是，不封也不是。

韩信一路高歌猛进，以劣势兵力，仅用三个月时间，接连取得破魏、下代、灭赵、降燕的胜利，人员、物资的大量补给，有力地支援了刘邦。

即便如此，刘邦守护的荥阳战场，还是危机四伏，险情不断。同时，因韩信不断取得胜利，项羽谋臣范增等人也意识到问题的严重性。

项羽先派悍将龙且、侄子项佗，率大军围剿被随和成功策反的英布，没想到，一代猛将根本不堪一击，只是短短几个月，就被彻底打败。接着，楚军发兵截击汉军的粮仓，攻克了荥阳以东汉军的全部据点。不久，项羽又将矛头直指汉军总部荥阳，他亲自来督战，这次要一鼓作气夺下荥阳。

楚军攻势强大，汉军已透出慌乱。长袖善舞的刘邦见此情景，也惊呼："楚军来势太猛！"

荥阳情势危急，刘邦十分忧惧，寝食难安。

"大王别急！从前商汤王封夏桀的后代，周武王封纣王的后代，目的是取得他们的支持。大王可以效法，分封原来六国的后代，令他们群起而攻楚，楚国的情势一定会被削弱，大王的霸业即可成功。""高阳酒徒"

"外交特使"郦食其跑来给刘邦出了一个主意。

真是病急乱投医。郦食其是想让在汉掌控下的旧王室成为诸侯，通过他们来对抗楚国，分散力量，缓解汉军的压力。然而，这能做得到吗？刘邦竟听从了他的建议，令人刻印，要郦食其去分封诸侯。

这时候，张良正好外出看病回来，刘邦告诉了张良欲封六国后嗣的事情。"大事完了！大事完了！"很少见到张良这样激动，"商汤、周武王时，封桀、纣后人，以示宽大为怀，天下没人反对。而如今，汉弱楚强，天下豪杰离开故土，追随大王，无非是盼望得到一块封地。如果把六国都恢复起来，拿什么去封赏？他们一定会各回其国，各事其主，还有谁会来为大王夺取天下？再说，项羽分封诸侯所致天下大乱，教训还不够深刻？"

"竖儒！净出馊主意，几乎坏了我的大事！"听了张良的一席话，刘邦吓得一身冷汗，立刻下令取消郦食其的任务。

当晚，垂头丧气的郦食其，独自一人喝得酩酊大醉。

郦老先生粗疏狂放，与张良文弱书生的形象正相反，而他嘴皮子尚可，谋划天下大事，郦老先生远不及张良。张良真是天下少有的政治谋略家，思维缜密，考虑问题切中要害。为了保住荥阳，他又建议刘邦先稳住项羽，示和罢兵。

刘邦于是派出专使，试探性地到楚军游说，愿意订立盟约，把荥阳以东的地方全部划归西楚，荥阳以西的地方立为汉界，然后再收回韩信东路兵马，从此楚、汉两家各自罢兵。

项羽觉得刘邦势力渐大，韩信更善用兵，汉已取得了秦、魏、代、赵、燕、韩地。而楚军粮草不足，长期征战，将怠兵疲，楚汉议和，也似无不可。但此议遭到了范增的竭力反对。范增阻拦说："大王！议和是刘邦的缓兵之计，把战局拖住，坐等韩信救兵。如今正是天绝刘邦的大好机会，一定要穷追猛打，千万不可再错过了，否则，又是一个鸿门之恨！"

"亚父！"项羽从范增的神色中似乎看出了什么，犹豫起来。

他对汉使说："你暂且回去，待我考虑一下，再通知你们。"

使者返回荥阳城，将情况一一转告刘邦。刘邦心知范增从中作梗，恨恨不已，"老而不死是为贼"，他下决心要除掉范增。

护军都尉陈平了解刘邦的心思。他提醒刘邦，项羽部属中只有亚父范增、钟离眜、周殷、龙且和周兰等人有些谋略。其中，范增和钟离眜威胁最大。而项羽为人好猜忌，最容易听信谣言，如能离间他与范增等人关系，就可以瓦解楚军核心组织，削弱他的进攻力量。这或许是没有办法的办法。

"真是好计!"刘邦虽爱财，但用人不疑。至于好色贪财的陈平，会不会从中拿些回扣，他就不管了。他忙让陈平带上四万斤黄金去楚营贿赂，到处散布谣言，诋毁范增、钟离眜。项羽不免起了疑心，终于先使钟离眜失去了项羽的信任。

紧接着利用楚使来汉营的机会，陈平又施一计。

刘邦准备了丰盛的筵席，到宴会快要进行时，刘邦故作惊讶之状，脱口而出："我以为是亚父的使者呢? 原来是项王的使者啊! 是我给弄错了。"遂令撤宴，改用粗劣的食物"招待"使者。使者回去便将情况一五一十向项羽汇报了。项羽疑心病顿生，怀疑范增和刘邦暗中勾结。暴怒之下，他竟要把范增抓来质问。

项羽身边的几个谋士劝住了他。抓人要有真凭实据，来自汉营的消息，难道不会是刘邦编造出来的阴谋诡计?

项羽这才忍住了，没有向范增发难。

人人都清楚，只有范增蒙在鼓里。他心中非常焦虑，项羽怎么对攻打荥阳懈怠下来? 他又来劝说："时间就是一切，请大王快快攻城!"

项羽已经不再相信范增了。他一改平日温和恭谨的态度："亚父，我不过是你手中一把大刀，任你要弄!"

"这是从何说起?"范增一听，摸不着头脑。

"你自己想吧!"

范增终于明白过来，项羽竟对自己产生了怀疑! 多年心血将要付之东流，楚地大好河山将要被刘邦夺走。他痛苦绝望的心情涌上心头："天下大势去矣，请霸王好自为之! 老朽不堪驱使，请赐回乡。"

"亚父既要回乡，我也不能勉强。"对于范增的离去，项羽没有再做挽留。

一路上，范增悲愤于胸。

范增是个很厉害的角色，好设奇计，见识不凡，被项羽尊称为"亚父"。"亚父"在当时的意思和叔父差不多。他先后辅佐项羽叔侄二人，殚精竭虑，吃尽了苦头，从来都是忠心耿耿，毫无异心，可以称得上是项家股肱之臣。当年，项梁率兵渡江北上后，传来陈胜、吴广几位大泽乡举义领袖死亡的消息，义军措手不及，人心浮动。在这紧要历史关头，是范增挺身而出，力主恢复大楚国，才有今天项羽称王称霸的局面！记得那一天，在薛城大会上，项梁惴惴不安地对十八路义军首领说："各位，秦二世任命章邯为大将，率领二十万大军，东渡黄河来太行山以东平乱，秦军一路过关斩将，来势汹汹。前不久，我打听到一个确切消息，陈馀、张耳等人已背叛了陈王，立赵歇为赵王，齐国的田儋、燕国的韩广、魏国的魏咎等六国贵族纷纷抢占地盘，跟义军分道扬镳。各小股义军力量分散，形不成战斗力。而秦将章邯在镇压了陈王后，与三川郡守李由，又在临济击杀了魏咎和田儋，现在正调动大军，集中兵力，攻打各路义军。如今形势危急，义军不可一日无主！"

项羽睁大眼睛看着东阳人陈婴。陈婴脸色平和，并没有什么表示。

项羽又看看韩人张良。张良好像在深思。

这时，沛县泗水亭长刘邦站了起来："兄弟们，我排行老三，人称刘季，沛县中阳里人。先前在芒砀山释放了刑徒，犯了秦法，从那里带人逃出来做了强人。听说陈王举义，就回老家沛县夺了兵，同秦将司马尼战于萧西，取下邑，不很顺利。现在听说项梁将军过了长江，就带着人马赶来投奔他。你们说我这是为什么？因为项梁将军世代将家，有名于天下，今欲举大事，当立项梁将军为楚王，亡秦必矣，请大家速速决定！"

随即，一片附和声。

"不妥！不妥！"项梁对刘邦这位长颈隆鼻、广额美髯的中年汉子印象深刻，但他谦虚地说，"沛公，这我不能。前些日子我击杀了秦嘉，不仅因他阻挡我们进兵灭秦，更是因他还没有得到陈王确实死去的消息，就擅自立景驹为王，这是不义之举呀。"

"确实如此！"范增站了起来。

项梁连忙走上前去，扶住老者范增并让他坐在身旁。恭敬地问："先生，一定有什么事要指教？"

范增正色地说："我已是古稀之年，对天下事不敢妄加评论。本不想出来，因为将军家历来做我们楚国大将，又听说将军虚心接待天下人士，所以有几句肺腑之言想对将军说说，不知愿意听否？"

项梁拉着范增的手，诚恳地说："陈王已遇难，如今，义军是群龙无首，不知如何办才好，请先生赐教！"

"老朽以为，将军不可称王！"范增看了看刘邦，接下去对大家说，"无可讳言，陈胜的死是在意料之中。他本非望族，又缺乏容人之量，不听忠言，匆忙称王，还不自取其咎？想当年，六国为秦并吞，其中楚国最为无辜，楚怀王被秦昭王骗至秦国，一去不返，楚人至今十分悲愤。如今，将军起兵江东，为何天下反秦义士趋之若鹜？那是相信将军准能恢复大楚国，立楚王的后人为王，大公无私替六国报仇。因此，希望将军因势利导，顺乎民心，何愁暴秦不灭！"

范增的一席话语掷地有声，全场一片寂静。

片刻，只见项梁表态："先生之言，正合我意。如立个楚国后代，有利于凝聚天下人心，有利于大楚国同暴秦展开决战，就按先生的意思办！"在场的人们一齐欢呼起来……

项梁对范增十分敬重，言听计从。没想到他这糊涂、没有政治头脑的侄子，却在耍野！现在，项羽虽有机会赢得了霸王的称号，却错失了成为天下霸主的机会，而自己也成为最委屈的失败之人。

范增坐在一辆牛车上，悲愤的心情难以平静。当到达彭城时，他便"疽发背"，愤懑而死。

反间计成功了！刘邦轻而易举地除掉了项羽最得力的助手。

只有人死了，才能使活人明白过来。

"亚父！侄儿一时糊涂，中了刘邦的诡计，实在对不起您！"项羽对范增的死非常伤感。项梁战死时，项羽刚满二十五岁，范增却已经七十多岁了，高官厚禄、珍宝美女，对于他来说，已经没有太多意义。他辅佐项羽，完全是出于与故人项梁的情义。但也正是这种关系，使得他在项羽面前知无不言，言无不尽，甚至像训斥一个孩子一般训斥项羽。由此项羽产生的逆反心理，给了陈平离间的机会。刘邦手下有萧何、张良、韩信、陈平，而自己这里却实实在在的只有范增一个是王佐之才呀！

复仇的怒火在胸中燃烧！项羽让季布、钟离眛、项伯日夜不停地挥军猛攻荥阳。

项羽逐范增，范增离开是项羽失败的原因之一，后来刘邦曾说："项羽有一范增而不能用，此其所以为我擒也。"苏轼在《论项羽范增》中也曾说，项羽逐范增的原因，是因为义帝为范增所立，宋义则是义帝推荐的主将，项羽杀宋义、弑义帝，必然与范增产生争执，隔阂由此产生，陈平之反间计，只是抓住了项羽的心理推波助澜而已。他最后选择离开项羽是对的，但离去的时间太迟了，应于项羽杀宋义或弑义帝时毅然离去。苏轼肯定了范增杰出的才能，表达了对他的同情。

这里，我们来介绍一下陈平其人。

陈平是楚汉争霸中一位谋略比肩张良的人物，眼光独到，才华横溢，但手段狠辣，"阴谋"是史家最喜欢用来描述他谋略的词汇。

陈平，阳武户牖乡（今河南原阳东南）人，他本是个农民，家里很穷，但从小就喜欢读书。秦末战争的洪流将他裹挟进来。他先投魏王咎，后又投项羽得到重用，任都尉一职。关中分封后，殷王司马卬一度叛楚，陈平受命平定。刘邦灭殷，司马卬降汉，项羽迁怒于他。陈平料想大难临头，又知项羽失道寡助，终将难以辅成大业。于是，他携着一柄宝剑，偷偷地逃走了。

他想起在汉王手下的魏无知是自己的老朋友，不如也去投奔刘邦。那天天快黑了，他逃到了黄河边，可巧一只船划过来。两个船夫把陈平上下打量一番，但见陈平衣冠楚楚，是个美如白玉的大帅哥。他们居心叵测地嘀咕着什么。陈平一想，糟了，二人可能是强盗，以为我身上带着什么财宝，想图财害命。陈平为人机灵，浑身是计。为了保全自己的性命，他马上脱了衣服，扔在船上，光着上身来帮船夫划船。船夫看他腰间什么也没有，知道他身上没有贵重东西，也就打消了加害他的念头。一场凶险，竟被陈平轻而易举地化解了。

陈平终于逃到了汉营。经魏无知推荐，面见刘邦。陈平曾在咸阳帮助过刘邦，今日来归，刘邦十分高兴。两人纵论天下大势，十分投机。刘邦欣赏陈平的才华和洒脱的性格，破例任陈平为都尉，留在身边做参乘。不能不说，比起当年投汉的韩信，刘邦更欣赏陈平。这也引起了许多人的不满，纷纷说陈平贪图贿赂，在家盗嫂，品行不端，这种人不能信任。经不住众人再三诋毁，刘邦便也心生疑团，召陈平来质问："听说你原来是帮助魏王的，后来离开魏王去帮助霸王，如今又来帮助我，这怎么不让别人怀疑你的信义呢？"

陈平不紧不慢地回答说："同样一件有用的东西，在不同的人手里作用就不同了。我侍奉魏王，魏王不能用我，我离开他去帮助霸王，霸王也不信任我，所以我才来归附大王。我虽还是我，但用我的人不一样了。我久慕大王善于用人，故才不远千里前来投效。来到这儿，我什么也没带，所以什么都没有，才接受了人家的礼物。若大王听信谗言，不起用我，那么，我收下的那些礼物还没有动用，我可以全部交出来，请大王给我一条生路，让我回家，老死故乡吧。"寥寥数语，话中有话，刘邦的疑虑顿消，对陈平倍增好感，并重重地赏赐一番，提升他为护军中尉，专门监督诸将。也因为刘邦的态度，此后再也没有人找陈平的碴儿了。

且说荥阳被围日久，这次刘邦纵有天大的能耐，项羽决不会撤兵，而城破仅是早晚之事。

刘邦不得已向张良、陈平做最后安排："算了，干脆开门投降，让我一人送死，一来能保住将士们的性命，二来荥阳城里的男女老幼皆能不被屠杀。"

投降还有活路？但这话倒提醒了张良。他对刘邦说："如今楚军势大，破城必矣！当此关头，只有因势利导，金蝉脱壳，才能转危为安。可搞个假投降，骗过霸王，求得一条生路。"

陈平认为是条好计，明里投降，暗里趁机从西门杀一条血路，冲将出去。

此刻，与刘邦十分相似的纪信将军，见如此说，便站了出来："末将自从追随大王，备受恩遇，今日正是报恩良机。末将相貌、体态与大王极像，军中难找第二个，可替大王蒙骗霸王。"

难得纪信慷慨识大义！那年鸿门宴，正是他与樊哙、夏侯婴、靳歙护送刘邦逃出虎穴，今天，又要为刘邦亲涉险境，刘邦却也不忍："按将军所言，虽我得以突围，将军岂不要送了性命！"

纪信"扑通"一声跪在刘邦面前："我纪信乃是一武夫，死不足惜。大王却身系百姓安危，将来必得天下。若不让臣替身，城破之日，玉石俱焚，而臣一死，可换得大王与将士们平安，纪信平生之愿足矣。请让末将去吧！"

刘邦迟疑未决。

张良、陈平劝道："大王！纪将军将个人安危置之度外，句句说得有理，只要纪将军愿意这样做，您就同意了吧。"

刘邦泪流满面，将纪信拉了起来："难得将军忠心耿耿，侠肝义胆。几年来，你随寡人走南闯北，吃尽了辛苦。如今，又要替寡人赴难。真不知该如何谢你。既然如此，将军若有个好歹，你家的高堂就是寡人高堂，你家的妻子就是寡人嫂嫂，你家的儿女就是寡人儿女！"

"多谢大王隆恩，末将至死无怨。大王，时间紧迫，请快做准备吧！"

陈平又使出一绝招，着人写了投降书，单请项羽晚间受降，并放出城中妇女。

隔日傍晚，天空下着细雨，天地间一片昏暗，荥阳城东门按约洞开。正在围城的楚军见状，急忙擂动战鼓，四面八方的楚军一齐向这里会聚。从城里先过吊桥的是一队队披红戴绿的妇女，楚军围城士卒大为惊奇，纷纷举着火把前来围观。两三千名妇女之中，有不少姿色艳丽者，她们一片哭喊。楚军的统帅对这些女子也没有任何戒心，他们只想是刘邦开门投降，保住了荥阳生灵，百姓们为了感激刘邦，出来送行也在情理之中，只是行动过于缓慢。

过了一个时辰，才见一辆黄屋车从城门内驶出，那车子用黄绫做盖，车的左侧插着汉王大纛。这是刘邦的专用车！

"汉王出城来了！"随车的汉卒高声呼喊，"汉王投降了！"

楚军将士又惊又喜，他们起初不怎么相信，仔细一看，确实如此。

"刘邦"头戴"竹皮冠"，身着杏黄衮龙袍，坐在车中不惊不惧，泰然自若，这不正是汉王吗！一阵短暂的平静后，四周突然爆发出一片欢呼声：

"汉王投降了！"

"万岁！万岁！万万岁！"

楚军将士欢呼雀跃，征战多年，终于把汉军打败了，家中父母妻小，都在眼巴巴盼着他们胜利回家呢！

项羽闻声也耐不住性子，从队伍中奔出，走近那辆黄屋车。

楚卒将火把挪近，朝那车子喊道："霸王驾到，汉王赶快下车请降！"

楚军将士们已迫不及待，用戟挑开了车门，汉王打扮的人走下车来，拜伏于地。项羽定睛一看，大惊："不好！我们受骗了。"

他勃然大怒，拔剑指着假汉王："你是何人?! 竟敢冒充刘三前来。我问你，刘三小儿哪里去了？"

"刘三?"假刘邦从容地"嘿嘿"一阵冷笑，他不屑一顾地高声道："我是汉王麾下大将纪信。要知道汉王哪里去了，那我就告诉你，汉王早出城走啦！"说罢，抽出随身携带的长剑，向项羽砍来。

项羽举槊朝剑挡去，只听"当"的一声，长剑飞出，项羽就势一扫，把纪信打倒在地。项羽气急败坏，浑身直抖，大叫一声："把他抓起来！"

楚军将士蜂拥而上，将纪信押了起来。

项羽即刻令司马龙且带人将纪信守住，亲自与钟离眜、项伯、项庄等将领前去追击，但为时已晚。刘邦乘东门混乱，带着张良、陈平、樊哙等数十骑，杀开一条血路，已从西门冲出，向成皋方向逃去。

真是服了这个无赖！项羽懊恼无比，因受到刘邦愚弄而愤怒。他不禁记起范增曾说过的那句话："刘邦是一只狡猾的狐狸，当今世上，唯有刘邦才是心腹大患！"望着范增离去的方向，那个为他出谋划策的父辈已远去，以后再没有人可以商量大事了。项羽向冥冥苍天举起双手，呼喊道："亚父！一个无敌的英雄，你真是有勇有谋，我对不起你。我……先用纪信来祭奠你！"

回到东门，项羽立即下令，将纪信连同所乘车马一道活活烧死。

后来刘邦登基后，念及纪信有开汉之功，将其出生地赐"安汉县"，并在他的治所立"忠佑庙"，还在荥阳广武山筑纪陵。另在西充化凤山建"将军庙"，后人尊此为"将军神宇"，名列"西充八景"之首。自汉以后，历代对纪信均加追赠，宋封"忠佑安汉公"，元封"辅德显忠康济王"，明封"忠烈侯"。

二

井陉大战胜利后，因赵地还未完全归服，韩信与张耳暂时驻军修武（今河南获嘉）。

修武城，地处黄河以北，太行山以南，具有县城的规模，却只是个大镇，是黄河流域文化发祥最早的地方，周代称宁邑。商末周武王兴兵伐纣，大军途经此地时，暴雨三日而不能行，就近驻扎修兵练武，所以改宁邑为修武。附近山势险峻，峰峦常年云锁雾绕，但土地肥沃，人口众多，军粮供应不乏，有利于新占地的稳定。同时这里还靠近荥阳、成皋主战场，也便于两军之间呼应和支援。

这日，韩信坐在大帐正与张耳、李左车、孔聚、陈贺、靳歙等人讨论下齐之策，汉将周緤却从荥阳匆匆赶到。

周緤尚未开口，一种不祥的预感袭上韩信心头。

果然如此！周緤告诉韩信，荥阳战斗失利，汉王刘邦生存危机空前，他自知不是项羽的对手，要韩信迅速派大军救援。周緤先介绍了兵败荥阳后的情况：

不久前，项羽打败叛楚的英布后，集中兵力围攻荥阳，在粮道失守、外无援兵的情况之下，纪信将军替大王赴难，大王才成功地从荥阳突围出来。突围后到了宛城、叶县，正遇上英布的残兵败将，大王和英布两人合兵一处，进了成皋。可楚兵哪里肯放，穷追猛打，又将成皋围了个水泄不通。大王从荥阳突围时，派周苛、枞公、魏豹等人留守。周苛、枞公知道项羽还会回来，局势仍相当危险，担心反复无常的魏豹再反，给守城带来不利，密谋将魏豹杀死，以警军心。项羽不久攻下荥阳，抓住周苛与枞公。

项羽以上将军和万户侯来许愿，劝周苛降楚，被他大骂不止，结果周苛被项羽烹杀，枞公同时殉难。荥阳和甬道丢失，成皋难以阻止项羽的进攻。

周緤继续介绍着：汉王打起精神，他和张良、陈平、夏侯婴又悄悄出了成皋，奔南阳，重整旗鼓，欲与东进的楚军再行决战。这时他听从袁生的劝阻，改变了直接争夺成皋的作战方案，便率军从武关出击，流动于宛、叶之间，又令英布进一步收拢九江兵，大造声势，吸引楚军南下，造成了一种汉军准备从南翼进攻的态势。霸王得知汉军进入宛地，他让楚将终公带一部分兵力留守成皋，便亲率主力，铺天盖地杀奔宛城。汉王终究势单力孤，且战且退，在宛、叶又陷入了楚军的重围，现在不得已撤进成皋……

刘邦战败，成皋被围，韩信怎么办？东进计划怎么办？

周緤退下后，韩信觉得应先听听大家的意见。齐是东方大国，未来击齐，可不同于下魏破赵，因此如何分析形势，统一思想，凝聚共识，显得尤为重要。

业已归顺的李左车，首先表达了自己的看法：“我们应该暂缓攻齐，巩固魏、代、赵。主要是因汉王遭到挫折，楚军骑兵又连连突入赵地，牵制了我们的行动。当务之急，应站稳脚跟，然后再图进取。至于发兵救成皋，我以为，仍不能抽调大军。”

张耳觉得不派大军不是好办法，刘邦既得不到实质援助，又容易造成误解：“荥阳失守，汉王危急，大将应速发大军于成皋，以解汉王危难才是正理，不然大王怎么看我们！天下人怎么看我们！”

“对！快让我等驰援大王吧。”张耳的话有一定影响，一些跟随刘邦多年的将领，纷纷起来赞成。

靳歙也是刘邦一员有影响的心腹爱将，此时他红着脸，挥着胳膊说：“成皋全凭甬道从敖仓运送粮食，霸王切断了甬道，成皋很难保得住。大将，快让我等去吧！”

韩信看看靳歙，又看看大家，语调异常缓慢地说：“成皋告急，诸位援救成皋的心情可以理解。但我们都是行伍之人，在作战上丝毫不能感情用事。其实啊，我何尝不想发兵全力援救成皋，可这不正中霸王下怀了吗？我们若硬行将主力抽去，不难想象魏、代、赵、燕将会是个什么样子。一旦我大军离去，赵代遗孽乘虚而动，那时，我击项羽不能胜，退却之路又被截断，这两年无数将士用鲜血和生命换来的局面，将会白白断送！"

韩信的话很有道理，张耳也很折服，但是张耳的顾虑，无法向他做进一步剖白。他专注于战争中的攻城略地，无疑是个百世难得的军事天才，但对政治及人际交往却很迟钝。事实上，他能接连打胜仗，是很不容易的。在极其困难的情况下，凭着天才般谋划运筹，连连获胜。可是每当战胜之后，又要把大量的军队赶紧送到荥阳去。而刘邦却屡战屡败，投入的兵员和粮草再多，也抵挡不了大量消耗。未来的伐齐，可不如征魏击赵，仗还打不打得下去？

韩信语气坚定地说："不到万不得已，决不动用主力！坚持就是取胜之本，这是不可轻易动摇的方针！大王在荥阳一线苦苦坚持，目的是我们东进胜利，我们能下魏、破代、克赵、降燕，绝对与大王的坚持分不开！荥阳至巩、洛一线仍有很大纵深，大王亦未伤透筋骨，不能轻易断送我们的大好形势。只要能设法让大王熬过阵痛就行。"

帐内一片肃静。

韩信站起来，来回踱着步子，突然停下来："兵还是要派的，但只做战役上的配合。不到万不得已，不能轻易地将手中果实拱手让人。现在当务之急，靳歙将军可率两万人马，进入黄河以南，虚张声势，造成主力出兵错觉，协助大王。同时，可让汉王派人再去和彭越联系，让他袭击彭城，从楚军的背后插上一刀子。而我们在这里，尽快地做好攻齐各项准备，看派谁去齐国做说客。"

李左车推荐说："我倒想起一人，此人姓蒯名彻，范阳人，头脑机敏，很善游说。"

张耳极为赞同："我曾跟大将介绍过，能将此人招来是一件好事。"

韩信点了点头，对李左车说："我听说，你们还是很要好的朋友。人才难得，就拜托左车先生，速速将他请来，不要被别人抢走……"

清晨，月儿还弯弯地挂在西边天上，青娥娇小的身姿，已经里里外外地忙开了。

韩信每天起来，都看见她收拾得停停当当，这样的忙碌，他不知青娥是何时起身的，甚至怀疑她根本就没有睡觉，深秋的早晨总是白霜满地，凉气逼人。韩信无言看着青娥，红唇嗫嗫，向着素手哈着热气，然后打扫周围。

一边清扫，一边睃瞅着韩信。

韩信把脸转向另一侧。青娥眼中已涌出了汪汪泪水。

青娥与韩信"成亲"已数月，在韩信的眼中，她顶多是一个"女仆"！虽然回避她，但心里却回避不了，且坚冰一天天在融化。

她有什么过错？这与她有多大关系？就是汉王这样做，也只是为了拴住我韩信。

她是一个温婉而又善良的女孩，这样韩信心里矛盾了：青娥退不得，君臣关系不允许，对她发威不得，她是一个好女人。作践一个坏女人比作践一个好女人容易，男人就是这样的心理，哪怕你叱咤风云，力能拔山，但你却不能抽刀断水，见不得一声不发却又泪水汪汪的好女人。

怎么？天下的好女人都被自己碰上了？凝雪义侠般钟情，将男人的坚强、女人的温顺，集于一身，她是自己初恋的情人，她的情，她的爱，自己一辈子也报答不了。现如今，韩信对青娥有了微笑，又岂止微笑？

月夜，他目光投注着睡在身旁的青娥。

此刻青娥也已醒来，两人紧紧拥抱在一起……

就在韩信派靳歙率军出发后，刘邦授予彭越将军印，令他从侧后断绝楚军的粮食补给，以游击作战方式，与汉军在西方的作战相配合，并于这年四月间渡过濉水，向北突袭楚军。

驻守在下邳的楚军将领项声和薛公，因地处后方，疏于防范，彭越竟从他们身后杀来。他们仓促应战，一场激烈的厮杀后，项声、薛公军大败。彭越这背后一刀，可谓扎到了项羽的痛处，又一次截断了楚粮的运输道路，卡了楚军的脖子，抢占了大片楚地，直接威胁着楚都彭城的安全。

项羽生怕彭城再次陷落，他不得不再次引兵东去。

彭越毕竟不是项羽的对手，好汉不吃眼前亏，彭越收拾人马，急忙再渡濉水向西逃去。在楚汉战争中，彭越的拿手好戏，就是在楚军后方开展游击战，用敌进我退、敌退我追的战术，常常袭楚后方，迫使项羽多次回兵救援，疲于应付。论功绩，彭越在诸侯中也是十分突出的。

项羽已杀红了眼，见追不上败逃的彭越，便又转过头来对付刘邦。

这次要吸取上次攻荥阳的教训，当你急攻，他可以逃跑，不如先攻荥阳外围的成皋，进军巩县，等取得了敖仓之粟后，斩断汉军西逃之路，然后一举合围荥阳。

楚军回攻，刘邦自度难以坚守，趁着黑夜，只拉着夏侯婴悄悄溜出成皋的北门，又开始了逃亡，而黄河以北韩信的汉军，是刘邦倚重的唯一力量。

他俩一路向东，好不容易来到黄河边。走累了，在一处芦苇丛边，躺下休息片刻。刘邦仰卧在芦滩中注视着天空，数着点点繁星。

此刻，他的心情凄凉又复杂。韩信东进以来，多次发来精兵，助我在成皋、荥阳一线与楚军相持。然而，韩信为人高傲、锋芒毕露，他不像张良沉稳细密、淡泊名利，也不像萧何兢兢业业、忠心耿耿。目前的失利，究其原因，不外乎敌强我弱，没有得到韩信有效的救援，形成掎角，孤军奋战，终为项羽所破。俗话说"树倒猢狲散"，旗子折了，千辛万苦经营的局面就将完蛋！而目前我正处于危难之中，此次前去夺兵，韩信会不会不答应，如果不答应该怎么办？他告诫自己，要拿捏好分寸，千万不能过于激化二人之间的矛盾。

还待想下去，夏侯婴却打断了他的思路："大王，萧何远在汉中，远水不解近渴。韩信只有一河之隔，就真的过不来？"

"夏侯，你也不必太责备他。将在外，君命有所不受。况且，情况到底如何还不太清楚。"

"情况能怎么样?！如今急需要他过来，他不来，难道等大王彻底垮了他再过来？"

"看来他就是这样想的。事实上，下魏破赵后，他也曾派灌婴、曹参等人过来，前后补充过不少精兵给我。要知道，当今拉起一支队伍不易，训练一支精兵更难。"

"大王真叫人不可思议，到了这个地步，你怎么反倒护着他？可我不怕，他的那条命，还是我从大王的刀下捡回来的，否则他能有今日？"

刘邦也想起了在南郑的往事，喃喃地说："那一次，十四人饮酒大闹营中，十三人被斩，只留下他一个，看来这是天意……"

夏侯婴说："想不到他稍有功劳，就翻脸不认人了。"

平日火气盛大的刘邦，这一刻倒没有再怨恨什么，而是平静地对夏侯婴说："英布、彭越虽能，但力量太过分散，经不起霸王挥戈一击，成不了什么大气候。从他们的智慧、才识、用兵和气势上来看，远不及韩信。韩信是旷古少见的人才，自从他统军以来，连战皆捷，有如秋风扫落叶，除了齐地外，河北已为他所占有，你想，这是常人能做到的事？能有人和他相比吗？"

夏侯婴大胆地说："大伙儿都认为韩信想要自立了！"

"这不奇怪，就天下大势而言，万一我被楚军打败，恐怕能够自立天下、扛得住项羽的，唯韩信一人而已！"

"可他是借大王的威势，才得以下魏破赵！"

这一点夏侯婴说对了，可是，到如今这个地步，刘邦又有什么好说的呢？孤身一人，性命难保，此刻只能把怒火埋在肚子里，让鼻子不冒烟。

夏侯婴又对刘邦说："韩信高深莫测，我看去修武是凶多吉少。倒不如大王先住下来，我一人去韩信营中搬兵比较妥当，我救过他，他不会对我怎么样的。"

刘邦摇摇头："我去，只有我去才行。"

"大王，万一有个三长两短，我怕我一人保不了你。"

刘邦看了夏侯婴一眼："难道万儿八千地跟着，就不会危险了？我看未必。不过，我命在天，什么人能够奈何得了？至于韩信，我待他不薄，知道他的为人，目前看他心还没坏透，我自有法子对付他。"

风，吹动着芦苇。刘邦、夏侯婴在焦急的等待中，忽然发现一只羊皮筏子划来，他们急忙奔了过去。在这荒凉的地方，竟有一只羊皮筏子，好像是专门为他们准备的。

上了羊皮筏子之后，刘邦与那人闲聊起来。刘邦有意无意间，问起了此地汉军的军纪、赋税，以及对汉军的印象，那人啧啧赞叹，特别夸赞韩信治军才能，认为他是位了不起的大人物。刘邦又故意问起汉王的事，没想到，此人说本地无人知晓。

只知韩信，不知刘邦！刘邦十分不快。

不久，刘邦和夏侯婴到达了北岸，步行十数里，进入修武城。刘邦不去韩信营帐，却拉夏侯婴去找客栈。

夏侯婴疑惑不解，刘邦却嘿嘿一笑："你的警觉性很高，但头脑中紧拉的弦却断了。"

"大王，什么意思？"

两人在街上找到一家客栈作为住宿处。在来修武的途中，刘邦心神不定，没有安安稳稳地吃上一顿饭，也没有安安稳稳地睡过一觉。对刘邦来说，他是大王，尽管处在战争中，平时仍有人服侍，享用着锦衣美食，现在落难逃亡是一件极难受的事。因此，一进入客栈，他便交代店家要上最好的美酒和菜肴，和夏侯婴大吃大喝后，便好好地大睡了一觉。

凌晨，启明星才刚刚露出头来，刘邦与夏侯婴乔装打扮后，悄悄出客栈大门，直奔韩信大营。

修武城外东郊，是地势相对平坦的小丘陵。韩信在城里只派驻一部分维持治安的士卒，而中军大帐则设在城东门外的巽关。刘邦与夏侯婴来到巽关一座石桥旁，此刻，军中士卒尚未早起，还在平静的睡梦之中，营地一片寂静。

"什么人？"哨卒用戈拦截了他们的去路。

"我们是汉王专使，有事要面见大将！"

"军营尚未吹起床号。"哨卒不愿去通报。

"何人在此吵嚷?!"偏将何公带一队人马巡查过来了。他上前打量，大吃一惊，这高个子不是滕公夏侯婴将军吗？他身后商贾打扮的长者，凤睛龙须，这不是汉王吗？何公吓得半死，连忙下跪："恕小子有眼不识泰山……"

没等何公把话说完，夏侯婴已将他拉了起来，向他使个眼色，压低声音："还不快带我们进去！"何公也是丰沛子弟，随刘邦在芒砀山起事，现在又被汉王派在韩信麾下效力，自然认识刘邦、夏侯婴。

"还愣着干什么，快去开动寨门！"何公对不知所措的哨卒喝道。

守寨门的哨卒看到来人由何公领着，也就不再问什么。

正行间，刘邦问何公："大将兵符平日放在何处？"

"放在帅帐之中。"

"咱们先到帅帐去。"

不叫醒韩信，怎么先去帅帐？看出了何公的疑惑，刘邦狡黠地一笑："哈，现在正是觉头上，一刻值千金，不必惊动大将了！我们先到那里坐坐去。"

到了中军帅帐，刘邦瞥见放在桌子上的帅印和兵符，上去摘了下来，系在腰间。他不觉叹了一口气，冷汗一身。

随即，刘邦传令三军将帅帐前集合。

没一刻，张耳和诸将先后到了。他们还以为韩信点兵，统统来参谒，等走近定睛一望，并不是韩信，而是汉王刘邦。大家惊愕万分，也不便细问，诚惶诚恐，只好依礼下拜。

这时韩信已被人唤醒，整衣前来。抬头猛见自己的印符系在刘邦腰间，汉王为什么要拿走印符？他一边跪下，一边不安地说："微臣不知大王驾到，有失远迎，实在是罪该万死！"

刘邦责备韩信、张耳说："这也没有什么死罪，不过军营应该加强戒备，免遭不测，况且天色将明，若敌人猝然而至，或者刺客混入军营，你们怎么办？"

韩信、张耳听着，禁不住满面羞惭。

接着，刘邦厉声责问张耳："赵王，我原先命你们平定赵、燕后，赶快与我会师，可你们却把兵马驻扎在这里一动不动，单是进驻修武，就已八个多月了。这八个多月中，难道你们一直躲在修武城里睡大觉？"

张耳分辩说："汉王，我们是有苦衷的。赵地虽被攻克，若此时移兵东向，难保赵不蠢动，就使张耳驻守，恐怕兵单力薄，局势难以稳定。加之，霸王数度让骑兵渡河袭击赵地，我和大将往来救援，牵制了许多兵力。如今，我们虽已组织好一支十万人的大军，但击齐计划不得不推迟，所以大将拟定，稍等几日将引兵东去。"

刘邦与张耳是儿女亲家，派张耳来也是因这层关系。这可好，张耳什么情况也不向他提供，还处处护着韩信，真是太让人失望。转而，他对大家说："本王到修武来，引起诸位的惊慌，其实大家用不着乱猜。说句实话，荥阳一线形势严峻，我是来调兵的。"

张耳仗胆直问："汉王，为何来前不先告诉我们一声？"

"为何？我会告诉你的。"刘邦并不正面回答张耳提出的问题，却转过脸去，温和地对韩信说，"无可讳言，我来得有些突然，事先没有和大将打个招呼。"

"大王不必多说，大王如有什么命令，我保证接受！"

"好！我要的就是这句话。"

刘邦随后宣布了四项决定："一、韩信下魏、破代、击赵、降燕，皆获成功，论功行赏，由汉左丞相擢升为相国；二、即日起，从赵地抽调一半兵马随本王去荥阳御敌；三、张耳留守赵国，其主要任务是管理赵、代之地，加强守备，把握后方，保证荥阳侧翼安全；四、击齐是既定目标，也是韩信在汉中所提出来的战略重心，谁能拥有齐国，无疑胜利将会偏向谁。韩信等人可征发赵地尚未征发之人，组成一支新军，进攻齐国。为加强韩信的力量，本王近日再将曹参、灌婴等将调拨回来。相信韩信定能克服困难，击齐再获全胜！"

"是！一切听从大王命令。"

应该说，这四项决定是正确的。不解除荥阳战场的危机，汉军就有可能一败涂地。不拿下齐国，就无法从根本上战胜项羽。刘邦还害怕韩信和张耳在赵地势力膨胀，所以夺了二人的兵权，又将二人分开，再派最为信任的曹参作为助手，来协助、监视他。对于这一切，韩信心知肚明。他领悟到了刘邦的高超手腕，在困难时期，要进一步利用好自己，以便做出新的布置，这足见刘邦的良苦用心。自己尽管擢升汉相国，这在汉职官序列中前所未有，职位远在萧何之上，但并不高兴。

丞相，为古代百官之长。相国，为廷臣最高职务。丞相与相国二者同时期可以并存，相国为主，丞相为辅，同时期相国只能有一个，丞相可以有多个。不过丞相和相国是两种完全不同的官职，地位上，相国要高于丞相。韩信为西汉第一任相国，而萧何为第一任丞相，二人论地位，韩信后来是诸侯王，而萧何只是一个侯，也能看出相国的地位是高于丞相的。

而韩信的相国也只是个荣誉职位，实际上掌权的仍是萧何。这四项决定中，刘邦没有否定他的东进击齐计划，但仍要抽调赵地精兵，削弱他的力量。

韩信往往在强压面前，忍辱负重，一声不吭，这也许就是他"隐忍"的性格。如此硬气的他，胯下之辱的情景一直伴随着他，今天也是，他要用别人不敢想象的一个又一个胜利，来证明自己内心的不屈和强大！

张耳心头也罩上了不安和悲凉。

调兵令已下，大局已定，刘邦这才告诉大家成皋已丢失的消息。

"诸位！"他不无叹息地说，"荥阳和甬道丢失，成皋难以阻止项羽进攻。他拔荥阳，诛周苛、枞公，房韩王信，遂围成皋，战斗十分惨烈。我如同一只丧家之犬，只能从荥阳跑到成皋，又从成皋跑到修武，险些被他要了性命。到了这个地步，没有其他办法，只好用你们的兵。不过，这也太为难大将了。"

"大王何出此言，任何时候，消灭强敌都是一种责任。"韩信道。

"难得你有这片忠心。"刘邦和颜悦色，"井陉一战，打得太好，说句老实话，荥阳那么多的兵马都败了，而你却胜了！由此可见，再大的困难也拦不住你。击齐之事还请你费心筹措，只要荥阳局势稍有好转，我会将在齐地附近游击的吕泽、冷耳和陈武等一批人马调拨过来，全力支援你！"

"谢谢大王！"

韩信与大家离去后，刘邦又单独留下了张耳："老哥，今日他人在场，你公开责问我为什么，我怎么回答你？"

张耳确是一位刚正不阿的君子，他思考中稍带埋怨。刘邦为什么如此惧怕韩信？为什么不能大大方方地来？他对刘邦说："言不透，意不明，话不完，心不静。我以为，汉王你今日所为有些过分。据我观察，韩信虽是高傲，但却忠心耿耿，不愧为当世难得的统军之才。他出陇西，度陈仓，定三秦，出函谷，彭城项羽反扑汉军大败西走时，他率部赶到荥阳接应，又击败京、索之间的楚军，遏制了项羽继续向西推进，现在又下魏、破代、取赵、降燕，对困境中的汉军来说，贡献实在太大。对这样一个人，汉王为何老是放心不下？"

"现在是评功摆好的时候吗？"刘邦大笑，"俗话说，'防人之心不可无'。今日，我与夏侯将军只身到此，不得不采取非常手段。"

"若他以后心存芥蒂怎么办？"

"走一步瞧一步，难道你看出他有什么反迹？他会降楚不成？"

"这倒不会。"

刘邦上前拍了拍张耳的肩膀："你是我尊敬的大哥，让你留在赵地，有何不好？这样，你既帮了我，又做一个名副其实的赵王，岂不两全其美！"

张耳沉默不语。

三

自刘邦出关战项羽以来，输得多，赢得少，已形成一种放得开的心态，屡战屡败，屡败屡战。

现在，刘邦将韩信主要兵力夺到了手中，既拯救了荥阳战场的危机，又削弱了韩信的权势，真可谓一箭双雕。成皋的将士也纷纷赶到，汉军声威复振，他又开始盘算着如何取下荥阳来。

这一天，郦食其迈着坚定的步伐，来找刘邦，眉目脸庞上焕发着光彩。

在汉军中，知道郦食其本名的人并不多，提起"高阳酒徒"却都知道，他好喝酒，能喝酒，视酒如命，嘴巴又能说，经常被刘邦派作外交特使，往来于诸侯之间。不过，如今成效大不如从前，但关键时候也不糊涂。他还有一个特点，就是太自负，除了刘邦外，其他人一概不放在眼里。他对韩信既羡慕又妒忌，几年工夫，就能下魏、破赵、降燕。而自己六十多岁了，垂垂暮年，时不我待，再不寻找建功立业的机会，恐怕一切都晚了。而他相信只要有机会，就凭自己三寸之舌，也一定能够建立丰功伟绩。

"封六国后嗣之事，我心中一直不安，愧对大王。"郦食其前些日子挨了刘邦的骂。

"罢！别提了。"刘邦猜想郦食其一定有事，"你不找我，我还要找你哩！"

"这不来了。"落座后，郦食其问，"听说大王准备移师巩县、洛阳，以拒楚军，是吗？"

"是的。"

"那么，韩信那边的事，大王有没有什么安排？"

"唉！用人不疑嘛。我已授他相国之职，并派曹参、灌婴协助他筹划攻齐，至于怎么布置，如何行动，一切由他决断，我虽在这里，但无须指手画脚，不做障碍人的事。"

"不妥，取荥阳，伐齐国，这两件事都不妥！"

"嗯？你是怎么想的，说来听听。"

"其一，我以为应停止进军巩、洛。常言道：'知天之天者，王事可成；不知天之天者，王事不可成。王者以民为天，而民以食为天。'敖仓之地储备各类谷物，很是丰盈，素称足食之地。如今霸王虽攻拔了荥阳，却不坚守敖仓，不懂得敖仓的重要，可让我汉军夺取粮食来源。此外，霸王虽夺去了成皋，却因彭越南下，夺了睢阳、外黄，他只得留下曹咎和司马欣，亲自率兵回去讨伐彭越，这正是我们伐楚良机呀！愚以为当今之计，应速速派兵夺回荥阳、成皋，占据敖仓，夺得那里的粮草。然后，在成皋的险要之处派兵驻守，控制住太行山的出路，坚守蜚狐口、白马津，就着这些险要地势，阻击楚军的前进。这样，楚军担心后路被切断，必不敢轻易向关中进军，以此可使关中平安无事，这不是很好吗？又何必去驻守巩、洛呢？"

刘邦点头称是，又问："其二呢？"

"其二，大王可暂缓击齐。"

"这又是为何？"

"如今燕、赵已定，唯齐未下。田广据千里之齐，又置二十万之众于历城，诸田宗强，负海岱，阻河齐，南近楚，韩信虽遣十数万强劲之师，未必能够一举攻克。倘若一年半载打不下齐国，十数万大军徒耗岁月，难以征服，而连年征战，百姓死伤无数，民力疲罢……"

"但韩信善于用兵，下魏破赵，不过数十日，齐军恐也不是他的对手。"

"臣所担心正在于此。"郦食其想抢在韩信之前劝降齐国，想和韩信争上一功，他挑拨说，"韩信是一个插上尾巴比猴子精明的人，不能不警惕呀！"

"嗯？"刘邦不由得叹了一口气，"依你之见，当如何处之？"

"哈哈！"郦食其朗笑起来，他知道刘邦内心对韩信充满了矛盾，话锋一转，"臣下以为，当前最好的办法，就是劝降，只要把天下大势给齐王剖析清楚，约定两家不必刀兵相见，齐国自会降汉！"

不错！刘邦认为郦食其这两件事说得都有道理，特别是处理齐国的思路，正合自己的心意。忽然，刘邦面孔起了痛苦的痉挛，前几日，虽派曹参和灌婴前往"协助"韩信，但他们只能监视，不能控制，韩信毕竟是主帅呀，正因如此，韩信的杰出才能也成了自己的一块心病，总是担心有朝一日控制不了这个人，现在郦食其有此一说，倒很中听。于是决定再次出兵据守敖仓，同时派人出使齐国劝降。想到此，刘邦下意识地瞟了郦食其一眼。

郦食其手捻胡须，双目微闭，仰面朝天，一派扬扬自得的模样。

刘邦素知郦生是个老江湖，故意问："说降齐国，可派谁去？"

"臣凭三寸不烂之舌，愿去齐国说服田广。"

"有把握吗？"

"有！"郦食其抹了一把胡须，继续说，"田横虽早已同霸王和解，但从没给过楚军帮助。他还同彭越保持着极为密切的关系。彭越大肆破坏项羽的后方，田横一向坐视不理，有时彭越被项羽打败，还可以到齐国境内避难。而田横对我们也从来没抱过敌意。因此，田横不是霸王的真实朋友，不久前还是不共戴天的仇敌。如今韩信大军压境，齐国的压力很大，而齐王的基本国策是割地自保，你不犯他，他不犯你，井水不犯河水，可以相安无事。臣想，仅凭以上情况，齐国经过劝说，完全可以和我们结成同盟。"

"这么有把握？"

"如说不下田广，也不敢向大王进言了！"

刘邦看了看充满信心的郦食其，郑重其事地拉住他的手说："广野君，你若游说成功，我定会重重赏你，刘某说话从来算数！"

"不敢当！"郦食其不无幽默地回答，"请大王多赏点美酒给臣下喝吧！"

刘邦转过身来，呼来侍从："把从汉中带来的白酒先赏一坛给广野君。"

侍从抱着一坛酒送上后，刘邦告诫说："美酒有的是，但不能因酒误事，你此去重任在肩，关系重大，切莫负我殷殷之托。此外，注意保密，以免节外生枝。"

"臣，谨记！"郦食其争到了这个机会，乐颠颠地跑出去了。

这一天，郦食其带领一班使臣来到了齐国都城临淄。

临淄（在今山东淄博东北）是齐地政治、经济中心，春秋战国时期就以人口众多、经济繁荣而闻名天下。郦食其不入馆舍，径投齐国王府，令人传信，有汉使来见齐王，陈说利害，救齐一国生灵。

齐王田广是田荣之子，他叔叔田横自从项羽在齐地撤兵后，利用楚汉荥阳相持之机，收复了齐国的全部城邑，田横拥立田广为王，自任相国。田横的角色如同赵国的陈馀，国家政事全由他来决断。而齐国在彭城之战前依附于刘邦，战后，又与项羽联合，依附于楚。实际上此时的齐国，谁也不属，是个独立王国。现听说韩信准备率十万大军攻齐，他们心生恐惧，不敢懈怠，连忙派大将华无伤和田解率领重兵守卫平原津（今山东平原西南）。

郦食其由中门而行，快步进内，旁若无人："汉使郦食其求见大王！"

"郦食其？"

"对！"

"郦食其！"田广怒道，"你来我国，欲下说辞，乃敢抗礼入见，欺我手中无兵吗？"

田广是一位仪容俊朗的年轻人，虽然发怒，但让人感到威严不足。

郦食其淡淡一笑："汉王带甲百万，威震天下，汉大将韩信欲从赵地席卷而来，齐民如鱼游釜中，危在旦夕，大王此位亦难保矣。我来此，一则救万民之命，二则保大王无虞，仍为齐国之王。上国之使命，非有求于大王，何屈礼以见啊？"

"这么说你不是来下战书的？"

郦食其朗笑道："误会，郦某只是奉汉王之命，通两家之好，要是下战书，汉王就不会派郦某前来。"

田广看着叔父田横，田横颔首。

"为郦大夫看座！"

郦食其诙谐地上前，手握成酒樽状："'有朋自远方来，不亦乐乎？'就这样谈，理应……如此待我？"

田广尴尬地看着田横，田横挥手说："备酒设宴，为郦大夫洗尘！"

不一会儿，他们转入后厅，宴上刚落座，郦食其已接连喝了几樽。

田横看了侍酒的一眼，心想这个老酒鬼，怎么只顾喝酒，连正事都忘了？

侍酒的不给郦食其上酒，郦食其毫不客气，拿过酒瓮给自己倒上。

"好酒，好酒！我自己来。"郦食其一仰脖子又是一饮而尽，这才放下酒樽，"大王想过没有，以齐王的兵力能打得过韩信统率的汉军吗？"

田广毫不考虑地说："齐国地方数千里，国富兵强，南阳楚淮之势，北镇燕境之雄，西有魏赵，东接海隅，内有文臣致治，外有武将安边，按甲屯兵，霸王也无可奈何，若汉军硬来攻伐，那只有一战！"

郦食其乱摇头，表情却十分庄重："只要战端一开，齐国危矣！请你们想想，先不言汉王怎样，韩信之才谁人可比？哈哈！'言兵莫过孙武，打仗莫过韩信。'韩信是兵仙战神，章邯有秦岭之险阻，却兵败自杀，魏豹有黄河天堑，却兵败被俘，陈馀有井陉之利，却兵败身亡。这样说来，霸王无奈于齐，韩信也无奈于齐吗？如今天下虽是楚汉相争的局面，其实，天下早成定局。"

田横、田广沉吟不语。

郦食其咽口唾液，滔滔不绝地继续说："如今之势，楚虽强而实弱，汉似弱而实强。汉王同霸王同受义帝派遣，西向灭秦，怀王约定谁先进入咸阳，谁就称王关中。可霸王背信违约，自恃强暴，反将汉王封到荒芜的汉中，并弑义帝于郴地途中，海内谴责，士民无不痛恨。今汉王以缟素为资，为义帝发表，布恩威于天下，天下莫不信从。况且，汉王起兵蜀汉，所向皆克，三秦既定，复涉西河，出井陉，势如破竹，今已据敖仓之粟，塞成皋之险，拒蜚狐之口，堵太行之道，守白马之津，抚安百姓，虎视天下，大王若及早归附，倒戈解甲，全一国之生灵，为万世之长策。若如此，汉王将下令止住韩信不再进兵，大王仍可在齐地称王，这不是两全其美的好事吗？"

其实汉军攻下赵国后，齐国已做两手准备。军事上对抗，这是万不得已的下策，因为齐地战火不息，民不聊生，先前与楚为仇，再与汉为敌，岂不独木难支？且齐与汉从没有什么根本利害冲突，如能和平度过，保全齐国，这也确为上策。田横顺水推舟，问郦食其："先生此话当真？"

郦食其回答："我说的正是汉王意思。若非如此，郦某何能出使贵国？"

田横想了一想，沉沉地说："军中无戏言，丑话说在先。你要言而无信，莫怪田某翻脸不认朋友，把你扔下油锅。"

"丞相信不过我老夫？"

"韩信现屯兵边境，恐怕一时前来。"

"我奉汉王明诏而来，韩信岂敢抗违？我这就修书给韩信，你们总可以放心了吧？"

"多谢郦大夫！"

当晚，郦食其一面派人回去报告刘邦，一面修书，差从人同齐使赴赵，阻止韩信进兵。

齐王挽留郦食其在齐国小住几天，共同庆祝双方的合作，更深一层意思，是要将郦食其留为人质，以防不测之变。

信使连夜飞驰入赵。

隔日下午，信使已将书信送到齐国边地平原。

韩信正欲进兵平原津，忽然接到郦食其十万加急的书信。展开看毕，他大为惊愕，郦食其劝降齐国，这是怎么回事？我十万大军在发，他却暗说齐王，如此重大军情，没有人先告诉我一声，难道汉王和郦食其有瞒着我的隐情不成？！虽然如此，他没有说出口。他对来使说："请转告广野君，既然已说下齐国，我即刻退兵。"

入夜，寒风瑟瑟。韩信在查看中军布防之后，回到大帐，刚卸下战袍，有人来报蒯彻求见。

"半夜求见，一定有什么急事！"

蒯彻，属于纵横家一类，此人第一次出现在历史舞台上，就体现了他高超的说话技巧。秦二世元年（前209）八月，赵王武臣受命陈胜北上，蒯彻曾以三寸不烂之舌，游说范阳令徐公主动请降，不战而下三十余城。现在他已受邀韩信幕下为谋士，本欲受命去说下齐国，尚未成行，情况却发生了变化。韩信连忙请他进帐。入帐坐定后，蒯彻问韩信："大将！听说大王已派郦食其说降了齐国，此事当真？"

"嗯。"韩信点了点头。

"您的态度是罢兵还是继续攻齐？"

蒯彻所提的问题，正是韩信考虑的。

韩信眉心紧锁，如若罢兵，两年来苦苦所求，将被白白断送，楚汉相争不知哪年才能结束。如果向齐国进攻，那又将造成自己和汉王的矛盾。让人困惑难解的是，井陉之战后，所得精兵屡次派往荥阳，支援汉王对楚军作战，实现自己的"中线牵制、东线迂回包抄"的战略，数月前，连数万主力都被汉王拉去，自己也没有什么怨言。没有料到，自己忠心耿耿，处处以大局为重，而汉王对自己竟会如此不放心，暗留手脚，不声不响，悄无声息和齐国搞幕后交易，实在叫人寒心。但一转念，如今大敌当前，上下同欲者胜，虽然心里不痛快，但还是以大局为重吧！

蒯彻见韩信缄默着，摸不清韩信的心思，便试探性地问："从历下来的人都说，当地的防务已撤，战斗的迹象已不见，边界士卒都随便出入，汉、齐和谈已告成功。恕我直言，跑在大将前面暗说齐国，说是郦食其所为，不如说是大王的本意……"

韩信摆摆手："齐是个大国，我们如今远离大王，远行千里，要取得胜利也不是轻而易举的事，这一定是有人从中挑拨，说了一些不三不四的话，不然何以至此？"

他又对蒯彻说："我听说，当年鲁国有个与曾参同名的人杀了人。有人却三告曾母，说曾参杀了人。于是曾母就坐不住了，便投杼下机，逾墙而走。曾参之贤，其母本来信而不疑，但三人疑之，其母也信而惧之，何况臣之贤比不上曾参，大王对我的相信程度也比不上曾母对曾参。今日怀疑我的又何止三人，臣恐大王也会'投杼下机'。"说到这里，他叹了一口气，"既然郦食其已劝降齐王，我想回师，也好让大军休整休整。"

"大将，臣以为不可！"

"为何？"

"请问您可曾接到大王停止击齐的旨意？"

"没有。"

"那么，万一齐国背汉联楚，您担得起那擅停进兵的罪名吗？"

韩信不以为然地说："郦食其之行，乃是奉大王之命去劝降齐国，我再举兵击齐，恐拂王命。"

蒯彻走近韩信，小声道："大王初命大将取齐，其意已定，且在修武夺兵后，大王再次要求大将组建新军，出征齐国。今遣郦食其说齐，此必是郦食其与大将争功，并非大王初衷。请想一想，你奉命击齐，费了若干心机，才得以东向。今大王独使郦食其，先往说下齐国，究竟是与否，尚难料定，岂可凭他一书，仓促旋师呢？郦食其是个儒生，狗掀帘子，全靠一张嘴，下得齐国七十余城，而大将带甲十数万，转战南北，出生入死，才夺取赵地五十余城，试想为将数年，一代战神还不及一老书呆子？若真是这样，以后天下还有谁瞧得起大将，我们还有何脸面去见汉王？"

"依你之见，该当如何？"

"倘若攻下齐国，一切都好办！"

韩信觉得这样做，那郦食其肯定要吃亏了："郦食其为人豪爽，既有儒者气度，又有纵横家的遗风，实是当今难得奇士，一旦攻齐，岂不是要害了他？恐怕使不得。"

蒯彻一听，笑道："大将不负郦食其，郦食其早已负了大将，大将万万不能因可怜他而失去天赐良机。况且，平定一国之功难再碰到。当此之时，大将何须为区区女子之态呢？再说，齐今日虽降，不久肯定复叛，不如一鼓灭齐，以除后患，即使郦食其送了命，而成平定一国之功，他日论功行赏，其子孙也不失裂土受封。"

韩信一怔，随即两眼放光。对！机不可失，时不再来。郦食其既然卖了我，我还护着他干吗？击齐非我个人之意，乃是汉军深谋远虑的决策。如能借此袭击成功，控制了齐地，也就提前完成了对楚国的战略包围，这是楚汉战争中最重要的一步。但战场瞬息万变，历下是必争战略要地，不能因一人误了国事，大丈夫打天下不易，到嘴的肥肉岂能轻易送人。如今齐国答应议和，定会放松戒备，这是实施奇袭的绝好机会。战争无万全之策，为了取得胜利，也只好对不起郦老先生了！

韩信思而不言，只是说："这样也正合我意。"

蒯彻不解地问："那你为何告诉使者回师？"

韩信笑道："这叫兵不厌诈，攻其不备。"

转而，韩信收拢了笑容，认真地说："这需要先生为我去一趟齐国。"

"好！我先去边城禀报齐大将华无伤和田解，告诉他们两家和解，汉军将于日内回师。三日之后，我将按时返回。"

于是，韩信于三日后与冷耳、傅宽等麾下大军从平原津强渡黄河，突然向二十里外的齐重镇历下发起猛烈攻击。

历下（在今山东济南）落于历山之下，故得此名。南有泰山之险，北带渤海之利，地处通衢要道，是齐国西部边境第一军事重镇。历下齐军因齐、汉议和，已奉命撤防，城内外到处是懒散的将士和喜气洋洋的百姓，城门洞开，吊桥平放，任凭出入。现在，突然遭到汉军意外打击，毫无抵抗能力，即刻溃散。韩信不费吹灰之力，击溃了齐国主力，并占领了历下。

华无伤被俘，田解被杀，万余齐兵被围而降。

接着，韩信又率汉军，日夜兼程，前锋直击齐都临淄。

酒宴丰盛，歌舞飞欢。临淄齐王宫中，却是另一番景象。

田横、田广等齐国一班文武，正在宫中准备为郦食其回成皋交差举行送别宴会。

郦食其在田广、田横及文武群臣的陪伴下，饮酒取乐，还叫来一班歌女伺候着。田横端起酒樽，扫视大家一眼，然后对郦食其亲切地说："郦大夫使齐，使百姓生灵免遭涂炭，功高泰山，来，干上一樽！"

郦食其举樽一饮而尽，揩揩嘴角，微微领首："诸位，老夫在此数日，多谢大王和丞相的热情款待，回去之后，一定向群臣宣示齐国君臣的好客，并向汉王美言。"说罢，他轻轻一笑。

田横很高兴："多谢！为齐汉大联合，我再敬郦大夫一樽！"

酒过数巡，郦食其已面红耳赤，醉意朦胧，他提醒自己不要再喝了，再喝要醉倒。他为田横斟上酒："多谢款待，今日喝得过多了，干最后一樽吧。"

忽然，有士卒入内急报："启禀大王！不好了！"

"讲。"

"韩信已率汉军攻打过来！"

田广惊得不知所措。

郦食其呆呆地出神，手里拿着的酒樽，酒已洒净。

刚才热闹的场面一下变得安静下来，宴会厅里鸦雀无声。

田横许久才反应过来，对士卒厉声喝问："怎么回事，你净瞎说？"

"小……小人不敢瞎说……汉军趁我军防务撤离，已经占领了历下，田解被杀，华无伤被擒，韩信正率军向临淄杀来！"士卒颤抖着答道。

"啊?!"

田横向郦食其一步步逼来，他猛地将郦食其手中的酒樽打在地上，指着郦食其的鼻子："好呀，老不死的东西，与韩信合谋，引我上钩。你从实招来，否则，我扔你下油锅！"

这突如其来的变故，使郦食其百口莫辩。然而，他明白过来了，韩信背约攻齐，坏了自己的好事，使他技穷了，他沉声说："不要把话说得这么难听……"

"杀了这个老杂种!"大将田光与几位将军早已拔剑在手。

"慢着!"老谋深算的田横连忙止住,"我尊你一声'老哥'!我再给你一次机会,你若能劝说韩信立刻止军,我就放了你!"

田广传令道:"那就让他快快修书,让韩信止军!"

郦食其淡然一笑,他意识到这时候就是将天说红了,韩信也不会止军。他倒十分坦然地说:"举大事不顾细谨,盛德之人不作矫让。韩信既然击齐,我不想再做辩解。我倒要劝劝你们,齐国迟早都会灭亡,不如干脆降汉算了。"

"什么意思?一定是你早同韩信串通好的。"

"怎么是串通好的?不信,可请大王派人去问问汉王!"

田横在旁边冷笑一声,说:"老杂种!眼下谁还有工夫与你去问刘邦,这分明是骗人的鬼话。当年,刘邦不是派你带着厚礼去见秦守关的将军,说秦将立盟倒戈。而你们乘其不备,又突然对秦军发起攻击。细一想,今日你又在故技重演!来人,炸了这个无耻之徒!"

此刻,郦食其叹道:"事到如今,我还有何话可说,可恨韩信小儿,利欲熏心,不讲信义,害得我这个花甲老者,无脸再见世人。天意!天意!功既不成,反要下油锅,韩信!韩信!今日算我倒霉,日后你也不得好死!"

田广怒不可遏,命人抬过油鼎。

鼎内油已翻开,腾腾地冒着油烟。

寂静,可怕的寂静,整个大殿上下,除了滚油沸腾、烈焰翻腾的声音外,竟悄无声息。田横喊道:"再问你一次,能否让韩信止军?"

"少说废话!"

"来人,把他烹了!"

"且慢!我郦某为人一生,从没有请求过别人什么,今日死到临头,请赏我一坛酒喝。"

"真不愧为高阳酒徒,给他酒!"田横说。

士卒递过酒坛,郦食其捧过"咕噜咕噜"痛饮起来,喝干后,他放下酒坛,抹了一把花白胡须上的酒,举头向西,大声道:"汉王!使命不成,愧对你呀,老夫该上路了!"

两个士卒过来抓他，他推开士卒。

"不劳各位大驾，郦某言而有信，我自己来！"说着挥开衣裤，光着身子，赤条条地向油锅跑去，田广等人吓得闭上了眼睛。

霎时，一股浓重的油烟腾空而起……

半晌，田广回过神来，命令道："紧闭城门，登城防守！"

可没过几天，当汉军将要杀到临淄城下时，田横决定分路出逃。田广逃往高密，自己则逃往博县，临淄很快落入汉军之手。

韩信击齐是一件争议极大的事，而郦食其的死，更是令人感叹不已。郦食其贪功在前，韩信私心于后，真正的罪魁祸首应该是刘邦。让人诟病的是，他有意让韩、郦二人争功，结果却害死了郦食其。只是郦食其至死气节不失，为了刘邦大业，慷慨赴死，不知他知道这一切后做何感想。

郦食其为刘邦灭秦抗楚做出了重大贡献，他死后，归葬于雍丘。汉十二年（前195），刘邦死前，破例封其子郦疥为高梁侯，侯第六十六位，也算是对他的一个交代。

唐代大诗人李白在名篇《梁甫吟》中这样叹道："君不见，高阳酒徒起草中，长揖山东隆准公！入门不拜骋雄辩，两女辍洗来趋风。东下齐城七十二，指挥楚汉如旋蓬。"可惜的是，诗仙未能把郦食其不怕死的情节展现出来。不过，公元1973年，毛泽东主席续写道："不料韩信不听话，十万大军下历城。齐王火冒三千丈，抓了酒徒付鼎烹。"两位大诗人的生花妙笔一对接，呈现在人们面前的是一幅鲜活的"高阳酒徒"画面。

四

韩信东进的胜利，有力支撑着刘邦在荥阳、成皋一线与楚军鏖战。

项羽则没有这么幸运。先前，他留下曹咎等人守成皋，自己亲率大军来到梁地征伐彭越。可是彭越早已得到了消息，按既定方针，三十六计走为上计，连滚带爬地向北撤去。项羽怒气冲冲提兵追击，没有遇上什么阻拦就收复了陈留、外黄、睢阳等全部丢失的城邑。

反击胜利了，项羽心中却有一种说不出的苦涩滋味。虽屡战屡胜，却总在关键时候后院起火，不得不东奔西跑，疲于奔命，楚军将士疲惫不堪。这时，项伯劝项羽犒劳一下三军，将队伍休整休整。

这日，项羽在行辕中，摆下酒宴，酒过三巡，菜过五味，忽然，探马匆匆入帐禀报，成皋已失，守将大司马曹咎不幸阵亡！

听到这突如其来的事件，众将都愣住了，帐内立刻弥漫着一股不安的气氛。

项羽听了这个消息，也大惊失色："成皋是洛阳门户，九州咽喉。我嘱咐曹咎死守成皋，这汉军是怎么夺走成皋的呢？定是曹咎擅自出击，才有此败！"

项羽判断是正确的。那一天，项羽走后，刘邦迅速进兵成皋，对付不了项羽，但对付曹咎等人还是小菜一碟。因项羽叮嘱在前，留守的曹咎、司马欣等人，面对汉军的挑战，决不出战。刘邦得知后，下令在成皋城边设台，每天派人站在台上，用最难听、最恶毒的语言，轮番叫骂、攻击、侮辱。一连进行了五六天，骂得曹咎憋闷难受至极。

曹咎与项梁是世交，在项梁叔侄没有起事前，项梁曾触犯刑律，曹咎写书给栎阳令司马欣，抵了项梁的罪。他虽能力不强，但因为对项氏的绝对忠诚而被项梁重用，官至大司马，封海春侯。暴怒终于使曹咎丧失了理智。原本性格沉稳的他，再也沉不住气，难道项王也是你们可以辱骂的！一怒之下，忘记了叮嘱，打开城门，率军冲出城去，决心与汉军决一雌雄。可是渡汜水渡到一半时，刘邦下达了攻击令，数万汉军突然发起猛攻，楚军顿时大败。曹咎这才懊悔自己不该忘记项羽的嘱托，如此惨败，怎么向他交代？曹咎见大势已去，自知愧对项羽，于是在河边与塞王司马欣拔剑一起自刎而死。

此时，楚军已无力抵抗，汉军大胜在望，刘邦便下令渡河，会合各路，齐入成皋，楚军大量物资也被汉军夺去。

项羽大发雷霆，他不能原谅死去的曹咎，大骂他的无能，但更愤恨刘邦的狡诈，他要报复，要彻底捣毁成皋。

就在项羽将要启动兵马之际，齐国专使风尘仆仆，飞驰入辕来报：

"霸王！韩信率十万大军，突然发动了对齐国的攻击，现已占领了齐都临淄等地。齐王恳求霸王挥师救援，若能击败汉军，救得齐国，齐王愿以半地相赠。"

真是屋漏偏逢连阴雨，祸不单行！

韩信进展如此神速，齐国也如此不堪一击，半个齐国相赠事小，如果不予救援，对楚都彭城将会构成直接威胁。唉，实在没有想到当年一个执戟小子，竟有如此大的作为。刘邦在荥阳一线，被打得焦头烂额，溃不成军，而韩信开辟北方战场以来，却打出了一个刘邦想要的局面。现如今，韩信又以迅雷不及掩耳之势，攻入临淄，扭转了汉军预势，攻守易位，汉军将会从战略防御转入战略反攻，形成包围，置我楚军于极其危险的境地，对楚汉战争的全局，必将带来极坏影响！

项羽的心情十分沉重。韩信击破齐国，真是出乎意料。而项羽没有征讨韩信，也并不是完全轻视他，如同当年征讨齐国田荣，没有征讨还定三秦的刘邦一样，有一定战略上的考虑。不过，在项羽的脑子里，韩信只是一个多嘴多舌的家伙，能有什么大本事，只可惜当年在楚营没有杀了他，反而留下了无穷后患。但时间紧迫，刻不容缓，不容许慢慢地思考，目光必须聚焦东方。他断然做出决定："韩信威胁很大，但目前主要对手仍是刘邦，本王仍要从荥阳下手，率领楚军主力西去，尽快决战。同时，答应齐王田广的请求，派二十万大军救援齐国，巩固楚国的后方。"

但是，救齐由谁担任主将呢？

打发齐使回去后，他在偌大的帐中，来回踱起步子，思索着合适人选。

在项羽高傲的目光里，看得起的人并不多。从军事角度审视，他对龙且还是称道的。龙且能征惯战，无敌天下。项羽拿龙且与楚军中其他几位将领做过比较，认为在统军作战方面，龙且比他们明显高出一筹。况且，龙且统率的二十万机动部队，现在是项羽手中最后一张王牌。

项羽找来了龙且，说："瞒天瞒地不瞒你，如今战局比较危险，韩信挥师东进，齐国危在旦夕，不救，齐将被攻灭，我大楚将处于两面受敌的境地。"

听了项羽的话后，龙且感到事态严重，但他提出了自己的疑虑："霸王，齐国反复无常，田荣首先发难，田横又反我于城阳，从此才搅得天下不得安宁，如今虽和解，但面和心不和。当年打的是他们，今日救的又是他们，将士们可能难以接受这个事实。"

难怪龙且会有这种想法。齐、楚之间有深仇，齐国民众十分痛恨楚军。两年前，项羽亲率大军北上攻齐，进入平原县击杀田荣后，劫掠妇女，残酷暴虐，胡作非为，齐国广袤的土地上经历了一场空前的劫难。人们记忆犹新，齐人群起反抗，打得楚军深陷齐地不能自拔。

"天下没有永远的朋友和敌人。昨天乱天下，要整治他们，今天情势变了，汉军攻齐主要矛头还是对准我们，齐楚唇齿相依，唇亡齿寒。齐国是我楚国北方最后一道屏障，眼下他们全力抗击韩信，保卫家园，我就应及时救援，这是我楚国全局性的策略，这个道理要和将士们说清楚。龙且将军，现在我们虽两面作战，但这没有什么可怕，俗话说：'打蛇先打头。'我将按原计划返回荥阳，寻求决战，尽快解决荥阳问题。而救齐……"

龙且知道形势严峻，激动地站了起来："项王，有什么话您尽管吩咐，用得着我龙且的地方，就是上刀山，下火海，肝脑涂地，我也在所不辞！"

"难得的忠心！孤王再三考虑，能担当救齐重任者，唯有将军也。但话说回来，韩信没有多大的能耐，他能顺利东进，主要是没有强手制约他，使其侥幸成功。相信龙将军此去，一定会打败他！"

项羽又亲自与龙且研究救齐方案。

他最后交代说："汉军由西而东，下一站的目标，将由临淄向高密一线推进，意欲打通潍水南北通道，上控潍水上游，下趋彭城。故而，你须尽快赶在汉军合围田横叔侄之前，打韩信一个措手不及，先解高密之围。"

龙且自负地说："我料定，我军一到高密，韩信必将后退。因齐地十分广大，韩信兵力不足，至他回缩时，我即可趁机掩杀，一举遏止汉军进攻，救得齐国。"

项羽点了点头："尽管如此，也不可太急躁用兵。韩信的为人我是知道的，鬼点子、弯弯绕多，定要防他阴谋诡计。我把周兰将军调拨给你，他平生谨慎，不肯冒险，又在齐地作战多年，那边情况熟悉，遇事多和他商量。战而能胜最好，否则，拖住韩信也就达到了救齐目的。但绝对不能退，退了没有理讲。犬牙可以交错，大不了准备长期对峙。龙将军，此战关系重大，将军切莫大意！"

"霸王放心好了，倘若不能取胜，龙某提头来见！"龙且心想，项王从来一言九鼎，言语干脆，今日怎么如此唠唠叨叨、畏畏缩缩？

项羽将二十万大军交给龙且后，就自率兵马攻打荥阳去了。

龙且率楚军，迅速沿山东莒县至五莲、诸城一线，向北推进。

在战地会议上，龙且在战略上做了进一步分析和判断。他欲直接挥军临淄，激韩信做主力决战，或者大军先入高密，与齐军会合后，再渡潍水西向，和汉军在潍水以西的广大地区进行决战。

亚将周兰提出了不同意见："韩信平定魏、赵、燕，如今又打下了齐城四十余座，一路连连取胜，士气高昂，其锋锐不可当。齐军则是在自己的境内作战，士卒家室都在附近，稍有不利就会逃回自己的家中，极易溃散。如今最好的办法，就是深沟高垒。一来可诏谕各地，告知齐王尚在，那里必定群起反汉。二来尽快将三晋流落在齐国阿、鄄等地的人组织起来，让他们去骚扰、收复三晋故地。这样，汉军没有稳固后方，势必粮饷难继，旬月以后，必将不战自垮。"

"避敌锋芒？"这和当时李左车在赵国提出的策略完全相同。可是，龙且根本听不进周兰的话，"周将军太保守了，孙子兵法云：'兵贵胜，不贵久。'又云：'十则围之，五则攻之。'齐楚联军少说也有四十万，而汉军不过十万，汉军绝对处于劣势，我们为何要逆兵法，却战机，作茧自缚？"

周兰见龙且如此轻敌，十分担心。

他劝阻龙且道："霸王把希望押在你我身上，只许成功，不许失败。这几日，我反复考虑，韩信弃齐降而不取，偏要大动干戈，可见其心高气傲，志在必得。他们又因千里征战，必欲速决。我楚军虽强悍，却处于疲惫救援状态，齐军又临家门，军心不稳。我以为，联军吃不起挫折，更吃不起失败。在此状态之下，只应稳固防守，不可轻易出击。更何况，韩信诡计多端，没有人能摸透他，章邯、魏豹、陈馀、田广谁都摸不透他。将军可千万要小心呀！"

"小心？哈哈！"

龙且狂妄地说:"当年,韩信在淮阴城,拖着长剑,穷困潦倒,曾乞食漂母,甘受胯下之辱,他哪里来的真本事?他的'辉煌战绩'吓唬那些小猫小狗可以,遇到真正的将军,可要现出原形。几年前,在京索大战时,我和他有过短暂交手,而这几年,我大军忙于同刘邦作战,让他碰上运气,钻了空隙,占了魏、赵等地。这次我龙某来,就是要和他斗一斗,让世人瞧瞧他的嘴脸!"

周兰对龙且的心思是清楚的,只是觉得他太急躁了。怎能一到战地,对地形地物、河流水势等战场情况并不十分了解的情况下,就断然做出决战部署?周兰欲再说什么,龙且朝他摆摆手。

转而,龙且用无可置疑的口吻对大家说:"我奉项王之命救齐,若不经过战斗迫使韩信投降,还有什么战功可言!如若坚守不战,使齐人反汉,令汉军无粮而败,结果必然是齐国田氏重掌齐国,作为楚国援军龟缩不前,将失威信。所以,我们只有在战场上消灭汉军,才能获得齐国的控制权,而不是被动等待齐人反汉,夺回汉军控制的地方。方案就这样决定了,将大军推进到潍水以西的高密附近,抢在汉军来到之前,与齐王田广会合,然后待机破敌!"

其实,龙且的行动也非个人意志。魏、代、赵等国已被韩信灭掉,燕国投降,齐国的军事主力也已被韩军团摧毁。在这种背景下,等到韩信彻底占据齐国后,刘邦就可以对项羽进行两面夹击,到时楚国就危险了。而龙且带走二十万的主力,这让项羽兵力变得吃紧,这样,会导致楚军在西部战场拥有的优势渐渐丧失。所以无论项羽还是龙且,都耽误不起时间,必须速战速决。更重要的是,龙且至今打遍天下无敌手,如果再打败韩信,一定会裂土封王,分得半个齐国,建功立业的愿望,促使他决定立刻决战……

潍水,是胶东半岛第一大河,全长二百公里。

潍水发源于齐五莲西南箕屋山,东流至诸城县折向北,经过今高密、安丘、潍坊境内,再经昌邑鱼儿铺注入渤海。潍水进入峡山后与渠河、浯河汇流,恰好就是现在的峡山湖。与高密分界处为一望无际的大平原,河床较宽，水流变缓。

龙且、周兰与齐王田广会合入驻高密城（今山东高密城阴城故址），并组成齐楚联军在潍水东岸与汉军对峙。

见齐楚联军来到高密后，韩信一面主动后撤，一面令汉将曹参率部向潍水一线靠拢，为潍水之战做必要的准备。

这日，韩信与李左车、曹参、灌婴等人沿潍水上溯，对潍水沿线进行了实地察看。时值枯水季节，眼下的潍水水位只有一尺多深。他们几人便骑马涉过河去。傍晚时分，韩信一行爬上了潍水大堤。极目眺望，只见对岸楚军营地灯光点点，首尾相接。寒风中，尚能辨出战马的嘶鸣声。韩信连连点头称道，龙且布营扎寨深得兵家之妙。

回到帐中，夜色已深，韩信却毫无睡意，这已是数个不眠之夜。他踱着步子，苦苦思索着。齐楚联军声势浩大，特别是素有"铁军"之称的楚国将士，擅长进攻和兵团野战，战斗力极强，而汉军多为赵国新征召之人，经不得大战。倘若盲目渡河，无异于以卵击石；若坚壁不战，粮草难以为继，将不战自溃；若袭取即墨，恐被楚军切断后路，困于海隅，也终非长久之策。要取得最终胜利，必须用计设谋！

这时候，卢乡打来了热水让韩信洗一洗，不防韩信猛地转身，"咣"的一声，水盆被打翻，韩信半个身子被淋湿了。

水，迅速向低处流去。

韩信却眼前一亮，故乡淮阴是个水乡泽国，捞鱼摸虾，放水打坝，是男人们的拿手好戏。要想击败齐楚联军，能否在潍水上动一动脑筋？韩信急忙取出帛图，自潍河上游慢慢向北看去，当目光落在潍水与浯河口交汇处时，他脱口："两水汇流前各自劈山而行，湍流如奔，这是一个咽喉区，而两水汇流处河宽水浅。好，我有了破敌良策！"

"大将？"愣在一旁的卢乡，被弄得丈二和尚摸不着头脑。

"不妨事，这盆水浇得好，帮我坚定了想法。明日清早请上左车先生，我们再去潍水察看！"

次日清晨，韩信、李左车带着卢乡一行，专门考察了潍水南浯河口。果然潍、浯二河交汇处，一段河水穿过高冈，出口处宽仅数丈，形成峡口，上游的潍水蜿蜒其间。高冈之上，平地突兀，森林茂密，古木参天，靠近峡口的一处瀑布，高达数丈，跌落之处的河床，被冲积成一大片沙滩，与峡口形成鲜明对比。韩信面带喜色，两天来的疲倦一扫而光。

刚刚回到军中，灌婴等将领已聚集在大帐外，前来请求同齐楚联军作战。

"你们倒够性急的。有何打算？说来听听。"韩信道。

"大将，我想今夜带三千铁骑去楚营劫寨！"灌婴跃跃欲试。

"灌将军果然英勇！不过，龙且是个劲敌，久经阵战，虽然乍到，但营中有序，盲目出击无异于以卵击石。诸位来得正好，这样吧，把曹参、孔聚、陈贺、冷耳等几位将军都找来，一起商量商量这个仗怎么打好。"韩信笑着道。

不一刻，副将曹参引众将进入大帐。

韩信待他们坐定后，说："进军齐国后，楚军插手使战局发生很大变化，我们的主要对手，已不是齐军，而是强悍的楚军，大家看怎么办？"

众将知道韩信的习惯，不思考成熟的问题，不会拿出来，拿出来的方案，一般都有绝对取胜的把握。任何事情，只要是韩信最后敲定的，众将只要遵令即可，因而谁都不愿先发表自己的看法。

等待了一会儿，韩信见无人开口，将脸转向李左车："这样吧，请先生把目前情况介绍一下。"

李左车站起来对大家说："我军挥师入齐已有一月余，占领了潍水以西半个齐国，深入纵深数百里。潍水贯穿齐境南北，是兵家必争之地。现在，我军从潍水东岸撤回西岸，重点布防在潍水中段的淳于、昌安、平昌一线，集结十万军队。齐军占据潍水以东，主要集结潍水中段偏东的高密、即墨、夷安、琅邪一带，兵力超过二十万，特别是楚军派大将龙且、周兰率二十万军队来援，已到高密，齐楚联军增至四十万，人数超过我军数倍。敌强我弱，夹潍水而阵，一场恶战难以避免！"

待介绍后，韩信接过话来："齐楚联军声势浩大，又在自己境内作战，而我们深入齐境，看来有点孤立了。我说，不孤立！要告诉大家一个好消息，不久汉王将派丁复、蔡寅、丁礼、季必、傅宽等十数将入齐参战，还送回五千骑兵，来高密与我们会合。虽然我们的人马还是少了点，但不怕！只要我们上下用命，齐心合力，我们就会处于主动地位，就一定能够打败龙且。就拿当年齐国来说……"

韩信引经据典，纵横捭阖。他这个人就是这个特点，不讲则已，一讲必滔滔不绝。

"周赧王三十六年，田单攻杀燕将骑劫，恢复齐国后，齐襄王封田单为安平君，并任相国。不久，田单准备攻打狄国，他先去请智谋过人、善于排忧解难的鲁仲连。

"鲁仲连说：'将军此次攻狄，我看是攻不下来的。'田单说：'我以小小的一座即墨城，指挥老弱残兵，打垮了兵车万乘的强大燕国，收复了齐国的失地，如今先生却说我攻不下一个小小的狄邑，不知从何说起?!'

"田单气鼓鼓地上了车，连招呼也不打一声就走了。接着田单就带兵去攻打狄邑。但攻打了三个月，也没有打下。

"那时齐国的孩子唱起了这样的童谣：'高高的帽子像簸箕，长长的剑柄抵着颐，小小狄邑攻不下，士卒枯骨堆成丘。'田单听了这些童谣后吃了一惊，便急不可待地又去请教鲁仲连：'先生说我攻不下狄邑，请把其中道理告诉我吧!'

"鲁仲连回答说：'那时，我们没有什么地方可去了，只有勇敢地同敌人作战。我们宗庙都给敌人毁了，日子没指望再过下去啦，我们不拼死战斗还能退到什么地方去啊？那时，将军有牺牲的决心，士卒也没有偷生的念头。他们听了你的话，没有一个不悲愤落泪，都决心跟着你与敌人拼个你死我活。这就是将军你能够打败燕军，恢复齐国的道理。如今将军金带围腰，驱车跃马，驰骋于淄水，一味贪图享乐，全无牺牲决心，这又怎么能够带领士卒，打得了胜仗呢？'

"田单听了鲁仲连的一席议论，十分感动：'我的心思先生都知道了!'隔日，他就亲自出马鼓舞士气，巡视战场，齐军发起进攻后，他亲冒如雨矢石，不顾个人安危，擂鼓指挥作战。

"这一来，齐军的将士们士气鼓舞起来了，他们个个奋勇作战，很快就攻占了狄邑。"

接着，韩信借古察今，强调说："我们现在的处境，与田单的情况差不多，以往我们取得的胜利，各位都是有功之臣，但那是过去。如今，我们来到齐地，困难是前所未有的，不拼死战斗还能退到什么地方去？东去不能，南下又被胶东诸将所阻，北去无路，若回军赵地，齐楚联军必集而击之。与其跪着死，不如站着拼，要想我们死也没那么容易。这就要求各位，发扬以往拼搏成仁的精神，鼓足士气，亲冒矢石，勇敢作战，毫不懈怠。这一仗，打就要打胜呀！"

"大将，你指到哪儿，我们就打到哪儿，决不含糊！你说怎么打吧！"大家齐声说。

"不，还是先听听大家的意见。这一仗非同小可，光靠勇气是打不赢的，而用计作战则必须周到缜密，来不得半点疏忽。否则，任何一个环节出了岔子，就会满盘皆输。"

帐中的空气又凝固起来。

韩信见状，把话头一拨："'兵者，诡道也。'我昨日出的题目，各位还没有交卷呢。曹将军，你有何想法？"

"我想，峡山山谷内有现成的沙石，是不是可以打坝阻流，水灌楚军？"曹参试探着说。

"嗯，是个好办法。不过，坝子一打，河里没有了水，龙且会不会发现我军的意图？"李左车有意问道。

"这……"曹参又陷入沉思。

"哎！"孔聚心直口快，"我们能不能只打住潍河的水，叫支流河的水照样流淌，那里的水只没到小腿肚。"

"好！"曹参一拍膝盖，"这样，我去把龙且引下河来，你们在上游放水，淹他个杂种！不过……"他看了一眼韩信，到了嘴边的话又咽了回去，但很快又补上一句，"如果大军不动，光我一支人马，能引动龙且？"

"曹将军，有什么话尽管说！"韩信鼓励着曹参。

曹参却说："怎么才能叫龙且听我们调度，而且保证能叫潍水淹掉楚军呢？"

韩信点点头，问陈贺说："陈将军，谈谈你的意见。"

陈贺一直静静地听着众人的争辩，头脑飞快地旋转着。听韩信点他的名，清了清嗓子后说："大将，曹将军说得有理。要想引龙且这条大鱼上钩，得用重饵，就像在赵国背水布阵一样，这得拿一半汉军，包括大将自己在内做钓饵。"

韩信微笑着点点头。

曹参吁了一口气，赞许地看着陈贺。

陈贺又道："至于这次行动的关键，在于信号准确，放水迅速，既要淹掉楚军，又要保证我军安全登岸。"

"好！大家的想法不谋而合。"韩信兴奋地说。

接着，韩信介绍了作战计划。他把这次计划名为"囊沙阻水战"。第一步"退避三舍"，先从高密撤围，避开齐楚联军锋芒，骄纵敌军；第二步选择潍水做战场，变不利为有利，诱敌下定渡过潍水作战决心；第三步先在强敌面前退一步，待其半渡，奋力攻击。第一步已施行，第二、三步实际是一气呵成之事，利用潍水，引诱敌军过河，然后趁机攻击。

讲到这里，众将明白过来，从高密撤围后退，并非一触即溃，而是有计划的行动，但齐楚联军能听从"指挥"吗？龙且能轻易地渡过潍水吗？

曹参仍感疑惑，又问："大将，龙且的底细你一定了解，能否谈一谈，让大家开开眼界？"

"对！请大将谈谈吧。"

"好的！"为了鼓舞士气，把龙且的性格、惯用的战法和一些基本情况介绍一下，的确很有必要，韩信对大家说，"龙且是项羽嫡系，他自幼与项羽一起长大，情若兄弟。随项羽叔父项梁起义后，每战皆亲力亲为，拼命杀敌，深得信任。龙且身材魁梧，个性刚强，行军、布阵、作战方略与项羽如出一辙。当年与田荣合兵救东阿，大破秦军。后在钜鹿大战中，紧随项羽，破釜沉舟，九战九捷。楚汉彭城大战后，项羽将雇用的楼烦精锐骑士尽数交其统率，在英布背楚之时，不过几个月，就把响当当的英布打得灰头土脸，满地找牙。他与钟离眛、季布、英布、虞子期被称为楚军五虎大将。除项羽外，又被称为天下第一猛将，官拜西楚国大司马。"

接着，韩信又谈了自己的一些感受："在楚时，我和龙且接触得不多，那时他已是项羽得力大将，我还是一个手持长戟的小卒。总的感觉是他有勇有谋，又刚愎自用，盛气凌人。他能倾听士卒的意见，却听不进将军的意见，这是他的致命伤。他同项羽一样，经常冲锋在前，撤退在后，有许多冒险的经历。当年章邯追围田荣于东阿，项梁发兵，与龙且共救田荣，龙且敢打硬拼，一人斩杀章邯军七十余首级，大出风头。吹捧他的人称他为'大胆鬼'，是楚军一个传奇式的将领。"

听了介绍后，群情振奋："能挫辱龙且者，当今除了霸王，恐怕只有大将您了。龙且素来目中无人，恃勇争胜，不把我等放在眼中，而他的这种心理，正好可以为我所用。只要我们谋划得当，定能击败悍将龙且！"

"好！"韩信点点头，"为了引诱龙且上钩，须在战术上、心理上促成龙且的骄纵，促成对我韩信轻侮和藐视，放心大胆地主动出击。"

"哈哈！"灌婴在一旁大笑起来，"不少人说大将用兵如神，天不怕地不怕，陈仓之战、安邑之战、阏与之战、井陉之战、历下之战等，哪一件不是出其不意，险中取胜？这下子'韩大胆'与'大胆鬼'碰上了，斗智斗勇，看看谁能斗得过谁！"

众将一阵欢笑。

天气清冷，更鼓声声。

龙且升帐："本将军已下了战书，明日与汉军决战，诸位有何要说？"

田广愁云密布，龙且刚愎自用，抗击汉军能否取胜尚难推断，需劝龙且慎重处之，暂缓用兵，等知道汉军的意图后再作良图。

汉军欲速战，可以理解。蒯彻计谋攻齐，如不能速胜，刘邦怪，项羽恨，韩信心里承受着巨大的压力。汉军又两千里来袭，粮草不济，将士异常疲惫，无论如何是拖不下去的。而作为防守一方的齐楚联军也选择决战，则完全出乎意料。他立起，道："龙将军，汉军兵马频繁调动，得先派人弄个明白。"

"韩信也是一代将才，我动彼动，情势正常。当此之时，千万要抓住战机，大家不可自乱心气。"龙且不以为然地说。

"韩信已从刘邦那里调来曹参、灌婴二处人马，如汉军再行增兵，我们有何战机可言？"田广仍疑虑重重。

龙且笑着说："齐王，刘邦增兵韩信，霸王便可将荥阳汉军消灭，刘邦是不会做这样的傻事的。汉军本来有限，又兵力分散，这是歼敌的良机。此外，我对韩信战法，也做过一些了解，他善于因形设伏，而胶东为平原地带，潍水冬季也几近干涸，没有什么阻挡，正适合于我大兵团作战。你们放心好了，韩信没有那么可怕，如今我龙且来了，难道会钻他的裤裆不成！"

他随即知照各将："众将听令！明日与汉军决战。项声，你率大军乘船筏过河，定要一举成功，我率中军随后便到，亚将周兰殿后，以为策应。违令者，立斩不饶！"

"是！"众将应诺。

同样，汉军统帅部也在紧张部署着。

韩信从容不迫地坐在帅位宣布："时机已到，明日卯时与龙且决战！"

他先做了一番动员："龙且匹夫，恃宠逞能，好勇轻狂，齐楚联军又数倍于我，硬拼是下策，必须智取。明日，我与曹参将军在潍水西岸摆出决战的架势，吸引对方的注意力，造成我军欲全军渡河与之决战的错觉，引蛇出洞。"他还告诫说："此战干系重大，关乎汉军的命运。胜，则打过潍水，斩断西楚的右臂，全部占领齐国，实现对楚军的合围。败，则无退路可言，人头落地，危及汉军的存亡。这也是一着不得已而为之的险棋，牵一动百，一着不慎，满盘皆输。此战不比井陉之战，也不比下魏之役，诸位务必小心为是，竭尽全力。"

接着，韩信令陈贺先率劲卒万人，各带布囊，连夜潜往河口，就地取土装袋，阻断水流。

天色微明，韩信亲率五千步卒，鸣锣击鼓，勉强踏入河中，向潍水东岸缓缓地涉过，其余大军都隐伏在潍水大堤后方，待命杀出。

龙且也率军来到潍水东岸。只见隔岸灯火通明，韩信居中，曹参右军，灌婴左军，三面大纛在朔风中招展，一串红灯，高高地吊起在河边的旗杆上。

"龙将军，别来无恙？"韩信坐在马上拱手大声道。

"韩信，你原是楚臣，为何叛楚投汉？今日我龙且到此，还不下马受降，更待何时？"

"你我各事其主，当尽臣子职分。将军能否让出一箭之地，使我渡过河去领教将军的神威？"

汉军人少力单，防守尚且唯恐不及，怎敢主动进攻？龙且心中自语："这可不怪龙大爷，是你自己送死来的！"

"龙将军，何不乘汉军过河之际，来个半渡而击。"周兰一旁提醒。

"天下无敌的龙某，不做小人之事，还是等汉军登岸后，再行决战！"龙且传命，让出渡口一箭之地。

韩信将令旗一挥，汉军十几只竹筏连成浮桥，依次过河，排列成阵。

两军对阵后，龙且指着韩信："小子！你拿着这点人马来和我对阵，倒也算是个有胆量的。你不是不知道我龙且的厉害，何必如此？"

韩信回答道："项王背约弑主，大逆不道，你龙将军怎甘心从逆，自取灭亡？"

灌婴在一旁，不管三七二十一，高声怒骂："你这个楚地退下来的孬种，霸王用不着的废物，如今也敢跑到齐国来混饭吃，真不知羞耻，今日还敢逞能，挡我大将的道路，真是不识高低、麻木无知的小儿！"这一串连讽带刺的臭骂，把龙且气得连眼珠子都快蹦出来了。

"捉住胯下小儿，赏千金！冲啊！"龙且一边狂呼，一边举刀直取韩信。

韩信急忙退入阵中，众将杀出，敌住龙且。

龙且抖擞精神，与众力战十余回合，未决胜负，楚将项声随即挥军上阵助战。

经过半个时辰冲杀，汉军力不能支，韩信率先拍马退却，众将也跟着往回撤。有的从浮桥上跑过河，有的被赶下水去，干脆蹚水过河。

曹参边打边退，到了浮桥旁边，砍断绳索，浮桥沿着潍水向下游漂去……

"是男人就不要跑！"龙且见状，一阵狂笑，"我早知道胯夫是个胆怯之辈！汉军已败，给我奋力追击！"说着，他一马当先跳入河槽，率先向汉军追去。

曹参、灌婴、孔聚拼死敌住龙且，四匹马在河中盘旋在一起。

仲冬的河水，冰冷刺骨。楚军官兵见龙且身先士卒，也纷纷冲下河床，与浅水中的汉军打斗。打到河心，只见西岸的那串红灯扑地从旗杆上掉了下来，接着，从汉营中传来鸣金的响声。曹参等人虚晃一枪，拨马奔向西岸，其余汉军也纷纷逃去。眼睁睁看着汉军逃跑，龙且哪里肯舍，把刀一举，匹马冲过河心。

楚军一见主将过河，便一拥而上，刹那间蹚到河心。

汉军在蹚水的时候，周兰就有些疑惑，原说潍水深处冬天也有丈余，眼下浅得怎么能下河蹚水，莫非有诈不成？当他听到汉营鸣金，见曹参和汉军将士马上停止作战，不要命地往西岸狂奔，立刻意识到事态严重，也急忙传令鸣金收兵，可是哪里还来得及！说时迟那时快，河水如山洪暴发，呼啸而来。

河床中的楚军呼爹喊娘，争相逃命，然而，两只脚哪里跑得过这滚滚而来的浪头……

原来，两军夹潍水布阵，韩信决定利用潍水，创造利于己而不利于敌的战场态势。因此，会战的前夜，他令陈贺用一万多条沙包，装满沙石，堵截潍水上游。决战时，他亲率一部兵力，强渡潍水，去攻击龙且军队，然后，又佯装不支，撤退过河。龙且只当韩信胆怯，立即渡河追击。此时，红灯掉落，韩信命令部队在上游决开堵堤，河水急涌而下，龙且的主力无法再渡，军队被分割成两部分。河心的，还未弄明白怎么回事，便被水头席卷而去。靠近岸边的，纷纷登岸逃命。来不及登岸的，即便会水，又怎么禁得住这刺骨的冰水，一个个抽起筋来，哭爹喊娘，挣扎了不久，也被河水吞没了。

正在赶杀兴头上的龙且，忽遇此变，惊得目瞪口呆。闻得水声相迫，他策马前奔，一到西岸，惊魂未定，曹参、孔聚、陈贺等已将他围在中间，不得出。此刻，天色已明，能辨彼此，龙且虽奋力冲杀，怎奈众将各举兵器一齐拥上，他措手不及，被斩于马下。

此时的汉军，对于齐楚联军来说，主要在精神上形成了绝对的优势。被迫奔上西岸的万余人，不是被杀就是投降。阻留在潍水东岸的十数万军队，只能望洋兴叹，却无能为力，全部作鸟兽散。于是，韩信指挥大军乘胜前进，追斩田广于城阳。

田横得知田广死讯，自立为齐王，又先后两次被汉将灌婴打败，只好带着一帮残兵败将从齐地出逃，奔彭越。这样，韩信全部平定了三齐之地，共得七十三城。

"半渡而击"的潍水之战，楚军主力遭受一次重大的损失，使项羽在楚汉战争中完全丧失了优势和主动的地位。消除了刘邦统一天下的一大障碍，使刘邦的各支部队广泛联系起来，从战略上形成了对楚军的大包围。东汉开国皇帝刘秀曾赞扬说："韩信破（齐）历下以开基。"对于韩信所做出的贡献，做了全面肯定。

第八章　不忍拒汉

三分天下已占其一，韩信处在左右楚、汉命运的关节点上。张良蹑足，刘邦改口封韩信为齐王。蒯彻则以"相面"为托词，希望韩信当机立断，"相君之面，隆准三折，至多封侯！且日后前途多有危险又难于保全。相君之背，贵不可言！"

刘邦为了一个"老者"和一个"女人"，草率决定划鸿沟为界，楚汉中分天下。

一

一条奇绝凶险的深涧，把地势险峻的广武（在今河南荥阳北广武山上）分成东西两个部分，东边的称为东广武，西边的称为西广武。

先前，项羽与龙且在梁地分手后，没有丝毫松懈，为了尽快消灭刘邦，他派钟离眛为先锋，率部分人马，先回师荥阳，与刘邦再战。可是刘邦见钟离眛人少，立即指挥大军将钟离眛紧紧围住。就在这紧要关头，项羽率主力人马赶到了。汉军此时实力远不如楚军，经过短兵相接，一阵混战，项羽终于救出了钟离眛，两人合于一处，奋力反击，打败了汉军。

汉军败退下来后，撤到西广武，凭借险阻，依涧扎寨固守。项羽率兵追至西广武，见刘邦坚壁不出，只好在汉军对面的东广武停住了脚步，筑垒相拒，待机破敌。于是楚、汉夹涧对峙，两军新一轮战斗开始了，双方都在试图打破这一僵局。

这期间，刘邦虽屡战不利，但敖仓运粟，源源接济，粮草充实。项羽则不然，彭越在楚后方时出时没地骚扰，楚军补给线接连不断地遭到破坏，粮草渐渐出现了严重困难。特别是由于二十万楚军随龙且东去，自己的兵力已是捉襟见肘，第三次攻势已非前两次可比。此时，惯于猛打猛冲的他，不得不另做打算。

这天清晨，刘邦正在帐中拥衾睡觉，被一阵呼喊声吵醒："大王，楚军又隔涧大叫大骂！"

楚军连日叫骂都已成了家常便饭，刘邦不耐烦地从榻上坐了起来："慌什么，按老规矩，紧闭寨门不出，任他骂去，骂够了，他还骂？以后这类事不要再来告诉我！"

"大王！今日与往日不同，霸王将……将太公、王后捆绑在俎上，推在涧前，声言大王今日不出来决战，就要杀……杀了太公。"士卒惶恐不安地解释。

"啊！"刘邦大惊，急忙穿起衣服，披上铠甲，来到涧前。只见对岸楚军列着战阵，张弓搭箭。涧边支着一座巨鼎，烈火熊熊，沸水翻滚，太公被放在宰猪的案子上。

"刘三小儿！"项羽喝叫刘邦，声音有如炸雷。

"项王！"刘邦并不以牙还牙。

"看见太公了吧？"

"看见了，项王！多谢对家父的奉养。"

"鼎上的水已经沸腾！令尊正在俎上，太公的生路只有一条，那就是你弃械投降。"

刘邦内心叫苦不迭。父亲从小把我拉扯大，吃尽了苦头，若真有个好歹，我愧对父母的养育之恩。

其实，这时楚军被彭越阻绝粮道，三军粮食匮乏，韩信又进入齐国，照此下去，楚军终不能持久驻守下去。所以，项羽改变了以往猛打猛冲的习惯，以被俘虏在楚营中的刘邦父亲和妻子吕氏做人质，来逼迫刘邦决战。

他又重复喊道："太公在俎上，刘三你还不快快投降，否则，休怪我烹了他！"

项羽用这样下流的手段对付刘邦，可刘邦是个"老江湖"，很快镇静下来，以项羽的性格怎会弄死太公？刘邦大声回答："项王，记得五年前，你我曾在怀王帐中，约为兄弟，你还尊我为兄长，家父如汝父。倘若你一定要烹杀他老人家，兄弟之间我居长，请别忘了分我一勺肉羹，这叫有福同享！"

"有福同享？"项羽有些不相信自己的耳朵，这难道是刘邦说的话？他声鸣如雷，"你朝前站站，不要鸡肠鼠胆，声音放大些！"

刘邦向前半步，又重复了一遍。

这下听清楚了！项羽暴怒，拔剑指向太公："刘三太无赖了，是个地地道道的老流氓。他不要老子，难道我还替他做养老儿子不成？"

项羽令左右，欲将太公投入鼎中。

就在这千钧一发之际，项伯出面阻拦："大王！干大事的人往往不顾家室，如今，天下未定，杀了太公也徒劳无益，只能引起天下人的耻笑，以为大王无能。"

项羽想想也有道理，于是把手中的剑渐渐缩了回来，插入剑鞘，说了声："罢了。"

晚上，虞姬来到项羽身边。

"你何时到的？"连日因不能速胜而烦恼的项羽，看到虞姬时，露出愉快的笑容。

"刚刚到的。"虞姬面色红润，步履姗姗，由数十名侍女簇拥着前来，"听说近来大王的心情不好。"

"刘三这老小子，老是守着不战，企图在这里拖住我，好让韩信攻我的侧后，真让人心烦。"

"龙且将军那边有消息了吗？"

"还没有。"

"会有的，大王别急！"她捧出了酒樽，为项羽斟满了酒。

项羽将酒饮尽，说："你不知道情况的严重。韩信这两年打了许多胜仗，可以说是每战必胜，他是刘邦赖以取胜的本钱，在我和刘邦对峙中，他竟连克魏、代、赵、燕。如今，我虽派出了龙且和他较量，但我有种预感，龙且很难取胜。"

虞姬一惊："怎么会呢？大王，要沉住气。"

项羽皱着眉头，没有接口。

"大王，龙将军会有办法的。"她的话触动了项羽的心事，感到过意不去。她常在军中陪伴项羽，但从不曾阻挠、妨碍过项羽。

她很是妩媚，很娇，很冷，但很善解人意。

现在，她力图鼓舞他。

不久，项羽又生出一计。他草拟了一封书信，内容大意是，楚汉相持日久，胜负不能决，丁壮苦于军旅，老弱疲于转运粮草，为此请刘邦隔涧对谈，并约了时间。

刘邦接信后，闷闷不乐。太公被捆绑在宰猪案子上，做儿子的却没有办法，真是丢尽脸面。一味回避，对军心不利，谈就谈，有什么可怕，但要克制情绪，不被污言秽语扰乱。

刘邦来到涧前，也不施礼。

项羽横槊挑矛，大声喊道："连连打仗，天下不安，民生凋敝，十室九空，死伤亦数百万，无非因为你我二人相争不下。今日我愿和你单独挑战，比个高低，免得天下百姓跟着受苦受累。你意下如何？"

刘邦哈哈大笑。楚汉相争，岂是儿戏？你我对敌完全是为了竞逐争天下，谁来同你单打独斗？看来，项羽也是无可奈何、没有办法了，不妨再激他一激。刘邦对项羽说："我无意与你单独挑战，宁斗智，不斗力！"

项羽见挑战不能奏效，又让三名将士替他继续骂阵。

刘邦却令人去叫一名楼烦大汉，他是萧何从关中带来的北方部族的楼烦将，此人力大无比，又是个射箭能手。到了阵前，楼烦将正好显示本领，一连三箭，射向三名楚军，顷刻三人应声倒地。

项羽被激怒了，要看看放冷箭的人是谁，他手持长槊，来到涧前。楼烦将刚要射箭，项羽瞪大双眼，怒吼一声，山谷震动，楼烦将吓得双手发抖，丢下弓箭，急忙逃回营地。

项羽嚷道："刘三有种站出来！我非教训你不可。"

刘邦心想，不出来岂不让人耻笑，出来又隔着一条涧，有众将士护卫，你又能奈何得了？他壮着胆子过来，大声道："项籍！你休得逞强，你有十大罪状，还敢跟我作对？"

"噢，十大罪状？我倒是闻所未闻。"

"你听着吧。"打嘴仗刘邦是天下一流，他大声数着，"罪一，当初怀王与大家约定，先入关中者为王，你违背了约定，把我贬逐到巴蜀汉中，这是大不义；罪二，你假传楚怀王旨意，杀害了宋义，犯上作乱，自己窃取了上将军的尊号；罪三，你奉令去援救赵国，本应还报楚怀王，可你却擅自劫取诸侯之兵进入关中，蔑视怀王；罪四，怀王曾经规定，入秦之后不得暴虐劫掠，而你烧毁秦国的宫殿，掘开始皇帝的坟墓，盗取秦的财物，胡作非为；罪五，秦王子婴本已投降，你却还把他杀死，不讲信义；罪六，你以欺诈手段，坑杀秦降卒二十万人于新安，却封降将章邯等三人为王，如此暴虐，天下少有；罪七，你将附从你的人，都封好地为王，却无理地驱逐齐、赵、韩的故王，使其臣下争为叛逆；罪八，你放逐义帝，自取彭城为都，自私贪婪；罪九，义帝曾为天下共主，你秘密派人暗杀他于江南，更是天理不容；罪十，你为政不公，主持公约而不守信，真乃大逆不道。今我以仁义之师，联合诸侯，诛除残暴。像你这样的罪人，难道还配向我挑战？"

这十大罪状气得项羽七窍生烟："我西楚霸王，英雄盖世，推翻暴秦，救万民于水火，功高万世，难道也是可以让你刘三辱骂的吗？叫你尝尝我的厉害！"他悄悄从箭囊中取出一支箭矢，猛地朝刘邦射去，刘邦正想回头，不偏不倚正中胸骨，险些使他摔倒。

刘邦反应太快，明明是胸部中箭，却顺势一弯腰，故意右手握住自己的脚，骂道："哎呀！贼射中了我的脚趾！"

汉军将士连忙簇拥刘邦回营。

回到营帐，他眼前一阵发黑，昏倒在床榻上。

刘邦受伤的消息很快传遍军营。对于他的伤势，军中猜测、谣言四起，军心动摇。

汉军自与楚军交战以来，除京索一役外，无一仗不败，兵士对楚军深怀畏惧。谈起西楚霸王，老兵们更是谈虎色变。他们是彭城战役的幸存者，目睹过那场空前的屠杀和项羽的叱咤风云。五十六万大军，竟被从千里以外奔袭而来的三万楚军杀得人仰马翻，死伤大半。现在汉王又负重伤，不知能否保住性命，若再与楚军交战，恐怕凶多吉少。

士气就是战斗力，稳定军心压倒一切。细心的张良非常着急，意识到如不采取措施，后果不堪设想。他来见刘邦。刘邦正倚衾半躺，面色惨白，满头直冒冷汗，脸色很是难看。两个侍女在给刘邦喂着药汤，张良没有询问什么，而是从侍女手上端过药碗，亲自给刘邦喂服。

"臣有一事要和大王讲。"

"请讲。"

"臣请大王，"张良看着刘邦说，"请大王强打精神，到军中巡行一下。"

"怎么，到营中巡行？你们难道不知寡人受了伤？"

张良笑了笑："大王，请听臣讲，大王受伤以后，将士们见不到大王，军心不稳，此乃危象也。若大王让医官用布帛，将胸口包扎好，到营中走一趟，可显示伤势不重，鼓舞人心，不给楚军造成进攻的机会。臣虽知大王剧痛，在此存亡之际，故不得不请大王巡行。"接着，他又把军中的情况详细做了禀报。

刘邦沉默不语了。是啊！子房说得有道理，军心不稳，万一楚军强行来攻，后果不堪设想。于是他强忍着痛苦，披挂好后，在人搀扶下登上战车，面色沉静而又安详，绕营巡行一周。汉军将士见刘邦无大碍，也都放下心来。

这情景，也被对面山上的楚军看到，见刘邦没有死，还可以在汉营转动，项羽惆怅不已，终于不敢轻举妄动。

回到帐中，刘邦一阵眩晕后，栽倒在榻上，次日黄昏，他带着几个亲随，偷偷地去成皋养伤了。

为了不让刘邦有喘息之机，项羽立即发兵迂回到西广武东侧，以迅雷不及掩耳之势又夺下西广武，进而一举包围成皋。

刘邦病在榻上，急得团团转，为了不使成皋陷落，他四处调兵遣将。

萧何意识到成皋再度失守的严重性，急忙增发三万人马，由于连连征召，兵源枯竭，他又将自己的子侄、族人、亲兵、伙夫都陆续派来。刘邦对张耳、彭越、英布等人寄予厚望，希望他们多发精兵，可他们加起来仅发不足两万人马，而且大半是老弱病残。刘邦简直连肺都气炸了，恨不得跑去扇他们的耳光。此时，刘邦已经得知韩信打败了龙且，欣喜之余，望眼欲穿，急切盼望韩信大军到来，可韩信一兵一卒也没有发来。

张良心情沉重，沉吟半响，对躺在病榻上的刘邦说："齐地虽平，但战未结束，稍等数日，韩信一定会前来救援。"

"救援？猴年马月？"刘邦不由自主地摇摇头，"韩信……韩信，越发刚愎自用，他以齐战未曾结束，兵力散于各地为借口，就是不来救我今日之危？"

就在这时，一侍从进帐禀报，韩信派心腹李左车为专使来到。

"李左车前来，莫不是责备我为何暗派郦食其说齐降汉？"郦食其被韩信卖掉，刘邦却说不出口，这是他心痛的地方。

陈平也狐疑不解，说："韩信战胜龙且，就该启动兵马增援，今为何先派使者前来？"

张良叮嘱刘邦："大王见了使者，使者不论说什么，当忍住性子，别轻易上火。"

"好啊，如若上火，你们就提醒我一下。"刘邦从卧榻上坐起来后，这才唤李左车进帐。

两年前彭城大战失败后，刘邦曾许下诺言，如有人能够帮助他战胜项羽，他愿以关东之地分授给他们。当时张良推荐了韩信、英布和彭越，这三人在以后的战争中发挥了重大作用。特别是韩信，从开辟北方战场以来，连战皆捷，举世瞩目，打出了一个想要的大好局面。但刘邦并没有兑现承诺，三人均未得到寸土所封，尤其是韩信，仅得汉相国空名，心中极为不满。这时，他改变了以前输兵送粮的做法，不仅不向荥阳前线发兵，还组建了一支大军，意图十分明显，就是让刘邦册封他为齐王。不过，他对刘邦的忠诚度绝对没有问题，只是想得到自己应有的那一份。李左车这次来，就是替他讨封的。

不一刻，李左车来到帐下，向刘邦奏道："大王！大汉相国、大将韩信派臣下觐见大王，并让臣禀告，我军托大王洪福，几经浴血奋战，阵斩楚将龙且于潍水之上，击破齐楚联军四十万，军威大振！如今，我各路大军正在分头追击田横、田光等齐国残部。"接着，李左车汇报了平齐详细经过……

是啊！韩信打的是神仙仗，四两拨千斤，胜利总会在不经意中取得，破齐总比降齐好，只可惜让郦食其白白丧失了性命。

刘邦对李左车说："真没想到，你们这么快就平定了齐地。当消息传来时，被楚军围困中的成皋军民，顿时沸腾了，纷纷走上街头，载歌载舞，宣泄压抑已久的心情，庆祝我军取得的重大胜利。大将为我又去一敌国，可喜可贺！然而，霸王久羁太公，使我父子离间，近日又会兵成皋与我鏖战，以决雌雄，因相持日久，恐怕难以取胜，非借大将之威，不能成万全之策。着左车先生星夜往返，召大将相议，协力破楚，不知意下如何？"

"大王！大将已知广武战况，只是田横等人未除，齐地容易闹事，维稳十分困难，待稍微安定后，大将即可发兵荥阳，会大王击楚。为此，大将还有一简嘱臣献上。"李左车将策简呈上。

刘邦接简观看，顿时脸色大变：

齐人狡诈，反复多变，且南境连楚，难免不再发生叛乱，齐相田横，逃遁东南海岛，企图卷土重来，以求一逞。大王若要保住齐地，不使前功尽弃，乞望大王恩准臣代理齐王，方能镇抚齐地，免大王一方之忧。

李左车窥视刘邦神情。

张良和陈平相觑摇头。

刘邦将策简抛在一旁，口中骂骂咧咧："寡人身负箭伤，被围困于此，太公、吕后尚被楚营扣押，危在旦夕，日夜盼他来救，他竟置若罔闻！可恶的家伙，翅膀拐一硬，就要飞走，龟孙子眼里到底还有寡人没有！"

一见刘邦发怒，坐在刘邦两旁的张良、陈平，不约而同地暗暗伸出了脚，用脚尖踩了踩刘邦。

刘邦感到脚下不对，抬头看了看张良和陈平，他俩若无其事，在一旁装着喝水的样子。刘邦一下明白过来，他用眼角的余光睃了站在帐门口的李左车一眼，跷起二郎腿："啊！大将怎么上这个奏章。"

突然刘邦站了起来，拍着桌子，提高了嗓门儿："当王就当王嘛，大丈夫东征西战，平定诸侯，要当就当真王，'代理'有何用！你回去告诉大将，去掉'代理'二字，寡人封他为真齐王！"

张良与陈平相视而笑。

"来使听令！"刘邦高声喊道。

"大王！"李左车跪拜。

"你速回齐地，代为转告对大将加封齐王之意，寡人制得印章后，当立即派人送去。"

"谢大王隆恩！"

"此外，请告诉大将，盼他快快发兵前来解围！"

"是！"

阴晴变化，让人恍然。李左车开始心里七上八下，见刘邦面带怒色，再听下去，才知道骂的是韩信还不够气魄，心里这才踏实。不过，刘邦的举动让他感到十分反常。

李左车走后，刘邦大发雷霆，声称要发兵攻打韩信，被张良、陈平劝住。他气愤地说："韩信这个家伙，狂妄自大，野心不小！前番弃齐降而不取，使我以仁义相号召之人，失仁义于天下。今番举兵而不发，却要逼我封他为齐王，关键时刻见真心。哼！走着瞧，钩上的鱼还在水里，等抓到篓子里再整死你不迟！"

"大王，韩信此举并不能说是什么坏事。"陈平一旁道。

"此话怎讲？"

"明枪易躲，暗箭难防。韩信恃功有心要挟大王，但其羽翼并未丰满，现在暴露出来是一件好事。"

"说得对！"

"不过，该封王的就要封王，韩信及彭越、英布等人都该封。"陈平又说。

"你们以前不是都不赞成，如今怎么变了？"刘邦不耐烦了。

陈平解释道："情势不同了，那时分封则诸侯人心易散，现在不封功臣则不为所用。何况，政出大王，封也在您，废也在您，何不便宜行事？

况且，去赵地配合作战的张耳都封王了，韩信能没有想法吗？依我拙见，只封一王，其尊无比；若封多王，其宠轻矣。当今之时，抓住人心最为重要！"

刘邦转而看了看张良。

张良一言不发，来回踱着步子。

平齐胜利，宣告东进计划的基本完成。韩信前后仅用一年零四个月时间，东进两千里，先后战胜了秦、魏、赵、代、燕、齐等诸侯国，无一败绩，在中国北方大地上，画上一道非常漂亮的弧线，这样举世之功，拿什么样的溢美之词称赞都不过分。他与名将白起、项羽不一样，动不动坑杀屠城，而韩信从不以杀伐为能事，从不以杀立威。他用的是智慧巧兵，玩的是权谋诡计，出神入化，为古今用兵的最高境界，堪称一代战神！然而，击齐在政治和道德上是欠妥的，有道德绑架之嫌。齐国既已归降，韩信未经请示而悍然攻齐，现在又依仗手握重兵，逼迫刘邦承认他三齐王的事实。这样做，无疑会给刘邦心头蒙上一层阴影。但从灭楚大局来看，潍水之战韩信虽孤傲自为，有私欲的成分，这却完全符合当年韩信提出的东向灭楚思路，利大于弊，从根本上铲除了一大割据势力，扭转了楚强汉弱的态势，并利用齐国丰厚的人力物力，给项羽以致命的打击。否则，尽管齐国已降，仍割据自保，决不会给汉军实际援助，刘邦最终还是难以从根本上战胜楚军。

想到这里，张良不安地说："大王，我认为造成目前局面的根子在大王身上，大王对他心存疑忌，修武夺兵，暗派郦食其劝降齐国，实为不该。莫说善于追求名利的韩信，就是换个人，对唾手可得的胜利果实，能没有想法吗？"

张良瞧了一眼躁动不安的刘邦，继续说："若因此把事情弄僵，硬是将韩信推向项羽阵营，这是项羽梦寐以求的好事，天下三分，难道大王五年的鏖战，所追求的就是这样一种结果？因此，我劝大王抛开恩恩怨怨，让我去城阳颁诏，消除韩信心中的隔阂和疑虑，让韩信南下开辟战场，完成对楚军的合围。大王，你以为如何？"

张良说得有道理。韩信虽以军功相要挟，个人欲望与野心开始暴露出来，但他统率下的那支军队，举足轻重，决定着我刘邦的生死，决不能在此关键时刻让他倒向项羽一方。而韩信攻齐，对汉军也没有造成什么危害，何不因势利导，把主动权牢牢操在自己手中。就像耍把戏的猴子，要不断给吃糖豆，它才肯为主人干活。对他也一样，现在尽可能多地满足他的要求。

刘邦出于大局考虑，只是暂时忍下了这口恶气。

这时，刘邦直冒虚汗的身子已干，全身感到冷冰冰的。

张良、陈平看到刘邦伤病不支的样子，就劝他上榻歇息。

刘邦点点头，他最后向张良交代说："其一，郦食其虽被烹而死，他对汉军的贡献是一个不争的事实，寡人感念他的功劳，应尽快对其家人进行抚恤；其二，彭越、英布封王之事，待后再作定论；其三，就请子房先生赴齐一趟，专送齐王印绶，代我行册封大礼。不管怎样，你定要拉住韩信，让他尽快发兵围剿项羽！"

张良是刘邦的首席辅臣，在汉军的地位举足轻重。可以说，由他代表刘邦去见韩信，表示对韩信的尊重，同时也表示对册封齐王的重视。还因为刘邦知道韩信对张良很为敬重，他们之间的关系非同寻常，张良前去将会稳住韩信，促成韩信尽快发兵南下。人们记得，汉二年（前205）四月在下邑向刘邦推荐韩信"独当一面"的正是张良。

张良欣然领命。

不过，千百年来韩信请立齐王一事众说纷纭，褒贬不一。明代大儒王夫之在《读通鉴论》中认为，韩信此举是一种市井之徒要挟君主、讨价还价的交易心态，而刘邦一眼就看穿他的用心，故虽得到了好处，名利双收，但他"赚"来刘邦的深深痛恨。清代史学家王鸣盛在《十七史商榷》中则指出，韩信自立为假齐王，犯了大忌，种下被杀的祸根。

二

龙且战败的消息，迅速传到广武楚营。

项羽如五雷轰顶。大司马龙且完了！二十万救齐大军完了！韩信必将乘胜南下与刘邦会合!

项羽正在惊悸之余,救齐副将周兰铠甲透血,身被数处创伤,从齐地日夜兼程赶了回来,到了大帐前,他滚下马鞍,匍匐于地。

项羽满脸铁青,胡须像刺猬的钢针在竖着,吹胡子瞪眼,怒不可遏:"无能鼠辈,白白给我断送了二十万精壮!倘若龙且不死,他能回来,我将立即砍他的头,祭奠我阵亡将士。你,你作为亚将,又有何面目来见我,还不如去死!"

"大王!"

钟离眜、项伯、季布、桓楚、虞子期等众文武,一齐跪下:"大王!问明情况,再作论处不迟。"

周兰确是一位忠心耿耿、不可多得的良将,到了如此地步,气他又有何用?项羽心肠也软了下来,痛苦地摇头:"你先说说,仗是怎么打的?"

钟离眜送上一瓮水,周兰用血迹斑斑的手,抹去脸上泪花,张开干涸的嘴唇,"咕噜噜"一口气将瓮中的水喝干,然后将战败经过一一道来……末了,他激动不已,泣不成声:"不是我等怕死,更不是玩忽职守,不肯效命,而是韩信用兵神鬼莫测,使龙将军误中敌计,致使兵败,悔恨晚矣。责任不可推卸,我回来讲明情况,是为了让大王日后提防着韩信,愿大王保重,臣肝脑涂地不能报,愿大王宏业早日垂成!"周兰说完,蓦地从腰间抽出宝剑,向自己脖子上抹去。

说时迟那时快,钟离眜一个箭步冲上去飞起一脚,"咣当"一声将剑踢开,上去将周兰抱住。

项羽也受到震撼,叹道:"死还不容易,刚才我气激于心,言重了。"

周兰退下后,烦躁不安的项羽心情久久不能平静。他想不明白,突然间,天上怎么会掉下一个力大无穷的韩信,一路东进,几乎摧毁了他的王霸大业。项羽凄凉地对众文武说:"龙且兵败,输光了我的老本。如今,我们遇到前所未有的困难,四年的楚汉之争,看来将要功亏一篑!"

帐中的诸文武当然也看到了问题的严重。韩信平定了齐国,完成了对楚地的包围态势,而楚军不堪重负,人员粮草匮乏,败迹已经显露。对此,他们个个垂头丧气,束手无策。

一阵沉默，但谁都知道沉默的含义。

"大王！"

这时，谋士武涉站出了班列，对项羽说："胜败乃兵家常事。臣愿游说韩信，韩信如能反汉，大王东线便可无忧。"

"游说韩信？"

"对！臣与韩信私交不错。"

"要同他讲和？"

"是！"

项羽愣住了，讲和就是求和。韩信曾在他帐下，充任禁卫军的郎中，是个职位很卑的小官，他对韩信的记忆已经发黄，只是记得一个大概轮廓，高高的个子，呆愣愣的形态，指手画脚，行为不端。哎！让堂堂的西楚霸王，向一个没有骨气的胯下懦夫求和，这是不可想象的事。但是，仗已打不下去，路怎么走，要不要向现实低头？

武涉看着困惑的项羽，解释说："大王，讲和不过是一种手段。只有安定东方，您才能全力向西击败刘邦，摆脱目前的困境，转危为安。再者，讲和又不是认输，只不过暂不交兵罢了，大王何必耿耿于怀？等缓过手来，再与韩信秋后算账不迟。"

"唔？"项羽低头沉吟。

武涉又说："刘邦数调韩信之兵，还曾夺其兵权，可见对韩信深怀疑惧。此次韩信又按兵不动，足见他们君臣已有裂隙。况且，韩信是您的旧臣，只要您肯给他好处，还是有希望争取的。"

"嗯，不知先生如何说法？"

"离间其君臣关系，争取……"

这日，一亲兵来报韩信，有位四十余岁，留着长长胡须的人前来求见。

韩信感到纳闷，齐地动荡不安，尚未平定，是谁跑到城阳来找？他想了想，如今十数万大军在齐，军政事务极多，还是尽量少惹闲事。想到这里，他一挥手说："不见！"

亲兵退出不久，又回来了，双手递上一张竹制名帖，上面工整地写着："盱眙武涉"。

盱眙人武涉与韩信同是淮楚老乡，当年二人同在项羽幕下，且有一份不错的情谊。这时，武涉已带着项羽致韩信的书信，来到了城阳。

这让韩信感到蹊跷，武涉能言善辩，饶有口才，多年不见，好像仍在项王那边干事，怎么千里之遥来找我？亲兵见他踌躇，靠前一步低声说："这位先生说他有机密大事，所以不辞千里来访大将。"

韩信沉吟一会儿，心想："我与项羽素有恩怨，他为何又派使者呢？想来必定是做说客，劝我弃汉投楚吧？可我心中已自有打算，不妨见一下，看他到底有何话讲。"

他便令亲兵引武涉前来相见。

武涉进了大帐，韩信起身相迎："果然是武兄，别来无恙？"

"参见大将！"武涉忙着行礼。

韩信连忙扶住，寒暄过后，叙过交情，武涉环顾左右："大将，请屏退左右，有要事相商。"

"你们且退出帐外。"韩信对幕僚挥挥手。

武涉见左右已退，连忙呈上金帛礼品："当年西进咸阳，我们一起在项王帐下为臣，如今虽各为其主，但那份情谊永远难忘。这次来，项王要我向你致意，还让我将这些礼物赠送于你，以博一笑。"

"谢谢！楚、汉交战已历四年，不知项王如今有什么打算？"

"能有什么打算，得韩信者得天下，韩信是刘邦取胜的唯一本钱，楚军迟早就是一个死。不过，项王咽不下这口气，死在谁手中都可以，就是不能死在无赖刘邦的手中！"武涉知道自己的使命，他狡黠地说，"大将！其实项王十分仰慕大将，这次令我前来主要是向大将致歉，意欲述及昔日未能重用之罪，同时通两方之好，谈谈与大将合作的可能。请大将不要拒绝。"

"合作？"

当年韩信屡呈良策，项羽一句话都听不进去，现在遇到困境，就让武涉来谈"合作"，这还是不是当年那个傲慢的项羽！

韩信不禁大笑起来："武兄之言差也，我不过汉王所封臣下。从前在项王那里，我官不过郎中，位不过执戟，所提建议，项王从来不听，我极度困惑，万不得已才离楚投汉。汉王知遇我，授我上将军印，给我数万之众，言听计从，我才有今日。如今，天下之事很快就要平定，我总不能逆天行事，放着现成的大道不走，却要拆墙开路，这样的'合作'，不是明智者的抉择。武兄，你说是不是？"

武涉闻言，并不感到诧异，他要认真跟韩信讲讲道理："我却不这么看。当初，天下由于长期苦于秦的残暴统治，所以才起来造反。秦朝灭了后，项王按功行赏，破土分封了十八路诸侯，为的是天下安宁，与民休息。可汉王却无端挑起战事，大举东征，侵夺别人的封国和土地。破三秦，占关中，仍不满足，又继续引兵出关，拉拢诸侯，挑起战争。看来，他不把天下全部占下，就绝不罢休，贪得无厌的欲望永无止境。他的为人，也很不可靠，他曾多次落入项王之手，项王怜悯于他，给他出路。可他一旦脱险，马上就背弃诺言，又来攻击项王。就拿鸿门宴来说，项王杀死他不费吹灰之力，但顾及汉王乃自家举义兄弟，虽有过失，不当诛杀，高抬贵手让他到南郑去，可他却恩将仇报。大将，如今虽然你觉得和汉王交情很厚，拼命地为他东征西讨，但他只是借用你的才智和谋略，用来剪除项王，实现他的狼子野心。我可以断言：如果这样下去，将来终有一天你也会遭他暗算。此人只能共患难，却不能共富贵，得天下之后，他最终还会加害于你！"

看来武涉对刘邦还是了解的，但说到要加害韩信，韩信绝对不相信。韩信为汉王夺得那么多土地、兵员和物资，可以说有韩信，才有他汉家天下，这样不世功劳，汉王的心也不是驴肝肺。况且，齐地还占据着，韩信就是怕他反复无常这一手。

这时从马厩里传来一阵马嘶。韩信指着马厩方向，若有所指地说："马还坐在我屁股底下嘛！怕什么？"

武涉摇摇头："你至今无恙，是因为项王的存在。话说回来，当今楚汉激战，谁能取得最后胜利，这全在于你。你若支持汉王，汉王就会战胜项王，你若支持项王，项王就会打败汉王。这两种结果，其实都不是你的福分。"

"这是为何？"

"项王存在，汉王需要你；若项王灭亡了，汉王还需要你这位手握百万重兵，坐掌魏、赵、燕、齐的震主功臣做什么？这绝不是危言耸听，若项王今日灭亡，明日灭亡的就该是你！所以我要说……"看了看思绪起伏的韩信，武涉故意停顿了一下，"鉴于此，我劝你谁也不依附，顺应时局，楚、汉、齐三分天下，鼎足而立！"末了又添上一句，"我的肺腑之言，你可要好好想想呀！"

"不必了。"武涉的劝说不是没有一点道理，这些情况韩信也曾考虑过，但汉王毕竟有大恩于自己，不当与他决裂。韩信向武涉拱了拱手，"务请转告项王，鼎足而立之谋，是叫我韩信失义于天下，虽死不能从命。"

武涉满脸窘态，痛苦地说："你难道一定要赶尽杀绝，必欲为汉王剪灭项王而后快？这，这不是明智者的选择。"

韩信站了起来，走到武涉的面前，拉住他的手："常言道：'义不背亲，忠不违君，水背流而源竭。'若我背汉联楚，天下人将指着我的脊梁，骂我是一株墙头草，是一个反复无常的小人，万望能够理解。武兄！我看，不如你留下，你我同扶汉王，不必与项王同归于尽。"

"不！"武涉见韩信太重感情，不肯背叛刘邦，感叹地说，"人各有志，不可相强。还望大将好自为之，我就此告辞了！"

不久，回到广武的武涉，向项羽报告了劝说情况："韩信意气用事，多于感恩图报，少有审时度势的政治智慧，非言语所能打动。"

项羽气愤不已，如今派人去联络你韩信，是看得起你，你倒摆起臭架子来。他对武涉说："既然胯夫不肯归楚，不必强求，我同样可胜刘邦，主宰天下！"

"大王，楚军最终取胜，这是毋庸置疑的。我只是说，韩信不可忽视，还是尽力争取为上策。"

"你还有何策？"

"我替大王劝说韩信，他抱有敌意，真相难明。倘若能从他们内部找人站出来说明利害，韩信可能接受。我认识范阳人蒯彻，此人现居韩信帐下，能言善辩，我已让他出面劝说，他也有此意，可收一石二鸟之效，不妨一试。"

项羽默不作声。

就在武涉离开城阳后的一个黄昏，李左车一路风尘回到了城阳。他顾不得洗上一把，去除旅途劳顿，就径直来见韩信。

"汉王同不同意我代理齐王？"

连日来，韩信为讨封之事，坐不安，寝不宁。李左车去成皋会不会给人造成"逼封"的印象，产生不必要的误解，恶化与刘邦本来就不协调的关系，他迫切需要知道这些。

李左车见韩信如此着急，笑了笑说："汉王同意是同意了，不过，据我看很勉强。"

"噢？说来听听。"

"好！"李左车接过韩信亲自递过来的水，仰起脖子，一饮而尽，这才将讨封的经过细细说来……

韩信生怕漏掉每个细节。当李左车说及刘邦前后不同态度，张良、陈平踩脚，刘邦改口封王时，韩信连忙问："你没有看错吧？"

李左车肯定地说："没有，当时汉王与我相隔只有十数步，一切都看得清清楚楚。汉王是不愿意你在齐地称王的，后来改口，他是怕你重兵在握，不得已才勉强同意。"

"我浴血奋战，与敌大小数十战，才有今日如此局面，没有功劳，也有苦劳。就凭这点汉王也不该对我心存疑虑吧?！"韩信不安地说。

"若没有疑虑，封王就该封地。如今，虽说封齐王，却没说划地盘，这王不过是空名声。愚以为，大将现在决不可轻易发兵广武，且等汉王下一步动作再说。我来时，听说过些日子张子房将代汉王前来赐封。"

"大将！"

一亲兵来到门前，打断了他们的谈话："蒯彻先生求见。"

"这么晚来，定有大事，请他进来吧。"韩信转身对李左车说，"先生一路辛苦，早些回去洗沐，其他情况明日再谈。"

李左车刚刚退出，矮小却又略显肥胖的蒯彻和李左车打个照面，咳嗽一声就进来了。

蒯彻多策略，如同刘邦身边的陈平，也是一个天下少有的"鬼才"。上次为韩信出谋袭击齐国后，他在韩信帐中地位大大提升。他认为韩信气度不凡，奇货可居，要像战国时阳翟大商人吕不韦一样，投资韩信，做一桩政治大买卖。一旦韩信能弃汉联楚，自己就是天下第一等功臣、第一等谋士。不过，韩信最大的缺点就是没有政治欲望，他不计代价求取胜利，不是要创立霸业，而是要名誉，要证明自己是一个英雄豪杰。为能打动韩信，蒯彻自称是会算命的相面先生，以引起他的兴趣。

星相、堪地和相术在秦汉之际盛极一时，上至郡国大事，下至百姓婚丧嫁娶，无不占卜打卦，问天问地。刘邦、吕后和薄姬等汉初名人相面的故事世人皆知。

薄姬早前并不是刘邦的妃子，而是魏王豹的女人。一次魏媪带着薄姬，到会算命的许负住所，许负看了薄姬的面相后告诉魏媪，你的女儿"当生天子"。许负何人，在中国民间有"第一女相师"之称。那年，刘邦派韩信俘虏了魏豹，薄姬则被罚到汉王织造府做织工。有一次刘邦来织造府，看见薄姬有姿色，便将她召入后宫。刘邦后宫美女如云，薄姬进入后宫后，他就将她忘记了，一年多也没有得到宠幸。史书记载两人原话是这样的：薄太后曰："昨暮夜妾梦苍龙据吾腹。"高帝曰："此贵征也，吾为女遂成之。"哪想仅幸这一次，薄姬便怀上了，生下了龙种，这就是后被刘邦封为代王，继大位的文帝刘恒。自那"一幸"后，刘邦又将薄姬忘了，她很少能见到刘邦。但薄姬因祸得福，刘邦死后，皇后吕雉专权，开始整刘邦生前的宠妃。如戚夫人，被吕后幽禁，还被弄成了"人彘"，惨死在厕中……

"今晚什么风把先生吹来了？"韩信问道。

"我是向大将贺喜的。"蒯彻大大咧咧在韩信对面坐了下来。

"喜从何来？"

"大将一举拿下齐国，不当受封吗？封王封侯，封妻荫子，人生之快意莫过如此。"蒯彻小眼珠直转。

"这事你是怎么知道的？"韩信吃了一惊。

"贵贱在于骨法，忧喜见于面色，成败在于决断，我蒯彻能言善辩是个纵横家，人所皆知，而我精通相术，指点迷津，人所不知。是凡人皆有命，不可违逆。昨夜我观星相，禄星在齐，知道大将已经被封王了。"蒯彻以"相术"为切入点，事先已拟好了一套说辞。

韩信本来对相术并不太感兴趣，只因处于人生前途的十字路口，内心惴惴不安而引起彷徨。既然蒯彻能算命，何不问他一问："那就请先生给我看看吧，却不许胡诌！"

蒯彻笑了："哪里敢胡诌，只是想问问大将喜不喜欢听恭维话？"

"看相嘛，有好说好有坏说坏，你照实说，我不会怪罪于你。"

蒯彻心中似乎有了底。他煞有介事，先看了韩信的面相，从额门到眉眼到鼻梁到人中到嘴唇到牙齿到舌苔到下颌到颈项，这才说："我平时不给人看相，即使看，也只是随便说说，说个七八成的样子，对得起人就可以了。我看大将心诚，要认认真真地看。"接着，他从袖口拿出一捆简书，翻了翻说，"这是我祖辈传下来的相书。你看，上面写着：'相面不如相骨！'要想看得十分准确，除看面相外，更该看骨相，然后才好总体把握，看准说准。"

"要说准了，我定会重重赏你。"韩信道。

"那我就先谢了！"

蒯彻食指和拇指按按韩信后脑勺，又从韩信胸骨按开去："大将，你知道秦将白起相骨的事吗？"

"不知道。"

"白起是秦昭襄王时有名的将军，屡建奇功，后来却被秦昭襄王赐死，为什么呢？这里有蹊跷。有一次，他请人看相，请的是一位瞎子，善于摸骨，人称是未卜先知的神仙。白起似信非信，在见面前又让人用绢条将他眼睛遮住，以防他是假瞎子。让随从将他带进客厅，白起和在场的人一言不发，任他逐个摸骨。他先摸了两个随从和一位幕僚……"

"摸得怎样？"韩信问。

"还真的大差不差地说出了他们的生活经历。他接下来给白起摸骨。

众人仍一言不发。他从白起前额、五官、两颊一直往下摸，摸了他的手臂，再摸他的胸骨。他摇摇头，说从你面前的身骨来看，粗硬而带有棱角，说得丑些，好似狗骨。书云：'男人骨硬必贫贱。'这位恐怕是讨饭的乞丐……了解白起的都知道，他脾气非常火暴，秦昭襄王还惧他三分，岂容如此侮辱！但见白起怒目圆睁，差点儿要发火了。在场的人都为瞎子捏着一把汗。"

"后来呢？"

"后来，那瞎子却又慢慢悠悠地说：'待我再摸摸你的脊背，便见分晓。'他转至白起背后，从后颈骨摸起，向下摸到背脊骨时，突然'扑通'一声就跪了下去，'将军在上，小的冒犯了，死罪死罪'。'怎么说我是将军？错了吧？'白起脸色转晴，扶起瞎子。'错不了，我敢拿头颅打赌。将军脊背龙骨又粗又长，必是一位将军，绝对错不了，绝对错不了。我如若说错了，你就砍我的头！砸我的招牌！'白起听了满心高兴，赏了许多钱，还称瞎子'未卜先知，神机妙算'。"

韩信听得很有滋味，不禁笑起来："蒯先生肚里东西真不少，竹桶里倒盐豆，一套一套的。"

蒯彻整了整衣，然后慢吞吞地道："人不可能十全十美，也不可能都坏。一个人身上许多部位都不好，但只要有一个要紧处特别好，就可镇住全身，同样道理，许多部位好，但只要有一个要紧处不好，就会破掉全身。"

"蒯先生，不要神神道道，刚才有言在先，有啥说啥，不必绕弯子。"

"好！我说。"蒯彻沉吟一下，用手捻着胡子，把声音放低，"臣得大将知遇之恩，因此，臣斗胆放言，相君之面，隆准三折，至多封侯！且日后前途多有危险又难以保全。"

"噢？那么背相呢？"

蒯彻走到韩信背面，猛然击案，咽喉里迸出尖锐的叫声："相君之背，贵不可言！"

韩信犹当胸被刺，脸色陡变，谁都听得出"贵不可言"自然是指"帝王之尊"。他说："蒯先生，今日之言，确实……当真？"

"大将！蒯某没有必要胡诌。面、背之异相，竟是如此不同，只有避坏就好，因时就势，才能逢凶化吉。”

“此话怎讲？”

蒯彻拱拱手，直截了当地说：“大将，恕我直言。秦失其鹿，天下共逐之，高才者先得。陈胜、吴广首举义旗向秦发难，仁人志士纷纷响应，目的只是消灭暴秦，救斯民于水火。如今，楚汉争雄，却背离了初衷。为了争夺个人好处，弄得天下烟火纷飞，无罪者肝脑涂地，父子骸骨暴露于野。霸王彭城反击成功，继而又挥戈荥阳，如同席卷，威震天下。其后又被困于京、索，阻于成皋以东险岭之中。汉王将数十万众拒巩、洛，阻山河，一月数战，竟无寸土之功，汉军败于荥阳、成皋之间，走逃宛、叶，不能自救，屡遭挫败。今成皋得而复失，荥阳被围，若不是彭越敌后用兵，断楚粮道，大将不遗余力，怕是汉王早已不在人世了。纵观天下，楚汉双方已是智穷力竭，疲惫不堪，民众哀怨，只有高明的圣贤出来，才能平息旷日持久的战乱。而当今圣贤，就是你大将韩信！”

“唉，不敢当！”

蒯彻继续道：“如今，汉王和霸王的命运捏在你的手心，你助谁谁胜，战谁谁败。若让臣为你谋划，莫如坐山观虎斗，楚汉谁也不相助。俗话说：‘两利俱存，两败俱伤。’楚汉鏖战，对你来说未必不是好事。存则天下三分，鼎足而立，败则以柔顺之道，坐等胜利之果，兵不血刃，收拾天下，南面称孤！”

韩信瞪大了眼睛，流露出惶惑和不安的神色，这同武涉的说辞如出一辙，是要我背叛汉王，但内容还是有所区别，楚汉两军相持多年，均已疲惫不堪，最终的胜负关键在韩信。

“英雄要有担当。”蒯彻用眼角余光扫了一眼惊疑的韩信，没有等韩信开口，他又道出了平定天下的策略，“凭大将的贤能英才，统率齐地百万甲兵，辅以燕、赵之众，西向为民请命，止息楚汉争斗，振臂一呼，天下定会望风而从，待时局大定，便可将强大的楚汉一一分割，册立一些弱小的诸侯，使他们都失去左右天下的条件。新立诸侯都会对你感恩戴德，旧王必然相率来朝。古语云：‘天与弗取，反受其咎；时至不行，反受其殃。’这是千载难逢的良机，切莫错失。”

韩信摇摇头，如果从自身的"利"出发，背叛刘邦，得大于失。如果从"义"出发，失大于得。这不能，这是陷韩信于大不义！

他喃喃自语："汉王待我甚厚，把他的车子让给我坐，把他最好的衣服送给我穿，把他最喜爱的食物留给我吃，还帮我成家立业。穿别人的衣，就要分担别人的痛苦；吃别人的饭，就要牺牲于别人的事业。以道义报答信任，以忠贞报答恩惠，是做人起码的道理。汉王正处危难之际，岂能趋利背义？"

蒯彻摇摇头。绝大多数时候，位高权重的人，宁可选择随波逐流，而不是逆势向前，这不是道德的问题，而是政治高度的问题！

他继续说："差矣，成就大业的人岂能为感情所困扰？你自以为与汉王友善，欲帮他创建万世功业，其忠心可嘉，但不会有什么好结果。想当年，常山王张耳和成安君陈馀，亲如兄弟，誓同生死。可后来相互攻杀，这都是患生于多欲而人心难测的缘故！如今，你想用忠义之心对待汉王，却不能投桃报李，你与汉王的感情远远比不上张耳、陈馀，而你与汉王的矛盾，却大大多于他们之间的误会，其后果如何，大将心里自会清楚。俗话说：'恩有多深，仇有多深。'春秋时，文种与范蠡明知勾践只可共患难，不能同安乐，却偏要以身相试。二人辅佐勾践灭吴，保存了危亡之中的越国，后来又辅佐勾践当了诸侯霸主。功成名就后，文种却被赐死，范蠡却被流亡。以交友而言，你不如张耳、陈馀，以忠信而言，你超不过文种、范蠡，'狡兔死，走狗烹'，这样的教训是不能等到大难临头时才吸取的呀。我还听说，权高震主，功高不赏。你破魏、下代、灭赵、降燕、定齐，又斩杀了龙且，歼灭楚军劲旅二十万，展露了旷世才能。有这样的震主之威和不赏之功，投奔项王，项王不信；归汉，汉王疑惧。处于人臣的位置，功劳却压倒了君主。大将你将归于何处?!"

经蒯彻诱导，韩信心灵深处震动极大。他不觉叹了一口气：自己并不是没有私心，过去也曾考虑过和汉王的关系，但想得比较简单，也想过灭楚后的一些事情，但确实没有想得这样深。如蒯彻所说，"将归何处?!"这确是要认真考虑的大事。

"先生的话我明白了。"韩信站了起来，走到蒯彻身边，"今日已不早，先生暂且回去休息，这事让我细细地想来。此外，相面之事，请缄口不言，免得招惹是非。"

蒯彻一听，只好起身告辞。

韩信望着蒯彻走出的背影，不安、彷徨、矛盾一齐袭上心头……

三

趁热打铁，蒯彻知道这个道理，没过几天，他就迫不及待来见韩信。

韩信见蒯彻来又欲提起那个话题，忙用毋庸置疑的口吻说："蒯先生，我考虑还是扶汉击楚为上策。"

蒯彻非常不安地说："大将！你可不能执迷不悟。请恕我直言，逆水行舟，不进则退。现在是你一生最为关键的时候，进一步坐拥天下，退一步万丈深渊呀！"

那晚蒯彻走后，韩信反复思考，认为蒯彻的劝告与武涉的说辞不论各自动机如何，确有其道理。人世间的关系最复杂，自己有大功于刘邦，刘邦也未必会真心感激自己。但天下权在我韩信，也未必见得。现虽身处强齐，广有甲兵，自己贸然独立，这绝不是男子汉大丈夫所为。

其一，从良心上讲，韩信会被指责为不仁不义之徒。一个来自淮阴南昌亭的穷小子，是个最念旧情的人。漂母、夏侯婴、萧何等人能忘记吗？特别是刘邦筑坛拜大将能忘记吗？自己曾对天发誓，不论遇到何种情况，定要竭尽全力倾报刘邦知遇之恩，现如今，却要让韩信恩将仇报，实在做不到。自己的这一切都是刘邦给的，不能落个谋反不忠的骂名，也不能做一个不要脸的厚黑君主。

其二，从人心上看，自己缺乏刘邦的政治手腕，也不及项羽四世三公的门望和"力拔山兮"的气概，天下人未必真心归服。刘邦武有曹参、樊哙、周勃、灌婴，文有张良、陈平、陆贾。项羽虽是"家天下"，文武仍有钟离眜、桓楚、季布、项伯、项庄、虞子期、陈婴。他们都是当代豪杰。而我呢？虽有李左车、蒯彻、陈贺、孔聚，但比不上张良、陈平、曹参、钟离眜、季布等人，且这些人还多是刘家班底，不少人还是刘邦的嫡系，一旦不是汉军统帅，这帮将士还会帮自己打仗？

其三，从趋势上看，齐地虽刚刚征服，残寇骚扰不断，民不聊生，而全天下百姓，更是饱受秦末战乱之苦，土地荒芜，粮价腾贵，以至人相食，祈盼结束战争，休养生息，使天下归于一，这是人心所向！虽然韩信军事能力不是刘邦能相比的，如果造反，天下必将成三足鼎立之势，而最终受苦的却是天下百姓！

韩信又拿刘邦与项羽做对比，项羽追求的是霸业，而刘邦追求的是一统帝业，他所分封的诸侯王，和项羽的分封意义已不完全一样，尊刘灭项也是自然的选择，只能开大路，走大门。

其一，得人心者得天下，刘邦以集权总揽大局，一切都围绕统一天下这一目标进行。而项羽则以裂土封地为理想，以万夫不当之勇推翻暴秦后，分裂天下。如今已不是前秦，更不是战国，天下已不支持贵族复国。天道有变，顺之则昌，逆之则亡。

其二，刘邦懂得拉拢人心，动之以情，懂得运用团队的力量，有较强的凝聚力，所以得张良、萧何辅佐并各尽其才。而项羽好勇斗狠，自认为凭借一己勇力可以拼天下，缺乏政治手段，以致气走了唯一谋士范增。

其三，刘邦取得关中后，与民约法三章，收买人心，拉拢诸侯，建立统一战线。而项羽目光短浅，在灭秦之后，却采取了一连串荒唐措施，扰民、焚宫、封王、杀义帝，引发了四起的民怨，缺乏人主的气度。

蒯彻的策略看上去很完美，实际可行性相当差。算了吧！做事不能咄咄逼人。张子房曾说过，"天下游士离其亲戚，弃祖墓、去故国，追随人主，不过是为了封王封侯，做个天下英雄"。前代的苏秦、张仪、李斯，今人英布、彭越，也都是这样，我韩信何尝不是？

蒯彻见韩信不语，知道了韩信的心思，但他还是要做最后一搏："大将！我听说，善于听取正确建议，是大业垂成的先兆；善于做出正确决策，是大业垂成的关键；一个甘心听人摆布的奴仆，永远不可能获得天子的权威；一个情愿守护微官薄禄的小吏，永远不可能得到高位。对正确的话应当相信，且要果断地接受，若无端生疑，必然受害。专在细微之事上精明打算，为百事之祸。游移不前的猛虎，不如蜂蝎敢于放刺；良马的盘旋局促，不如劣马的稳步前进；虽勇于孟贲，若疑而不动，不如平庸之人的埋头苦干；虽有舜禹之智，矜而不言，不如哑巴、聋子会指挥调度。世上的大事，都是功难成而易败，时难得而易失，机不可失，时不再来。这些金石之言听不听完全在于您啊！"

话都说到这个分儿上了，韩信应该了然于胸，这个建议如果被韩信采纳，后来的中国历史可能就会被重新改写了。

然而，韩信却说："我是一个苦命的人，只想一辈子为人主驱使，并不想取代他人做主公。这个想法，我已根深蒂固，难以排解。屈一身之欲，乐四海之民，有何不好？"

直觉告诉蒯彻，韩信有震主之威，无擎天之志；怀鸿鹄之才，恋燕雀之居，只想独霸一方，绝无背汉自立之意，孤芳自赏，不敢担当，更不知道后面的凶险！但可以确定，韩信的盘算，不是谁劝说就可以改变的，在未来，一切全凭运气了。蒯彻不禁伤感、懊恼起来："既然如此，臣不多说了，愿大将保重，臣告辞了！"

蒯彻走出大帐，仰天长叹："忠言逆耳，竖子不足共谋，其日后必被刘邦所害！"

事隔十余日后，蒯彻突然间口吐白沫，撕碎衣裳，疯癫得不知去向。

韩信深知蒯彻是因建议未被采纳，知事关重大，万一传到刘邦耳中，就是大逆不道的死罪，势必灭门九族。他不放心，他要去，那就随他去吧！只是刘邦对自己到底是个什么态度，可不能剃头挑子一头热，想当然地去判断。说实话，这个问题韩信心里真的也没有底。

八月，成皋连日大雨。

这天半夜，久卧病榻养伤的刘邦从睡梦中醒来。他心烦意乱地听着窗外风雨交加的噪声，觉得浑身发冷。突然，一阵狂风吹开了门，"忽"地一下把灯架上的烛火全都吹灭了。

现实就是一个梦，刚从梦中醒来，又好似坠入一个更大的梦中。

胸口箭伤痛得死去活来，现在经过数月的疗养伤口逐渐愈合。身上伤痛倒没有什么，而心灵的伤痛却不易愈合。自己老多了，两鬓都已经斑白，五十二岁的人了，大业未成而老之将至，怎么不使人感到日暮途穷的沮丧，昔日的壮志和豪情难道真的没了吗？

他呼唤侍从，侍从从外面进来，重新燃起火烛，上前扶住刘邦："大王，医家特意嘱托您静静地躺着，不到卯时不得起床。"

刘邦吼道："寡人已躺了数月，再躺还不一样要我的命，他们懂个屁！"

见刘邦发火，侍从吓得大气不敢出。

刘邦坐回榻上，双目微闭。不一刻，刘邦"啊！"一声惊叫起来，吓得侍从连忙来到床边："怎么啦？！大王。"

"没什么，走吧！"刘邦挥挥手。原来刘邦做了一个噩梦：一群魔鬼张牙舞爪地抓住他，撕开了他的肚皮，欲要摘走他的五脏六腑，一个个面目狰狞，青面獠牙，血口大张，真是吓死人呀！

他自度恍惚群魔虽是梦境，却在现实的人间。日有所思，夜有所梦，但是群魔在哪里？

他蓦地明白，这些群魔就是韩信、彭越、英布等人。对！四年战争，荥阳屡战屡败，未进一尺，而韩信们个个肚大腰圆。韩信打下天下三分之二，已占据三分之一，不久前，自己就伸手要王，这王是自己要的吗？王给他了，日后还有什么能吊起他的胃口，拿什么再封赏他？简直让人不敢想象啊！韩信当年从霸王那里过来，一副失魂落魄的样子，是我一手栽培、简拔，如今吃饱了，喝足了，成了大气候，反而要跟老子平起平坐，教训啊，教训。我和霸王拼了老命苦苦厮杀，他却打着我的旗号，放手壮大自己的力量，发展了三十万军队，这是多大的数目！我也曾拿霸王和韩信做过比较，可以说韩信更厉害一筹。说句心里话，项羽骁勇善战，就连我能斗智斗勇的刘三，兵力占优时，也常常被他打得落花流水。但究其实质，项羽还是一个徒知力征的典型。而韩信或以寡击，或声东击西，或背水列阵，处处尽显权谋之术。项羽一旦遇上韩信这样胸藏韬略、长于斗智的对手，恐怕也会败下阵来。因而，从某种程度上讲，韩信更为可怕。现在关中援兵虽络绎而至，可以我一方之力，未必能战胜霸王。即使以后能打败霸王，韩信，韩信这帮诸侯，能俯首称臣？能轻易地把天下拱手让与我吗？我看不太可能，天下属谁还未定。四年了，实在厌倦了！四年战争下来，死伤无数，不得不把上至六十岁的老人，下至十几岁的孩子送上战场，兵员枯竭，更何况我的父亲和妻子还在楚营等待营救。如此，不如和霸王约和算了，如能放回太公和吕雉，我就撤回关中休息休息去。

其实楚汉双方，在广武、荥阳、成皋一带相持日久，到了韩信攻下齐国，形势已发生了巨大变化。直到这个时候，刘邦对战争全局认识并不十分清楚，感到自己的部队已经很疲惫，无力再将战争进行下去。

刘邦有些怅然若失。他从床上掀衣而起，来到窗前站了片刻，然后茫然地在殿内走廊来回走动。

忽然，有一个声音：“谁？”

他也吃了一惊，是一个侍女。

“是我。”

来者听出了他的声音，瑟缩颤抖地站在墙角：“奴仆惊动大王，罪该万死！”他动了恻隐之心，热辣辣的眼睛盯着她：“啊，你冷吗？”

“奴仆，奴仆……”

她说着转身欲走，却被刘邦一把拽住，揽进怀里，用手摸起她的脸，慢慢移到那白皙、细嫩的颈项上，手朝那件单薄的罩衫里捏进去……

“大王，别……别这样……”她娇声柔弱。

只闻见一股冲鼻异香，沁人心脾，令人心旌摇荡，一股巨大热流迅速传遍了刘邦的全身，他心头像个果壳一下炸开了，热血沸腾。

该死的军营怎么一个美人都没有！他记起了自己在楚营的王后吕雉，甚至记起了仅仅春风一度的戚姬，那是自己最小儿子刘如意的母亲，她们在哪里，她们都不在。

侍女被裹挟在这个刚刚醒来却热烘烘的男人的气息之中，细细地喘着气，晕晕乎乎，努力承受着。她微闭上眼睛，感到他发烫的嘴唇贴近，舌头伸进她嘴里。

他的呼吸越发急促。

“啊！啊！”就在那刻，他伤口处出现一阵剧痛，手捂着伤处，有心无力，重重地叹了一口气，“妈的，太扫兴了！”

他冷静了下来，记起了自己不但是大王，而且正在疗养之中，如果伤口再度撕裂，后果难以设想。此事传出去自己是个什么人！苦苦与楚军鏖战的汉军将士们又将怎么想！

这时，那一脸通红的侍女，不知道发生了什么，无力地从他怀中挣出，一边理好衣裙，一边将好了散乱的头发，悻悻地走开了。

"去吧！去吧！"刘邦拉上衣服，又下意识地摸了摸胸口，腿有些发软。

他顺着长廊向前走去，在长廊的拐弯处，他看见了内侍陆贾站着。

"大王安康！"

"啊？你怎么在这里？"

"臣的职责是护卫大王。"

"也够辛苦。"他心头另有所指，却不明言，人不知不怪乎！转而，他想今日大业正是许多将士抛头洒血换来的，这也使他想起一年前，将军周苛拒不接受项羽的封侯引诱，誓死不降，荥阳陷落后被项羽烹杀，到如今尚未招抚其家属。

"周苛之弟周昌在哪里？"

"周昌现在栎阳宫中任中尉，掌管护卫太子的工作。"

"传我旨意，将中尉周昌擢升为御史大夫。"

"是！臣替他叩谢大王隆恩。"

"还有，我想，连连征战，将士死伤无数，战死疆场者尸骨无人收拾，家人不得抚恤，日复一日，妻儿老小望穿秋水，扯断柔肠，却连个亲人死活的音信都得不到。今后，凡军士不幸阵亡者，由官府负责制备丧服及棺材，转送其家。你派人快快告诉关中的萧何，令他替寡人拟旨，通告全军将士！"

"是！此令公布，全军定为之雀跃欢呼，大王如此仁义，将士征战岂可惧死！即便死了，身后也不会寂寞，亲族也会得到好处。"

陆贾刚要走开，又被刘邦呼唤过来："楚汉相争已有四年，民力疲惫，这样天长日久地鏖战下去，已没有什么意思。铁嘴随何不在此地，一代高人郦老先生已作古，如今唯有你堪当此任，去到楚营说动霸王，划定边界，楚汉两家言和算了。"

陆贾大惊："张良先生已去齐地，他知道此事吗？"

"当然不知道。"刘邦道。

"恕臣直言，此等大事张良先生不知道，营中也未议过，若有闪失，贾怕吃罪不起！"陆贾犹豫地望着刘邦。

"你怕什么？就算这件事不妥，日后我不会问你罪就是了。哈哈，陆贾呀，自古定大事不过一二人而已，你想想，霸王若再推出太公，挟制多端，或乘怒将太公杀死，我不是一辈子落个不孝骂名吗？楚军乏粮，这时议和，正好可以救回太公、王后。"

陆贾虽有话却不敢多说，连忙出城赴命。

陆贾，汉初楚国人。早在楚汉相争初，他就以幕僚的身份追随刘邦，自郦食其死后，他成为刘邦手下重要说客。史书上说，陆贾名为"有口辩士"，居左右，常出使诸侯。陆贾去说项王，请求迎回刘太公，然而，不知什么原因，项王并不答应，坚持要决战到底。这回刘邦似乎铁了心，悄悄又改派侯公再去劝说。

侯公是洛阳世家，遭乱不仕，年轻时就以豪气著称乡里，后来汉王东征过洛阳，侯公同董公三老策杖见汉王，谈论国政，相切时弊，汉王很是喜欢，于是留帐下听用。

听了侯公的劝说，项羽一改初衷，答应楚汉以鸿沟为界，中分天下，鸿沟以西归汉，鸿沟以东归楚，两方平息干戈。刘邦很是高兴，当下封侯公为平国君，以嘉奖其功。据说，侯公第二天就隐匿不知去向。刘邦送来的赏赐，原封未动。对此，刘邦感慨地说："这个人是天下有名的辩士，他居住在哪里就可以牵动哪个国家大政。"

侯公是如何劝说项羽的，史书没有明确记载。不过，宋代大文豪苏轼写了一篇《代侯公说项羽辞》，便代侯公把说服项羽的经过写了下来，这里不妨一看。

侯公来楚营面见项羽，项羽知是刘邦差来的使者，便命刀斧手分列两边，自己仗剑坐于帐中，睁目虎视。侯公从容而入，大笑不止。

项羽拔剑，怒气冲冲："你为汉使前来下说辞，乃敢大笑，看来是寻死的？"

"大王为万乘之君，威震天下，号令布于四方，何人不畏？今见一介寒士，貌不及于中等之人，才不及于管仲、乐毅，大王却示威于外，所以大笑。"

"你来为何？"

"汉王让我再次致意大王，几年相争，大仗打了七十余，小仗不计其数，白骨暴野，积尸如山，双方如能止息战争，撤回军队，保持兄弟情义，不但可以共享富贵，而且黎民百姓也能过上太平日子。"侯公从容镇静，意味深长地继续说："如若不然，继续刀兵相加，谁胜谁负，鹿死谁手，难以预料，长此以往，兵疲粮尽，苦的是天下生灵。我看，还是以和为贵，望大王再思。"

项羽叹了一口气，自忖："此话也有道理，久困于此，兵疲粮尽，终难取胜。况且，整个战局对楚十分不利，不久将处于四面被击的境地，这是危险不祥的信号，何不顺水推舟，卖个人情给刘邦。"

他屏退了左右侍从，屋内仅留项伯和侯公："既然议和，汉王有何打算没有？"

侯公入座后回答说："臣奉汉王之命，划定疆界，罢兵议和。"

项羽闻言，看看项伯，项伯颔首。

"侯公言之有理。"项伯建议说，"大王，依我之见，订个盟约，以鸿沟为界，中分天下，鸿沟以西归汉，鸿沟以东归楚，楚汉平息干戈。"

鸿沟，为战国时一条人工开凿的运河，故道从今河南荥阳北引黄河水，东流经中牟县北，又东经开封北，折而向南经通许县东、太康县西，至淮阳东南入颍水。它沟通了中原地区济、濮、汴、濉、涡、汝、淮、泗、菏等主要河道。

所谓中分天下，实际上汉已据天下七成以上，且背后是自己的封国广大地区，粮草兵员充足，而楚的封国一天一天在缩小，被挤压在今天的河南、安徽、江苏及浙江一带。

项羽清楚地知道，以鸿沟为界分天下，这只是暂时性的停战，楚军目前已危机四伏，以退为进，先进行战略收缩，待机东山再起，这也是无可奈何的选择！他对项伯说："依叔父之言，有关订约之事，还请叔父与侯公办理。"

"是！"项伯本来就心已向汉，袒护刘邦，一听此说，很是高兴。

侯公见项羽已答应议和，马上跪下，向项羽请求："大王能同意约和，这是天下大幸之事，还请大王恩上加恩，救臣一命。"

项羽忙问何故，侯公说："前次陆贾来请刘太公，未蒙大王允准，臣笑其无能。故汉王责臣来请，如大王再不允准，臣命休矣！若大王将汉王父亲和吕氏夫人，在交换盟约时一并放回，让他们父子相见，夫妻团圆，汉王将终生感谢大王开天地慈悲之心。"

项伯也说："大王不杀刘太公，已足见大王仁义。既然两家和解，又何必把人扣在这里？不如放他们回去，更显得大王真诚大度。这样，即使刘邦心怀鬼胎，天下人也会称颂大王的。那时，如果刘邦背信弃义，他便理屈词穷，而大王再与之战，则师出有名，彼屈我直，刘邦还能与大王抗衡吗？"

项羽欣然应允："叔父言之有理，和约一签，孤就放太公等人回去。"

侯公仍跪在地上："我立即回去报告汉王，汉王一定把大王的话当作诏书一样。大王万一再有变化，我的性命就保不住了。请大王不要叫我为难。"

项羽脸色一沉，颇有几分恼怒："我项籍是个顶天立地的汉子，一言既出，驷马难追，怎么能说话不算数呢？"

侯公欢天喜地回去了。

汉四年（前203）八月，楚汉双方经过艰苦的谈判，终于在鸿沟楚地正式缔结和约，结束楚汉相持多年的战争。九月各自引兵而归。由于彭越占据着梁地，项羽回彭城的道路受阻，便决定绕道阳夏（今河南太康），先去寿春，后回彭城。

项羽遵守诺言，爽快地放回了刘太公和吕氏，内侍审食其也在同列。

汉王十分高兴，鸿沟西边，汉军营地，为了庆祝"鸿沟和约"的签订，带着太公、吕雉巡行军中。汉军将士一片欢呼，"万岁"之声不绝于耳。

这天傍晚，张良一行从齐地回到了成皋。他见平日戒备森严的营中，却是另一番景象，刀枪入库，马放南山，军中上下一片喜气洋洋，让人太不可思议，这到底是怎么一回事？

下车一问，他才知道刘邦与霸王议和了，这不啻晴空一个霹雳，他急忙来见刘邦，远远就朝刘邦跪下："大王！"

"子房，你怎么啦？"

"大王急欲罢兵，臣不明白，这到底为了什么？"

"子房，将士疲惫，无力再战，今霸王能放回太公、王后，就此两家划鸿沟为界，约和罢兵，中分天下，罢兵就罢兵吧！"刘邦连忙将张良扶起来。

"当局者迷，旁观者清。大王对臣有知遇之恩，这等大事不妥，臣定要阻拦，是谁出的馊主意？"

"这是我自己的主张。"

"大王呀，聪明一世，糊涂一时。你想想，楚国的盟军三秦、魏、赵、燕、齐等地，都已被韩信拿下，诸侯大多已归附我们，汉军已占据大半个天下，且楚军兵疲粮尽，形孤势危。那反楚的彭越重新占领了梁地，威胁着楚军粮道，项羽已抽不出兵力回去剿抚，反叛的英布在淮南战场上已活跃起来，攻占了九江数县，钳制了楚大司马周殷十数万军队。而韩信近日成功地清剿了齐地残余，一切进展顺利，出兵绝无问题。何况，这是一支战无不胜的英雄军队，无人能够抵挡，一旦发兵南下，随时都可夺取楚军后方，歼灭楚军。如今，释放了楚军而不去攻击它，这是养虎遗患，后果不堪设想！大王！这是天赐灭楚良机呀！"

"这……恐怕灭楚之后诸侯离心离德。"刘邦说出了自己的隐忧。

张良笑道："大王不必担心，天命归汉，人心所向。臣观诸侯王，虽有国士之人，却无帝王之资，无一能与大王匹敌，如能因势利导，天下尽在大王掌握之中。战国混战了数百年，不就是因天下不统一，百姓得不到太平。如今，百万将士追随大王，戎马数载，抛头洒血，出生入死，还不是想安定天下，立功受爵，用刀枪剑戟回家换取良田？再说，项羽未除，诸侯疑惧之心未消，正是人心可用之时，一旦大局已定，诸侯各保其地，谁还肯听您的调遣？"

张良条分缕析的话语，精辟透彻，刘邦已听得回过神来。不过，他还有些犹豫："楚汉已签下协议，如若违约，失信于天下，会被诸侯们耻笑。"

张良又说："成大事者，怎能拘于小节？"

这时，陈平等人也过来说："子房先生的话有道理，请大王不必犹豫。"

刘邦点点头，顺水推舟："好！我考虑不周，与霸王的签约并不是一把刀，毁约我并不觉得难堪。"

见到刘邦转变态度，张良兴奋不已。他以喜悦、钦佩的目光凝视着刘邦："大王，风帆已经挂起，行船向着认定的方向前行吧！局势不顺心，难道不比待在汉中那时好？话说回来，打不好，大不了再回汉中！"

刘邦感激张良对国事的高瞻远瞩，上前拉住他的手，使劲地拍了拍："能看清天下大势，唯子房先生！幸亏你及时回来，不然将失却战机，误了大事。"

张良见刘邦态度转变，连忙说："大王不要折煞子房了！"

这时，陆贾走过来，附着刘邦耳朵说了几句话。

刘邦笑眯眯地对张良等人说："太公、王后几年囚禁楚营，今日回来，召我速去相见呢。"

第九章　决胜垓下

汉五年十月，刘邦撕毁停战协议，突然对撤退中的楚军发起攻击，目的是围歼楚军于撤退途中。

韩信从齐地挥师南下，六十万汉军对十万楚军，他因势利导，成功地将楚军诱入口袋，并部署了一个前八阵、后五军的战阵，层层包围，步步为营，这大概就是后人称道的"十面埋伏"，同项羽展开最后绝杀。

垓下，虞姬抬起满含泪水的脸，望着眼前这位顶天立地的英雄，和歌一曲。

一

父子相见、夫妻团圆是人生莫大的快事。

刘邦赶来相见，太公、吕氏痛哭流涕，悲喜交加。按礼，刘邦先拜见了父亲，却高兴不起来，觉得对不起父亲。他跪在刘太公面前流出了愧疚的泪水。

刘邦低着头说："这里离敌营不过数里，几年却难得一见，让父亲您吃了不少苦，受了不少罪。那次，父亲被绑在涧前，做儿子的却要分一杯羹，万望父亲大人谅解儿子当时的处境。"

刘太公没有责怪，却十分理解："人生遭点磨难是难免之事，'为天下者不顾家'，这是千古常理，吾儿不必在意。"说着拉起了刘邦。

见过父亲刘太公，又见妻子吕雉。万万没有想到，被项羽掳去三年，吕雉居然安然无恙，完璧归来。刘邦捻着胡须，眼睛上下打量着吕雉。

吕雉皮肤白皙，端庄大方，慧根不浅，她还是一个敢爱敢恨、睚眦必报的女人。这时她回瞥了一眼，不觉泪水又滴了下来。

见状，太公和刚刚从楚营一同放回的审食其等人都悄悄退出。

吕氏便曲尽柔情却又有些娇嗔地抱怨说："大王，你可没想到臣妾是怎样思念你、期待你呀！"

妻子的柔情和泪水使刘邦有些愧恶："我，我害得你们颠沛流离，有家难归，受尽了辛苦。"

吕氏用手帕擦擦泪水，伤感且又妩媚地含笑说："其实啊，在楚营一方面畏惧项王，另一方面并不憎恨于他。楚汉之间的敌对，完全是为了江山社稷，私人之间，应该没有什么怨仇。项王掳去太公，待之如父。项王和虞姬，也一直非常非常尊重我……先不谈这些了。"她指着桌几上的美酒佳肴，"大王你好歹抿上几口，要不，你点出菜来，妾下厨给你做去？"

终究是结发夫妻好，知冷知热体贴人。

刘邦受到了感动，兴致高，撕下两块香喷喷的肉，塞进嘴里，连喝两樽酒。他贼亮的眼睛盯着吕雉，好像不认识似的。吕氏给刘邦樽中添满酒，顺势倚在丈夫肩头，却醋意浓浓："听说你又纳了许多大美人，用不着想我……"

"哪能呢。你都知道了？"刘邦忙伸出手臂搂着她，"唉，虽国事在身，可我也没忘记你呀，你永远是我心头的最爱！"

吕氏破涕为笑，仿佛只需要这一句话，那一切恩恩怨怨便都冰消瓦解了。突然，吕雉从他手臂中挣脱出来："大王，听说楚汉约和，所以项王放我们回来了，这是真的？"

"嗯，我和霸王约定，以鸿沟为界，各自罢兵，即日起程西归。"刘邦忽然又低声问，"唉，那边的事，你兴许能看得透彻些，楚汉约和怎么样？"

吕氏注视着刘邦，摇头说："目前，百战百胜的楚军将士因饥饿而疲惫不堪，士气已今非昔比。恕臣妾冒昧，太公和妾已回来，还怕项王什么呢？汤武要是顾虑臣下之礼，能得到天下吗？要成大事，可就顾不了那么多仁义道德，天下为大，国家为重啊！"

刘邦斜着眼看着吕氏，三年未见换了个冷美人似的。叹道："没想到王后竟有这等见解，真是巾帼不让须眉。"

吕后不以此为满足，鼓动说："大王，可将计就计，抓住楚军后撤之机，乘勇灭楚。"

刘邦高兴地道："我以布衣手提三尺剑，就是想夺得天下，使四海之内定于一。若能如此，哈哈！我刘邦就是皇帝，你吕雉就是皇后！"

"好呀！皇上，先受臣妾一拜！"她又唤来随身侍女，"给大王备水洗沐。"

"已经预备好了！"侍女一边回答，一边退出。

真是久别重逢胜于新婚，刘邦一下搂过吕雉……

"大王！大王！"夜已深，张良和樊哙、刘贾、陆贾等一干人前来求见。

亲兵连连阻拦："有事明早来，大王和王后已经入睡。"

樊哙催促说："有要紧之事，我们急需求见大王！"

"大王已有吩咐，任何人不得打扰！"

"你他妈的有几个脑袋，再啰唆，我砍你的头！"樊哙拔出了宝剑，大声喝道，"快快通报大王！"

刘邦听见叫唤，知是有大事，连忙推开紧搂的吕后，胡乱穿上件衣服，走出来了："什么事?!"

张良拱拱手："大王！我们得到探报，楚军已于傍晚撤离广武，浩浩荡荡地向彭城方向开去。大王！愚以为这正是消灭楚军，夺取天下的大好时机，如不追击，楚军获得喘息之机，后患无穷，到那时，后悔可就来不及了。"

"楚军已撤？唉，没想到这么快就走了。"

"大王！让他们就这样一走了之?"樊哙在一旁迫不及待地说。

"大王，怎么办?"侄子刘贾将军也催着问。

刘邦在帐里来回走动，蓦地停住："追！"

随即，刘邦整好衣服，开始传令："樊哙，你立即率所部人马向胡陵进军，和我成皋大军成掎角，尾随配合追击楚军！"

"是！"樊哙领命而去。

"刘贾！陆贾！"刘邦又唤道。

"臣在！"两人齐声回答。

"你二人率三万人马帮助英布，定要死死地拖住楚大司马周殷，迫使他不能机动作战。而后，由南而北，袭击楚军。"

"是！"

刘邦将他们安排离去后，又对张良说："子房，再约彭越由北而南，约韩信由东而西，你我则率军由西而东，全力追击，这样，可造成一个东西夹击、南北共进、四路齐攻的态势，乘楚军在撤军途中的麻痹和松懈，会歼项羽于东撤途中。但，决战关键在于韩信能否及时赶来参战，否则，很难置楚军于死地。你可迅速安排使者，日夜兼程，告诉韩信，我已率大军尾随楚军而去，望他迅速行动，切勿贻误击楚战机！并将此情况一同告诉彭越。"

"大王，我有疑虑，恐韩信、彭越都不能及时赶来。"

"为何？"

"眼看霸王即将被歼，而韩信和彭越都没有得到新的分封，若大王能和他们共享灭楚后的胜利成果，他们一定会立即发兵前来会师，否则……"

"此话怎讲？"

"封韩信为齐王，并不是大王主动分封，是他自己提出的，他还不完全了解大王的意图。况且，封王就该封地，不然只是个空头之衔。同样，彭越与我们合作也有多年，曾经夺得梁地，可大王却派他扶佐魏王豹，彭越去那里没多久，魏王豹即死，国中无主，所以彭越只想您一定会封他为魏王，可大王并没有加封，心中难免不高兴。他二人当会心怀疑虑，左右观望，不来参战。"

"这不成要挟了吗？"片刻，刘邦缓缓地对张良说，"还是先派人去临淄、外黄召他俩，若不听令，再作打算。"

临淄是战国时期齐国都城。从西周至战国齐桓公时，一直很发达。有户七万，以每户五口计可有三十五万人。

临淄人富庶殷实，喜欢吹竽鼓瑟、弹琴击筑、斗鸡走狗及六博蹴鞠等娱乐活动。曾有记载：车毂击，人肩摩，举袂成幕，挥汗如雨。秦灭六国后，临淄为临淄郡治所，失去了都城的地位，但繁华依旧。秦末，陈胜、吴广举义，派周市攻取魏地，北达狄城。狄城人田儋借机杀死县令，宣布起兵，自立为齐王。齐地战事不断，临淄城受到严重破坏，但比起其他城邑，仍有几分王都风采。韩信占领齐国后，也将大营从城阳正式迁到临淄。

"齐王，大事不好！"

这一天，两位汉王专使喘着粗气，滚下马鞍，跌跌撞撞地冲上大殿，扑通跪倒，向韩信禀报："齐王！汉王与张良、陈平等人率众十万，跨越鸿沟，夜行昼止，尾随楚军而去。怎奈十万大军远道跟踪，怎能一点消息不透？突如其来的事变使楚军惊骇万分，但他们毕竟是训练有素、久经沙场的队伍，很快镇定下来。现在楚军已止军于阳夏，两军交战逼在眉睫！汉王请齐王赶快发兵。"

"嗯？"韩信也觉紧张，转脸小声问李左车，"这是汉王的诏令，那就赶快发兵吧。"

"齐王别急！灭楚是早晚之事。"李左车摇摇头，轻声地对韩信说，"俗话说，'小狗盯着城墙咬，哪块砖瓦是你的'。您满腹忠诚，并无二心，而封王就该封地，这是人人皆知的道理。可汉王至今仍无动于衷……"

李左车话还没落地，又有一位专使急匆匆赶到，跪伏在韩信面前哭诉着："齐王！十万火急。霸王以强大的声势，突然回师袭击固陵（在今河南太康南），汉王慌忙应战，溃不成军，不得已率部逃入西面的崇山峻岭之中，令士兵掘深沟而坚守，项羽又将汉军紧紧围困，下死令要全部消灭汉军，割下汉王头颅，形势万分急迫，汉王急盼齐王援救！"

"啊！这还了得。"韩信红润的脸上，顿时煞白，"楚军如此猖狂，那彭越、英布等人为何不战？"

"启奏齐王，彭越未……未能如期前来与汉王会师。英布与刘贾在寿春一带，被楚将周殷牵制，一时难以脱身，所以都未能赶来。"

接着，专使将汉王加封诏书拿了出来："汉王明白，仅凭一己之力，无力单独与项羽对决。他派臣快马加鞭，日夜兼程赶来临淄，与齐王破土裂封，这是汉王诏书。"说着，将诏书递交韩信。

韩信打开诏书，只见上面写道：

项籍残暴，诸侯共愤，救黎民于水火，同伐顽逆于九州。韩信屡建奇功，因争战未止，疆界难定，虽封齐王，未授实土。今项籍亡在旦夕，四海当宁，着齐王信领自陈以东至于大海。望善治之，泽被子孙。

韩信不由心头一热，知我者，汉王也！对刘邦疑虑立刻烟消云散。他对使者说："汉王乃深明大义的仁厚长者，能以天下城邑封功臣，自古少有，霸王和他完全无法相比。前次汉王封王赐印，已使臣感恩不尽，今又授土，叫臣何以为报？"此刻，他非常歉意，"上次汉王约我出兵，适逢小病，未能如约，心中忐忑不安！"

使者知道这不过是韩信的借口，便道："前次汉王派人使齐后，原本以为齐王一定会及时领兵前去，所以放心大胆地深入楚地，以期与齐王及彭越会合。所以，造成了孤军奋战，楚军抓住了战机，对汉王发起反击，汉军损失惨重！"

韩信闻言，颇为难堪，一时沉默。

使者又道："齐王，恕我直言，汉王并没有责怪，只是……"

"怎么，汉王有新的旨意？"

"没有，汉王只是希望齐王尽快领兵南下解围……"

"不！不能只是解围。"现在该是将功补过的时候了，韩信不无认真地说，"楚军虽胜，但其士卒疲惫，粮草匮乏，不过是困兽犹斗。汉王虽遇挫折，但并未完全失去战机。请使者回禀汉王，同项羽决战是韩信的梦想，复仇的这一天终于来到了，我愿立即出兵，与汉王会天下诸侯，共歼楚军，毕其功于一役。"

使者答应立即返回禀告。

韩信又说："请使者回去尽快告诉汉王，倘若汉王在西边紧紧抓住霸王尾巴，我将在彭城附近揪住霸王的头颅，可令英布、刘贾从南边过来补上一刀，霸王定会招架不住，这样，破楚必矣！"

就韩信而言，全局着眼，这样策划天下大计，也不是一日。他乃汉大将、汉相国、三齐王，王侯将相一人而已，是汉军名副其实的"老二"，除了刘邦就是"老大"，对即将展开围歼楚军的行动，早已成竹在胸。

使者大喜，谢过韩信，连夜赶了回去。

不久韩信留下曹参镇守齐地，自己亲率大军南下。

大军所过，楚军望风披靡。不过十数日，连克胡陵、薛县，渡过泗水，以迅雷不及掩耳之势，攻克了沛县。骑将灌婴又率主力骑兵一举成功突袭留县，切断了楚都彭城与外界的联系。此时，韩信可用兵力三十万左右，项羽可用兵力十万左右，只占韩信的三分之一，仅韩信对付项羽就绰绰有余。扫清了彭城外围楚军后，韩信调整兵力部署，伺机发起对彭城的进攻。

这日大帐之下，将军孔聚、陈贺，骑将灌婴，谋士李左车及郎将傅宽、陈武、贺祁、夜元、杨喜、高邑、冷耳、王周、陈涓、尹恢、丙倩、杜得臣等数十员战将端立两旁，鸦雀无声地静候将令。

李左车递上两份探报，韩信翻开一份看起：

"项羽围汉王于固陵，并接受钟离眜计划，集结重兵于苦县、谯县、相县，企图屏障楚都彭越。"

接着，韩信又翻开一份：

"楚军着力布防徐淮盱眙，以确保东南通道安全。彼在固陵力求围歼汉王所部，以期振作士气，挽回颓势，扭转全局。又：楚将季布兵分三路，回援阳夏、陈县，欲在陈县颍水附近围歼汉军主力。此计划最担心齐王与汉王会合，使楚军首尾难顾，故命钟离眜于苦、谯、相一线布防，阻击齐军。"

韩信缓步走到帛图前，注视了一会儿，这才转过身来："综合探报看，我有一个感觉……"

灌婴抢着说："霸王没有意识到，钟离眜、季布在固陵附近打得越起劲，汉王越被动，越有利于我们攻克彭城。"

"不！"

"好像他们有撤退的想法。"李左车补充说。

"对！撤退。"

韩信面对众将讶异的神色，斩钉截铁地说："我的意见，我主力放弃与汉王会合的计划。因为，彭城是楚国的国都，又是连接淮河、长江的门户，彭城的丢失，政治上则意味着楚国的覆灭！所以，当项王得知我大军南下，并已攻克了薛县、沛县、留县后，他定会率主力回援彭城。从探报看有这个迹象，虞子期已率部向东而来。那么，当楚军向东扑过来的时候，我们何不顺手牵羊，围而歼之，分几块后将他们吃掉！"

李左车脱口道："摆好口袋，等待楚军自投罗网？"

"是这样的。"韩信进一步解释说，"固陵附近地形复杂，不利我军展开作战。且楚军擅长野战，围而不能歼之，反而后患无穷，他们一旦突过我们的防线，可能从苦县、谯县、相县、萧县朝前推进。同理，打得过急，打草惊蛇，楚军可能干脆放弃彭城，退入淮南，从东城方向过长江。有鉴于此，我们可把彭城搁一搁，让彭城楚军苟延残喘数日，围而小打，吸引项羽加快回援彭城步伐。

韩信讲到这里，他唤过傅宽、吕欧、贺祁："你们三人各率本部兵马，夺取萧县，挤压楚军的战略空间。这就是说，只要不发生重大不利变化，你们不惜任何代价，在五日之内首先拿下相县，十五日之内，拿下谯县、苦县二城，然后在陈地拦截楚军。听清楚没有？"

"听清楚了！"

韩信又对"骠骑"灌婴说："你可率两万精骑，火速攻打鲁北楚军，降服淮南，然后西向，去固陵与汉王会合，随汉王折回追击楚军！"

"是！"

韩信指着帛图，对陈武、孔聚、陈贺、宣虎四将说："你四人各率本部人马先围后打，旬月后突入彭城，夺取楚军巢穴，随后再取下邳、僮县、徐县，从东南一线伏击楚军。这是一路奇兵，你们要做好最后决战的准备。这样的部署，既可解固陵汉军之围，又可使楚军进入预设战场。"

"是！"

"蔡寅、丙倩、杜得臣、杨喜、冷耳、王周六将，你们先行待命，随本王南去会歼楚军。"

"是！"

部署完后，灌婴兴奋不已地说："齐王谋略实在高深，算度精确，吾等远不能及。佯攻彭城，对霸王来讲，首先就是迫使他没有后方作战，缺少后勤给养，就这一条，他们就受不了。不仅如此，这一来，实际上是挡住了他的去路，整个战局会大大改观。不过，汉王原来是要我们先去帮助他解围，既然计划有变化，就赶快报告汉王吧！"

韩信摆摆手："常言道：'将在外，君命有所不受。'兵贵神速，如今时间紧迫，不能讲那么多繁文缛节，一面派人报告汉王，一面按我部署行动吧。"

"是！齐王。"灌婴等人齐声答道。

二

项羽虽然把刘邦围在固陵，心中却十分惦记着彭城。

彭城，北达齐鲁，南控江淮，历来为兵家必争之地。自古有"得中原者得天下""得彭城方能得中原"之说。中原为九州腹心，奔腾的黄河横贯其间。可以说，彭城是楚军的战略依托，存亡根本。

不久，当项羽得知韩信率主力南下时，他决定亲率十数万主力，乘韩信立足未稳，杀个回马枪，并在彭城附近组织一次会战，像三年前一样，再创造一次奇迹，把汉军打得落花流水。对别人来说，众寡悬殊，势单难敌，对项羽来说，司空见惯，也不算什么。他仍沉迷于过往的胜利之中，希望复制以前的辉煌。

就在他仓促率领十万楚军，从豫西回撤，沿鸿沟奔走了三天三夜，前锋到达陈县（今河南淮阳）西北时，得知彭城危险，将可能被汉军夺去，他勃然大怒，愤然挥军要去抢夺彭城，钟离眜、项伯、陈婴等人苦苦劝阻。

项羽仍痛恨不已："唉！悔不听亚父之言，那时，在鸿门宴上杀了刘三这个流氓，不是像碾死个蚂蚁？这才四年，蚂蚁竟变成了老虎，成了大气候！还有那个被我羞辱过的韩信，竟有如此大的能耐……"

虞子期心里也很难受，欲言又止："大王！……"

项羽摆摆手，说："诸位别担心。钜鹿之战，我十万人马破了秦军主力四十万，彭城反击战，我三万人马又击溃了刘邦五十六万联军。如今，我倒要看看韩信有多大能耐！"

众将听后，不自然地苦笑着。

项伯安慰说："我等随大王南征北战，战无不胜。目前，汉军从数量上看虽是多了，还是大王那话，敌人再多又能奈何得了我们？况且，我们十万雄兵仍在！西楚大片领地仍在！大后方江东仍在！说不定，这次又是上天赐予大王创造奇迹的良机！"

钟离眜上前献策："江东是大王发祥之地，百姓思念大王，我们何不一面坚守淮北，一面派人到会稽去搬兵，到大司马周殷镇守的舒城和六城去搬兵，等三路兵马会合在一块儿，就可以对付汉军了，我算了一下时间，前后顶多一个月。"

"对！"项羽赞同地点点头，"目前，我们从固陵拉回十分疲惫的将士，立即同汉军展开决战，这不是上策。不如深沟高垒，安营扎寨。如今天气寒冷，汉军数十万人马，粮草定会难以接济，一个月后，他们不退也要退。到那时，等我大军开到，还不知鹿死谁手。"

接着项羽下令说："各位！陈县是东西枢纽，守住它则可进可退。现在将大军沿陈城方向安营扎寨，要坚固牢靠！"

汉五年（前202）冬，北方已经下雪了。

项羽睡不着觉，披衣站在营寨雪地中。雪花片片，不断落在他的身上。他心中思忖周殷等人怎么很久也不见影子，心里又急又气："周殷这小子是怎么了？刘邦已突破季布的阻拦，与韩信一部会合，现急需他时，大一天，小一天，迟迟赶不到，有朝一日非得教训教训他。"

这时，一士卒慌慌张张前来报告："大王不好了！大王！"

"讲！"

"大司马周殷已举兵降汉了！"

"啊?！他……他怎么敢降汉?！"这个消息，像一记闷棍打在项羽的心口，"周殷一直对我忠心耿耿，因此才命他为大司马，主持南方军政，统九江军，率部坚守巢湖边的舒城，他怎么可能降汉？"

巢湖位于长江下游北岸，湖周港汉不下三百，环湖有庐江、舒城等大城邑。其中以舒城的地位、形势最为险要。只要能控制舒城，就可以囊括湖周平畴所生产的大量谷物。因此，舒城也是楚军军粮补给要地，一旦失去舒城，对楚军的军粮补给，将是一个十分沉重的打击。

这士卒又讲了周殷投降经过："为了争取诸侯支持，刘邦新近封了英布为淮南王。英布封王后，更加疯狂地与我作战，他又得到汉将刘贾的协助，进兵九江。接着，他们派人围困舒城，诱降周殷，周殷贪图苟且，看到汉军强盛，终于叛楚投汉。"

"叛徒！叛徒！他真是一个能杀英雄的叛徒。孤王抓到周殷那小子非碎尸万段不可！"项羽愤怒地喊道。

片刻，他又问兵士："那里的汉军有何动向？"

士卒说："周殷降汉后，便率舒城之兵配合汉军攻六安，遭六安军民顽强抗击，城破后，楚军和百姓被杀极多。此后，他又率军与英布、刘贾会合，攻陷城父，如今也带着九江兵，日夜兼程赶来和刘邦、韩信会合……"

周殷背叛，使楚军尽失淮南地，并截断了楚军南下之路，固守待援的作战方案也落了空，项羽第一次意识到汉军难以力敌。

对项羽来说，这时最好的选择是避开与汉军主力决战，向南直插过长江，以长江天堑来固守。可惜，项羽不擅长全局的谋划。他心有不甘，一仗不打，就丢掉了彭城和江淮。他想要利用刘邦求战心切的心理，趁汉军包围尚未合拢之际，在陈县补给后，迅速引军改变行军路线，避开汉军主力，南渡沱河，穿过垓下，向东南方下邳紧靠过去。进可夺彭城，退可过江东。

恰好在这时，从外面传来了汉军刺耳的叫骂声和轰鸣不止的战鼓声、号角声。又一士卒来到帐下，诚惶诚恐地禀告："项王！韩信（韩信旗号）和许多汉将在寨前骑着马跑来跑去，骂得……骂得很难听！"

项羽沉着脸憋着气问："骂什么？"

兵士四顾不敢言。

钟离昧忙劝道："算了，算了，不必说了，快出去吧！"

士卒不知如何是好，手足无措。

项羽目有重瞳的双眼，睁得有些怕人："说！"

士卒吞吞吐吐地："他……他们骂，'天下都背楚，人心已归汉。汉王率兵来，要取……要取霸王头！'"

钟离昧上前推开士卒："滚出去，不许胡说八道！"

项羽听罢，环眼圆睁，猛地拍案站起："无耻的膑夫，竟也敢来羞辱我！孤王横行天下，谁敢不敬！你小子也配在我跟前指手画脚？罢了！罢了！我先出去宰了这个背主忘恩的畜生！"

"大王！汉军势众，韩信多谋，他就怕我们按兵不动，特意用这几句狗屁不通的话来谩骂您。要是率军出击，不正中了他的诡计！"季布、桓楚、虞子期等苦苦拦阻。

项羽不堪回首，十分心痛地说："韩信一向自负高傲，这种狂妄的话，吓不倒我！可是，要守住一个地方，就要有粮有草有外援。如今，粮草没有，周殷又叛了我，使我夺回彭城的计划落了空。兵法有云，以进为退才不致没有后路，以攻为守才能真正守得住。只知道以退为退，以守为守，是退不了，守不住的。虽说汉兵远道而来，运粮困难，绝不能驻得长久。但是，我们只困于死地，坐以待毙，万一汉军进攻守不住，那我们就更难退兵了。所以，我要赌上一把，看看天意如何。"

众人噤若寒蝉。

现在是非常时期，虞子期觉得不能出乱子，但在人多目众之下，也不便多言。他悄悄到中军后帐来见妹妹虞姬，请她尽力劝阻项羽不要轻易改道移兵。

虞子期走后，虞姬很是不安，听哥哥之言，现在出兵同汉军决战非常不利，怎奈项羽性情刚烈，只怕误中敌计，被汉军打败。

她想到这里，不由暗自流泪。

项羽回到后帐，虞姬急忙揩干泪水迎了上去："大王今日回来，为何恼怒？"

项羽叹了一口气："刘邦、韩信会同诸侯兴兵前来决战，诽谤孤王，岂可不恼！"

虞姬劝道："以妾拙见，汉军势大，我可急速退往江东，等元气恢复，起兵回来，一战可胜。"

项羽摇摇头说："我纵横天下，从未临阵退却，若是不战而退，岂不要在天下诸侯中丧尽威信？我不能叫刘邦、韩信占了这个上风。"

"大王！妾闻'尺蠖之屈，以求伸也'，进退乃兵家常事，何怯之有？再说，周殷新叛，形势于我不利，若大王逞一时之气，轻言交战，万一中了韩信调虎离山之计，恐非大王福分。"

"虞！这事也把你牵动了，何须劳你担心。"

次日，汉兵来下战书。

项羽收到战书一看，汉军约他在陈城展开决战。

他想了想，平日拙于用心，被刘邦和韩信耍了不少滑头，这次也要和他们斗斗心眼儿。便对来使说："刘三是个老流氓，当面说尽好话，背后却下毒手。是他前后两次派人求我，停战罢兵，要订'和约'，没想到字迹未干，却背信弃义偷袭楚军，真不知世上还有'无耻'二字！今日你来下战书，本来孤王要砍你的头，祭我西楚大旗，泄我将士之愤。然而，两国交兵，不斩来使，快快回去告诉刘邦、韩信，一味出尔反尔，就不是大丈夫所为。孤王还是那句老话，不要为我和刘三把天下搅得人神不安，回去告诉他们，孤王明日按时决战！去吧！去吧！"

使臣连忙退出。

项羽见诸将疑虑不安的神色，哈哈大笑："刘邦求战心切，意欲在陈城决战，一举消灭我军。哈！我岂会那么容易上他的当。趁他们包围尚未合拢之际，迅速引军改道，避开汉军主力，走项城—新阳—蕲县……"

于是他令钟离眜，带一万人马，沿陈城周边遍插旗帜，虚张声势，造成欲同汉军决战的架势，掩护楚军主力人马向东开拔！

"不可！不可！"上柱国陈婴连忙拦阻说，"此恐怕正是汉军诱敌之计，怕大王按兵此地不动，故意下战书，引诱我军出击。"

项羽大为不悦："我若按兵不动，岂不为天下人耻笑？"

陈婴力劝："汉兵势大，又兼韩信诡计多端，大王不可轻敌。以臣愚见，只可深沟高垒，暂不与战，然后再发檄文，调东楚人马前来救援，再差人过江，调会稽各郡县粮米，以为军粮。与彼相持日久，汉军定会疲乏，供给不便，那时，大王以逸待劳，鼓兵而西，使韩信无以用其谋。即使不能取胜，我则定下决心退守江东，以保全江南为万全之策。大王！如不依臣言，空壁而往，寡不敌众，战而不能取胜怎么办？"

"孤王取天下没有成法，但有秘诀，那就是'勇'字当头，天不怕地不怕。否则，哪有破釜沉舟剪灭秦军的胜利，哪有击破诸侯五十六万大军的胜利。孤意已决！"项羽说完径自走出大帐。

陈婴望着项羽的背影，心里感慨万千：江山是你项羽的，由你去吧！我只有一条命，最后，最后……他不愿想下去。

陈婴，秦末东阳人，东阳与淮阴毗邻。他原是东阳令史，陈胜、吴广举义，东阳的少年们起事，杀了东阳令，聚集起数千人，强行让陈婴当了首领。为与其他军队区别，他们用青巾裹头，以表示是新近突起的一支义军，命名为"苍头军"。陈婴母亲对陈婴说："自从我做了陈家媳妇，还从没听说陈家祖上有显贵之人，如今，你突然有这么大的名声，恐怕不是吉祥的征兆。依我看，不如去归属谁，起事成功还可以封侯，起事失败也容易逃脱。"那时，恰逢项梁率军过长江来到东阳县境，陈婴对部下说："项氏是世代大将传家，楚国名门，要成大事，非项氏出来领导不可，我们依靠了名门大族，灭亡秦国就大有希望。"于是部下听从陈婴的话，把士卒都归附了项梁。这是项梁举义后，收留的第一支大队伍。因此，陈婴算得上楚军的元老功臣，也是楚军第一代核心成员，灭秦后位列三公，封为楚国上柱国……

不久后，陈下之战被证实是一次错误的分兵阻击行动，陈婴痛心疾首，如此这般，觉得楚军将难以为继。

项羽撤退，随后刘邦与汉将灌婴、靳歙、樊哙等将陆续会合，主动围钟离眜于陈下。项羽让将军利几任县令，加强防卫。先是，汉军击败钟离眜的军队，斩杀了十多位楚将。接着，陈公利几投降，汉军占领陈县。随着楚军的不断东撤，汉军也不断改变着行军的路线，方向为陈下至垓下。不过史书记述中，并没有正面提及，通过对在刘邦发布封王令以后，多位参战将领经历，可以看出汉军动向和在陈下大败楚军的大致过程。

却说，第二天五更开饭后，项羽虚留营寨，带着大军，穿越间道向东开去。

走了数日，来到今天安徽固镇县和灵璧县之间的淮北平原，他们不顾长途跋涉的疲倦，休息片刻，便冒着严寒，涉过干涸的沱河。

抵达对岸后，项羽和将士们心中顿时觉得轻松了许多——他们终于回到了楚国土地。眼前的一切，是多么亲切啊！乌骓马在河边啃着干草，楚军士兵有的整理行装，有的吃起干粮。

"报……报项王！前面发现汉军营帐！"

"啊?！哪里来的汉军营帐？"项羽顿时神情紧张起来。

他和钟离眜、项伯、陈婴等人连忙跨上战马，前行至高冈处，勒马而望，果见前面丛林旁有不少汉军营帐。项羽与众将惊得目瞪口呆。原来，汉将陈贺、孔聚率军在此已等候多时！

韩信对项羽楚军的作战特点和战力判断是清醒的，要消灭楚军，唯有集中优势兵力，打一场歼灭战。而他的三十万大军，不可能满地跑，无论如何运动，补给都是十分困难的，只有就近阻击围歼，才是一个比较好的选择。

此前，韩信料定项羽误以为汉军定会阻止他夺取彭城，把决战的重心放在陈城，他却顺水推舟，悄悄地把大军带向东南，夺取灵璧粮仓，逼迫汉军不战自退。即使战而不胜，因灵璧与下邳、淮阴、广陵相接，保住这条东南战略通道，就可将主力带到江南去。不过，因固陵战后的两个多月里，战场形势变化太快，楚、汉在淮南和淮北展开了反复争夺战，其时彭城、下邳、淮阴、广陵等地可能已陆续被灌婴别将夺取。

根据项羽这一心理，韩信做出决定，分兵南下，多路阻击。特别是沿彭城、下邳、僮县南下的大军，设伏在灵璧垓下附近，这个部署大胆之至，预料十分准确。这才有接下来的所谓一日围歼十万楚军的辉煌战果。

这时，又闻后面传来了鼓角声，追踪而至的汉军也已逼近沱河。

"唉！前堵后追，境地危险……"项羽当即拍板，止军停驻，开始做战斗的准备，"诸位！孤王一时大意，误中韩信诡计。到了这一步已没有退路可言！这是关键时刻，告诉将士们，要克服连日跋山涉水的劳顿，拼搏上阵，冲过垓下，奔向东楚，求得生路，以图后举！钟离眜！陈婴！虞子期！"

"在！"钟离眜、陈婴、虞子期出列。

他令钟离眜居左，陈婴居右，虞子期护守后军，自己居中，杀开一条血路。

对于独步天下的韩信来说，从没有与项羽正面交过手，始终是一种遗憾。这是他第一次正面和项羽交锋，意义非同寻常，是属于两个年轻人的对决，首战即终战！

此时，刘邦见彭越、英布、刘贾、周殷等诸路人马已到，为吸取彭城大战被打败的教训，他不亲自指挥战斗，把决战的指挥权交给了韩信，许以非常之权，统一调度兵马，打一场非常之战。也由于诸路兵马的到来，东至泗县，南到五河，北临灵璧，西达城父，在这数百平方公里的平原上，都成了楚汉决战的战场。

韩信一向以出奇制胜闻名，但这一次有所不同，他根据楚军善于兵团正面突破的特点，又根据汉军人数绝对占优，直接参战人数可达六十万的情况，慎重地思考之后，制定了"以正合，以奇胜"的战术，部署了堂堂正正的"前八阵""后五军"战阵。这大概就是元代人称道的"十面埋伏"。其实就是多路设伏，步步为营，四面八方布下天罗地网。

前八阵是：韩信自率副将十六位，六万王牌为先锋，旗帜千面，当道布阵；孔聚引军六万，副将十六位，旗帜千面，埋伏在左路；陈贺引军六万，副将十六位，旗帜千面，埋伏在右路；汉王刘邦引军六万为中军；周勃、柴武引军六万为后军；张良、夏侯婴引军四万为左防护使；靳歙、陈平引军四万为右掖接应使；陈豨、薄昭、高起、任敖引军二万在鸡鸣山虚张旗帜。

后五军是：尾随追击的英布引四万军居中，彭越引四万军居左，张耳引四万军居右，卢绾引四万军居左后，臧荼引四万军居右后。

另派骑将灌婴率郎中骑杨喜、中郎杨武、中郎骑王翳等四千骑为机动，埋伏在沱河与淮水交汇之处，以做策应。

也就是说，齐王韩信自率大军为前阵，孔聚率一军为左阵，陈贺率一军为右阵，刘邦率一军为中阵，周勃、柴武率一军为后阵。此外，英布和彭越等人的军队，实际上并没有列入军阵序列之中，放到了楚军侧后，主要用以牵制楚军的行动，机动策应。这样布置，说到底就是韩信三十万齐军直接与十万楚军的对阵。

将军孔聚，孔子第九世孙，汉初鲁县人，西汉开国功臣，属韩信。汉六年（前201）正月孔聚被封为蓼侯。《淮阴侯诗》云："但以怯名终得羽，谁为孔费两将军。"

将军陈贺，汉初名将，西汉开国功臣。以舍人身份从刘邦起兵，至灞上，为左司马，入汉中，以都尉属韩信。六年封费侯。费侯国国都在今山东费县西北。

将军周勃，泗水郡沛县人，西汉开国功臣，名将周亚夫之父。参加了韩信指挥的还定三秦之战和垓下决战。汉六年，封绛侯。后以其战功拜为太尉，位列三公。刘邦死前预言"安刘氏天下者，必勃也"。吕后死后，联合陈平夺取吕禄军权，诛杀吕氏诸王，拥立汉文帝即位，两度成为丞相。

将军柴武，西汉开国功臣，属韩信。时韩信为前军，孔将军（蓼侯孔聚）为左军，费将军（费侯陈贺）为右军，绛侯（周勃）和柴将军（棘蒲侯柴武）在汉王刘邦后面。

这一部署的特点：正面强、纵深大，规模宏阔，兵力高度集中，两翼策应灵活，能有效地阻止楚军的连续突破。同时，针对楚军哀兵之势，布置了大量的预备部队，防止项羽突围。

战鼓擂响了，火光四起，战马不停地嘶喊，一场无可挽回的楚汉决战开始了！

山坡后竖起了"汉"字大纛，汉军露出了头，向山下冲来，势如潮涌。

"楚"字大纛在寒风中竖起，项羽摸了摸乌骓马，似有话，随即跨上了乌骓，士兵呼声大起，项羽率先冲向前去。

楚汉争雄四年，汉军从来没有堂堂正正和项羽对战过，一直都是用偷袭骚扰的方式消耗楚军。而这里是一望无际的原野，正适合大兵团野战。项羽相信，在楚汉对决中，自己一定能够再次取得胜利！

两军相接，厮杀展开。项羽见韩信率先出战，他叱吼一声："今日楚军危难，全由你胯下小子一手造成！哪里走？"

经过四五个回合的较量，韩信佯装抵挡不住，稍稍引军后退。

项羽横槊挑矛突破汉军第一道军阵。转过一道山冈，孔聚、陈贺率左、右军突然杀出，猛攻楚军两翼。项羽抖擞精神，率军猛攻猛杀。

战斗空前的惨烈，楚军面对汉军重重包围，全无惧色，那些子弟兵像死了亲娘老子，不要命地左冲右突，全不把数倍汉军放在眼中，以一敌十，其大无畏的英勇气概，感天地，泣鬼神，真不愧是天下第一流骄横的军队！也难怪，他们人数不是很多，却是能征惯战，百战百胜，所向无敌，特别是从江东过来的八千子弟，更是楚军的精锐，顶梁柱，惯打硬仗，惯打恶仗，让鬼见了怕！让神见了惊！不一刻，阵角又被撕开一道裂口，汉军抵挡不住。

就在这时，刘邦亲率中军掩杀过来。

仇人相见，分外眼红。这一刻，项羽举槊向刘邦刺来，靳歙、柴武一齐冲杀过来，抵住项羽。项羽又是大声一吼，横槊来扫，惊得二将倒退数步。柴武急忙退回时，不防项羽刺来，低头闪过时，槊已搠着盔顶，头盔已落地。周勃、陈豨则从左后挺枪出马来敌，项羽正欲交战，只见刘邦勒马立于前坡，尚且未退。

他撇开二将，直奔刘邦！幸而夏侯婴引兵死死救护，刘邦才得以脱险。汉军的第二道军阵也被突破。

转过了大山口，钟离昧急忙赶过来对项羽说："大王不要追了！这里气象阴森，地形复杂，不宜久战，不如靠上前面的高冈，先立住阵脚。"

杀得兴起的项羽这才勒住乌骓马。

放眼望去，正前是大山洼，好似被巨大绿色口袋罩住；左前是一座大山，在阳光下显得雪亮，像一道银屏封住了去路；右前的山岭是一道道裸露岩石，如同落毛狮子；再望远方，重峦叠嶂，峰回路转，深不可测。在这空寂的山谷中，好似埋伏了百万雄兵！

汉军声势浩大，楚军已坚持不下去了，死拼无疑将拼光！

项羽可贵之处，在于不向困境低头。当后面汉将王陵、卢绾、周勃、张耳、臧荼、陈豨等十数将各举兵器向项羽杀奔过来时，项羽全无惧色，举槊敌住，马未倒退，槊未点地……

双方酣战片刻，多路埋伏的汉军渐渐将楚军分割包围。

楚军虽被动，但在项羽的带领下，这一仗打得非常惨烈。史书中只留下一句话，"十万楚军，战死八万"。在此情况下，项羽只得率两万余众靠向垓下。

垓下地理位置，历来说法不一，史家多从《汉书·地理志》之说，系今安徽灵璧。灵璧东南有三百多平方公里的地面，北有蕲水，南有沱河，东北部靠近蕲水，与泗县接界的有阴陵山。这里既有较大的河流为限制，又有低山为依靠，是七八十万大军会战的理想场所。汉军当即团团围住，各道口用战车封死。垓下，也因此成了韩信和项羽绝杀的最后战场。

　　入夜，刘邦升帐。

　　楚军围是围住了，这么个又大又硬的家伙到底怎么个吃法？

　　"汉大将、齐王驾到！"

　　刘邦亲自出帐迎接。韩信欲行跪拜大礼，刘邦连忙扶住，携手进入大帐内。他对大家说："齐王从容调兵，包围了深入汉军军阵的楚军。但霸王坚守，恐怕一时突出重围投入江东，星夜请大家前来，就是要商量这件事。先请齐王训示！"

　　韩信开门见山地说："项羽本来是救彭城的，现在却要等人来救，欲出不能，欲守无粮，哪有不败之理？只是如何紧缩包围，尽快地消灭他，还是个难题。如今，一天比一天冷，粮草难运，数十万大军难以接济，倘若拖上一个月，我得拿出多少柴草和粮食，困难啊，困难。唉！到那时，我们将会白白放走项王，不战自退！"

　　"不战自退"这四个字说得异常凝重，仿佛把在场的人压得喘不过气来。这意味着四年拼杀得来的战果又将丧失！

　　淮南王英布等人提出可放开一个口子，诱敌逃窜，在途中歼灭比较便当，围三阙一，网开一面，虚留生路，暗设口袋。也有人不同意网开一面。争论得很热烈，大家请齐王韩信最后拿主意。

　　韩信微笑着："我也考虑过围三阙一，放开一个口子。不过楚军仍有很强的战斗力，楚军人数不多，他们以垓下为要塞，修筑营垒坚守，必然采取进占一地巩固一地，而且可以搜刮百姓一些粮食，这对我汉军是很不利的。所以，我们应坚持紧缩楚军于狭小范围之内，饿死他，逐步削弱他，最后一口吃掉！但有人会说，以前我们经常采用围三阙一的办法，很管用，不是吗？"

赵王张耳赶忙答道："齐王，我确实是这样想的。"

"但我们也搞过围而不阙呀！"韩信稍顿，提醒，"战场形势是千变万化的，赵王记得吗？攻魏国平阳时，我们就是围而不阙。平阳城墙本来就不坚固，又是掉在我们后面的一个孤立据点，对于那里的魏军，你再搞什么围三阙一，算何兵法。如今，为了避免楚军困兽犹斗，我们沱河之战已歼灭了大部分残敌，并逮住了项王这只大老虎，你再搞什么网开一面，虚留生路，算什么本事，岂不是让项王从你鼻子底下跑走吗？"

韩信讲到这里，耸耸肩问大家怎么办。

张良站起来说："一切当根据战场情况而用兵，太公兵法云：'因敌变而取胜者，谓之神。'还是不阙吧！"

在座的人没有任何异议："对！不阙吧。"

"是啊，战局极好，但这家伙吃不掉，时间拖长了，局势又会怎么变化呢？真是军情如火，十万火急！"刘邦站起来，拍着案子，"难道让项羽跑了不成？"

一阵沉默后，张良又说："霸王骄横，他赖以支撑战局的就是精锐。如若能有妙计，攻心为上，瓦解军心，使他们离散，霸王虽有盖世本领，一人之力，也难以独守！"

"有了！"只见韩信离席走到张良面前，"子房先生，这有何难处？先前用的是'十面埋伏'，网住了楚军，韩信再添一计，'四面楚歌'，使之不战自散。"

"四面楚歌？"众人不解地问。

张良拊掌大笑："一个主意，一日千里。妙！妙！就是传唱楚地乡音，使受困的楚军将士无心恋战，自行逃散。"

韩信微笑点头。

清晨，在十数万汉军的紧缩包围下，项羽集中主力企图突围。

上柱国陈婴自告奋勇打先锋，当他率手下五千兵马冲出垓下后，口袋立即又封死。项羽蒙在鼓里，以为陈婴突围成功，急令三支人马迅速跟进，结果只是空高兴了一场。原来陈婴弃楚投汉去了。

陈婴这一突然变故打乱了项羽的计划。

突围不成，楚军又饥又渴，他们将抢劫到的鸡犬，以至一些战马都杀吃了。因争夺食物，彼此动武屡见不鲜。汉军的围困弄得项羽无法挣扎下去，陈婴投汉，愈使他悲观绝望。他意识到，这种情况下哪里谈得上援兵，死守就是等死！

严寒的月夜，笼罩着垓下高冈。呼啸的北风，夹杂着野狼阵阵号叫声，使人毛骨悚然，恐怖不安。此刻，重围中的楚军将士，因寒冷和饥饿而毫无睡意，三三两两，蜷缩在篝火旁。

项羽巡视营地来了。看见自己率领的这支所向无敌的军队，经过连年征战已疲惫不堪，心中很是不忍。沱河两岸芦苇丛中，一片唏嘘叹息之声。

骏马乌骓驮着主人缓行。前方有个土丘，沉思中的项羽一夹马肚，乌骓马一阵风似的奔上土丘的顶部，他立马四望，发现敌军营帐又增加了许多。谙战的项羽愈加明白全军突围难以成功。

一个随从轻轻来到他身旁，小声地说："大王该回帐休息了，虞姬娘娘正等待大王回去呢。"

虞姬这时也毫无睡意，站在后帐门内，仰望天空，祈求神灵保佑项王和全体将士能平安地冲出垓下。

突然"吁……"一阵马叫声，项羽回来了。

"大王！"虞姬迎着项羽过来了。她面色憔悴，唇无血色，而双目却依然那么温柔，那么冷艳，那么动人，那么深情。

"虞！"项羽握着她那冰凉的手，抚摸着她那一头秀发，把她紧紧地搂在怀里，好久好久，内心难过而歉疚……

虞姬是我们所知，项羽一生中唯一的一位红颜。在四面楚歌的困境下虞姬一直陪伴在项羽身边，后项羽为其作《垓下歌》。

虞姬，传说家在江苏沭阳颜坊。她身材高挑，面若花蕊，一双秋水般的大眼睛，勾魂夺魄。她擅长舞剑，能歌善舞，是秀外慧中的奇女子。登门说媒的人，接二连三，但都被她婉言谢绝："神仙托梦给我，嘱咐我只能嫁给力举千斤之人。"

举起千斤重！谈何容易。有一天赶集时，虞姬跟着哥哥虞子期去看热闹。两人快要走到子胥大庙门前时，看见七八个肩宽腰粗的青年，正在比试着举起一块二三百斤的大条石。这个搬搬，那个摸摸，没有一个人能举得起来。

这时候，有个身材魁梧、浓眉大眼的青年挤进人群，走到大条石旁边，笑盈盈朝虞姑娘盯上一眼，好像对她说："我就是来举给你看的。"

只见他屏住呼吸，两手把条石一抓，嘴里发出"嘿"的一声轻吼，接着用力一举，大条石举过了头顶。然后，这个魁伟的青年轻松地迈着步子，绕着大庙门口的空地走了一大圈，这才把条石放在虞姑娘面前。

"啊！"虞姑娘看了，十分惊喜，不由得将头低了下去。

虞子期了解妹妹的心思，立刻上前询问。当虞姑娘从哥哥嘴里得知这个青年叫项羽，家住邻近的下相时，虞姑娘更是心花怒放，含情脉脉。她因为有言在先，又亲眼看到项羽长得如此威武英俊，故一见钟情。可是不久，因项梁杀了下相县官，不得已，项羽与项梁一起南逃会稽。她只能把心思深深地埋藏在心底。

说来也该是天意。项梁举兵渡淮击秦，项梁与章邯两军夹泗水而阵。这日，项羽大破秦军，正待乘胜追击。在路旁，忽然发现秦兵丢下一个鼓鼓囊囊的大口袋。出于好奇，项羽丢下秦军没有追赶，忙令人将口袋打开，原来袋中装的是一个女人。

只见她浑身瑟瑟发抖，头发散乱，衣衫都被撕破了。项羽觉得她的身影非常熟悉，仿佛是虞姑娘的样子，难道她真是……

果然是虞姑娘！她也偷眼观看，啊！站在面前的将军竟是自己朝思暮想的英雄项羽。

这时，项羽也注意到了虞姑娘那多情而羞怯的目光。他不由得拍手大笑："抬起头来，让我看看！"

虞姑娘泪如雨下，她忘情地奔了去："将军！我要随你而去……"

项羽有些醉了！那不是因酒，而是由于虞姑娘动人的情致。项羽也激动不已："我有生以来见过无数女子，从未见过像你这样凄婉之人。那……那就留在我身边吧……"

片刻，项羽抱着虞姑娘上了乌骓马直奔营帐……

在项羽的眼里，她的美无与伦比。她自从归襟项羽后，始终和他相依为伴，项羽战斗到哪里，就将她带到哪里，随军转战千里。但她从不干扰项羽的作为，只是在他疲累时，给他抚慰；消沉时，给他鼓舞。

这时，已顾不着想许多往事了。项羽悲凉地对她说："虞！我叱咤风云数载，还从来没有陷入过这样的困境。韩信当年在我帐下，不过是个小小的执戟郎中，数次被我辱骂过，如今倒让他成了如此大的气候！"

虞姬听了，脸上却没有露出一点惊慌的神色，反而安慰说："大王！韩信自从登坛拜将以来，出陈仓，破井陉，下齐鲁，足见他是个帅才。现在，他又用'十面埋伏'之计战败大王，可见他是可以与大王匹敌的对手。不过楚军虽败，但并没有全军覆没，大营仍在，江东仍在，只要鼓舞士气，整顿军纪，还可以反败为胜，请大王不必忧愁。"

"孤王自领兵以来，没见过韩信这样的战法！他最厉害之处是谋定而后动，深得兵家之道，早年也曾想重用于他，最后却鬼使神差地放走了这个人。"项羽的心境十分复杂，他感到茫然，"难道是上天真的要亡我项籍?！"

"大王何出此言?！胜败乃兵家常事。"

"虞！"项羽轻轻地呼唤了一声，对这位刚强的汉子来说，他不愿把目前的境况一一告诉她，而她也十分明了，只是谁也不愿说个明白。

项羽非常内疚："虞，落到今天这个地步，不怨我吗?"

"不！大王，妾和大王祸福与共，享尽恩宠，虽死无憾。"这声音很小，却震撼人心。

"虞！天下知我者，唯有你与乌骓马！"项羽再次把虞姬紧紧地、紧紧地搂住。

虞姬强压悲伤，继续劝项羽："大王，请你保重身体，别太难过了。你又驰骋了一天，想必也早已饥饿了，妾已为你备好酒食，快吃些吧！"

"好！"

虞姬一听，莞尔一笑，便立即摆上酒菜。

项羽痛饮了一回酒，便无心吃饭了。他已是倦不可支，眼皮垂落，虞姬也只好请项羽上床安歇。项羽躺下后，一会儿便鼾声如雷。

三

忽然，山冈下响起了一阵洞箫声，呜咽含怨，如泣如诉，刺人心脾。

随着洞箫的呜咽，西南方传来阵阵歌声：

> 寒月深冬兮四野风霜，天高水涸兮寒雁悲怆。
> 最苦固守兮日夜彷徨，披坚执锐兮垓下高冈。

虞姬大吃一惊，汉军中哪有许多人唱得来楚歌？她只觉得鼻子一酸，眼泪似断线的珍珠，滚落了下来。

这时，四面歌声大起：

> 战罢沙场兮思已高堂，父兄皆殁兮心里哀伤。
> 妻子儿女兮盼望若归，汉王允我兮返回故乡。
> 当此永夜兮急速反省，及早散楚兮免死殊方。
> ……

又听得莽莽如牛的喊话声："父老弟兄们！西霸楚王已走投无路，你们不要替他卖命，你们的父母、妻子都热切盼望你们能回家团聚，只要放下手中器械，汉王定会优待你们！"

一阵喊话后，接着"彭城军""东海军""淮阴军"一曲接一曲唱个没完，空谷传声，回音震得十里山冈皆响。

项羽猛然醒来，不禁心中大惊："难道汉军已全部占领了楚地?！不然哪有如此多的楚人？"

其实这就是韩信"四面楚歌"之计，他亲自收集整理楚歌楚声，利用刘贾、周殷的楚军，分散到大军中教歌传唱。

"四面楚歌"的"楚地"到底在哪里呢？一般认为在湖北一带，而后世多有存疑，这里稍加阐述。

"楚歌"，即楚人之歌、楚地之歌。春秋时，楚国兼并周围小国，疆域西北到武关，东南到昭关，北到今河南南阳，南到洞庭湖以南。战国时疆域又有所扩大。楚怀王攻灭越国，又扩大到今江苏和浙江一带。但在秦统一战争中，楚国屡次被秦打败。迁都陈，又迁都寿春，最终为秦始皇所灭。

　　这时，来到这里同项羽作战的主要有韩信、刘邦、彭越、刘贾及周殷的五支人马。刘邦率领的是从起事初，收沛子弟两三千人，转战于黄河中下游，入咸阳、居汉中，后出关东征，战地只在黄河中下游地区，补充的兵员大多是关中子弟，没有那么多淮楚将士。而其他四支部队，韩信来自齐、燕、赵，彭越来自梁，刘贾来自寿春，只有不久前叛楚归汉的周殷军来自南边楚地的六城、舒城。而"四面楚歌"分明是吴中及淮南、下相、下邳、彭城、淮阴、盱眙等地方音，利用楚军将士思乡之情，来瓦解楚军军心的计策！

　　不难看出，刘邦集团在关键时刻矛盾得以调整，韩信指挥战略对头，"四面楚歌"更使在垓下的楚军，产生了极大的震撼。而这时的楚军中士卒主要来自淮河南北两岸、长江以北的淮楚地区，具有极强的战斗力的楚军，因此才有速败的可能。

　　盱眙、下相、下邳、淮阴等地在战国时属楚。秦统一中国后是秦国一个统治薄弱地区。在秦末风起云涌的时代，淮楚地区成了策源地之一。秦汉之际最具代表性的历史人物刘邦、项羽、韩信，也都分别出生在淮楚的沛县、下相和淮阴。而项梁、项羽成了反秦事业的中流砥柱，反秦烽火在中原大地上燃烧，从此展开灭秦会战，淮楚成了项羽楚军的根据地、大后方。因此，不难看出"四面楚歌"之楚地，就是长江以北的淮楚之地。

　　那么，"四面楚歌"到底出自韩信，还是张良的计谋呢？韩信与项羽同是楚地人，他知道楚歌的悲怆和魅力。张良乃韩地人，没有机会听什么楚歌，韩信是前线合围的总指挥，用楚歌瓦解敌人军心，使楚军离散，一定是最为有效的方法，所以，"四面楚歌"无疑也是韩信的作品。

　　却说，闻得楚歌声起，钟离眜、季布、虞子期、桓楚等几位楚将匆匆赶来报告："大王！四面全是楚歌，士兵们根本经不住如此心理打击，闻声相率逃走，无法拦阻，不少跟从大王出生入死的将领，也背楚投汉去了，连项伯也不见了踪影。"

"啊?！项伯也不见了踪影?"

"现在汉军大营洞开，摆满了美酒肉食，任凭吃饱喝足，愿回乡者，还给足盘缠自行离去。"

项羽闻言，不由倒吸一口凉气，忙叫道："快替我传旨，集合余部听令!"

"这……"

项羽脸色陡变，天要灭楚，无可奈何！究其原因，其中重要的一点，就是遇到了韩信这样的天才对手。战略上，从北方魏、赵、代、燕、齐等地，撒下一张大网，铺天盖地，逼迫楚军不得不退却徐淮。战术上，步步为营，在垓下又玩起"十面埋伏""四面楚歌"，以致楚军散尽，自己成了孤家寡人。

他伸手将虞姬拉住，呆呆地端详着她那俊美的面庞，顶天立地的汉子，这时却泪珠挂满脸上："我项籍跟随叔父项梁会稽起事，破景驹、屠襄城，斩宋义、救钜鹿、降章邯、杀子婴，驱汉军于濉水，困刘三于荥阳，天下诸侯谁敢仰视，唯有在我帐内膝行！想不到英雄一世，竟落到今日如此地步。虞！赶快随我走吧!"

"唉！大王，到了这种地步怎么还顾及臣妾？大王多多保重，赶快突围吧!"

"虞！我项籍堂堂大丈夫，岂能抛下你不管？你只管跟在我后面，汉军再强也挡不住我!"

"大王！你赶快走吧!"

"虞！难道你叫我学刘三那样只顾自己?"

项羽深情地望着身旁的美人，百感交集，端上酒，连饮数樽，乃悲歌慷慨，唱出心中的悲愤和无奈：

> 力拔山兮气盖世，时不利兮骓不逝。
> 骓不逝兮可奈何，虞兮虞兮奈若何?

项羽歌罢，虞姬大恸，泪如泉涌。

多年来，虞姬一直跟随他南征北战。她对他体贴入微，关怀备至，两人的感情一直十分融洽，相敬如宾。而今，由于军事上的失利，给她也带来了杀身之祸，项羽感到十分内疚，对不起她，这比他在军事上失败的压力更大。

虞姬在悲愤的气氛中抬起满是泪水的脸，泣不成声，唱和道：

汉兵已略地，四面楚歌声。

大王意气尽，贱妾何聊生！

项羽悲戚，进而哭泣，流下热泪数行！左右将士也都感动得涕流满面，不能抬头。

虞子期身披战甲，手牵战马，大声催促："大王！妹妹！赶快走吧！"

"快走吧！"众将也都催促着。

虞姬突然拔出项羽腰间的宝剑，项羽大惊："虞！你要干什么？"

"大王！让妾舞剑一回，以壮军威。"说罢，便娉娉婷婷舞了起来。那剑光如同梨花飘飘，煞是好看。收剑后，虞姬说道："大王，我能够终生服侍大王，实在是我虞姬的福分！我只恨自己没能替大王分忧解难，反而成了大王的累赘。若大王因为我不能脱离困境，我不就成了楚国的千古罪人？今夜月明星稀，四面尽是楚歌，这里如同故乡一样，大王保重！来世我们……我们再相见！"

虞姬猝然将剑朝脖颈上一抹，只见一道血光迸出！项羽和在场的将士全都惊呆了。随着"当"的一声宝剑落地，她那娇柔的身躯终于倒了下去。

"虞！虞！"项羽大吼一声，想救哪里还来得及？

可怜，红颜薄命，一缕香魂，飞升天界。

此时，帐外战马长嘶，号角长鸣！

项羽抱起虞姬的玉体，转过身去，痛苦的泪珠滚落而下。

"虞！"他悲怆地叫出，"我项籍顶天立地，到头来连你都不能保全啊！"

项羽把虞姬缓缓地放在案头，从地上拾起血染的宝剑，嘶哑着声音询问："还有多少人马？"

钟离眛回答："不足一千骑。"

"一千骑？"项羽轻声，挺起胸膛，蓦地大声命令，"钟离将军你带五百骑向东南突围，我带五百骑向西南突围，江东会合！"

"是！"

项羽单腿跪下，喉间迸出了微声："拔山力尽霸图隳……虞……安息吧！"他遍抚虞姬，别难重逢，哪堪回首。

大帐外的乌骓马"咴咴"嘶鸣。

项羽慢慢立起身来，解下披篷，覆盖在虞姬身上。

"咴……"乌骓马再一次被这悲壮的情景激动得嘶鸣起来。

项羽这才昂起头，奔出大帐，飞身跨上乌骓，麾下壮士也一齐跃上战马，乘夜色昏暗，分两路突围。

东边的天际出现了一抹朝霞，渐渐地染红天边。

由于连日鏖战，汉军也是人困马乏，临近天亮，项羽率五百骑兵，衔枚疾走，悄悄地从刘贾军与英布军接合部涉过沱河，在汉军将士酣睡声中冲出了垓下重围。

等韩信知道情况后，已来不及协调各路人马，但他唤来灌婴，起用早已暗伏在淮河与沱河之间的五千骑士。他告诫说："前有长江，后有追兵，我看项王是在劫难逃。传令军中，汉王有令，谁抓到项王赏千金，邑万户！"

于是，韩信令灌婴率军开始追击项羽。

不知怎的，灌婴走后，韩信神情落寞，心里并不十分高兴，甚至有些莫名的孤独和恐惧。百战疲劳楚军哀，垓下一败势难回，称雄命世、威震天下的西楚霸王，就这样要命丧我韩信之手？

项羽毕竟是自己的旧主，有过爱恨情仇，可那已是过去的事。可以说，没有他，没有他的坚拒和侮辱，可能也不会有今日成功的韩信。在楚营，自己与他多有冲突，但他手下留情，并没有杀掉自己。而重要的是，项羽还是一位值得欣赏的人物！既欣赏他横刀立马，满腔热血，意气冲天，拼杀沙场的英雄气概，没有他，哪会有灭掉强秦的伟大胜利？又欣赏他光明磊落，胸怀坦荡，恩怨分明，虽不善把握机会，随机应变，令人痛恨，至少与刘邦相比却是一位君子式的人物。也欣赏他与虞姬的爱情佳话，让韩信心生怜惜之情……

且说，已冲出重围的项羽等人，马不停蹄，向淮水方向狂奔。渡过淮水，项羽顾不上休息一下，继续催动着乌骓急速向阴陵（在今安徽定远西北）方向驰去。

穿过了大山洼，山屏连山屏，九曲回肠。绕过了一道山冈，树丫权似的三条道摆在眼前，哪条道可奔乌江边？他们茫然不知所措。

忽见，有一老农扛锄而来，项羽催马上前问路："喂！"

一旁随从告诉老农："这是西楚霸王！"

老农低声答道："我知道，有话请讲。"

"去乌江，往哪条道上走？"

"噢，乌江，乌江往左边走。"老农仍未抬头。

"多谢！"项羽率先向左奔去。

先走走还是大道，再走走就是小道，再走走连小道也没有了，忽觉寒风扑面，不禁打了个寒战。

抬眼望去，前面是灰白空蒙的沼泽，水天相接，其势浑然，哪里还有什么路可走？

他们只得按原路折回，这样一折腾，汉将灌婴已率骑兵追上来了，截断去路，他们只好改变方向，逃往东城（在今安徽定远东南）。

向东狂奔了二三十里，仍未能摆脱追兵，项羽忐忑不安地问随从说："还有多少人马？"

"二十八骑。"

"追兵有多少？"

"数千骑。"

"数千骑？"

项羽未敢回顾，这位昔日统率千军万马的盖世英雄，深知已到了他戎马生涯的末路，心中不由升腾起一种难言的痛楚。二十八骑无论如何勇猛也难以抵挡数千追兵，何况，经过连夜的奔跑都已困顿不堪，突围肯定难以成功。在这最后时刻，何不冲向敌阵，再杀个痛快？想到此，项羽勒马停住，肃穆地面向从者，最后一次陈词："诸位，我随先叔父项梁起兵至今已整整八载，身经大小七十余战阵，所挡者破，所击者服，未曾败北，所以能有天下而称霸王！然而今日，被卒困于此，竟败于不要脸的刘三和韩信之手，真是太冤枉了。"

正说着，汉军已将他们围住了，项羽从容镇定环顾四周，他拉起了嗓门儿，嘴唇抖动着："今处境险恶，却不能败志，我要为诸位速战解围，斩将刈旗。"

项羽率二十八骑，以身为城堞，面向敌军。

"你们随我来，我先为你们取一颗汉将的头颅！"

项羽大吼着向汉军杀去。汉军在项羽面前纷纷倒退，闪开一条通道。

他直取一汉将，汉将还没有来得及举剑，槊已从天飞临，将汉将劈作两半。

汉将杨喜斗胆从侧后方袭来，项羽横过马头，眦目欲裂，大吼一声："竖子！"

这声音如同平地一声惊雷，杨喜吓得魂飞魄散，逃之夭夭。楚军三路迅速出击。

这突如其来的勇猛冲击，竟打乱了汉军阵脚……不久汉军渐渐又形成合围之势。

项羽骑着乌骓横冲直撞，槊挑剑劈，如入无人之境。汉军一都尉避闪稍慢便被项羽挑下战马，汉军乱成一团。

项羽在离开汉军一段距离之后，问从骑："我的话如何？！"

"果然和大王说的一样！"

他一会儿又问："还有多少铁骑？"

"二十六骑。"

"二十六骑，只损失了两骑。汉军死伤有一百吧？"

"恐怕，恐怕，能有数百骑！"

项羽情绪更加激荡起来。

从东城下来二三里，大片汉军仍遥遥尾追不舍，而前面就是乌江。

乌江是乌江亭的简称，因这附近方圆数里土壤黑而得名。乌江属东城县，临长江。项羽及从骑沿着乌江西岸继续驰行。

已是黄昏时分，要渡江东归。项羽眺望江东，眼眶涌满了泪水。

这时，一只小船由岸边芦苇丛中驶出。

"项王！"舟中白发老者高喊。

项羽警惕地勒住马头，只见老者拜伏于船头："大王，请放心，我乃乌江亭长！请大王速速登舟！"

项羽并未上船。乌江亭长又催促道："江东父老在江边等待着，请登舟吧！大王！父老们要小人禀报大王：江东虽小，地方千里，子弟数十万，以江东为根基，东山再起不难。大王情况危急，臣独有此船在此，请大王速速登舟！"

这时，北边烟尘飞扬。

忽然，项羽改变了主意，感慨地对乌江亭长说："一叶扁舟，怎可渡我众人？既然天要亡我，我岂敢苟且独生？况且，当年项籍与八千江东子弟渡江，纵横天下，挫灭强秦，今日，无一人生还。纵然江东父老们不加苛责，仍尊我为王，我又岂能于心无愧！项籍知道亭长你是一位忠厚长者，这匹神马跟随我五年多了，南征北战，日行千里，所向无敌，今恐为汉王所得，又不忍杀它，就把它赐给你吧！"他将马缰绳递在亭长手里。

"大王！"亭长面如土色，"小人不敢接受大王恩赐！"

项羽不答话，下令："下马接战！"

从骑纷纷下马，手持宝剑，列成一排，面向敌人。

项羽和从人与潮水般的汉军短兵相接。项羽挥舞着剑，在敌阵中狂舞，血肉横飞……

只剩下他一人了！一群汉将围住项羽，但不敢近身。

"来！"

项羽向他们浅浅一笑，招手："我听说刘三已许了千金封赏。来！哪位将军敢取霸王的人头！不敢？来！来呀！"

汉将们跃跃欲试，一点点向前进，又无人敢于最先出击。项羽哈哈大笑起来，汉将们颤抖着向后倒退。

忽然，只见前面不远处山坡上转过大队汉军，旗幡上绣着"汉大将韩"字。

"韩信？"项羽不觉愣了一下。

其实，这时灌婴打着韩信旗号已经来到。灌婴只是不忍见项羽的最后面孔，才止步不前。

"胯下小子！"项羽放声大笑，喊道，"你是为孤王送终的吧？！刘三这家伙与我交战从未胜过，你与我交战却未败过，西楚霸王成全你一世美名吧！"

说罢，横剑自刎，慢慢倒下。

殷红的鲜血洒在乌江边，仿佛一下子染红了整个天际。

项羽死时，年仅三十一岁。

项羽死后，郎中骑王翳迅速从惊愕中反应过来，飞身下马，割下项羽的首级，打马而去。余众争抢项羽的尸体，以致纵马相践踏，互相厮杀，数十人死在马蹄、剑戟之下。

其后，郎中骑杨喜、骑司马吕马童、郎中吕胜、郎中杨武各得项羽尸体一部分，连同王翳得到的头颅，刘邦不食前言，为表彰他们的功劳，五人都被封为列侯，以此载入史册。

垓下之战，是楚汉相争中决定性的战役，既是楚汉相争的终点，又是汉王朝繁荣强盛的起点，更是中国历史上具有里程碑意义的转折点，结束了秦末混战的局面，奠定了汉王朝四百年基业。因其规模空前，影响深远，被列为世界古代七大著名战役之一，有"东方的滑铁卢"之称。

值得重视的是，韩信为项羽的克星，从登坛以来，连战皆捷。如果没有他在军事上取得的胜利，就不可能有刘邦的最后胜利。纵观他的功业，除去后期政治行动不说，其在军事领域绝对是成功的，可谓功勋卓著，为华夏的统一和汉民族的形成奠定了军事基础。从这个意义上来看，没有他，中国历史上不一定会出现一个大汉王朝。

第十章　左迁楚地

　　刘邦接帝位前夜，突然收回了韩信的帅印，并给韩信的工作做了重新分配。

　　洛阳南宫，几杯酒落肚，刘邦高兴地对大臣们说："连百万之众，战必克，攻必取，我不如韩信。"韩信听了后，感动了好些日子。

　　来了！来了！一条宽阔的大河展现在人们眼前，淮水两岸一派湖光水色，韩信真的回故乡来了。市口桥，正是当年胯下受辱的地方，韩信不相信自己的眼睛，桥下跪着五花大绑的屠大！

一

　　项羽虽死，但楚地尚未完全收复。

　　刘邦和韩信即着令灌婴为中路，率军二十万，从淮南东进，略定黄淮，打过长江；刘贾为右路，率军二十万，从淮南向南，收复不肯顺从的楚临江王共敖；周殷为左路，率军十万，回师舒城，截住越江南逃之敌。刘邦、韩信则率军三十万回师北上，围攻心怀霸王旧恩且不肯归降的鲁地。

　　诸路兵马出发后，刘邦、韩信沿泗水进发，一路顺利，唯独鲁城不肯投降，攻打了多日也没有破城。刘邦觉得不像样，天下诸侯望风请降，小小的鲁城胆敢硬抗，他派使臣去告诉鲁城的人，天下都已归顺，不要再坚持下去，不然三十万大军将把鲁城踏平。

　　使臣回来报告，鲁城人根本不怕，他们弹丝竹、唱诗歌，情愿为西楚霸王去死。刘邦大骂："真是狗戴帽子，不识抬举哩！"

　　张良劝刘邦，得天下的人，要施仁政，不然和霸王有什么两样。鲁城是项羽当初受封鲁公的城邑，不要看城小，这里人还挺爱讲个理。鲁是礼仪之邦，周公的封地，是天下尊敬的地方，不能用暴力去强迫他们。如果鲁倡议率义兵为项羽报仇，鼓兵过江，必为后患。

　　这话有道理，刘邦又让使者去告诉鲁城人，项羽已死，并将项羽首级挑在竹竿上昭示他们，还好言好语劝慰，只要愿意归顺，就马上以鲁公之礼安葬项羽。鲁城的人一想，觉得刘邦这样宽宏仁慈之辈，得天下是早晚之事，于是就打开城门，欢迎汉军进城。

刘邦率人马入城安抚百姓后，便命人把项羽的首级和躯体缝合起来，以鲁公封号，厚葬于谷城（在今山东平阴西南东阿镇）。

他想起了项羽威服诸侯，灭掉秦国，分裂天下，才使得他有今天的局面，特别是鸿门宴上没有杀他，潍水胜利后，太公、吕雉在楚三年，得到了好的供养，没有受到委屈，这足见项羽也不是什么罪大恶极的暴君。

在读祭文时，不由得掉下泪来。他令官府在鲁地立庙享祭霸王。

这一切办完之后，刘邦又传令："凡项氏宗亲，一律免罪。"

这时，刘邦又想起了项羽的叔父项伯。

鸿门救难、汉中讨封、广武对阵救太公。要是没有他，别说汉室天下，就连我们这帮人尸骨也不知道哪里去找了。虽然他才不及韩信、张良，功不比萧何、曹参，却是奠定汉室基业的特殊功臣。对！不能亏待他，要好好封他。但一定不能寒碜了那帮抛头洒血的功臣将士，可封得含糊些，给他一块人少地大的地方，让他自己经营去吧。

不久，了解到项伯早已降到张良帐中躲避多日，刘邦立即命人将项伯引来相见，叙谈后，封项伯为射阳侯，划淮阴东南的射水北、淮水南的大片土地给项伯，算是对他的回报。射阳与淮阴一体，射阳距淮水北岸的项氏老家下相县也不远。至于当初和项伯攀儿女亲家的事，现在着实有些尴尬。几年前，为联络诸侯击楚，刘邦早已将女儿鲁元公主嫁给赵王张耳之子张敖了。

鲁元公主，刘邦长女，母吕后，汉惠帝姊，食邑于鲁，汉五年嫁与赵王张敖，为赵王后。此时刘邦灵机一动，把项伯改姓刘不就得了吗？这样，既显出对他的恩宠，又可以同姓不婚为借口敷衍过去。便赐项伯"刘"姓，而婚姻的事，从此不再提及。

清朝末年，袁世凯叔叔袁保恒在《过韩侯岭题壁》中道："高帝眼中只两雄，淮阴国士与重瞳；项王已死将军在，能否无嫌到考终？"人们不禁在问，一代西楚霸王轰轰烈烈地死了，能给韩信带来什么样的思考呢？

新的矛盾代替了刘邦与项羽之间旧的矛盾，在新旧矛盾的转换中，他又会有一个什么样的结果呢？

鲁地平定后，刘邦、韩信还军定陶，二人大营分别扎寨。

不久，江南略定的消息传来了！楚临江王共敖请降的消息也传来了！多年梦想的太平实现了！至此，历时四年半之久的楚汉战争终于结束。

夜晚，汜水岸边军营燃起大堆大堆的篝火，把夜空燃照得通红。"九州同歌，西楚灭，汉业兴！"千千万万将士，忘情地欢呼着。刘邦正在汜水大营中，往外一看，怎么这黑沉沉的夜晚，会满天通红？整个汜水两岸人摩肩接踵，由于大堆大堆的篝火，远远看去就像在火焰里穿行。

韩信、张良来到这里向刘邦贺喜。

韩信对刘邦说："大王，你怎么坐得住？"

刘邦看着他们，一副笑脸，恭敬地拉着韩信的手："齐王，怎么回事？"

韩信回答说："天下平定了，还冷锅冷灶，你我都落在百姓和将士们后面去了，我们赶快庆贺一番吧。"

张良接过话来："提得好，这是激动人心的时刻！"

这时候，淮南王英布、梁王彭越、赵王张敖、韩王信、燕王臧荼、衡山王吴芮也都来了。以韩信领衔，韩信连忙将诸侯联名书写的奏疏呈上。

刘邦忙展开奏疏看起来，只见上面写着："先时秦无道，天下诛之。大王先得秦王，平定关中，于天下功劳最多。存亡定危，抚安万民，功盛德厚，又加惠于诸侯王，有功者使他们得以立社稷。如今，天下已定，位号比拟，大王与臣等并称于王，无上下区分，使大王不世功德，不能彰显于后世。所以，臣等冒死上疏，再献皇帝尊号，状乞准行！"

刘邦眯起眼，美滋滋地反复看了几遍，知是由名震天下的韩信及诸王拥立自己为皇帝，便对大家说："我听说过，自古以来，称皇帝尊号的，只有大贤大德的人才能。要是有人称帝号，但并不被人们认同，这种人只是徒有虚名，这种华而不实的做法不足取。今日，齐王韩信与诸王联名上来奏疏，要推举我为皇帝，这不能，我平庸之人，无贤德可言，我怎敢当此尊号？"

一听，觉得有些不对劲，韩信与群臣都跪下齐呼："霸王自矜功伐，奋其私勇，轻用其锋，虽百战百胜而一败涂地。而大王养其全锋，平定海内，六合之中，功德最盛。兴王易姓，虽云天命，实系人心。大王起于布衣，战强秦，诛暴逆，功臣皆得以裂土分封，可见大王本无私意。大王如不称皇帝尊号，我们都会怀疑自己的封号有无意义。"

刘邦还想推辞，但韩信和群臣诸将，一起来劝，你有来言，我有去语。他虚与委蛇一番后，终于答应："诸君一定以为我做皇帝能使国家安利，为了国家安利，我也只好做皇帝了！"

张良、陈平和博士叔孙通当场占卜，得二月甲午为黄道吉日，刘邦便传令太尉卢绾和叔孙通等人安排好仪式，准备登上帝位。

众人退走后，刘邦只留下张良、陈平二人。

虽然平了天下，但刘邦总有一块心病挥之不去。

纵观天下，汉之得江山，韩信的功劳最大，威望最高。现在能有资格和刘邦平起平坐的只有韩信！早在成皋被围时，韩信就以"代理齐王"相胁迫，彻底惹火了刘邦。如今他帅印在手，重兵在握，对汉家新政权的建立和巩固构成了莫大的威胁。特别让人害怕的是他的军事才能，还有他在军队中的崇高威望，如果让韩信回到齐国地方，必将留下无穷后患，将要登临大位的刘邦能睡得着觉吗？

冰冻三尺，非一日之寒，为防患于未然，刘邦准备对韩信下黑手了。他直言不讳地说："天下初定，但韩信势力最大，齐地幅员辽阔，带甲百万，东临大海，有渔盐之利，自从战国以来，人们就把东方的齐国和西方的秦国，看作天下的两个重心。而齐地又同燕地、赵地相连接，战略地位十分重要，且燕、赵皆为韩信所取，易于互相连成一气。他坐镇那里，寡人能安心吗？"

陈平淡淡一笑："大王所言极是，以前征讨楚地和诸侯，他向大王要过许多条件，如今虽说已归服，但帅印还在手中，恐怕韩信还会趁机逼封更多。依臣之见，应收回帅印，并给他挪个位置，遣他到楚地去，楚地淮北狭小贫瘠，又无险能守，名正言顺，算是让他显扬故里！"

"所言正合我意，但怕夜长梦多！"

"出其不意，攻其无备！就像修武夺兵一样，就在定陶下手！"

"子房你看呢？"刘邦又问张良。

张良默默地点点头，认为似无不可。

其实张良最是明白人，自古以来，哪个做帝王的不是猜忌心甚重，可以共患难，不可共富贵，刘邦也是如此。连忠心耿耿、任劳任怨的萧何，自以为刘邦最信任他，也屡受猜忌，终日战战兢兢。而韩信，有奇谋，善用兵，功最高，王侯将相一人独任，是汉军中名副其实的"老二"，他要是真有野心的话，完全可以韬光养晦，不露声色，有的是时机。可以说，就凭韩信的军事才能，打败刘邦应该有十足把握。可他是厚道人，老实人，他心里根本就没有背叛刘邦另立天下的企图。或许尽忠尽职，就是他唯一的目标。但韩信过于孤傲自信，不善伪装，容易引火烧身。韩信呀，春秋时，范蠡侍奉越王勾践，终于灭亡了吴国，勾践因此称霸诸侯，而范蠡知道勾践不能同安乐共富贵，于是泛舟五湖。特别是燕国名将乐毅适时进退，被后世人传为佳话！如今你功成了，名满天下，一定要不伐己功，不矜己能，克己为体，知得失，能进退，管好自我，否则，汉家岂能容你这个功高震主的大王？这些话语，我多想和你说说，何不自释兵柄，及早抽身，跑到淮水边钓鱼晒太阳。但，作为汉家首辅，这些话能说吗？又如何说得出口？

而"帝师"张良，经历了刘邦夺韩信兵权后，于本年六月，他就主动退出政坛，从道家大仙赤松子云游去了……

隔日清晨，刘邦率张良、陈平及卫队千余人，突然袭击韩信大营，重演了当年"修武夺兵"的一幕。

刘邦坐定后，对韩信说："齐王，你智勇双全，屡建功业。多次征伐强敌都能取胜，不愧为帅才。我能初定天下，使诸侯顺服，这多亏了你。这我自然不会忘记啊！"

韩信已经对刘邦的所为不以为然，便投石问路："我本是淮水边一贫夫，拥有今日的地位，全是您的栽培。如今暴秦已灭，霸王已除，天下已定，臣愿奉还所赐帅印和齐王印绶，解甲归田，回故乡淮阴去。"

在一旁的李左车，频以目示韩信。

刘邦眉毛一扬，摆摆手说道："夺得天下，我正要与齐王同享富贵，齐王怎能一走了之？况且离开你们，我不就成了空头皇帝了吗？齐王就忍心舍弃寡人？"刘邦显得很生气，又显得无可奈何，他扫视一下众人，"你们说能这样吗？"

陈平看了看韩信，又看了看刘邦："陛下，臣有一句话，不知当不当讲。"

"讲吧。"

"齐王纳还王位，这是陛下不会同意的事。但我以为齐王帅印在身，功高权重，难免不引起小人妒忌，万一齐王受了委屈，陛下又怎么对得起齐王？依臣看，天下尚不太平，北有匈奴滋扰，东有田横。但是，最叫人头疼的，楚地是项羽巢穴，楚将钟离眜、季布至今未获，如无德高望重之人镇守，恐生不测。而义帝无后，齐王为淮阴人，熟悉楚地风俗，不如使齐王迁楚，一来为陛下镇守疆土，二来使其荣归故里，令先人茔陵生辉。请恕臣冒昧直言！"

刘邦点点头："此言甚是有理。楚地任重，不知齐王可愿屈驾？"

韩信也不傻，他早就看出刘邦的用心，但未曾料到，刘邦翻脸像翻书一样快，刚刚夺取天下，竟会如此待他，便面露不悦之色。我韩信是一名军人，知恩图报，心怀坦荡，敏于对敌，却不知如何自全；而刘邦是一名政客，疑心太重，像秦始皇一样，怕人威胁他的天下，只要涉嫌如此，不管他功劳多大，不管他是否忠心，都要采取一切手段把他搬开，看来我正犯此大忌！他告诫自己要适时俯仰呀！

刘邦见韩信不语，连忙说："齐王！你勿疑虑，我并非贬你，而是要借重你的大才，义帝无后，你为淮阴人，熟悉楚地风俗，镇定楚地非你不能！这样，子房先生、陈平都尉在此做证，你是兴汉的战神，功高盖世，举世无双，寡人对你十分敬重，日后若有不测，汉家对你见天地不杀，见君不杀，见金器不杀。"这许诺，大概就是后世人们常说的"三不杀"。

陈平插话道："齐王！陛下说到这个分儿上，您还有何疑虑？"

韩信没有再说上一句话。自己为刘邦构建了汉室大厦，又将他送上了皇帝的宝座，难道还能将他拉下来不成？审毫厘之小计，遗天下之大数，我攻城略地，谋划天下，不过是为了做一个一人之下、万人之上的大王，齐王楚王都是王，以退为进，忍一忍就过去了，这是保持君臣大义的办法。算了吧！富贵归故乡，也算遂了多年的心愿。

他赶紧捧出印符，刘邦接过，稍事盘桓，便与张良、陈平等人起身离去。

应该说，兵符被夺，是刘邦防范他的重要步骤，只是他没有深究其理，忽视了这一个不该忽视的重要信号。

刘邦解除了韩信兵权，控制了军队后，安排了人事，稳定了军心和民心，稳定了政治格局。

据史载，二月初一，刘邦在定陶（今属山东菏泽市区）氾水之阳，身披龙袍，祭天祭地，即皇帝位。接着，他昭告天下：追封先母刘媪为昭灵夫人，册封原配吕雉为皇后，儿子刘盈为皇太子，定国号汉，建都洛阳。

从此时，即汉高帝五年二月，刘邦在秦末战乱之后，终于建立起一个统一的新王朝，他成了汉朝的开国之君，第一任皇帝，史称汉高帝。这一年，刘邦五十五岁，吕雉四十一岁。

氾水是古济水的一条分支，向东北方向流经定陶，注入古菏泽。史书所记载的"氾水之阳"，地处定陶氾水北岸的"官堌堆"，为当时刘邦登基称帝的"开国大典"之地，历经两千多年的沧桑巨变，曾见证了刘邦登基的辉煌时刻，铭记着汉王朝兴起的一段峥嵘岁月。

分封并不是刘邦的本意，只是暂时稳定天下的一个缓冲措施。他亲身经历推翻秦王朝的战争，作为项羽分封的十八路诸侯之一，亲见项羽分封诸侯，结果导致了天下大乱，他要牢记项羽的失败教训，绝不能让诸侯们拥兵自重，独占一方，以后不仅要削弱他们，而且要逐步消灭他们，恐怕这个方案，他早已成竹在胸。

紧接着，刘邦重新调整和分封了韩信、吴芮等七个诸侯王。

楚王韩信：汉四年二月，齐王韩信始，汉立之。五年正月，"齐王信习楚风俗，更立为楚王"。

赵王张敖：张耳之子。汉四年十一月，"汉立张耳为赵王"，大致辖原赵国故地，都襄国。第二年秋天，张耳病死。张耳死后张敖袭赵王，并娶刘邦之女鲁元公主为妻。

长沙王吴芮：他是第一个响应秦末农民起义的秦吏，项羽分封诸侯，吴芮被封为衡山王。汉五年二月，汉"立吴芮为长沙王"。卒于汉六年，谥"文王"，善终。长沙王爵位一直由其子孙世袭，一直到汉文帝之时其玄孙死时无后，长沙国除。

淮南王英布：原为楚将，因战功冠于楚诸将，被项羽封为九江王。后降汉，汉四年七月，汉"立黥（英）布为淮南王"。

梁王彭越：汉五年正月，"建成侯彭越，其以魏故地王，号曰梁王"。

韩王韩信：汉二年十一月，汉"立太尉信为韩王"。六年，刘邦将韩王信迁往太原守边。

燕王臧荼：原燕王韩广部将，项羽分封天下时立为燕王。汉三年，臧荼投降刘邦，刘邦打败项羽，仍令其为燕王。后因刘邦大肆捕杀项羽旧部，令臧荼非常恐惧，于是反汉。刘邦遂亲征，臧荼被杀。汉五年九月，改立太尉卢绾为燕王，不在这次分封之列。卢绾是刘邦发小，在诸侯中名气不大。

而刘邦把韩信由齐王改迁楚王，都下邳，完全剥取了他的三齐之地。这时的楚地，南有淮南王英布，西有梁王彭越，刘邦占据齐地，三面紧紧包围住了他，严重削弱了他的军事力量。

登基大礼完毕，刘邦怕诸侯王威胁朝廷，于是，又下了道谕旨："天下大战已有八年，百姓所受痛苦非常深重。凡诸侯皆罢兵归国，所有部下士卒，除少量能授职外，亦令遣送还家，本人免输户赋。"

各诸侯接到圣旨，心中自然明白刘邦用意，便知趣地依旨行事。

二

定陶举行登基礼后，刘邦率众浩浩荡荡开进洛阳，以此为都城。

这一天，在太尉卢绾、博士叔孙通主持下，白天，先在郊外举行了祭天祭地的大典，祝祷大汉国运昌隆。傍晚，又在洛阳南宫设宴庆祝。

宴会开始，文武百官向新皇帝叩拜，山呼万岁。

在场的人，雷鸣般唱起这样一支歌："掀翻兮苍穹，踩平兮大地，英勇无敌兮汉军！桴鼓兮滚动，豪情兮冲天，降龙伏虎兮皇帝，永享太平兮人间！"

在惊天动地的歌声和鼓乐声中，刘邦斟满酒杯，与众大臣开怀畅饮。

几杯酒落肚，刘邦勾起了心思。当年"大丈夫当如秦始皇"的感慨梦想成真，人世间已换成了刘家天下，自己现在既不是秦朝的乡间亭长，也不是楚汉战争中的汉王。作为皇帝，如何总结秦人的治国经验和败亡教训，避免前车之鉴，安定天下，治国理政，这是当前十分重要的任务。

他首先出了道题目，叫大家不要有任何顾忌，心里怎么想就怎么回答："诸位，朕在醉人的美酒面前，未敢忘忧。马上得天下，还能马上治天下？由此，想到轰轰烈烈的秦王朝，为什么二世而亡？这里面不会没有原因，大家不妨说说！"

众大臣没有想到，刘邦突然提出这样的问题，一时语塞。三个多月来，这些因无仗可打而闲得发慌的功臣勋将，日日谈论、夜夜盼望的只有一件事，就是何时论功行赏！令人不解，他论功行赏的事没有提及，却先提出了涉及"政权建设"的洛阳南宫对话。

刘邦对中大夫陆贾说："中大夫，你是个文化人，可先讲一讲秦之所以失天下，我之所以得天下，及古今成败之理吧。"

"是！陛下。"陆贾答道，"根据陛下先前旨意，我已草成十二条。臣斗胆以为主要有三。其一，要取得百姓的拥护，就要用仁义的力量对百姓万民进行感化，刑罚只能作为辅助手段，这样才能巩固基业，增加威望，开辟疆土。秦朝却正好相反，这正是秦败亡的重要原因。"

他接着说："其二，就是要无为而治，对百姓的生活只能稍加干扰。天下混战了数百年，经济凋敝，百姓的生活穷苦到了极点，他们对重建家园、安居乐业、过上温饱生活的渴望，已迫切到了极点。在上位者，如若放纵奢侈，定会造成百姓负担，使天下富人群起效法，引起社会风气的败坏，萌发反抗情绪，这也是秦朝酿成动乱的原因之一。要吸取秦始皇与秦二世穷奢极欲的教训，建议限制奢侈享乐的私欲，不搞无实际意义的土木工程，减少民力和物资的征收。"

大臣们都认为他说得对，迫不及待地问其三呢？

"其三，在上位者任用什么样的辅臣，也关系到国家兴亡成败。秦朝灭亡，就与秦二世任用奸臣有直接关系。所以，在上位者，要善于识别忠奸贤佞，知人善任，注意从下层选拔贤才，明察是非，信任仗义执言的诤臣，疏远阿谀奉承的小人……"

"朕让你再加上一条，"刘邦想了想，不无所指，"宽大不能无度，既要刚柔相济，又要实行专政，强化皇权，要采取一切有效措施，巩固和保卫新生的大汉政权！你速速将这些内容整理好，以'新语'作题，编著成册，朕要和大臣们好好地读一读。"

"是！陛下。"

刘邦极为高兴，又满满斟了一杯酒，与众人一饮而尽。

转而，他又问："诸位，朕还有一个问题。贵族出身、不可一世的西楚霸王，雄兵百万，挟地千里，却失了天下。而我起于丰沛平民，困窘关中，兵微将寡，而终有天下，这又是何原因？你们都要说实话，不得有任何隐瞒！"

吕后看了身旁的审食其一眼，审食其会意，阿谀地说："霸王虽强，所到之处，烧杀抢掠，不得民心，因而失去天下。况且，陛下能有今日，殆天命，非人力所为也！"

王陵仗着刘邦是他早年的朋友，也毫无顾虑地抢着说："陛下平时待人，轻视怠慢，不如项羽宽厚仁爱。但陛下对能攻城略地的将士，每得一城，便作封赏，所以人人都愿出力。楚王韩信就是一例，被您从钓鱼郎提升为大楚王。而项羽则不然，他嫉贤妒能，多疑好猜，打了胜仗不能得到奖励，更别说封王划地，故人心不稳，将士们都不愿拼死效力，所以他失去天下。"

王陵的话具有一定代表性，汉帝国是从战场上杀出来的，会使人产生一种错觉，以为战争的胜败全靠刀枪剑戟来说话。

当时，可能大多数的人都认为，刘邦在楚汉相争中战绩不佳，百战一胜夺得天下，是这些战场拼杀的人帮他打下的，特别是韩信定秦、破魏、击赵、胁燕、平齐等十次战役，决战决胜，对最终打败项羽起到了决定性的作用。如果这样，他们的功劳岂不比刘邦还要大？整个汉帝国全瓜分完了，也不够封赏，皇帝位置是不是也要让出给韩信去坐？

不过，刘邦一颗悬着的心，暂时放下来了。改封韩信为楚王，韩信并没多大反应。看来他拼命地打天下，终极目标，不过是博取富贵罢了。他以市井之心求其利，只想做一个诸侯王，显然和自己追求的目标远远不是一个层级。

战争是政治的继续，是政治统率军事。韩信和武将们的作用固然有目共睹，但多数情况下起着主导作用的却是我刘邦和萧何、张良这些人。当初，分封天下豪杰，那时只是为孤立项羽的特殊手段，如今时过境迁，王陵这帮人，还将封王划地看作是战胜楚军的主要原因，极为不妥，这是一个舆论导向的问题。或许，这些正是经过一段时间认真思索，甚至是痛苦思索的问题。

刘邦又对大家说："你们只知其一，不知其二！朕以布衣提剑取天下，重要的是得人才，用人才。夫运筹帷幄之中，决胜千里之外，我不如张子房；镇国家，抚百姓，供给军需，源源不断，我不如萧何；连百万之军，战必克，攻必取，我不如韩信。这三人都是人杰，是兴汉三杰，我能任用他们，这就是我能夺天下的原因！而项羽仅有一个能人范增，尚且不能任用，逼得他辞职返乡，悲愤而死，所以项羽怎能不被我消灭。"

刘邦语出惊人，谦虚而精辟。论功劳，还是他的功劳大，在他的统领下，知人善任是夺得天下的主要原因。他还特别感激萧何、张良和韩信为其帝业建立起的卓越功绩。

在场的人群情鼎沸，都伏拜于地，称赞刘邦说得好。认为他是个大情怀的君主，有如黄河之水，浩浩荡荡，拥有压倒一切的魄力，识人用人，不拘一格。君臣心悦诚服，应该说，他赢得了这场争论。

这时候，在卢绾的提议下，文武百官每十人一组，手捧着大碗酒，依次上前向刘邦叩拜、敬酒，气氛热烈。宴会掀起了一次又一次高潮。

所谓兴汉三杰中的韩信并不在场，萧何、张良二人听了，心中既高兴又惭愧，默不作声。

张良心中暗道："刘邦和我个人关系极不一般，故意在大家面前赞扬我的功劳罢了。事实上，真正'运筹帷幄之中，决胜千里之外'，是韩信为刘邦首建汉中灭楚之策。皇上今日分明是彰显我的功劳。"萧何虽酒酣耳热，心中自是明白："将张良排三杰第一，我排第二，分明是说功劳是大伙儿的，怕韩信功高震主，有意而为之。虽如此，韩信为我举荐，将我排在韩信前面，似无不可。"想到这里，萧何看了张良一眼，见张良也有愧色，萧何不好意思地低下了头。

"三杰"论，不久也传到韩信耳中，他认为刘邦没有忘记自己的举世之功，也庆幸自己没有背汉自立的选择，心里快意了许多。

其实，无须评价刘邦谈话的对与错，而刘邦把张良、萧何、韩信相提并论，并不十分妥当。军事第一，尽管决定战争胜负，不能缺了任何一个方面，包括后勤在内，但军事的力量必须用军事手段来摧毁。韩信为战略制定者，战役指挥者，就军事上打败项羽来说，真正起决定性作用的是韩信，而不是张良、萧何这些人。

三

转眼间，冬去春来，韩信徙为楚王，定都下邳（在今江苏睢宁古邳镇），待楚地初步安定后，他就准备返回阔别七年的故乡淮阴。

沿泗水向南，过了淮泗交汇地，泗口至末口之间，一条宽阔的大河蜿蜒展现在人们眼前，南岸的淮阴一派湖光水色：

> 开到桃花百草菲，淮河水满鲫鱼肥。
> 故乡风景年年好，惟问王孙归不归。

春秋末年，吴王夫差为北争中原，开凿了邗沟，使长江之水在淮阴末口与淮水相连，沟通了南北，也因此，成就了一代才略与专横君王的霸业。从那时起，好似龙脉被打通，古淮阴就成了一块风水宝地。"鼓钟锵锵，淮水汤汤"。除了汉大将韩信外，汉赋大家，名满天下的枚乘、枚皋父子，汉末名将臧旻、臧洪父子，"建安七子"之一陈琳，三国吴相步骘，"家住枚皋旧宅边"的唐代著名诗人赵嘏，巾帼英雄梁红玉，《西游记》作者吴承恩，抗倭状元沈坤，清代"扬州八怪"之一画家边寿民，大医吴鞠通，抗英民族英雄关天培，京剧宗师王瑶卿，一代开国总理周恩来都诞生在这块热土上……

来了，来了！韩信果真回来了。

只见长长的队伍前，一面镶着白绸牙边的红色大纛，一面镶着红绸牙边的黄色大纛，在斜阳照耀下缓缓飘舞。上面清晰地闪现出白线刺绣的"韩"字和"大楚王"字。

十几名骑士前卫的后边，拉开一个三四十步距离的空当。韩信与夫人刘青娥并乘王侯车驾，走在这空当中间。卢乡和十来名亲随随后。队伍的尾上，有百人铁甲骑兵。为了保证安全，也为了让乡亲们看看昔日那个胯下小子，整个队伍两侧，还有卫队夹护而行。

登上古渡口，韩信似梦中醒来，故乡就在眼前，这才真正意识到淮阴城到了。

他翘首眺望前来迎候的地方官吏和众乡亲，既感到兴奋，又有点紧张。从一个落魄市井少年，岁月悠悠，奋斗不息，终于登上了人生事业的顶峰，其间甘苦唯有自知。对于故乡，他曾有过不安，恨不能早些逃脱。可是，随着岁月的流逝，韩信却愈来愈想念了。漂母老人、邻居老爹，他们怎么样，我已离开淮阴七年了，乱世之中他们都还好吗？

"到家了，到家了！"韩信眼睛有些湿润。

城头鼓动，乐声悠扬，鸟鹊惊起，坝口帆开，无数沙鸥飞翔天空。拥立在凸出的岬角渡口上的人群一片欢腾。

当韩信过来时，他们纷纷跪在地上。

韩信上前请大家起来，并趋步上前，挽扶起一位须发全白、颤巍巍的老者："老人家莫行大礼，请起，快请起！"

"韩信呀，想不到你还真有大志气，你同汉皇帝打下天下，还能回来看看……"被挽扶的老人抓住韩信的手颤抖着说，"根本没有想到的是，你还没有忘记我们……"老者激动得落下泪来。

站在一旁的县令，听到老者直呼楚王的名讳，吓得额上顿时沁出了汗珠，恨不得上前教训教训这个胡言乱语的老头。

"哎呀！是大爹，您怎么也来了？"韩信一下认出来，是那个当年常要教训他，恨铁不成钢，说他没什么大用，不能为韩母报仇雪恨，不能为故韩国复仇的老邻居。他屈身施礼，上前搀扶住："走，回南昌亭看看去！"

县令这才放下心来，但仍瑟缩发抖地叩头："楚王不要走！楚王不要走！"

"嗯？父母官有话请讲！"

县令惶惶不安地说："南昌亭路途较远，很为荒僻，不宜安顿大驾，县衙虽简陋，可权作行宫，小臣请大王、夫人在县衙休息！"

"若这样的话，那就先到县衙，等安顿了以后，我们再去南昌亭吧。"说着，韩信一行随县令穿过城北门，往城中走去。

当来到淮阴市口时，拥挤在那里的众人见到韩信，欢声雷动。韩信是天下数一数二的大英雄，更是淮阴人的自豪和荣耀。汉王百败一胜得天下，完全是韩信的功劳。他打败了西楚霸王，却将江山让给了汉王，这样的男人，世上几百年、几千年才能出一个啊！他们以隆重庄严的方式，在市口立庙以祀，庙中塑有韩信泥像。两侧一副楹联十分引人注目：纪数千里长淮神在桑梓，开万万年帝业勋冠天下。

街道两旁还挂满了"千古一将""为民请命""登坛拜将""独当一面""兵仙神帅""略不世出""肝胆照人""传檄而定""国士无双""百战百胜""兴汉三杰""灵武冠世""气吞山河"等匾牌。

市口中间，有块高大的青石巨碑兀然挺立，正面刻有"淮阴市"三个大字，两旁刻有"王孙故址，流芳百世"的警联字样，背面还赫然镌刻着"大汉楚王韩信故里"八个醒目大字。

巨碑对面不远处就是市口桥，这是当年胯下受辱的地方。韩信不由得倒吸一口冷气，触景生情，往日旧事涌上心头。再定睛一看，桥头还五花大绑着一个人，韩信简直不敢相信自己的眼睛，竟然是屠大！

仇人相见，怒火在心中燃烧。胯夫恶名市井儿童笑，刘邦不拜将，博得龙且、霸王轻，曾经的韩信，成了"胯下儒夫"的代名词，人见人骂，若不是遇到萧何丞相鼎力相荐,自己这辈子还不知成了什么样子的人!

原来,淮阴县令已换了几茬,新县令听说楚王回故乡,着实忙了一番。昨天,县令又是一夜没合眼,楚王还家乡,这是下官我显身手之时,但安排不周,拂逆了楚王心意,那可吃罪不起。他辗转反侧,彻夜难眠,生怕还有哪桩事给漏掉。倏然,他想为何不把楚王的大仇人屠大抓起来,听候楚王发落?不然,楚王要是问罪该怎么办?县令连忙爬起来传令,派人把屠大逮来,等楚王一到,押到这里听候发落。

就在韩信凝视屠大的片刻之间,县令看到了韩信眼中沉积的愤怒,知道屠大今天躲不过去,他对屠大喝道:"跪下!"

"跪下!""跪下!"围观的人群中也发出了阵阵的喊声。

屠大被众兵丁押着跪下,仍昂着头,口称:"要杀就杀!屠宰之人不知道如何下跪!"

卢乡厉声喝道:"哼,死到临头你还要逞强!"

"对!死到临头,你还要逞强!"县令转身命令众兵丁,"杀了这个恶棍,为楚王大人报仇!"

报仇?听到这话,韩信不安起来。杀屠大,不过就是一刀两刀。可是,自己是横扫天下的韩信,就这么一点胸怀,传到社会上,会被当成一个天大笑话,淮阴是养育我的故土,当年忍辱未开杀戒,今日还乡,也不能为报私仇而动刀子。他意味深长地说:"我岂小人所为,冤冤相报?屠大,本王恕你无罪!"

屠大吃惊得目瞪口呆,不敢相信自己的耳朵。

县令在一旁提醒:"屠大,还不快快谢过楚王大人!"

屠大这才醒悟过来,猛地扑倒在韩信的脚下:"大楚王!我……我不是人,我不是人呀!今日承蒙不杀,如同再生父母!"

韩信感慨地对屠大说:"若提当年之事,你也有功。你侮辱我的时候,难道我真的不能杀你?当时我若选择了冲动,就会搭上自己的命。本王受辱后,发愤努力,才有今日成功。你武艺出众,勇猛过人,本王今日授你为楚国中尉,在帐前听用!可不要再欺凌乡里,做个真正的男子汉!"

"不死就是万幸,怎么不记前仇,以怨报德,还封我为中尉?"屠大感激涕零，不知说什么好，只是一个劲儿地叩头作揖。

韩信对屠大的处置，展示了他的大将风范。中尉是一个比较高的官职，秦朝和汉朝初期的中尉，都是率领禁兵负责京城安全的高级军官。其时，韩信经过多年血与火的战争洗礼，特别是当上齐王、楚王后，对昔日的胯下之辱早已看淡，人们也因为他能忍辱，而更加地敬佩他。如果此时还要找屠大报复，传到社会上，会被当成一个大笑话。横扫天下的韩信，就这么一点胸怀，反而会降低自己的人生格局。

韩信指着木桥，对县令说："此桥就叫它'胯下桥'！"

"胯下桥？"县令不解地望着韩信。

韩信解释说："留与后人明鉴是非，励志图强吧。"

说到胯下桥，这里有一个有趣的现象。明清时汉韩侯祠、钓鱼台、漂母祠、漂母井、淮阴市碑等与韩信相关的古迹，多在今淮安市淮安区。而明清两代的《清河县志》均称"淮阴故城在旧清河县治东南五里"，即淮阴区马头镇附近。

历史文化名人多故乡之争，韩信也不例外。这主要是因年代的久远，朝代的更迭，区划的不断调整，所引发的人们认知上的差异。这也是了解文化名人在所难免而又无法回避的一个插曲。

韩信用兵行云流水，有"兵仙"之称，最大特点是善于用水，其智慧根植于他的故乡淮阴。古人常以水南为阴，淮阴故名。而淮河是自然形成的古河道，是中国南北重要的地理分界，也是行政区划的分界，风土人情民间习俗南北差异很大。纵观历史，河流山川相应变化较小，而朝代更替、行政区划的调整却是常有之事。从隋唐以后，淮阴马头多为分界之处，同一区域，不同时期不同区划，这是造成认识古淮阴误区的关键所在。

当今的老淮安承属山阳县。淮阴、淮安同出一源，明清时"淮阴驿"就设在山阳城西。"淮安秦汉时本淮阴县地"，客寓乃至定居山阳之人，均认为此地为韩信时淮阴县。当时山阳西乡，包含山阳城向西的黄码、盐河、和平、武墩、马头和清江浦等古淮阴故地。

清河即泗水，在淮北。乾隆二十六年（1761），因清河县城被水冲毁，江苏巡抚陈宏谋上疏请求将一直处于淮河以北的清河县移治，清江浦镇被划入清河县，并割山阳县西十一乡。由此，清河县城搬迁到淮水以南的清江浦。也因此，民国初年，清河县与河北清河县重名，遂改称淮阴县。但包括县城王家营在内的绝大部分仍在淮河以北。

古淮阴，即为今日之淮安。秦时设立的淮阴县，在建县两千多年的历史上，古淮阴区域内分分合合，有时称淮阴，有时称淮安，还有时互置。而明清时淮安府城（山阳城）修葺了多处韩信景观和景点，对地处偏僻又常遭兵患、水患冲击的山阳西乡，无疑是扩大了影响，保护了淮阴侯韩信的文脉。这是题外插曲，这里不多叙述。

次日，韩信回到了故里南昌亭。

南昌亭为古今名胜地，在今淮安清江浦城南和马头镇以东的区域。南宋《舆地纪胜》载："相传韩信生于此地。"现存有"韩信城"和"韩母墓"等古迹遗址。是韩信年少时大荒葬母、寄食亭长、乞食漂母等故事的发生地。汉武帝年间，太史公还曾亲临现场，凭吊了韩母墓。

此刻，人越聚越多，越围越密，村头道上拥塞不堪。韩信在人群中，对于那些仍能记得名姓和年岁的嘘寒问暖，而当年的南昌亭长和妻子却闭门不出。亭长叹息不已："呵，真是三十年河东，三十年河西。万万没有想到，韩信还真的当上了王爷！"

"是啊！这是天意，谁能料到。唉，乡里人都看热闹去了，我们也该过去看看。"南昌亭长妻劝道。

"哟，难为你说得出口。"

"这是什么话？"南昌亭长妻不以为然，"我们对他还是有过帮助的。至于他离开我家，能怪谁呢？人有前后眼，富贵一千年。况且，事情早过去了。"

"看你当年刮锅的样子，他若不忘前嫌，怪罪下来怎么办？"

"不会！不会！"

"人有脸，树有皮，我看还是不能去。"

"你真一根筋！"亭长妻把从外面听来的韩信不杀屠大之事说了一遍，催促道："如今，韩信贵为大楚王，不是当年那个穷酸小子，不会计较以前的事。他对待屠大尚且如此，难道我们不及屠大？唉，去吧，去了拣好话说，一切平安无事，说不定还能得个一官半职的封赏！"

南昌亭长和妻子来到亭头，只见前面熙熙攘攘，楚王夫妻和乡亲们正在攀谈着。这时，一个小伙子抱着一个沾满泥巴的酒坛来到韩信面前："大楚王！淮阴是酒乡，生死聚合，悲喜哀乐，都要饮酒。这是我祖父辈埋藏下的陈年老酒，请您品尝品尝。"

"去掉封盖！"韩信高兴地说，"南昌亭侧浪粼粼，村头都是饮酒人。"

一股浓烈的酒香顿时飘散开来，在场的每个男子和老人，全都倒了酒。韩信便说："走南闯北，只有家乡的酒最醇，韩信借酒奉上，恭请诸位父老乡亲同饮一碗，干了吧！请！请！"

在座的乡亲们一饮而尽。

青娥端坐在韩信的身边，始终面露微笑。白果形的脸，配上明澈如秋水一般的大眼睛和柳叶弯眉，除了甜美外，还给人以聪明、温柔与醇和的感觉。这时，她也高兴地说："大爹、大妈、大兄弟们，我这次同楚王一起回来，也未能带些东西敬献给乡亲们，还多有麻烦，实在过意不去。今日王爷已解十万万钱，分发乡亲以作抚恤，敬献一点微薄之礼！请笑纳。这碗酒也请大家饮了吧！"

过后，青娥用肘关节轻轻碰了一下韩信，韩信会意地点点头："乡亲们还有什么困难，说说吧。"

县令拿出准备好的奏章，请韩信过目："楚王！这年头兵荒马乱，兵祸频繁，尤其是射陂多次出现大水灾，百姓多有啼饥号寒，大王、王后有此美意解十万万钱，可谓是一笔巨款。但如今物价飞涨，一石米近万钱，这样，这十万万钱不过杯水车薪而已，还不能有助民生。冒昧地请楚王帮着再考虑一下。"

"这也是，"韩信点点头，想了想，十分爽快地答应，"淮阴是我桑梓之邦，民力疲惫，邗沟以西、淮水以南地区减免五年贡赋，淮水以南的射陂草田全部借给平民！让你们辛勤劳作，丰衣足食吧！"

周围的乡亲们一听，连声欢呼起来。

就在这时候，南昌亭长和妻子从人群的后面挤来，蛇行匍匐，纳头便拜，口称："南昌亭长来迟，参拜大楚王，死罪！死罪！"

韩信见是亭长夫妻，反倒不知说什么好，转而问乡亲们："为何不见漂母大娘？"

这一问，大家都默不作声。

青娥催促地问道："她老人家哪儿去了？"

乡亲们这才回答："唉！漂母老人去世了。"

"啊！"韩信猛吃一惊，"在何时？"

"前年夏天……"

一老人悲切地叙述："前年春上，村里闹饥荒，漂母不幸得了病没钱医治，她老人家硬是撑着，一连数十日。以后病情逐渐加重，不久，她老人家已完全卧床不起。在病榻上，还常常念叨大王。我们告诉她，'大王已是个了不起的人物，赫赫有名，用不了多久，天下平定后，他一定会回来看望您老人家的'。她说，'这我就放心了，可我见不到他了'！我们当时也都流下了眼泪，但只能掉过头去，偷偷地揩去，不能给她看见。没几日，她就悄然谢世了。"

站在一旁的亭长妻用肘捣了捣亭长。亭长挨过来，小心翼翼地说："她老人家临终前曾讲：'王孙早晚会飞黄腾达。'不过，众乡邻都只认为，乱世出英雄，韩家将出个人物，竟没敢料想到推翻了秦国，灭了西楚霸王，帮助汉皇帝打下了天下，出了个大楚王！果然……"

听到这里，韩信打断了亭长的话："漂母大娘临终还说了些什么？"

亭长妻朗声作答："漂母说，王孙是将星来到人间，救灾救难，拯救天下。"

韩信疑心这并非漂母的原话，不过他没显露出他的怀疑，而是十分豁达地说："天意高远，凡夫俗子怎能先知。"

亭长妻又道："漂母老人还曾说过，在您小时候，一位半仙说，大王'独子方肛'，为天下罕见奇相，欲想日后享尽荣华，即日起须读兵书，精通韬略，将来必取王侯之位。于是，您真的跟半仙走了……"

韩信不解其意："什么'独子方肛？'"

"就是……就是……就是一个卵子，肛门是方的。"众人一阵哄笑。原来淮阴乡间一直流传着韩信"独子方肛"的故事……

"怎么会有这等事？怎么又是漂母大娘说的？"韩信也笑了起来，"胡说八道，真是瞎嚼大头蛆！"

亭长妻仍不知趣："大王还记得离开我家的事吗？"

见亭长妻提起当年蹭饭之事，韩信心里不禁犯了嘀咕："漂母大娘跟你说什么，人死无对证，任你说个天花乱坠，然而，刮锅撵客之事，为何还要提起？真是太不知趣了。"

"那年，大王死了母亲，我那口子同我商量，决定把大王接到我们家里来寄食。那时，大王勤于苦读，又交了一帮江湖朋友，每天舞刀弄棒，密谋造反。后来大王突然走了，我百思难解，一定在什么地方得罪了大王。果然如此。有一天晚上，一个天神来到我的梦中，喝斥道：'你知否，你家的韩信乃天上的将星下凡，你为何不悟，不加供奉，反而为难他？'我说：'没有的事，我们哪里敢呀。'天神这才说：'我看你平素忠厚，对人诚实，故饶你这一次！'"随即，亭长妻拉亭长匍匐跪地，一边叩头，一边说，"小人有眼无珠，在大王微贱时多有得罪，今日特来向大王领罪！"

"起来吧！"韩信尽管曾经在南昌亭长家蹭了几个月的饭，对他们没有多少感恩之情，但还是赏赐他百钱，作为当年的吃饭费用，并说，"这也不是什么罪，朋友之道，君子以德，丰食而不施，小人也。"

亭长不无叹息，漂母给了几个月饭吃，就是情义？南昌亭长给几个月饭吃，怎么会是小人？亭长夫妻二人心里窝下了一肚子的火走开了。

此时，韩信心中只念着漂母大娘。

想当年，漂母大娘在韩信最困难之时，伸出了温暖之手，救韩信于昏死的淮水岸边！多年来，韩信无时无刻不想着那一饭之恩，是它重新燃起韩信的生活信念，因此才有了今天风光的韩信。他感慨地对老乡们说："我曾立誓：他日成功，定当千金相报。可如今，她老人家与世长辞，今生今世叫我无以报答。"

卢乡安慰道："漂母大娘是一位刚直之人，她不望回报。大王能剪除霸王，止息楚汉相争，平定乱世，使百姓安居乐业，这就是最好的报答。"

话虽是这么说，但总觉得欠缺些什么。韩信前后思量，想出一法：

"韩信能有今日成功，全仗漂母大娘教诲，大娘既然作古，那就千金增陵吧，给大娘修缮墓地，竖一座无字丰碑，和我家母墓一样，令其旁置万家，为其守墓，以尽韩信心意。"

韩信思念一饭之恩，在场的百姓十分感动，韩信言而有信，一诺千金，人如其名。人们齐声欢呼楚王千岁！楚王千岁！

隔日，韩信把准备的千金，分发给众乡亲，以作增陵劳役之费。数千人披星戴月，为韩母墓、漂母墓轮班兜土。两座墓堆得很快，不久便像小山一样拔地而起，蔚为大观，一东一西，镶嵌在淮水岸头……

漂母济食于人，不图回报的大爱精神，影响深远。千百年来，人们将漂母与孟母、岳母并列，她们是妇女仁慈善良的典范。而漂母较孟母、岳母更显伟大，教导自己的孩子是母亲的义务，她却将无私的母爱给予了别人家的孩子。

漂母美德也备受世人景仰，历代文人多有诗文对漂母一饭之恩的赞颂。这里仅录几首。

〔东晋〕陶渊明《乞食》云："饥来驱我去，不知竟何之。行行至斯里，叩门拙言辞。主人解余意，遗赠副虚来。谈谐终日夕，觞至辄倾杯。情欣新知欢，言咏遂赋诗。感于漂母意，愧我非韩才。衔戢知何谢，冥报以相贻。"

〔唐〕李白《宿五松山下荀媪家》曰："我宿五松下，寂寥无所欢。田家秋作苦，邻女夜春寒。跪进雕胡饭，月光明素盘。令人惭漂母，三谢不能餐。"

〔唐〕崔国辅《漂母岸》云："泗水入淮处，南边古岸存。秦时有漂母，于此饭王孙。王孙初未遇，寄食何足论。后为楚王来，黄金答母恩。事迹遗在此，空伤千载魂。茫茫水中渚，上有一孤墩。遥望不可到，苍苍烟树昏。几年崩冢色，每日落潮痕。古地多埋圮，时哉不敢言。向夕泪沾裳，只宿芦州村。"

〔唐〕刘长卿《经漂母墓》曰："昔贤怀一饭，兹事已千秋。古墓樵人识，前朝楚水流。渚萍行客荐，山木杜鹃愁。春草茫茫绿，王孙旧此游。"

这一段时间，称王于故乡的韩信走街市，访乡亭，真是忙碌又惬意。"大丈夫忍天下人不能忍，故能为天下不能为之事！"当年的抱负已经圆满地实现，从故乡父老的眼神中，看到了敬仰之意。

应该说，韩信高调的还乡活动，并不只是为了了却当年的恩怨那么简单，自从定陶被剥夺兵权后，他就已经和刘邦貌合神离。为了不激化矛盾，是否在向刘邦传递这样的信息：韩信是一个重情重义的人，当年当众使自己胯下受辱的人，也能以德报怨，对于重用我的皇帝，岂能有不敬之心？放心吧，当个楚王，我已心满意足，不会再有其他的非分之想了。

殊不知，一场灾难正在逼近，冥冥之中，自有天意，有人已经感觉到韩信衣锦还乡的美梦，将要化为过眼的烟云……

"汪，汪汪！"这天下午，随着一阵狗吠，卢乡跑来淮水边，"您怎么还在这里钓鱼?!"

"什么事?"韩信问。

卢乡看了刘青娥一眼，极为兴奋地对韩信小声说："有人发现了凝雪。"

青娥才在绳床坐下，急忙跳起来，迫不及待地问："她在何处?"

卢乡因为紧张，气喘吁吁地说："在城北莲花亭。"

"没有看错?"

"怎会看错呢？不会。"

韩信连忙收起了鱼竿，递给青娥，两人双目一视。

"去吧，下次回乡时再来钓鱼。"青娥说。

韩信亲自来到城北时，却已不见了凝雪的踪影。亭社旁的几位老人，也证实了卢乡的话。

他激动不已。可以肯定，凝雪没有死，仍活在人世间，且一直暗中跟随着自己。让人费解的是，她为什么总是远远地跟从，而不愿意和自己相见呢？

韩信脑海中有些混乱。与青娥是亲情，与凝雪却是爱情。而曾经轰轰烈烈爱过的人，未必就是你厮守一生、相濡以沫的人。历经了沧桑，他终于明白，一生中没有几个人，能走进你的心灵，十年八年很快就会过去，彼此珍惜，有如亲人一般，有何不好。青娥已知内情，至诚以待，只要凝雪能够回到我的身旁……

第十一章　淮阴彻侯

　　削藩行动开始了，刘邦要利用韩信和钟离昧之间这点关系，痛下杀手。用伪游云梦之计抓捕韩信于陈地。

　　"'狡兔死，走狗烹；高鸟尽，良弓藏；敌国破，谋臣亡。'我们只是皇帝手中的一张弓，天上的鸟儿死了，我们的价值也就不存在了。哎！我韩信虽知兵而不知人，工于谋天下而拙于谋自身。"

一

　　盛夏。新王朝的一个早朝。

　　五更三点，南宫大殿站满了文武官员。高帝刘邦在御座上望了下去，见大臣们在他的脚旁边磕头，那砰砰声很软和，但很清楚，传出去，到殿外。在殿下，那些他此刻看不清面目的人，也都在磕头。他舒心了，这些都是我的臣子，他们对我自称臣下。

　　刘邦体验到了帝王的威严，不由发自内心地感叹，可他心里有点不踏实，天下初定，百废待兴，虽采取了一系列措施，但龙庭还不稳固，这些臣下都是一些骄横跋扈的悍将，油嘴滑舌的文臣，担心有朝一日他们的脑袋不再叩头，而是撞他的御座，把御座撞折了，撞垮了。他皱起了眉头，异姓王们在做些什么，他们的近况如何，有没有不轨的举动？

　　汉初并不安定，分封的异姓王和项羽的一些旧势力，乘国家新立，不能处处做好防范，积蓄力量，联手制造混乱，图谋不轨，构成了对朝廷的重大威胁。但刘邦最担忧的还是楚王韩信！

　　韩信由齐迁楚，能真心接受吗？齐是大国，有渔盐之利，楚已不是原来的楚国，只限于今天苏北一带，还不包括彭城，且为四战之地，一旦天下有变，于楚不利。但韩信就是韩信，天下不会再有第二个韩信！不可思议的是，他执掌赵地、齐地的时间都不算很长，却每次都能在极短的时间内，动员和训练出几十万精兵，让人感觉脊背发凉。若落地生根，他会不会在楚地一样壮大发展起来？近来还得到报告，韩信处理了战后许多问题，整顿了治安，建立起一支强大的封国军队。巡行楚地时，都带着戒备森严的卫队。在刘邦的眼中，这些无疑都给他带来了威胁。

现在不仅要妥善办理建国大事，还要肃清项羽残余，剪除以韩信为首的诸侯势力，这是汉初政策性的大事。而一心想搞好楚国建设的韩信，哪里知道刘邦天天在惦记着他，时时关注着他的一举一动，生怕他一不小心又强大起来。

刘邦又想起了前些天收到的关于呈报田横一事。

齐地的田横自从被韩信打败后，率残部投奔了彭越，在那里留居了些日子。可不久，田横心中惊恐不安起来，想到对汉军有罪，彭越已领兵归汉，如果再久居下去只怕是凶多吉少。这样考虑后，田横趁着夜黑，带领手下离开了彭越，向东逃到东海，找三个岛屿暂作安身之地。本来人马所剩不多，可田横东行这一路上，广结豪侠，等到了岛上，竟有五百多人聚在他手下。田横是个重义气的人，如派兵征讨，就会兴师动众，重起战端。而田横只有五百来人，不必大动干戈，倒不如先礼后兵，先派人去劝降。当时，曾派内侍陆贾前去岛上，下书给田横，招其归汉，这事不知办得怎样？他环视殿堂："陆贾回来没有？"

陆贾闪身出班，俯伏叩头："正欲向皇上启奏，臣昨晚刚刚回来。"

"刚刚回来就上早朝，也够辛苦了。招抚田横的事办得如何？"

"天意难违，他已自杀！"田横自杀实在出乎众人意料，陆贾接着讲述了赴岛经过……

那一天，陆贾受命来到岛上，拜见过田横，便呈上一份诏书，田横看了，上面不过是劝他投汉，不必担心投汉后会受什么处置。

田横拒绝了陆贾："汉皇的意思我十分清楚，其实，我也早想归附汉皇。只是以前，我烹杀了郦食其那个老酒鬼，而他弟弟郦商现在朝中为将军，他怎会轻易地放过我？一定会替他哥哥报仇！这样，我怎能去朝中拜见，望大夫回去将我的想法转告汉皇，就让我做一个老百姓吧。"

听了这话，陆贾告诉田横："你不必担心。皇上有言在先，只要你能归降，他会下诏给郦商，不许公报私仇，做什么出格的事。皇上会绝对保证你的人身安全。你只要来了，大则可封王，小则可封侯。如果不来，那就要定你违诏之罪，发兵剿灭你们。到那时，想后悔可就迟了。"

田横反复权衡利弊，如果接受招抚，刘邦高兴封你为王为侯，不高兴，打你的耳光，砍你的脑袋，再想回来就不可能了。如若在海岛四周多设营寨，那五百将士，自己并未给他们多少好处，汉军来攻打，必然遭受连累，而刘邦为来为去只是为我田横一人。

田横终于答应入都面见刘邦。他告别了众人，带上两个门客，登船渡海上了大陆，随陆贾一路奔洛阳来了。

到了尸乡驿舍，离洛阳只有三十里地，便停下歇歇。田横对陆贾说："做臣下的朝见皇上，应当沐浴更衣，表示敬意。汉使可否同意我先在此小憩，沐浴后再入都面圣？"没一会儿，侍卫匆匆跑来却说田横拔剑自刎了……

听了陆贾的奏报，刘邦感叹不已："田横是怕来见我。"

陆贾连忙道："田横大逆不道，皇上能容，天道不容，这是天意。"

刘邦问："他临死之前，说了什么？"

陆贾愣了半晌："他说，他是齐王臣下，应当至死忠于齐国、忠于齐王。齐王田广被我们杀了，他却去投奔敌人，他哪有脸面再见世人？要是后人都学他的样子，见了谁强就去奉承谁，天下还有'忠义'二字吗？当初他与汉王一起称王道孤，肩膀平齐，如今汉王为天子，我却成了亡命之徒，去当俘虏，得看汉皇的眼色，听汉皇的使唤，真够羞耻的了。况且，他烹杀了郦食其，却要与郦食其的弟弟郦商一块儿侍奉汉皇，即使郦商由于害怕汉皇不敢跟他为难，他自己心里也觉得惭愧。他已国破家亡，汉皇找他来，不过想看一看他的面貌罢了，这里离洛阳不远，赶快拿着他的头去见汉皇，脸色还不会变，面貌尚可辨清。"

"唉，田横能活着来投降，固然很好，如今死了，人死冤仇解。传朕旨意：拨一千万钱治丧。"刘邦叹息道，"田横他兄弟三人，本布衣贫民出身，先后打天下做了齐王、齐丞相，可见他们都是有些本事的人，如今田横自杀身亡，可惜了。那就派人把他尸首缝上，用诸侯王的礼节安葬。再找到他的妻室儿女，安排生活，这些，着礼部议好奏行！”

"是！陛下。"陆贾答道。

刘邦又问随田横来的那两个门客情况。

陆贾道："唉！那两个门客祭过田横，乘人不备，也都拔剑殉主了。"

刘邦听了，不禁又是一惊。他对大臣们说："你们看，田横不愿讨封自杀了，两个门客也自杀了。他们怎能有如此深的情义？真了不起！尽忠尽义，做臣子不应该这样吗？"

这是一个不平常的早朝。兵马未行，干戈未动，却平息了不肯归顺的齐国田氏，这是一件大喜事。但从这件事上，也看出让人忧心的，这些豪强旧势力是否还在其他地方存在？如果他们坚决反对朝廷，趁国家新立，不能处处做好防范，积蓄力量，是否会图谋不轨？所以，现在不仅要妥善办理建国大事，还应当肃清项羽残余及其他不肯降服的诸侯，以绝后患。

刘邦想了想后，问："今日，我还想起了两个人，不知现在何处？"

"他们是谁呢？"陈平忙问。

"楚将钟离眜和季布。特别是那季布，曾在彭城战后紧追不舍，险些让朕送了性命，至今不见他的音信，应立即派人四处缉拿，捉到他后，定要剁成肉酱，方解朕的心头之恨。"

大家点头称是。

"凡能捉到季布的，赏赐千金；凡是藏匿不交的，与季布同罪，灭门三族。"刘邦舒了一口气，忽然眉宇一动，又问，"周勃呢？"

周勃闪身出班："臣周勃在。"

"前些日子，召列侯来洛阳，有没有无故没到的？"

"臣不敢惊动皇上，陈公利几迟迟还没有来到。"

"是何原因，说明了没有？"

"没有。"

"咳！刚刚封他为侯，就不听朕的召唤，查查看，到底是因何事不来。"

"据探报说，楚将钟离眜已逃到陈地，利几将他收留了下来，这会儿，听说皇上召见，心中有鬼，所以恐惧不来。"

"那还了得！"刘邦听了大发雷霆。

利几原是项羽的部将，项羽自刎后，利几迫于形势，投降了汉军。刘邦从汜水到了洛阳后，即封利几为颍川侯，前些日子召列侯而利几在被召之中，但利几自以为原属项羽，又藏匿钦定要犯钟离眜，所以，心怀鬼胎，不敢应召。刘邦敕廷臣会议，众臣普遍认为，利几和钟离眜勾结起来，不讨伐日后必将成为祸害，周勃、樊哙等武将力请刘邦亲征。

响鼓不用重槌。皇帝亲征小鱼小虾，似乎有些小题大做，但这是汉立朝后第一次讨伐叛臣，敲山震虎的意味很浓，也向外面传递一个明确的信息，为保卫刘氏江山，平叛将不遗余力，并动用一切可能动用的手段。刘邦最后决定，东从楚地，北从黄河北赵地，南从梁地，共征调十万大军，直扑陈地。这与其说征伐，不如说示威。

不久刘邦发兵征利几，利几哪有回手之力，不过十余日，兵败后，利几与钟离眜分头逃去……

下邳。楚王宫。

蒯彻走了，李左车却始终留在韩信的身边，已成为韩信最亲近、最为信得过的幕僚。这日，正在料理王宫事务的李左车，见有一位蓬头垢面、身着长襦的中年男子来到王宫，口称要面见楚王。李左车不敢怠慢，连忙将此人带进内舍。

见面后，李左车好像有些面熟，又想不起来他是谁："找楚王有何事？"

来人也打量了李左车："我是楚王故人。"

韩信去淮阴省亲还没归来，李左车委婉问他可不可以等楚王回来，帮助转告。这人坚持要留下面见。这样李左车就把他安排在驿馆住下来。

没过几日，韩信从淮阴回到了下邳，李左车将那位神秘兮兮的来客要求相见的情况告诉了他。他问起了来人的长相面貌后，不由得皱起了眉头。他料定，这人就是皇帝要捉拿的师兄钟离眜！

伊庐人钟离眜，他与韩信的家乡淮阴相距不远，两人早年就是要好的师兄弟。后来两人都投奔到项羽麾下，韩信因为不被重用改投刘邦，而他凭借战功，成了项羽麾下和龙且、季布、英布、虞子期齐名的大将。尤其是汉王四年前后，智勇双全的钟离眛，曾经给刘邦制造了许多麻烦，他和范增对汉军威胁最大，成了刘邦必欲除之的第二号人物。刘邦不得已用陈平的离间之计，自己最终才逃过了一命。后来楚军前线溃败，唯独他一路能够固守得住，虽最终没达到拖延效果，但这主要是因为楚将利几的叛降。垓下之战时，楚军在垓下大本营瓦解，他见项羽大势已去，并没有随着项羽一起殉难，也没有在项羽死后投降刘邦，而是率军潜逃了出去。

此刻，韩信眉心不展，自语："兄长，你是汉室钦犯，怎么偏偏在通缉令已下的情况下，还大摇大摆地来到下邳城？"

李左车见韩信心事重重，知道在犯难，关切地问："楚王！要不要见来人？"

"先不忙。左车先生，你想没想过此人会是谁？"

"没有。"

"他就是楚国大将钟离眛！"

"啊？钟离眛？"李左车大吃一惊，却故意问，"我曾听说钟离眛是伊庐大户，名门望族，还是楚军集团核心成员，刚毅坚卓，智谋超群，还与您，与项羽、皇上、章邯、龙且等人并称当代十大名将，举手投足在楚地有很大影响！我还听说，他很讲义气，过去帮助过您？"

"岂止帮助过！"

韩信不无感慨，为了灭秦，为了故国情怀，钟离眛有情有义。当年楚军在进军安阳途中，不是钟离眛拼命相救，哪里还有今日的韩信？此刻，他不由想起了他们俩与缭子师父告别时的一幕情景……

淮阴西南的老子山，位于江淮平原中部，传说大禹锁淮水怪无支祁于此。山北的淮阴射陂，陂塘沼湟相连，湿地茂草连天，古邗沟穿过其间。

一天傍晚一条小木船停靠在射陂岸边，满脸风霜的六十多岁的缭子将钟离眛、韩信召来船上，他痛惜地说："你们也知道，这里是待不下去了。秦廷又在四处查禁结社，搜捕儒生，许多读书人被无缘无故地抓去杀头，这里恐怕也在劫难逃，况且，冬天已到，荡中也没有什么可食之物，所以散伙回家，势在必然，也是万不得已。当然，我也要离开这里。"

钟离眛惊惑地问："您要走？要离开我们？"

"对！"半晌，他说，"你们的见识已非同一般，你们的兵机将略已很成熟，这我没有什么不放心的了。这里，我想特别提醒的是，你们所需的是权谋。"

"权谋？"

"自古大成者，没有人是教出来的，许多人天生就是玩政治、玩权谋的高手。你们实为书生，真正的课本在人世间。如今是山雨欲来，我想，人的意志品质只有到艰难中去磨砺，权谋也只有到暴风雨中去感悟！"老叟转而心绪起伏，"此外，我告诉你们，我的仙师黄石老人终于有了消息，召我近期到齐地去一趟。我们三十多年未曾谋面，他已是耄耋老者，再不设法见面，怕是没有时间了，明日我将动身前往。"

"明天？说走就走？"

"天下没有不散的筵席。"一阵沉默后，缭子说，"我心里一直很痛苦，也许心中藏着太多天下秘密，要是知道这些秘密，水中的鱼儿也会为我沉默。临别之际有些心里话要和你们说说。"

缭子陷入了对往事的沉思之中，叹了一口气："我乃大梁人氏，曾为秦国尉，人称尉缭子。岁月悠悠，二十六年前，当秦王嬴政十分忧虑诸侯联合，急需能人帮助时，我来到秦国。他十分厚待我，衣服饮食和我没有两样。但相处日久，我就看清了他的真面目。其人刻薄寡恩、心似虎狼，穷困时谦卑，得志时狂妄，得到天下后，六国必然遭殃！后来我就悄悄地离开了他……"

啊！缭子原来是秦始皇统一天下的帝师，可称得上运筹帷幄之中，决胜千里之外，十多年前，他在嬴政春风得意的时候，看破这位天子的本性，悄然隐去。

缭子接着道："秦皇嬴政用武力征服东方六国，统一了天下，却怀着贪婪卑鄙之心，肆行自己的小聪明，不信任功臣，不亲近士民，把仁义丢在后头，以暴虐作为治理天下的手段……"他们几个睁大眼睛，惊惑地望着缭子，"哀莫过于心死！寒冷的人，只要有件小袄穿就觉得幸福了，饥饿的人，只要有糟糠吃就觉得甜美了。百姓的愁苦，正是在上位者临驭天下最好的本钱，对他们略施小恩小惠，就很容易被视为大仁大德。但他却以'法'控制百姓，推行政令，而严苛的法度，使百姓到了无法忍受的地步。登上了皇帝宝座的秦皇嬴政无视这些，却大兴土木，征集了无数劳工，从事宫室经营。仅阿房宫就动用民夫、刑徒七十余万人，为了防范漠北的匈奴和东胡，他动用了八十万人马，沿边建造了长城，致使连绵万里长城之下，尸骸相枕。为了控制四方，点缀皇帝的权势，他又以咸阳为中心，让数百万黎民修筑通达天下四方的驰道。为了显耀皇帝的崇高伟大，他巡视四方时跟随大军过十万。更为了炫耀他的尊荣，在没有死之前，他又修建了自己他日葬身之所的陵墓，工程之壮伟浩大，空前绝后。他这样不惜民力，不施仁政，以致十多年间，天下十室九空，荒野曝尸，人心丧尽，人们心中的怨恨和悲愤已接近沸腾。我料定，只要有为之士振臂一呼，天下必然风从影随，秦的灭亡可能如同泛滥的江河之水不能堵塞呀！"

缭子从不谈政事，将自己的政见埋藏了起来，真是高人不露相。钟离昧几人跃跃欲试地说："太好了！您急公好义，胸怀韬略，若为天下倡先，四方必能响应，六国又将复活。"

"哈哈！我老了，尘心已脱，寄希望于你们年轻人。"缭子连忙摆摆手，"你们要记住，凭个人力量，是不能和强秦抗争的。只有六国反秦义士联合起来，才能推翻暴秦。这是一个呼唤英雄的时代，一旦有这一天，希望你们都能站出来，轰轰烈烈地大干一番，立功于当代，传名于后世，这就是我多年的心愿。也希望我能看到这一天！"

"一定能！一定能！"钟离昧、韩信几人流着泪水，匍匐于地，"谢谢您的苦心教导。"

"都起来吧。"缭子示意都坐下，语重心长地对他们说，"你们都是有才智的年轻人，临别之前，我有几句话交代一下。日后若投明主，当会建万世之功，创英雄业绩，错投暗主，则不言而喻，将会断送自己的前程。切记！切记！"

"谢谢您的指点！"钟离昧、韩信泪水充盈，"您的教诲，当铭刻于心！只是这一别，不知何年何月才能同您见面，若遇有危急之事，哪能得到您的及时指点？"

"你们正值英年，前程万里，休为临别歧路而伤感，岂不闻'穷通命定，离合有缘'。我若求见仙师顺利，一两年后，或许还会同你们见面。若是不能回来，你们也不必找我了。"

"是！"

……

这是一段鲜为人知的经历，让人激动，让人刻骨铭心，也是韩信在那个时代一份最珍贵的记忆，生死不能相忘。

韩信是个十分讲义气的人，他对漂母一诺千金，说到做到，情义无价，在漂母故去的情况下，还让将士和百姓为其兜土增陵。他对刘邦，更是不忘重用之恩，明知自己可以独立天下时，仍拒绝蒯彻等人劝说，这需要多大的格局和勇气。在经历几个月的逃亡之后，钟离眜打定主意投奔他。他看到师兄落难归来，还是答应收留了下来。

收留钟离眜，在后世人眼中，无疑是一种抗命于朝廷的图谋不轨行为。但在秦汉之际，人们特别重视朋友之交，为了朋友，牺牲自己也在所不惜。如，不久前为了逃避追捕，项伯潜逃到张良处，张良将他保护了起来，这些在当时也并不是多大的秘密。自然韩信收留钟离眜也在情理之中。

现如今，钟离兄长怎么样，身体是否还好，垓下兵败后，又是怎样逃难的，韩信迫切需要知道这一切。不过，让韩信为难的是，汉廷缉拿他的风声太大，暗探又四处出没，倘若窝藏了他，不是找话柄给刘邦抓吗？但他是我的兄长，我又怎么能见死不救呢？

李左车看出韩信的心思，不禁问："楚王，你知不知道楚将季布？"

季布的情况怎么会不知道？韩信在楚营对季布是了解的，此人在楚地有盛名，办事干脆，答应人的事，想法子也要办到。楚地流传着"得黄金千斤，不如得季布一诺"。

"我是说皇上处理季布的情况。"李左车说。

"季布已被皇上捉到了？"韩信问。

李左车将一份海捕文书递给了韩信："是的，但他现在已被无罪释放，还被封为郎中。"

韩信对这件事极感兴趣，要李左车讲给他听听……

原来，项羽兵败垓下后，季布逃到故交濮阳大户周家。季布尚气任侠，在当地很有名气。周家听说皇上捉拿的风声很紧，就同季布商议，想让季布扮成戴钳刑犯，卖到鲁城朱家做奴仆，先在那里潜伏几个月。

　　朱家见季布举手投足与寻常人不同，渐渐地明白过来，他就是逃犯季布。可是仍装着不知道的样子。季布到地里干活，朱家还嘱咐自己的儿子，庄稼活儿听这个奴仆管理，吃饭跟他一块儿吃。不久，又传来通缉季布的风声，朱家看实在瞒不下去了，就如实对季布说："你就是楚将季布吧？皇上颁诏抓捕甚急，你看怎么办？"季布知道朱家没有恶意，也就直说："我是季布，承蒙你家多方照顾，今日朝廷既要捉拿我，公可执我去见汉帝，可得到千金封赏。这也算我的报答之情。"朱家感叹季布是条汉子，感慨地说："我本是一侠士，仗义行事，今日你既说出实情，我岂能陷将军于绝地，纵得大富，于心不忍。"并告诉季布，他自幼与汉将夏侯婴交厚，要去见他，一定要救季布一命。

　　朱家到了洛阳去找夏侯婴，夏侯婴见故友远来，高兴地置酒殷勤招待。朱家边喝酒边问夏侯婴："我近日听说朝廷正忙着四处缉拿季布，季布究竟犯了什么罪，罪可赦否？"夏侯婴说："季布以前帮助霸王作战，三番五次地追赶过皇上，险些要了皇上性命，所以皇上把他恨透了，一定要拿住处死他。"朱家对夏侯婴说："他是霸王的臣下，替主人尽力那是他分内之事。如今，皇上刚刚得了天下，就不肯放过这么一个人，这不给天下人瞧着皇上的器量不够大吗？况且，像季布这么有才能的人，皇上这么着急地捉拿他，那他不是往北投奔匈奴，就是往南投奔南越。这不是逼着有才能的人去帮助敌人？正像从前伍子胥弃楚投吴，然后率吴师入郢城，连那楚平王的墓也被撬开，尸体也遭到鞭打。夏侯将军是朝廷的心腹命官，为何不去向皇上说明情况？这是为国出力、为主尽忠的好事呀！"

　　夏侯婴入朝见刘邦，启奏了季布之事。认为各为其主，正是季布之忠，使得大臣们像季布，何患天下不治？愿赦一人，而天下尽像季布。刘邦觉得在理，新登基的皇帝为治国不计私怨，可以昭示天下宽大为怀，他便依了夏侯婴的话，释免了季布的罪。朱家大喜拜谢，回鲁地见季布。季布备了行装去洛阳，刘邦亲自召见季布，说他既已知罪前来，自不与他计较，特赦他无罪，并拜为郎中，成了新王朝的一位高级官员。

听了李左车的介绍，韩信心里热乎起来，季布和钟离眛都是霸王手下的大将，都是钦点要犯，既然皇上能释免季布，那么也应该能释免钟离眛。韩信对刘邦抱有极大希望，相信他会给自己一个面子！

"我要亲见皇上，替钟离眛求情。"于是，韩信决定先见一见钟离眛。

为了慎重起见，以防不测，不让"钦点要犯"堂而皇之地出现在王府里，又演了个小小苦肉计，他以为这样定可以遮人耳目，转移视线。

这日，李左车先到驿馆来见钟离眛。

没等钟离眛明白过来，亲兵们一拥而上，立刻将他五花大绑地捆起来，活像个即将下锅的粽子。钟离眛本想发作，一想，自己落到这个求死不能，求生不得，连一起共患难过的兄弟也翻脸不认的地步，还有什么好说的呢。人情凉如水，世态冷如冰。这点是他万万没有想到的事。钟离眛脸上泰然自若，不惊不惧，反而仰面大笑起来。

"笑什么？死到临头了，还笑？"

"哈哈！"钟离眛又是一阵大笑。

李左车下令："拉出去！"

亲兵吆喝一声，就将钟离眛押走了。

可是七拐八绕，却将钟离眛带到了王府内室。钟离眛一下子明白过来，韩信有意演戏，显然是为了遮人耳目，也实在难为他一片苦心。

不一会儿，韩信进屋，施以跪拜之礼："兄长！万不得已采取如此下策，还望宽恕。"

"哈哈，想拿砍头来吓唬，想不到我不怕死，正要青史标名，留取丹心啦！"

韩信连忙站起来，给钟离眛松绑："驿馆众目睽睽，朝廷的耳目颇多，若被探客侦知，恐怕那就在劫难逃。"

钟离眛从韩信的言语中，听出了躲闪之处。他说："垓下兵败，我只身逃到原楚将利几那里，欲想东山再起，可惜不得天时地利，不占人和，被汉军打败，各自逃散。好在陈地离这里并不算远，我夜行昼伏来投兄弟，我知兄弟重感情，一来想躲过搜捕，二来想与兄弟见上一面。若肯收留，我便暂住几日，不留，我即刻便走，不会连累于你。"

"兄长不要误会。外面捉拿你的风声很紧，不可不谨慎从事，万一泄露，会坏了大事，我看先留下来避避风头，日后我自有法子救你！"

"如此厚义，让我如何报答。"钟离眜欲行大礼。

韩信上前连忙扶住："兄长不可如此！这要折煞韩信。其实你能来下邳，我悬着的一颗心也就有了着落。只是这里不便让你抛头露面，暂且忍耐一下吧。"

这样，钟离眜便在王宫内室住了下来。

可过了半个月，就在韩信准备去见刘邦时，却传来了楚将丁公投诚刘邦被杀的消息，这使韩信热乎的心，一下子冷了下来。能否替钟离眜求情，心中画上了一个大问号。

丁公是季布同母异父兄弟，在彭城之战中，他与季布的行为刚好相反，当楚军在彭城西追击汉军与刘邦短兵相接之际，放了刘邦的正是丁公！这时，丁公听说季布归顺朝廷后受到了礼遇，心想："季布曾把刘邦逼上绝路，尚且受到了赦免，还得了官职，而自己对他有活命之恩，难道他还能亏待自己不成？"便主动谒见，出乎意料的是，刘邦要奖励为主尽职的忠臣，打击吃里爬外、不能一心事主的小人，竟下令将丁公绑出，立刻斩首于洛阳午门！

血腥的气味从朝廷飘出，透露出刘邦对待异姓王和功臣勋将的底线。丁公挟功请赏，也不至于死罪，只能理解为刘邦为了家天下，他六亲不认，两眼通红，连自己的救命恩人也一样能杀。

现在，韩信收到了刘邦捕捉钟离眜的诏书，意识到问题的严重。但对他来说，直接把钟离眜抓起来献给刘邦，这一点却做不到，这不是他的性格。桥归桥，路归路，忠君归忠君，友情归友情，恩怨分明，不能轻易伤害师兄。

韩信决定将刘邦的诏书暂时放一放。

二

汉六年（前201）正月。洛阳。

这一天，刘邦在洛阳宫中宴请群臣，群臣也纷纷向皇上祝贺，真是热闹非凡。

陇西戍卒娄敬千里迢迢来见皇上，上呈迁都之策："关中地势险固，背山带河，四面可守，即使朝中仓促有变，百万之兵也可随叫随到，所以秦地素称天府之国。我以为汉室不如从洛阳移都关中，万一山东发生叛乱，而都城总可以确保万无一失，这所谓扼喉抚背，才可操纵自如。"

迁都是国家大事，刘邦连忙召群臣商议，一时间你言我语争执不休。张良是刘邦最信赖的人，不得已，刘邦又派人去请教张良。

张良已久不过问朝中之事，托言辟谷，慕道追仙去了。

说到慕道追仙，早年张良在隐居下邳的日子里，发生过一件不可思议的事。那一天傍晚，他独自在下邳桥上漫步。无意之中看见了一位仙风道骨的老者。老者径直走到他的跟前，把鞋甩到桥下，对他说："小子，去把鞋捡上来！"张良有些诧异，最后还是强压住心中的火气，把鞋子从桥下捡了上来。谁知那老者得寸进尺，竟要他把鞋给穿上。他想，捡都给捡上来了，穿就穿吧。这样，他就给老者把鞋子穿上了。老者露出满意的微笑，独自走了。没走几步，老者突然回来，对他说："小子不错。五天后天刚亮时，你到这里来见我。"五天后，曙光初现，张良急匆匆赶来，却见老者已到。老者不满了："没想到老人和你相约你却迟到，五天以后再来吧！"老者留下这句话后愤而离去。又是五天，尽管起了个大早，但张良还是迟到了。老者依然还是那句话："五天以后再来吧！"这次张良学乖了，他半夜就来到桥上静静地等候。老人终于露出了笑容。在暗淡的月光之下，老者拿出一本书："这是一部《太公书》。小子，好自为之吧！"最后老者补充说，"十三年后，别忘了到济北见我。我就是谷城山下的那块黄石。"

前些日子，张良对人讲，自己和师父别后已有十三年，因公事外出，路过济北意有所感，来到济北的谷城山，他内心惆怅不已，茫然四顾，果然见到了山下那块醒目的黄石。张良不顾一切地奔下山去，毕恭毕敬地将那块黄石取了回来。从此以后，他就把那块黄石奉若至宝，须臾不离。张良后来还特意留下遗言，死后必须把黄石和他一起安葬。

张良又对刘邦说，我已帮助皇上完成了统一大业，现在我要告请回乡去。刘邦一听，那怎么行？但看张良已经决定，不再有改变之意，也只好说，我实在舍不得先生离去，既然你要走，我也不好勉强，许你回乡，但朝中若有大事，望你能为天下利益，有召必来！刘邦说罢，便命人拿来千两黄金，要送给张良，张良坚决不收。之后，张良回到家中，不是读书静思，就是学习导引吐纳等道家之术，并且终日不出家门半步，谢绝一切人的来访。

其实，这是张良既定计划，他在悄悄劝说韩信之前，恐怕已有了隐去的打算。伴君如伴虎，历史上帝王有几人能共享富贵？君臣一体，自古所难。尽管刘邦与张良关系极不一般，更像是一个朋友，这何尝不是"帝师"高明的身退之举。那么，居功自傲的韩王孙，能否平安无事，一帆风顺呢？

张良听了来使的汇报，认为娄敬的话，很有见识。

他让来使转告皇上，洛阳虽有险阻可依，但中间狭小，不过数百里的平原，田地又很贫瘠，如四面受敌，恐怕这里不是用兵之所。而关中左有崤山，右有陇蜀，三面据险，东临诸侯，当诸侯安定无事时，可由渭河调运粮食，向京师供给，万一诸侯有动乱变故，顺流而下，征伐并不费力。过去所谓金城千里，也不过如此。

几天后，刘邦在宫中正式决定西迁长安，同时又下令天下县邑筑城。

散朝后，刘邦伸了伸腰，来到后园散心，园中的秋菊花期已过，寥寥落落地在北风中摇曳。这时楚地有人呈上密报，说韩信在下邳窝藏了西楚大将钟离昧！突如其来的消息，使刘邦心惊肉跳，脊梁直冒冷汗。

建国不到一年，继利几之后，燕王臧荼不久前发生了反叛。不是自己亲征和燕地百姓不愿再受刀兵之苦，无心支持叛军，结果就很难说了。如果韩信再搞叛乱，那可不好对付！说心里话，其他诸侯王没有什么了不起的，唯有韩信用兵如神，让人惴惴不安。钟离眜是霸王手下数得着的大将，楚汉相争时他数度重创汉军，逼得刘邦狼狈不堪，且他与韩信同为楚人，又有兄弟情谊，这在外界并不是多大秘密。有钟离眜协助，韩信若要谋反，那么，天下……刘邦不敢想下去。怎么办？是否可以派人以去郴州给义帝修造陵寝为借口，过楚地，用言语调拨韩信，让他交出钟离眜？

不行！刘邦很快否定了自己的想法，派人去，要是不交呢？这不等于打草惊蛇？现在韩信虽窝藏了钟离眜，但他是否真想谋反，还说不准。韩信从齐移楚，自感失落，不平之心自起，反叛之意或可有之，何不找一借口，利用韩信和钟离眜之间这点关系，因势利导，提前下手，打残韩信，施重威于天下，或许，其他异姓诸侯的问题也能迎刃而解。

想到这里，刘邦心里倒坦然了许多。

次日早朝散后，刘邦悄悄地留下了几位丰沛籍大将，以及陈平、随和等几位心腹大臣。刘邦面带愠怒，清了一下嗓子，然后对他们说："今日把诸位留下，是有要事想和你们商量一下。"

大家不知道发生了什么事，但看看左右，就知道一定是有重大机密事，因而他们望着刘邦，全神贯注，静静等待着圣谕。

"你们知道，楚将钟离眜躲藏在哪里？"此言一出，下面就有人交头接耳，小声议论，刘邦扫视一眼，"朕告诉你们，就在下邳的楚王宫，为韩信座上宾！"

下面一片哗然。

刘邦又道："你们知道韩信正在楚地干什么？朕告诉你们，他招降纳叛，纠合兵众，磨刀霍霍。嘿！韩信、钟离眜他们原为霸王的旧部，又是好兄弟，如今，他们又纠合在一起，一个恃功妄作，一个伺机复仇。"说到这里，刘邦站了起来："朕这番话，不是危言耸听。韩信早就和朕不是一条路上的人了，他恃才傲物，目中无人，利令智昏，为人好大而夸，在攻齐时，他居功自傲，我被霸王逼得几乎悬梁上吊，他不来救援，反而逼我封他为齐王，借机来勒我的卵子！灭了西楚后，朕让他衣锦还乡做楚王，好心成恶意，想不到，如今他竟窝藏钟离眜，企图谋反作乱！你们看，这该怎么办？"

经刘邦这么一说，几位身经百战，又十分鲁莽的将领，早就按捺不住性子，像烧热的油锅，炸开了："竖子谋反，何不发兵揍他！""是脓包就得让他出头。""皇上！我等愿意披挂上阵，发兵捉拿这小子！快下令吧！"

刘邦听了自知并非善策，默不应声。但他注意到，和这帮武将形成鲜明对比的陈平，却静静地坐在一边，紧锁眉头，一言不发。张良退隐之后，现在朝廷拿主意、断大事就数陈平了。

陈平足智多谋，前后六出奇计，为刘邦夺得天下，安定汉室，做出了特殊贡献。他曾自我表白："我多用阴谋，为道家所禁忌。在我活着时即使被废，也就算了，如我的后代终至不能被起用，也是因我多用阴谋的缘故。"陈平死后，儿子陈恢、孙子陈向相继袭侯爵。遗憾的是，孙子承袭侯爵二十三年后，不知被什么鬼使神差，因夺人之妻而坐法处斩，丧失了光宗耀祖的机会。而陈平"活着时"并未被废，而且青云直上。汉文帝时，擢升为右丞相，蟒袍玉带，成为一人之下，万人之上的权贵，成为西汉安邦定国的特殊谋臣。与历史上诸多只会谋国，不会谋身的李斯、范增等人相比，他的确不仅胸存绝世谋国才能，而且又有审时度势的谋身策略。

陈平作为谋臣，曾亲历过韩信讨封齐王和刘邦定陶夺军等重大事件，对刘邦的心思也非常清楚。他思忖着，按古老的丛林法则，"老大"是不允许"老二"好好过日子的。因为，"老大"一直十分担心"老二"可能取代自己的地位。而韩信这个"老二"，虽能洞察世事，是个天才，但他不识时变，把握不坚，城府不深，不是一个心智成熟的政客。"老大"刘邦无奈之下给他提供了舞台，让他迸发灿烂的光芒，韩信却高傲自负，好伐其功，没有意识到他的所作所为已经被刘邦一步一步认定为谋逆。然而，形势比人强，面对一次次陷害和打击，韩信为自保，终将退让。这样下来，他的最后结局就不好说了……

刘邦连忙摆摆手，示意大家静一静，然后问："陈都尉！今日怎么不吭一声？"

陈平反问刘邦："皇上！韩信佐汉有功，您也没亏待他，要是说他谋反，就要拿出凭证，不能随便去征讨，那会酿成大乱。我要问一声，您是怎么知道韩信要谋反的?"

刘邦说:"有人告密。"

陈平又问:"这么说,韩信并不知道有人在告他?"

刘邦很有把握地回答:"朕想,他是不知道的。"

陈平是个聪明人,说韩信谋反还是捕风捉影,证据不足,但这也就成了!要是韩信真心谋反,一定会有所准备,事情还真不好办。要知道他是天下无敌的汉大将!想了一想后,陈平面带微笑地说:"皇上!韩信非其他诸侯王可比,所居之地,带甲十数万,倘若生变,其势不可当。诸将一时不平之气,欲与韩信争衡可以理解,但我料定,不战则已,战则必败!"

听了陈平的话,几位将军愤愤不平:"我大汉雄师百万,战将千员,难道还敌不过韩信?臭小子!尽说些长他人志气,灭自己威风的话。"当然,这话碍于刘邦面子,他们没有直接说出口。

刘邦知道,陈平既说不行,一定有他的道理:"说说看,为什么不能胜?"

"皇上!若发兵讨逆,士卒有没有楚兵精壮?"

刘邦想了想回答说:"没有。"

陈平又问几位将领:"你们用兵,哪位能敌过韩信?"

几个人面面相觑,默不作声。

陈平接着说:"皇上!兵不如楚,将不敌韩信,若要举兵强取,必然是轻启战端,恐怕韩信不反也反了。臣以为不应操之过急,否则,后果不堪设想!"

听了这话,刘邦眉头紧皱,半晌才问:"如你之言,当如何处之?"

"依臣愚见,韩信应智擒!"

"智擒?"

陈平趋前两步,贴近刘邦:"自古以来,天子可按四时巡狩,以观民风,会诸侯,诸侯朝觐述职。臣听说南方有云梦泽,历代称为形胜之地,陛下可遍召诸侯,伪游云梦泽。韩信既为楚王,必定随从前往,待他来谒见时,可暗伏将校,一举将其擒获。这岂不比大张旗鼓,兴兵强讨胜过十倍!"

"这个主意好！"刘邦大喜！当即采纳了陈平的伪游云梦泽的建议，从三皇五帝起，就将云梦泽列为禁地，王公贵族一有闲暇，便带着文武百官来这里狩猎游玩，也好让四海臣民看看文治武功。

云梦泽，已消失在历史长河中。现在"云梦"主要是一个地理概念，具体范围并无定论。大致说，"云梦"在今湖北南部、湖南北部，为一大片湖区、沼泽地带。而在湖北省孝感市有个云梦县，就是出土著名的云梦秦简的地方，或许这个名字印证着曾经的云梦泽。经过一番讨论，把会集地定在陈城，因陈城离下邳只有一二百里，只是几天的路程。陈城是楚地边界，皇上从洛阳到云梦泽去，陈是必经之地，同样也便于四方诸侯会集。这样设计名正言顺，顺理成章，韩信必不生疑。

陈城为春秋时期陈国，秦置县，枢纽要冲，治所在今河南淮阳。当年陈胜起义建都于此。汉五年，刘邦领汉军追击项羽到陈下，在此大破楚军。商量好后，刘邦便下令："如今国事稍安，天时正好，久闻云梦泽是一胜地，朕不日前去巡游，命各路诸侯在陈城集会，不得有误！"

传旨的使者立刻从洛阳出发，分别到各诸侯国传旨。

这日，韩信突然接到了"巡游"圣旨。看过后，心里像灌注了铜水，沉重异常。立国才一年，天下尚未平静，百废待兴，皇上怎么能有这般雅兴，且要带着大队人马，千里迢迢地去云梦泽游玩?!

想到这里，一股不祥之兆掠过了心头，令他不寒而栗："刘邦出游，诸侯必须赴会。那时，刘邦若问起钟离眜之事，我该怎么回答？若要我杀了钟离眜，我不杀，那我就要背上个违逆圣旨的罪名。若遵旨行事，又怎对得起钟离兄长?"

韩信感到事情棘手，可以肯定，刘邦巡游云梦泽是针对他的。他本以为自己为刘邦立下那么大的功劳，又从齐迁楚，一定可以安安稳稳做楚王，殊不知，这是自己一厢情愿了，消灭了项羽也就等于消灭了自己存在的条件，让人细思极恐。他提醒自己不要再上当。他叹息不已，钟离眜乃我师兄，何忍杀之，没想到搭救师兄，反而成了大逆不道的罪柄，如今百口莫辩。

韩信陷入了两难之中。他想再次用强大的忍耐力，度过人生中这次危机。

那么，到底又是谁走漏了风声，以至于刘邦如此？这令韩信百思不得其解。下邳城人山人海，防不胜防啊！

韩信找来了才高而又一心一意辅佐他的李左车，将圣旨递了过去。

李左车看了后，神色陡变："楚王！依臣之见，来者不善，其中必有花样文章。"

韩信拧着眉头，半晌无语。

李左车的看法和韩信的想法不谋而合，他提醒韩信："楚王！你可不要再上当，游云梦泽，绝对不会有什么好事呀！你想想，修武夺印，定陶夺军，全都是搞的突然袭击，阴谋诡计。"

"看来小心火烛，还是要掉下茅坑。"韩信叹息不已，"钟离眜乃我恩人，何忍杀之？没想到，搭救师兄反而成了大逆不道的罪柄，如今百口莫辩。"

李左车狠狠地说："树欲静而风不止。常言道'无事不找事，有事别怕事'，楚王该怎么办，就怎么办。"

"依你之见，该怎么办？"

"干脆不要去什么云梦雨梦！面对现实才是。"

"怎么面对现实？"

"这，这个……"

屋里一阵短暂沉默，片刻，李左车开口道："楚王！我想处理这事有上、中、下三策。"

"你说说看。"

李左车鼓起劲，狠了狠心："第一，扯起大旗，发兵二十万，直扑陈城，杀……杀了皇上，夺了天下，不再受这窝囊气！"

"第二呢？"

"第二，就推说身体欠佳，不能去朝觐，静观默察，以免身遭不测。不去，谅他们也无可奈何。而第三，就是杀了钟离眜，到陈城会皇上，这是下下之策。其结果就很难说了。"

韩信想了想，不安地说："我是个特别注重名声的人，把名声看得像生命一样宝贵。当年胯下受辱，已使我抬不起头，时时受人冷落和侮辱。如今，要扯大旗背叛朝廷，说什么我也不能干。我韩信落落丈夫，盖世英雄，反而要搞谋逆，这不是自己拆自己的老屋嘛，会落个谋反不忠的骂名！即便取了天下，恐怕人心不附，也难以坐得安宁。那第二条，也不是好办法，若不前往，显然是找话柄给皇上抓，以后关系如何处理呢？第三条，可以修正一下，去陈城，但不杀钟离眛。到时，我把话讲清楚，当面求情，请皇上像对待季布那样，释放钟离眛，这岂不是两全其美吗？"

听韩信这么一说，李左车急了："不妥！不妥！这样无疑会将钟离眛送入虎口，皇上是不会法外施仁的。楚王！你功高天下，可历史为强者书，杀人不需要理由，到时照样使你落个骂名。你对他人过于忠信，对自己安危却优柔寡断，实在让人担心。为今之计，三条策略之中唯有上、中策可保无虞，若行下策，必须亲斩钟离眛，否则便有逆旨之嫌。古语云：'大丈夫处动乱之世，若遇猜暴之主，或则善自韬晦，或则取而代之。'岂可仰首就刑，为后世笑。"

韩信摆摆手，说："天下方定，剪除功臣，难道皇上不顾忌天下人之口？况且，我韩信在楚地并没有什么过错。去陈城！这表明我光明磊落，他若耍阴谋，就在众人面前输掉了个'理'字。至于钟离兄长……"其实，对钟离眛如何安置，韩信心里并没有底，他知道在刘邦性格中确有反复无常的一面，但韩信相信自己有大功于天下，有大功于汉室，而且从来没有背叛过刘邦，在他的请求下，刘邦应该会放钟离眛一马。

"嘭！嘭！"这时有人来敲门。

开门一看，原来是钟离眛。钟离眛见他俩好像在专心商量什么，回头欲走，却被韩信叫住了，并将圣旨递了过去："兄长，我欲找你。你看看这个……"

钟离眛接过来迅速看了一遍，问："兄弟，你如何打算？"

韩信欲言又止，经催问，便将自己的想法说了出来："去云梦泽，迎候皇帝陛下。"

"兄弟，不可自误！"钟离眛说着，看了看李左车，点点头，算是补个招呼，"左车先生不是外人，这里我就直说了。陈城不能去！醉翁之意不在酒，刘邦来陈城会集，我看显然是针对你的。话说穿了，你功高盖主，汉家容不得你，我就是不在这里，刘邦也会拿你开刀。至于我这个亡国之将的头颅，从国破的那一日起就该掉了。话说回来，若是我这颗头能换来楚地平安，我愿意奉送！"

韩信急忙说："兄长哪里来的话，要你的头，就是要我的头。我决不做对不起兄长的事。依我看，兄长最好是离开楚地，走得远远的，等情况好转，我再派人接你。兄长，意下如何？"

钟离眜觉得韩信太幼稚了："兄弟，就是你撵我，这会儿我也未必肯走。你想，刘邦之所以不敢直接发兵进攻楚地，恐怕重要的原因，就是怕我撑你的腰，协助、鼓动楚地百姓造反。兄弟呀，刘邦为人狡诈，项王多次吃他这个亏。我看，陈城是他诱捕你的陷阱，千万不能上当啊！"

坐在一旁的李左车，故意问钟离眜："你不离开，又不让楚王去陈城，那要楚王到底怎么做？"

钟离眜斩钉截铁地说："用将士们的话来说，就是'箭在弦上，不得不发'。如今，刘邦磨刀霍霍，欲以兄弟为鱼肉，我看，该是以牙还牙的时候了！我想，以兄弟的才能、智慧和品德，又有将士们拥戴和效命，何不轰轰烈烈地大干一番！"

"不可！不可！"韩信拒绝了，"兄长，食人之禄，忠人之事，古之道理。我的这一切都是刘邦给的，我不能落个谋反不忠的骂名。兄长尽管逃走，刘邦那里由我一人承担，大不了说我捕捉钦犯不力，申斥一顿罢了。"

钟离眜知道韩信心意已定，就不再说什么。不过，他有两点判断：其一，韩信缺乏敢作敢为的大气量。陈胜一怒大泽乡揭竿而起，项羽一怒挥刀砍杀会稽郡守殷通，刘邦一怒芒砀山举兵起义，韩信一怒却钻淮阴屠大的裤裆。特别是在刘邦修武夺兵，定陶夺印，步步紧逼的情况下，他依然选择逆来顺受。这和客观政治情势有关，也与政治性格密不可分，这样的"隐忍"能干出什么样的大事业？其二，做人不厚道。如果你不把钟离眜当朋友，当初何必要收留我？现在又何必要找我"商议"，这不明摆着在耍我？

他手捻着胡须，内心不禁长叹一声："来下邳想以心腹之事相托，没想到，你这么愚忠，实在令人失望。"

已是半夜时分，韩信说还有时间细致考虑，于是，也就各自睡觉去了。

"楚王！楚王！不好了。"一阵嚷声把韩信吵醒。

"为何大呼小叫，出了什么事?!"韩信揉着布满血丝的双眼，一骨碌爬起床来。

"钟离昧自刎了！"亲兵报告说。

"啊?!"钟离昧自杀，这是韩信始料不及的事。他迅速穿好衣服，急忙随亲兵奔来，到了钟离昧住处，见钟离昧直挺挺地倒在血泊之中，一把染血的剑丢在一旁。

李左车也来了，他从钟离昧衣衫的袋子里，发现了一份遗书，只见上面歪歪斜斜地写道："别了！兄弟。国破家亡，苟且偷生地东躲西躲有何意思。昔日，我敬佩你傲岸不屈的品格，如今我才明白，你东拼西杀，只是必欲称王，以异于列侯，不过自尊自重，眉首低垂而称臣，并不想尝尝横之于世间的味道。你是厚道君子，但你不是成就大业的长者。若能用我的死，来换得你对汉家的猛醒，那我就死得其所。人之将死，其言也善！"

读罢遗书，韩信泪水顿时流了下来。他从地上捡起了带血的宝剑，看了看，这是缭子赠给钟离昧的宝剑呀，万万没有想到，钟离昧在我这里，却用这把剑自刎了！钟离昧自杀，无疑成全了自己——一个了不起的真义士！

韩信痛苦万分，举起剑向案角砍去："我落落丈夫，却难以保全兄长……"

转眼间，去陈城会集的日期已到，钟离昧以死劝阻，并未能劝住韩信，主要是对刘邦还心存幻想。韩信虽意识到刘邦对他的算计，但仍没有把刘邦想得那么坏。在那个时代，都推崇"士"，士为知己者死，这是人生的崇高境界。

李左车却做了最坏打算，他定要一同去陈城，对韩信也好有个照应。

当韩信一行来到陈城驿馆时，担当"前哨"的亲兵，慌里慌张地掀帘进屋，气喘吁吁，疾趋韩信面前，几乎耳语般小声："楚王！县衙外增加了许多护卫，不知何意？"

亲兵话音还未落地，陈平与周緤来了。

陈平高亢的声音已响起来："皇上有旨，楚王韩信即刻到行宫见驾，不得有误！"

刚入行宫，里面一迭声地传呼起："皇上有旨，宣楚王觐见！"

韩信抬头远望，只见刘邦端坐大厅上首，伴驾随行的文武大臣除陈平、周緤外，还有樊哙、王陵、夏侯婴、灌婴、靳歙、刘钊、灵常等一批文武大臣，声势浩大，这像是来云梦泽游历的吗？足以打一场大规模战争。

韩信整一整衣服，不安地上前叩首："臣见驾，皇帝陛下万岁！万万岁！"

"起来吧！"刘邦面色冷峻地摆摆手，接着却是一阵难堪的沉默，压得人难以喘过气来，好像整个房顶都压到人的脊背上。他这才开口："楚王功高盖世，德布九州，士民众庶赞颂你如日月之经天，江河之纬地。只是你抗旨行事，不知欲把朕置于何地？"

韩信脸色发青，并不示弱："皇上！臣与你才分别一年，若有什么过失，请如实相告。"

刘邦厉声道："那好！数几件事给你听听。其一，你招降纳叛，窝藏楚将钟离眜，图谋不轨！其二，国家草创，百废待兴，你却在下邳招兵买马，足轨接诸侯之境，不知这样你要干什么！其三，你侵夺民田，高坟大墓厚葬家人，这又是何居心！"

果真不出所料，刘邦此行目的就是对付韩信！在战场上，敌我分明，敌人常常被韩信埋伏。在政治上，韩信却始终被刘邦埋伏！我韩信虽知兵而不知人，工于谋天下而拙于谋自身，刘邦过去所谓的情义，都是利用自己去打败项羽，内心却无比忌恨。早知今日，何必当初，武涉、蒯彻"汉帝难以容忍"之言犹在耳旁！

韩信努力控制住情绪："皇上所责备的三事，臣都有分辩。其一，我早年丧母，当时不得已将亲生母亲埋葬荒野，如今，承蒙皇上让我富贵还乡，坟墓筑得高大些，迁民守茔，不过是光宗耀祖，以寄托自己的哀思罢了，然而并未逾越王制的规格；其二，楚地原为霸王桑梓之邦，今天下初定，但人心未归，为了安抚百姓，不加强武备，不足以镇定楚地。而臣自齐迁楚之时，未带一兵一卒，所招兵马亦在许可范围之内，这本无可非议；至于钟离眜，为了灭秦，臣早年与他有段交往岁月，因此不敢忘恩负义，把他暂时收留下来，只是打算等有机会，向皇上说清此事。况且，钟离眜听说皇上游云梦泽，为了不给我添麻烦，他，他已自杀身亡。这是他的首级。"

说着，韩信将盛装钟离眜首级的木函呈上。

刘邦打开木函，揭开红布巾，细致地瞧了瞧，果然是钟离眜的首级，嘴角露出了一丝难以察觉的微笑。陈平这小子主意真不错，没有想到，不费什么力气，就一箭双雕，杀了钟离眜又拿下了韩信。

他让人收下钟离眜的首级，转而脸色阴气逼人："其他事情暂且不论，可你窝藏钟离眜好些日子不交，到了事情败露无法再瞒，才来见我，可见，你说的并不是真心话！"

刘邦用力拍案，对早已埋伏在帷幕后的武士喝道："还等什么？快快与我拿下这个反王！"

帷幕后，一队武士凶神恶煞般地冲将出来，不容分说，将韩信五花大绑抓起来。

李左车见此情景，再也控制不住自己，从一旁站了出来，怒目穷张，大声道："皇上游云梦，只是为了剪除忠良，以立雄威，岂合天意？想当年，楚王投楚则楚胜，投汉则汉胜，天下之势决于一人，怎奈他不信忠言，鼎足天下，以致今日身陷囹圄，岂不痛哉！我李左车誓与楚王同日死，不与皇上共富贵！"说着，李左车朝帷幕前的刘邦冲撞过去，他要以死来为韩信抗争。

"不要这样！先生，不要这样！"韩信声嘶力竭地喊道。

站在帷幕旁的王陵，眼疾手快，跃出，将李左车阻住。

这时，武士们纷纷冲了上来，将李左车抓住。

李左车的发难，令众人瞠目结舌。

刘邦强压下内心怒火，心想，如果自己发作，有失皇威，他要给世人一个仁人德厚的样子："广武君呀，朕待你不薄，你不肯辅佐就罢了，倒去顺着韩信，还要在朕面前示威，这就不好了。"

"楚王曾保我一命，今日我要还他一命！"李左车既然豁出去了，也就没有什么顾忌，他大声喊道："陛下在南郑之时，雄兵骁将，不知其数，然而没有一个能敌住楚霸王，后来得了韩信，筑起高台，拜他为大将，这才杀得霸王逃奔乌江，自刎而亡。如今天下平定，还要韩信做什么？且韩信负着十罪！"

诸将知道李左车没有什么好话，意欲捂住他的嘴巴。

"让他讲，天塌不下来。"刘邦又对李左车说，"你说朕不仁，委屈了韩信，可又有十罪，你说来，让朕和大伙听听。"

李左车仰天大笑："好！听着！韩信一不该弃楚归汉，首建汉中大策；二不该明出陇西，暗度陈仓；三不该击杀章邯等三秦王，取了关中之地；四不该砥柱京索，力挽狂澜；五不该涉西河，虏魏王豹；六不该袭代地，擒夏说；七不该渡井陉，杀陈馀并赵王歇；八不该突袭齐历下军，击走田横；九不该夜堰潍水，阵斩龙且；十不该布下十面埋伏，追霸王阴陵道上逼他乌江自刎。这便是韩信十罪。这次皇上游云梦，我劝他造反他不反，劝他斩钟离眛他又不肯背义。楚王！今世缘浅，左车先走一步！"说着，他挣脱了武士之手，一头撞在立柱上，当场毙命。

"先生！先生！"韩信嘶哑嗓子，拼命地喊着，然而，一切已无济于事。无情的现实，已将韩信的梦幻，击得粉碎！他仰天吼道："还我左车先生！还我左车先生！"

"嘿，还你左车先生？"刘邦非常恼怒，李左车当场揭自己的短，无异于在骂自己忘恩负义，现在又以死相抗，真是覆水难收，只得找个台阶，"李左车唆主谋反，死有余辜，将韩信押回长安，另作处置！"

"慢着！"

韩信悲愤不已，李左车这样做，无疑是用他的生命做代价，使自己当场免受屠刀。韩信用肩膀抗开武士的手，就在这一刹那，当年蒯彻的话语像幽灵一样穿过他的脑海："狡兔死，走狗烹；高鸟尽，良弓藏；敌国破，谋臣亡……"那时，为了感恩，思路被严重束缚住，很难听从劝告，不相信刘邦会卸磨杀驴，这楚王才做几天，就被他捉拿。韩信怒不可遏，悲愤地说："如今项羽已死，天下已定，留我何用。韩信无颜乞骸骨，只求立刻赐死，以彰我的罪过！"

刘邦生怕节外生枝，夜长梦多，挥挥手："不准！押上囚车，马上启程！"

一场伪游云梦，实擒韩信的骗局，草草收场，刘邦于是打发诸侯王各回封地，并立刻起驾，押解着韩信回去了。

三

刘邦将韩信押回了洛阳，这个消息在朝野引起了轩然大波。

韩信被擒，对刘邦和整个天下来说实在是太大的一件事。如今这位百战百胜的猛将，成了阶下囚，这不能不使他们感到震惊。但是，抓到了杀不杀？如果杀掉，怎么向天下交代？如果不杀，又如何处置？

杀不杀韩信，当然也牵动了吕后的"内廷"。

吕雉，通称吕后。刘邦卒，惠帝即位后，又被尊为皇太后，成为史上有记载的第一位皇后和皇太后，也是秦始皇统一后第一个临朝称制的女性。后执政八年，尊崇黄老之学，无为而治，实行与民休息的政策，为后来的文景之治打下了坚实的基础。统治期间，先后杀赵王如意、赵幽王友、共王恢、燕王建，大封吕家兄弟姐妹为王为侯，开启了汉代外戚专权的先河。以后历史上的武则天临朝称制，慈禧垂帘听政，步的便是吕氏后尘。史称其执政期间"政不出房户，天下晏然"。她虽然行事雷厉，却搅动了整个汉廷。

这日，吕后在长信殿准备进午膳，听说一个叫田菁的女子赶来上了一道奏折，大概是祝贺韩信被捕，想让皇帝封其子弟为齐王，她倏然撤去了桌子，命宫女去请她"内廷班子"。

不一会儿，吕释之、审食其等人赶到。他们对奏折的事做了补充，并将奏折抄本交给了吕后，吕后翻开奏折，细细地看起来："陛下，捕获韩信，已去人们隐忧。而治天下，依地理形势来看，韩信夺取的秦地和齐地最为重要。秦地大河纵横，险山横亘，地势雄踞，东临诸侯，俯瞰四方，所要控制之地尽收眼底，如有变故，便可顺水而下很快出兵抚平。齐地之重，与秦等同。齐地东临大海，境内东有富庶的琅邪，南有险要的泰山，西有宽广的黄河天险，北有渤海之利可取，方圆数千里，确为天生一块宝地。陛下如今定都在关中，就更应重视秦地之险要和齐地之富庶，万万不可使这两块重地落入不信任的诸侯手中，所以若不是皇亲子弟，千万不可封齐王，这情况万望陛下谨慎考虑，三思而后行……"

看了后，吕后将策简丢在一旁："此为何人？"

吕释之回答说："齐地一庶民。"

"一庶民？难得有此胆识，此人现在何处？"

"上了奏折后，就出了皇宫，不知去向。"

"这是个很有心计的女客，你们要尽快查一查背景，这到底是什么人，绝不是一般庶民！"

"是！"

让人没有想到的是，田菁确不是一般庶民，而是缭子女儿凝雪的化名！当得知韩信被捕后，她一直放心不下，如影随形，欲救韩信来了……

接着，吕后又道："你们各自谈谈对这件事的看法吧。"

"这个奏章也没什么特别之处，不过想让皇上封他的亲子弟为齐王吧……"吕释之的儿子吕产补了一句，他一抬头，见姑妈吕后的脸正板着。

审食其接过话来，对吕释之说："国舅爷，我看那女子有心要为韩信辩解，希望皇上能赦免韩信。先提韩信，却不提出为他辩解之词，反而进贺皇上能顺利地逮住韩信。接着，明言齐地与关中为韩信夺得，夸耀齐地险固，媲美关中。韩信据险而多兵的时节，不背叛皇上，而于迁楚之后谋叛，这有悖于情理，而姓田的只隐示而不肯明白地说要留韩信一命。依我看，从汉中算起，韩信五六年间，以至威行天下，功震人主。现在，皇上采取断然措施，这有何不可！"说完，他向吕后瞟了一眼，他的话也是说给吕后听的。

"诛戮韩信，恐怕人心不服。"吕释之说。

"这个嘛，"审食其狡黠地笑了笑，"国舅爷，其实也无须多虑。韩信虽不同于一般人，一成阶下囚，也会叫他百口莫辩。"

吕释之想探一探他妹妹的口风："虽是这样说，但如何处置为好呢？"

"是啊，"吕后却把这个问题推给了审食其，"我倒想听听你的意见。"

审食其昂然作答："皇后！国舅爷！依臣看，韩信有万变之术，鬼神莫测之机，擒而不杀，必然怀恨谋变，务要采取断然手段！"他用右手做了个切瓜的姿势。

吕释之默然良久，说："既然将他押回洛阳，事情不会那么简单，李左车以死相争，田菁竟上奏折，朝中大臣对此事反应又极大，可要慎重处理呀！"

谈了一会儿，审食其按礼如仪地磕头起身告退，侍从亲自送他出宫。

吕释之早年没有什么战功，远不如其胞兄吕泽，但他与韩信共事较久。彭城败后，吕释之多次奉萧何之命往前线输兵送粮，深知韩信的品德和为人。他想，假如当年韩信无功无绩，今日也就没罪了，那么肯定没有汉室的今天！况且，韩信也是刘氏门族的一个女婿，若是韩信有个三长两短，刘青娥又怎么办？

吕后知道自己的二哥是个仁慈心肠的人，在复杂的政治斗争中会犯迷糊，她要和他谈一谈。

刘邦登基时，已五十五岁，那时人的寿命很短，平均不足三十岁，五十五岁已经是高龄了。她担心刘邦一旦百年之后，皇太子刘盈如何能压得住这些地头蛇？她说："兄长之论也是正理，但你往深处想过没有，你姐夫连年征战，积劳成疾，近年创伤也一直未愈。在高层政治人物中，年轻三五岁就是资本，韩信比他整整小了二十六岁。而盈儿只是一个十二岁的小孩，他老子若有个三长两短，大汉江山怎么保得下去！"她的担心不是无缘无故的，她的儿子、皇太子刘盈性格十分懦弱，刘邦一直要废掉刘盈，改立戚姬之子刘如意。为此，吕雉伤透了脑筋，和刘邦之间产生了许多矛盾。她让已退养的张良出面，请来德高望重的商山四皓，为儿子站台撑腰，才打胜了皇位的保卫战。这样你死我活的争斗，弄得吕后心情极坏，有时像一个泼妇，真想拿刀上街砍人。这些也是被逼所为。

汉初已立刘盈为太子，但当上皇帝后，以刘盈仁弱"不类我"为理由，便想改立戚姬之子刘如意为太子。戚夫人受到宠幸，常常跟随刘邦出征关东，日夜哭泣，想立她的儿子为太子。后来，刘邦在平叛英布中第二次受到致命箭伤，他已预感到生命将到尽头。因此废立太子的愿望更加强烈。一次朝宴，他发现太子身边有四位八十多岁的老人，胡须、眉毛都白了。他很奇怪，就问这几位是谁。四位老人上前回答，并各自报了姓名：东园公、甪里先生、绮里季、夏黄公。他听说后大为吃惊："我请你们多年，你们逃避我。为何要随从我的儿子呢？"四位老人回答："陛下轻视读书，又爱骂人，我们坚决不愿受辱。如今听说太子仁孝恭敬，爱护读书人，天下人都愿意为太子效死力，所以我们就来了。"他说："烦请诸位，好好替我照顾好太子。"看着离去的四位老人，刘邦对戚夫人说："太子羽翼已成，难以更动，吕后真是你的主人了。"戚夫人听说后，立即失声痛哭，他无奈地说："我为你唱一首楚歌吧。"歌词是："鸿鹄高飞，一飞千里。羽翮已就，横绝四海。横绝四海，当可奈何？虽有矰缴，尚安所施？"从此之后，他再也不提废立太子的事了……

打天下不易，保天下更难。此刻，吕后说出心里话："盈儿缺乏刚毅之气，日后哪能驾驭得了韩信、英布、彭越这些如狼似虎的异姓王。况且，近来匈奴出寇，不断侵犯边地，大肆抢掠人口和财物，对朝廷形成了威胁。但是攘外必先安内！要想来之不易的江山长治久安，必须对诸王采取断然的手段，这一点审食其没有看错！兄长呀！妇人之仁，拯救不了国家，考虑事情当从家国的安危出发，但现在还不能这样做。"其实，令吕后没有想到的是，世事难料，为了权力后来还是爆发了历史上著名的"七国之乱"。

吕后这番告诫，是吕释之没有想到的事。他却说："青娥哭哭啼啼来见，说韩信没有丝毫谋叛之意，要皇上、皇后释免，这，恐怕也不大好办。"

"刘青娥已与韩信串通一气，本来意图让她拢住韩信，监视韩信，可好！她什么也不讲，还要她这个胳膊肘往外拐的人做什么！"

这时，大太监疾步进入内宫，来不及向吕后行礼便道："皇上来了，此刻已进了宫门。"吕释之与儿子吕产忙退了出去。

自从刘邦做了皇帝后，不少内外大事都找吕后商议。

如今张良已是用其名，难用其人。萧何执掌政务，不涉军情。而陈平智谋有余，少大义、私欲重，其实难以独任大事。凡此种种，吕后得以凭借东宫身份，逐步参与国家政事。今天刘邦来这里，就是要和吕后谈一谈处置韩信的问题。

　　刘邦入宫坐定后，吕后连忙着人摆好酒菜。

　　几樽酒落肚，刘邦感慨万千："朕已五十多岁，虽说有天命，可吃五谷，哪能不生灾？想当年，自己也是霸王分封的一路侯王，如今一跃成了皇帝，难道这帮异姓王就没有当皇帝的非分之想？不可能！那么，这个千辛万苦得来的江山，怎么个保法？"刘邦挥开袍子，仿佛酒能驱散心中的郁闷。

　　"陛下，韩信……"吕后见刘邦将酒樽伸来，只是少少地添了些酒，"诸侯都是些如狼似虎的枭雄，韩信这只鸡抓到了，猴子们却在看呢。"

　　"目前只有杀与不杀二法，不杀可暂且养起来。"

　　"陛下，我以为韩信的事不难办，难的却是与整个异姓王的问题。"吕后接着说，"韩信已被擒获，可以说，他已是掌心的蚱蜢跳不起来了。杀了不过掉个脑袋，不杀也不过是苟延残喘的庶民而已。但陛下想想看，朝廷与异姓王的矛盾不可谓不激烈。陛下称帝前后，已经封了七王，他们掌握的土地，比中央还大，几乎为前东方六国的疆土。他们对重赏和坐食赋税已不满足，尾大不掉，处于半独立状态。才立国一年，已先后发生燕王臧荼、原项羽部将利几等人的叛乱。而诸王大多要比陛下年轻，等陛下百年之后，一定没有人能压住他们，陛下的亲子弟都还年幼，力量薄弱，还不能成为朝廷真正的帮手。"

　　"是啊！"刘邦若有所思地说，"没有当皇帝时，南征北战，提着脑袋打天下。现在打了天下，却整天提心吊胆，唯恐天下生变，原因在于诸侯作乱，难怪当年秦始皇不立功臣为诸侯，无尺土之封，使以后无战攻之患呀！而异姓王多是从战争中打出来的，能力很强。让人极为忌惮的是，仅韩信就先后打败了章邯、司马欣、董翳、魏豹、柏直、赵歇、陈馀、田横、田广、龙且、周兰、项佗、项羽等当代几乎所有名将。定秦、克魏、下代、破赵、击齐、灭楚。韩信这帮子诸侯要的是封王封地，我刘邦却要的是汉家天下平安。往远看，对异姓王不只是削弱，而应该是消灭，其他，别无选择。韩信是一个标志性的人物，为了确保江山永固，宁可错杀也不能放过。但目前，时机尚不成熟，除了韩信、臧荼外，还有其他五个，说韩信谋反没有足够的证据，他功劳最大，威望最高，杀了怕引起异姓王的连锁反应，也让朝臣们惴惴不安，既伤了朝中人心，也等于把英布、彭越等大小诸侯往外推。故不能贸然下手，以免激起意外事变。何况，现在外面局势不稳，北疆匈奴屡屡来犯，对洛阳、长安已构成威胁……"

说到边患，刘邦又皱起了眉头。

近日来，接连收到报警雪片，匈奴骑兵从西北突入，打到了离长安仅有七百余里的肤施（在今陕西榆林东南），将秦时蒙恬所收复的土地全部夺去了，接近匈奴的郡县、人口和财物都成了他们掠夺的对象。匈奴成了大汉王朝挥之不去的阴影！

内忧外患一齐袭来，事情当分轻重缓急呀！刘邦终于决定放下手中的刀子。急则生变，若如此，一个个猴子不反才怪呢。现在应该把他们服侍好，等待时机，看老子怎么玩死他们！

主意打定了，刘邦一口喝下了樽中之酒。

在朝中大臣窃窃议论之际，经过三个月的"审查"，处置韩信的方案出来了。

以"坐擅发兵"之罪，收回韩信的封国，铲除韩信的势力，并将楚地一分为二，东北部划给四弟刘交，仍为楚王，东南部划给堂兄刘贾，为荆王。所谓"坐擅发兵"，就是勒兵弄权，为汉初军事法规定的惩罚内容之一。

人可捉，不可以放，同时赦免韩信的谕旨也下来了：

韩信为开国元勋，累有欺君之心，罪当斩首。但念其立国有功，免除死罪，废其楚王封号，贬为淮阴侯，只准身居咸阳，不得再回下邳。

韩信获得了一个新的爵位——大名鼎鼎的淮阴侯。虽然淮阴侯比楚王降了一级，可刘邦终究没有杀掉他。而他失去了封地和军队，对朝廷的威胁小了，就像把一头老虎锁进了笼子里，刘邦心里踏实了许多。

为了显示国害已除，举国欢庆，刘邦颁布大赦天下令，又召来群臣朝议，分封了萧何、曹参、周勃等一批有功之臣。这是争吵一年之后的论功行赏。张良、陈平一直随刘邦鞍前马后，运筹帷幄，功在千秋，而在张良和陈平的一再谦让之下，张良封为留侯，陈平封为户牖侯。

值得提及的是，汉初还有一个功臣排行榜，非常引人关注。

韩信从汉元年六月投奔刘邦，到汉五年十二月垓下打败项羽，不足五年时间，在汉初受封为王侯的功臣一百四十三人中，注明曾隶属于韩信，或隶属其部将，或虽未注明隶属关系，但参加过他指挥的侧翼战场的军功人员，包括他在内，就有四十四人。这是他的光荣和骄傲，也是他雄视天下的资本！这其中，被刘邦定为元功十八侯的就有十位。

元功，就是大功、首功的意思。十八侯是指助刘邦统一天下，建立汉室江山的十八员功劳最大的功臣。也就是说，汉初主要功臣勋将有半数以上均来自韩信麾下。十位如下：

平阳侯曹参：以中涓从起沛，至灞上，为侯。以将军入汉，以左丞相出征齐、魏，以右丞相为平阳侯。封万六百户（为最高，萧何封万户），侯第二。

宣平侯张敖：张耳之子。兵初起，张耳诛秦，为相，合诸侯兵钜鹿，破秦定赵，为常山王。陈馀反，袭耳，弃国，与大臣归汉，汉定赵，为王。卒，子敖嗣。其臣贯高不善，废为侯。侯第三。

绛侯周勃：以中涓从起沛，至灞上，为侯。定三秦，食邑，为将军。入汉，定陇西，击项羽，守峣关，定泗水、东海。封八千一百户，侯第四。

舞阳侯樊哙：以舍人从起沛，至灞上，为侯。入汉，定三秦，为将军，击项籍，再益封。从破燕，执韩信。封五千户，侯第五。

颍阴侯灌婴：以中涓从起砀，至灞上，为昌文君。入汉，定三秦，食邑。以车骑将军属淮阴，定齐、淮南及下邑，杀项籍。封五千户，侯第九。

阳陵侯傅宽：以舍人从起横阳，至灞上，为骑将，入汉，定三秦，属淮阴，定齐，为齐丞相。封二千六百户，侯第十。

信武侯靳歙：以中涓从起宛、朐，入汉，以骑都尉定三秦，击项羽，别定江陵；以车骑将军攻黥布、陈狶。封五千三百户，侯第十一。

棘浦侯陈武（柴武）：以将军前元年率将二千五百人起薛，别救东阿，至灞上，二岁十月入汉，击齐历下军田既。侯第十三。

清河侯王吸：以中涓从起丰，至灞上，为骑郎将，入汉，以将军击项羽。封三千一百户，侯第十四。

阳都侯丁复：以赵将从起邺，至灞上，为楼烦将，入汉，定三秦，别降翟王，属悼武王，杀龙且彭城，为大司马；破羽军叶，拜为将军。封七千八百户，侯第十七。

不过，在一百四十三人大排行榜中，让人不甚明白，韩信的淮阴侯仅排第二十一位，更谈不上元功十八侯，对此史书并没有记载刘邦给出的理由。其实细想也不奇怪，淮阴侯并不是据实际功劳所封。

第十二章　钟室之祸

太可怕了！怎么连最为敬重的萧何也给自己下套，钟室前，韩信叹道："人生就是一个抉择，成败天定。救韩信的是漂母，举荐韩信的是萧何，追杀韩信的是吕雉，而如今，萧何却成了吕雉的帮凶？！"

所谓三不杀，就是说，大白天有太阳照着的地方不能杀韩信，刘邦在场不能杀韩信，刀剑等一切金属器都不能用来杀韩信。这样一来，韩信如"金钟罩"护身，不能杀，也杀不死？

高帝刘邦支撑着病躯，与群臣指天而誓："非刘氏而王者，若无功上所不置而侯者，天下共诛之。"

一

却说，汉朝新立，忙于安抚国内，一时无暇顾及塞外。

这时，长城北面的匈奴趁机南下，警报似雪片飞入关中，刘邦初步处理好内部事务后，便迁驻守淮阳的韩王信到太原去守边，开始考虑对付匈奴日益增加的威胁。

韩王信，原名也叫韩信，颍川阳翟（今河南禹州）人，韩国贵族后裔。

汉二年（前205），韩王信平定了韩国的十几座城池。刘邦到达河南，他在阳城猛攻韩王郑昌。郑昌投降，刘邦遂立他为韩王。此后，韩王信常带领韩军跟随刘邦作战。五年（前202）春，刘邦和韩王信剖符为信，正式封其为韩王，封地在颍川。汉六年（前201）春，高帝刘邦认为韩王信雄壮勇武，封地北靠近巩县、洛阳，南逼近宛县、叶县，东边则是重镇淮阳，这些都是天下的战略要地，就下诏命他迁移到太原以北地区，以防备抵抗匈奴，建都晋阳。他上书说，我的封国紧靠边界，匈奴多次入侵，晋阳距离边境较远，请允许我建都马邑。刘邦答应了。

可是事与愿违，韩王信不久却投降了匈奴！这年秋天，匈奴冒顿单于重重包围了韩王信，他多次派使者到匈奴处求和。汉朝派人带兵前往援救，但怀疑他有背叛之心，派人责备他。他害怕被杀，于是和匈奴约定好，起兵造反，把都城马邑拿出投降匈奴人。

刘邦大怒，于是下诏亲征。而三十二万大军向北行进至平城时，匈奴冒顿单于集精兵四十万，将刘邦围于白登山，且派大军分扎在重要路口，截住汉军的后援。

刘邦登上山头瞭望，只见四面八方都有匈奴的骑兵把守。当时正值严寒天气，连日雨雪不断。刘邦和将士们被围了三天后，粮食也快吃完了，汉军饥寒交迫，危在旦夕。陈平忽然心生一计。原来，他看到冒顿对新娶的阏氏（单于的王后）十分宠爱，朝夕不离。陈平想到冒顿虽能出奇制胜，也不免被妇人美色所惑。于是他派遣使臣，乘雾下山，向阏氏献上许多金银珠宝，并取出一幅图画，上绘着一个美人儿，说是汉帝请阏氏转给单于。阏氏毕竟是女流之辈，见画不禁起了妒意，将图画交还汉使，让他们赶快拿回去。阏氏想，若汉帝不能突围，就要把美人献给单于，那时自己就要受冷落。阏氏泪如雨下地对单于说："两国不应相逼厉害，今汉帝被困在山上，汉人怎肯就此罢休？纵使你打败了汉人，夺取了汉地，也恐因水土不服，无法长住。倘若灭不了汉帝，救兵一到，内外夹攻，我们便不能共享安乐了。"

单于恐怕惹阏氏不高兴，便于次日传令把围兵撤走。

刘邦用陈平的美人计，躲过了一场劫难。他回来后，又改派他的哥哥刘仲去代地守边。

一波未平，一波又起。

就在刘邦回来不久，匈奴移兵侵犯代境，刘仲竟狼狈地逃回了洛阳。

刘邦虽恼他无用，但念手足之情，只贬去他的王爵，将刘仲降为合阳侯，另封少子如意为代王。只因代王年幼，未能就国，便命阳夏侯陈豨为代相，并授予他比一般诸侯王更大的权力，监赵、代边兵，防备匈奴再次入侵。殊不知，在后来谈论韩信、彭越、卢绾被灭的原因时，都会归结到这个陈豨。

陈豨，宛朐人（在今山东菏泽西南），三十多岁，个头不高，精明强悍。他当初不知是什么原因得以跟从刘邦，后平定燕王臧荼时，立下了赫赫战功，被封为阳夏侯。他有个毛病，他平时仰慕战国养士之风，结交能力绝对不亚于刘邦，回乡跟从的马车有千乘之多，排场之大十分少见。韩信功高盖世，衣锦还乡时也不过摆些仪仗。史书上还记载，陈豨有名有姓的部将就有二十人，韩信、黥布、彭越、卢绾有名有姓的直系部将加起来也只有二十余人，可见他是一个很有影响力的人。

赵、代一体，然而到了第二年，刘邦改派御史大夫周昌任赵国相，陈豨事实上就下课了，只负责军事防务，一种说不清道不明的失落之感油然而生。

多年征战，陈豨与韩信结下了深厚的友谊。他进京觐见刘邦，因其过去曾是韩信的部将，以游击将军别定代地，临行前，特意来到寂寞的淮阴侯宅第向韩信告别。让人难以想象，韩信一直"羞与灌绛樊哙之流为伍"，看得起的人并不多，不知道什么原因，他却非常客气地接待了陈豨。

韩信把陈豨让入庭中，手拉手在树下亲切地交谈着。

"大王！由于周围环境，臣不便多加问候。"

"我知道，"韩信稍顿，"听说你已有了新任命？"

"是的，"陈豨微叹，"臣此去赵代，不知如何守边，请大王明示。"

"唉，不要再称我大王，能让我保住淮阴侯这个爵位就算不错了。走，我们到后庭谈去。"

韩信携着陈豨的手来到了后庭，饮了一番酒。两人谈到酣热之处，屏退了家人。韩信说："将军此去代地，是皇上的重用。"

"不是什么重用，只是发配充军。"陈豨道。

韩信为陈豨的任命鸣不平，也为自己的待遇不公正发牢骚。他叹息着："将军所去之地，那是天下出精兵的地方。你是皇上所宠爱的大臣，位尊权重。但和皇上隔得远了，皇上猜疑心重，不免就会相信别人的杂话。如若有人告你谋反，皇上不会相信，再有第二、第三次，皇上就会有所怀疑，甚至亲自带兵攻打你！那时，你就危险了，所谓情势所难，反也不好，不反也不好！"

"谢谢您！如今能说这样心里话的朋友太少。"陈豨又问，"大王，您看臣下一步怎么办？"

"我没有什么可说的，我们只是皇帝手中的大刀片子，用完了就会被扔掉。所以，如果一定要我说，只能说请将军多加保重。"韩信不满之情溢于言表。

陈豨对韩信说："您为汉家擎天之柱，一片孤忠，这是人所共知，今日却落到如此地步。我陈豨于您不如，这次远行出征，凶多吉少，看来不会有什么好结果。"

"唉，将来有谁肯为汉家出死力呢？"韩信喃喃地说。

陈豨却不无认真："皇上与皇后心存不良，剪除异姓王侯，这已为天下共知。与其等死，倒不如拥兵造反，只要您肯助一臂之力，天下只是囊中之物……"

他的直言不讳，让韩信惊讶，更让韩信震动，如同三伏天喝了冰水一样惬意。对韩信来说，给刘邦以打击，使刘邦尴尬，这能让自己接受，但要让他推倒自己倾注一腔心血，历经千辛万苦，数十万将士热血垒筑起的汉室大厦，自己能吗？

"您要抗争呀，带领大家……"

"不可，"韩信叹道，"一将功成万骨枯，这几年迭遭挫折，就是活脱脱的报应！唉，当年何必非渡过淮水，卷入乱世纷争，不如垂钓于淮滨，终老一生，有什么不好？公子王孙能怎么样？王侯将相又能如何？其实做一介平民最好。"

"大王！委屈是没有用的，您不要太悲观。"

波动中的韩信渐渐地平静了，他觉得陈豨刚才的话有鲁莽之处，但也是肺腑之言。韩信与陈豨叙谈着朝政，叙谈着进兵代地，叙谈着往事，叙谈着许多许多，唯独不再谈刚才的话题。因为陈豨可能也只是一时之念，并不是要韩信表明什么态度。

他们的谈话在黯然中结束，二人在唏嘘声中惜别。

汉十年（前197）七月，太上皇崩逝。王、侯、将、相都来栎阳宫治丧，独有陈豨未到。

刘邦正感怀疑，赵相周昌向刘邦密奏："陈豨到代地后，结交当地的豪强，私养门客，广蓄兵马，恐有意叛乱。"

刘邦便派人赴代地调查，陈豨门客确有很多不法行为，但还不想举兵征讨，便严令陈豨回京，陈明内情。不想陈豨心虚，暗中联络反将王黄和曼丘臣。这两个人曾经是反王韩王信的部将，与韩王信谋反失败后，逃往匈奴，却时常在边境出没。陈豨派人和他们联络，他们立即答应支持陈豨谋叛。这样，他的谋叛之名越加坐实。刘邦白登山上当的主要原因是骄傲，即位后，御驾亲征的次数越来越多，他大概认为自己力大无敌了，现在想想十分可怕，如果换了韩信指挥这支军队，会被骗上白登山吗？

他召集众臣商议，众臣认为陈豨知淮阴侯韩信已罢闲，其余诸侯都不足以御之，自恃其能，无所顾忌。所以他的胆子才有如此之大。

征讨陈豨关乎汉初国运，切不可疏忽大意。燕王卢绾、右丞相郦商、太尉周勃、齐相国曹参、舞阳侯樊哙、颍阴侯灌婴、曲逆侯陈平、太仆夏侯婴、齐相国傅宽、车骑将军靳歙、将军郭蒙、将军刘泽、御史大夫赵尧等人，一致保举韩信。而韩信如能挂帅前往，临威慑服，打败陈豨易如反掌，皇上可以高枕无忧。可是自韩信被从楚地捕到长安，一直称病不朝，不知他能否出马，为皇上分忧？如能出马，很好；不能，可着太子监国，吕后与萧相国辅之，皇上则亲统大军，合天下之兵，以周勃、王陵为先锋，以樊哙、灌婴为左右翼，以曹参、夏侯婴为救应，使天威下临，群凶丧胆，定能使陈豨畏服。同时，再诏谕英布、彭越为策应，此战定能大获全胜。

刘邦准奏，一面草诏差人发两处人马讨伐陈豨，一面差人往关东诸路遣兵布防。为了集中力量去解决北方问题，刘邦认为利用软禁在长安的韩信是为一策。韩信正值英年，自己已六十有余，走一步掉一个钱，将韩信留在京都终究是一心病。如果他能随大军前去，既解除疑心，又能打败陈豨，岂不是一举两得的好事？

韩信闭门居家，常常称病不出，过着苦闷而忧伤的日子。

他被拿掉楚王，改封淮阴侯，这个"淮阴侯"只是一个名义上的侯。汉初爵位实行的是王、侯两级制，所不同的是，王有封地，有自己的官僚系统，而侯只能食封地之邑。韩信由大汉英雄，变成了大汉罪人，由王而侯，保住一条性命已算不错了。而"淮阴侯"也不享有侯爵的政治权力，不使就国，禁于长安。说白了，就是被软禁的一个高级政治犯，但经济上还是相当不错的，与萧何、曹参、樊哙等人同级别。

自从被软禁以来，他人生落差太大，心绪不佳，心结未能打开，不平之气常有，对刘邦怨恨连连。况且，要与昔日的属下曹参、樊哙、灌婴、孔熙等人同为列侯，同居庙堂，俯首为臣，感到浑身上下都不舒服。因此，他一般不参加朝廷的政治活动，被贬后为减少刘邦的猜忌，有时是故意为之。尽管如此，他依然被许许多多的人们崇拜着、敬仰着。但他不因为落难，向现实低下自己高傲的头颅，也不因为受到屈辱，去做一些低三下四的事。

刘邦决定先让樊哙去探望一下韩信。

樊哙，在人们心中是一个莽夫，有"黑旋风"之称，其实并非如此。他有时莽撞，可在很多关键时候的作为，往往不是常人所能做到的。

像其他大臣一样，樊哙到访对韩信自称臣下，诚惶诚恐地按过去礼节跪拜。要知道，樊哙是刘邦亲信大将，又是刘邦妻子吕后的妹夫，身份极为特殊。樊哙因卓著的战功，已被封为舞阳侯，级别上同韩信、萧何、张良等人一样，均为侯爵，而且樊哙侯排第五位，比韩信、张良靠前。

韩信笑称："将军不必拘于礼节，随性随性，我现在是淮阴侯，早已没有王爵。"樊哙仍磕头，口称："在樊哙面前您永远是大王！"

樊哙曾经大闹过拜将台，后作为韩信麾下的一员大将，在还定三秦的战役中，韩信以其为先锋，攻城略地，受到嘉奖。他在见识了韩信的不世才华后，对其敬重有加，且在以后的战争中建立了一定友谊。但是，在伪游云梦泽时，执缚韩信的也有樊哙。在了解到事件真相后，他同情韩信的遭遇，反感刘邦的无情，却也无能为力。现在，高规格拜访，或许有他自己的想法。后来在宫廷斗争中，还差一点被刘邦杀掉。

叙谈一番，临别时再次跪拜。不管如何，樊哙如此态度足见韩信在刘邦集团中无人能及的崇高威望。樊哙离开后，韩信却大笑起来："落毛的凤凰不如鸡，天下第一的韩信，竟与此等狗肉贩子为伍，实在是没有想到的事！"

曾经位高权重、波澜壮阔、叱咤风云的韩信竟说出这样孩子气的话，人性的本真一览无余。刘邦留下了韩信的性命，他却没有一点感激的意思。他看不透人性虚伪，也看不清现实残酷，只要是家天下，残害功臣是一个走不出的死结。

历史上，春秋名将伍子胥被逼自刎身亡，秦国大将白起功劳太大，死而非其罪。在帝王剪除功臣的情况下，什么事都做得出来，能够保住自身性命就算不错了。否则怨气太大，任性而为，能有什么好下场？

二

夕阳落下，天际残留着一抹血红。

时隔不久，刘邦在征讨陈豨前，决定亲自见一见韩信。

这天傍晚，在未央宫（故址在今陕西西安西北长安故城内西北角）前殿，刘邦置酒与韩信闲谈。这是韩信贬为淮阴侯后，他们俩第一次面对面地交谈。谈到心热处，刘邦拉着韩信的手，颇为感慨地说："久不与淮阴侯相见，朕十分想念啊！"

韩信也感叹不已："昔臣破楚之时，因积劳成病，今无事闲居，旧疾多发，可臣也仰思天颜……"

"淮阴侯有病，当请医调治，不可延误。"

"也没有什么大病……"

刘邦知道韩信的心病未除，便对他说："你我都是胸怀古今的人，有些事也许理在你那边，这要等等，这有何不好呢？打起精神，振作起来，你我还是兄弟，不能一分手就分到底，有何事，有何话，你可找朕，朕不会不见你。"接着，刘邦与韩信闲聊起审订兵法的事。

审订兵法，这是韩信被贬为淮阴侯后，经萧何提议，刘邦下诏让他与张良进行的。而韩信落到进不得退不能的地步，闭门总结研究兵法，他倒也十分乐意，人生到后来不就是一个回忆！

审订兵法一事，史书记载，自春秋用兵一百八十二家，韩信序次诸家为三十五家，又著录三章，引兵法自证，纯用兵权谋，机理玄深。

所谓"序次"，就是编排目次的意思。这是我国历史上第一次大规模地整理古代兵法，为军事学术研究奠定了科学基础。十分可惜的是，"因诸吕用事而盗取之"，三章兵法从此湮灭在历史的长河之中。汉代的杨仆、任宏在收集过程中，认为韩信兵书最为难寻。《咸丰·清河县志》称，这是史籍中淮阴人著书立说的最早的记载。

兵权谋，"以正守国，以奇用兵，先计而后战，兼形势，包阴阳，用技巧者也"。兵权谋家注重军事战略研究，兼通形势、阴阳、技巧各派之长，实是兵家的魂魄所在。

"淮阴侯既无他好，有志审订兵法，这是功在千秋的好事，此书编修得如何？"刘邦关切地问。

"初稿已成，只是我辈也敢审订兵法，实在是贻笑大方。"

"不可妄自菲薄，朕着意让萧相国制律令，让你和子房先生审兵法，你们最有资格。在楚汉大战期间，决战决胜，你创造那么多经典战例，都是前无古人的，你不审，有谁还审得了？你既有三章兵法，又是攻无不克的战将，孙武子在世也未必如你。"

"陛下过奖了！"

刘邦热情的话语，使所陪大臣暗暗称奇，皇上召见本身就是一件大事，这是他们始料不及的。

而刘邦打了一辈子仗，深知军事理论的重要，韩信是个天纵之才，他总想在韩信那里探知一些用兵的奥秘，用于以后战争。他又问韩信："兵家论将，如同醉翁评酒。朕想问问你，为什么在敌强我弱的情况下，你能决战决胜，用兵的秘诀在哪里？"

韩信回答说："其实呀，没有什么秘诀，最重要的就是冷静，要找到敌人的空当和弱点，出其不意，攻其不备，一击致命。"金戈铁马的战争岁月，谁能忘怀，韩信谈兴勃然，"我用兵主要有三条，一是树立敢战必胜的信念，在气势上要压倒敌人，要求将士们打起仗来，如猛虎下山。"

接着，韩信又说："要灵活用兵，找准突破口，集中优势兵力，稳准狠打击敌人。敌军一旦上当，就要紧紧盯住，以求全歼。这是二。"

"怪不得项羽被围，楚大司马周殷等人看着却不发一兵一卒，他们怕你围点打援。其三呢？"

"三是运筹帷幄，多考虑战斗可能出现的问题，将问题解决于战斗之前。准备要慢，进攻要快，战斗一旦打响，就要一鼓作气地消灭敌人。"

"是这么一回事。"难怪敌军听到"韩信"二字就犯忌，刘邦笑哈哈地说，"淮阴侯用兵如神，神鬼莫测，秦将白起也比不上你的气势，一人往那儿一站，万夫吓得屁滚尿流。"

不觉个把时辰过去了，刘邦欲要说明来意，想直接点韩信的将，但心中毕竟隔膜太深。于是想先试探一下，看韩信如今到底是个什么态度。

刘邦话锋一转，笑容可掬地说："谈到兵法，天下兵机你最识，众将之能你也最清楚。我想问一问，反将陈豨的才能如何？"

韩信脱口道："陈豨久战沙场，善于用兵，才高八斗。"

刘邦又问："以陈豨之能，可将多少兵马？"

韩信略加思索："二十万。"

刘邦点了点头，不经意地问："依淮阴侯看，朕可将多少兵马？"

韩信一愣，听出了弦外之音。刘邦玩弄政治天下无人能及，带兵打仗却不敢恭维。人们记忆犹新，彭城一战，致使几十万的诸侯联军一夜之间灰飞烟灭，无奈之下，他不管不顾，撒腿就跑，结果在围追的过程中，项羽部将丁公手下留情，才让刘邦从眼皮子底下脱身。荥阳保卫战中，他一逃再逃，差一点丢了性命，最终，他利用纪信替身假投降才成功逃脱……

韩信笑了："陛下，要臣讲真话还是讲假话？"

刘邦眨眨眼："当然要讲真话。"

"最多十万！"

"十万？还不及陈豨？"刘邦当然不认可韩信的说法，脸色陡变。龟孙儿不识好歹，原来大谈战争经验是在阴我骂我，望着韩信，他眼睛直勾勾的一动不动，"与你比之如何？"

韩信面不改色，坦然作答："臣之将兵，多多益善。"

"嘿！"刘邦冷笑一声，带着嘲笑的口吻，"你既多多益善，为何屡为朕所擒?!"

韩信知刘邦恶其能，不知说什么好，但也不想过于刺激刘邦："陛下不善统兵，却善驭将。"他接着又补上一句："陛下是天命神授，非人力所为！"

"嗯?"刘邦听说天命神授，脸色才有好转。但他知道，韩信是枣子吃了，核子仍留在心里，被贬之事，仍念念不能释怀，高傲、自负、狂妄和不满情绪溢于言表。本来打算请他去进剿陈豨，既然如此，还提他干什么呢?刘邦心里久久不能平静下来。

当初分封诸王，只是为了达到孤立项羽的目的。从现实来看，诸王逐渐强大已成了心腹大患。当时仅是凭借自身力量，无法独立赢取天下，分封只是权宜之计，等到目的达到，对有着"家天下"思想的刘邦，就是一种直接的威胁。

刘邦少年的时候，还处于战国后期，亲眼见证了秦始皇横扫天下，以及大秦帝国的灭亡。但作为秦灭亡的见证者，自己比任何人都清楚，搞分封制，诸侯慢慢坐大之后，会危及汉帝国的安全。如不搞分封制，汉帝国也可能与秦王朝一样的短命。秦统一天下后，全面推行郡县制，十四年就灭亡了。刘邦称帝后，立即提出了"秦为何二世而亡"的疑问。郡县制的好处是高度集权，上行下效，政令统一，政令一下能够毫无阻碍传达到帝国的每一个角落，有助于对皇权的巩固。但秦兴盛于郡县制，也亡国于郡县制。郡县制下对皇族并不分封土地，在秦末农民起义时，几乎看不到皇族勤王的身影。而地方长官没有军权，无法直接压制住反民，导致叛乱势头更盛。刘邦确立的第三条路，就是"郡国并行制"。在关中等主要区域实行郡县制，原山东六国仍实行分封制。不过这个分封只是用同姓王取代异姓王。这样，腾笼换鸟，诸侯都是刘家人，即便被诸侯篡位，那也是刘家人取代刘家人。从这个意义上来讲，除掉异姓王是迟早的事，而年轻又功高震主的韩信更是必死无疑。

不久，刘邦结束了谈话，侍从官将韩信送出了前殿。

"老虎虽困，獠牙仍在！"目视韩信渐渐远去的背影，刘邦冷哼一声，"不知好歹'多多益善'的家伙，现如今，难道离开了你韩信，大汉天下会塌下来不成?这不仅仅是皇帝的权威问题，而且是同诸侯势力一场你死我活的斗争！当年身居强齐，威慑天下，足以与楚汉分庭抗礼，那时你不下手，如今还有什么资格与朕摆脸。只是韩信权变太深，难以制服，今闲居独处，一旦有变，他的威胁丝毫不亚于项羽，必须在征讨陈豨之前，预先做好安排。"

汉十一年（前196）正月底，淮阴侯院落。

这日上午，韩信在自家院落中散步，忽然发现台基脚下，已有许多鲜嫩的荠菜长出。不禁蹲下身去抚摸一下，觉得那么爽手，那么舒畅。他还发现在石基和地砖接缝中，一些不知名的小草也长出来了。

"回头我来扫一扫吧。"陪伴在身后的青娥说。

"寒冷没有退去，却已有小草长出来，不是怪好的吗？"

"是的。"

他有些黯然，心境被触动。刘邦虽没有绝情到底，非但没有杀了他，还不失封侯之赏。封侯是假，监禁是真，自己实际成了一个不折不扣的囚徒！韩信打天下，刘邦坐天下。想当年，如果自立天下，就不会有今日猖狂的刘邦，也就不会有如此倒霉的韩信。扪心自问，与刘邦相比自己到底差在哪里？良知？非也。才能？非也。天时？非也。如人们所说，"刘邦出身虽差，但运气好，毛病虽多，但改得快，水平虽差，但悟性高，能力虽弱，但胆子大"。而自己恰恰相反，心没有刘邦那么黑，胆子没有刘邦那么大，缺乏枭雄手腕，存有妇人仁心，这大概是性格和良心使然吧。

韩信想起家乡流传千年的"大禹治水擒拿水猿大圣"的上古故事。

水猿大圣又叫无支祁，也就是明代淮安人吴承恩笔下的孙悟空原型。无支祁阔脑门，塌鼻子，火眼金睛，形状像猿猴，常在淮水兴风作浪。他的头颈长达百尺，力气超过九头大象，一个跟头能翻十万八千里，嘴一张，吐得洪水淹没大片村庄，淹没无数百姓。大禹治水时，无支祁作怪，禹很恼怒，请来神兽夔龙，擒获了无支祁。无支祁虽被抓，但还是击搏跳腾，谁也管束不住。于是禹又请来天兵天将，用大铁索锁住了他的颈脖，把他压在淮阴的龟山脚下。

韩信想起此，不禁伤感万分。不过，如今有人在说，水怪无支祁已挣脱大铁索逃脱了，是因为下魏之役的夏阳渡军、破赵之役的背水之战、潍水之役的结沙阻水，打的都是水仗，玩的都是河流水势，一战下来，死伤无数，其惨状目不忍睹，血气唤醒了水怪，无支祁大发其怒……所以，韩信才有今天的下场。

往事难以回首，人不能在后悔中度过一生。韩信今年三十五岁，从二十三岁那年投奔项梁，已整整过去十二年，但被关在鸟笼子里却有五年了。青壮能几时，鬓发已斑白，六六三十六，也是人生的一个限数，限数之年，要格外小心呀。

他不由想起了"淮水东南第一州"的故乡，淮阴城头鼓角惊起的乌鹊、泗口、末口白鸥伴着船帆飞翔，淮水岸边大片大片芦花丛，淮阴市井低沉的歌声，胯下桥头的木牌坊，荒泽边的漂母之墓……此刻，他拿起埙，吹奏起当年淮水边那支"沙禽刷羽夜深飞"的歌，以抒忧伤之情。

"青娥！拿酒来！"韩信常常是借古人的杯酒浇自己心中的块垒，真是借酒消愁愁更愁。

刘青娥不一会儿端来酒，先斟上半樽，又在樽中兑了些清水，使酒变得清淡一些，韩信放下埙，啜起淡淡的水酒。

此刻，他又想到了多年未曾谋面的凝雪。

如果没有她上奏折营救，或许自己已死去。凝雪的智慧无人能及。她在暗中保护韩信，关注着韩信的生命和前程，可她总是躲得远远的，不肯相见，为了不妨碍我，才将炽热的情爱埋藏在心底，这却叫韩信今生欲报无门。她就像那淮水边洁白的芦花，花絮满天，情意绵绵。韩信在内心深处深切地呼唤："凝雪，你回到我身边来吧！不要让我遗憾一辈子吧！"

不过，就在他多愁善感、哀怨不止时，更大的灾祸已从天降临。

在平定陈豨的叛乱中，刘邦有意扩大事态，他们首要的目标，自然认为威胁最大的就是韩信。韩信功劳太大，名声太响，又不拘小节，任性率真，不平之气常在，可以说，他在世一天，刘邦、吕后就多一块心病。

军事上，韩信无敌于天下，破秦、魏、代、赵、齐、楚，并一脚把项羽从神坛上踢了下来。在政治上，他完全不是刘邦的对手，被刘邦玩弄于股掌之间。而他的失败，主要是政治原因，项羽也是栽在了政治上。项羽小刘邦二十四岁，韩信小刘邦二十六岁，在刘邦面前他们是小项羽、小韩信，属活脱脱的儿孙辈。而韩信政治能力很平庸，即使当年听从武涉、蒯彻等人的建议，也未必一定能玩得过老奸巨猾的刘邦。也可以说，韩信虽是一个天才军事家，却不是一个高明的政治家，也不是一个完美无缺的道德家……

这日，卢乡急匆匆进来了："侯爷！今日南门城楼上高悬着一颗血肉模糊的首级，下方还张贴着告示，说陈豨叛军已被打败，陈豨被杀，这首级就是陈豨的头颅。城门口人山人海，人们挤在告示前，谈论着陈豨的情况。"

哦？突然纷传陈豨战败，这使韩信感到十分意外。陈豨多谋善断，怎会败得这样迅速？他又想到陈豨上任前，曾来拜别过，这为众人所知。但这事会不会对自己有什么冲击和影响？

这时一家丁来报："侯爷！萧相国驾到。"

"噢？"韩信心想，萧何已有好些日子没有来过，此时想来必有事，"请萧相国进来！"

"是！"

韩信对萧何是深知、深信。多少年来，他感激萧何，崇敬萧何，平心而论，不怀疑他的为人。但作为皇上的红人，萧何有些问题、有些事情，韩信难以启齿，心里隐隐作痛，云梦泽事件，他不会一点不知，事发至今却未见他的身影。

萧何是自己的引路人，相马的伯乐，如同再生父母。不是萧何再三举荐，自己很可能仍在淮滨钓鱼，其言"至如韩信，国士无双！""欲争天下，必用韩信！"犹在耳旁。可以说没有萧何，就没有韩信建立的功业。而如今，萧何对韩信却老于世故，不闻不问，一语不发，更没有伸出援手，变得让人越来越看不透了。或许在他看来，云梦泽事件没有牵连到自己头上已是万幸，如若出面替韩信讲话，恐会引火烧身。而过去的所谓情义，还不是为了刘邦集团的政治利益？如果是这样，他还是那个恩重如山，敢于直言的萧何吗？

这时，萧何已走进了院内。

"相国驾到，有失远迎！"韩信躬身施礼，忙迎了上去。

"不客气！不客气！"萧何关切地问，"淮阴侯疾痛可痊愈？"

"战时落下的病根，恐怕一时难好。"进屋落座后，韩信问，"相国日理万机，今日前来，一定有什么事吧？"

萧何抹了一把长长的白胡须，悦色地说："告诉你一个喜讯，皇上御驾亲征，平定了叛乱，陈豨反贼之头，已被传入京城，悬挂在城门楼上。皇后请大臣们入宫庆贺，我是特意来接你同往的。"

韩信狐疑，萧何亲自登门相邀，难道有什么特定的含义？当然，皇帝打败了叛臣，列侯也是应该去祝贺的。他谨慎地说："臣一直有病未能入朝，这已是多年之事。今日庆宴，臣突然前往，恐众臣耻笑贪杯。况且，此次平定代地之乱，臣没出微薄之力，无意入宫凑上一份热闹。还望理解。"

萧何沉吟一下，道："淮阴侯身体不好，此事在我疏忽，没有及时向监国太子和皇后奏明。若能支撑，我看还是去一去的好。在这欢欣鼓舞、举国同庆的日子里，显得君臣同心一致，免除宫里多疑，这有何不可？"

韩信沉思半晌。

此时，庭院中传来了一阵阵兴高采烈的童谣："城门城门几丈高，三丈六尺高，骑红马，挎大刀，走进城去操一操！操一操！"

侯府中的孩子们正做着游戏，由两个孩子将双手举过头顶，形成拱门状，其余的孩子排成一圈钻"城门"，不许间断。当唱到最后"操一操"时，抓到的那个孩子，站到自己队伍的后面，之后继续游戏。

青娥也在一旁，与三岁幼子拍手相拉，随孩子们念着童谣，幼子笑得咯咯的。

这时，家人来报萧何来了，青娥笑嘻嘻忙拉着孩子过来："见过萧相爷！"

萧何连忙站了起来，抱起虎头虎脑的孩子说："同淮阴侯一个模样，天庭饱满，地阁方圆，鸟眉大眼，长大后定是个人物……"萧何说到这里，心中不禁发酸，敷衍着说，"只愁生，不愁长。此子，都这么大了。"他还把请韩信入宫的事，告诉了青娥。

青娥心想，尽管吕后包藏祸心，但萧何还能与他们同流合污？韩信多日足不出户，隔绝与外界往来，萧何来请，若不从命，就显得有失交情。她一往情深地看了韩信一眼："那，那就随萧相国去吧。"

"嗯！"韩信告别青娥和三岁幼子，同萧何坐上马车，向长乐宫驶去，但他哪里知道，这是萧何故意设下的圈套！

长乐宫位于长安城东南隅，高踞山地，瞰临全城，是一个巨大的建筑组群，周围十里，面积占长安城四分之一。它是汉五年天下统一后，刘邦采纳萧何"天子以四海为家，非壮丽无以重威"的建议，在原秦兴乐宫基础上改建的，前后用了两年多时间，至汉七年建成。

前殿矗立于高台之上，是皇帝视朝和举行朝廷大典的地方。前殿前有端门，后有内谒者署门，东建宣德殿、玉堂殿，西筑清凉殿、广明殿，中部以麒麟殿和三重檐的麒麟阁为主，其东有承明殿、金华殿，西北有沧池，池中有渐台。在长乐宫西北，还利用前朝的一座殿址修筑了太子宫，又称作北宫。这里建筑不多，但院落不少。还有一座小山，可瞻顾全城。王侯宅邸、勋臣公馆、市井民居、商店列肆、工匠作坊等纷然杂陈，直达渭水之滨。著名的长乐宫钟室就设在这一带。汉初一个时期的宫廷内部斗争，也都围绕着长乐宫进行。

当萧何、韩信来到长乐宫前殿端门前时，站在门前的令丞便来招呼，请萧何、韩信到太子殿去。

他们又三拐两绕向西北驶去。没一刻，却到了长乐宫钟室前，韩信惊问："相国，不是到太子殿去吗？怎么来到内宫钟室？"

内宫钟室，就是内宫放置编钟的地方。萧何支支吾吾地说："哎呀！老夫一时糊涂，不意走岔了道。你先等一下，我去问一问路。"

他下了车，一闪不见了人影。

这时，钟室巨大的铜钟发出了沉沉的鸣叫，似要撕心裂肺，随之，回声荡入五脏六腑。韩信不知是计，正在怅望之际，钟室内冲出数十名武士，一拥而上，不容分说将他五花大绑起来。他明白了，自己上当受骗了，萧何是故意将他引入魔窟，连连顿足："萧何诓骗我也！"

三

红巾铺地，黑幕蒙壁。

透过窗口射进来的光线，韩信发现钟室前方坐着吕后和审食其二人。

吕雉将韩信押进长乐宫钟室，目的是要拿到韩信谋反的"口供"，这将关系到刘邦、吕雉及汉家王朝的政治声誉和威望。

生死见多了，面对这令人绝望的场景，韩信反而很冷静："韩信何罪，无故绑架！"

"嘿嘿！"审食其刻薄地笑着，笑过，气势汹汹地道，"韩信！你前次图谋不轨，巡行所辖县邑，出入陈列兵仗，招降纳叛，意欲谋反，皇帝、皇后念你有功，虽擒来，不曾加诛。可你，不思反悔，常居怏怏，日日怨望。如今倒和叛臣陈豨勾结，欲乘皇帝陛下亲征，与陈豨里应外合，在京城搞叛乱。如此设谋，天地鬼神皆不容！"

"和陈豨搞叛乱？哈哈，天大的笑话，我早没有了一兵一卒，还搞什么叛乱，这不是在开玩笑？"韩信对审食其道。

"啪！"审食其恼羞成怒，拳头朝桌面擂下，"你可要睁眼看看，上面坐的是谁，这里又是什么地方，你老实回答问题。否则，休怪我不客气！"审食其为吕后的心腹，唯吕后之命是从。吕后在两年零四个月的人质岁月里，审食其就像刘邦家人一样，一直跟着她和刘老爹并且侍奉他们。宫廷中对吕后和审食其的暧昧关系，传说颇多。

"辟阳侯，休得无礼！"这时，坐在一旁的吕后开口道，"淮阴侯，有人告你谋反。"

"谁？"

"栾说！"

"栾说？"韩信想起来了，这个"告密者"原是他准备处死的一个罪徒的弟弟。

吕后传见栾说，栾说畏畏缩缩地低着头从帷后走进来，见韩信双目紧盯着他，头低得更低。

"你就是栾说?"吕后问。

栾说喉咙像塞了一团棉花似的,小声颤抖地说:"回皇后娘娘的话,小人是栾说。"

"你大声些,把淮阴侯谋反的事说来听听。"

"哎!"见吕后这样说,栾说声音大了许多,"韩侯爷密谋诈诏……叛将陈豨在出任代相临行前,曾串门同韩侯爷告别。韩侯爷退去左右侍从,拉着陈豨的手走到院庭中,对天长叹,然后问陈豨,'我可以和你谈几句心里话吗?'陈豨说,'请尽管吩咐'。韩侯爷说,'你将要去的地方乃是天下精兵汇集之处,你本人又是皇上的亲信。如若有人第一次告你谋反,皇上不会相信,第二次有人告你谋反,皇上就会产生怀疑,第三次有人告你谋反,皇上则必然大怒,领兵亲征。到那时,我可在京城起兵,给你做内应……'"

"没想到!吃我的喝我的,还要砸我的饭锅。"韩信大声斥责,"无耻的小人,无中生有,血口喷人!"

审食其在一旁鼓噪说:"栾说,说下去,一切有皇后娘娘给你撑腰,说吧!"

栾说又道:"陈豨受韩侯爷提拔多年,一直深深佩服韩侯爷的才华,对韩侯爷唯命是从。钜鹿之行陈豨更是如鱼得水,许多宾客都愿在他的门下献计献策,陈豨踌躇满志,就想将韩侯爷的计划付诸实施。而韩侯爷为皇上打下了天下,如今却被贬为淮阴侯,满肚子怨气,于是韩侯爷同自己家臣密谋,准备在某日夜里突然行动,假传圣旨,释放京城里的囚犯和奴隶,去袭击皇后和太子,夺取长安。如今已一切布置妥当,只等陈豨回音。"

吕后冷笑一声说:"淮阴侯!这你还有什么话可说?"

韩信愤怒了,栾说完全是在栽赃陷害:"一派胡言!其一,栾说为罪徒之弟,公报私仇,其言不足为凭;其二,我有密谋,怎会让此人知道?真是滑天下之大稽!况且,上月初皇上已攻下代地东垣,陈豨叛军已冰消瓦解,而我又从中应谁?其三,当年在垓下,我手握雄兵百万,而今闲居长安,既无兵柄,又无武装,怎能造起反来,这是起码的常识啊!告诉你们,我跟高皇帝打天下,把我的骨头化成灰,也找不出我谋反的事儿来。"

"隔墙……隔墙有耳，我说的全是事实……"栾说慌忙道。

"栾说你下去吧，这里没有你的事了。"转而，吕后对韩信说，"淮阴侯！有栾说做证，就很说明问题。至于你问的一二三，这里我不需回答，等你到了阎王那里，就会全部知道。"

"长乐宫悬钟之室，岂是审问大臣的地方？又岂是杀戮大臣的刑场？我看，这实际上无异于私设公堂，无异于暗杀，若有确凿证据，何不把我送交廷尉，昭示群臣！昭示天下！"

"昭示群臣，昭示天下，有这个必要吗？你只是皇后手心的一只蚂蚁，捏死你还怕费什么事。至于证据，嘿，杀了你就有证据！"

"猜忌名将，杀戮功臣！无耻！无耻！如今我总算明白，凡是功高猛将，不管反也好，不反也好，到头来总要找出理由将他杀掉。你们手段就是使用—限制—诛杀，战争中用其所长，为你效力，随着战争的结束而逐渐限制，一旦你们夺取了政权，功臣就难免一死。唉！九死不问天下鼎，一生还负钟室前，早知如此，悔不听蒯彻之谋，鼎足而三夺天下，以致今日落入尔等女子小人设下的圈套！"韩信仰天长叹。

"悔不听蒯彻之谋……"吕后大吃一惊，她在心中暗暗记下了。

"我要见萧何！"

审食其在一旁冷笑道："见萧何，天真！这次假召百官，诱你入宫就是用了萧何之谋。"

"唉！人生就是一个选择，成败天定。救韩信的是漂母，举荐韩信的是萧何，追杀韩信的是吕雉，而如今，萧何却成了吕雉的帮凶！"韩信觉得太可怕了，怎么连最为敬重的萧何也给自己设下一个圈套！

"那好！既然你想见他，就让你见一见吧。召相国萧何！"

"召相国萧何！"传萧何之声，一迭声从钟室传递了出去……

萧何将韩信带到长乐宫钟室后，他不忍见韩信最后面孔，尽管没有得到吕后允准，却悄悄地溜走了。

萧何尚黄老，推崇无为，在刘邦集团中是一个"好好先生"，有人形象地称他为老奴，唯刘邦、吕雉马首是瞻。谋杀韩信的计划，确是由萧何提出来的。韩信会想到刘邦，也会想到吕雉，但他绝对不会想到萧何会对自己下此狠手。

萧何留给后人的印象是忠厚长者。不过这是他给自己涂抹了保护色，他与刘邦一样都是变色龙。相信人们都对"萧何月下追韩信"故事记忆犹新，韩信之所以能被刘邦重用，完全是他的功劳。如今韩信已经没有利用价值，作为汉王朝杀戮的主要对象，不是光环，而是避之不及的祸害，只能设计除掉韩信，以求自保。他出的主意是，将韩信与远在代地陈豨叛乱牵连在一起，让韩信有口莫辩，并由自己出面，将韩信从侯府骗进宫来参加庆宴，到时可以一举轻松拿下。自然，由恩人他出手，杀掉韩信的社会舆论也会大不一样。

在诛杀韩信的事件中，萧何充当了不光彩的角色，但真正的主谋仍是吕后。吕后虽是女流之辈，但在历史画卷中，她以巾帼不让须眉之势左右着汉朝的历史。她懂政治，头脑会转弯，也更了解刘邦的心思，而除掉韩信，正是刘邦想下手却不想留下骂名的头痛之事，那好，她来帮他承担这个责任。因为，在那个年代，吕后既不擅长战争，也没有统驭诸将的经历，唯一控制权力的机会，就是以杀立威，通过诛杀异己，为不久的将来儿子和自己亲政打下基础，她第一个选中的就是已被废为淮阴侯并被监视居住的韩信。她欲趁刘邦在外征战之际，与萧何用计杀掉韩信，从而成功震慑其他功臣。

萧何已回到家中，六神不安，神思恍惚。韩信最初由自己一手举荐，如今又要栽在自己手中，难道我萧何翻手云，覆手雨，韩信的生死权在我萧何吗？天下人得知真情后定会问，萧何到底是个什么样的人？

萧何与刘邦一生相伴，交情最长。刘邦曾亲自为他争功第一，看似亲密无间，其实自己也有难处。

尽管萧何忠心耿耿，而君臣之间的猜疑，还是不可避免的。刘邦对握有重兵的一方异姓王，必欲铲除而后快，而对于位高权重的内臣也一样。萧何虽功劳很大，可他并不放心，有时君权与相权的矛盾还很尖锐！如果不是他谨慎而又巧妙地左躲右闪，说不定这颗头颅早不在自己的脖子上了。那一年，楚汉在荥阳、成皋间激战，汉王刘邦却不断从前线派使者来慰问萧何，是鲍生看出奥妙，提醒说汉王不放心呀！为消除刘邦怀疑，他便把子侄兄弟中凡能上战场的，等于人质，都送到了军中。前不久，刘邦在征战陈豨时，还派了一个都尉及五百士卒，来充当他的卫队，这并非宠幸，明眼人一看就知道，这分明是怕萧何谋反，刘邦也开始疑心萧何了！在这之后，刘邦平定英布，还至长安，他为民请上林苑空地，使无田之民有地耕种，刘邦大怒，械系下狱，后数日王卫尉为言，乃被释放。可以看出刘邦有意滋事，若不是王卫尉力谏辩诬，他则死于狱中。张良退隐，韩信被捉，难道他能善终吗？

萧何独自一人关在房中，坐卧不安，昨天遇吕后训斥的情景又浮现在眼前……

没有月亮，漆黑的夜晚，吕后紧急召见。刚落座，吕后就板着面孔："萧相国，淮阴侯趁皇上出征之际，与陈豨内外勾结，有密谋造反之嫌，这可怎么办？"

萧何非常吃惊，这可能是吕后存心设谋的一个借口？

"这不会吧？"萧何定了定神。

吕后满脸杀气，狰狞可怖。

萧何委婉地劝道："皇后陛下，韩信已是笼中之鸟，瓮中之鳖，难道还怕他造反不成？他是一位特殊功臣，功劳太大，萧何恐处置不当会遭天下非议，引起政局动荡。"

没想到，吕后勃然大怒："相国不与朝廷分忧，倒与反臣开脱，当初相国力保韩信，可是为了今日韩信反汉？！"

萧何尚不服气："韩信反迹未明，如无皇上御批，恐难擒之。"

吕后随手递一份状子给萧何，斥道："你怎么知道他反迹未明，你看……"

萧何一看，大吃一惊，冷汗直冒。原来是韩信舍人之弟栾说告韩信与陈豨勾结谋反，这还得了！

吕后冷冷地问："到底如何处置？！"

"宥过无大，刑故无小。"萧何低下头，改口说，"若如此，韩信当擒……"

"韩信不来上朝，如何擒之？"

萧何沉吟不语。

吕后说："国家新立，内忧外患，为稳妥起见，还是劳烦相国亲自去把他请来吧！"

萧何心里暗自叫苦，但又不敢违抗，只好奉命而去。

现在萧何冷静一想，栾说状词真假难辨，自己却这样将韩信诳入长乐宫钟室交与吕后，无疑亲手杀了韩信。痛哉！痛哉！

故事中有故事，事件中有事件，萧何正想着，戏剧性的一幕发生了……

突然屋内跃出两个蒙面人，手持长剑直奔过来。"啊？"萧何大吃一惊，刚欲呼叫，一高个子已蹿到跟前，压低声音："萧相国！我是淮阴侯舍人，你助纣为虐，诱捕我家侯爷，捕杀侯爷族人，我要杀了你！"

"这……"萧何惊悸之余，强自镇定，徐徐地说，"想来，这事与我并无多大关系，且等皇上归来之时，淮阴侯定当获释，你们若有过激举动，于淮阴侯有害无益。"

高个"舍人"冷笑一声："说得好听，可我不会上你的当。当年你推举韩信为大将，今日又诱他入宫，送入虎口，还派人包围了侯爷住宅，捕杀刘青娥，斩草除根，连其三岁孤子也不放过，杀了你也不解心头之恨！"

"天哪！捕杀青娥和淮阴侯孤子的事，我确实不知道。"萧何摇着头，痛苦地说，"'成也萧何，败也萧何'这不成了卖友求荣的活告示？我不做辩白，但求你们快点下手，干净利索地杀了我，我也许比活着更好受。我不怨恨谁，你们下手吧。"说着，他双目紧闭，把颈脖子伸了过来。

"舍人"见状，垂下了剑把。他想，诱杀韩信并不一定就是萧何的主意，也许萧何还没有坏到这个地步。退一步想，就是萧何不引韩信入宫，今日之事也是免不了的。现在救韩信孤子要紧！他来不及考虑许多，双腿却朝萧何跪下："相国！我知道您有恩于我家侯爷，他在九泉之下，当会感谢你。如今韩侯三岁幼子，我已乘混乱抱了出来，但城周四门已封闭，城内搜查得很紧，只有你才能救他出去！"

萧何又是一惊，他们原来不是要杀我，而是为韩信孤子来求助的。

他朝二位"舍人"瞧了瞧，看着"舍人"不安的神态，仿佛看到了韩信被杀戮的凄惨之状，但最使他心弦颤动，激他远念的是这舍人最后那一句话。君子有远见，志士有苦心。他想起古老的赵氏孤儿的典故，想起了程婴和公孙杵臼的争执，死难易呢，还是抚孤易?! 他后悔，后悔自己太渺小，自己推崇的人不能保护，还要委屈于吕后的意志，简直是连狗都不如! 而韩信有远见，得人心，在如此处境下，能有抚孤的程婴。

想到此，他横下了心，就是拼了这条老命，也该保全韩信这条根，以挽回被狗吞噬的良心! 萧何从腰间解下"腰牌"，递了过去:"把它拿去吧。在明晨开城门之际，我派人护送你们出去。"

二位"舍人"十分感动:"九泉之下，我们替韩侯爷拜谢相国搭救孤子之恩!"他们接过"腰牌"，连叩三个头后起来转身就走。

萧何突然想起什么，连忙喊:"等一等，孩子呢?"

矮个"舍人"转过身，停住了脚，解下背上的红布兜兜，露出了红红的小脸，韩信幼子在安然熟睡呢! 萧何细致看了看小孩，泪水溢出了眼眶，问:"你们带着孩子出城后怎么办?"

"四海为家，浪迹天涯。"

"请问二位尊姓大名!"

高个"舍人"抹下了蒙面头罩，再次跪倒在地。

萧何又是一惊，这"舍人"竟是当年法场拉他去救韩信的卢乡，真是忠义可嘉，难能可贵呀! 萧何上前拉起了卢乡。

矮个"舍人"也抹下了面罩，却是个女人!

"你是何人?"

"告诉你也未必知道，我是凝雪。"

"啊! 你就是奇女子凝雪!"

"是呀!"

"怎么会是你?"

"不相信?"

"不，我过去曾找寻了你多年。"

"找我? 找我做什么?"

"这你也许就不知道了。当年，我曾派人去淮阴，去伊庐找你，可找不着，偏偏今日却不期而遇。"萧何惊讶之余，感叹道，"淮阴侯视你为生命的全部，你视他为信念支柱。在此危难之际，你又站出来奋不顾身来救他的孤子，老夫愧对淮阴侯，愧对你啊！"

原来，凝雪与韩信在淮阴八里荒分手后，在得知汉军已攻克彭城那一年，兴奋之余，计划去彭城，寻找她的心上之人。路途并不十分遥远，可在战乱的日子里，对虽有过冒险经历的她来说，毕竟是个弱女子，随时可遭莫测危险。当抵达彭城西时，这里春阳明丽，她疲惫不堪地蹒跚而行，几经周折，终于找到汉军大营，她渴望见到韩信，但醺醺欲醉的汉军士卒，哪个理睬她！

"韩信，你在哪里？"喧闹的人群，轰轰的车声，覆盖了她内心的叫唤。

不久，她终于得知，韩信已成为汉大将，还定三秦，成功地帮助汉王刘邦打了回来。他已经成为汉军中举足轻重的人物，人们对他无不交口称赞，可是韩信却留守在关中。这消息仍令她兴奋、激动不已。这说明自己没有看错人，她的爱，她的奉献非常值得！

滚滚的浓烟，升腾的火焰。一夜间，数十万汉军着了魔似的竞相奔逃，彭城再度落入西楚霸王之手。她不解，似梦幻般变化。她要赶快躲藏起来，免遭这不测兵变。

"啊！是个女人。"一群楚军，像收获战利品一样，喜笑颜开。无数如钳子似的臂膀夹了过来，她努力挣扎着，动弹不得。"好一个小娘子，洗去脸上的烟灰，肯定是个漂亮的，快来伴伴爷们儿吧！"一阵淫笑声。一人将她搂进怀里，另一人则去扒她衣服……

凝雪明白，到了危急的关头，硬行抵抗也免不了羞辱。她心痛似绞，心中默念："恳请上苍给予韩信好运，祝他成功！"她使出十二分劲，猛地挣脱了，向着身边不远处的一条河冲去……

而她却被一位郎官救了起来。她不再作挣扎了，逃亡和拼死的计划只能搁下，这空间太小了，她换去衣装，从此跟从了这个男人。

不久，那人死在战场上。在逃难中，她曾沦为娼妓，历经了艰难曲折。而韩信已大获成功，他的业绩惊天动地，名震华夏。她认为自己卑贱和污秽，有辱韩信的声名，不能为了私利，糟蹋一块璞玉。

爱不只是拥有，拥有也不一定成为爱，这或许都是上天注定的。把握距离，是一种精神，更是一种智慧。唉，梦短梦长均是梦，年来年去是何年，让他在心头想着我吧，让我一生一世在心头爱着他吧！只要能帮助他，即使牺牲自己生命也在所不惜。现如今，她又与卢乡一起来救韩信的孤子，这就是凝雪的人生！

听完介绍后，萧何抹去了眼中泪水道："如今是汉家一统天下，这里是待不下去了。你们先等一等！"

萧何走到窗台前提笔疾书，写好后将书信交与卢乡："南越远在西南荒远之地，南越王赵佗素来与我交情不错。我看，为了保险起见，你们带着孩子去投奔赵佗吧。"

二人拿着书信，激动地离去。

赵佗原为秦朝一都尉，秦始皇灭楚统一全国后，便征发五十万将士南下开辟疆土。当时，任嚣与赵佗分别担任秦军统帅和副统帅，率大军逾五岭攻百越，秦二世继位后，任嚣病逝，已任龙川令的赵佗接任南海尉。此时秦末农民举义如火如荼，赵佗即令横浦、阳山、湟溪三关，绝道自守。并杀了秦朝长史，以自身的亲信代理郡县守令。其疆域东至汀江以南与闽越相接；北以五岭山脉与长沙王吴臣相连；西至广西环江、百色一带，与句町国、夜郎国为界；南达大岭，与马来人原始部落相邻，奠定了汉代中国南疆规模。

卢乡、凝雪带着萧何的书信，翻山越岭，长途跋涉，两年后，终于把韩信孤子平安地送到南粤。

赵佗接信后，优抚善待韩信孤子，还将他封在海边一带，让其安居乐业，娶土著女子生儿育女，成为豪门大族。按赵佗的要求，韩信子又将自己家族一部分改为韦姓，用韩之半。另一些则姓何。后来中国统一，天下太平，一位韦氏官人，对自己是韩信之子也就不再避讳了，并且亲口将自己的出身经历告诉了别人。还将赵佗赐姓的诏书，及萧何书信铭刻在铜鼎上以作纪念。

这一件事，详细记载在明朝天启年《淮安府志》卷十九和凤山县志、东兰县土司族谱上，1915年商务印书馆出版的《辞源》，也记有"萧何匿韩信子于南粤，取韩之半，改为韦姓"词条。

上面的故事，不一定是真实的史实，韩信有没有后人也不是重点，或许千百年来，只是善良的人们同情韩信的一种心愿罢了。而萧何违心地诛杀了引为知己的韩信，内心肯定也是痛苦不安的，他就算真的藏匿并保全了韩信的三岁孤子，也在情理之中。

再说，审食其传唤萧何，可是萧何早已回相国府，审食其见萧何一时来不了，便对韩信说："你看萧何早走了，这可怪不了我。"

这时，审食其将一份准备好的"口供"递到韩信面前："只要你服罪，皇后娘娘保你子孙无恙。在这节骨眼儿上，你可要想清楚呀！"

韩信扫视了一下"口供"，然后将它撕得粉碎："灭我三族，我也不会服罪！"

"好，有种！"韩信这样做，也是在吕后预料之中，但她仍气急败坏地喊道，"灭了三族，休怪老娘不仁不义。刀斧手！"

"在！"几个彪形大汉，手执钢刀从帷幕后蹿了出来。

"韩信忠臣，一至此乎？秦将白起之酷，见于今日了。"韩信把头高高地昂起，"生死寻常事，不过你不能杀我，没有我韩信，就没有汉家天下，皇上曾与我盟誓，并赐我丹书铁券，见天地不杀，见君不杀，见金器不杀！"丹书铁券能免死？这就是刘邦在定陶时，对韩信许下的"三不杀"。

所谓三不杀，就是说，大白天有太阳照着的地方不能杀韩信，刘邦在场不能杀韩信，刀剑等一切金属武器都不能用来杀韩信。这样一来，韩信如"金钟罩"护身，不能杀，也杀不死。笑话！只要威胁皇家的地位，挑战帝王的权威，哪怕功劳再大，浑身挂满了免死牌，也没有用。吕后道："好！我今日遵皇上之言，杀你个不见天地，不见君，不见金器。来人！"

士卒们将韩信投入早已准备好的囚笼，用麻布铺地，用黑纱帐将囚笼包住，不见天不见地。她又道："左右！去园中砍上几根竹子，削成竹刀。快去办！"

不一会儿，手持竹刀的一排士卒出现在囚笼一边。

"韩信有何过于天地，又有何过于汉家王朝？哈哈！哈哈！"转而只听得韩信愤怒的喊声，"无故斩杀功臣，毒妇必将遗罪千秋！必遭天谴！"

"哼！春秋不言君之罪，只有罪臣，焉有罪君？"吕后转过身子，对拿着竹刀愣在一旁的士卒喝道："为何呆站！快！快与我杀了这个汉家罪臣！"

"啊！"随着一声长长惨叫，殷红的鲜血喷将出来，大汉王朝开国元勋就这样被以羞辱的方式处死，旷世将星陨落了！

戮杀了韩信，吕后令刽子手割下韩信的头颅，用木函盛好，着审食其写好申奏之表，连夜赍表赶往代地，驰报远在山西灵石战场的刘邦。

随着马蹄疾奔的"嗒嗒"喧嚣，霎时，山岭间仿佛一片唏嘘之声……

有诗云（作者淮安杨然）：

> 万马奔腾尘土扬，男儿煌煌拜大将。
> 垓下功成经百役，云梦埋伏何匆忙！
> 君不见，
> 鸟尽弓藏将军死，无复战车奔沙场。
> 身向九泉还属汉，切莫去当诸侯王！
> 噫嘻乎！
> 云在动兮山苍苍，剑在手兮野茫茫。
> 长淮落日心犹痛，大汉英雄恨绵长！

戮杀韩信是一场经过精心策划的重大阴谋。

从事件整个过程来看，吕后十分小心谨慎，先是设下一个局，收买韩信门客诬告韩信，再利用萧何来诱骗韩信入宫。接着，罗列罪名，编造材料，将其记入官方档案，使"韩信谋反"变成铁案，让其永世不得翻身。这样一来，难道韩信就成真的谋反了吗？我们不妨依据《史记》，将以往相关的情节回顾一下。

先看看汉六年韩信"谋反"一事。

韩信被改封楚王后，楚将钟离眜前去投奔。刘邦用陈平计，以"伪游云梦"的阴谋，来骗韩信到陈地会集。钟离眜看破了陈平的计谋，告诫韩信，汉帝之所以不敢攻打楚国，是因为我在你这儿，你若送我去讨好他，我今天死，你明天也会灭亡。韩信不听，仍面见刘邦。而刘邦抓捕韩信的唯一根据是"人有上书告楚王反"，这个可靠性实在令人怀疑。

当时"兵不如楚，将不及韩信"，如果韩信真想谋反，何不将计就计，趁刘邦来到陈地举兵发难？但韩信没有这样做，而是带着钟离眛的首级，陈城迎刘邦，以示忠于汉廷，这哪里能看出有谋反迹象？

当韩信拜谒时，即被刘邦侍卫绑架。他十分感叹地道："果若人言，'狡兔死，走狗烹；高鸟尽，良弓藏；敌国破，谋臣亡。'"早在平定齐国时，武涉、蒯彻等人就对韩信说过这样的话，敲响了警钟，韩信当时尚不理解，未能接受，直到这个时候，韩信方才明白在这个家天下时代颇带规律性的道理。这说明韩信并没有谋反之心。

再看看汉十一年韩信勾结陈豨"谋反"问题。

《史记》记载的谋反材料，同样漏洞百出，无法自圆其说。

疑问之一，韩信被诛杀的起因，始于门客弟弟的告发。这位门客得罪了韩信，韩信将他囚禁起来并准备处死，门客的弟弟对韩信怀恨在心，便悄悄地上报吕后说，韩信试图与叛将陈豨里应外合，准备密谋叛乱。

试想，如果韩信真想谋反，按照韩信的精明，办事怎会不小心谨慎？此事绝不可能会让门客的弟弟知道。再说，对韩信这样一个大汉王侯，吕后也绝不会轻信一面之词，而不加考证地就置韩信于死地，因为，这里还有一个"挟怨诬告"的嫌疑。如果吕后掌握了韩信谋反的真凭实据，未加审讯，立斩韩信于长乐宫钟室，能够解释这样做的理由，只能说明刘邦和吕后早欲除之而后快。门客弟弟的告发，仅是一个不成理由的理由，吕后抓住一次机会。

疑问之二，韩信谋反，为何不选择更为强大的合作对象？韩信手无兵权，就必须选择实力强大的合作者，如淮南王英布、梁王彭越等人，他们都是雄踞一方的诸侯王。可韩信却最终选择了实力平平的陈豨。

陈豨是刘邦的宠臣，当时韩信失宠于刘邦，怎么可能会口无遮拦地对陈豨说出自己的想法？陈豨封阳夏侯，为钜鹿郡守、赵相国，监赵、代边兵，爵位上与韩信相当，实际权力比韩信更高，怎么会随便听从韩信的一句话而谋反？事实上，陈豨后来的反汉，是因为有人密报陈豨贪赃枉法，刘邦派人对陈豨进行核查，陈豨害怕，才暗中与投降了匈奴的韩王信及其部将王黄、丘曼臣联系。不久刘邦父亲去世，他又装病不去吊丧，从而得罪了刘邦。陈豨的反汉，从某种原因上分析，也是迫于当时的形势，但不可能和韩信牵扯在一起。

疑问之三，司马迁在《淮阴侯列传》之后，还附上了自己的论断。肯定了韩信开国之功，于汉家勋可比周朝的"周（公）、召（公）、太公之徒"，却让我们从中看出，韩信手握重兵、举足轻重之时，该反不反，现在手无一兵一卒，不该反时，却要谋反。这样谋反的成功率几乎为零，以韩信的智商，会做这样的傻事吗？

韩信临刑前说："吾悔不用蒯彻之计，乃为儿女子所诈，岂非天哉！"大祸临头之际，韩信才后悔未用蒯彻反汉之计，这足以说明，韩信终其一生，始终没有谋反之念。从这种心情可以看出，刘邦本人也不相信韩信真会谋反。

"将略兵机命世雄，苍黄钟室叹良弓。遂令后世登坛者，每一寻思怕立功。"这是唐代诗人刘禹锡在《淮阴侯庙》一诗中所云。韩信的悲剧是由刘邦、吕后及萧何一手造成的。他的谋反，不论是出自有意罗织和诬陷，还是被逼无奈死中求生存，其实质都是由于刘邦、吕雉的嫉贤妒能，残杀功臣。它揭示了古代君主专制制度下，君臣关系中最黑暗的一面。从刘邦下一年所作所为中，也可以看清楚杀害韩信的历史真相。

不久，当韩信的首级呈送到山西战场时，刘邦却也"且喜且怜之"。

喜的是吕后用如此招式，果断地除了韩信，一块千斤重石从心头倏然落下，从此再无人能对大汉构成重大威胁。

怜的是韩信尽忠臣服，屡建奇功，虽古之名将，未能与其并论。从筑坛拜将以来，不足五年间，他却创造了无数以少胜多、以弱胜强的奇迹，并长期在无后方的环境中，孤军奋战。破魏、下代、击赵、胁燕、平齐，从西向东完成了对楚军战略包围。然后，他又亲率所部，南下攻取楚都彭城，进而挥师西进，与英布、彭越等人会师聚歼项羽于垓下。在最后一战中，韩信指挥联军，以直辖军队担当攻坚主力，对最终打败项羽，发挥了决定性的作用。只是韩信功劳太大，不学谦恭，不肯低下那颗高傲的头颅，吕后既已杀之，甚为惋惜。

刘邦接函后，依礼葬韩信首级于高壁岭之上。现在，山西省灵石县和陕西省西安市灞桥区各存有一处"韩信墓"，当地史志均有记载。两个韩信墓，一般认为，山西韩墓为首级冢，陕西韩墓为身躯冢。山西灵石县高壁山岭上，还建有韩信庙。庙门有楹联："西望关中，百战十年空鸟兔；北临绵上，千秋一例感龙蛇。"

打败陈豨叛军，刘邦回到长安后，没有责备吕后，只是问韩信临死时有没有遗言留下。吕后告诉说："蒯彻曾教他谋反，如今真是后悔！"

刘邦早就听说过蒯彻这个人，是齐国的一个能言善辩之士，他下令将蒯彻捕捉来。数日后，蒯彻被捉送到京城长安，刘邦一见蒯彻就大声喝道："你曾鼓动韩信谋反？"

事已至此，蒯彻被捉后只得如实回答："不错，臣曾教他谋反，但他不用臣之计策，才落得个身死族灭的下场。如其不然，陛下怎能砍他的头，灭他的族？"

刘邦闻言大怒："烹了这个狂徒！"

"慢！慢！"蒯彻不慌不忙地说，"秦失其鹿，天下共逐之，有本事、跑得快的人先得到。盗跖的狗冲着尧帝吼叫，不是说尧帝不仁，而是因尧帝不是狗的主人。当时，臣唯知韩信，不知陛下。况且，天下披坚执锐想做皇帝的人多得很，只是力所不能，陛下难道能将他们全烹了吗？"

刘邦听了这番话，觉得有一些道理。韩信已死，蒯彻不过是出谋划策的一介辩士，杀了他没有意义，只会给自己留下骂名。这样，刘邦就把他释放了。

韩信被杀，震动了天下诸侯，给汉初政局造成了严重影响。人人自危，中枢几近无人，内外交困，刘邦不得不东征西讨。

第二年（前195）初，刘邦亲率大军征讨九江王黥布负箭伤，途中返回了阔别多年的故乡沛县。刘邦召集父老子弟，并召来一百二十名沛中少年唱歌。他大宴家乡父老，恣意欢乐，酒酣人醉，击筑高唱，乃起舞：

"大风起兮云飞扬，威加海内兮归故乡，安得猛士兮守四方！"他对自己的伤势与病情已有相当的认识，自知来日无多，仍然念念不忘皇权巩固。不禁悲从中来，泪流满面。环顾海内，内忧外患，韩信安在？有谁再像韩信那样，尽忠臣服，攻必克，战必取，为刘氏江山撑起一片天空？

其实《大风歌》的浩叹，只不过是刘邦杀害功臣的一块遮羞布而已。在此前后刘邦、吕后已不顾君臣大义，几近疯狂地借机去除异姓诸侯王，为儿子继位扫清障碍。这样，除国小势弱的长沙王吴芮外，异姓王大多被杀掉，而且一个比一个惨。

刘邦经历数月，病情逐渐加重。在缠绵病榻的日子里，他想了很多，也做了很多。可谓心机费尽，至死不渝。显见刘邦平民出身且在腥风血雨中建立政权，故防范他人最为严密。

贬赵王张敖为侯。张敖乃赵王张耳之子，张耳去世，继承其父赵王爵位。汉九年冬月，刘邦从东垣回来，路过赵国，张敖献上美人，赵姬得临幸。贯高等人在柏人县馆舍的夹壁墙中隐藏武士，想要拦截杀死刘邦。不久，贯高的仇人知道他的计谋，就向刘邦秘密报告贯高谋反。

后朝廷审判张敖的罪行，张敖确实没有参与其中，便赦免了张敖。张敖被释放不久，因娶鲁元公主的缘故，刘邦削去其赵王爵，降封为宣平侯。

处死梁王彭越。汉十年（前197）秋，陈豨在代地造反，刘邦亲自率领军队前去讨伐，到达邯郸，向彭越征兵。彭越说有病，只派出将领带着队伍到邯郸。刘邦很生气，派人去责备，彭越害怕。一太仆慌忙逃到刘邦那里，控告彭越和扈辄阴谋反叛。刘邦遂派使臣出其不意地袭击彭越，逮捕彭越后，不久刘邦赦免了他，废为平民百姓，流放到蜀地青衣县。

途中遇吕后，彭越诉说无罪，吕后答应为他说情，将其带回咸阳。她对刘邦说："你把彭越放走，等于放虎归山。"刘邦遂将其杀掉，灭其家族。

逼反淮南王英布。汉十一年（前196）秋，吕后诛杀了淮阴侯，英布内心恐惧不保。这年夏天，刘邦又诛杀了梁王彭越，并把彭越剁成了肉酱，把肉酱装好分别赐给诸侯。送到淮南时，英布看到肉酱特别的害怕，便暗中使人部署，集结军队，不久叛变。在蕲县以西的会甀和刘邦的军队相遇。英布的军队非常精锐，刘邦就躲进庸城壁垒，坚守不出。他远远地对英布说："何苦要造反呢？"英布说："我想当皇帝啊！"刘邦大怒，随即两军大战。英布的军队战败逃走，渡过淮河，几次停下来交战，都不顺利，最后和一百多人逃到长江以南。

长沙哀王吴回（吴芮之孙）派人诱骗英布，谎称和他一同逃亡，逃到南越去，所以英布相信了吴回，随之到了番阳，番阳人在一所民宅中将其杀死。

逼反燕王卢绾。汉十二年（前195）初春，燕王卢绾亦率兵自东北攻打陈豨。陈豨派遣王黄求救于匈奴，而卢绾也派他的臣僚张胜出使匈奴，称陈豨已经战败，让匈奴不要发兵。但此事却被陈豨的降将告诉了刘邦，卢绾伙同代国陈豨和匈奴叛乱。

刘邦于是使樊哙和周勃攻打燕国，卢绾退保沮阳，城陷，携家人与残余骑兵数千人逃亡匈奴，被单于封为东胡卢王，后卒于匈奴。

刘邦还腾笼换鸟，用"家"鸟换"野"鸟。并以天下刚刚平定、儿子幼小、兄弟少等为借口，立兄刘喜为代王，立自己的私生子刘肥为齐王。还陆续封子刘长为淮南王，刘建为燕王，刘如意为赵王，刘恢为梁王，刘友为淮阳王，刘恒为代王，侄子刘濞为吴王等，用同姓王替代异姓王。前后共封刘姓十一人为诸侯王。

到了春三月，刘邦自知创重，已无可救药，便不想再治疗了。

他传旨在京大臣，共入太庙，命使臣恭具太牢，宰杀白马。对天宣誓："非刘氏而王者，若无功上所不置而侯者，天下共诛之。"就是说，非刘氏皇族成员不得封王，没有军功的不得封侯，否则，天下人要一起去诛灭他！

时至是年四月甲辰，六十二岁的高帝刘邦崩逝于长乐宫，十六岁的太子刘盈立为惠帝，其母吕雉临朝称制，群臣叩拜山呼。

癸卯年十二月修改于清江浦

附录　韩信生平及大事年表

秦汉时期历法，每年以冬十月为岁首，如以公历换算，有阴阳之差。

约秦王政十七年（前 230 年）

一岁。

韩信出生于楚地淮阴（今江苏淮安）。

秦王政二十三年（前 224 年）

七岁。

秦将王翦攻取楚都寿春，俘楚王负刍。

秦始皇二十六年（前 221 年）

十岁。

秦灭六国，统一天下，秦王嬴政称始皇帝。

秦始皇三十四年（前 213 年）

十八岁。

韩母死，葬八里庄行营高敞地。

秦始皇三十五年（前 212 年）

十九岁。

秦始皇开始营建阿房宫和骊山陵。坑杀读书人。

秦始皇三十七年（前 210 年）

二十一岁。

秦始皇崩逝于沙丘。

秦二世元年（前 209 年）

二十二岁。

胡亥即位为二世皇帝。

七月，陈胜、吴广于大泽乡起兵抗秦，称大楚，各地响应。

九月，赵、燕、齐、魏各自立王。项梁、项羽起兵于会稽。刘邦起兵于沛。章邯率兵围剿起义军。

秦二世二年（前208年）

二十三岁。

十二月，秦将章邯击败陈胜。陈胜被叛徒庄贾杀害。

二月，项梁、项羽率八千子弟兵渡江。

三月，项梁渡淮。韩信参加项梁义军。

六月，项梁在盱眙拥立楚怀王孙熊心为王，仍称怀王。

八月，项梁大破章邯于东阿。

九月，章邯大破楚军于定陶，项梁战死。韩信转属项羽。

后九月，章邯围赵，诸侯救赵。怀王拜宋义为上将军，项羽为次将，范增为末将。

秦二世三年（前207年）

二十四岁。

十一月，项羽扑杀宋义，自立为上将军。

十二月，韩信为郎中，从项羽大破秦军于钜鹿。诸侯将皆属项羽。

六月，刘邦下南阳。

七月，章邯投降项羽。

八月，刘邦入武关。赵高杀秦二世。

九月，子婴杀赵高，立为秦王。

汉高帝元年（前206年）

二十五岁。

十月，刘邦进军灞上，子婴降，秦亡。

十一月，项羽坑杀秦降卒二十万于新安。沛公出令三章，使人与秦吏行县乡邑，告谕之，秦民大悦。项羽使英布等攻破函谷关。

十二月，项羽、刘邦会于鸿门宴上。项羽杀子婴，屠咸阳，立诸侯，烧秦宫，掘始皇冢，收财宝、妇女东还。

正月，项羽徙义帝于长沙郴县。

二月，项羽大封十八路诸侯，自立西楚霸王，王梁楚九郡，都彭城。封刘邦为汉王，都南郑。三分关中，立三秦降将为王。

四月，诸侯罢兵戏下，各自就国。刘邦烧绝栈道，示意项羽无东归之意。韩信弃楚归汉，任连敖。

五月，韩信被夏侯婴救于刑场，约于此时升为治粟都尉。田荣反于齐地。

六月，韩信未得重用，弃汉出走，被萧何追回。田荣自立为齐王。陈馀同张耳开战。

七月，经萧何力荐，韩信被刘邦拜为大将。韩信献争权天下之策。彭越击楚，反于梁地。

八月，刘邦用韩信之计，派诸将多路进击陇西，韩信亲率主力，出其不意从故道袭雍王章邯，还定三秦。

汉高帝二年（前205年）

二十六岁。

十月，项羽遣英布等击杀义帝。

正月，项羽击齐，田荣败走被杀，田横起而叛之。

三月，刘邦东至洛阳，为义帝发丧。

四月，刘邦率五十六万大军进占彭城，项羽率三万精兵反击，大破汉军。

五月，刘邦退守荥阳。韩信由关中驰至，连破楚军于京、索之间。楚汉于荥阳相持。

六月，汉军引水灌废丘，章邯兵败自杀。

八月，刘邦拜韩信为左丞相，令其率兵一部击魏。

九月，韩信俘魏王豹，尽定魏地。

后九月，韩信进兵击代，破代军于邬县，擒夏说于阏与。

汉高帝三年（前204年）

二十七岁。

十月，韩信兵出井陉口，背水布阵，大破赵军，斩陈馀，得李左车。韩信用李左车计，不战降燕国。

四月，项羽围刘邦于荥阳。项羽谋士范增劝急攻刘邦，陈平使离间之计瓦解楚军核心层。

五月，刘邦逃离荥阳，南走宛、叶。项羽克成皋。彭越在楚后方大肆活动。项羽还军东击彭越。刘邦还军荥阳，收复成皋。

六月，项羽击败彭越，西上克荥阳、成皋。刘邦逃往赵地，夺韩信军，拜韩信为相国，令其征兵击齐。

九月，韩信开始进军齐国。刘邦派郦食其劝降齐国。

汉高帝四年（前203年）

二十八岁。

十月，韩信引兵破齐，占临淄。刘邦收复成皋。项羽击败彭越。刘邦、项羽相持于广武。项羽遣大司马龙且救齐。

十一月，韩信斩龙且于潍水，大破楚军二十万。在追击中，斩田广于城阳，杀田既于胶东，尽定齐地。韩信请为假王。

二月，刘邦立韩信为齐王。武涉、蒯彻劝韩信背汉独立、三分天下，韩信拒听。

八月，楚汉言和，以鸿沟为界，中分天下。

九月，项羽引兵东归。刘邦发起战略追击，约韩信、彭越共同围歼项羽。

汉高帝五年（前202年）

二十九岁。

十月，刘邦追项羽至固陵，被项羽打败。韩信、彭越没有如期与刘邦会合。

十一月，韩信挥军南下，占彭城，令灌婴转锋西向，与刘邦会师。

十二月，垓下决战，韩信设十面埋伏，大破楚军，项羽兵败而逃，自杀于东城。刘邦、韩信北上平鲁。刘邦以鲁公之礼葬项羽于谷城。

正月，韩信发起，与韩王信、淮南王英布、梁王彭越、赵王张敖、燕王臧荼以及长沙王吴芮等共同上书，尊刘邦为皇帝。

刘邦以义帝无后，齐王韩信习楚风俗为由，徙封为楚王，都下邳。

二月，刘邦于定陶称帝。

五月，韩信至楚还乡。赐南昌亭长百钱，召辱韩信于胯下的少年为中尉，千金赠漂母陵。

七月，燕王臧荼反汉，刘邦率军征讨。

九月，钟离眛死。刘邦灭臧荼，立太尉卢绾为燕王。

汉高帝六年（前201年）

三十岁。

十月，有人告韩信谋反，刘邦用陈平计，决定伪游云梦泽。

十二月，刘邦会诸侯于陈，擒韩信。

正月，刘邦封刘贾为荆王，刘交为楚王，刘肥为齐王，刘仲为代王。徙韩王信于晋阳。

四月，韩信被徙为淮阴侯，软禁于长安，编次兵书，著录兵法。

九月，匈奴冒顿单于侵太原，韩王信以马邑投降匈奴。

汉高帝七年（前200年）

三十一岁。韩信被软禁于长安。

十月，刘邦率三十二万大军北击匈奴，被困于平城白登山七日。

十二月，匈奴攻代地，代王刘仲逃归。刘邦立刘如意为代王，陈豨任代相，统代、赵两国精兵，负责防御匈奴。

二月，长乐宫成，迁都长安。

汉高帝九年（前198年）

三十三岁。韩信被软禁于长安。

十二月，刘邦废赵王张敖，以刘如意为赵王。周昌任代相。

汉高帝十年（前197年）

三十四岁。韩信被软禁于长安。

八月，代相陈豨反，自立为代王。

九月，刘邦率兵讨陈豨。立刘恒为代王。

汉高帝十一年（前196年）

三十五岁。

正月，吕后以人告韩信"谋反"之名，使萧何将韩信诓骗入宫，斩杀韩信于长乐宫钟室，夷三族。

三月，刘邦、吕后杀梁王彭越。

七月，淮南王英布反。

汉高帝十二年（前195年）

十月，英布兵败逃走，被诱杀。刘邦负箭伤。汉将周勃斩陈豨。刘邦立刘濞为吴王。

四月，刘邦崩逝于长乐宫，惠帝刘盈即位。

代后记　韩信与孙武

"言兵无若孙武，用兵无若韩信。"这句名言出自北宋武学博士何去非的《何博士备论》，作者为适应北宋王朝重整军备的需要，对战国至五代各王朝的重要军事人物的用兵得失进行了评述。他认为，孙武、韩信分别是古代战争史上理论和实战的第一人。

孙武（约前545—约前470），春秋末齐国乐安（今山东广饶）人，被称兵圣或孙武子。他由齐至吴后，向吴王阖闾进献所著兵法十三篇，在柏举之战率领吴国军队大败楚国军队，占领楚国都城郢。其巨著《孙子兵法》，为后世兵法家所推崇，被誉为"兵学圣典"，在中国乃至世界军事史、军事学术史和哲学思想史上都占有极为重要的地位，并在政治、经济、军事、文化、哲学等领域被广泛运用。孙武由此与孔子、老子并称为春秋末期思想界上空的三颗恒星。

孙武是如何获取强大军事才能的，历史上并没有详细记载。据说孙武是舜的后裔，本人生于齐国，后来经伍子胥推荐效力吴国，伍子胥非常看重孙武，曾经"七荐孙子"，为什么如此赏识孙武不得而知。但从时间来看，孙武此时已经写成《孙子兵法》。一个没有作战经验的人，如何能写出如此神奇的兵法，这真是一件不可思议的事情。韩信虽有三篇兵法，在兵法理论方面与前辈孙武仍无从相比，无论是战国四大名将白起、王翦、廉颇、李牧，还是后世的孙膑、项羽、诸葛亮、李靖、岳飞、常遇春、徐达也都无法与孙武相比。就军史理论上的地位而言，孙武可以说是中华五千年兵家第一人，影响巨大，备受瞩目。

韩信（约前230—前196），泗水郡淮阴县（今江苏淮安）人。西汉开国元勋、"汉初三杰"、"兵家四圣"，被后人奉为"兵仙""战神"。作为军事指挥家，他是继先轸、白起之后，最为卓越的将领，率军出陈仓、定三秦、破魏、灭赵、降燕、伐齐，直至垓下全歼楚军，天下莫敢与之相争，其指挥的井陉之战、潍水之战更是人类战争史上的杰作。作为军事战略家，其在拜将时所提出的"汉中对"以及"北举燕、赵，东击齐"对楚实施战略包围的建议，均成为楚汉战争胜利的根本方略。作为军事理论家，他熟谙兵法，洞察人心，擅长因敌以制敌，是战争史上最善于灵活用兵的将领。其一生为后世留下了大量的经典战例，暗度陈仓、背水列阵、拔旗易帜、半渡而击、四面楚歌、十面埋伏等军事学典故均出于他的手中。

同样令人称奇的是，韩信的出身历史上也没有明确交代，虽推测他可能是韩国贵族的后裔，但没有找到足够证据，也没有记载他是否系统地学过军事理论，但韩信拜将后基本保持了百分之百胜率，军事才能得到充分淋漓的体现，短短几年时间，吞并了各诸侯，击破项羽百万楚军，演化成为千古无二的大将。孙武实际上是军事理论家，独立指挥的军事战役很少，著名战役也不多。就军史理论和实战的影响而言，韩信是我国古代第一人，成就要远高于孙武。千百年来，他的卓著的功业，广为历代政治家、历史学家、文学家、兵学家所推崇。

〔汉〕刘邦："连百万之军，战必胜，攻必取，吾不如韩信。"（《史记·高祖本纪》）

〔汉〕蒯彻以"略不世出"来赞誉韩信。（《史记·淮阴侯列传》）

〔唐〕李世民："汉以六合为家，是赖淮阴之策。"（《帝范·求贤》）

〔北宋〕司马光："世或以韩信为首建大策，与高祖起汉中，定三秦，遂分兵以北，禽魏，取代，仆赵，胁燕，东击齐而有之，南灭楚垓下，汉之所以得天下者，大抵皆信之功也。"（《资治通鉴·汉纪四》）

〔南宋〕陈亮："信之用兵，古今一人而已。"（《酌古论·韩信》《乾隆淮安府志·韩信论》）

〔明〕茅坤："予览观古兵家流，当以韩信为最。破魏以木罂，破赵以立汉赤帜，破齐以囊沙，彼皆从天而下，而未尝与敌人血战者。予故曰：古今来，太史公，文仙也；李白，诗仙也；屈原，词赋仙也；刘阮，酒仙也；而韩信，兵仙也！然哉！"（《史记评林》卷九二）

〔明〕文学家胡应麟，推许韩信用兵是"古今圣于智"，称韩信为"兵家智圣"。（《少室山房笔丛》卷十四）

〔清〕郭嵩焘："韩信与项羽始终未有一战，独垓下一战，收楚汉兴亡之全局。云'淮阴将三十万自当之'，以项羽劲敌，韩信自操全算以临之。先为小却，以待左右两翼之夹击，而后回军三面蹙之，是以项羽十万之众一败无余。"（《史记札记》卷一）

人们不禁要问，出现这种状况的原因是什么？韩信究竟有没有学习过孙子兵法？历史上许多学者对此都进行过深入的研究和探讨。

清乾隆朝王鸣盛说："（韩信）寄食受辱时，揣摩已久，其连百万之众，战必胜，攻必取，皆本于平时学问"（王鸣盛《十七史商榷》）。清末王先谦《汉书补注》引初唐大军事家李靖的话说："韩信所学，《穰苴》《孙武》是也。"（李靖《唐太宗李卫公问对》）《穰苴》的作者是春秋时期齐国著名的军事家田穰苴，《穰苴》也是早期古代著名的兵书。《唐太宗李卫公问对》为《武经七书》之一，被历代兵家视为经典，其言堪称允当。也就是说，先秦诸家兵法，特别是孙子兵法，对韩信军事思想产生了重要影响，并为日后楚汉战争的实践提供了强大的知识储备。

李靖还说："先教之以奇正相变之术，然后语之虚实之形可也。"唐太宗则说："朕观诸兵书，无出孙武。孙武十三篇，无出虚实。"认为《孙子兵法》的核心是虚实理论，所谓的虚实就是要讲权谋。汉成帝时任宏将韩信的三编兵法，归入兵权谋十三家。

就楚汉战争主要战例来看，韩信最讲求虚实，与孙子兵法一脉相承，守正创新，灵活用兵，他是中国古代军事思想"兵权谋家"主要代表人物，对古代军事科学的丰富和发展做出了重大贡献。纵观韩信的军事成就和用兵艺术，主要体现在以下几个方面：

一、未战庙算

兵者，诡道也。战争事关国家存亡，不能不特别重视，所以"用兵之法，以谋为本"，"谋"者，就是谋划，落实在战役、战略规划上则体现为"未战庙算"的战争决策。

《孙子兵法·计篇》："夫未战而庙算胜者，得算多也；未战而庙算不胜者，得算少也。多算胜，少算不胜，而况于无算乎？吾以此观之，胜负见矣。"

所谓"庙算"，指的是古代用兵前在庙中举行一定仪式，讨论决定作战的方针、策略和计谋，类似今天的战前的军事会议。就是说，要取得战争的胜利，首先是正确的"庙算"，只有正确地分析形势，预测未来，防范化解不利因素，发展扩大有利形势，才能取得成功。韩信先计后兵驾驭全局的"庙算"，其代表就是对整个楚汉战争起着首要战略指导的"汉中对"，其关键是通过分析和比较，对如日中天的项羽提出了"其强易弱"的判断，即弱者可以打败强者的战略思想，这对于偏居南郑一隅的刘邦来讲，有着重大意义。

匹夫之勇。项羽确是一个叱咤风云的人物，一声怒吼，千人为之失色，但他只知道凭个人的勇敢去战斗，不懂得怎样任贤用能，取悦人心，以智谋经略天下。而人有立功该封赏时，他把刻好的印信攥在手里玩磨得没了棱角，也舍不得给人。但历史上从未有过仅凭个人勇力取得而能统治天下的。

战略失当。项羽称霸天下，让诸侯称臣，但他却放弃了关中有利地形，回老家建都彭城，失却地利，犯了立足无本的战略错误。应该说，建都关中是唯一的选择，放弃关中意味着放弃天下。彭城四面受敌，进退失据，说明他缺乏战略远见。

政治失信。项羽违约失信，分封不公，造成诸侯不平。他迁徙义帝，产生重大矛盾，一些诸侯回到封国纷纷效仿，驱逐故王，抢夺地盘。他一向残暴凶狠，大军所过之处，无不残灭，民众怨恨，人心尽失。而刘邦入关中，废除秦国苛法，与百姓约法三章，深得秦人的拥护，只要果断出击关中，势必一呼百应，三秦之地，可指日而收。

韩信的"汉中对"是未战庙算的成功杰作，为刘邦在至暗时刻送来了光明，以后刘邦军事集团东进争天下种种攻略皆基于此。后人把这番宏论，比作三国时期诸葛亮对刘备分析天下大势的《隆中对》。〔明〕唐顺之："孔明之初见昭烈论三国，亦不能过。予故曰：淮阴者非特将略也。"（《史记评林》卷九二）他认为，韩信首建大策时所表现的政治远见、军事谋略，都超过了诸葛亮的《隆中对》。

战争是人类的一种特殊组织活动，当楚汉战争进入相持阶段，韩信又提出了对楚作战新建议："北举燕、赵，东击齐，南绝楚之粮道，西与大王会于荥阳。"（《汉书·韩信传》）这个建议的主要内容，就是刘邦坚守荥阳，持久地同楚军周旋，拖住项羽。而韩信率军向东进军，占领楚国后方，完成对楚战略合围。即通过正面防御疲愈消耗敌人，通过侧翼进攻发展壮大自己，最后夺取全局的胜利。

由于韩信遵循孙子"庙算"的思想，庙算而战是决定楚汉战争胜负的重要环节，这对刘邦最终打败项羽起到了难以估量的作用。

二、出奇制胜

韩信用兵，最大的成就就在"奇"字上。一战一法，每战必胜，变化无穷，这一点在古代军事家中是绝无仅有的。所谓"奇"与"正"是相辅相成的。《孙子兵法·势篇》：

凡战者，以正合，以奇胜。故善出奇者，无穷如天地，不竭如江海。终而复始，日月是也。死而复生，四时是也。声不过五，五声之变，不可胜听也。色不过五，五色之变，不可胜观也。味不过五，五味之变，不可胜尝也。战势不过奇正，奇正之变，不可胜穷也。奇正相生，如循环之无端，孰能穷之？

韩信的"暗度陈仓"之计，就是历史上有名的战例。这一战奠定了刘邦大业的基础，后来兵法家探寻源流，究其真谛，使"暗度陈仓"成为三十六计中的一计。其对该计解释为："示之以动，利其静而有主，益动而巽。"意思是说：有意展示佯动，利用敌方已决定固守的时机，暗地里悄悄实行真实的行动，出奇制胜。"奇正"中的"正"指的是正面的、常规的军事行动和军事谋略，"奇"指的是侧面的、反常的军事行动和军事谋略，其二者互相配合因敌变化，则构成了用兵作战的基本方法。

汉高帝元年（前206）八月，韩信在还定三秦的战略构想中，就采用出奇制胜的战术手段。古代的汉中盆地，是通往秦、陇、蜀、楚的重镇要隘。进出汉中最大的难题是交通。秦岭山脉东西长四百公里，平均海拔在两千米以上。从汉中到关中，必须通过贯通秦岭的几条山间古道。他首先精于欺骗，匠心独运，为了达成战役发起的突然性，攻敌无备，献上"明修栈道，暗度陈仓"之计。根据这个计策，刘邦派人开始大张旗鼓地抢修褒斜道，准备择日东征。就地缘关系来看，控制关中盆地以西的是雍王章邯。章邯以废丘为雍都，作为第一重门户。所以他是汉军北出的直接对手。韩信这个计划就是做给据守关中的章邯等人看的，只是一个迷惑敌人的伎俩。

如上所言，章邯认定褒斜道只是虚晃一枪，汉军将向西占西县、上邽，走祁山之道攻击关中。因此雍军必须提前分兵堵截汉军，以防万一。与此同时，汉军主力却翻山越岭，经过艰难的跋涉，走中段的陈仓古道穿越峡谷，倒攻散关，出奇用兵，控制了进入关中这一最为关键的战略要地。紧接着汉军渡过渭水，如神兵天降出现在关中平原上。到了这个时候，章邯如梦方醒，汉军主力的出击方向，是陈仓而非陇西，攻打陇西是虚张声势的佯攻，可是许多雍军已经调出，无法回防，他对自己的轻敌和误判后悔不已。经过几番大战后，章邯的军队几乎损失殆尽。

军事是手段，政治是关键。要与项羽争锋天下，三秦王在关中地区毫无政治基础，一旦军事力量被摧，其政治统治便会顷刻瓦解。章邯退守后，韩信更是出奇用兵，他并不屯兵于坚城之下，而是大胆放开废丘城，留下少量兵力围困章邯，自己则与刘邦率汉军主力神速东进，果断拿下了咸阳，这是战略上的出奇制胜。然后又马不停蹄地分兵东进北上，以凌厉攻势，迫降了塞王司马欣、翟王董翳。虽然废丘未下，但其已是孤城，难成气候。这样，韩信用了总共不到一个月时间，就基本上平定了关中各地，确保了"还定三秦"战略目标的实现。

韩信"出奇制胜"战争指导原则正是解决了具体战法和作战目标，因而获得了首战胜利。

三、避实击虚

"避实击虚"是孙子提出的一条克敌制胜的妙法，它是进攻者在选择进攻目标，确定进攻路线和主攻方向时所用的重要谋略之一。实，坚实，这里指力量强大；虚，空虚。"避实击虚"，是兵家用兵作战的一条基本原则，也是韩信军事思想的显著特色。《孙子兵法·虚实篇》：

夫兵形像水，水之形，避高而趋下；兵之形，避实而击虚。水因地而制流，兵因敌而制胜。故兵无常势，水无常形；能因敌变化而取胜者，谓之神。

孙子是说，用兵作战方式像水的运动规律那样，水的流动是避开高处向下奔流，作战规律是避开敌人坚实的地方而攻击敌人的薄弱之处。

"避实击虚"的内涵十分丰富。在两军对垒的战场上，实与虚既有数的含义，也有势与形的含义。就数而言，以众击寡无疑是避实击虚；就形而论，以饱待饥、以逸待劳也是避实击虚的具体体现；而势指的是军队所依赖的外部条件。敌对力量的虚与实不是静止的，在一定条件下会发生转化。或以虚化实，或以实待虚，战争中攻守的形式有多少种，避实击虚的战术也就有多少种。

汉二年（前205）五月，彭城大战后，汉军退至荥阳一线，原先归附的"五军"联军之一的魏豹，在楚将项佗的利诱下弃汉投楚。他以探望母亲为由回到封国后，封锁河关，切断汉军退路，与楚军形成对汉军的前后夹击之势。为解除侧翼威胁，刘邦派郦生说服魏豹不成，八月任命韩信为左丞相率兵击魏。魏王豹陈兵蒲坂，封锁黄河渡口临晋关，以阻止汉军渡河。韩信故意在敌人眼皮底下集结大量的船只，并布置兵营，营造渡河强攻的假象。这只是他避实击虚，声东击西调动敌人的计谋。却在暗中调遣一支精锐部队，沿黄河北进到九十公里外的夏阳川渡口，用坛罐结成简易的木筏以渡河。这里没有任何魏军的防守，汉军轻而易举地渡过黄河，大踏步行军，迅速插入魏国后方，实施对魏军的大包抄。他的军队出其不意地出现，魏豹猝不及防，急忙率军回战。魏军主力一调走，韩信立即下令士兵乘船渡河，一举突破魏军的临晋关防守，然后南北两路大军合拢，将魏豹兵团合围。陷入包围圈中的魏军既无援兵，补给线也被切断，很快便陷入混乱之中。在韩信兵团的强攻下，魏军悉数被歼，魏王豹也沦为俘虏。平定魏国后，刘邦改魏地为河东郡。

同样，在"还定三秦"之后，韩信大胆地继续挥军东出洛阳，利用项羽击齐，齐人起而叛之，楚军主力困在齐地之际，打乱了楚军的部署，与诸侯联军直击楚都彭城，给项羽造成很大伤害。

《孙子兵法》曰"兵者，诡道也。故能而示之不能，用而示之不用。近而示之远，远而示之近"，"不可胜在己，可胜在敌"。所谓能与不能，用与不用，近与远，远与近，全是灵活的精神。要使自己不被战胜，要把主动权掌握在自己手中；敌人能否被战胜，在于敌人是否给我们以可乘之机。

韩信灵活地运用了《孙子兵法》的精髓"兵不厌诈"，采取"避实击虚"的战略战术，运用"示形""造势""奇正""分合"等手段，赢得了一场又一场战争胜利，从而丰富和发展了孙子"避实而击虚"的军事思想。

四、死地则战

《孙子兵法·九地篇》曰："投之亡地然后存，陷之死地然后生。夫众陷于害，然后能为胜败。故为兵之事，在顺佯敌之意，并敌一向，千里杀将，此谓巧能成事者也。"

孙子意思是说：将士卒置于危地，才能转危为安；使士卒陷于死地，才能起死回生。军队深陷绝境，然后才能赢得胜利。所以，指导战争的关键，在于谨慎地观察敌人的战略意图，集中兵力攻击敌人一部，千里奔袭，斩杀敌将，这就是所谓巧妙用兵，实现克敌制胜的目的。

韩信取下魏国后，提出了"北举燕赵"的战略新建议，刘邦予以采纳，并增兵三万，命其率军东进，开辟北方战场。

他引兵离赵国井陉口三十里驻扎下来，半夜选两千轻骑，人持一面赤帜，从小路来到山坡上伪装隐蔽起来，窥视赵军，并且告诫将士们，赵军见我军出击，一定会倾巢而出，你们就乘机迅速冲入赵军营地，拔掉赵军旗帜，插上汉军赤帜。同时传令，今天打败赵军之后会餐。

韩信又召集将领们分析认为，赵军已先占据了有利的地势，他们在未见到汉军大将旗鼓之前，因担心我们遇到险阻而退兵，是不肯轻易发兵攻打我们的。于是，韩信派一万人为先头部队，背靠绵蔓水摆开阵势，摆出只有前进而无退路的绝阵。天刚亮，韩信打起了大将的旗号和仪仗，击鼓进军井陉口。

赵军见此果然倾巢而出，追逐韩信、张耳。不久，韩信、张耳弃旗鼓，佯装被打败，退到绵蔓水边的背水阵中。真正决战的时刻到了，求生的本能点燃了汉军将士决死的信念，拼杀成仁，成了共同吼声！赵军根本无法把他们打败。

这时韩信所派的两千轻骑，等赵军倾巢而出追击汉军、争夺战利品的时候，立即冲入赵军营垒，拔掉赵军旗帜，竖起汉军的赤帜。赵军久战不胜，想退回营垒，却见营中遍是汉军的赤帜，大惊失色，认为汉军已经把赵王及其将领全部打败了，遂阵势大乱，四处奔走逃跑。赵将虽斩数人，竭力阻止，却不见成效。这时汉军两面夹击，大破赵军，在泜水斩杀了成安君陈馀，活捉了赵王歇。

战争总是在一定空间进行的，高明的将帅往往能根据不同的地形条件排兵布阵，在地势险阻的围地与敌争锋，用生死关系调动将士战斗激情，将对作战缺乏信心、"未肯用命"的士兵，"陷之死地"，使其抱定必死之志去战斗，方能出奇取胜。值得注意的是，背水一战并不等同于项羽的破釜沉舟之战，其目的不是在绵蔓水边拼死决战，而是连环之谋，正面拖住赵军，再"用而示之不用"(《孙子兵法·计篇》)，制造假象，伪装攻击方向，以造成敌方错觉，导致决策失误，然后再以明确而突然行动出奇制胜。

三国时期，魏国玄学家何晏(？—249)，字平叔，南阳宛城(今河南南阳)人，他对韩信的战术，叹为观止！何晏说："此两将者(白起和韩信)，殆蚩尤之敌对，开辟所希有也，何者胜，或曰：白起功多，前史以为出奇无穷，欲窥沧海，白起为胜，若夫韩信，断幡以覆军，拔旗以流血，其以取胜，非复人力也，亦可谓奇之又奇者哉，白起破赵军，诈奔而断其粮道，取胜之术，皆此类也，所谓可奇于不奇之间矣，安得比其奇之又奇者哉。"(《书钞》卷一百十五)

何晏所提到的白起是战国时期秦国名将。白起素以深通韬略，"出奇无穷"著称，然而，在何晏看来，白起与韩信的"奇之又奇"的战术相比，还是大为逊色的。

五、不战而胜

韩信用兵并不是一味地以战斗为主，而是根据战争发展的走向，采取灵活多样的战略战术，"胁燕之战"就是一则经典战例，为历代兵家所推崇。《孙子兵法·谋攻篇》：

凡用兵之法，全国为上，破国次之；全军为上，破军次之；全旅为上，破旅次之；全卒为上，破卒次之；全伍为上，破伍次之。是故百战百胜，非善之善者也；不战而屈人之兵，善之善者也。

孙子说：大凡用兵的原则，使敌人举国屈服，不战而降是上策，击破敌国就次一等；使敌全军降服是上策，打败敌人的军队就次一等；使敌人一个"旅"的队伍降服是上策，击破敌人一个"旅"就次一等；使敌人全

"卒"降服是上策，打败敌人全"卒"就次一等；使敌人全"伍"降服是上策，击破敌人全"伍"就次一等。因此，百战百胜，不算是最好的用兵策略，只有不战而使敌屈服，才算是高明中最高明的。

平定赵国后，北方诸国中只剩下燕、齐两国。而燕国虽然没有像太行山这样的险阻，但国大兵众，城池坚固，此时的汉军由于远离后方，又连续征战，士卒疲惫。在这样的情况下，韩信不得不认真思考，到底用什么样的战法去降服燕国？

在井陉口大败赵军之后，韩信告诫将士能生擒赵国谋士李左车者赏黄金千两，不久李左车即被擒获。韩信亲自为其松绑，并请他面东而坐，自己则执弟子礼西向作陪，真心诚意向其请教伐燕伐齐的方略。经过几番推托，李左车才为韩信分析了当时的形势。他认为，汉军涉西河，虏魏王豹，擒夏说于阏与，未足半日击溃赵国二十万大军，诛杀成安君，名震海内，威及天下，此为汉军的长处。然而由于长途奔袭，将士疲惫，难以再度连续用兵，此则汉军的短处。即便强行进兵，疲惫的士卒也未必能形成足够的战斗力，一旦屯兵于燕国城池之下，实情暴露，燕国一定不肯降服，齐国也必然固守以图自强。进而李左车建议韩信以己之长击敌之短，按兵不动，休整士卒，安定赵地，抚恤遗孤，摆出攻打燕国的态势，之后遣辩士游说燕国，把汉军的优势充分展示在燕王面前，迫使燕国屈服。此兵法为"先声而后实"之计。

韩信采纳李左车的计谋，随后将军队屯于赵地边界休整，并摆出要大举攻燕的态势。同时，遣使者入燕，致书燕王臧荼，说以利害，劝其归降。臧荼见到韩信派来的使者，很是恭敬。鉴于魏、代、赵等国败亡的教训，慑于汉军的强大和韩信的声威，他果然如李左车所言，凭一纸书信，便率军归降。

同样，垓下决战中，项羽失败后，不得不率两万人马退回壁垒据守。项羽虽遭失败，但剩下的楚军仍有一定的战斗力。为彻底瓦解楚军，韩信使出一条计策，命令汉军夜间传唱楚地歌谣。被围困的楚军，听到四面都是家乡的歌声，思乡之情顿起，人人伤心感怀，楚军的士气降到了最低点。不仅士兵们的斗志下降，项羽也非常吃惊，他猜测汉军已全部占领了楚地，否则汉军当中怎会有这么多楚地来人？！

"四面楚歌"，这是军事史上最早的一次真正意义上的心理战。韩信利用心理打击战术，使楚军统帅项羽都失去了战斗意志，做出了放弃军队、独自逃走的决定，这在项羽一生战斗中是绝无仅有的。

善攻者，先攻其心，后攻其城。攻心者，智也；攻城者，力也。"不战而屈人之兵"既是境界，又是手段。作为境界，它倡导兵不血刃，击败对手，获得全胜，复民众以和平。作为手段，则指的是以绝对的军事优势，强大的战略态势作为基础，综合运用政治、经济和外交等一切非军事手段，辅助必要迅捷的军事打击，通过击垮对手的信心和瓦解敌军的斗志，在避免直接交战或将战争行动降至最低的情况下，迫使敌人屈服，以尽可能小的代价获得尽可能大的胜利。

六、疑兵示形

半渡而击之，是指两军隔水对垒，敌方主动进攻，我方在敌军渡过一半时发动攻击，这种战术称为"半渡而击"，也称作"沉沙决水"，出自《史记·淮阴侯列传》。在潍水战役中，韩信因形设伏，利用水位落差，壅水上流，引军半渡出击，先佯败而退，以诱敌半渡，而后决水，分割歼敌，一气呵成，制敌于死命。

其实，韩信的半渡而击，"能而示之不能"，本质上是疑兵示形。示就是示形、伪装。这是孙子在《计篇》中提出的诡道十二法之一。之所以有奇效，一是由于示弱能麻痹敌人，造成判断的失误；二是可以让敌人先机而动，使其作战意图暴露无遗，从而创造战机，战而胜之。

汉四年（前203）十月，韩信率兵攻打齐军，齐王田广引兵撤退至高密，并向项羽求救，项羽派龙且率兵救齐，号称二十万，田广的齐军也不少，两军合在一起准备迎击韩信率领的汉军。部队集结后，有人建议龙且按兵不动，深沟高垒，让齐王田广派人通知所有齐城坚壁清野，使敌军"无所得食"，从而"不战而降之"。

龙且一向瞧不起韩信，他自以为战胜毫无问题，而且战胜了就可以得到一半齐地的奖赏。在重赏的诱惑面前，龙且拒绝采纳任何不战意见。

十一月，楚齐联军与汉军在潍水两岸对垒。是日，韩信引军半渡击龙且，佯装不能胜，败退而还。龙且笑道："我本来就知道韩信是个胆小鬼！"亲自率领大军渡河追击汉军，韩信使人决壅囊，水大至，联军大半不能渡。原来，会战的前夜，他令汉军士兵用沙包，堵截潍水上游。决战时，他亲率一部兵力，强渡潍水，去攻击龙且军队，然后又佯装不支，撤退涉过沙河。龙且只当韩信胆怯，立即渡河追击。此时，韩信命令部队在上游决口开堤，河水急涌而下。龙且的主力无法再渡，军队被分割成为两部分。河心的，被水头席卷而去。靠近岸边的，纷纷登岸逃命。

韩信见对方阵势大乱，率兵攻打对方已上岸的先头部队。东岸齐楚联军见西岸部队被歼，四处逃散，韩信挥军急渡潍水追击至城阳。楚将龙且、齐王田广逃走不久均被斩杀，韩信与汉将曹参、灌婴等迅速平定了齐国。

《孙子·行军篇》说："客绝水而来，勿迎之于水内，令半济而击之，利。"在正常情况下，"半渡而击"是打击敌人的最佳时机，敌人就会首尾不接，行列混乱。孙子提出"半渡而击"，是因为敌人有一部分已上岸另一部分还在渡河，这时候向敌方发动攻击，敌人就会首尾不接，行列混乱。而韩信"半渡而击"，是"能而示之不能"，示弱的过程只是创造战机的过程，一旦战机成熟，即刻收弱逞强。示弱在前，只是引诱龙且渡过潍水，示弱不是目的，而是要暗中设下沙囊，出奇在后，乘隙水淹破敌。

龙且有勇无谋，而且轻敌，岂能与有"战神"之称的韩信相匹敌！机不可失，时不再来，抓住战机这是高明的军事将领的战术；创造战机，出其不意，攻其不备这是英明的军事统帅的谋略。

七、十则围之

"十则围之"，这一句话流传了千年之久，正是韩信战略思想的核心。他多打"以少胜多""以弱胜强"之战，这是当时条件下的一种必然选择。其实，人们忽视另一种情况，"韩信用兵，多多益善"，他更善于打进攻战、速决战和歼灭战。高帝刘邦曾称其"连百万之军，攻必克，战必取"。

《孙子兵法·谋攻篇》："故用兵之法，十则围之，五则攻之，倍则分之，敌则能战之，少则能逃之，不若则能避之。故小敌之坚，大敌之擒也。"

在孙子看来，攻击性作战当中，以"十倍围之"为打击敌人的最有效手段。刘邦说他用兵"连百万之军"，指的就是"十则围之"的歼灭战，更准确地说，是指大兵团决战。楚汉相争最后阶段的彭城之战、垓下决胜，正是韩信多多益善"十则围之"战略的具体实践。

汉四年（前203）八月，楚汉订立和约，九月，项羽按约东归，放回了刘太公和吕后。刘邦采纳张良、陈平建议，乘项羽不备，突然对撤退途中的楚军发动战略追击。十月，刘邦追击项羽至固陵，楚军奋起反击，汉军大败，只得筑垒待援。韩信接到刘邦的驰援固陵令后，认真分析战场形势，没有挥师径驰固陵，而是做出了占领楚都彭城的战略决策。当时，楚军主要兵力集中在固陵和寿春等地战场，楚都彭城防守比较薄弱，他命曹参留守齐国，自己亲率数十万齐师迅速南下。

大军所过，楚军望风而靡。不过十数日，击败了项声、郏公、薛公，攻克下邳，再克薛、留、沛等县，一举降服彭城，俘虏了项羽的柱国项佗。转而西上，势如破竹，连克萧、相、酂、谯、苦等县邑，并让汉将灌婴先期与刘邦会师于颐乡。韩信不趋固陵而先攻彭城，既解了固陵汉军之危，又打破了项羽的持久战略。彭城之战前，项羽围刘邦于固陵，虽兵少食尽，其力量尚存，仍可与刘邦一拼。然而，彭城一失，楚军便失去了战略依托，人心涣散，项羽立即从固陵撤围朝垓下方向退却。十一月，九江王黥布、汉将刘贾渡过淮水，围攻寿春，遣人诱降了楚大司马周殷。与此同时，梁王彭越也率军南下，与刘邦会师。在汉军四面云集的形势之下，项羽于十二月由陈下败退至垓下，汉军跟踪追至。这时，楚军的后方已大半被汉军占领，项羽退却江东已十分困难，遂下定决心同刘邦一决胜负。

在垓下会战中，汉军总兵力约六十万人，项羽的军队约十万人。韩信一向以以弱胜强而闻名，但在垓下因握有绝对优势兵力，制定了规模庞大的"五军战阵"。其特点是，纵深大，兵力密集，两翼策应灵活，能有效地阻止楚军的正面突破。

决战开始后，韩信率军与项羽正面对阵，他的部将孔将军在左边，费将军在右边，刘邦领兵随后，绛侯周勃、柴将军跟在刘邦的后面。韩信先跟楚军交锋不利，先退一步，诱敌深入，孔将军、费将军从左右两边纵兵攻上去，楚军不利，他乘势再次回攻，大败楚军于垓下。夜晚，当项羽的士兵听到四面唱起楚歌时，以为汉军已经完全占领了楚地，因此全部崩溃。项羽逃走，汉将灌婴率骑兵追至东成，项羽自刎，楚国灭亡。

韩信指挥的垓下之战，是楚汉相争中决定性的战役。董份（1510—1595），字用均，号浔阳山人，浙江乌程县（今浙江湖州）人，明嘉靖二十年（1541）进士。董份对韩信的军事谋略佩服得五体投地，他在《史记选注集说》中称："观信智略如此，真有掀揭天下之心，不但兵谋而已也，所以谓之'人杰'。"

韩信多多益善的"十则围之"的战略思想，就是在人心所向的前提下，充分运用现有条件尽量地扩张增兵，以压倒对方，确保大兵团决战最大成功，这在军事上具有十分重要的意义。